dtv

James Baldwin

# EIN ANDERES LAND

Roman

Aus dem amerikanischen Englisch
von Miriam Mandelkow

Mit einem Nachwort
von René Aguigah

dtv

# EIN ANDERES LAND

*Für Mary S. Painter*

*Sie erwecken vornehmlich den Eindruck, als gäben sie*
*mit keinerlei jemals von menschlichem Gebrauch*
*geheiligten Mitteln über sich selbst Auskunft;*
*so stellen sie als Gemeinschaft ein wohl*
*beispielloses Monument der Sprachlosigkeit dar;*
*unergründlich das Rätsel, was sie denken, was sie fühlen,*
*was sie wünschen, was sie zu sagen meinen.*
Henry James

ERSTES BUCH

# EASY RIDER

*I told him, easy riders*
*Got to stay away,*
*So he had to vamp it,*
*But the hike ain't far.*
W. C. Handy

# 1

Er stand am Times Square, vor sich die Seventh Avenue. Es war nach Mitternacht, und er hatte seit zwei Uhr nachmittags im Kino gesessen, in der letzten Reihe im Rang. Zwei Mal hatten ihn die hitzigen Stimmen des italienischen Films geweckt, ein Mal der Platzanweiser, und zwei Mal war er von Raupenfingern zwischen seinen Schenkeln wach geworden. Er war so müde, er war so tief gesunken, dass er nicht mal die Energie aufbrachte, wütend zu werden; er gehörte sich nicht mehr – *you took the best, so why not take the rest?* Aber geknurrt hatte er im Schlaf, die weißen Zähne in seinem dunklen Gesicht gefletscht und die Beine übergeschlagen. Dann hatte sich der Rang geleert, der italienische Film steuerte auf einen Höhepunkt zu, und er war die endlosen Stufen hinunter zur Straße gewankt. Er hatte Hunger, einen pelzigen Geschmack im Mund. Auf dem Weg durch die Tür, zu spät, merkte er, dass er mal musste. Und er war pleite. Und er wusste nicht, wohin.

Ein Polizist ging misstrauisch an ihm vorbei. Rufus drehte sich um, schlug den Kragen seiner Lederjacke hoch, als der Wind sich genüsslich durch seine Sommerhose nagte, und wandte sich auf der Seventh Avenue nach Norden. Er hatte überlegt, Richtung Downtown zu gehen und Vivaldo zu wecken – den einzigen Freund, den er noch hatte in der Stadt oder vielleicht sogar auf der Welt –, dann aber beschlossen, zu einer Jazzbar hochzulaufen. Vielleicht erkannte ihn dort jemand, vielleicht ließ einer was springen, für eine Mahlzeit oder zumindest für die Subway. Gleichzeitig hoffte er, nicht erkannt zu werden.

Die Avenue lag still, die meisten Lichter waren aus. Hier und da ging eine Frau vorbei, hier und da ein Mann; selten ein Paar. An Straßenecken, unter den Laternen, nahe den Drugstores standen schnatternd Weiße beisammen, lächelten aufeinander ein, pfiffen nach Taxis und eilten davon, verschwanden in Läden oder dunklen Seitenstraßen. Zeitungskioske hielten, wie kleine schwarze Spielsteine auf einem Brett, Ecken der Bürgersteige besetzt, davor stampften Polizisten, Taxifahrer und andere, die schwer einzuordnen waren, mit den Füßen und wechselten wenige vertraute Worte mit dem eingemummten Verkäufer. Eine Leuchtreklame warb für Kaugummi, der Lockerheit und Lächeln garantierte. Der riesige Neon-Name eines Hotels forderte den sternlosen Himmel heraus, ebenso die Namen von Filmstars und Theatergrößen, die derzeit oder demnächst am Broadway zu bewundern waren, neben den meilenhohen Namenszügen jener Inszenierungen, die sie in die Unsterblichkeit befördern würden. Lichtlose hohe Gebäude, stumpf wie ein Phallus oder spitz wie ein Speer, bewachten die Stadt, die niemals schlief.

Unten ging Rufus, einer der Gefallenen – das Gewicht dieser Stadt war mörderisch –, einer von denen, die erdrückt wurden an jenem Tag, an jedem Tag, da die Türme fielen. So allein, dass er daran zugrunde ging, gehörte er zu einer nie dagewesenen Masse. Junge Männer und Frauen, die an den Tresen der Drugstores vor ihrem Kaffee saßen, waren von Rufus'

Schicksal nur durch einen Hauch getrennt, der so vergänglich war wie ihre verglühenden Zigaretten. Das zu wissen ertrugen sie kaum, auch Rufus' Anblick hätten sie nicht ertragen, aber sie wussten, warum er heute Nacht auf der Straße war, warum er die ganze Nacht Subway fuhr, warum sein Magen knurrte, sein Haar verfilzt war, seine Achseln miefig, Hose und Schuhe zu dünn; und warum er sich nicht zum Pinkeln reintraute.

Jetzt stand er vor dem diesigen Eingang des Jazzclubs, spähte hinein und sah, ohne wirklich etwas zu erkennen, die entrückten schwarzen Musiker auf der Bühne und die arglose gemischte Menge an der Bar. Die Musik war laut und leer und wurde der Menge entgegengeschleudert wie ein Fluch, an den nicht mal die Hasserfülltesten noch glaubten. Die Musiker wussten, dass keiner zuhörte, dass man blutleere Menschen nicht bluten lassen kann. Also bliesen sie, was alle schon gehört hatten, und versicherten allen, dass nichts Schlimmes geschah. An den Tischen überbrüllten die Menschen zufrieden diese famose Bestätigung, und an der Bar gingen die Menschen im Schutz des Lärms, ohne den sie kaum hätten leben können, ihren Geschäften nach. Er wollte reingehen und die Toilette benutzen, aber er schämte sich, so gesehen zu werden. Er versteckte sich schon fast einen Monat lang. Und jetzt, als er draußen dastand, sah er sich selbst durch diese Menge zum Klo schlurfen und wieder rauskriechen, während man ihm voller Mitleid, Verachtung oder Hohn nachblickte. Irgendjemand würde bestimmt flüstern: *Ist das nicht Rufus Scott?* Irgendjemand würde ihn entsetzt ansehen und sich mit einem mitleidig gedehnten *Mann!* wieder seinen Angelegenheiten zuwenden. Er schaffte es nicht – er tänzelte von einem Fuß auf den anderen, und Tränen traten ihm in die Augen.

Ein weißes Pärchen kam lachend aus dem Club und bemerkte ihn im Vorbeigehen kaum. Die Wärme, der Geruch von Menschen, Whiskey, Bier und Rauch, die ihm durch die offene Tür entgegenschlugen, ließen ihn beinahe laut aufheulen, und sein leerer Magen knurrte wieder.

Er erinnerte sich an Tage und Nächte, Tage und Nächte, da er dort drinnen gewesen war, auf der Bühne oder in der Menge, cool und geliebt, wie er bei Frauen und auf Partys landete, sich betrank oder high mit den Musikern alberte, die seine Freunde waren, die ihn respektierten. Und irgendwann bei sich zu Hause die Tür zumachte, die Schuhe auszog, sich vielleicht was einschenkte, vielleicht Platten hörte, sich auf dem Bett ausstreckte, vielleicht eine Frau anrief. Die Unterwäsche wechselte, seine Socken und das Hemd, sich rasierte, duschte und nach Harlem fuhr zum Friseur und um seine Mutter und seinen Vater zu besuchen und seine Schwester Ida zu ärgern und um zu essen: Spareribs oder Porkchops oder Gemüse oder Maisbrot oder Yams oder Biscuits. Kurz war ihm, als würde er ohnmächtig vor Hunger, und er stützte sich an einer Mauer ab. Eiskalter Schweiß stand ihm auf der Stirn. *Das muss aufhören, Rufus,* dachte er. *Diese Scheiße muss aufhören.* Vor Überdruss und Leichtsinn, da niemand auf der Straße war und hoffentlich auch keiner zur Tür rauskam, ließ er seinen Urin aufs steinkalte Pflaster prasseln, dass leichter Dampf aufstieg.

Er erinnerte sich an Leona. Oder wurde plötzlich von einer kalten, vertrauten Übelkeit ergriffen und wusste, dass er sich an Leona erinnerte. Langsam entfernte er sich von der Musik, die Hände in den Taschen, mit gesenktem Kopf. Die Kälte spürte er nicht mehr.

Sich an Leona zu erinnern hieß irgendwie auch, sich an die Augen seiner Mutter zu erinnern, den Zorn seines Vaters, die

Schönheit seiner Schwester. Hieß, sich an die Straßen von Harlem zu erinnern, die Jungs auf den Eingangsstufen, die Mädchen hinter den Feuertreppen und auf den Dächern, an den weißen Polizisten, der ihn das Hassen gelehrt hatte, die Stickball-Spiele auf der Straße, die Frauen, die im Fensterrahmen lehnten, die Zahlen, auf die sie täglich tippten in der Hoffnung auf jenen Jackpot, den sein Vater nie geknackt hatte. Hieß, sich an die Jukebox zu erinnern, das Flirten, das Tanzen, den Steifen, Gangfights und Orgien, sein erstes Schlagzeug – ein Geschenk seines Vaters –, seinen ersten Zug Marihuana, seine erste Nase Heroin. Ja: und an die Jungs, die zu weit gegangen waren und sich auf den Stufen ein Klappmesser einfingen, an den einen, der auf dem schneebedeckten Dach an einer Überdosis starb. Es hieß, sich an den Beat zu erinnern: *Ein Nigger,* sagte sein Vater, *lebt sein ganzes Leben nach einem Beat, lebt und stirbt nach diesem Beat, Scheiße, fickt nach diesem Beat, und das Baby, das er da reinschießt, das hüpft danach, und neun Monate später kommt es raus wie ein verdammtes Tamburin.* Der Beat: Hände, Füße, Tamburin, Drums, Piano, Lachen, Fluchen, Rasierklingen; der Mann wird hart mit einem Lachen, einem Brummen, einem Schnurren, die Frau wird feucht und weich mit einem Flüstern, einem Seufzen, einem Schrei. Der Beat – im Sommer konnte man ihn fast sehen in Harlem, über dem Asphalt, über den Dächern.

Rufus war vor diesem Beat geflohen, so dachte er, vor dem Beat von Harlem, der doch nur der Schlag seines eigenen Herzens war. In die Rekrutenausbildung im Süden und raus aufs offene Meer.

Noch während seiner Zeit in der Navy hatte er Ida von einer seiner Reisen einen indischen Schal mitgebracht. Er hatte ihn irgendwo in England gekauft. An dem Tag, als er ihn ihr gab und sie ihn anprobierte, rührte sich etwas in ihm: Noch nie hatte er die Schönheit schwarzer Menschen wahrgenommen. Doch als Ida vor diesem Küchenfenster in Harlem stand und er in ihr nicht mehr nur die kleine Schwester sah, sondern ein Mädchen, das bald schon zur Frau würde, verschmolz sie mit den Farben des Schals, den Farben der Sonne, mit einem Glanz, der so unermesslich viel älter war als der graue Stein jener Insel, auf der sie geboren waren. Vielleicht würde dieser Glanz eines Tages in die Welt zurückkehren, in die Welt, die sie kannten. Vor Ewigkeiten war Ida nicht bloß ein Abkömmling von Sklaven gewesen. In ihrem dunklen Gesicht, von der Sonne beschienen und von dem prachtvollen Schal sanft beschattet, erkannte er jetzt, dass sie einst eine Herrscherin gewesen war. Er sah aus dem Fenster, in den Luftschacht, und dachte plötzlich an die Huren der Seventh Avenue. Er dachte an die weißen Polizisten und das Geld, das sie mit schwarzem Fleisch verdienten, das Geld, das die ganze Welt verdiente.

Er sah wieder seine Schwester an. Lächelnd drehte sie an ihrem schlanken kleinen Finger den rubinäugigen Schlangenring, den er ihr von einer anderen Reise mitgebracht hatte.

»Wenn du so weitermachst«, sagte sie, »bin ich bald das bestgekleidete Mädchen vom ganzen Block.«

Zum Glück konnte Ida ihn jetzt, hier auf der Straße, nicht sehen. *Mein Gott, Rufus,* hätte sie gesagt, *du hast kein Recht, so rumzulaufen. Weißt du nicht, dass wir auf dich zählen?*

Vor sieben Monaten, eine Ewigkeit her, hatte er in einem der neuen, von einem schwarzen Inhaber geführten Harlemer Clubs einen Gig gespielt. Es war ihr letzter Abend gewesen, ein guter Abend, alle waren gut drauf. Nach dem Gig würden die meisten von ihnen noch weiterziehen, zu einem berühmten schwarzen Sänger nach Hause, der es gerade in einen Film geschafft hatte. Weil der Laden neu war, platzte er aus allen Nähten. In letzter Zeit, hatte Rufus gehört, lief er nicht mehr so gut. Alle möglichen Leute waren da, weiß und schwarz, reich und arm, Leute, die gekommen waren, um die Musik zu hören, und Leute, die aus anderen Gründen ihr Leben in Bars und Clubs zubrachten. Ein paar Nerze waren dabei, ein paar unechte auch und Gott weiß was für Geglitzer an Handgelenken und Ohren und Hälsen und Haar. Die Schwarzen fühlten sich wohl, weil sie aus welchem Grund auch immer die Menge hinter sich wussten, und die Weißen fühlten sich wohl, weil niemand ihnen vorwarf, weiß zu sein. ›The Joint is Jumping‹, hätte Fats Waller gesagt.

Pot machte die Runde, und Rufus war schon ein bisschen high. Er fühlte sich blendend. Und im letzten Set wurde er hellwach. Der Saxophonist, der schon den ganzen Abend in anderen Sphären spielte, legte ein Wahnsinnssolo hin. Der Junge war ungefähr in Rufus' Alter und stammte aus einem abseitigen Kaff wie Jersey City oder Syracuse, hatte aber irgendwann erkannt, dass er das, was er sagen wollte, mit seinem Saxophon sagen konnte. Und das war eine Menge. Breitbeinig stand er da mit seinen paarundzwanzig Jahren, zitternd in seinen Klamotten, und trieb es mit der Luft, blies seine breite Brust auf und brüllte durchs Saxophon: *Liebt ihr mich? Liebt ihr mich? Liebt ihr mich?* Und noch mal: *Liebt ihr mich? Liebt ihr mich? Liebt ihr mich?* Das jedenfalls war die Frage, die Rufus hörte, der immergleiche Satz, unerträglich, unendlich, in etlichen Variationen, mit der ganzen Kraft, die in dem jungen Mann steckte. Stille senkte sich scharf auf die Zuhörer, jähe Aufmerksamkeit; Zigaretten wurden ausgedrückt, Drinks stehen gelassen, und alle Gesichter, selbst die ganz stumpfen und verlebten, leuchteten neugierig auf, wachsam. Die Zuhörer wurden attackiert von einem Saxophonisten, der ihre Liebe vielleicht gar nicht mehr wollte und ihnen nur noch seinen Zorn entgegenschleuderte, mit demselben verächtlichen, gottlosen Stolz, mit dem er die Luft bestieg. Und doch war die Frage furchtbar und echt; der Junge blies mit Lunge und Bauch aus seiner kurzen Vergangenheit heraus – irgendwo in dieser Vergangenheit, in der Gosse, in Gangfights oder Gangsex, im ranzigen Zimmer, auf den spermasteifen Laken, hinter Marihuana oder Nadel, unter dem Pissegestank im Keller des Polizeireviers war in ihm der Druck entstanden, den er nie wieder loswerden würde, und das wollte ihm keiner glauben. *Liebt ihr mich? Liebt ihr mich? Liebt ihr mich?* Die Männer auf der Bühne blieben bei ihm, unbeirrt und leicht zurückgenommen, fügten an, fragten nach, stimmten zu, fingen ihn auf mit spöttischer Selbstironie, so gut sie konnten; doch wusste jeder von ihnen, dass der Junge für sie alle blies. Am Ende des Sets waren sie schweißnass. Rufus roch seinen Körper und die der anderen Männer; »das war's«, sagte der Bassist. Die Menge brüllte nach einer Zugabe, doch nach dem Schlussthema ging das Licht an. Und Rufus hatte das letzte Set seines letzten Gigs gespielt.

Bis Montagnachmittag würde er sein Drumset stehen lassen. Als er von der Bühne trat, stand ihm eine sehr schlicht gekleidete blonde Frau gegenüber.

»Was läuft, Baby?«, fragte er. Um sie herum waren alle damit beschäftigt, in Richtung Party weiterzuziehen. Es war Frühling, etwas lag in der Luft.

»Was läuft bei *dir?*«, gab sie zurück, aber nur, weil sie ganz offensichtlich nicht wusste, was sie sonst sagen sollte.

Sie hatte genug gesagt. Sie stammte aus dem Süden. Und Rufus durchzuckte es, als er ihr farbloses klammes Gesicht betrachtete, das Gesicht der armen weißen Südstaatlerin, und ihr bleiches glattes Haar. Sie war deutlich älter als er, über dreißig vermutlich, und hatte einen zu dürren Körper. Dennoch wurde er auf der Stelle zum aufregendsten Körper, den er seit Langem gesehen hatte.

»Honeychild«, sagte er mit seinem schiefen Lächeln, »bist du nicht elend weit weg von zu Hause?«

»Allerdings«, sagte sie, »und nie wieder geh ich dorthin zurück.«

Beide lachten. »Na schön, Miss Anne«, sagte er, »wenn bei dir dasselbe läuft wie bei mir, gehen wir doch zusammen auf die Party.«

Er nahm ihren Arm, sodass sein Handrücken ihre Brust streifte, und fragte: »Du heißt gar nicht Anne, oder?«

»Nein«, sagte sie, »Leona.«

»Leona?« Er lächelte wieder. Sein Lächeln konnte sehr einnehmend sein. »Was für ein schöner Name.«

»Und wie heißt du?«

»Ich? Rufus Scott.«

Er fragte sich, was sie in diesem Laden machte, was sie in Harlem machte. Sie wirkte nicht so, als würde sie sich für Jazz interessieren, und schon gar nicht so, als würde sie normalerweise allein in Bars gehen. Sie trug einen leichten Frühlingsmantel, ihr langes Haar war zurückgekämmt und hinten festgesteckt; von einer Spur Lippenstift abgesehen war sie ungeschminkt.

»Komm«, sagte er, »schnappen wir uns ein Taxi.«

»Ist es auch wirklich in Ordnung, wenn ich mitkomme?«

Er atmete scharf ein. »Sonst würde ich dich nicht mitnehmen. Wenn ich sage, es ist in Ordnung, dann ist es in Ordnung.«

»Na gut«, sagte sie mit einem Lachen, »in Ordnung.«

Sie folgten der Menge, die mit vielen Unterbrechungen, mit viel Reden und Lachen und erotischem Gewühl auf die Straße strömte. Es war drei Uhr morgens, und ringsum pfiff das schicke Glitzervolk alle verfügbaren Taxis heran. Andere, deutlich weniger schicke – sie befanden sich am westlichen Ende der 125th Street – standen pulkweise an der Straße und wippten, schlurften oder stolzierten vorüber mit verstohlenen oder offenen Blicken, die eher berechnend waren als neugierig. Polizisten schlenderten vorbei; unauffällig ließen sie durchblicken, dass diese Schwarzen, obwohl so spät noch auf der Straße und mehrheitlich betrunken, nicht auf die übliche Weise zu behandeln waren und die Weißen in ihrer Begleitung auch nicht. Rufus wurde auf einmal klar, dass Leona demnächst weit und breit die einzige Weiße sein würde. Das beunruhigte ihn, und seine Unruhe war ihm lästig. Leona winkte ein leeres Taxi heran.

Der weiße Fahrer schien ohne Zögern für sie anzuhalten.

»Musst du morgen arbeiten?«, fragte Rufus Leona. Jetzt, da sie allein waren, wurde er etwas verlegen.

»Nein«, sagte sie, »morgen ist Sonntag.«

»Ach ja.« Das gefiel ihm. Eigentlich hatte er seine Familie besuchen wollen, aber was für ein Fest wäre es, den Tag mit Leona im Bett zu verbringen. Er warf ihr einen Blick zu; sie war zwar zierlich, aber offenbar sehr gut gebaut. Was ihr wohl durch den Kopf ging? Er bot ihr eine Zigarette an und legte dabei flüchtig seine Hand auf ihre; sie lehnte ab.

»Rauchst du nicht?«

»Doch, manchmal. Wenn ich trinke.«

»Und kommt das oft vor?«

Sie lachte. »Nein. Ich trink nicht gern alleine.«

»Also, heute Abend trinkst du auch nicht mehr alleine.«

Sie antwortete nicht, sie wirkte angespannt im Dunkeln, als würde sie rot. Sie sah aus dem Fenster.

»Wie gut«, sagte er, »dass ich mir keinen Kopf drum machen muss, wie ich dich heute rechtzeitig nach Hause bringe.«

»Musst du so oder so nicht. Ich bin ein großes Mädchen.«

»Honey«, sagte er, »du bist kaum größer als eine Maus.«

Sie seufzte. »Eine Maus kann ganz schön mächtig sein.«

Er beschloss, nicht weiter nachzufragen, was sie damit meinte. »Das ist wahr«, antwortete er mit vielsagendem Blick, aber das schien nicht zu ihr durchzudringen.

Sie waren jetzt auf dem Riverside Drive, fast am Ziel. Zu ihrer Linken betonten lieblose fahle Lichter das tiefe Schwarz am Ufer von New Jersey. Rufus lehnte sich zurück, lehnte sich ein wenig an Leona und ließ Lichter und Schwärze vorbeirollen. Dann wendete das Taxi; flüchtig sah er die Brücke, die in der Ferne leuchtete wie in den Himmel geschrieben. Auf der Suche nach der Hausnummer wurde der Fahrer langsamer. Vor ihnen hatte ein Taxi gerade eine ganze Gruppe ausgespuckt und verschwand jetzt die Straße hinunter. »Wir sind da«, sagte Rufus. »Sieht ja nach einer schicken Party aus«, sagte der Taxifahrer zwinkernd. Rufus antwortete nicht. Er zahlte, stieg aus und betrat die Vorhalle, die groß und hässlich war, voller Spiegel und Stühle. Der Aufzug fuhr gerade nach oben, sie hörten noch die Stimmen darin.

»Was wolltest du eigentlich so ganz allein in dem Club, Leona?«, fragte Rufus.

»Keine Ahnung«, sagte sie etwas erstaunt. »Ich wollte einfach mal Harlem sehen, und dann bin ich zufällig an diesem Club vorbeigekommen und hab die Musik gehört, da bin ich eben rein, und dann bin ich dageblieben. Die Musik hat mir gefallen.« Sie bedachte ihn mit einem spöttischen Blick. »Ist das in Ordnung?«

Er lachte nur.

Sie wandte sich von ihm ab, als oben die Fahrstuhltüren zugingen. Das Scheppern hallte durch den Schacht, und jetzt hörten sie das Summen der Drahtseile. Leona blickte auf die geschlossenen Türen, als hinge ihr Leben davon ab.

»Bist du zum ersten Mal in New York?«

Ja, aber es sei schon immer ihr Traum gewesen, sagte sie mit einem kleinen Lächeln in seine Richtung. Sie hatte etwas Zaghaftes an sich, das ihn sehr berührte. Sie war wie ein wildes Tier, das nicht wusste, ob es auf die ausgestreckte Hand zugehen oder fliehen sollte, und dabei immer wieder kleine verschreckte Vorstöße wagte, erst hierhin, dann dorthin.

»Ich bin hier geboren.« Er sah sie an.

»Ich weiß«, sagte sie, »darum wirkt es auf dich bestimmt auch nicht so schön wie auf mich.«

Er lachte wieder. Und erinnerte sich plötzlich an seine Grundausbildung im Süden, spürte erneut den Stiefel eines weißen Offiziers auf seinem Mund. In seiner weißen Uniform lag Rufus im staubigen roten Lehm. Einige seiner schwarzen Kameraden hielten ihn fest, brüllten ihm ins Ohr, halfen ihm auf. Der weiße Offizier hatte sich fluchend davongemacht, für immer außer Reichweite seiner Rache. Sein Gesicht war verschmiert von Lehm, Tränen und Blut; er hatte rotes Blut in den roten Staub gespuckt.

Der Aufzug hielt, und die Türen gingen auf. Beim Einsteigen nahm er Leonas Arm und drückte ihn an seine Brust. »Ich finde dich ganz reizend.«

»Du bist auch nett«, sagte sie. Im engen Aufzug klang ihre Stimme seltsam zittrig, und auch ihr Körper zitterte – ganz leicht, wie vom sanften Frühlingswind umspielt.

Er drückte ihren Arm fester. »Hat man dich zu Hause gar nicht vor den schwarzen Männern gewarnt, die dich im Norden erwarten?«

Sie holte tief Luft. »Bisher ist mir noch keiner von ihnen blöd gekommen. Menschen sind Menschen, meine Meinung.«

Und Möse ist Möse, meine Meinung, dachte Rufus – war aber trotzdem dankbar für den Ton, den sie anschlug. So konnte er sich ein wenig fassen. Denn auch er zitterte leicht.

»Was hat dich eigentlich in den Norden verschlagen?«

Er fragte sich, ob er den nächsten Schritt machen oder darauf warten sollte, dass sie ihn machte. Betteln konnte er nicht. Aber sie vielleicht. Die Haare im Schritt fingen an zu jucken. Der schreckliche Muskel unten an seinem Bauch wurde langsam heiß und hart.

Sie stiegen aus dem Fahrstuhl und gingen durch einen langen Flur auf eine halb offene Tür zu.

»Ich hab's wohl einfach nicht mehr ausgehalten da unten«, sagte sie. »Ich war verheiratet, aber dann hab ich mich von meinem Mann getrennt und sie haben mir meinen Sohn weggenommen – nicht mal sehen darf ich ihn –, und da hab ich mir gedacht, bevor ich da im Süden rumsitze und durchdrehe, versuch ich's hier mit einem neuen Leben.«

Für einen kurzen Moment regte sich ein Gedanke in ihm. Leona war ein Mensch mit einer eigenen Geschichte, und alle Geschichten bedeuteten Ärger. Er schüttelte den Gedanken ab. So weit würde es gar nicht kommen, dass ihre Geschichte ihn kratzen könnte. Er wollte Leona nur für heute Nacht.

Er klopfte an die Tür und trat ein, ohne auf Antwort zu warten. Geradeaus, in dem großen Wohnraum, der in offenen Fenstertüren und einen Balkon mündete, tummelten sich mehr als hundert Leute, einige in Abendgarderobe, andere in Hose und Pullover. Hoch oben hing eine große Silberkugel, die unerwartete Winkel des Zimmers spiegelte und sich so in ihrer ganz eigenen Art abfällig über die Menschen darin äußerte. Es herrschte ein solches Kommen und Gehen, so viel Schmuck, Gläser und Zigaretten blitzten auf, dass die schwere Kugel beinahe lebendig wirkte.

Der Gastgeber – den er kaum kannte – war nirgends zu sehen. Rechts lagen drei Zimmer, im ersten türmten sich Capes und Mäntel.

Charlie Parkers Saxophon, das aus der Stereoanlage drang, legte sich über die Stimmen im Raum.

»Zieh du deinen Mantel aus«, sagte er zu Leona, »und ich seh mal nach, ob ich hier irgendwen kenne.«

»Ach«, sagte sie, »bestimmt kennst du hier alle.«

»Na los.« Mit einem Lächeln schob er sie sanft ins andere Zimmer. »Tu, was ich dir sage.«

Während sie ihren Mantel ablegte – und sich wahrscheinlich die Nase puderte –, fiel ihm ein, dass er versprochen hatte, Vivaldo anzurufen. Auf der Suche nach einem einigermaßen abgeschiedenen Telefon landete er in der Küche.

Er wählte Vivaldos Nummer.

»Hallo, Baby. Wie geht's?«

»Ach, so ganz gut. Was ist los? Ich dachte, du rufst früher an. Ich hatte dich fast schon abgeschrieben.«

»Bin gerade erst angekommen.« Rufus senkte die Stimme, als ein Paar in die Küche kam, eine blonde Frau mit verwuscheltem Pagenschnitt und ein großer Schwarzer. Die Frau lehnte sich an die Spüle, der Mann stand vor ihr und strich ihr langsam über die Oberschenkel. Rufus würdigten sie kaum eines Blickes. »Jede Menge elegante Spießer, weißt schon.«

»Klar«, sagte Vivaldo und schwieg. »Meinst du, es lohnt sich?«

»Keine Ahnung. Wenn du was Besseres vorhast …«

»Jane ist hier«, sagte Vivaldo schnell. Wahrscheinlich lag sie auf dem Bett und hörte zu.

»Ach, wenn deine Großmutter bei dir ist, kannst du dir das hier ja schenken.« Er mochte Jane nicht, sie war etwas älter als Vivaldo und frühzeitig ergraut. »Hier ist keine alt genug für dich.«

»Das reicht, du Wichser.« Er hörte die beiden tuscheln, verstand aber nicht, was sie sagten. Dann war wieder Vivaldo an seinem Ohr. »Ich glaube, ich passe.«

»Ist wohl besser. Wir sehen uns morgen.«

»Soll ich bei dir vorbeikommen?«

»Okay. Und lass dich von Grandma nicht fertigmachen; man sagt, Frauen in ihrem Alter sind echte Furien.«

»Für mich können sie gar nicht furios genug sein, mein Freund.«

Rufus lachte. »Versuch gar nicht erst, mit mir mitzuhalten, das schaffst du sowieso nicht. Bis dann.«

»Bis dann.«

Lächelnd legte Rufus auf und ging Leona suchen. Sie stand verloren im Flur und sah zu, wie einige Gäste verabschiedet wurden.

»Dachtest du, ich hätte dich im Stich gelassen?«, fragte er sie.

»Nein. So was würdest du doch nie tun.«

Er stupste ihr mit der Faust ans Kinn. Der Gastgeber wandte sich von der Tür ab und kam auf sie zu.

»Rein mit euch, ihr Lieben, holt euch was zu trinken«, sagte der Gastgeber. »Na los, stürzt euch ins Vergnügen.« Er war ein großer, gut aussehender, raumgreifender Mann, älter und skrupelloser, als er aussah; er hatte sich nach diversen härteren Jobs wie Boxen und Zuhälterei im Showbusiness nach ganz oben gekämpft. Den Ruhm verdankte er eher seinem Temperament und seinem Aussehen als seiner Stimme, und das wusste er. Er war kein Mensch, der sich selbst was vormachte, und Rufus mochte ihn, weil er raubeinig war, gutmütig und großzügig. Aber ein bisschen Angst hatte er auch vor ihm; trotz seines Charmes hatte der Mann etwas an sich, das keine Nähe duldete. Bei Frauen, die er mit tiefer, zärtlicher Verachtung behandelte, hatte er einen gewaltigen Schlag, und inzwischen war er bei seiner vierten Ehe angelangt.

Er nahm Leona und Rufus am Arm und zog sie ein Stück beiseite. »Hier wird's vielleicht auch noch richtig nett, wenn die Spießer mal weg sind«, sagte er. »Geduld.«

Rufus grinste. »Wie fühlt man sich eigentlich, so anständig?«

»Scheiße, *ich* bin schon mein ganzes Leben lang anständig. Den Dreck am Stecken haben doch die anständigen Motherfucker, die uns Schwarze ausgezogen haben bis auf die Unterhose. Und immer schön unterstützt von unsereins.« Er lachte. »Wenn die mit ihren fetten Schecks ankommen, also, jedes Mal denk ich mir, damit geben sie mir nur einen winzigen Teil von dem zurück, was sie geklaut haben die ganzen Jahre, weißt du, wie ich meine?« Er klopfte Rufus auf den Rücken. »Sorg dafür, dass die kleine Eva sich gut amüsiert.«

Die Menge lichtete sich bereits, die meisten Spießer wanderten ab. Waren die erst mal weg, bekam die Party ein anderes Gesicht, würde angenehm, ruhig und intim. Das Licht würde gedimmt, die Musik sanfter werden, die Gespräche sporadischer und ernsthafter. Vielleicht sang jemand oder spielte Klavier. Vielleicht erzählten sie sich Geschichten über Spaß, den sie miteinander gehabt, und Gigs, die sie zusammen gespielt hatten, über Riffs, an die sie sich erinnerten, und das Leid, das sie nicht vergaßen. Vielleicht hatte jemand Pot dabei und ließ es langsam rumgehen wie eine Friedenspfeife. Zusammengerollt auf einem Teppich in der Zimmerecke würde jemand anfangen zu schnarchen. Wer tanzte, würde sich nun dabei räkeln und endlich loslassen. Die Schatten im Zimmer würden lebendig. Gegen Ende, wenn der Morgen anbrach und das brutale Getöse der Stadt durch die breiten Fenstertüren bei ihnen eindrang, ging irgendjemand in die Küche und machte Kaffee. Dann würden sie den Eisschrank plündern und nach Hause gehen. Die Gastgeber konnten endlich unter die Decke kriechen und den ganzen Tag im Bett bleiben.

Ab und zu blickte Rufus zur Silberkugel hinauf, und immer verpasste er sich und Leona in ihrer Spiegelung.

»Gehen wir auf den Balkon«, sagte er.

Sie hielt ihm ihr Glas hin. »Mit Nachschub?« Ihre Augen waren jetzt so hell und verschmitzt, dass sie aussah wie ein kleines Mädchen.

Er ging zum Tisch, schenkte ihnen beiden kräftig nach und ging wieder zu ihr. »Wollen wir?«

Mit dem Glas trat sie durch die Fenstertür.

»Sorg dafür, dass die kleine Eva sich nicht erkältet!«, rief der Gastgeber.

»Sie wird vielleicht brennen, Baby, aber erfrieren wird sie ganz bestimmt nicht«, rief Rufus zurück.

Vor ihnen in der Ferne breiteten sich die Lichter am Ufer von New Jersey aus. Rufus meinte, ein leises Murmeln vom Wasser aufsteigen zu hören.

Als Kind hatte er am östlichen Rand von Harlem gewohnt, einen Block vom Harlem River entfernt. Mit den anderen Kindern war er vom zugemüllten Ufer ins Wasser gewatet oder hier und da von verrottenden Vorsprüngen gesprungen und eingetaucht. In einem Sommer war dort ein Junge ertrunken. Von den Eingangsstufen seines Hauses aus hatte Rufus gesehen, wie eine kleine Gruppe unter den schweren Schatten der Bahngleise die Park Avenue überquerte und in die Sonne trat, in der Mitte ein Mann, der Vater des Jungen, mit dem unglaublichen Gewicht des zugedeckten Jungen im Arm. Nie würde Rufus die Rundung seiner Schultern und die entsetzte Neigung seines Kopfes vergessen. Ein großes Schreien hatte sich am anderen Ende des Blocks erhoben, und die Mutter des Jungen war im Bademantel, den Kopf umwickelt, stolpernd wie eine Betrunkene auf die schweigende Gruppe zugelaufen.

Rufus straffte die Schultern, als würde er eine Last abwerfen, und trat zu Leona an die Brüstung. Sie blickte den Fluss hinauf zur George Washington Bridge.

»Das ist echt schön«, sagte sie, »das ist echt so schön.«

»New York scheint dir zu gefallen.«

Sie drehte sich zu ihm, nippte an ihrem Drink. »Allerdings. Kann ich jetzt eine Zigarette haben?«

Er reichte ihr eine Zigarette und gab ihr Feuer, dann zündete er sich selbst eine an. »Wie kommst du hier über die Runden?«

»Geht schon«, sagte sie. »Ich arbeite in einem Restaurant downtown als Kellnerin, ganz unten bei der Wall Street, das ist echt ’ne hübsche Ecke, und ich wohne mit zwei andern Frauen zusammen« – also konnten sie nicht zu ihr gehen! –, »und ja, ach, geht schon.« Sie sah zu ihm auf mit ihrem traurig herzigen Armeweißelächeln.

Erneut mahnte ihn ein Gefühl, es sein zu lassen, dieses arme Mädchen in Ruhe zu lassen, aber dass er sie im Geiste ein armes Mädchen nannte, entlockte ihm zugleich ein Lächeln aufrichtiger Zuneigung. »Du hast echt Mumm, Leona«, sagte er.

»Geht nicht anders, so seh ich das«, sagte sie. »Manchmal würde ich am liebsten aufgeben. Aber – wie gibt man denn auf?«

Sie sah so verloren und komisch aus, dass er laut auflachte, und kurz darauf lachte auch sie.

»Wenn mein Mann mich jetzt sehen könnte«, kicherte sie, »ach du je.«

»Wieso, was würde dein Mann denn sagen?«

»Wieso, keine Ahnung.« Diesmal lachte sie nicht. Sie sah ihn an, als würde sie langsam aus einem Traum erwachen. »Ob ich wohl noch einen Drink bekommen könnte?«

»Klar.« Er nahm ihr Glas, und ihre Hände und ihre Körper berührten sich kurz. Sie senkte den Blick. »Bin gleich zurück«, sagte er und tauchte ein in den jetzt dämmrigen Raum. Jemand spielte Klavier.

»Na, wie kommst du voran mit deiner Eva?«, fragte der Gastgeber.

»Gut, gut, wir trinken uns warm.«

»Kannst du vergessen. Du musst Little Eva mit Pot einheizen. Dass sie einen richtigen Kick kriegt.«

»Die kriegt schon noch ihren Kick.«

»Der alte Rufus hat sie draußen stehen lassen, Mann, dass sie das Empire State Building anbetet«, sagte der junge Saxophonist und lachte.

»Gib mal her«, sagte Rufus, jemand reichte ihm einen Joint, und er nahm ein paar Züge.

»Kannst du behalten, Mann, das Zeug ist astrein.«

Er füllte die Gläser und blieb einen Augenblick im Zimmer stehen, rauchte und lauschte dem Klavier. Er fühlte sich gut, sauber, auf der Höhe und hatte einen milden Rausch, als er wieder auf den Balkon trat.

»Sind alle schon weg?«, fragte sie nervös. »Es ist so still da drin.«

»Nein, die sitzen bloß rum.« Sie sah auf einmal hübscher aus, weicher, und die Lichter über dem Fluss schlossen sich hinter ihr wie ein Vorhang. Der Vorhang schien sich mit ihr zu bewegen, schwer, schillernd und unschätzbar. »Ich wusste gar nicht, dass du eine Prinzessin bist.«

Er gab ihr den Drink, und ihre Hände berührten sich wieder. »Jetzt weiß ich, dass du betrunken bist«, sagte sie fröhlich, und über den Glasrand hinweg lockte ihn nun unmissverständlich ihr Blick.

Er wartete. Alles schien jetzt sehr einfach. Er spielte mit ihren Fingern. »Hast du irgendwas gesehen, seit du in New York bist, das du haben willst?«

»Ach«, sagte sie, »ich will alles!«

»Hast du irgendwas gesehen, das du jetzt auf der Stelle haben willst?«

Ihre Finger spannten sich leicht, aber er hielt sie fest. »Na los. Kannst du mir ruhig sagen. Keine Angst.« Die Worte hallten in seinem Kopf wider. Das hatte er schon mal gesagt, vor

Jahren, zu jemand anders. Der Wind frischte kurz auf, umwehte seinen Körper und zerzauste ihre Haare. Dann legte er sich wieder.

»Und du?«, fragte sie zaghaft.

»Was ich?«

»Hast du was gesehen, was du haben willst?«

Er merkte, dass er high war, so hatten sich seine Finger mit ihren verschränkt, so starrte er ihren Hals an. Er wollte daran saugen und ihn langsam grün und blau knabbern. Aber er merkte auch, wie hoch sie über der Stadt waren, wie die Lichter unten ihn zu locken schienen. Er trat an die Brüstung. Als er direkt hinuntersah, meinte er auf einer Klippe in der Wildnis zu stehen und ein Königreich und einen Fluss zu sehen, den er noch nie zuvor gesehen hatte. Das alles konnte ihm gehören, jeder Fußbreit des Gebiets, das sich unter ihm und um ihn herum erstreckte. Unbewusst fing er an, eine Melodie zu pfeifen, und sein Fuß suchte nach dem Pedal seines Schlagzeugs. Er stellte sein Glas vorsichtig auf den Balkonboden und trommelte ein Riff auf der steinernen Brüstung.

»Du hast meine Frage noch nicht beantwortet.«

»Welche?«

Er drehte sich zu Leona um. Sie hielt ihr Glas in den hohlen Händen, runzelte fragend die Stirn über den verzagten Augen und dem herzigen Lächeln.

»Du hast meine noch nicht beantwortet.«

»Doch.« Sie klang so wehmütig wie noch nie. »Ich hab gesagt, ich will alles.«

Er nahm ihr das Glas ab, trank es halb aus, gab es ihr zurück und zog sich in den dunkelsten Winkel des Balkons zurück.

»Na schön«, flüsterte er, »dann hol's dir.«

Mit dem Glas vor der Brust ging sie auf ihn zu. Im allerletzten Moment flüsterte sie zornig und verwirrt: »Was hast du vor mit mir?«

»Honey«, entgegnete er, »ich bin schon dabei«, und zog sie, so heftig er konnte, zu sich heran. Auf ihren Widerstand war er gefasst gewesen, und sie wehrte sich, hielt das Glas zwischen ihnen fest und versuchte verzweifelt, sich seiner Berührung zu entziehen. Er schlug ihr das Glas aus der Hand, dass es dumpf auf den Balkonboden fiel und von ihnen wegrollte. Nur zu, dachte er amüsiert; würde ich dich jetzt loslassen, wärst du so fertig, du würdest vom Balkon fliegen, höchstwahrscheinlich. »Nur zu«, flüsterte er, »wehr dich, das gefällt mir. Macht man das so bei euch im Süden?«

»O Gott«, murmelte sie und fing an zu weinen. Und hörte auf zu kämpfen. Ihre Hände tasteten nach seinem Gesicht, als wäre sie blind. Dann schlang sie die Arme um seinen Hals und klammerte sich, noch immer zitternd, an ihn. Mit Lippen und Zähnen war er an ihren Ohren und ihrem Hals, und er sagte: »Honey, noch gibt es nichts zu weinen.«

Ja, er war high; er sah sich selbst zu bei allem, was er tat, und eine unerwartete Zärtlichkeit für Leona regte sich in ihm. Er wollte sich freisprechen für das, was er tat – was er ihr antat. Es schien alles sehr lange zu dauern. Er verlor sich in ihren Brüsten, die sich vorwölbten wie gelbe Cremehügel, und den harten, braunen, köstlichen Nippeln, er spielte, nuckelte, knabberte, während sie stöhnte und wimmerte und ihre Knie nachgaben. Behutsam nahm er sie mit auf den Boden, zog sie auf sich. Hielt sie fest an Hüfte und Schulter. Ein wenig sorgte er sich um die Gastgeber und die anderen da drinnen, aber er konnte diesen Irrsinn nicht mehr aufhalten. Ihre Finger knöpften sein Hemd auf bis zum Nabel, ihre Zunge brannte sich in seinen Hals und seine Brust; seine Hände schoben ihren Rock hoch und streichelten die Innenseiten ihrer Schenkel. Nach einer rauschhaften Weile, in der ihn jedes Beben ihres Körpers, schneller und immer schneller, erschauern ließ, drückte er sie unter sich und drang in sie ein. Einen Moment lang dachte er, sie würde schreien, so eng war sie, so scharf atmete sie ein, so sehr spannte sie sich an. Doch dann stöhnte sie auf und bewegte sich unter ihm. Aus der Mitte seines aufziehenden Sturms machte er sich ganz langsam und bedacht an die lange Heimreise.

Und sie trug ihn, wie das Meer ein Boot trägt: in einem langsamen, wogenden Auf und Ab, das kaum die gewaltige Tiefe ahnen ließ. Sie murmelten und schluchzten auf dieser Reise, er fluchte leise und inständig. Beide kämpften darum, in einen Hafen einzulaufen, und es konnte keine Ruhe geben, bis das Wogen unerträglich schneller wurde durch die Wucht, die in ihnen beiden wuchs. Rufus öffnete kurz die Augen und betrachtete ihr Gesicht, von Schmerz verklärt und in der Dunkelheit glänzend wie Alabaster. Tränen standen in ihren Augenwinkeln, und das Haar klebte ihr an der Stirn. Sie atmete mit Stöhnen und kurzen Schreien, mit Wörtern, die er nicht verstand, und er bewegte sich schneller und drang tiefer in sie ein, er konnte nicht anders. Er wollte, dass sie ihn für alle Tage in Erinnerung behielt. Wenig später hätte ihn nichts mehr aufhalten können, nicht der weiße Gott persönlich und kein Lynchmob aus den Lüften. Halblaut verfluchte er die milchweiße Schlampe und stieß ihr stöhnend seine Waffe zwischen die Schenkel. Sie fing an zu weinen. *Hab ich dir doch gesagt,* stöhnte er, *ich geb dir noch was zu weinen,* und auf einmal hatte er das Gefühl zu ersticken, als müsste er platzen oder sterben. Ein Stöhnen, ein Fluchen durchfuhren ihn, während er mit all seiner Kraft auf sie eindrosch und das Gift aus sich herausschießen fühlte, ausreichend für hundert schwarz-weiße Babys.

Keuchend lag er auf dem Rücken. Er hörte Musik aus dem Zimmer und ein Pfeifen vom Fluss. Er hatte Angst und eine trockene Kehle. Die Luft strich kalt über seine feuchten Stellen.

Als sie ihn anfasste, zuckte er zusammen. Mit einiger Überwindung drehte er sich zu ihr und sah ihr in die Augen. Sie waren noch feucht, tief und dunkel, und ihr zitternder Mund bog sich leicht zu einem triumphierenden scheuen Lächeln. Er zog sie zu sich heran, hätte sich gern ausgeruht. Er hoffte, sie würde nichts sagen. »War das schön«, sagte sie und küsste ihn. Und diese Worte, die zwar keine Zärtlichkeit in ihm auslösten und ihm nicht die rätselhafte dumpfe Furcht nahmen, weckten in ihm neues Verlangen.

Er setzte sich auf. »Was bist du für eine komische kleine Südfrucht«, sagte er und betrachtete sie. »Keine Ahnung, wie du das deinem Mann erklärst, wenn du mit einem kleinen schwarzen Baby nach Hause kommst.«

»Ich krieg überhaupt keine Babys mehr«, sagte sie, »mach dir da mal keine Sorgen.« Mehr sagte sie nicht, aber sie hatte noch so viel zu sagen. »Das hat er auch aus mir rausgeprügelt«, setzte sie schließlich hinzu.

Er wollte ihre Geschichte hören, und er wollte nichts mehr über sie wissen.

»Wir gehen besser rein und machen uns frisch«, sagte er.

Sie legte den Kopf an seine Brust. »Ich hab Angst, da jetzt reinzugehen.«

Lachend strich er ihr über den Kopf. Die Zärtlichkeit kam

zurück. »Du hast aber nicht vor, die ganze Nacht hier draußen zu bleiben, oder?«

»Was werden deine Freunde denken?«

»Also, zunächst mal, Leona, holen sie nicht die Polizei.« Er küsste sie. »Gar nichts werden sie denken, Honey.«

»Kommst du mit rein?«

»Natürlich komm ich mit rein.« Er hielt sie auf Armeslänge von sich. »Du musst nur irgendwie deine Sachen zurechtzupfen« – er streichelte sie, sah ihr in die Augen – »und dir irgendwie durch die Haare fahren, so« – und er strich ihr die Haare aus der Stirn. Sie betrachtete ihn. »Magst du mich?«, hörte er sich fragen.

Sie schluckte. Er betrachtete die pochende Ader an ihrem Hals. »Ja«, sagte sie und senkte den Blick. »Rufus, ich mag dich wirklich, tu mir bitte nicht weh.«

»Warum sollte ich dir wehtun wollen, Leona?« Er streichelte ihr den Hals und sah sie ernst an. »Wie kommst du darauf, dass ich dir wehtun will?«

»Menschen tun sich nun mal gegenseitig weh«, sagte sie nach einer Weile.

»Hat dir jemand wehgetan, Leona?«

Sie schwieg, legte ihr Gesicht in seine Hand. »Mein Mann«, sagte sie leise. »Ich dachte, er liebt mich, aber das stimmte nicht – ich wusste, dass er grob ist, aber ich dachte nicht, dass er böse ist. Und geliebt haben kann er mich nicht, weil er hat mir mein Kind weggenommen, er ist irgendwohin, wo ich es gar nicht mehr sehen kann.« Mit Tränen in den Augen blickte sie zu Rufus hoch. »Er hat gesagt, ich bin keine gute Mutter, weil – ich – zu viel trinke. Das stimmt auch, anders hab ich ihn nicht ausgehalten, aber für mein Kind wär ich gestorben, ich hätte doch nie zugelassen, dass ihm was passiert.«

Er schwieg. Ihre Tränen fielen auf seine dunkle Faust. »Er ist immer noch da unten«, sagte sie, »mein Mann, meine ich. Er und meine Mutter und mein Bruder halten zusammen wie Pech und Schwefel. Die finden, ich bin nie zu was gut gewesen. Teufel noch mal, wenn dir alle ständig sagen, du bist zu nichts gut« – sie versuchte zu lachen –, »dann wird man am Ende ganz schön schlecht.«

Er schob all die Fragen von sich, die er ihr stellen wollte. Auf dem Balkon wurde es langsam kalt, er hatte Hunger, er brauchte einen Drink, und er wollte nach Hause ins Bett. »Also«, sagte er schließlich, »ich werde dir nicht wehtun«, stand auf und trat an die Brüstung. Seine Boxershorts hingen ihm wie ein Seil zwischen den Beinen, er zog sie hoch und hatte das Gefühl, darin festzukleben. Er machte den Reißverschluss zu, stand breitbeinig da. Der Himmel war ins Violett geblichen, die Sterne waren verschwunden und die Lichter am Jersey-Ufer waren aus. Ein Kohlenkahn fuhr langsam den Fluss hinunter.

»Wie sehe ich aus?«, fragte sie.

»Gut«, sagte er und meinte es ernst. Sie sah aus wie ein müdes Kind. »Willst du mit zu mir kommen?«

»Wenn du willst.«

»Ja, genau das will ich.« Er fragte sich, warum er an ihr festhielt.

Vivaldo kam am späten Nachmittag vorbei, als Rufus noch im Bett lag und Leona in der Küche Frühstück machte.

Leona öffnete ihm die Tür. Rufus beobachtete entzückt das schleichende Entsetzen auf Vivaldos Gesicht, wie er von Leona, eingehüllt in Rufus' Bademantel, zu Rufus blickte, der nackt unter der Decke saß.

Soll der aufgeklärte weiße Wichser sich ruhig mal ein bisschen winden, dachte er.

»Hi, Baby«, rief er, »komm rein. Du bist gerade rechtzeitig zum Frühstück.«

»Also, *ich* hab schon gefrühstückt«, sagte Vivaldo, »aber ihr seid ja noch nicht mal angezogen. Ich komm einfach später wieder.«

»Scheiße, Mann, komm rein jetzt. Das hier ist Leona, und das ist mein Freund Vivaldo. Kurzform. Eigentlich heißt er Daniel Vivaldo Moore und ist ein irischer Spaghettifresser.«

»Rufus hat Vorurteile gegen alles und jeden«, sagte Leona lächelnd. »Komm rein.«

Vivaldo machte beklommen die Tür hinter sich zu und setzte sich auf die Bettkante. Immer wenn ihm unbehaglich war – was häufig vorkam –, schienen seine Arme und Beine ins Unermessliche zu wachsen, und er trug sie mit verwirrter Abscheu, als wäre er gerade erst mit ihnen geschlagen.

»Ich hoffe, du kannst wenigstens ein bisschen was essen«, sagte Leona. »Es gibt reichlich, und es ist gleich fertig.«

»Ich trink einen Kaffee mit euch«, sagte Vivaldo, »es sei denn, ihr habt Bier.« Dann sah er Rufus an. »Muss eine tolle Party gewesen sein.«

Rufus grinste. »Nicht schlecht, nicht schlecht.«

Leona machte ein Bier auf und brachte es Vivaldo in einem Glas. Er nahm es mit seinem Verschwörergrinsen entgegen, wobei etwas Bier auf seinen Fuß schwappte.

»Du auch, Rufus?«

»Nein, mein Schatz, erst mal was essen.«

Leona ging in die Küche zurück.

»Ist sie nicht ein Prachtexemplar?«, fragte Rufus. »Im Süden bringen sie ihren Weibsbildern noch bei, uns zu Diensten zu sein.«

Aus der Küche hörten sie Leonas Lachen. »Was anderes bringen sie uns jedenfalls nicht bei.«

»Honey, solange du einen Mann so glücklich machen kannst wie mich jetzt, musst du auch nichts anderes können.«

Rufus und Vivaldo sahen sich an. Dann grinste Vivaldo. »Und, Rufus, kriegst du deinen Arsch noch mal raus aus diesem Bett?«

Rufus schlug die Decke zurück und sprang auf. Er reckte die Arme, gähnte und streckte sich.

»Eine beeindruckende Vorstellung, die du hier abgibst«, sagte Vivaldo und warf ihm ein Paar Boxershorts zu.

Rufus zog sie an, dazu eine alte graue Hose und ein ausgeblichenes grünes Poloshirt. »Du hättest doch noch auf die Party kommen sollen«, sagte er. »Da ging Pot rum, das hast du noch nicht gesehen.«

»Tja, war ein schwieriger Abend gestern.«

»Jane und du? Das Übliche?«

»Ach, sie war betrunken und hat wieder so eine Scheiße abgezogen, weißt schon. Sie ist krank, sie kann nichts dafür.«

»Dass *sie* krank ist, weiß ich, aber was ist mit *dir?*«

»Wahrscheinlich krieg ich einfach gern eins übergebraten.« Sie gingen zum Tisch. »Bist du zum ersten Mal im Village, Leona?«

»Nein, rumgelaufen bin ich hier schon. Aber man kennt einen Ort ja erst, wenn man die Menschen kennt.«

»Uns kennst du jetzt«, sagte Vivaldo, »und zusammen kennen wir so ungefähr jeden. Wir zeigen dir unser Viertel.«

Die Art, wie Vivaldo das sagte, irritierte Rufus. Seine Beschwingtheit verflog; galliger Argwohn erfüllte ihn. Verstohlen blickte er zu Vivaldo, der sein Bier trank und Leona mit einem undurchdringlichen Lächeln betrachtete – undurchdringlich eben deshalb, weil es so offen und wohlwollend wirkte. Dann sah Rufus wieder Leona an. Zumindest jetzt, wie sie da in seinem Bademantel ertrank, das Haar auf dem Kopf aufgetürmt und das Gesicht gänzlich ungeschminkt, konnte man sie nicht wirklich hübsch nennen. Vielleicht verachtete Vivaldo sie, weil sie so gewöhnlich war – was bedeutete, dass Vivaldo ihn verachtete. Vielleicht flirtete er aber auch mit ihr, weil sie so zugänglich und verfügbar wirkte, wobei sich ihre Verfügbarkeit schon daran zeigte, dass sie überhaupt in Rufus' Wohnung war.

Dann sah Leona ihn über den Tisch hinweg an und lächelte. Ein Ruck ging ihm durch Herz und Bauch. Rufus erinnerte sich an die Heftigkeit, an die Zärtlichkeit, die sie miteinander erlebt hatten, und dachte, zum Teufel mit Vivaldo. Er hatte hier etwas, an das Vivaldo nie herankommen würde.

Er beugte sich über den Tisch und küsste Leona.

»Krieg ich noch ein Bier?«, fragte Vivaldo schmunzelnd.

»Du weißt ja, wo es steht«, antwortete Rufus.

Leona nahm Vivaldos Glas und ging in die Küche, und Rufus streckte Vivaldo, der mit leichtem Spott die Stirn runzelte, die Zunge raus.

Leona stellte Vivaldo sein Bier hin. »Ihr Jungs macht hier fertig, ich zieh mich an.« Sie sammelte ihre Kleider ein und verschwand im Bad.

Eine Weile herrschte Schweigen.

»Wohnt sie jetzt bei dir?«, fragte Vivaldo.

»Weiß ich noch nicht. Aber ich glaube, sie würde gern …«

»Na, das ist wohl offensichtlich. Aber ist die Wohnung nicht ein bisschen klein für zwei?«

»Vielleicht finden wir was Größeres. Aber – ich bin ja auch nicht so viel zu Hause.«

Vivaldo schien darüber nachzudenken. »Ich hoffe, du weißt, was du tust, mein Lieber«, sagte er dann. »Ich weiß, es geht mich nichts an, aber –«

»Magst du sie nicht?«

»Klar mag ich sie. Sie ist reizend.« Er nahm einen Schluck. »Die Frage ist: Wie sehr magst *du* sie?«

»Merkt man das nicht?« Rufus grinste.

»Also, ehrlich gesagt, nein, ich nicht. Ich meine, klar magst du sie. Aber … ach, ich weiß auch nicht.«

Dann wieder Schweigen. Vivaldo senkte den Blick.

»Kein Grund zur Sorge, ich bin ein großer Junge.«

»Das hier ist auch eine ziemlich große Welt, mein Lieber. Ich hoffe, das hast du bedacht.«

»Hab ich bedacht.«

»Ach, ich bin einfach viel zu fürsorglich, du Scheißkerl.«

»Das ist immer das Problem mit euch weißen Wichsern.«

Die große Welt kam ihnen entgegen, als sie auf die sonntäglichen Straßen hinaustraten. Durch die Augen der Passanten starrte sie die drei abweisend an, und Rufus begriff, dass er diese Welt und ihre Macht, zu hassen und zu zerstören, ganz und gar nicht bedacht hatte. Er hatte nicht an seine Zukunft mit Leona gedacht, schlicht und ergreifend, weil er so etwas nie für möglich gehalten hatte. Und doch war Leona hier und hatte fest vor zu bleiben, wenn er sie haben wollte. Aber der Preis war hoch: Ärger mit dem Vermieter, den Nachbarn, mit all den Jugendlichen im Village und all jenen, die am Wochenende herkamen. Und seine Familie würde einen Anfall kriegen. Bei seinen Eltern machte das nicht so viel – ihr Anfall dauerte schon ein Leben lang an und war inzwischen nur noch ein Reflex. Aber Ida würde Leona bestimmt vom Fleck weg verabscheuen. Sie hatte hohe Erwartungen an Rufus und war sehr politisch. *Dieses Mädel hättest du doch gar nicht erst angeguckt, wenn sie schwarz wäre,* würde sie sagen. *Aber das weiße Pack gabelst du auf, bloß weil es weiß ist. Was ist los mit dir – schämst du dich, dass du schwarz bist?*

Zum ersten Mal in seinem Leben stellte er selbst sich diese Frage – oder, besser gesagt, klopfte sie an und zog sich sofort wieder entschuldigend zurück. Er betrachtete Leona von der Seite. Jetzt war sie ziemlich hübsch. Sie hatte sich die Haare geflochten und die Zöpfe hochgesteckt, so sah sie sehr altmodisch aus und viel jünger, als sie eigentlich war.

Ein junges Paar kam ihnen entgegen, die Sonntagszeitung unterm Arm. Rufus beobachtete, wie der Mann Leona ansah, dann blickten der Mann und die Frau beide von Vivaldo zu Rufus, als wollten sie ermitteln, wer von ihnen der Liebhaber war. Da sie sich in Greenwich Village befanden – Zentrum von Freiheit und Gleichberechtigung –, schloss Rufus aus dem flüchtigen, beinahe verlegenen Blick, den ihnen der Mann im Vorbeigehen zuwarf, dass er Rufus und Leona als Paar ausgemacht hatte. Das Gesicht seiner Frau hingegen blieb fest verschlossen, wie eine Pforte.

Sie erreichten den Park. Heruntergekommene alte Frauen aus den Slums und von der East Side saßen auf Bänken, meist allein, manchmal neben klapperdürren ergrauten Männern. Damen aus den großen Apartmenthäusern der Fifth Avenue, von unbestimmter, verzweifelter Eleganz, führten im Park ihre Hunde spazieren, und schwarze Kindermädchen summten, mit versteinerten Mienen die Welt der Erwachsenen ausblendend, nervös in Kinderwagen hinein. Die italienischen

Arbeiter und Ladenbesitzer flanierten mit ihren Familien oder saßen plaudernd unter Bäumen; einige spielten Schach oder lasen *L'Espresso*. Die übrigen Village-Bewohner saßen auf den Bänken: lesend – Kierkegaard war der Name, der laut auf dem Buchumschlag einer kurzhaarigen Frau in Jeans prangte –, zerstreut Abstraktes erörternd, tratschend oder lachend; oder still, und das mit einer ungeheuren, unsichtbaren Anstrengung, unter der Bänke und Bäume zu brechen drohten, oder mit einer Schlaffheit, die ahnen ließ, dass sie sich nie wieder bewegen würden.

Rufus und Vivaldo – vor allem Vivaldo – kannten viele von ihnen und waren mit vielen von ihnen intim gewesen, vor so langer Zeit, dass es sich anfühlte wie ein anderes Leben. Der Anblick alter Freunde, alter Lieben, die unerklärlich auf der Strecke geblieben waren, hatte etwas Beängstigendes. Wie ein Krebs, der die ganze Zeit unsichtbar in ihnen gewuchert hatte und nun vielleicht auch in einem selbst wuchs. Viele waren verschwunden, waren in die Nester zurückgekehrt, aus denen sie gekommen waren, viele andere waren noch da, hatten sich in Säufer oder Junkies verwandelt oder auf die nervenzehrende Jagd nach dem perfekten Psychiater begeben, waren rachsüchtig verheiratet, fruchtbar und fett, träumten dieselben Träume wie vor zehn Jahren und hüllten sie in dieselben Argumente, zitierten dieselben Meister – und verströmten in ihrer schauerlichen Einbildung noch denselben Charme, den sie besessen hatten, bevor ihnen Zähne und Haare ausfielen. Sie waren feindseliger als früher, nur das machte ihre Stimme lauter und ihren Blick noch lebendig.

Schließlich wurde Vivaldo von einer freundlichen, großen Frau angehalten, die nicht ganz nüchtern war. Rufus und Leona blieben stehen und warteten.

»Dein Freund ist total nett«, sagte Leona. »So natürlich, ich hab das Gefühl, wir kennen uns schon ewig.«

Jetzt, da Vivaldo nicht bei ihnen war, veränderten sich die Blicke der anderen. Leute aus dem Village, gebunden oder frei, taxierten sie, als stünden sie auf dem Versteigerungspodest oder in einem Zuchtgestüt. Die fahle Frühlingssonne schien Rufus heiß auf Nacken und Stirn. Leona hingegen strahlte und schien nichts und niemanden wahrzunehmen. Sollte irgendjemand Zweifel am Wesen ihrer Beziehung haben, wurden sie durch diesen Blick zerstreut. Wenn sie so entspannt ist, dachte er, wenn sie nichts mitkriegt, was stimmt dann nicht mit mir? Vielleicht bildete er sich alles bloß ein, vielleicht scherte ihre Verbindung überhaupt niemanden. Als er aufblickte, sah er in die Augen eines halbwüchsigen Italieners. Der Junge war ins Sonnenlicht getaucht, das durch die Bäume fiel, und sah ihn hasserfüllt an; sein Blick flackerte über Leona hinweg, als wäre sie eine Hure. Dann senkte er langsam den Blick und stolzierte weiter, nur um Rufus selbst mit dem Rücken noch anzuknurren.

»Blöde Schwuchtel«, murmelte Rufus.

Da überraschte ihn Leona. »Meinst du den Jungen da? Der hat doch nur Langeweile, der ist einsam und weiß es nicht besser. Wahrscheinlich würdet ihr euch sogar gut verstehen.«

Er lachte.

»Das ist doch das Problem mit den meisten Menschen«, klagte Leona, »dass sie niemanden haben. Das macht sie so böse. Junge, im Ernst, ich kenn mich da aus.«

»Nenn mich nicht Junge.«

»Nein«, sagte sie erschrocken, »das war nicht so gemeint, mein Schatz.« Sie nahm seinen Arm, und gemeinsam drehten sie sich zu Vivaldo um. Die große Frau hatte ihn am Kragen gepackt, und er versuchte, ihr zu entkommen – und lachte dabei.

»Dieser Vivaldo«, amüsierte sich Rufus, »der hat dauernd Ärger mit Frauen.«

»Aber es gefällt ihm«, sagte Leona. »Ihr scheinbar auch.«

Die große Frau hatte ihn gerade losgelassen und brach mitten auf dem Weg förmlich zusammen vor Lachen. Nachsichtig lächelnd blickten die Leute von ihren Bänken auf, von der Wiese, von ihren Büchern, auf zwei kernige Village-Bewohner.

Und auf einmal hatte Rufus von allen die Nase voll. Ob Leona und er es wagen würden, sich in aller Öffentlichkeit so eine Szene zu liefern, ob für sie dieser Tag jemals kam? Egal mit welcher Frau er unterwegs war, niemand würde Vivaldo so ansehen, wie sie Rufus ansahen, noch würden sie jemals die Frau so ansehen wie jetzt Leona. Die schäbigste Hure von Manhattan war sicher, solange sie Vivaldo am Arm hatte. Denn Vivaldo war weiß.

Rufus erinnerte sich an einen regnerischen Abend im vergangenen Winter. Gerade zurück von einem Gig in Boston, war er mit Vivaldo und Jane ausgegangen. Er hatte nie ganz verstanden, was Vivaldo an Jane fand, sie war zu alt für ihn, zänkisch und schmutzig. Ihre grauen Haare waren immer ungekämmt, ihre Pullover, von denen sie Tausende zu besitzen schien, alle gleichermaßen schlabbrig und ausgefranst, und ihre Jeans waren ausgebeult und voller Farbkleckse. »Die läuft rum wie ein Mannweib«, hatte er einmal zu Vivaldo gesagt und dann über Vivaldos entsetzte Miene gelacht. Sein Gesicht hatte sich zerknautscht, als hätte gerade jemand ein faules Ei aufgeschlagen. Aber gehasst hatte er Jane vor dieser Regennacht nicht.

Es war ein schrecklicher Abend gewesen, es schüttete wie aus Kübeln, der Regen erfüllte die Luft mit tosendem, heulendem Geprassel und verflüssigte Lichter, Straßen und Häuser. Er trommelte und strömte gegen die Fenster der stinkenden Armeleutekneipe, in die Jane sie geschleppt hatte, einer Kneipe, in der sie niemanden kannten. Dort wimmelte es von unförmigen, ungepflegten Frauen, mit denen Jane offenbar manchmal tagsüber trank, und bleichen, unordentlichen, mürrischen Männern, die im Hafen arbeiteten und ihn hier nicht gern sahen. Er wollte wieder gehen und wartete nur darauf, dass der Regen etwas nachließ. Janes Gefasel über ihre Malerei langweilte ihn zu Tode, und er schämte sich für den geduldigen Vivaldo. Wie hatte der Streit angefangen? In seinen Augen war Jane schuld. Um nicht einzuschlafen, hatte Rufus angefangen, sie ein wenig auf die Schippe zu nehmen. Natürlich ließ er damit durchblicken, was er wirklich von ihr hielt, und das begriff sie ziemlich schnell. Vivaldo beobachtete beide mit einem wachsamen Lächeln. Er langweilte sich auch und fand Janes Dünkel unerträglich.

»Na ja«, sagte Jane, »du bist halt kein Künstler, wie solltest du da meine Arbeit beurteilen können …«

»Ach, hör doch auf«, sagte Vivaldo. »Weißt du eigentlich, wie lächerlich du dich anhörst? Du malst also nur für diese paar Möchtegernpinsler hier unten?«

»Ach, komm, lass sie doch.« Rufus fand langsam Gefallen an der Sache. Mit einem Grinsen, lüstern und hämisch zugleich, beugte er sich vor. »Die Puppe ist einfach zu hoch für uns, Mann, wir können ihr Zeug gar nicht kapieren.«

»Ihr seid hier die Snobs«, sagte sie, »nicht ich. Ich hab hier in dieser Bar schon mehr Leute erreicht, ehrliche, hart arbeitende, ungebildete Leute, als ihr je erreichen werdet. Die Leute, mit denen ihr euch abgebt, sind tot, Mann – die hier leben wenigstens noch.«

Rufus lachte. »Dacht ich mir doch, dass es komisch riecht hier drin. Das ist es also. Scheiße. Das ist das Leben, hm?«

Er merkte, dass sie langsam Aufmerksamkeit erregten. Er sah aus dem Fenster in den strömenden Regen und sagte sich, okay, Rufus, reiß dich zusammen. Er lehnte sich in der Nische zurück, in der er Jane und Vivaldo gegenübersaß.

Er hatte sie getroffen, und sie schlug mit der einzigen Waffe zurück, die sie besaß und die früher einmal Zorn gewesen sein mochte. »Hier drin riecht es auch nicht übler als da, wo du herkommst, Süßer.«

Vivaldo und Rufus sahen sich an. Vivaldos Lippen waren bleich geworden. »Noch ein Wort, Baby«, sagte er, »und ich schlag dir die Zähne in den Rachen, alle beide.«

Sie war begeistert. Auf der Stelle verwandelte sie sich in Bette Davis und schrie, so laut sie konnte: »Willst du mir etwa drohen?«

Alle drehten sich um.

»Scheiße«, sagte Rufus, »komm, gehen wir.«

»Ja, bloß raus hier«, sagte Vivaldo. »Los, aus dem Weg, du dreckige Schlampe.«

Sie beugte sich vor und nahm Rufus' Hand. »Ich hab's doch nicht so gemeint.« Er wollte seine Hand wegziehen, aber sie hielt sie fest, und er wollte nicht, dass es so aussah, als würde er mit ihr ringen, also entspannte er sich. Jetzt war sie Joan Fontaine. »Bitte, Rufus, du musst mir *glauben!*«

»Ich glaube dir«, sagte er und stand auf – und sah sich einem schwergewichtigen Iren gegenüber, der ihm den Weg versperrte. Erst starrten sie einander an, dann spuckte ihm der Mann ins Gesicht. Rufus hörte Jane schreien, aber da war er schon weit weg. Er schlug zu, glaubte es zumindest; eine Faust krachte in sein Gesicht und etwas traf ihn am Hinterkopf. Die Welt, die Luft wurden rot und schwarz, und überall waren Fäuste und Visagen. Etwas Kaltes, Hartes, Gerades traf ihn im Kreuz, vermutlich das Ende der Theke, und er fragte sich, wie er dort gelandet war. Von Weitem sah er einen Barhocker über Vivaldos Kopf, und er hörte Jane schreien, wehklagen wie hundert irische Weiber. Er hatte nicht gewusst, dass so viele Männer in der Bar waren. Er erwischte ein Gesicht, spürte Knochen auf Knochen, und matte grüne Augen, die in seine blitzten wie Scheinwerfer im Moment des Aufpralls, schlossen sich im Schmerz. Jemand hatte ihn in den Bauch getroffen, jemand anders am Kopf. Er wurde umhergeschleudert und konnte nicht mehr zuschlagen, sich nur noch verteidigen. Mit gesenktem Kopf, abtauchend, ausweichend, drückte und zog er, duckte sich und versuchte, seine Weichteile zu schützen. Glas splitterte. Kurz sah er am anderen Ende der Bar Vivaldo mit blutender Nase und Stirn, umringt von drei oder vier Männern, und er sah, wie ein Handrücken Jane durch den halben Raum schickte. Ihr Gesicht war weiß und voller Entsetzen. *Gut so,* dachte er und flog dann selbst durch die Luft, über die Theke. Wieder brach Glas, Holz splitterte. Ein Fuß stand auf seiner Schulter, ein weiterer auf seinem Knöchel. Er drückte den Po auf den Boden und zog sein freies Bein so weit wie möglich zu sich heran; mit einem Arm versuchte er, die Faust abzufangen, die immer wieder in sein Gesicht niederging. Weit hinter der Faust war das Gesicht des Iren mit nun flammenden grünen Augen. Dann sah er nichts mehr, hörte nichts, spürte nichts. Dann Fußtrappeln. Er lag auf dem Rücken, hinter der Theke. Niemand in seiner Nähe. Er stemmte sich hoch und kroch hinaus. Der Barmann stand an der Tür und scheuchte die Gäste raus, eine alte Frau an der Theke nippte seelenruhig ihren Gin, und Vivaldo lag mit dem Gesicht in einer Blutlache. Jane stand hilflos neben ihm. Das Regenprasseln kehrte zurück.

»Ich glaub, er ist tot«, sagte Jane.

Rufus sah sie an. Er hasste sie von ganzem Herzen. »Ich wünschte bei Gott, du wärst das, du Fotze«, sagte er. Sie fing an zu weinen.

Er beugte sich hinunter und half Vivaldo auf. Halb aufeinander gestützt, halb einander stützend schleppten sie sich zur Tür. Jane folgte ihnen. »Warte, ich helfe euch.«

Vivaldo blieb stehen und versuchte sich aufzurichten. Unter den Augen des Barmanns lehnten sie halb drinnen, halb draußen an der Tür. Vivaldo blickte auf den Barmann, dann auf Jane. Mit Rufus stolperte er in den dichten Regen.

»Warte, ich *helfe* euch«, rief Jane wieder, blieb aber erst mal vor dem vollkommen ausdruckslosen Barmann in der Tür stehen. »Sie hören von mir«, sagte sie zu ihm, »verlassen Sie sich drauf. Ich werde diese Bar schließen und Sie feuern lassen, darauf können Sie Gift nehmen.« Dann rannte sie in den Regen hinaus und versuchte, Rufus mit Vivaldo zu helfen.

Vivaldo entzog sich ihr, rutschte aus, fiel beinahe hin. »Geh weg. Geh bloß weg. Du hast heute Abend schon mehr als genug geholfen.«

»Du musst doch irgendwohin!«, rief Jane.

»Verschwinde, hau ab, verpiss dich. Wir fahren ins Krankenhaus.«

Rufus sah Vivaldo ins Gesicht und bekam Angst. Beide Augen schwollen zu und Blut quoll aus einer Wunde am Kopf. Außerdem weinte er.

»So mit meinem Kumpel zu reden, Mann«, sagte er immer wieder. »Wow! So mit meinem *Kumpel* zu reden!«

»Wir sollten zu ihr gehen«, flüsterte Rufus, »das ist näher.« Vivaldo schien ihn nicht zu hören. »Komm schon, Baby, wir gehen rüber zu Jane, ist doch egal.«

Er fürchtete, Vivaldo könnte ernsthaft verletzt sein, und wusste, was sie im Krankenhaus erwartete, wenn zwei Weiße und ein Schwarzer dort blutend eintrafen. Die Ärzte und Krankenschwestern waren eben zuallererst aufrechte, anständige weiße Bürger. Und doch hatte er weniger Angst um sich als um Vivaldo, der so wenig über seine Landsleute wusste.

Mit letzter Kraft, mal hilflos umkreist von Jane, mal von ihr geführt wie von einer aufgeblasenen Jeanne d'Arc, schleppten sie sich zu ihr nach Hause. Rufus setzte Vivaldo ins Badezimmer. Er betrachtete sich im Spiegel. Sein Gesicht sah aus wie Brei, aber die Wunden würden wohl verheilen, nur ein Auge war zugeschwollen. Als er anfing, Vivaldo zu waschen, entdeckte er eine klaffende Wunde am Kopf, die ihn erschreckte.

»Mann«, flüsterte er, »du musst ins Krankenhaus.«

»Sag ich doch. Gehen wir.«

Und er versuchte aufzustehen.

»Nein, hör zu. Wenn ich mitkomme, kriegen wir diesen ganzen endlosen Sermon, weil ich schwarz bin und du weiß. Okay? Ist einfach so.«

»Diese ganze Scheiße will ich gar nicht hören, Rufus.«

»Ob du's hören willst oder nicht, es ist nun mal so. Jane muss dich ins Krankenhaus bringen, ich kann nicht mit.« Vivaldo hatte die Augen geschlossen, und sein Gesicht war weiß. »Vivaldo?«

Er machte die Augen auf. »Bist du sauer auf mich, Rufus?«

»Du meine Scheiße, nein, wieso sollte ich sauer sein?« Doch er wusste, was Vivaldo beschäftigte. Er beugte sich hinunter: »Keine Sorge, alles cool«, flüsterte er, »ich weiß, dass du mein Freund bist.«

»Ich liebe dich, du Scheißkerl, ehrlich.«

»Ich dich auch. Und jetzt ab ins Krankenhaus, ich will nicht, dass du im Badezimmer dieser affigen weißen Tussi verreckst. Ich warte hier auf euch. Ich komm schon zurecht.« Dann ging er schnell raus zu Jane: »Bring ihn ins Krankenhaus, ihn hat es schlimmer erwischt als mich. Ich warte hier.«

Sie war so klug, nichts mehr zu sagen. Vivaldo war mit drei Stichen am Kopf genäht worden und hatte zehn Tage im Krankenhaus gelegen. Am Morgen war Rufus in Harlem zum Arzt gegangen und eine Woche im Bett geblieben. Vivaldo und er hatten nie über diesen Abend gesprochen, und obwohl er wusste, dass Vivaldo sich irgendwann wieder mit ihr traf, sprachen sie nie über Jane. Doch seit diesem Abend wusste Rufus, dass er sich auf Vivaldo verlassen konnte, und vertraute ihm – selbst jetzt, da er ihm mit bitteren Gefühlen dabei zusah, wie er mit der großen Frau auf dem Weg rumalberte. Er wusste nicht, wieso das so war, er wusste ja kaum, dass es so war. Vivaldo war anders als alle anderen, die er kannte; sie, die anderen, konnten ihn nur mit Freundlichkeit oder Treue überraschen, allein Vivaldo hatte die Macht, ihn mit Verrat zu überraschen. Sogar seine Beziehung zu Jane sprach für ihn, denn hätte er seinen Freund wirklich wegen einer Frau verraten wollen, wie es offenbar die meisten weißen Männer taten, vor allem wenn der Freund schwarz war, hätte er sich was Geschmeidigeres geholt, mit den Umgangsformen einer Dame und der Seele einer Hure. Jane hingegen war einfach das, was sie war, eine unfassbare Schlampe, und hielt so, ohne es zu wissen, Rufus und Vivaldo auf Augenhöhe.

Endlich hatte Vivaldo sich losgemacht und kam schnell zu ihnen zurück; noch immer lächelnd winkte er jetzt jemandem hinter ihnen zu.

»Guck mal«, rief er, »da ist Cass!«

Rufus drehte sich um. Sie saß allein am Rand des Brunnens, zart und hell, und sie war ihm vollkommen rätselhaft. Es gelang ihm nie, sie ganz in der weißen Welt zu verorten, zu der sie doch eigentlich gehörte. Cass stammte aus Neuengland, von schnödem amerikanischem Holz, wie sie es ausdrückte; zu gern erinnerte sie sich daran, dass eine ihrer Vorfahrinnen als Hexe verbrannt worden war. Sie war mit Richard verheiratet, einem Polen, und sie hatten zwei Kinder. Richard war vor Jahren auf der Highschool Vivaldos Englischlehrer gewesen. Sie hätten ihn schon als Rotzlöffel gekannt, sagten sie – wobei er sich nicht groß verändert habe; sie waren seine ältesten Freunde.

Mit Leona in ihrer Mitte überquerten Rufus und Vivaldo die Straße.

Cass blickte mit ihrem typischen Lächeln zu ihnen auf, zugleich frostig und warm. Warm, weil es liebevoll war, und doch ließ es Rufus frösteln, weil eine gewisse Belustigung darin steckte. »Ich weiß nicht, ob ich noch mit euch beiden rede. Ihr habt uns schändlich vernachlässigt. Richard hat euch schon von seiner Liste gestrichen.« Sie lächelte Leona an. »Hallo, ich bin Cass Silenski.«

»Das ist Leona«, sagte Rufus und legte eine Hand auf Leonas Schulter.

Cass sah belustigter aus denn je und zugleich liebevoller. »Freut mich sehr, dich kennenzulernen.«

»Mich auch«, sagte Leona.

Sie setzten sich auf den Steinrand des Brunnens, in dessen Mitte etwas Wasser sprudelte, gerade so viel, dass kleine Kinder darin waten konnten.

»Lasst hören«, sagte Cass, »wieso habt ihr uns nicht besucht?«

»Ach«, sagte Vivaldo, »ich hatte zu tun. Ich hab an meinem Roman geschrieben.«

»Seit wir ihn kennen, arbeitet er an einem Roman«, sagte Cass zu Leona. »Damals war er siebzehn, jetzt ist er fast dreißig.«

»Das ist aber nicht nett«, sagte Vivaldo heiter, sah aber auch beschämt und verärgert aus.

»Na ja, Richard schrieb damals auch schon, da war er fünfundzwanzig, und jetzt wird er bald vierzig. Insofern ...« Sie musterte Vivaldo einen Augenblick. »Allerdings hatte er jetzt eine ganz neue Eingebung und arbeitet seitdem wie ein Irrer. Ich glaube, das ist mit ein Grund, wieso er gehofft hat, dass du mal vorbeikommst – vielleicht wollte er mit dir darüber reden.«

»Was für eine neue Eingebung?«, fragte Vivaldo. »Das klingt erst mal ungerecht.«

»Ah!« – sie zuckte fröhlich mit den Schultern und zog tief an ihrer Zigarette –, »ich wurde nicht eingeweiht, mich lässt man im Dunkeln. Du kennst doch Richard. Er steht irgendwann im Morgengrauen auf, geht direkt in sein Arbeitszimmer und bleibt dort, bis es Zeit ist, zum Unterricht zu gehen; dann kommt er irgendwann nach Hause, geht direkt in sein Arbeitszimmer und bleibt dort, bis es Zeit ist, ins Bett zu gehen. Ich kriege ihn kaum zu Gesicht. Die Kinder haben keinen Vater mehr, ich habe keinen Mann mehr.« Sie lachte.

»Allerdings hat er es neulich Morgen tatsächlich geschafft, irgendwas zu brummen von wegen, dass es sehr gut läuft.«

»Klingt auf jeden Fall so, als würde es gut laufen«, sagte Vivaldo voller Neid. »Und es ist neu, sagst du? Nicht derselbe Roman, an dem er vorher gearbeitet hat?«

»Ich glaube nicht. Aber ich weiß wirklich nichts darüber.« Sie zog wieder an ihrer Zigarette, trat sie mit dem Absatz aus und kramte in ihrer Tasche sofort nach Nachschub.

»Na, dann muss ich auf jeden Fall mal vorbeikommen und mir selbst ein Bild machen«, sagte Vivaldo. »Bei diesem Tempo wird er vor mir berühmt.«

»Ach, das habe ich schon immer gewusst«, sagte Cass und steckte sich die nächste Zigarette an.

Rufus beobachtete die Tauben, die über die Wege stolzierten, und die Jugendlichen, die im Pulk durch die Gegend zogen. Er wollte weg von hier und der Gefahr um sie herum. Leona legte ihre Hand auf seine. Er packte einen Finger und hielt ihn fest.

Cass wandte sich an Rufus. »Du schreibst aber keinen Roman, wieso bist du nicht vorbeigekommen?«

»Ich habe uptown gespielt. *Du* hast versprochen, bei *mir* vorbeizukommen, schon vergessen?«

»Wir sind total pleite, Rufus …«

»Wenn ich in einem Laden arbeite, müsst ihr euch deswegen keine Sorgen machen, das hab ich doch schon mal gesagt.«

»Er ist ein toller Musiker«, sagte Leona. »Ich hab ihn gestern Abend zum ersten Mal gehört.«

Rufus sah verärgert aus. »Gestern war der letzte Gig. Jetzt hab ich erst mal nichts mehr zu tun, außer mich um meine Lady zu kümmern.« Er lachte.

Cass und Leona warfen sich einen flüchtigen Blick zu und lächelten.

»Wie lange bist du schon hier, Leona?«, fragte Cass.

»Ach, einen guten Monat erst.«

»Und gefällt es dir?«

»Und wie. Ein Unterschied wie Tag und Nacht, kann man gar nicht beschreiben.«

Cass sah kurz zu Rufus. »Das ist toll«, sagte sie ernst, »ich freu mich für dich.«

»Ja, das spüre ich«, sagte Leona. »Du wirkst sehr nett.«

»Danke.« Cass wurde rot.

»Wie willst du dich denn um deine Lady kümmern«, fragte Vivaldo, »wenn du nicht arbeitest?«

»Ach, es stehen ein paar Plattenaufnahmen an, mach dir mal um den alten Rufus keine Sorgen.«

Vivaldo seufzte. »Um mich mach ich mir Sorgen. Ich hab den falschen Beruf – oder auch nicht. Ich *habe* ihn ja gar nicht. Meine Geschichte will keiner hören.«

Rufus sah ihn an. »Von meinem Beruf will ich gar nicht erst anfangen.«

»Hart ist es überall«, sagte Vivaldo.

Rufus ließ den Blick über den sonnenhellen Park schweifen.

»Um Manager oder Agenten unter die Erde zu bringen, musste noch keiner sammeln gehen«, sagte Rufus. »Aber Musiker kratzen sie täglich von der Straße.«

»Keine Sorge«, sagte Leona sanft, »dich werden sie niemals von der Straße kratzen.«

Sie streichelte ihm über den Kopf. Rufus nahm ihre Hand weg.

Kurz herrschte Stille. Dann stand Cass auf. »Ich beende das

hier nur ungern, aber ich muss nach Hause. Eine Nachbarin ist mit den Kindern in den Zoo gegangen, aber jetzt sind sie wahrscheinlich auf dem Rückweg. Ich sollte wohl besser Richard retten.«

»Wie geht es überhaupt den Kindern, Cass?«, fragte Rufus.

»Als würde dich das interessieren. Geschieht dir nur recht, wenn sie dich irgendwann einfach vergessen. Gut geht es ihnen. Die haben viel mehr Energie als ihre Eltern.«

»Ich begleite Cass nach Hause«, sagte Vivaldo. »Was macht ihr später?«

Rufus spürte eine dumpfe Angst und einen dumpfen Groll, fast so, als würde Vivaldo ihn im Stich lassen. »Ach, keine Ahnung. Wahrscheinlich gehen wir nach Hause …«

»Ich muss nachher noch in die Stadt, Rufus«, sagte Leona. »Ich hab nichts zum Anziehen für die Arbeit morgen.«

Cass streckte Leona die Hand entgegen. »Schön, dich kennengelernt zu haben. Sorg dafür, dass Rufus dich mal zu uns nach Hause mitbringt.«

»Ja, war wirklich schön. Ich hab in letzter Zeit echt nette Leute kennengelernt.«

»Nächstes Mal gehen wir zwei was trinken«, sagte Cass, »ohne diese ganzen Männer.«

Sie lachten. »Das fände ich richtig schön.«

»Wie wär's, wenn ich dich im Benno's abhole«, sagte Rufus zu Vivaldo, »gegen halb elf?«

»Schön. Vielleicht gehen wir noch rüber ein bisschen Jazz hören?«

»Okay.«

»Mach's gut, Leona, freut mich, dich kennengelernt zu haben.«

»Mich auch. Bis ganz bald.«

»Grüß Richard und die Kinder von mir«, sagte Rufus, »und sag ihnen, ich komm vorbei.«

»Mach ich. Und komm auch wirklich vorbei, wir würden dich so gern mal wieder sehen.«

Cass und Vivaldo gingen langsam in Richtung Bogen. Die glutrote untergehende Sonne brannte ihre Silhouetten in die Luft und krönte den dunklen und den goldblonden Kopf. Rufus und Leona blickten ihnen nach; unter dem Bogen drehten sich die beiden noch mal um und winkten.

»Wir sollten langsam nach Hause«, sagte Rufus.

»Ja, vielleicht.« Sie gingen durch den Park zurück. »Du hast echt nette Freunde, Rufus. Du hast es so gut. Die mögen dich echt. Für die bist du wer.«

»Ja, meinst du?«

»Ja, ich weiß es. Das merkt man an der Art, wie sie mit dir reden, wie sie mit dir umgehen.«

»Na, dann sind sie wohl wirklich ganz nett.«

Sie lachte. »Du bist ein komischer Junge« – sie korrigierte sich –, »ein komischer Mensch. Du tust so, als wenn du nicht weißt, wer du bist.«

»Oh, ich weiß schon, wer ich bin.« Er bemerkte die Blicke, die ihnen folgten, das kaum hörbare Murmeln, das von den Bänken oder aus den Bäumen kam. Mit dem Ellbogen drückte er ihre schmale Hand an sich. »Ich bin dein Junge. Du weißt, was das bedeutet?«

»Was bedeutet das?«

»Es bedeutet, du musst gut zu mir sein.«

»Okay, ich werd mir Mühe geben.«

Niedergedrückt von den Erinnerungen an all das, was seitdem passiert war, wanderte Rufus jetzt ziellos zurück zur 42nd

Street und blieb vor einem großen Bar & Grill an der Ecke stehen. Auf der anderen Seite der Scheibe stand der Verkäufer hinter seiner Theke, vor ihm das Fleisch ausgebreitet auf der Warmhalteplatte. Brot und Brötchen, Senf, Würzmittel, Salz und Pfeffer standen griffbereit in Brusthöhe. Der Mann war feist, weiß gekleidet und hatte ein rotes, brutales, leeres Gesicht. Dann und wann schnitt er gekonnt ein Sandwich für eins der Wracks drinnen im Laden zurecht. Die Alten schienen sich damit abgefunden zu haben, dass sie dort waren, dass sie keine Zähne hatten, keine Haare, kein Leben. Einige lachten miteinander, die Jungen mit toten Augen in gelben Gesichtern und einer körperlichen Schlaffheit, die lebhaft von ihrem Abstieg kündete. Sie waren die Beute, die nicht mehr gejagt wurde, wobei sie ihren neuen Zustand kaum wahrnahmen und es nicht ertrugen, den Ort zu verlassen, an dem man sie verdorben hatte. Und die Jäger waren da, so viel selbstgewisser und geduldiger als ihre Beute. In jeder Stadt der Welt kann man in einer Winternacht einen Jungen kaufen, für den Preis eines Biers und das Versprechen einer warmen Decke.

Zitternd, die Hände in den Taschen, starrte Rufus durchs Fenster und fragte sich, was er tun sollte. Vielleicht nach Harlem laufen, aber er fürchtete sich vor der Polizei, die ihm auf dem Weg durch die Stadt entgegenkam; und er wusste nicht, wie er seinen Eltern und seiner Schwester begegnen sollte. Beim letzten Mal hatte er Ida erzählt, Leona und er würden sich nach Mexiko absetzen, wo man sie in Ruhe lassen würde. Seitdem hatte niemand mehr von ihm gehört.

Ein beleibter, gut gekleideter, derbe aussehender Mann, weiß mit grau meliertem Haar, kam aus der Bar. Er blieb neben Rufus stehen und blickte die Straße rauf und runter. Rufus rührte sich nicht, obwohl er wegwollte; seine Gedanken rasten, dass es wehtat, und sein leerer Magen drehte sich um. Wieder brach ihm der Schweiß auf der Stirn aus. Etwas in ihm wusste, was passieren würde, etwas in ihm starb in der frostigen Sekunde, bevor der Mann zu ihm trat und sagte:

»Kalt hier draußen. Wollen Sie nicht auf einen Drink mit mir reinkommen?«

»Ich hätte lieber ein Sandwich«, murmelte Rufus und dachte: *Jetzt bist du wirklich ganz unten.*

»Ein Sandwich können Sie auch haben. Gibt kein Gesetz, das das verbietet.«

Rufus blickte die Straße rauf und runter, dann sah er dem Mann ins eiskalte, eisweiße Gesicht. Er wusste, was hier gespielt wurde, er kannte sich aus, und es war auch nicht das erste Mal, dass er auf seinen Wanderungen diesen trostlosen Tauschhandel einging; und doch hatte er das Gefühl, die Berührung dieses Mannes niemals ertragen zu können. Sie gingen rein.

»Was für ein Sandwich soll's denn sein?«

»Corned Beef«, flüsterte Rufus, »auf Graubrot.«

Sie sahen, wie das Fleisch abgesäbelt, auf das Brot geklatscht und auf die Theke gestellt wurde. Der Mann zahlte, und Rufus nahm sein Sandwich mit an die Bar. Er hatte das Gefühl, als wüssten alle, was vor sich ging, als wüssten alle, dass er seinen Arsch verscherbelte. Aber niemanden schien es zu interessieren. Niemand beachtete sie. Der Lärm in der Bar ging weiter, das Radio plärrte. Der Barmann stellte Rufus ein Bier hin, dem Mann einen Whiskey und bongte den Betrag in die Kasse ein. Rufus versuchte auszublenden, was mit ihm geschah. Er verschlang sein Sandwich. Vom schweren Brot und lauwarmen Fleisch wurde ihm übel, und einen Moment war ihm schummrig vor Augen; er trank sein Bier und bemühte sich, das Sandwich bei sich zu behalten.

»Da hatte aber einer Hunger.«

Rufus, dachte er bei sich, das kannst du nicht machen. Um nichts auf der Welt kannst du das machen. Lass dich nicht auf diesen Mann ein. Hau ab hier.

»Noch ein Sandwich?«

Das erste steckte ihm noch im Hals. Die Bar stank nach schalem Bier und Pisse und fadem Fleisch und ungewaschenen Körpern.

Auf einmal war er den Tränen nahe.

»Nein, danke«, sagte er. »Jetzt ist gut.«

Der Mann betrachtete ihn einen Augenblick.

»Dann noch ein Bier.«

»Nein, danke.« Aber er legte zitternd den Kopf auf den Tresen.

*»Hey!«*

Lichter rasten um ihn herum, der Tresen schlingerte, richtete sich auf, Gesichter schlängelten sich um ihn, die Musik aus dem Radio wummerte in seinem Schädel. Das Gesicht des Mannes kam ganz nah: stechende Augen, eine grausame Nase, ein schlaffer, brutaler Mund. Rufus roch den Körper des Mannes. Er wich zurück.

»Alles in Ordnung.«

»Du bist hier gerade fast ohnmächtig geworden.«

Der Barmann beobachtete die beiden.

»Du solltest was trinken. Hey, Mac, gib dem Jungen einen Drink.«

»Alles klar mit ihm?«

»Ja, alles klar, ich kenne ihn. Gib ihm einen Drink.«

Der Barmann füllte ein Schnapsglas und stellte es vor Rufus auf den Tresen. Rufus starrte in den glänzenden Kelch und betete, mein Gott, mach, dass es nicht geschieht. Mach, dass ich mit diesem Mann nicht nach Hause gehe.

Mir ist so wenig geblieben, mein Gott, mach, dass ich nicht alles verliere.

»Trink, das wird dir guttun. Dann kommst du mit zu mir und schläfst dich ein bisschen aus.«

Rufus trank den Whiskey, von dem ihm erst noch übler und dann warm wurde. Er richtete sich auf.

»Wohnen Sie hier in der Gegend?«, fragte er den Mann. Wenn du mich anfasst, dachte er, noch immer mit den seltsamen heißen Tränen im Anschlag, prügle ich dich windelweich. Hände weg, ich will nicht mehr angefasst werden, nie mehr, nie mehr, nie mehr.

»Nicht sehr weit. Sechsundvierzigste.«

Sie traten wieder auf die Straße.

»Eine einsame Stadt ist das hier«, sagte der Mann, als sie losgegangen waren. »Ich bin einsam. Du nicht auch?«

Rufus antwortete nicht.

»Vielleicht können wir uns eine Nacht lang gegenseitig trösten.«

Rufus sah auf die Ampeln, die schwarzen, beinahe menschenleeren Straßen, die stummen schwarzen Häuser, die tiefen Schatten in den Hauseingängen.

»Weißt du, wie ich meine?«

»Ich bin nicht der Typ, den Sie suchen, Mister«, sagte er schließlich und erinnerte sich auf einmal, dass er genau diese Worte zu Eric gesagt hatte – vor langer Zeit.

»Was soll das heißen, du bist nicht der Typ, den ich suche?« Der Mann versuchte zu lachen. »Sollte ich das nicht am besten beurteilen können?«

»Ich kann Ihnen rein gar nichts geben«, sagte Rufus. »Ich kann niemandem irgendwas geben. Zwingen Sie mich nicht dazu. Bitte.«

Auf der stillen Avenue blieben sie stehen. Die Augen des Mannes wurden schmal und hart.

»Ist dir nicht klar gewesen, worum es geht – da drin?«

»Ich hatte Hunger«, sagte Rufus.

»Was bist du eigentlich, hm – erst heißmachen, dann kneifen?«

»Ich hatte Hunger«, wiederholte Rufus. »Ich hatte Hunger.«

»Hast du keine Familie? Freunde?«

Rufus senkte den Blick. Er antwortete nicht gleich. »Ich will nicht sterben, Mister. Ich will Sie nicht umbringen. Lassen Sie mich gehen – zu meinen Freunden.«

»Weißt du denn, wo du die findest?«

»Ich weiß, wo ich … einen finde.«

Sie schwiegen. Rufus starrte aufs Pflaster, und ganz langsam traten ihm die Tränen in die Augen und liefen ihm über die Nase.

Der Mann nahm seinen Arm. »Komm schon – komm mit zu mir.«

Doch jetzt war der Moment, war die Möglichkeit verstrichen; das spürten beide. Der Mann ließ den Arm sinken.

»Du bist ein hübscher Junge«, sagte er.

Rufus trat zurück. »Auf Wiedersehen, Mister. Danke.«

Der Mann sagte nichts, und Rufus sah ihm nach.

Dann wandte auch er sich um und ging Richtung Süden. Zum ersten Mal seit Jahren dachte er an Eric und fragte sich, ob der wohl heute Nacht durch fremde Straßen strich. Zum ersten Mal ahnte er das Ausmaß, das Wesen von Erics

Einsamkeit und die damit verbundene Gefahr; und wünschte, er wäre netter zu ihm gewesen. Eric war zu Rufus immer nett gewesen. Er hatte ihm Manschettenknöpfe anfertigen lassen, zum Geburtstag, mit dem Geld, das eigentlich für seine Eheringe bestimmt gewesen war: Und dieses Geschenk, dieses Bekenntnis hatte ihn Rufus ausgeliefert. Rufus hatte ihn verachtet, weil er aus Alabama stammte; vielleicht hatte er zugelassen, dass Eric mit ihm schlief, damit er ihn noch tiefer verachten konnte. Als Eric das begriff, war er vor Rufus geflohen, bis nach Paris. Die glühenden blauen Augen, sein feuerrotes Haar, sein gedehntes Näseln, all das kam jetzt schmerzlich zu Rufus zurück.

*Komm schon, sag's mir. Du musst keine Angst haben.*

Als Eric zögerte, hatte Rufus nachgesetzt – listig, grinsend, mit festem Blick:

»Du führst dich auf wie ein kleines Mädchen.«

Selbst jetzt noch lag etwas Erhebendes, ja fast Köstliches in dieser Erinnerung – wie er mit Eric umgesprungen war, wie er ihm sein Bekenntnis entlockt hatte. Hinterher hatte er ganz bedächtig gesagt:

»Ich bin nicht der Typ, den du suchst. Von dem Ufer bin ich nicht.«

Eric hatte ihre Hände zusammengelegt und dann auf sie hinabgeblickt, die rote und die braune.

»Ich weiß«, sagte er.

Er ging in die Mitte des Zimmers.

»Aber ich wünsche es mir eben trotzdem. Ich wünschte, du würdest es versuchen.«

Dann hörte Rufus die schreckliche Mühe in seiner Stimme, in seinem Atem: »Ich würde alles tun. Ich würde alles probieren. Dir zuliebe.«

Dann ein Lächeln: »Ich bin fast so jung wie du. Ich weiß auch nicht – viel – darüber.«

Rufus spürte einen Schwall der Zuneigung für Eric. Und er spürte seine Macht.

Er ging zu ihm und legte ihm die Hände auf die Schultern. Er wusste nicht, was er sagen oder tun würde, doch mit den Händen auf Erics Schultern ballten sich in ihm Zuneigung, Macht und Neugier – mit einer ungeahnten verborgenen Gewalt, die ihm ein wenig Angst machte; die Hände, die Eric auf Abstand halten sollten, zogen ihn zu sich heran, und er wusste nicht, wie er diesen Strom noch aufhalten sollte.

Leise, lächelnd hatte er gesagt: »Ein Mal probiere ich alles aus, Kumpel.«

Die Manschettenknöpfe lagen jetzt in Harlem, in Idas Schreibtischschublade. Und als Eric weg war, vergaß Rufus ihre Kämpfe, die unsagbare körperliche Befangenheit, und wie er Eric für die Lust hatte bezahlen lassen, die er schenkte und empfing. Er erinnerte sich nur noch, dass Eric ihn geliebt hatte, so wie er sich jetzt erinnerte, dass Leona ihn geliebt hatte. Er hatte Eric in seiner Männlichkeit gedemütigt, indem er ihn wie eine Frau behandelte, indem er ihm sagte, wie sehr er Frauen unterlegen sei, indem er ihn als scheußliche sexuelle Missgestalt abtat. Aber Leona war keine Missgestalt, und ihr hatte er dieselben Attribute zugedacht wie Eric und auf dieselbe Weise, mit demselben Rasen in seinem Kopf und demselben unerträglichen Druck in seiner Brust.

Vivaldo wohnte allein in einer Erdgeschosswohnung in der Bank Street. Er war zu Hause, Rufus sah Licht im Fenster. Er wurde langsamer, aber die kalte Luft ließ kein Zögern zu;

er eilte durch die geöffnete Haustür und dachte, gut, bringen wir's hinter uns. Dann klopfte er schnell an Vivaldos Tür.

Eben noch hatte eine Schreibmaschine geklappert; jetzt herrschte Stille. Rufus klopfte noch einmal.

»Wer ist da?«, rief Vivaldo verärgert.

»Ich bin's. Rufus.«

Das Licht, das schlagartig auf ihn fiel, als Vivaldo die Tür aufmachte, war ein Schock, ebenso wie Vivaldos Miene.

»Mein Gott«, sagte Vivaldo.

Er packte Rufus im Nacken, zog ihn ins Zimmer und hielt ihn fest. Einen Augenblick lehnten sie an Vivaldos Tür.

»Mein Gott«, sagte Vivaldo wieder, »wo bist du gewesen? So was kannst du doch nicht einfach machen! Du hast uns alle zu Tode erschreckt, mein Lieber. Wir haben dich überall gesucht.«

Als hätte man ihn in den Bauch geboxt, klammerte er sich an Vivaldo; als hinge er in den Seilen. Dann wich er zurück.

Vivaldo betrachtete ihn, betrachtete ihn eingehend, von oben bis unten. Und an seinem Gesicht konnte Rufus ablesen, wie er aussah. Er entfernte sich von der Tür und von Vivaldos prüfendem Blick.

»Ida war hier, sie ist halb durchgedreht. Ist dir eigentlich klar, dass du seit fast einem Monat spurlos verschwunden bist?«

»Ja«, sagte er und sank in Vivaldos Sessel – der fast bis zum Boden durchhing. Er sah sich im Zimmer um, das einmal so vertraut gewesen war und jetzt so fremd wirkte.

Er lehnte sich zurück, Hände auf den Augen.

»Zieh deine Jacke aus«, sagte Vivaldo. »Mal sehen, ob ich was zu essen auftreiben kann – hast du Hunger?«

»Nein, erst mal nicht. Und wie geht es Ida?«

»Na ja, sie macht sich *Sorgen,* aber sonst ist nichts mit ihr. Rufus, soll ich dir einen Drink machen?«

»Wann war sie denn hier?«

»Gestern. Und heute Abend hat sie angerufen. Und bei der Polizei war sie auch. Alle haben sich Sorgen gemacht, Cass, Richard, alle ...«

Rufus richtete sich auf. »Die Polizei sucht nach mir?«

»Na, entschuldige mal, mein Freund, Menschen verschwinden nun mal nicht einfach so.« Er ging in die unordentliche kleine Küche und machte den Kühlschrank auf, in dem sich ein Liter Milch und eine halbe Grapefruit befanden. Ratlos starrte er hinein. »Wir müssen essen gehen, hier gibt's nichts zu holen.« Er machte den Kühlschrank wieder zu. »Einen Drink kannst du haben, Bourbon hab ich da.«

Vivaldo schenkte zwei Gläser ein, gab Rufus eins und setzte sich auf den Stuhl.

»Also, raus damit, was hast du die ganze Zeit gemacht, wo warst du?«

»Ich bin einfach nur durch die Gegend gezogen.«

»Mein Gott, Rufus, bei diesem Wetter? Wo hast du geschlafen?«

»Ach, in Subways, Hauseingängen. Manchmal im Kino.«

»Und was hast du gegessen?«

Er nahm einen Schluck. Vielleicht hätte er doch nicht herkommen sollen. »Ach«, sagte er und überraschte sich selbst mit der Wahrheit, »manchmal hab ich sozusagen meinen Arsch verscherbelt.«

Vivaldo sah ihn an. »Da hattest du wohl ziemlich scharfe Konkurrenz.« Er steckte sich eine Zigarette an und warf Rufus das Päckchen und die Streichhölzer zu. »Du hättest dich bei irgendwem melden sollen, du hättest irgendwem Bescheid sagen sollen, was los ist.«

»Ich – konnte nicht. Ich konnte einfach nicht.«

»Eigentlich sind wir Freunde, du und ich.«

Rufus stand auf, mit einer noch kalten Zigarette, ging durch das kleine Zimmer und ließ dabei die Hand über Gegenstände gleiten. »Ich weiß nicht. Ich weiß nicht, was ich mir dabei gedacht habe.« Er steckte die Zigarette an. »Ich weiß, was ich Leona angetan habe. Ich bin ja nicht doof.«

»Ich weiß auch, was du Leona angetan hast. Ich bin auch nicht doof.«

»Wahrscheinlich dachte ich einfach nicht –«

»Was?«

»Dass es irgendwen kümmert.«

In der schweren Stille stand Vivaldo auf und ging zum Plattenspieler. »Du dachtest, Ida kümmert es nicht? Du dachtest, mich kümmert es nicht?«

Rufus fühlte sich erdrückt. »Ich weiß nicht. Ich weiß nicht, was ich gedacht habe.«

Vivaldo schwieg. Bleich, mit wütender Miene konzentrierte er sich auf seine Schallplatten. Schließlich legte er eine auf: James Pete Johnson und Bessie Smith mit *Backwater Blues*.

»Tja«, sagte Vivaldo ratlos und setzte sich wieder.

Vom Plattenspieler abgesehen stand nicht viel in Vivaldos Wohnung: eine selbst gebastelte Lampe, Bücherregale auf Backsteinen, Schallplatten, ein durchhängendes Bett, der ausgeleierte Sessel und der Stuhl. Vor dem Schreibtisch stand ein hoher Schemel, auf dem Vivaldo mehr oder weniger hockte; die dicken schwarzen Locken hingen ihm in die Stirn, der Blick war schwer, die Mundwinkel herabgezogen. Auf dem

Tisch lagen Stifte und Papier neben einer Schreibmaschine und dem Telefon. In der kleinen Küchennische brannte das Deckenlicht. Schmutziges Geschirr stapelte sich in der Spüle, obenauf eine schartig geöffnete leere Dose. An einem wackligen Tischbein lehnte eine Mülltüte.

*There's thousands of people,* sang Bessie, *ain't got no place to go,* und zum ersten Mal hörte Rufus in der staubtrockenen Monotonie dieses Blues etwas, das seine Not verstand. Das Klavier legte stoisch und ironisch Zeugnis ab für die Sängerin. Jetzt, da Rufus selbst kein Zuhause mehr hatte – *'cause my house fell down and I can't live there no mo',* sang Bessie –, hörte er den Text und ihren Ton und fragte sich, wie andere durch die Leere und das Grauen hindurchgefunden hatten, die nun vor ihm standen.

Vivaldo beobachtete ihn. Er räusperte sich. »Vielleicht wäre es gut für dich, wenn du mal woanders hinkommst, Rufus«, sagte er. »Hier erinnert dich doch nur alles ständig daran – manchmal ist es besser, abzuschließen und wegzugehen. An die Westküste vielleicht.«

»An der Westküste ist nichts los.«

»Viele Musiker sind dorthin gegangen.«

»Da sind sie auch ständig am Arsch. Genau wie in New York.«

»Nein, sie arbeiten. Du würdest dich vielleicht anders fühlen da drüben, mit der ganzen Sonne und den Orangen und so.« Er lächelte. »Könnte einen neuen Menschen aus dir machen, mein Lieber.«

»Du findest also«, sagte Rufus gehässig, »ich sollte mal langsam ein neuer Mensch werden.«

Sie schwiegen. Dann sagte Vivaldo: »Ich nicht. Du findest das.«

Rufus betrachtete den großen schlanken, ungelenken weißen Mann, seinen besten Freund, und erstickte fast an dem Bedürfnis, ihm wehzutun.

»Rufus«, sagte Vivaldo plötzlich, »glaub mir, ich weiß, ich weiß – du hast viele Verletzungen, die ich nicht wirklich verstehen kann.« Er spielte mit den Tasten seiner Schreibmaschine. »Ich kann ja schon viele *meiner* Verletzungen nicht wirklich verstehen.«

Rufus saß auf der Kante des durchhängenden Sessels und betrachtete Vivaldo ernst. »Gibst du mir die Schuld für das, was mit Leona passiert ist?«

»Und wenn, was würde das nützen, Rufus? Du machst dir doch schon selber genug Vorwürfe, genau das ist ja dein Problem, also was bringt es, wenn ich dir auch noch Vorwürfe mache?«

Rufus merkte, dass Vivaldo gehofft hatte, dieser Frage aus dem Weg gehen zu können.

»Gibst du mir die Schuld oder nicht? Sei ehrlich.«

»Rufus, wäre ich nicht dein Freund, dann würde ich dir wahrscheinlich die Schuld geben, ja. Du hast dich echt wie ein Arschloch verhalten. Aber ich verstehe es, glaube ich zumindest, ich versuche es. Und du bist nun mal mein Freund, und ehrlich gesagt bedeutest du mir so viel mehr, als Leona mir je bedeutet hat, insofern finde ich nicht, dass ich dich verurteilen sollte, nur weil du dich wie ein Arschloch verhalten hast. Wir sind alle Arschlöcher, genau deswegen brauchen wir ja unsere Freunde.«

»Wenn ich dir doch bloß erzählen könnte, wie das war«, sagte Rufus nach einer langen Pause. »Wenn ich es doch bloß ungeschehen machen könnte.«

»Kannst du aber nicht, also vergiss es bitte, versuch's.«

Aber man kann niemanden vergessen, nach dem man mal so süchtig war, der selbst so süchtig war nach einem, dachte Rufus. Wir können nichts vergessen, was so wehgetan hat, was so tief gegangen ist und die Welt für immer verändert hat. Man kann niemanden vergessen, den man zugrunde gerichtet hat.

Er nahm einen großen Schluck von seinem Bourbon, behielt ihn im Mund und ließ ihn dann langsam die Kehle runterrinnen. Nie würde er Leonas helle Augen vergessen, ihren erstaunten Blick, ihr herziges Lächeln, das wehmütige Näseln, ihren dürren, unersättlichen Körper.

Er musste schwer schlucken, stellte sein Glas ab und drückte die Zigarette im überquellenden Aschenbecher aus.

»Das wirst du mir wahrscheinlich nicht glauben«, sagte er, »aber ich habe Leona geliebt.«

»Doch, das glaube ich dir!«, sagte Vivaldo. »Natürlich glaub ich dir das. Darum ging's doch bei der ganzen Tortur.«

Er stand auf und drehte die Platte um. In der Stille erklang die Stimme von Bessie Smith.

*When my bed get empty, make me feel awful mean and blue.*

»Ganz genau, Bessie«, murmelte Vivaldo.

*My springs is getting rusty, sleeping single like I do.*

Rufus nahm sein Glas und trank aus. »Hattest du schon mal das Gefühl, dass eine Frau dich auffrisst?«, fragte er. »Ich meine – egal, wie sie sonst war oder was sie noch gemacht hat –, dass sie eigentlich nur *das* gemacht hat?«

»Ja«, sagte Vivaldo.

Rufus stand auf. Er lief hin und her.

»Sie kann nicht anders. Und du kannst nicht anders. Und das war's.« Er schwieg. »Zwischen Leona und mir war natürlich – noch viel mehr …«

Es folgte ein langes Schweigen. Sie lauschten Bessie.

»Hast du dir schon mal gewünscht, schwul zu sein?«, fragte Rufus plötzlich.

Lächelnd blickte Vivaldo in sein Glas. »Es gab eine Zeit, da hab ich das gedacht. Teufel noch mal, ich glaube, ich hab's mir sogar gewünscht.« Er lachte. »Aber bin ich nicht. Also Pech.«

Rufus trat ans Fenster. »Dann bist du diesen Weg also auch schon gegangen«, sagte er.

»Wir grasen alle dieselben Wege ab. So schrecklich viele gibt es gar nicht. Nur hat man uns beigebracht, so viel zu lügen, über so vieles, dass wir nur selten wissen, wo wir uns eigentlich befinden.«

Rufus sagte nichts. Er ging auf und ab.

»Vielleicht solltest du ein paar Tage hierbleiben, Rufus«, sagte Vivaldo, »bis du entschieden hast, was du machen willst.«

»Ich will dir nicht auf die Nerven gehen.«

Vivaldo nahm Rufus' leeres Glas und blieb unter dem Torbogen zur Küche stehen. »Du kannst hier morgens liegen und meine Decke angucken. Die hat so viele Risse, das ergibt alle möglichen Bilder. Vielleicht erzählen sie dir Sachen, die sie mir nicht erzählt haben. Ich schenk uns noch was ein.«

Wieder hatte Rufus das Gefühl zu ersticken. »Danke, Vivaldo.«

Vivaldo holte das Eis raus und füllte beide Gläser auf, dann kam er wieder ins Zimmer. »Hier. Auf alles, was wir nicht kennen.«

Sie tranken.

»Ich hab mir Sorgen um dich gemacht«, sagte Vivaldo. »Ich bin froh, dass du da bist.«

»Ich bin froh, dass ich hier bin«, sagte Rufus.

»Deine Schwester hat mir eine Telefonnummer gegeben für den Fall, dass ich dich sehe. Von der Frau, die neben euch wohnt. Ich sollte sie wohl mal anrufen.«

»Nein«, sagte Rufus nach einer Weile, »jetzt ist zu spät. Ich geh morgen früh hin.« Dieser Gedanke, der Gedanke, am Morgen seine Eltern und seine Schwester zu sehen, machte ihn fix und fertig. Er setzte sich wieder, lehnte sich zurück und legte die Hände auf die Augen.

»Rufus«, hatte Leona gesagt, immer wieder, »da ist doch nichts bei, ein Farbiger zu sein.«

Manchmal, wenn sie das sagte, hatte er sie einfach nur kalt angesehen, von weit her, als würde er sich fragen, was um alles in der Welt sie damit sagen wollte. Ein Blick, der ihr womöglich Ahnungslosigkeit und Gleichgültigkeit vorwarf. Und während sie sein Gesicht betrachtete, war ihr Blick so verzweifelt wie nie und zugleich erfüllt von einem unermesslichen, quälenden erotischen Geheimnis.

Erst hatte er seine Arbeit aufgeschoben, schließlich aus Angst gemieden.

Manchmal, wenn sie sagte, es sei doch nichts dabei, ein Farbiger zu sein, hatte er geantwortet:

»Nein, nicht für eine unterversorgte weiße Lady.«

Beim ersten Mal war sie stumm zusammengezuckt. Beim zweiten Mal hatte sie ihn geschlagen. Und er sie. Sie stritten sich die ganze Zeit. Sie stritten sich mit den Händen, mit ihren Stimmen und mit ihren Körpern: Und ein Sturm war wie der andere. Viele Male – und jetzt saß Rufus ganz still, drückte die Dunkelheit an die Augen und lauschte der Musik – hatte er urplötzlich, ohne dass er es vorgehabt hatte, die wimmernde, verschreckte Leona aufs Bett geworfen, auf den Boden gedrückt, an einen Tisch oder eine Wand, während sie nach ihm schlug, zaghaft, stöhnend, unaussprechlich unterwürfig. Er wickelte ihr fahles langes Haar um seine Finger und benutzte sie auf jede nur erdenkliche, möglichst demütigende Art. Bei diesen Liebesakten empfand er keine Liebe: Zitternd und ausgepumpt, zutiefst unbefriedigt, floh er vor der vergewaltigten Frau in die Bars. Dort beklatschte keiner seinen Triumph und verdammte keiner sein Vergehen. Er suchte Streit mit weißen Männern. Er wurde aus den Bars geworfen. In den Augen seiner Freunde sah er sich fallen. In seinem eigenen Herzen sah er es. Doch die Luft, durch die er stürzte, war sein Gefängnis, und er konnte nicht mal den nötigen Atem schöpfen, um nach Hilfe zu rufen.

Aber vielleicht war er jetzt ganz am Boden. Ein Gutes hat der Boden, sagte er sich, tiefer kann man nicht fallen. Mit dem Gedanken versuchte er sich zu trösten, doch irgendwo in seinem Herzen lauerte der Verdacht, dass es den Boden gar nicht gab.

»Ich will nicht sterben«, hörte er sich sagen, und er fing an zu weinen.

Die Musik spielte, weit weg von ihm, furchtbar laut. Die Lichter waren hell und heiß. Er schwitzte, alles juckte, er stank. Vivaldo war bei ihm, strich ihm über den Kopf, erstickte ihn mit dem Stoff seines Pullovers. Er wollte aufhören zu weinen, aufstehen, atmen, konnte aber nur dasitzen mit dem Gesicht in den Händen. Vivaldo murmelte, »Nur zu, mein Freund, lass es raus, lass alles raus.« Er wollte aufstehen und atmen, aber er wollte sich auch flach auf den Boden legen und von irgendetwas geschluckt werden, das diesen Schmerz aufhielt.

Doch er begriff, vielleicht zum ersten Mal in seinem Leben,

dass nichts ihn aufhalten würde, gar nichts: Dies war er. Rufus nahm jeden Zentimeter von Rufus wahr. Er war Fleisch: Fleisch, Knochen, Muskeln, Flüssigkeiten, Öffnungen, Haar und Haut. Sein Körper unterlag Gesetzen, die er nicht verstand. Ebenso wenig verstand er, welche Kraft in diesem Körper ihn in diese elende Lage getrieben hatte. Das undurchdringlichste Geheimnis huschte blitzschnell durchs Dunkel mit einer Andeutung von Versöhnung. Dabei spielte die Musik weiter, und Bessie sagte, im Gefängnis zu sein, mache ihr nichts aus, aber sie müsse so lange dort bleiben.

»Entschuldigung«, sagte er und hob den Kopf.

Vivaldo gab ihm ein Taschentuch, und er trocknete die Augen und putzte sich die Nase.

»Entschuldige dich nicht«, sagte Vivaldo, »freu dich.« Einen Moment blieb er neben Rufus stehen, dann sagte er: »Ich lade dich jetzt zu einer Pizza ein. Du hast Hunger, mein Freund, darum bist du so mies drauf.« Er ging in die Küche und wusch sich das Gesicht. Rufus sah lächelnd zu, wie er sich unter dem grässlichen Licht über die Spüle beugte.

Die Küche war wie die in James Slip. Dort hatten Leona und er ihr gemeinsames Leben beendet, ganz am Rande der Insel. Als Rufus aufgehört hatte zu arbeiten, als kein Geld mehr übrig war und nichts mehr da zum Verpfänden, waren sie ganz und gar von dem Geld abhängig gewesen, das Leona vom Kellnern nach Hause brachte. Dann hatte sie ihren Job verloren. Das Zusammenleben, von entsetzlichen Mengen Alkohol begleitet, hatte es ihr schwer gemacht, pünktlich zu sein, und sie sah von Mal zu Mal schäbiger aus. Eines Abends holte Rufus sie angetrunken vom Restaurant ab. Am nächsten Tag wurde sie gefeuert. Seitdem hatte sie keinen festen Job mehr.

Eines Abends besuchte Vivaldo sie in dieser letzten Wohnung, in der man Tag und Nacht die Schlepper tuten hörte. Als er kam, saß Leona auf dem Badezimmerfußboden, Haare in den Augen, das Gesicht geschwollen und von Tränen verschmiert. Rufus hatte sie verprügelt. Er saß stumm auf dem Bett.

»Warum?«, rief Vivaldo.

»Keine Ahnung«, schluchzte Leona, »ganz bestimmt für nichts, was ich gemacht hab. Er schlägt mich andauernd für nichts, für nichts!« Sie schnappte nach Luft, öffnete den Mund wie ein Säugling; in diesem Augenblick hasste Vivaldo ihn, und das wusste Rufus. »Er sagt, ich schlafe hinter seinem Rücken mit anderen schwarzen Jungs, aber das ist nicht wahr, Gott weiß, dass das nicht wahr ist!«

»Rufus weiß, dass das nicht wahr ist«, sagte Vivaldo. Er sah zu Rufus hinüber; der sagte nichts. »Steh auf, Leona. Steh auf. Wasch dir das Gesicht.«

Er ging ins Bad, half ihr auf die Beine und drehte den Wasserhahn auf. »Komm, Leona, reiß dich zusammen, mach schon.«

Sie versuchte, mit dem Schluchzen aufzuhören, und schüttete sich Wasser ins Gesicht. Vivaldo klopfte ihr auf die Schulter und staunte erneut, wie zerbrechlich sie war. Er ging ins Schlafzimmer.

Rufus sah zu ihm auf. »Das hier ist meine Wohnung«, sagte er, »und das ist mein Mädchen. Du hast damit nichts zu tun. Schaff deinen Arsch hier raus.«

»Dafür könnte man dich umbringen«, sagte Vivaldo. »Sie braucht nur zu schreien. *Ich* brauche nur an die Straßenecke zu gehen und einen Cop zu holen.«

»Willst du mir Angst einjagen? Dann hol deinen Cop.«

»Du hast doch den Verstand verloren. Die werfen einen Blick auf die Lage und stecken dich *unters* Gefängnis.« Er blickte zum Bad. »Komm schon, Leona. Nimm deinen Mantel. Ich bring dich hier raus.«

»Nicht ich hab den Verstand verloren«, sagte Rufus, »sondern du. Wo, glaubst du, bringst du Leona hin?«

»Ich hab nichts, wo ich hin kann«, murmelte Leona.

»Na ja, du kannst bei mir bleiben, bis du was Eigenes findest. Hier lass ich dich nicht zurück.«

Rufus warf den Kopf zurück und lachte. Vivaldo und Leona drehten sich beide zu ihm um. Rufus rief an die Zimmerdecke: »Der kommt in *meine* Wohnung und holt sich *mein* Mädchen und glaubt, der Nigger bleibt einfach sitzen und lässt ihn machen. Ist das nicht zum Schreien?!«

Lachend kippte er auf die Seite.

»Himmel noch mal, Rufus!«, brüllte Vivaldo. *»Rufus!«*

Rufus hörte auf zu lachen und setzte sich auf. »Was? Wer zum Teufel soll dir denn den Scheiß abnehmen? Ich weiß, dass du nur ein Bett zu Hause hast!«

»Ach, Rufus«, jammerte Leona, »Vivaldo will doch nur helfen.«

»Du hältst die Fresse«, fuhr er sie an.

»Nicht jeder ist ein Tier«, murmelte sie.

»Wie ich, meinst du?«

Sie schwieg. Vivaldo beobachtete beide.

»Wie ich, hast du gemeint, du Schlampe? Oder wie du?«

»Wenn ich ein Tier bin«, brauste sie auf – vielleicht machte ihr Vivaldos Anwesenheit Mut –, »dann sag mir doch bitte, wer mich dazu gemacht hat. Sag's mir!«

»Na, dein Gatte, du Schlampe. Das hast du mir doch selber erzählt, dass er ein Ding hat wie ein Pferd. Das hast du mir selber erzählt, wie er dich rangenommen hat – wie er immer wieder gesagt hat, er hat den Größten im ganzen Süden, von allen Schwarzen *und* Weißen. Und dass du es nicht ausstehen konntest, das hast du selber gesagt. Ha ha. Das ist das Komischste, was ich je gehört hab.«

»Wahrscheinlich«, sagte sie nach einer Weile matt, »hab ich dir viel zu viel von mir erzählt.«

»Wahrscheinlich.« Rufus schnaubte. Er sagte – zu Vivaldo, zum Zimmer, zum Fluss: »Der Gatte war's, er hat diese Schlampe verkorkst. Dein Mann und der ganze stinkende Urwald von Georgia haben dich durchgefickt, darum hat dein Mann dich rausgeworfen. Warum sagst du nicht die Wahrheit? Dann müsste ich dich nicht schlagen, wenn du die Wahrheit sagen würdest.« Er grinste Vivaldo an. »Mann, diese Puppe kann gar nicht genug kriegen …« Er unterbrach sich und starrte Leona an.

»Rufus.« Vivaldo bemühte sich, ruhig zu bleiben. »Keine Ahnung, was das hier soll. Du bist doch verrückt. Du hast ein tolles Mädchen, das alles für dich machen würde – und das weißt du –, und du kommst immer wieder mit diesem *Vom-Winde-verweht*-Dreck an. Was stimmt nicht mit dir da oben?« Er versuchte zu lächeln. »Hör bitte auf damit. Bitte!«

Rufus antwortete nicht. Er setzte sich wieder so aufs Bett, wie er zu Anfang gesessen hatte.

»Komm, Leona«, sagte Vivaldo schließlich. Da stand Rufus auf und sah die beiden mit einem kleinen Lächeln an, mit Hass.

»Ich nehme sie nur ein paar Tage mit, damit ihr beide wieder runterkommen könnt. So hat das doch keinen Sinn.«

»Sir Walter Raleigh – mit 'nem Steifen«, höhnte Rufus.

»Hör zu«, sagte Vivaldo, »wenn du mir nicht vertraust, nehm ich mir ein Zimmer im YMCA. Ich komm wieder her. Verdammt noch mal«, schrie er, »ich will dir dein Mädchen nicht wegnehmen, so gut solltest du mich eigentlich kennen.«

Mit einer erstaunlichen und bedrohlichen Unterwürfigkeit sagte Rufus: »Wahrscheinlich ist sie dir nicht gut genug.«

»Scheiße, *dir* ist sie nicht gut genug.«

»Nein«, sagte Leona, und die Männer drehten sich zu ihr um, »da liegt ihr alle beide daneben. Rufus denkt, *er* ist *mir* nicht gut genug.«

Rufus und sie starrten sich an. Ein Schlepper tutete in der Ferne. Rufus lächelte.

»Siehst du? *Du* kommst dauernd damit an. *Du* bist doch diejenige, die dauernd damit ankommt. Wie soll ich es denn deiner Meinung nach mit so einer Schlampe aushalten?«

»Das kommt davon, wie du aufgewachsen bist«, sagte sie, »und wahrscheinlich kannst du einfach nicht anders.«

Wieder herrschte Schweigen. Leona kniff den Mund zusammen, und ihre Augen füllten sich mit Tränen. Es hatte den Anschein, als wollte sie ihre Worte zurücknehmen, die Zeit zurückdrehen und noch mal von vorn anfangen. Aber sie wusste nicht, was sie sagen sollte, und das Schweigen zog sich hin. Rufus spitzte die Lippen.

»Geh ruhig, du Nutte«, sagte er, »geh und treib's mit dem Spaghettifresser. Der tut dir garantiert nicht gut, kann er gar nicht. Nicht jetzt. Du kommst zurück. Du kannst jetzt nicht ohne mich.« Er legte sich mit dem Gesicht voran aufs Bett. »Und ich, ich schlaf mich heute Nacht mal so richtig aus.«

Vivaldo schob Leona zur Tür und wich aus dem Zimmer, wobei er Rufus im Auge behielt.

»Ich komme wieder«, sagte er.

»Nein, das tust du nicht«, sagte Rufus. »Wenn du wiederkommst, bring ich dich um.«

Leona flehte ihn mit einem raschen Blick an, still zu sein, und Vivaldo machte die Tür hinter ihnen zu.

»Leona«, fragte er, als sie auf der Straße standen, »wie lange geht das schon so? Warum lässt du dir das gefallen?«

»Warum«, fragte Leona matt, »lassen sich Menschen irgendwas gefallen? Weil sie nicht anders können wahrscheinlich. Das bin ich halt. Gott, ich weiß nicht, was ich machen soll.« Sie fing wieder an zu weinen. Die Straßen waren dunkel und leer. »Ich weiß, dass er krank ist, und ich hoffe immer, dass er gesund wird, und ich kann ihn nicht überreden, dass er zum Arzt geht. Er weiß genau, das alles, was er behauptet, das mache ich nicht, das weiß er!«

»Aber so geht es nicht weiter, Leona. Sonst bringt er euch noch beide um.«

»Er sagt, ich bin diejenige, die uns beide umbringen will.« Sie versuchte zu lachen. »Letzte Woche hat er sich mit einem Typen in der Subway angelegt, so ein richtig tumber, unglücklicher Mann, dem hat das nicht gepasst, dass wir zusammen sind, na ja, und Rufus hat mir die Schuld gegeben für den Streit. Echt, Viv, ich hab den Mann nicht mal gesehen, bevor er den Mund aufgemacht hat. Aber Rufus sucht andauernd nach was, er sieht was, wo nichts ist, er sieht überhaupt nichts anderes mehr. Er sagt, ich hab sein Leben zerstört. Also, meins hat er auch nicht gerade besser gemacht.«

Sie wischte sich über die Augen. Vivaldo gab ihr sein Taschentuch und legte ihr den Arm um die Schulter.

»Die Welt ist doch schon so schlimm genug, und die Menschen sind schon so böse genug, ohne dass man ständig danach sucht und drin rumbohrt und alles noch schlimmer macht. Andauernd sag ich ihm, ganz viele Leute, denen passt das nicht, was ich hier mache, aber mir egal, sollen die ihr Zeug machen, ich mach meins.«

Ein Polizist warf ihnen im Vorbeigehen einen Blick zu. Vivaldo spürte, wie Leona schauderte. Dann schauderte auch ihn. Er hatte sich noch nie vor Polizisten gefürchtet, er hatte sie bloß verachtet. Doch jetzt spürte er das Unpersönliche der Uniform, die Leere der Straßen. Er spürte, was der Polizist sagen oder tun würde, wenn er Rufus wäre, der hier mit dem Arm um Leona entlangging.

Dennoch sagte er nach einer Weile: »Du musst weg von ihm. Du musst weg aus der Stadt.«

»Aber Viv, ich hab immer noch Hoffnung – dass alles irgendwie ins Lot kommt. Am Anfang war er nicht so, er ist nicht wirklich so. Ich weiß, dass er nicht so ist. Irgendwas ist völlig verdreht in seinem Kopf, er kann nichts dafür.«

Sie standen unter einer Straßenlaterne. Ihr Gesicht war ein Trümmerfeld, war unaussprechlich schön vor Kummer. Tränen rannen ihr über die schmalen Wangen, und sie versuchte immer wieder vergeblich, ihren zittrigen kleinen Mund stillzuhalten.

»Ich liebe ihn«, sagte sie hilflos, »ich liebe ihn, ich kann nicht anders. Egal, was er mir antut. Er ist einfach verloren, und er schlägt mich, weil er sonst nichts hat, was er schlagen kann.«

Er zog sie an sich, als sie weinte, eine dürre, müde junge Frau, unverhoffte Erbin von Generationen der Bitterkeit. Er wusste nicht, was er sagen sollte. In ihm ging ganz langsam ein Licht an, ein schreckliches Licht. Undeutlich sah er Gefahren, Rätsel, Risse, die er sich nicht im Traum hätte vorstellen können.

»Da ist ein Taxi«, sagte er.

Sie straffte sich und wischte sich erneut über die Augen.

»Ich komme mit«, sagte er, »und fahr dann gleich zurück.«

»Nein, gib mir einfach den Schlüssel. Ich komm schon klar. Geh du zurück zu Rufus.«

»Rufus hat gesagt, er bringt mich um«, sagte er halb lächelnd.

Das Taxi hielt neben ihnen. Er gab ihr seinen Schlüssel. Sie öffnete die Tür und wandte das Gesicht vom Fahrer ab.

»Rufus bringt keinen um, nur sich selber, wenn er keinen Freund findet, der ihm hilft.« Halb drinnen, halb draußen fügte sie hinzu: »Du bist der einzige Freund, den er hat auf der Welt, Vivaldo.«

Er gab ihr Geld fürs Taxi, und zum ersten Mal in all den Monaten lag etwas Zweideutiges in seinem Blick. Beide liebten Rufus. Und beide waren weiß. Jetzt, da es ihnen so schonungslos vor Augen stand, sahen beide, wie verzweifelt sie versucht hatten, es nicht zu sehen.

»Du fährst da jetzt hin?«, fragte er. »Du fährst zu mir?«

»Ja, mach ich. Geh du zurück zu Rufus. Vielleicht kannst du ihm helfen. Er braucht einen, der ihm helfen kann.«

Vivaldo nannte dem Fahrer seine Adresse und blickte dem davonrollenden Taxi nach. Dann drehte er sich um und ging denselben Weg zurück, den sie gekommen waren.

Der Weg wirkte länger, jetzt, da er allein war, und dunkler. Den Polizisten hier irgendwo in der Dunkelheit zu wissen, gab der Stille etwas Unheilvolles. Vivaldo fühlte sich bedroht. Er fühlte sich der Stadt, in der er geboren war, vollkommen entfremdet, dieser Stadt, für die er manchmal eine frostige Zuneigung hegte, weil er kein anderes Zuhause kannte. Und doch hatte er hier kein Zuhause – die Bruchbude in der Bank

Street war kein Zuhause. Er hatte immer angenommen, eines Tages werde er sich hier einrichten. Jetzt fragte er sich langsam, ob auf diesem Felsen überhaupt irgendjemand Wurzeln schlagen konnte; besser gesagt, erkannte er langsam die Gestalt jener, denen genau das gelungen war. Und zweifelte langsam an seiner eigenen Gestalt.

Zum Beispiel hatte er seine Einsamkeit oft als Zeichen seiner Überlegenheit empfunden. Doch auch Menschen, die nicht überlegen waren, waren extrem einsam – und unfähig, aus ihrer Isolation auszubrechen, eben weil ihnen dazu die Mittel fehlten. Seine so unendlich gesteigerte Einsamkeit machte die Nachtluft kälter. Er erinnerte sich, zu welchen Maßlosigkeiten, in welche Fallen und Albträume ihn seine Verlorenheit getrieben hatte, und fragte sich, wohin eine solch gewaltsame Leere eine ganze Stadt treiben mochte.

Unterdessen bemühte er sich nach Kräften, je näher er Rufus' Wohnung kam, nicht an Rufus zu denken.

Die Gegend war voller Lagerhallen. Hier wohnten kaum Menschen. Tagsüber verstopften Trucks die Straßen, Arbeiter standen auf den gespenstischen Rampen und wuchteten fluchend große Lasten. So wie er früher; lange Zeit war er einer von ihnen gewesen. Er war stolz gewesen auf sein Geschick und seine Muskeln und froh, als Mann unter Männern akzeptiert zu sein. Nur – sahen sie etwas in ihm, das sie nicht akzeptieren konnten, das sie unruhig machte. Hin und wieder, wenn er sich seine Zigarette ansteckte, blickte ihn einer fragend an, mit einem kleinen Lächeln. Das Lächeln verbarg eine widerwillige, trotzige Feindseligkeit. Sie sagten, er sei ein ›helles Köpfchen‹ und werde ›es weit bringen‹; und sie machten deutlich, dass er dieses Weite suchen solle, wo auch immer – er gehörte nicht zu ihnen.

In seinem Hinterkopf bohrte weiter der Gedanke an Rufus. Auf seiner Highschool waren ein paar schwarze Schüler gewesen, aber soweit er sich erinnerte, waren sie mehr oder weniger unter sich geblieben. Vivaldo hatte Jungs gekannt, denen es einen Kick gab, durch die Gegend zu ziehen und ›Nigger zu kloppen‹. Es schien abwegig – ja sogar unfair –, dass schwarze Jungen, die in der Highschool verprügelt worden waren, zu schwarzen Männern heranwachsen konnten, die jeden verprügeln wollten, der ihnen unter die Augen kam, auch oder sogar besonders jene, die nie irgendeinen Gedanken an sie verschwendet hatten.

Er sah das Licht in Rufus' Fenster, das einzige Licht weit und breit.

Dann dachte er an etwas, das ihm vor langer Zeit passiert war, vor zwei oder drei Jahren. Damals war er viel in Harlem gewesen, um Huren aufzusuchen, und eines Nachts war er im leichten Nieselregen die Seventh Avenue hinaufgelaufen. Er ging sehr stramm, denn es war spät, dieser Abschnitt der Avenue war fast menschenleer, und er fürchtete, von einem Streifenwagen angehalten zu werden. An der 116th Street angekommen, ging er in eine Bar; er wählte bewusst eine aus, die er nicht kannte. Und weil er die Bar nicht kannte, war ihm ungewöhnlich unwohl; er fragte sich, was die Menschen hinter ihren Mienen verbargen. Was immer es war, sie verbargen es gut. Sie tranken weiter, redeten miteinander und steckten Münzen in die Jukebox. Es wirkte durchaus nicht so, als wären sie seinetwegen wachsam oder würden nun ihre Zunge hüten, aber es machte auch keiner Anstalten, mit ihm zu reden, und ein hauchdünner Film legte sich über ihre Augen, wann immer sie in seine Richtung sahen; und blieb haften, selbst wenn sie lächelten. Der Barmann zum Beispiel lächelte über etwas, das Vivaldo sagte, und ließ zugleich durchblicken, als er ihm sein Glas hinschob, dass die Breite des Tresens nur unzureichend jene Kluft abbildete, die sie beide voneinander trennte.

An diesem Abend sah er die Augen ohne den Film. Eine junge Frau war irgendwann auf ihn zugekommen. Sie waren um die Ecke auf ihr Zimmer gegangen. Da waren sie; er hatte den Schlips gelockert und die Hose runtergezogen, und sie wollten gerade loslegen, da kam ihr ›Mann‹ rein. Er war einer der aalglatt lächelnden Männer aus der Bar. Die junge Frau quietschte manierlich und zog sich ganz ruhig wieder an. Vivaldo war so frustriert, dass er hätte heulen können, und dann so wütend, dass er hätte töten können. Erst als er dem Mann in die Augen sah, bekam er Angst.

Der Mann blickte auf ihn herab und lächelte.

»Wo wolltest du das denn bitte reinstecken, Mehlbubi?«

Vivaldo antwortete nicht. Er zog langsam an seiner Hose. Der Mann war sehr dunkel und sehr groß, fast so groß wie Vivaldo und in dem Moment natürlich in viel besserer Kampfposition.

Die Frau saß auf der Bettkante und zog sich die Schuhe an. Abgesehen von ihrem sporadischen, abgehackten leisen Summen herrschte Stille im Raum. Die Melodie, die sie summte, erkannte er nicht, und das machte ihn aus irgendeinem Grund wahnsinnig.

»Sie hätten wenigstens noch ein paar Minuten warten können«, sagte Vivaldo. »Ich war ja noch nicht mal drin.«

Das sagte er, während er lässig seinen Gürtel schnallte, in der vagen Annahme, es könnte tatsächlich seine Strafe mildern. Die Worte waren kaum ausgesprochen, da hatte der Mann ihn schon zwei Mal mit der flachen Hand geohrfeigt.

Vivaldo taumelte rückwärts vom Bett in die Ecke mit dem Waschbecken, und ein Wasserglas zerschellte auf dem Fußboden.

»Verdammt noch mal«, sagte die Frau scharf, »du brauchst jetzt nicht gleich die Bude zertrümmern.« Und sie ging hin, um die Scherben aufzusammeln. Vivaldo erschien sie aber auch ein wenig verängstigt und ein wenig beschämt. »Mach, was du musst«, sagte sie auf Knien, »und schaff ihn raus hier.«

Vivaldo und der Mann starrten einander an, und langsam saugte Panik die Wut aus ihm heraus. Nicht nur die Situation machte Vivaldo Angst: Es waren die Augen des Mannes. Sie betrachteten Vivaldo mit einem ruhigen, steten Hass, der so entrückt und unwiderleglich war wie Wahnsinn.

»Dein verfluchtes Glück, dass du ihn nicht drin hattest«, sagte er. »Das würde dir mächtig leidtun, Mehlbubi. Den weißen Schwanz würdest du in keine schwarze Möse mehr stecken, das kann ich dir versichern.«

Na, wenn das so ist, wollte Vivaldo sagen, warum zum Teufel hältst du sie dann nicht von der Straße fern? Aber es schien wirklich besser – und auch die Frau schien es ihm seltsamerweise auf stumme Art zu raten –, so wenig wie möglich zu sagen.

Also sagte er nach einer Weile nur so versöhnlich er konnte: »Also, ich bin auf den ältesten Gag des Gewerbes reingefallen, das ist jetzt so. Okay. Was wollen Sie?«

Und der Mann wollte mehr, als er ausdrücken konnte. Er beobachtete Vivaldo, wartete darauf, dass er weitersprach. Vivaldo kam plötzlich ein Film in den Sinn, den er vor langer Zeit gesehen hatte. Er sah einen Jagdhund beim Vorstehen, der ganz still und gespannt darauf wartete, dass ein Schwarm

Wachteln der Panik nachgab und aufflog, wo sie von den Gewehren der Jäger abgepflückt werden konnten. So war es in diesem Zimmer, als der Mann darauf wartete, dass Vivaldo sprach. Was auch immer Vivaldo gesagt hätte, wäre Anlass gewesen für eine Metzelei. Er hielt die Luft an, hoffte, dass die Panik ihm nicht in die Augen stieg, und bekam eine Gänsehaut. Der Mann sah zur jungen Frau hinüber, die ihn vom Bett aus beobachtete, dann trat er zu Vivaldo. Als er direkt vor ihm stand und seine Augen, so schien es, sich noch immer in Vivaldo hineinbohrten, als würde er Schädel und Hirn durchdringen und sich alles einverleiben, streckte er mit einem Ruck die Hand aus.

Vivaldo händigte ihm seine Brieftasche aus. Der Mann steckte sich eine Zigarette an und ließ sie im Mundwinkel baumeln, während er bedächtig, verächtlich die Brieftasche sichtete. »Was ich nicht verstehe«, sagte er mit beängstigender Trägheit: »Warum ihr weißen Jungs immer herkommt und um unsere schwarzen Mädchen rumhechelt. Von uns hechelt doch auch keiner um eure weißen Mädchen rum.« Er blickte auf. »Oder?«

Da wäre ich mir mal nicht so sicher, dachte Vivaldo, sagte aber nichts. Doch ein Nerv war getroffen, und er wurde erneut wütend.

»Nehmen wir mal an, das hier ist meine Schwester«, sagte der Mann und deutete vage auf die Frau. »Was würdest du denn machen, wenn du mich mit deiner Schwester erwischst?«

Und wenn du sie in zwei Teile hackst, mir scheißegal, dachte Vivaldo spontan. Zugleich ließ ihn die Frage vor Zorn erbeben, und irgendwo begriff er, dass der Mann genau das erreichen wollte.

Im Hinterkopf allerdings rumorte das dumpfe Nachdenken darüber, weshalb ihn diese Frage so wütend machte.

»Ich meine, was würdest du mit mir machen?«, beharrte der Mann, die Brieftasche noch in der Hand und das Lächeln noch auf den Lippen. »Ich will, dass du mir deine Strafe nennst.« Er wartete. »Komm schon, du weißt doch, was ihr immer macht.« Der Mann wirkte seltsam beschämt und zugleich gefährlicher denn je.

Schließlich presste Vivaldo heraus: »Ich habe keine Schwester«, rückte mit flatternden Händen seinen Schlips zurecht und sah sich nach seiner Jacke um.

Der Mann musterte ihn noch ein wenig, sah die junge Frau an, sah wieder auf die Brieftasche. Er nahm das ganze Geld heraus. »Ist das alles?«

Damals hatte Vivaldo einen festen Job, in seiner Brieftasche waren fast sechzig Dollar. »Ja.«

»Nichts mehr in den Taschen?«

Vivaldo zog Scheine und Kleingeld aus seinen Taschen, vielleicht alles in allem fünf Dollar. Der Mann nahm alles an sich.

»Ich muss irgendwie nach Hause kommen, Mister.«

Der Mann gab Vivaldo die Brieftasche zurück. »Geh zu Fuß«, sagte er. »Dein Glück, dass du das noch kannst. Wenn ich deinen Arsch noch ein Mal hier oben erwische, zeig ich dir, was neulich mit einem Nigger passiert ist, den Mr Charlie mit Miss Anne erwischt hat.«

Vivaldo steckte seine Brieftasche ein und hob seine Jacke vom Boden auf. Der Mann beobachtete ihn dabei, die junge Frau beobachtete den Mann. Als er die Tür öffnete, merkte er, wie weich seine Knie waren.

»Na dann, war mir ein Vergnügen«, sagte er und stolperte die Treppe runter. Auf dem ersten Absatz hörte er die Tür, dann flinke, verstohlene Schritte. Die junge Frau stand oben und streckte die Hand übers Geländer.

»Hier«, flüsterte sie, »nimm das«, beugte sich gefährlich weit übers Geländer und stopfte ihm einen Dollar in die Brusttasche. »Jetzt geh nach Hause«, sagte sie, »schnell!«, und eilte die Treppe hinauf.

Der Blick des Mannes hatte ihn nach diesem Abend noch lange begleitet, länger als der Zorn, die Scham und der Schrecken. Und auch jetzt begleitete er ihn, da er die Treppe zu Rufus' Wohnung hochging. Ohne zu klopfen trat Vivaldo ein. Rufus stand an der Tür mit einem Messer in der Hand.

»Ist das für mich oder für dich? Oder wolltest du dir gerade eine dicke Scheibe Salami abschneiden?«

Er zwang sich, an Ort und Stelle stehen zu bleiben und Rufus anzusehen.

»Ich dachte mir, das ramm ich dir rein, du Drecksack«, sagte Rufus. Aber er rührte sich nicht.

Vivaldo atmete langsam aus. »Komm, leg das weg. Wenn ich je ein armes Schwein gesehen hab, das seine Freunde braucht, dann bist du das.«

Lange sahen sie sich einfach nur an, ohne sich zu rühren. Sie blickten einander in die Augen, beide womöglich auf der Suche nach dem Freund, an den sie sich erinnerten. Vivaldo kannte dieses Gesicht so gut, dass er in gewisser Weise aufgehört hatte, es anzusehen, und als er nun erkannte, was die Zeit mit Rufus gemacht hatte, stockte ihm das Herz. Vorher hatte er die feinen Linien auf der Stirn, die tiefen, krummen Furchen zwischen den Brauen und die Spannung, die den Mund zusammenzog, nicht gesehen. Er fragte sich, was die

Augen sahen – vor Jahren hatten sie es nicht gesehen. Vivaldo hatte Rufus nie mit Gewalt in Verbindung gebracht, denn sein Gang war immer langsam und bedacht gewesen, sein Ton spöttisch und sanft: Aber jetzt erinnerte er sich daran, wie Rufus Schlagzeug spielte.

Er trat einen Schritt näher, behielt Rufus im Blick, behielt das Messer im Blick.

»Bring mich nicht um, Rufus«, hörte er sich sagen. »Ich will dir nicht wehtun, ich will dir nur helfen.«

Die Tür zum Badezimmer stand noch immer offen, und das Licht brannte. Das nackte Küchenlicht brannte gnadenlos auf zwei Orangenkisten und das Brett, das als Küchentisch diente, und auf die unabgedeckte Wasch- und Badewanne. Schmutzige Wäsche lag hingeworfen in einer Ecke. Dahinter, im trüben Schlafzimmer, standen zwei Koffer, Rufus' und Leonas, offen in der Mitte des Fußbodens. Auf dem Bett ein zerknülltes graues Laken und eine dünne Decke.

Rufus starrte ihn an. Er schien Vivaldo nicht zu glauben; er schien ihm so gern glauben zu wollen. Sein Gesicht verzog sich, er ließ das Messer fallen, sackte gegen Vivaldo und warf zitternd die Arme um ihn.

Vivaldo führte ihn ins Schlafzimmer und sie setzten sich aufs Bett.

»Jemand muss mir helfen«, sagte Rufus schließlich, »irgendjemand muss mir helfen. Diese Scheiße muss aufhören.«

»Kannst du mir nicht davon erzählen? Du versaust dir dein Leben und ich weiß nicht, wieso.«

Seufzend ließ sich Rufus zurückfallen, verschränkte die Hände hinterm Kopf und starrte an die Decke. »Ich weiß es auch nicht. Ich weiß nicht, wo links und rechts ist. Ich weiß nicht mehr, was ich tue.«

Das ganze Haus war still. Das Zimmer, in dem sie saßen, schien sehr weit weg von dem Leben um sie herum, auf der ganzen Insel.

»Was du mit Leona machst – das geht nicht«, sagte Vivaldo behutsam. »Selbst wenn sie tun würde, was du behauptest – das geht nicht. Wenn du nicht anders kannst, als sie zu schlagen, dann musst du dich von ihr trennen.«

Rufus schien zu lächeln. »Wahrscheinlich stimmt bei mir wirklich was nicht im Kopf.«

Dann herrschte wieder Stille; er sah Vivaldo an.

»Hast du sie ins Taxi gesetzt?«

»Ja.«

»Ist sie zu dir gefahren?«

»Ja.«

»Fährst du hin?«

»Ich dachte, ich bleibe vielleicht ein bisschen bei dir, wenn es dir nichts ausmacht.«

»Was hast du vor – Aufpasser spielen oder so was?«

Das sagte er mit einem Lächeln, aber in seiner Stimme lag kein Lächeln.

»Ich dachte nur, du hättest vielleicht gern Gesellschaft«, sagte Vivaldo.

Rufus stand auf und ging ruhelos in beiden Zimmern auf und ab.

»Ich brauche keine Gesellschaft. Ich hatte genug Gesellschaft, das reicht für den Rest meines Lebens.« Er ging zum Fenster und blieb dort mit dem Rücken zu Vivaldo stehen. »Wie ich sie hasse – all diese weißen Arschlöcher da draußen. Die wollen mich umbringen, meinst du, das weiß ich nicht? Die Welt tanzt nach ihrer Pfeife, Mann, die haben alles im Griff, diese elenden weißen Schwanzlutscher, und meinen

Hals auch, sie bringen mich um.« Er wandte sich um, ohne Vivaldo anzusehen. »Manchmal lieg ich hier und lausche – lausche einfach. Wie sie scheffeln da draußen und sich was zusammenkratzen; sie glauben, das reicht ewig. Manchmal lieg ich hier und lausche, lausche, Mann, ob eine Bombe auf diese Stadt fällt und dem ganzen Lärm ein Ende macht. Ich lausche, damit ich sie stöhnen höre, ich will, dass sie bluten und ersticken, ich will, dass sie heulen, Mann, und um Hilfe betteln. Darauf können sie lange warten, dass ich dahin komme.« Seine Augen glänzten vor Tränen und Hass. »Irgendwann passiert es, es muss passieren. Und das will ich sehen.« Er trat wieder ans Fenster. »Manchmal lausche ich den Schiffen auf dem Fluss – dem Tuten – und denke, wäre das nicht toll, wieder auf ein Schiff zu steigen und irgendwohin zu fahren, weg von diesen Nirgendwos, irgendwohin, wo ein Mensch behandelt wird wie ein Mensch.« Er wischte sich mit dem Handrücken über die Augen, und plötzlich ließ er die Faust auf die Fensterbank donnern. »Mit dem Vermieter muss man kämpfen, denn der Vermieter ist *weiß!* Mit dem Liftboy muss man kämpfen, denn der Wichser ist *weiß.* Jeder Penner in der Bowery kann dich vollscheißen, denn vielleicht kann er nicht hören, nicht sehen, nicht gehen und nicht ficken – aber er ist *weiß!*«

»Rufus, Rufus. Was ist mit –« Er wollte sagen: Was ist mit mir, Rufus? Ich bin weiß. Er sagte: »Rufus, nicht alle sind so.«

»Nein? Das ist mir neu.«

»Leona liebt dich.«

»Sie liebt die Farbigen ach so sehr«, sagte Rufus, »manchmal ist das nicht zum Aushalten. Weißt du, was dieses Mädchen von mir weiß? Das Einzige, was sie kennt?« Er legte die Hand auf sein Geschlecht, so grob, als wollte er es rausreißen, und schien Gefallen daran zu finden, dass Vivaldo zusammenzuckte. Er setzte sich wieder aufs Bett. »Mehr nicht.«

»Du hast doch den Verstand verloren«, sagte Vivaldo. Doch Angst hatte seiner Stimme alle Überzeugungskraft genommen.

»Aber für mich ist sie das einzige Mädchen auf der Welt«, fuhr Rufus kurz darauf fort. »Ist das nicht zum Schreien?«

»Du machst sie kaputt. Willst du das?«

»Sie macht mich auch kaputt.«

»Na ja, willst du *das?*«

»Was wollen Menschen denn voneinander«, fragte Rufus, »wenn sie zusammen sind? Weißt du das?«

»Also, sich gegenseitig in den Wahnsinn treiben wollen sie nicht. Das weiß ich.«

»Dann weißt du mehr als ich«, sagte Rufus voller Häme. »Was willst du denn – wenn du mit einer Frau zusammen bist?«

»Was ich will?«

»Ja, was du willst.«

»Ach.« Vivaldo kämpfte gegen Panik an und versuchte zu lächeln. »Ich will nur Sex, Mann.« Aber er fixierte Rufus mit dem Gefühl, dass sich Fürchterliches in ihm regte.

»Ach ja?« Rufus betrachtete ihn mit Befremden, als würde er denken: *So machen es also die weißen Jungs.* »Mehr nicht?«

»Na ja« – er senkte den Blick –, »ich will, dass sie mich liebt. Ich will ihre Liebe. Ich will geliebt werden.«

Nach kurzem Schweigen fragte Rufus: »Und hast du das schon mal geschafft?«

»Nein.« Vivaldo dachte an katholische Mädchen und Huren. »Eher nicht.«

»Wie schafft man das?«, fragte Rufus. »Was *machst* du dafür?« Er lächelte halb. »Was machst *du?«*

»Wie meinst du das, was ich mache?« Er versuchte zu lächeln, aber er wusste, was Rufus meinte.

»Machst du einfach, was man dir gesagt hat?« Er zupfte Vivaldo am Ärmel; seine Stimme wurde leiser. »Deine weiße Schnalle – Jane –, hat sie dir schon mal einen geblasen?«

*Ach, Rufus,* wollte er aufschreien, *hör auf mit der Scheiße!* Tränen stiegen ihm in die Augen. Gleichzeitig zuckte sein Herz vor Schreck, und das Blut wich ihm aus dem Gesicht. »So eine tolle Schnalle hatte ich noch nicht«, sagte er knapp und dachte wieder an die schrecklichen katholischen Mädchen, mit denen er aufgewachsen war, an seine Schwester, seine Mutter und seinen Vater. Mit großer Überwindung versuchte er, im Geiste die Betten durchzugehen, in denen er gelegen hatte – und blickte in gähnende Leere. »Außer«, sagte er plötzlich, »mit Huren«, und spürte im darauf folgenden Schweigen, dass auf dem Bett neben ihm der Horror saß. Er sah Rufus an.

Rufus lachte. Er legte sich hin und lachte, bis ihm Tränen aus den Augenwinkeln liefen. Es war das schrecklichste Lachen, das Vivaldo je gehört hatte, und er wollte Rufus schütteln oder schlagen, was immer ihn zum Schweigen brachte. Aber er tat nichts; mit feuchten Händen steckte er sich eine Zigarette an. Rufus würgte, stotterte, setzte sich auf. Sah Vivaldo einen Moment lang verquält an. »Huren!«, rief er aus und fing wieder an zu lachen.

»Was ist daran so komisch?«, fragte Vivaldo leise.

»Wenn du das nicht siehst, kann ich es dir nicht sagen.« Rufus hatte aufgehört zu lachen, wurde ernst und ruhig. »Alle nehmen den A-Train – du uptown, ich downtown, das ist verrückt.« Dann sah er wieder Vivaldo an, voller Hass. »Leona und ich«, sagte er, »das ist der tollste Sex, den ich je hatte. Gibt nichts, was wir nicht machen.«

»Verrückt.« Vivaldo trat seine Zigarette auf dem Boden aus. Allmählich wurde er sauer. Und hätte am liebsten gelacht.

»Aber es klappt nicht«, sagte Rufus. »Es klappt nicht.« Sie hörten das Tuten vom Fluss. Er trat wieder ans Fenster. »Ich sollte hier raus. Ich muss hier wirklich raus.«

»Na, dann geh. Lunger hier nicht rum, sondern geh.«

»Mach ich auch, ich geh ja. Ich will nur noch ein Mal Leona sehen. Ich will nur noch ein Mal flachgelegt – geblasen – geliebt werden; ein Mal.«

»Ehrlich gesagt«, sagte Vivaldo, »interessiere ich mich eigentlich nicht so sehr für dein Liebesleben.«

»Nein?« Rufus lächelte. »Ich dachte, ihr weißen Bubis seid ganz scharf drauf zu erfahren, wie unsereins es treibt.«

»Tja«, sagte Vivaldo, »ich bin da anders.«

»Ja«, sagte Rufus, »das bist du wohl.«

»Ich will einfach nur dein Freund sein. Mehr nicht. Aber du willst keine Freunde, oder?«

»Doch«, hatte Rufus leise gesagt, »doch.« Und mit einiger Überwindung hinzugefügt: »Hör nicht auf mich. Ich weiß, dass du der einzige Freund bist, den ich noch habe auf der Welt, Vivaldo.«

Und darum hasst du mich, hatte Vivaldo gedacht, still, ratlos und traurig.

Jetzt saßen Vivaldo und Rufus schweigend am Fenster der Pizzeria. Es gab nicht mehr viel zu sagen. Sie hatten alles gesagt – zumindest Rufus; Vivaldo hatte zugehört. Musik aus einem nahen Nachtclub drang dünn zu ihnen durch die Fenster, zusammen mit dem unbezwingbaren mahlenden Summen der Straße. Und Rufus fixierte die Straße so hilflos und traurig, als wartete er auf Leona. Diese Straßen hatten sie geholt. In einer eiskalten Nacht, so Rufus, habe man sie aufgegabelt, halb nackt auf der Suche nach ihrem Kind. Sie wisse, wo es sei, wo man ihr Baby versteckt habe, sie kenne das Haus, könne sich nur nicht an die Adresse erinnern.

Und dann hatte man sie in Bellevue eingeliefert, und er hatte sie dort nicht rausbekommen. Den Ärzten wäre es kriminell erschienen, sie in die Obhut jenes Mannes zu geben, der maßgeblich für ihren Zusammenbruch verantwortlich sei und darüber hinaus gar keinen Anspruch habe. Sie hatten Leonas Familie verständigt, ihr Bruder war aus dem Süden gekommen und hatte Leona mitgenommen. Jetzt saß sie irgendwo in Georgia und starrte die Wände eines schmalen Zimmers an; dort würde sie für immer bleiben.

Vivaldo gähnte mit schlechtem Gewissen. Er war erschöpft – er hatte genug von Rufus' Geschichte, von der Fürsorge, von Freundschaft. Er wollte nach Hause, Tür zu und schlafen. Er hatte genug von den Sorgen echter Menschen. Er wollte zurück zu den Menschen, die er sich ausdachte, deren Sorgen er ertragen konnte.

Aber er war auch rastlos und wollte, einmal unterwegs, nicht gleich wieder nach Hause gehen.

»Nehmen wir noch einen Schlummertrunk bei Benno's«, sagte er. Und weil er wusste, dass Rufus dort eigentlich nicht hinwollte, fügte er hinzu: »In Ordnung?«

Rufus nickte etwas verängstigt. Vivaldo beobachtete ihn, und da kam alles zurück, seine Liebe zu Rufus und sein schmerzliches Mitgefühl. Er beugte sich über den Tisch und tippte Rufus an die Wange. »Komm schon«, sagte er, »du musst dich vor niemandem fürchten.«

Nach dieser Bemerkung sah Rufus noch ängstlicher aus, auch wenn ein kleines Lächeln seine Mundwinkel umspielte; wie auch immer es weiterging, Vivaldo hatte das Gefühl, dass der Hauptschalter bereits umgelegt war. Er seufzte erleichtert und hätte seine Worte gern zurückgenommen. Die Bedienung kam. Vivaldo zahlte, und sie gingen.

»Es ist fast schon Thanksgiving«, sagte Rufus plötzlich. »Das war mir gar nicht klar.« Er lachte. »Bald ist Weihnachten, das Jahr ist bald um …« Statt weiterzusprechen, hob er den Kopf und blickte auf die kalte Straße.

Ein Polizist sprach unter der Laterne an der Ecke in sein Funkgerät. Auf dem Bürgersteig gegenüber führte ein junger Mann seinen Hund spazieren. Die Musik aus dem Nachtclub verlor sich, als sie auf Benno's zugingen. Eine schlichte, füllige, mit Paketen bepackte schwarze Frau und ein mürrischer, bebrillter weißer Mann rannten zusammen auf ein Taxi zu. Das gelbe Licht auf dem Dach erlosch, Türen knallten. Das Taxi wendete, fuhr auf Rufus und Vivaldo zu, und das Laternenlicht fiel kurz auf die Gesichter des schweigenden Paars im Wagen.

Vivaldo legte den Arm um Rufus und schob ihn vor sich her in Benno's Bar.

Drinnen war es entsetzlich voll. Männer aus der Werbebranche tranken doppelte Bourbons oder Wodka on the rocks, Collegejungs hielten sich mit glitschigen Fingern an Bierflaschen fest, Männer standen für sich an der Tür oder in den Ecken und beobachteten die rastlosen Frauen. Die Collegejungs, glühend vor Unbedarftheit und rasend vor Keuschheit, unternahmen furchtsame Versuche, die weibliche Aufmerksamkeit auf sich zu ziehen, zogen aber nur einander an. Bestimmte Männer gaben bestimmten Frauen – die unaufhörlich zwischen Jukebox und Tresen hin und her wanderten – Drinks aus, und sie bedachten einander mit einem Lächeln, beängstigend präzise platziert zwischen Begierde und Verachtung. Schwarz-weiße Paare waren zusammen hier, näher zusammen, als sie es später, zu Hause, sein würden. All diese Geschichten verbargen sich im Kauderwelsch, das in Wellen durch die Bar schwappte, waren in einem Schweigen gefangen, das dem Schweigen von Gletschern glich. Nur die Jukebox sprach, röhrte jeden Abend, den ganzen Abend synkopierte, synthetische Liebeslitaneien.

Rufus' Augen gewöhnten sich nur mit Mühe an das gelbe Licht, den Rauch, die Bewegungen. Die Bar war ihm furchtbar fremd, wie eine Erinnerung aus einem Traum. Er erkannte Gesichter, Gesten, Stimmen – aus demselben Traum; und wie im Traum sah niemand in seine Richtung, schien sich niemand an ihn zu erinnern. Gleich neben ihm, an einem Tisch, saß eine junge Frau, die er ein, zwei Mal gevögelt hatte, Belle hieß sie. Sie unterhielt sich mit ihrem Freund, Lorenzo. Sie wischte sich die langen schwarzen Haare aus den Augen und sah ihn einen Moment lang an, offenbar ohne ihn zu erkennen.

»Hey! Rufus!«, sagte eine Stimme in sein Ohr. »Wann hat man dich denn rausgelassen, Mann?«

Als er sich umdrehte, blickte er in ein grinsendes braunes Gesicht unter geglätteten Haaren, die locker nach vorne fielen. Rufus erinnerte sich nicht an den Namen zu diesem Gesicht. Er erinnerte sich nicht an seine Verbindung zu diesem Gesicht. Er sagte: »Alles in Ordnung, und bei dir?«

»Ach, ich schlag mich so durch, Mann, muss, geht ja nicht anders.« Bohrende Augen wie zwei bösartige Insekten, fliegendes Haar, feuchte Lippen und Stirn. Die Stimme senkte sich zu einem Flüstern. »War eine Weile drauf, aber jetzt bin ich okay. Hab gehört, die haben dich eingebuchtet, Mann.«

»Eingebuchtet? Nein, Mann, ich hab bloß uptown gespielt.«

»Echt? Na, verrückt.« Sein Kopf fuhr herum zu einer Stimme, die Rufus nicht gehört hatte. »Muss los, mein Kerl wartet auf mich. Man sieht sich, Mann.«

Kalte Luft wehte in die Bar, dann legte sich auf alles wieder Dampf und Rauch.

Als sie am Tresen standen, noch unentschieden, ob sie bleiben sollten oder nicht, tauchte aus dem trüben Lärm auf einmal Cass auf. Sie war sehr elegant, schwarz gekleidet, das goldblonde Haar sorgfältig zurückgekämmt und hochgesteckt. Mit Drink und Zigarette in einer Hand sah sie gleichzeitig aus wie die erschöpfte Ehefrau und Mutter von heute und das ungezogene Mädchen von einst.

»Was machst du denn hier?«, fragte Vivaldo. »Und so schick. Was ist los?«

»Ich hab meinen Gatten satt. Ich suche einen neuen Mann. Aber dazu bin ich wohl im falschen Laden.«

»Vielleicht musst du bis zum Schlussverkauf warten«, sagte Vivaldo.

Cass legte die Hand auf Rufus' Arm. »Schön, dass du wieder da bist.« Mit ihren großen braunen Augen blickte sie in seine. »Geht es dir gut? Wir haben dich alle vermisst.«

Unwillkürlich zuckte er vor ihrer Berührung und ihrem Ton zurück. Er wollte ihr danken; er nickte und versuchte zu lächeln. »Es geht mir gut, Cass«, sagte er. »Ganz schön, wieder da zu sein.«

Sie lächelte. »Weißt du, was mir durch den Kopf geht, jedes Mal, wenn wir uns sehen? Dass wir uns sehr ähnlich sind.« Sie wandte sich wieder an Vivaldo. »Ich sehe deine alternde

Geliebte gar nicht. Suchst du eine neue Frau? Dann bist du auch im falschen Laden.«

»Ich hab Jane eine Ewigkeit nicht gesehen«, sagte Vivaldo, »und vielleicht wäre es auch ganz gut, wenn es dabei bleibt.« Aber er sah besorgt aus.

»Armer Vivaldo«, sagte Cass. Dann lachten sie beide. »Kommt mit nach hinten. Richard ist da. Er wird sich freuen, euch zu sehen.«

»Ich wusste gar nicht, dass ihr überhaupt in diesem Schuppen verkehrt. Ertragt ihr das häusliche Glück nicht mehr?«

»Heute Abend feiern wir. Richard hat seinen Roman verkauft.«

*»Nein!«*

»Doch. *Doch!* Ist das nicht herrlich?«

»Verdammt noch mal, ich fasse es nicht«, sagte Vivaldo leicht benommen.

»Kommt.« Cass nahm Rufus an der Hand, und hinter Vivaldo schoben sie sich durch die Menge und stolperten die Stufen zum Hinterzimmer hinunter. Richard saß allein am Tisch und rauchte seine Pfeife. »Richard«, rief Cass, »guck mal, wen ich von den Toten aufgelesen habe!«

»Du hättest sie dort verrotten lassen sollen.« Richard grinste. »Kommt rein, setzt euch. Schön, euch zu sehen.«

»Schön, *dich* zu sehen.« Vivaldo setzte sich, und die beiden grinsten sich an. Dann warf Richard Rufus einen kurzen, scharfen Blick zu. Vielleicht hatte Richard Rufus nie so gern gemocht wie die anderen, und jetzt grollte er ihm vielleicht wegen Leona.

Es war stickig im Hinterzimmer, Rufus nahm seinen eigenen Körpergeruch wahr und wünschte, er hätte bei Vivaldo geduscht. Er setzte sich.

»Na!«, sagte Vivaldo, »hast du es also verkauft!« Er warf den Kopf zurück und gab ein lautes Wiehern von sich. »Du hast es verkauft. Einfach toll, mein Lieber. Wie fühlt sich das an?«

»Ich habe es, solange ich konnte, zurückgehalten«, sagte Richard. »Ich hab ihnen immer wieder gesagt, dass mein guter Freund Vivaldo bald vorbeikommt und es sich mit mir zusammen ansieht. Und sie sagten: ›Der Vivaldo? Das ist ein Dichter, Mann, ein Bohemien! Der liest doch keine Krimis, nicht mal, wenn der Allmächtige sie geschrieben hätte.‹ Da du nicht vorbeigekommen bist, mein Freund, hab ich mir gedacht, sie haben recht, und hab's ihnen einfach gegeben.«

»Scheiße, Richard, das tut mir leid. Ich war einfach so im Tunnel …«

»Ja, schon gut. Trinken wir was. Und du, Rufus, was machst du gerade so?«

»Fuß fassen«, sagte Rufus mit einem Lächeln. Richard wollte wahrscheinlich nett sein, aber insgeheim warf er ihm Feigheit vor.

»Das muss dir nicht unangenehm sein«, sagte Cass. »Wir bemühen uns seit Jahren, Fuß zu fassen, und du siehst, welche Fortschritte wir machen. Du befindest dich in guter Gesellschaft.« Sie legte den Kopf auf Richards Schulter. Richard strich ihr übers Haar und nahm seine Pfeife aus dem Aschenbecher.

»Ich glaube nicht, dass es bloß ein Krimi ist«, sagte er und wedelte mit seiner Pfeife. »Ich meine, man kann doch schließlich im vorgegebenen Rahmen etwas Vernünftiges schaffen. Eigentlich hat mich das immer fasziniert.«

»Im Englischunterricht auf der Highschool warst du davon nicht sehr angetan«, wandte Vivaldo lächelnd ein.

»Na, da war ich jünger als du jetzt. Wir entwickeln uns weiter, mein Junge, wir wachsen …!« Der Kellner betrat das Hinterzimmer und schien sich zu fragen, wo um alles in der Welt er gelandet war. »Hey!«, rief Richard. »Wir sterben hier drüben vor Durst!« Er wandte sich an Cass. »Möchtest du noch einen?«

»Unbedingt«, sagte sie, »jetzt, wo unsere Freunde hier sind, sollte ich doch meinen freien Abend voll ausnutzen. Wobei ich irgendwie duselig beschwipst bin. Stört dich mein Kopf auf deiner Schulter?«

»Stören?« Er lachte. Und sah Vivaldo an. »Stören! Wozu habe ich mich wohl krummgelegt, um es irgendwann zu etwas zu bringen?« Er beugte sich hinunter, um sie zu küssen, und etwas trat in sein jungenhaftes Gesicht, eine zielstrebige Zärtlichkeit und Leidenschaft, die ihn sehr ritterlich wirken ließen. »Du kannst deinen Kopf jederzeit auf meine Schulter legen. Jederzeit, Baby. Dazu sind meine Schultern da.« Stolz strich er ihr wieder übers Haar, als der Kellner mit den leeren Gläsern abzog.

»Wann kann ich dein Buch denn lesen?«, fragte Vivaldo. »Ich bin neidisch. Ich will sehen, ob ich Grund dazu habe.«

»Na, wenn du so einen Ton anschlägst, du Mistvieh, dann kannst du es nach Erscheinen im Buchladen kaufen.«

»Oder in der Bibliothek ausleihen«, schlug Cass vor.

»Nein, im Ernst, wann kann ich es lesen? Heute Abend? Morgen? Wie lang ist es eigentlich?«

»Über dreihundert Seiten«, sagte Richard. »Komm morgen vorbei, dann kannst du es dir ansehen.« Zu Cass sagte er: »So kriegen wir ihn wenigstens zu uns nach Hause.« Dann: »Du besuchst uns aber wirklich nicht mehr wie früher – ist irgendwas? *Wir* lieben dich immer noch.«

»Nein, es ist nichts.« Vivaldo zögerte. »Ich hatte Ärger mit Jane, und dann haben wir uns getrennt … und … ach, ich weiß nicht. Die Arbeit lief nicht so richtig, und« – er sah Rufus an – »alles Mögliche. Ich hab zu viel getrunken und in der Gegend rumgehurt, wo ich eigentlich … ernsthaft, wie du, an meinem Roman hätte sitzen sollen.«

»Wie läuft es denn – mit deinem Roman?«

»Ach« – er senkte den Blick und trank einen Schluck –, »mühsam. Ich bin einfach kein sehr guter Schriftsteller.«

»Unsinn«, sagte Richard aufgeräumt.

Fast sah er wieder aus wie der Englischlehrer, den Vivaldo vergöttert hatte, der erste Mensch, von dem er Bestätigung erfahren, der erste Mensch, der Vivaldo ernst genommen hatte.

»Ich freu mich«, sagte Vivaldo, »wirklich, ich freu mich sehr, dass du das verdammte Ding fertig hast und es so gut läuft. Ich hoffe, du machst ein Vermögen damit.«

Rufus dachte an Nachmittage und Abende auf der Bühne, da Leute zu ihm gekommen waren, um ihm ihre Wertschätzung entgegenzubringen und eine große Zukunft vorauszusagen. Damals waren sie ihm auf den Wecker gegangen. Doch wie sehr wünschte er sich jetzt, wieder dort zu sein und so angesehen zu werden, wie Vivaldo gerade Richard ansah. Und er betrachtete Vivaldos Gesicht, in dem Zuneigung und etwas kühl Forschendes miteinander rangen. Er freute sich über Richards Erfolg, hätte ihn aber vielleicht gern selbst, und außerdem fragte er sich, was das genau für ein Erfolg war. Die Art, wie die Leute Rufus angesehen hatten, war diesem Blick nicht unähnlich. Sie fragten sich, wo sie herkam, diese Kraft, die sie bewunderten. Und fragten sich dunkel, wie er sie aushielt, fragten sich, ob sie ihn nicht bald umbringen werde.

Vivaldo wandte den Blick ab, versenkte ihn in seinen Drink und steckte sich eine Zigarette an. Richard sah auf einmal sehr müde aus.

Eine groß gewachsene Frau, sehr hübsch, gut angezogen – sie sah aus wie ein Mannequin – kam ins Hinterzimmer, sah sich um und warf einen konzentrierten Blick auf ihren Tisch. Verharrte kurz und trat den Rückzug an.

»Suchen Sie vielleicht mich?«, rief Vivaldo.

Lachend drehte sie sich um. »Seien Sie froh, dass ich nicht Sie suche!« Sie hatte ein sehr attraktives Lachen und einen leichten Südstaatenakzent. Als Rufus sich umdrehte, sah er sie anmutig die Stufen zum überfüllten Barraum hochgehen.

»Sie hat angebissen, mein Freund«, sagte er, »hol sie dir.«

»Nein«, sagte Vivaldo lächelnd, »ich belasse es lieber dabei.« Er starrte auf die Tür, durch die die junge Frau verschwunden war. »Hübsch, oder?«, sagte er teils zu sich, teils zum Tisch. Er blickte wieder auf die Tür, rutschte ein wenig umher und kippte dann den Rest seines Drinks hinunter.

*Lass dich von mir nicht aufhalten, Mann,* wollte Rufus sagen, aber er sagte nichts. Er fühlte sich schwarz, dreckig, dumm. Er wünschte, er wäre weit weg; oder tot. Immer wieder dachte er an Leona, in Wellen kamen die Gedanken wie der Schmerz in einem Zahn oder einer eitrigen Wunde.

Cass stand auf, ging zu ihm und setzte sich neben ihn. Sie sah ihn an, und er bekam Angst vor dem Mitgefühl in ihrer Miene. Er fragte sich, welche Erinnerungen oder Erfahrungen in diesem Blick steckten. So konnte sie ihn nur ansehen, weil sie Dinge wusste, von denen er sich nie vorgestellt hatte, dass eine Frau wie Cass sie wissen konnte.

»Wie geht es Leona?«, fragte sie, »wo ist sie jetzt?«, ohne den Blick von seinem Gesicht zu wenden.

Er wollte darauf nicht antworten. Er wollte nicht über Leona reden – und doch gab es nichts, worüber er sonst hätte reden können. Einen Moment lang hasste er Cass. Und dann sagte er:

»Sie ist in einer Einrichtung – irgendwo im Süden. Sie haben sie rausgeholt aus Bellevue. Ich weiß nicht mal, wo sie ist.«

Sie sagte nichts. Sie bot ihm eine Zigarette an, gab ihm Feuer, steckte sich selbst eine an.

»Ich habe ihren Bruder ein Mal gesehen. Ich musste, ich hab ihn genötigt. Er hat mir ins Gesicht gespuckt, er hat gesagt, zu Hause im Süden hätte er mich umgebracht.«

Rufus wischte sich das Gesicht mit dem Taschentuch ab, das Vivaldo ihm geborgt hatte.

»Aber ich fühlte mich schon tot. Sie haben mich nicht zu ihr gelassen. Ich bin kein Verwandter, deshalb hätte ich kein Recht, sie zu sehen.«

Sie schwiegen. Rufus erinnerte sich an die Wände der Klinik: weiß, die Uniformen und die Gesichter der Ärzte und Schwestern: weiß auf weiß, das Gesicht von Leonas Bruder: weiß, und das Blut darunter, das dick und bitter unter die Haut schoss, von seinem Todfeind gerufen. Wären sie beim Bruder zu Hause gewesen, sein Blut und das Blut seines Feindes wären herausgeschossen, um auf der gleichgültigen Erde, unter dem gleichgültigen Himmel zusammenzufließen.

»Immerhin«, sagte Cass, »habt ihr keine Kinder. Gott sei Dank.«

»Sie schon«, sagte er, »im Süden. Sie haben ihr das Kind weggenommen.« Er fügte hinzu: »Darum ist sie hergekommen.« Und er dachte an den Abend, an dem sie sich kennengelernt hatten.

»Sie war nett«, sagte Cass, »ich mochte sie.«

Er sagte nichts. Er hörte, wie Vivaldo sagte: »… aber ich weiß nie, was ich machen soll, wenn ich *nicht* arbeite.«

»Das weißt du schon, du weißt nur nicht, mit wem.«

Er hörte ihr Lachen, das an ihm rüttelte wie ein Bohrer.

»Jedenfalls«, sagte Richard abwesend, »kann niemand pausenlos arbeiten.«

Aus dem Augenwinkel sah Rufus, wie er mit seinem Rührstab auf den Tisch einstach.

»Ich hoffe«, sagte Cass, »du quälst dich nicht allzu sehr mit Selbstvorwürfen. Oder zu lange. Dadurch machst du es auch nicht wieder gut.« Sie legte die Hand auf seine. Er starrte sie an. Sie lächelte. »Ich glaube, wenn du älter wirst, erkennst du, dass wir alle Schuld auf uns laden. Das Entscheidende ist, nicht zu lügen – sondern nach Möglichkeit zu verstehen, was man getan hat und warum man es getan hat.« Sie beugte sich näher heran, die braunen Augen groß und die blonden Haare in der Hitze, im trüben Licht feucht auf ihrer Stirn. »So kannst du dir selbst vergeben. Das ist wichtig. Wenn du dir selbst nicht vergibst, kannst du niemals anderen vergeben und lädst auf ewig dieselbe Schuld auf dich.«

»Ich weiß«, murmelte Rufus, ohne sie anzusehen; er saß über den Tisch gebeugt, die Hände krampfhaft verschränkt. Aus der fernen Jukebox drang eine Melodie zu ihm, die er oft gespielt hatte. Er dachte an Leona. Ihr Gesicht verließ ihn nicht. »Ich weiß«, wiederholte er, obwohl er es eigentlich nicht wusste. Er wusste nicht, warum diese Frau so mit ihm sprach, was sie ihm sagen wollte.

»Was«, fragte sie vorsichtig, »hast du denn nun vor?«

»Ich versuche einfach, wieder Fuß zu fassen«, sagte er, »und wieder in die Arbeit zu finden.«

Aber er konnte sich gar nicht vorstellen, je wieder zu arbeiten, je wieder Schlagzeug zu spielen.

»Warst du schon bei deiner Familie? Ich glaube, Vivaldo hat deine Schwester ein paar Mal gesehen. Sie macht sich große Sorgen.«

»Ich gehe hin«, sagte er. »Jetzt wollte ich nicht – so, wie ich aussehe.«

»Sie scheren sich nicht drum, wie du aussiehst«, sagte sie knapp. »*Ich* schere mich nicht drum, wie du aussiehst. Ich bin nur froh, dass es dir gut geht – und ich bin nicht mal mit dir verwandt.«

Das stimmt, dachte er mit beträchtlicher Verwunderung. Er drehte sich wieder zu ihr um, zaghaft lächelnd und den Tränen nah.

»Ich fand dich schon immer sehr nett.« Sie stupste seinen Arm an und drückte ihm einen zerknitterten Geldschein in die Hand. »Es könnte helfen, wenn du das auch findest.«

»Hey, Madame«, rief Richard, »wollen wir mal?«

»Ja, ich denke schon«, sagte sie und gähnte. »Wahrscheinlich haben wir genug gefeiert für einen Abend und für ein Buch.«

Sie stand auf, ging wieder an ihr Tischende und holte ihre Sachen. Auf einmal hatte Rufus Angst davor, dass sie wegging.

»Darf ich bald mal bei euch vorbeikommen?«, fragte er lächelnd.

Sie sah ihn über den Tisch hinweg an. »Ich bitte darum«, sagte sie, »bald.«

Richard klopfte seine Pfeife aus, steckte sie in die Tasche und sah sich nach dem Kellner um. Vivaldo starrte auf etwas, auf jemanden, direkt hinter Rufus, es schien ihn kaum auf dem Stuhl zu halten. »Tja«, sagte er matt, »da ist Jane«, und Jane trat zu ihnen an den Tisch. Ihr kurzes graues Haar war sorgfältig gekämmt, was ungewöhnlich war, und sie trug ein dunkles Kleid, ebenfalls ungewöhnlich. Vielleicht war Vivaldo unter den Anwesenden der Einzige, der sie je ohne Jeans und Pullover gesehen hatte. »Hallo allerseits«, sagte sie mit ihrem strahlenden, feindseligen Lächeln. Sie setzte sich. »Ich hab euch ja alle Monate nicht gesehen.«

»Immer noch am Malen?«, fragte Cass. »Oder hast du das aufgegeben?«

»Ich hab gearbeitet wie ein Tier«, sagte Jane, während sie sich immer noch umsah und Vivaldos Blick auswich.

»Scheint dir gut zu bekommen«, murmelte Cass und zog ihren Mantel an.

Jane sah Rufus an; allmählich, so schien es, fasste sie sich wieder. »Wie geht's dir, Rufus?«

»Gut, gut«, sagte er.

»Wir haben uns alle dem Laster hingegeben«, sagte Richard, »aber du siehst aus, als wärst du brav gewesen und hättest jede Nacht deinen Schönheitsschlaf bekommen.«

»Du siehst toll aus«, sagte Vivaldo knapp.

Zum ersten Mal sah sie ihn an. »Wirklich? Ja, mir geht's ziemlich gut in letzter Zeit. Ich trinke nicht mehr so viel.« Sie lachte etwas zu laut und senkte den Blick. Richard zahlte und stand auf, mit dem Trenchcoat überm Arm. »Geht ihr alle?«

»Wir müssen«, sagte Cass, »wir sind bloß ein langweiliges, unbegabtes altes Ehepaar.«

Cass warf Rufus einen Blick zu. »Mach's gut, ruh dich ein bisschen aus.« Sie lächelte. Zu gern hätte er dieses Lächeln, diesen Moment irgendwie hinausgezogen, aber statt zu lächeln, nickte er nur. Sie wandte sich an Jane und Vivaldo. »Bis dann, ihr Lieben. Auf bald.«

»Ja«, sagte Jane.

»Ich komme morgen vorbei«, sagte Vivaldo.

»Ich erwarte dich«, sagte Richard, »enttäusch mich nicht. Mach's gut, Jane.«

»Mach's gut.«

»Macht's gut.«

Alle waren weg bis auf Jane und Rufus und Vivaldo.

*I wouldn't mind being in jail but I've got to stay there so long …*

Die Plätze, auf denen die anderen gesessen hatten, waren jetzt wie eine Kluft zwischen Rufus und dem weißen Mann und der weißen Frau.

»Trinken wir noch was«, sagte Vivaldo.

*So long …*

»Ich geb einen aus«, sagte Jane. »Ich hab ein Bild verkauft.«

»Tatsächlich? Für viel Geld?«

»Ziemlich viel. Wahrscheinlich war ich deswegen so mies drauf, als wir uns das letzte Mal gesehen haben – es lief nicht gut.«

»Du warst echt mies drauf.«

*Wouldn't mind being in jail …*

»Was trinkst du, Rufus?«

»Ich bleib bei Scotch.«

*But I've got to stay there …*

»Es tut mir leid«, sagte sie, »ich weiß auch nicht, warum ich so zickig werde.«

»Du trinkst zu viel. Wir belassen es bei einem Glas hier, dann bring ich dich nach Hause.«

Beide blickten schnell auf Rufus.

*So long …*

»Ich geh aufs Klo«, sagte Rufus. »Bestellt mir einen Scotch mit Wasser.«

Er ging aus dem Hinterzimmer in die tosende Bar. Einen Augenblick stand er an der Tür und beobachtete die Jungs und Mädchen, die Männer und Frauen mit den feuchten, bleichen Gesichtern, sah, wie ihre nassen Münder auf und zu gingen, die Hände das Glas oder die Flasche packten oder sich an Ärmel oder Ellbogen klammerten, sich an die Luft klammerten. Unaufhörlich blitzten hier und da kleine Flämmchen auf, und die Menschen bewegten sich durch wabernde Schichten von Rauch. Die Registrierkasse klingelte und klingelte. Ein wuchtiger Rausschmeißer behielt von der Tür aus alles im Blick, ein weiterer ging rum, räumte Tische ab und stellte Stühle um. Zwei junge Männer, einer spanisch aussehend im roten Hemd, einer dänisch aussehend im braunen Hemd, standen an der Jukebox und unterhielten sich über Frank Sinatra.

Rufus beobachtete eine kleine Blondine in einer gestreiften Bluse und einem weiten Rock mit großem Ledergürtel und funkelnder Messingschnalle. Sie trug Halbschuhe und schwarze Kniestrümpfe. Ihre Bluse stand so weit offen, dass er ihren Brustansatz sehen konnte; sein Blick folgte der Wölbung hinunter zu den prallen Nippeln, die angriffslustig vorstanden. Seine Hand umfasste ihre Taille, liebkoste den Bauchnabel und drückte langsam ihre Schenkel auseinander. Sie sprach mit einer anderen Frau. Sie spürte seinen Blick und sah ihn an. Ihre Blicke trafen sich. Er drehte sich um und ging aufs Klo.

Es roch nach Tausenden von Reisenden, Ozeanen von Pisse, tonnenweise Galle, Kotze und Scheiße. Er fügte dem Ozean seinen Strom hinzu und hielt dabei das zutiefst verachtete Teil seiner selbst locker zwischen zwei Fingern einer Hand. *But I've got to stay there so long …* Er besah sich die fürchterliche, blindwütig an die Wände gespritzte Chronik – mit Hass in diese Wände geritzte Telefonnummern, Schwänze, Eier, Mösen. *Lutsch meinen Schwanz. Ich steh auf Peitschen. Ich will einen heißen Prügel in meinem Arsch. Nieder mit den Juden. Nigger killen. Ich lutsch Schwänze.*

Er wusch sich sehr gründlich die Hände, trocknete sie an der schmutzigen Handtuchrolle ab und trat wieder in die Bar. Die beiden jungen Männer standen immer noch an der Jukebox, die junge Frau mit der gestreiften Bluse sprach immer noch mit ihrer Freundin. Er ging durch die Bar zur Tür und auf die Straße. Erst da griff er in seine Tasche, um nachzusehen, was Cass ihm in die Hand gedrückt hatte.

Fünf Dollar. Na gut, das reichte bis morgen früh. Er würde sich im YMCA ein Zimmer nehmen.

Er überquerte Sheridan Square und ging langsam die West 4th Street hinunter. Die Bars machten allmählich zu. Leute standen vor der Tür und versuchten vergeblich, reinzukommen, oder zögerten einfach den Heimweg hinaus; der Kälte zum Trotz lungerten Menschen unter den Straßenlaternen. Auf seinem Weg fühlte sich Rufus ihnen so fern wie einem Zaun, einem Bauernhaus oder einem Baum, aus einem Zugfenster betrachtet: wie sie dem beobachtenden Auge stetig näher kommen und die Details sich mit jedem Moment verändern, sich dann dicht ans Fenster drücken mit der Dringlichkeit eines Boten oder eines Kindes und schließlich immer kleiner werden, bis sie verschwunden sind, für immer weg. *Der Zaun fällt bald um,* könnte er gedacht haben, während der Zug heranrollte, oder *Das Haus braucht einen Anstrich* oder *Der Baum ist tot.* Eben noch da und schon weg – es war nicht sein Zaun, nicht sein Haus, nicht sein Baum. So wie er jetzt im Vorbeigehen Gesichter erkannte, Gestalten, Haltungen und dachte: *Das ist Ruth* oder *Da ist der alte Lennie; der alte Hurensohn ist schon wieder stoned.* Es war sehr still.

Er kam an der Cornelia Street vorbei. Hier hatte Eric mal gewohnt. Rufus sah die Wohnung vor sich, die Lampen in den Ecken, Eric unter den Lampen, Bücher kreuz und quer überall und das Bett ungemacht. Eric – und er kam jetzt zur Sixth Avenue, um ihn herum flackernde Ampeln und Taxilichter. Zwei junge Frauen und zwei junge Männer, weiß, standen an der Ecke gegenüber und warteten auf Grün. Ein halbes Dutzend Männer rollte in einem schweren glänzenden Auto vorbei und rief ihnen etwas zu. Auf einmal war jemand knapp hinter ihm, ein junger Weißer mit einer militärisch angehauchten Kappe und einer schwarzen Lederjacke. Mit abgrundtiefer Feindseligkeit sah er Rufus an, stolzierte auf der Avenue davon und stellte sein Hinterteil in den Wind wie eine Flagge. Er blickte zurück, blieb unter dem Vordach eines Kinos stehen. Die Ampel sprang um. Rufus und die beiden Paare gingen aufeinander zu, begegneten sich, gingen aneinander vorbei – und nur eine der jungen Frauen sah ihn an, mit mitleidvollem Staunen. *Alles klar, du Schlampe.* Er wandte sich Richtung 8th Street, einfach so; damit schob er nur die Bahnfahrt auf.

Dann stand er oben an der Treppe zur Subway und blickte hinunter. Erstaunlicherweise war um diese Zeit niemand dort, die Treppe war leer. Er fragte sich, ob der Mann am Schalter ihm seine fünf Dollar wechseln würde. Er ging hinunter.

Als der Mann ihm sein Wechselgeld gegeben hatte und er auf das Drehkreuz zuging, kamen Menschen angepoltert und schoben sich an ihm vorbei, als wären sie Schwimmer und er ein bloßer Pfahl im Wasser. Da regte sich etwas in ihm, etwas Neues; das Gefühl der Abgeschnittenheit wurde stärker, der Schmerz wurde stärker. Sie strömten – auf den Bahnsteig, zu den Gleisen. Etwas, an das er viele Jahre nicht gedacht hatte, ein Gedanke, der dennoch immer da war, kam ihm wieder in den Sinn, als er hinter der Menge herging. Der Bahnsteig war ein gefährlicher Ort – das hatte er schon immer gefunden –, er neigte sich den Gleisen zu. Als kleiner Junge hatte Rufus auf dem Bahnsteig nie gewagt, die Hand seiner Mutter loszulassen. Jetzt stand er dort, allein mit all diesen Menschen, die auch alle allein waren und in geübter Ruhe auf den Zug warteten.

Aber was, wenn irgendwo irgendetwas schiefging, die gelben Lichter nicht mehr leuchteten und niemand mehr die Bahnsteigkante sah? Was, wenn die Balken herabfielen? Er sah den Zug im Tunnel, rasend unter Wasser, den Wagenführer, verrückt geworden, blind geworden, außerstande, die Lichter zu entschlüsseln, und die glänzenden Gleise, sinnlos fauchend, immer weiter auf alle Zeit, während der Zug niemals hielt und die Menschen an Fenstern und Türen schrien und aufeinander losgingen mit all der angestauten Wut ihrer verfluchten Leben, entleert bis auf die Mordlust, einander in Stücke hauend und in Blut watend mit Freude – zum ersten Mal Freude, Freude nach so langer Gefangenschaft in Ketten, ein Sprung, der die Welt verblüffte, der die Welt erneut verblüffte. Oder was, wenn der Zug im Tunnel blieb, von Wasser umgeben, der Strom versiegte, die Wände einknickten, und das Wasser nicht stieg wie eine Flut, sondern über den Köpfen dieser Menschen brach wie eine Welle und ihre schreienden Münder füllte, ihre Augen füllte und ihr Haar, ihnen die

Kleider wegriss und die Heimlichkeiten aufdeckte, die nur das Wasser jetzt noch nutzen konnte. Das könnte passieren. Es könnte passieren; und er hätte es so gern gesehen, auch wenn er selbst dabei zugrunde ging. Der Zug fuhr ein und bedeckte die große Narbe des Gleisbetts. Alle stiegen in den erleuchteten Wagen, der ganz und gar nicht leer war, der auf seinem Weg uptown noch aus allen Nähten platzen würde, und saßen oder standen in der Isolationszelle, in die sie jeden Fußbreit ihres Raums verwandelten.

Der Zug hielt an der 14th Street. Rufus saß am Fenster und sah ein paar Menschen einsteigen. Darunter war eine junge Schwarze, die ein bisschen aussah wie seine Schwester, aber sie sah ihn nur kurz an und setzte sich dann so weit wie möglich weg. Der Zug rollte weiter durch den Tunnel. Die nächste Haltestelle war 34th Street, seine Haltestelle. Menschen stiegen ein; er sah den Bahnhof vorbeiziehen. 42nd Street. Diesmal stieg eine ganze Menschenmenge ein, zum Teil mit Zeitungen, und es gab keine Sitzplätze mehr. Ein Weißer hielt sich an einem Gurt neben ihm fest. Rufus kam die Galle hoch.

An der 59th Street stiegen viele ein, und viele eilten über den Bahnsteig zum wartenden Local Train. Viele Weiße und viele Schwarze, aneinandergekettet in Raum und in Zeit und durch die Geschichte, alle in Eile. In Eile, voneinander wegzukommen, dachte er, aber nie und nimmer schaffen wir das. Wir sind komplett am Arsch.

Dann knallten die Türen zu, so laut, dass er zusammenzuckte. Als würde der Zug gegen die schwere Bürde aufbegehren, gegen die Nähe von weißem Hintern zu schwarzem Knie, stöhnte und schlingerte er, und die Räder schienen die Gleise zu schrammen, dass es klang, als würden sie daran reißen. Dann näherten sie sich Harlem, wo die Masse sich teilen und die Last abnehmen würde. Lichter flammten auf und taumelten vorbei, andere Bahnsteige zogen vorbei, an denen Menschen auf andere Züge warteten. Dann hatten sie den Tunnel für sich. Der Zug raste mit phallischer Hingabe in die Schwärze, raste in eine Schwärze, die sich öffnete, um ihn zu empfangen, sich öffnete, dass die ganze Welt erbebte durch diese Vereinigung. Und als es schien, als würden der Lärm und die Bewegung niemals aufhören, empfingen sie die hellen Lichter der 125th Street. Keuchend und stöhnend kam der Zug zum Stehen. Rufus hatte gedacht, er würde hier aussteigen, aber er sah die Menschen zur Tür gehen, sah, wie die Türen sich öffneten, sah sie aussteigen. Hauptsächlich Schwarze. Er hatte gedacht, er würde hier aussteigen und nach Hause gehen; aber er sah die junge Frau, die ihn an seine Schwester erinnerte, mürrisch an Weißen vorbeigehen und einen Augenblick auf dem Bahnsteig stehen bleiben, bevor sie zur Treppe ging. Auf einmal wusste er, er würde nie mehr nach Hause gehen.

Der Zug setzte sich in Bewegung, halb leer jetzt, und an jeder Haltestelle wurde er leichter; bald sahen ihn die noch verbliebenen Weißen komisch an. Er spürte ihre starren Blicke, aber er war weit weg von ihnen. *You took the best. So why not take the rest?* An der Haltestelle mit dem Namen jener Brücke, die den Vater seines Landes ehrte, stieg er aus.

Und ging die Treppe hoch auf die leeren Straßen. Lichtlose hohe Wohnhäuser ragten in den Himmel und schienen ihn zu beobachten, schienen ihn zu bedrängen. Die Brücke war praktisch über seinem Kopf, unzumutbar hoch; aber das Wasser sah er noch nicht. Er spürte es, er roch es. Eigentlich hatte er nie verstanden, wie Tiere Wasser riechen können. Aber es war dort drüben, hinter dem Highway, wo die Autos rasten.

Dann stand er auf der Brücke und sah hinüber, sah hinunter. Die Autos auf dem Highway schienen eine unendliche Nachricht zu schreiben, in irrsinnigem Tempo mit zarter, unleserlicher Schrift. Am Ufer von New Jersey waren gedämpfte Lichter, und hier und da pries flammendes Neon irgendwas an, das irgendwer zum Kauf anbot. Langsam ging er in die Mitte der Brücke; die Stadt, die so dunkel gewirkt hatte, als er hindurchging, schien aus dieser Höhe zu brennen.

Er stand in der Mitte der Brücke, und es war eiskalt. Er hob den Blick zum Himmel. Du Dreckskerl, dachte er, du verfluchter Drecksack. Bin ich nicht auch dein Baby? Er fing an zu weinen. Etwas in Rufus, das nicht brechen konnte, schüttelte ihn wie eine Stoffpuppe, ließ Salzwasser über sein ganzes Gesicht laufen, füllte seinen Rachen und seine Nasenlöcher mit Qual. Er wusste, der Schmerz würde nie versiegen. Er konnte nicht wieder in die Stadt zurück. Er ließ den Kopf sinken, als hätte ihn jemand geschlagen, und blickte ins Wasser. Es war kalt, und das Wasser war kalt.

Er war schwarz, und das Wasser war schwarz.

Er zog sich am Geländer hoch, zog sich, so hoch er konnte, und beugte sich weit vor. Der Wind zerrte an ihm, an Kopf und Schultern, während etwas in ihm schrie: Warum? Warum? Er dachte an Eric. Fast brachen ihm die Arme. *Ich schaff das so nicht.* Er dachte an Ida. *Es tut mir leid, Leona,* flüsterte er, und dann nahm ihn der Wind mit, er spürte, wie er kippte, kopfüber, der Wind, die Sterne, die Lichter, das Wasser, alles wirbelte durcheinander, *okay.* Hinter ihm flog ein Schuh weg, nichts war um ihn her, nur der Wind*, okay, du gottverdammter, hundsdreckiger Wichser, ich komme zu dir.*

# 2

Es regnete. Cass saß mit der Sonntagszeitung und einer Tasse Kaffee auf dem Wohnzimmerfußboden. Sie überlegte, welches Foto von Richard sich auf der Titelseite der *New York Times Book Review* am besten machen würde. Das Telefon klingelte.

»Ja, bitte?«

Sie hörte ein Einatmen und eine tiefe, entfernt vertraute Stimme:

»Spreche ich mit Cass Silenski?«

»Ja.«

Mit Blick auf die Uhr fragte sie sich, wer das sein könnte. Es war halb elf, und sie war als Einzige schon auf.

»Also«, sagte die Stimme rasch, »ich weiß nicht, ob Sie sich an mich erinnern, aber wir sind uns einmal begegnet, downtown in einem Nachtclub, wo Rufus gespielt hat. Ich bin seine Schwester – Ida? Ida Scott ...«

Cass erinnerte sich an eine sehr junge, bildschöne dunkle Frau mit einem rubinäugigen Schlangenring. »Ja, klar erinnere ich mich. Wie geht es Ihnen?«

»Gut. Na ja« – mit einem trockenen kleinen Lachen –, »eigentlich nicht so gut. Ich bin auf der Suche nach meinem Bruder. Ich rufe schon den ganzen Morgen bei Vivaldo an, aber er ist nicht zu Hause« – die Stimme bemühte sich, nicht zu zittern, nicht zu kippen –, »und deswegen rufe ich jetzt bei Ihnen an, weil ich dachte, vielleicht haben Sie ihn gesehen, Vivaldo, meine ich, oder können mir sagen, wo ich ihn erreiche.« Jetzt weinte die junge Frau. »Sie haben ihn nicht zufällig gesehen? Oder meinen Bruder?«

Cass hörte Lärm im Kinderzimmer. »Machen Sie sich bitte keine Sorgen«, sagte sie. »Wo Vivaldo heute Morgen ist, weiß ich nicht, aber ich habe Ihren Bruder gestern Nacht gesehen. Es ging ihm gut.«

»Sie haben ihn gestern Nacht gesehen?«

»Ja.«

»Wo denn? Wo war er?«

»Wir haben bei Benno's was getrunken.« Dann erinnerte sie sich an Rufus' Gesicht und spürte wider Willen eine dumpfe Beunruhigung. »Wir haben uns eine Weile unterhalten. Da ging's ihm gut.«

»Ach!« Erleichterung durchströmte die Stimme, und Cass erinnerte sich an das Lächeln der Frau. »Na warte, wenn ich den in die Finger kriege!« Dann: »Wissen Sie, wo er hin ist? Wo er wohnt?«

Der Lärm im Kinderzimmer deutete auf einen Streit zwischen Paul und Michael in. »Das weiß ich nicht.« Ich hätte ihn fragen sollen, dachte sie. »Vivaldo weiß es bestimmt, sie waren noch zusammen, als ich gegangen bin. Hören Sie« – Michael schrie und fing an zu weinen, sie würden Richard aufwecken –, »Vivaldo kommt heute Nachmittag her, kommen Sie doch dazu!«

»Wann denn?«

»Ach, so um halb vier, vier. Wissen Sie, wo wir wohnen?«

»Ja. Dann komme ich auch. Vielen Dank.«

»Machen Sie sich bitte nicht so viele Gedanken. Das klärt sich bestimmt alles auf.«

»Ja. Wie gut, dass ich Sie angerufen habe.«

»Dann bis nachher.«

»Ja. Auf Wiedersehen.«

»Auf Wiedersehen.«

Cass lief ins Kinderzimmer, wo Paul und Michael wild über den Boden rollten. Michael lag oben. Sie zerrte ihn hoch. Paul stand langsam auf, trotzig und beschämt. Immerhin war er schon elf und Michael erst acht. »Was soll der Radau?«

»Er wollte mir mein Schachspiel wegnehmen«, sagte Michael.

Der Kasten, das Brett und kaputte Schachfiguren lagen über beide Betten und im ganzen Zimmer verstreut.

»Gar nicht.« Paul sah seine Mutter an. »Ich wollte ihm bloß zeigen, wie man spielt.«

»Du weißt gar nicht, wie man spielt«, sagte Michael. Jetzt, da seine Mutter im Zimmer war, schniefte er ein, zwei Mal laut und fing an, seine Habe einzusammeln.

Paul wusste durchaus, wie man spielt – oder zumindest, dass Schach ein Spiel mit Regeln ist, die man lernen muss. Dann und wann spielte er mit seinem Vater. Aber er quälte auch gern seinen Bruder, der sich lieber Geschichten über seine Schachfiguren ausdachte und sie dabei durch die Gegend schob. Dafür brauchte er natürlich keinen Partner. Michael dabei zuzusehen, wie er Richards kaputtes altes Schachspiel missbrauchte, empörte Paul jedes Mal.

»Das ist egal«, sagte Cass, »du weißt, dass das Schachspiel Michael gehört und dass er damit machen kann, was er will. Und jetzt ab ins Bad und anziehen.«

Sie ging ins Badezimmer, um beim Anziehen zu helfen.

»Ist Papa schon wach?«, wollte Paul wissen.

»Nein, er schläft. Er ist müde.«

»Darf ich rein, ihn wecken?«

»Nein, nicht heute Morgen. Halt still.«

»Und sein Frühstück?«, fragte Michael.

»Das kriegt er, wenn er aufsteht.«

»Wir frühstücken nie mehr zusammen«, sagte Paul. »Warum kann ich nicht hin und ihn aufwecken?«

»Weil ich es dir sage.« Sie gingen in die Küche. »Wir können jetzt zusammen frühstücken, aber euer Vater braucht seinen Schlaf.«

»Er schläft immer«, sagte Paul.

»Ihr wart gestern total lange weg«, sagte Michael scheu.

Cass war als Mutter ziemlich unparteiisch, zumindest bemühte sie sich darum, aber Michaels scheuer, ernster Charme rührte sie manchmal auf eine Weise, wie Pauls offensivere, gewitzte Art es selten vermochte.

»Was geht denn dich das an?« Sie zerzauste ihm das rotblonde Haar. »Und überhaupt, woher weißt du das?« Sie sah Paul an. »Wahrscheinlich hat dieses Mädchen euch wieder erlaubt, bis in die Puppen auf zu sein. Wann seid ihr gestern Abend ins Bett gegangen?«

Ihr Ton hatte die beiden allerdings gleich gegen die Mutter vereint. Sie war ihr gemeinsamer Besitz, doch miteinander hatten sie mehr gemeinsam als mit ihr.

»Nicht so spät«, sagte Paul mit Bedacht. Er zwinkerte seinem Bruder zu und widmete sich seinem Frühstück.

Cass verkniff sich ein Lächeln. »Wie spät war es, Michael?«

»Weiß ich nicht«, sagte Michael, »aber es war total früh.«

»Wenn dieses Mädchen euch auch nur eine Minute später als zehn –«

»Nein, so spät war das nicht«, sagte Paul.

Sie gab auf, schenkte sich einen Kaffee ein und sah ihnen beim Essen zu. Dann erinnerte sie sich an Idas Anruf. Sie wählte Vivaldos Nummer. Es nahm keiner ab. Er war wahrscheinlich bei Jane, aber sie kannte weder Janes Adresse noch ihren Nachnamen.

Sie hörte Richard im Schlafzimmer und sah ihn schließlich in die Dusche wanken.

Als er rauskam, sah sie ihm eine Weile beim Essen zu.

»Richard?«, sagte sie dann, »Rufus' Schwester hat angerufen.«

»Seine Schwester? Ah, ja, ich erinnere mich an sie, wir sind ihr ein Mal begegnet. Was wollte sie denn?«

»Wissen, wo Rufus ist.«

»Na, wenn sie das nicht weiß, woher zum Teufel sollen wir es dann wissen?«

»Sie klang sehr besorgt. Sie hat ihn, na ja, lange nicht gesehen.«

»Und da beschwert sie sich? Das Mistvieh hat wahrscheinlich das nächste wehrlose Mädchen aufgegabelt, das er verprügeln kann.«

»Ah – damit hat es nichts zu tun. Sie macht sich Sorgen um ihren Bruder, sie will wissen, wo er ist.«

»Na, einen sehr netten *Bruder* hat sie jedenfalls nicht; wahrscheinlich läuft sie ihm früher oder später irgendwo über den Weg.« Er blickte in ihr besorgtes Gesicht. »Himmel, Cass, wir haben ihn gestern Abend gesehen, es ist alles in Ordnung.«

»Ja«, sagte sie. »Sie kommt heute Nachmittag vorbei.«

»Herrgott. Wann denn?«

»So zwischen drei und vier, hab ich ihr gesagt. Ich dachte, bis dahin ist Vivaldo auch hier.«

»Gut, schön.« Er stand auf. Sie gingen ins Wohnzimmer. Paul stand am Fenster und blickte auf die nasse Straße. Michael kritzelte auf dem Fußboden in sein Notizbuch. Er hatte sehr viele Notizbücher, und alle waren angefüllt mit Bäumen, Häusern und Monstern und zutiefst rätselhaften Geschichten.

Paul trat vom Fenster zurück und stellte sich neben seinen Vater.

»Gehen wir jetzt?«, fragte er. »Es wird spät.«

Paul vergaß nie ein Versprechen oder eine Verabredung.

Richard zwinkerte Paul zu und bückte sich, um Michael eine kleine Kopfnuss zu verpassen. Michael reagierte darauf immer mit missmutigem, in sich gekehrtem Entzücken; er schien beschlossen zu haben, dass er seinen Vater genug liebte, um über gelegentliche peinliche Ausrutscher hinwegzusehen.

»Na los«, sagte Richard, »wenn ich euch ins Kino bringen soll, müsst ihr mal langsam in die Puschen kommen.«

Cass stand am Fenster und sah, wie die drei unter Richards Regenschirm davonzogen.

Zwölf Jahre. Dreiundzwanzig war sie gewesen, er fünfundzwanzig; es war mitten im Krieg gewesen. Sie war schließlich in San Francisco gelandet und hatte Geld dafür bekommen, dass sie ihre Zeit auf einer Schiffswerft absaß. Sie hätte es besser treffen können, aber es war ihr egal. Sie wartete einfach nur darauf, dass der Krieg zu Ende ging und Richard nach Hause kam. Er war in einem Versorgungslager in Nordafrika gelandet, wo er ihrem Eindruck nach die meiste Zeit damit zubrachte, arabische Schuhputzjungen und Bettler gegen die zynischen und bösartigen Franzosen zu verteidigen.

Sie rührte gerade Kuchenteig an, als Richard zurückkam. Er steckte den Kopf zur Küchentür rein, Wasser tropfte ihm von der Nasenspitze.

»Wie ist die Laune inzwischen?«

Sie lachte. »Trüber denn je. Ich backe Kuchen.«

»Das ist ein schlimmes Zeichen. Ich sehe wenig Hoffnung für dich.« Er trocknete sein Gesicht mit einem Geschirrtuch ab.

»Wo ist der Regenschirm abgeblieben?«

»Den hab ich den Jungs überlassen.«

»Ach, Richard, der ist doch so groß. Kann Paul überhaupt damit umgehen?«

»Nein, natürlich nicht«, sagte er. »Der Schirm wird bestimmt von einem Windstoß erfasst, sie werden über die Dächer davongetragen und wir sehen die beiden nie wieder.« Er zwinkerte. »Darum habe ich ihnen den Schirm dagelassen. So blöd bin ich ja nicht.« Er ging in sein Arbeitszimmer und machte die Tür zu.

Sie stellte den Kuchen in den Ofen, schälte Kartoffeln und Karotten, ließ sie im Wasser stehen und berechnete die Zeit fürs Roastbeef. Sie hatte sich umgezogen und den Kuchen zum Abkühlen rausgenommen, als es an der Tür klingelte.

Es war Vivaldo. Er trug einen schwarzen Regenmantel, und sein Haar war durcheinander und tropfnass vom Regen. Seine Augen wirkten schwärzer denn je und sein Gesicht bleicher.

»Heathcliff!«, rief sie. »Wie schön, dass du da bist!«, und zog ihn in die Wohnung, denn er schien sich nicht vom Fleck zu rühren. »Häng deine nassen Sachen ins Bad, ich schenk dir was ein.«

»Kluges Mädchen.« Er lächelte kaum. »Herrgott, pisst es draußen!« Er zog seinen Mantel aus und verschwand im Bad.

Sie klopfte an die Tür zum Arbeitszimmer: »Richard. Vivaldo ist hier.«

»Gut, ich komme gleich.«

Sie schenkte zwei Gläser ein und ging mit ihnen ins Wohnzimmer. Vivaldo saß auf dem Sofa, die langen Beine von sich gestreckt, und starrte den Teppich an.

Sie reichte ihm sein Glas. »Wie geht es dir?«

»Gut. Wo sind die Kinder?« Vorsichtig stellte er sein Glas auf das Tischchen neben sich.

»Im Kino.« Sie musterte Giovanni einen Moment. »Mag sein, dass es dir gut geht, aber du sahst schon mal besser aus.«

»Tja« – erneut das düstere Lächeln –, »ich bin noch nicht wieder nüchtern. Ich habe mich letzte Nacht mit Jane schwer betrunken. Nüchtern kann sie nicht vögeln.« Er nahm sein Glas, trank einen Schluck, zog eine krumme Zigarette aus einer seiner Taschen und steckte sie an. Einen Augenblick, über die Flamme der Zigarette gebeugt, sah er so traurig und erledigt aus, dass sie nichts sagte. »Wo ist Richard?«

»Er kommt gleich. Er ist im Arbeitszimmer.«

Er nahm einen Schluck und schien währenddessen zu überlegen, was er sagen sollte – vergeblich.

»Vivaldo?«

»Ja?«

»Hat Rufus letzte Nacht bei dir geschlafen?«

»Rufus?« Er sah erschrocken aus. »Nein. Wieso?«

»Seine Schwester hat angerufen, weil sie wissen wollte, wo er ist.«

Sie sahen sich an, und seine Miene jagte ihr erneut einen Schrecken ein.

»Wo ist er hingegangen?«, fragte sie.

»Ich weiß es nicht. Ich dachte, er wäre nach Harlem gefahren. Er ist einfach verschwunden.«

»Vivaldo, sie kommt heute Nachmittag.«

»Wer?«

»Seine Schwester, Ida. Ich hab ihr gesagt, dass er mit dir zusammen war, als ich gegangen bin, und dass du heute Nachmittag hier bist.«

»Aber ich weiß doch gar nicht, wo er ist. Ich saß hinten und hab mich mit Jane unterhalten, und er sagte, er würde aufs Klo gehen oder so, und ist nicht zurückgekommen.« Er blickte zum Fenster. »Wo er wohl hingegangen ist.«

»Vielleicht hat er einen Freund getroffen.«

Darauf ging er gar nicht erst ein. »Er hätte doch wissen müssen, dass ich ihn nicht einfach so abschreibe. Er hätte bei mir schlafen können, ich war dann sowieso bei Jane.«

Cass sah zu, wie er seine Zigarette im Aschenbecher ausquetschte.

»Ich habe nie verstanden, was Jane eigentlich von dir will«, sagte sie sachte. »Beziehungsweise was du von ihr willst.«

Er prüfte seine Fingernägel; sie waren schartig und trugen Trauer. »Keine Ahnung. Ich glaube, ich wollte einfach eine Frau für die langen Winterabende.«

»Aber sie ist so viel älter als du.« Sie nahm sein leeres Glas. »Sie ist sogar älter als ich.«

»Das hat damit überhaupt nichts zu tun«, sagte er verdrießlich. »Ich wollte einfach eine Frau, die irgendwie weiß, was Sache ist.«

Cass überlegte. »Ja«, sagte sie seufzend, »was ihre Sache ist, weiß sie.«

»Ich brauchte eine Frau, sie brauchte einen Mann. Was ist denn daran so verwerflich?«

»Nichts, solange es wirklich das ist, was ihr gebraucht habt.«

»Wieso, was glaubst du denn?«

»Ach, ich weiß nicht«, sagte sie. »Wirklich nicht. Nur, das hab ich dir schon mal gesagt, irgendwie lässt du dich immer mit unmöglichen Frauen ein – Huren, Nymphomaninnen, Trinkerinnen –, und ich glaube, du machst das, um dich zu schützen, vor was Ernstem. Was von Dauer.«

Er seufzte, lächelte. »Himmel, dabei will ich doch nur Freundschaft.«

»Ach, Vivaldo«, lachte sie.

»Wir beide sind Freunde.«

»Hm – ja. Aber ich war immer die Frau deines Freundes. Also denkst du bei mir nie an –«

»Sex«, sagte er. Und grinste. »Da wäre ich mir mal nicht so sicher.«

Sie wurde rot, zugleich verärgert und erfreut. »Ich rede nicht von deinen Fantasien.«

»Ich hab dich immer bewundert«, sagte er ernst, »und Richard beneidet.«

»Tja«, sagte sie, »da musst du wohl drüber wegkommen.«

Er antwortete nicht. Sie klimperte mit dem Eis im leeren Glas.

»Tja«, sagte er, »was soll ich machen? Ich bin kein Mönch, und ich hab es satt, immer nach Harlem zu rennen und dafür zu zahlen …«

»Weil du nach Harlem rennst«, sagte sie mit einem Lächeln. »Was bist du für ein guter Amerikaner.«

Das ärgerte ihn. »Ich hab nicht behauptet, dass sie besser sind als weiße Mädchen.« Dann lachte er. »Vielleicht sollte ich ihn mir einfach abschneiden.«

»Sei nicht so kindisch. Ehrlich. Du solltest dich mal hören.«

»Willst du mir erzählen, es kommt noch eine, die ihn braucht? Die mich braucht?«

»Ich will dir gar nichts erzählen«, sagte sie knapp, »nichts, was du nicht schon weißt.« Sie hörten Richards Tür. »Ich schenk dir noch was ein, jetzt kannst du dich auch genauso gut richtig betrinken.« Im Flur stieß sie mit Richard zusammen. Er hatte sein Manuskript dabei. »Willst du jetzt was trinken?«

»Furchtbar gern«, sagte er und ging ins Wohnzimmer. Von der Küche aus hörte sie ihre Stimmen, etwas zu laut, etwas zu kumpelhaft. Als sie ins Wohnzimmer zurückkam, blätterte Vivaldo im Manuskript. Richard stand am Fenster.

»Lies es einfach«, sagte er, »und denk dabei nicht an Dostojewskij und den ganzen Kram. Es ist einfach nur ein Buch – ein ziemlich gutes.«

Sie reichte Richard sein Glas. »Ein sehr gutes Buch«, sagte sie. Sie stellte Vivaldo sein Glas hin. Es überraschte sie, und auch wieder nicht, dass sie sich so darum sorgte, wie Richard Vivaldos Reaktion aufnehmen würde.

»Aber das nächste Buch wird noch besser«, sagte Richard. »Und ganz anders.«

Vivaldo legte das Manuskript beiseite und nippte an seinem Drink. »Gut«, sagte er grinsend, »ich lese es, sobald ich nüchtern bin. Wann auch immer«, brummte er, »das sein wird.«

»Und sei ehrlich, hörst du, du Mistkerl?«

Vivaldo sah ihn an. »Ich werde ganz ehrlich sein.« Vor Jahren hatte Vivaldo Richard seine Manuskripte mit praktisch denselben Worten überreicht.

Cass entfernte sich von den beiden und steckte sich eine Zigarette an. Dann hörte sie die Fahrstuhltür und sah auf die Uhr. Es war vier. Sie sah Vivaldo an. Es klingelte.

»Da ist sie«, sagte Cass.

»Immer mit der Ruhe«, sagte Richard. »Was guckt ihr so tragisch?«

»Richard«, sagte sie, »das ist bestimmt Rufus' Schwester.«

»Na, dann lass sie rein. Lass sie nicht im Hausflur rumstehen.« Während er sprach, klingelte es erneut.

»O Gott«, sagte Vivaldo und stand auf, sehr groß und hilflos. Cass stellte ihr Glas ab und ging zur Tür.

Die Frau, die vor ihr stand, war hochgewachsen, kräftig, sehr sorgfältig gekleidet und etwas dunkler als Rufus. Sie trug einen Regenmantel mit Kapuze und hatte einen Schirm in der Hand; unter der Kapuze, im Schatten des Hausflurs, musterten die dunklen Augen im dunklen Gesicht Cass eingehend. Ein Hauch von Rufus lag in den Augen – groß, klug, wachsam – und in ihrem Lächeln.

»Cass Silenski?«

Cass streckte ihr die Hand entgegen. »Kommen Sie rein. Ja, ich erinnere mich an Sie.« Sie schloss die Tür. »Ich weiß noch, wie ich dachte, dass Sie eine der schönsten Frauen sind, die ich je gesehen habe.«

Die junge Frau sah sie an, und zum ersten Mal wurde Cass bewusst, dass eine schwarze Frau rot werden kann. »Ach, kommen Sie, Mrs Silenski –«

»Geben Sie mir Ihre Sachen. Und nennen Sie mich Cass.«

»Dann nennen Sie mich Ida.«

Cass hängte die Sachen weg. »Was zu trinken?«

»Ja, ich glaube, ich könnte was gebrauchen«, sagte Ida. »Ich habe diese Stadt durchkämmt, keine Ahnung, wie lange, auf der Suche nach diesem Tunichtgut von einem Bruder …«

»Vivaldo ist drinnen«, sagte Cass schnell; sie wollte Ida mit irgendwas vorbereiten, wusste aber nicht, womit. »Bourbon,

Scotch oder Rye? Ich glaube, wir haben auch noch ein bisschen Wodka …«

»Bourbon.« Sie klang ein wenig außer Atem. Sie folgte Cass in die Küche und sah ihr beim Einschenken zu. Cass reichte Ida das Glas und sah ihr in die Augen. »Vivaldo hat ihn seit gestern Nacht nicht mehr gesehen«, sagte sie. Ida machte die Augen weit auf und schob die leicht zitternde Unterlippe vor. Cass berührte sie am Ellbogen. »Komm, gehen wir rein. Mach dir nicht solche Sorgen.« Sie gingen ins Wohnzimmer.

Vivaldo stand genau so, wie sie ihn zurückgelassen hatte, als hätte er sich überhaupt nicht bewegt. Richard erhob sich vom Sitzkissen; er hatte sich die Nägel geknipst. »Mein Mann Richard«, sagte Cass, »und Vivaldo kennst du ja.«

Sie gaben sich die Hand und murmelten Begrüßungen inmitten einer Stille, die zu stocken begann wie geschlagenes Eiweiß. Sie setzten sich.

»Tja!«, sagte Ida zittrig. »Lange her.«

»Über zwei Jahre«, sagte Richard. »Ein Mal durften wir dich sehen, und dann hat Rufus dich irgendwo versteckt. Sehr weise von ihm.«

Vivaldo sagte nichts. Seine Augen, seine Augenbrauen, seine Haare sahen aus wie Holzkohlestriemen auf toter weißer Oberfläche.

»Aber keiner von euch«, sagte Ida, »weiß, wo mein Bruder jetzt ist?« Und sie blickte sich im Zimmer um.

»Er war gestern Nacht bei mir.« Vivaldos Stimme war zu leise, Ida beugte sich vor, um ihn zu hören. Er räusperte sich.

»Wir haben ihn alle gesehen«, sagte Richard, »es ging ihm gut.«

»Er sollte eigentlich bei mir übernachten«, sagte Vivaldo, »aber wir – ich – hab mich mit jemandem unterhalten, und als ich hochguckte, war er weg.« Das fand er wohl nicht allzu geschickt. »Es waren viele Freunde da; ich dachte, er trinkt was mit ihnen und hat vielleicht beschlossen, bei ihnen zu übernachten.«

»Kennst du diese Freunde?«, fragte Ida.

»Na ja, vom Sehen schon. Ich kenne sie nicht – namentlich.«

Die Stille zog sich hin. Vivaldo senkte den Blick.

»Hatte er Geld?«

»Also« – er sah Richard und Cass an –, »ich weiß es nicht.«

»Wie hat er ausgesehen?«

Sie sahen sich an. »Ganz gut. Müde vielleicht.«

»Kein Wunder.« Sie nippte an ihrem Drink, ihre Hand zitterte ein wenig. »Ich will nicht unnötig Staub aufwirbeln, bestimmt geht es ihm gut, wo auch immer er ist. Ich würde es nur gern *wissen.* Unsere Eltern drehen durch und …« – sie lachte und holte scharf Luft – »ich offenbar auch.« Sie schwieg. »Er ist der einzige Bruder, den ich habe.« Sie nahm einen Schluck und drehte den rubinäugigen Schlangenring an ihrem langen kleinen Finger.

»Es ist bestimmt alles in Ordnung«, sagte Cass im elenden Bewusstsein ihrer leeren Worte. »Es ist nur – also, Rufus ist wie viele, die ich kenne. Wenn was schiefläuft, wenn er verletzt ist, will er nur noch weg und sich verstecken, bis es vorbei ist. Er leckt seine Wunden. Dann kommt er zurück.« Hilfesuchend sah sie Richard an.

Er tat sein Bestes. »Wahrscheinlich hat Cass recht«, murmelte er.

»Ich bin überall gewesen«, sagte Ida, »überall, wo er jemals gespielt hat, ich habe mit allen gesprochen, die ich finden konnte, die jemals mit ihm gearbeitet haben, mit jedem, den ich finden konnte, dem er auch nur mal Hallo gesagt hat, ich hab es sogar bei Verwandten in Brooklyn versucht –« Sie unterbrach sich. »Als er bei dir war, Vivaldo, was hat er denn gesagt, wo er die ganze Zeit gewesen ist?«

»Gar nichts.«

»Hast du ihn nicht gefragt?«

»Doch, aber er wollte es nicht sagen.«

»Ich hab dir eine Telefonnummer gegeben, damit du mich auf der Stelle anrufst, sobald du ihn siehst. Warum hast du mich nicht angerufen?«

»Es war schon spät, als er zu mir kam, und er hat mich gebeten, nicht anzurufen, er meinte, er geht am Morgen zu euch!«

Er klang ratlos und den Tränen nahe. Sie starrte ihn an, dann senkte sie den Blick. Das Schweigen war durchzogen von beißender, angestauter Feindseligkeit, ausgehend von der jungen Frau, die für sich in dem runden Sessel mitten im Zimmer saß. Nacheinander blickte sie die Freunde ihres Bruders an. »Dann ist es doch komisch, dass er da nie angekommen ist«, sagte sie.

»Na ja, Rufus redet nicht viel«, sagte Richard. »Du weißt ja bestimmt, wie schwer es ist, irgendwas aus ihm rauszukriegen.«

»Na ja«, sagte sie knapp, »ich hätte es schon aus ihm rausgekriegt.«

»Du bist ja auch seine Schwester«, sagte Cass sanft.

»Ja.« Ida sah auf ihre Hände.

»Warst du schon bei der Polizei?«, fragte Richard.

»Ja.« Sie machte eine angewiderte Geste, stand auf und ging ans Fenster. »Sie haben gesagt, das passiert dauernd – dass schwarze Männer ihre Familien im Stich lassen. Sie haben gesagt, sie suchen ihn. Aber es ist ihnen egal. Denen ist egal, was passiert – mit einem schwarzen Mann!«

»Na na«, rief Richard mit rotem Gesicht, »ist das nicht ein bisschen ungerecht? Ich meine, Teufel noch mal, ich bin mir sicher, dass sie genauso nach ihm suchen, wie sie nach jedem anderen Bürger dieser Stadt suchen würden.«

Sie sah ihn an. »Wie willst du denn das wissen? Ich weiß es – ich weiß, wovon ich rede. Ich sage, es ist ihnen egal – und es *ist* ihnen egal.«

»Ich finde, so solltest du das nicht betrachten.«

Sie starrte aus dem Fenster. »Verdammt noch mal, er ist irgendwo da draußen. Ich muss ihn finden.« Sie stand mit dem Rücken zum Zimmer. Cass sah, wie ihre Schultern anfingen zu beben. Sie trat ans Fenster und legte eine Hand auf Idas Arm. »Schon gut«, sagte Ida und rückte ein wenig ab. Sie wühlte in ihrer Rocktasche, ging zu ihrem Sessel und holte ein Taschentuch aus ihrer Handtasche. Sie trocknete sich die Augen, putzte sich die Nase und nahm ihr Glas.

Cass sah sie hilflos an. »Ich schenk nach«, sagte sie und nahm das Glas mit in die Küche.

»Ida«, sagte Vivaldo, als sie zurückkam, »wenn ich irgendwie helfen kann, ihn zu finden – irgendwas –« Er hielt inne. »Mensch, ich liebe ihn auch, ich will ihn auch finden. Ich könnte mich schon den ganzen Tag treten, weil ich ihn gestern habe laufen lassen.«

Als Vivaldo ›Ich liebe ihn auch‹ sagte, sah Ida ihn mit sehr großen Augen an, als würde sie ihm zum ersten Mal richtig begegnen. Dann senkte sie den Blick. »Ich wüsste eigentlich nicht, was du tun kannst«, sagte sie.

»Na ja, ich könnte dich auf deiner Suche begleiten. Wir könnten zusammen suchen.«

Sie überlegte, betrachtete ihn. Und sagte schließlich: »Du könntest vielleicht zu einigen Lokalen im Village mitkommen …«

»Ist gut.«

»Ich kann mir nicht helfen, aber ich hab das Gefühl, die halten mich bloß für hysterisch.«

»Ich komme mit. Mich halten die bestimmt nicht für hysterisch.«

Richard grinste. »Vivaldo ist nie hysterisch, das wissen wir.« Dann sagte er: »Ich weiß nicht so recht, was das alles soll. Rufus schläft sich wahrscheinlich nur irgendwo aus.«

»Fast sechs Wochen lang«, rief Ida, »hat ihn keiner gesehen! Bis gestern Nacht! Ich kenne meinen Bruder, der macht so was nicht. Er kommt immer zu uns, egal, wo er war oder was gerade los ist, nur damit wir uns keine Sorgen machen. Früher hat er Geld und Sachen mitgebracht – aber selbst wenn er pleite war, ist er gekommen. Erzähl mir nicht, dass er sich bloß irgendwo ausschläft. Sechs Wochen ist eine lange Zeit.« Sie senkte ihre Stimme, senkte sie zu einem giftigen Murmeln. »Und ihr wisst genau, was vorgefallen ist – zwischen ihm und dieser durchgeknallten kleinen Südstaatenschlampe, in die er so vernarrt war.«

»Na schön.« Nach längerem Schweigen gab sich Richard geschlagen. »Wie du meinst.«

»Aber ihr müsst jetzt nicht gleich im Regen rausrennen«, sagte Cass. »Rufus weiß, dass Vivaldo hier ist. Vielleicht kommt er vorbei. Ich hatte gehofft, dass ihr alle zum Abendessen bleibt.« Sie lächelte Ida an. »Bitte? Dann fühlst du dich bestimmt besser. Bis heute Abend hat sich vielleicht schon alles geklärt.«

Ida und Vivaldo sahen sich an, sie waren im Laufe des Nachmittags gewissermaßen zu Verbündeten geworden. »Und?«, fragte Vivaldo.

»Ich weiß nicht. Ich bin so müde und gereizt, dass ich gar keinen klaren Gedanken fassen kann.«

Richard sah aus, als würde er ihr voll und ganz zustimmen. »Hör zu«, sagte er, »du warst schon bei der Polizei, du hast mit allen gesprochen, die du erreichen kannst. Du hast in Krankenhäusern nachgefragt und« – er sah sie fragend an – »im Leichenschauhaus.« Sie nickte mit festem Blick. »Also. Ich weiß nicht, was es bringen soll, in diesen verdammten Sonntagnachmittagsregen rauszurennen, wenn ihr eigentlich gar nicht wisst, wohin. Und wir haben ihn alle gestern gesehen, insofern wissen wir, dass er da ist. Warum dann nicht mal ein paar Stunden entspannen? Mein Gott, in ein paar Stunden stellst du vielleicht fest, dass du nirgendwohin musst, weil er hier aufkreuzt.«

»Wirklich«, sagte Cass, »es ist gut möglich, dass er hier heute aufkreuzt.« Ida sah Cass an. Da wurde ihr bewusst, dass Ida die Situation auch genoss – die Aufmerksamkeit, die Macht, die sie augenblicklich hatte. Das ärgerte Cass, aber dann dachte sie: gut. Das bedeutet, was auch immer auf sie zukommt, sie wird damit fertig. Seit Ida durch die Tür getreten war, bereitete sie sich, ohne es zu wissen, auf das Schlimmste vor.

»Na gut«, sagte Ida und sah Vivaldo an. »Ich habe Mama gebeten, mich hier anzurufen – für alle Fälle.«

»Also gut«, sagte Cass, »das wäre dann wohl entschieden.« Sie sah auf die Uhr. »Die Jungs sollten in etwa einer Stunde zurück sein. Ich glaube, ich schenk uns erst mal was ein.«

Ida lächelte. »Das ist eine gute Idee.«

Sie war ungeheuer attraktiv, wenn sie lächelte. Ihr Gesicht erinnerte dann an einen schelmischen Straßenjungen, und gleichzeitig glänzte in ihren Augen ein fabelhaft femininer Spott. Vivaldo betrachtete sie immerzu, und ein kleines Lächeln umspielte seine Mundwinkel.

Der Schnee, angekündigt für den Tag vor Thanksgiving, fiel nicht vor dem späten Abend – halbherzige träge Flocken, die schimmernd durch die Dunkelheit kreiselten und am Boden schmolzen.

Den ganzen Tag über strahlte eine kalte Sonne auf Manhattan, ohne zu wärmen.

Cass wachte etwas früher auf als sonst, versorgte die Kinder und schickte sie zur Schule. Richard nahm sein Frühstück zu sich und zog sich in sein Arbeitszimmer zurück – er war nicht gut gelaunt. Cass putzte die Wohnung, dachte darüber nach, was sie morgen essen sollten, und ging am frühen Nachmittag hinaus, um einzukaufen und eine Weile allein spazieren zu gehen.

Sie war länger unterwegs als geplant, denn sie ging zu gern in dieser Stadt spazieren. Ausgekühlt machte sie sich auf den Heimweg.

Sie wohnten an der West Side knapp unterhalb der 23rd Street, in einem Viertel, in dem neuerdings viele Puerto Ricaner wohnten. Daher hieß es, die Gegend würde herunterkommen; aus welcher Höhe, war schwer zu sagen. Auf Cass wirkte sie so wie immer, verwahrlost mit überwiegend ruppig aussehenden Menschen. Die Puerto Ricaner waren ihr sympathisch. Sie machten auf sie keinen ruppigen Eindruck, sondern wirkten im Gegenteil eher zu sanft für ihre brutale Umgebung. Cass hörte sie gern sprechen, es klang weich und fröhlich oder aber rabiat, klar und funkelnd feindselig; sie sah gern das Leben in ihren Augen und die Art, wie sie mit ihren Kindern umgingen, als wären alle Kinder von Natur aus die Verantwortung aller Erwachsenen. Selbst wenn ihr die Jugendlichen hinterherpfiffen oder im Vorbeigehen schlüpfrige Bemerkungen machten und daraufhin miteinander lachten, war sie nicht aufgebracht oder eingeschüchtert; darin spürte sie nicht die angespannte New Yorker Feindseligkeit. Sie verfluchten nicht etwas, das sie ersehnten und fürchteten, sie scherzten über etwas, das sie ersehnten und liebten.

Als sie sich jetzt die Stufen zum Haus hochschleppte, machte ihr einer der jungen Puerto Ricaner, den sie oft im Viertel sah, mit einem kleinen angedeuteten Lächeln die Tür auf. Sie dankte ihm so freimütig wie möglich und stieg in den Fahrstuhl.

Etwas lag in Richards Miene, als sie die Tür hinter sich schloss, und in der lauten Stille der Wohnung. Gerade wollte sie sich nach den Kindern erkundigen, hörte sie dann aber im Wohnzimmer. Richard folgte ihr in die Küche, und sie stellte ihre Einkäufe ab. Sie sah ihm ins Gesicht.

»Was ist los?«, fragte sie. Nach einem kurzen Moment, in dem sie alles andere ausschloss, sagte sie: »Rufus. Wir haben Nachricht von Rufus.«

»Ja«, sagte er, und sie beobachtete eine kleine flatternde Ader auf seiner Stirn. »Er ist tot, Cass. Sie haben seine Leiche im Fluss gefunden.«

Sie sank auf den Küchenstuhl.

»Wann?«

»Irgendwann heute Morgen.«

»Wie lange – wie lange …?«

»Ein paar Tage. Sie vermuten, dass er von der George Washington Bridge gesprungen ist.«

»Mein Gott«, sagte sie. »Wer –«

»Vivaldo. Am Telefon. Kurz nachdem du gegangen bist. Ida hat ihn angerufen.«

»Mein Gott«, sagte sie wieder. »Das wird das arme Mädchen umbringen.«

Richard schwieg kurz. »Vivaldo klang, als hätte ihn ein Pferd in den Bauch getreten.«

»Wo ist er?«

»Ich wollte, dass er herkommt, aber er war auf dem Weg zu der jungen Frau – zu Ida; ich weiß nicht, was er da ausrichten will.«

»Na ja, er stand Rufus so viel näher als wir.«

»Willst du was trinken?«

»Ja, ich glaube, ich will was trinken.« Sie starrte auf den Tisch. »Ich frag mich, ob es irgendwas gab, was wir – was irgendjemand – hätte tun können.«

»Nein«, sagte er, schenkte Whiskey ein und stellte ihr das Glas hin. »Niemand hätte irgendwas tun können. Es war zu spät. Er wollte sterben.«

Schweigend nippte sie an ihrem Drink. Sie betrachtete den Lichteinfall auf dem Küchentisch.

Richard legte die Hand auf ihre Schulter. »Nimm es nicht so schwer, Cass. Immerhin –«

Sie erinnerte sich an sein Gesicht bei ihrem letzten Gespräch, seinen Blick und sein Lächeln, als er fragte: *Darf ich bald mal bei euch vorbeikommen?* Wie sehr wünschte sie sich jetzt, sie wäre geblieben und hätte länger mit ihm geredet. Vielleicht – sie nahm einen Schluck und fragte sich, weshalb die Kinder so still waren. Tränen traten ihr in die Augen, rannen ihr langsam übers Gesicht und tropften auf den Tisch.

»Das ist eine verfluchte Schande«, sagte sie. »Das ist schrecklich, schrecklich, einfach nur schrecklich.«

»Es war abzusehen«, sagte Richard sacht, »nichts und niemand hätte ihn aufhalten können.«

»Woher wollen wir das wissen?«

»Ach, Schatz, du weißt doch, wie er die letzten Monate war. Wir haben ihn kaum gesehen, aber alle haben es gewusst.«

Was gewusst?, hätte sie gern gefragt. Was zum Teufel haben alle gewusst? Sie wischte sich die Augen und stand auf.

»Vivaldo hat doch wie verrückt versucht zu verhindern, dass er so mit Leona umspringt. Und wenn er das hätte verhindern können, na, vielleicht hätte er dann auch dies verhindern können.«

Das stimmt, dachte sie. Richard konnte unter Druck oft einen erstaunlich kühlen Kopf bewahren.

»Ich habe ihn sehr gemocht«, sagte sie hilflos. »Er hatte was sehr Liebenswertes.«

Richard lächelte matt. »Na ja, wahrscheinlich bist du einfach von Natur aus netter als ich. Ich hab das nicht so empfunden. Ich fand ihn, ehrlich gesagt, ziemlich selbstbezogen.«

»Ach, na ja!«, sagte sie, »selbstbezogen …! Wir kennen keine Menschenseele, die nicht so ist.«

»Du bist nicht so«, sagte er. »Du denkst an andere und versuchst, sie gut zu behandeln. Du widmest dein Leben deinen Kindern – und mir –«

»Ach, aber du *bist* mein Leben – du und die Kinder. Was täte ich, was täte ich ohne dich? Ich bin genauso selbstbezogen wie alle anderen, siehst du das nicht?«

Er grinste und strich ihr kräftig über den Kopf. »Nein. Und für mich gibt es dazu nicht mehr zu sagen.« Doch nach einem Augenblick setzte er nach: »Ich habe Rufus nicht geliebt, nicht so wie du, nicht so wie ihr alle. Jedenfalls bin ich das Gefühl nicht losgeworden, dass ihr unter anderem deswegen so ein – Aufhebens um ihn macht, weil er schwarz ist. Was wirklich ein Wahnsinnsgrund ist, jemanden zu lieben. Für mich war er einfach ein Kerl wie jeder andere, und das, was er Leona angetan hat, konnte ich ihm nicht verzeihen. Du auch nicht, hast du mal gesagt.«

»Ich hab seitdem drüber nachgedacht.«

»Und was denkst du? Dass du es irgendwie rechtfertigen kannst?«

»Nein, ich habe nicht versucht, es zu rechtfertigen. Aber jetzt denke ich – ach, ich weiß einfach zu wenig, um über ihn zu urteilen. Bestimmt – bestimmt hat er entsetzlich gelitten. Bestimmt hat er sie geliebt.« Sie drehte sich zu ihm, suchte seinen Blick. »Ich bin mir sicher, dass er sie geliebt hat.«

»Tolle Liebe.«

»Richard, wir haben uns auch schon so oft wehgetan. Manchmal haben wir es nicht so gemeint und manchmal schon. Und war das nicht auch, weil – eben *weil* – wir uns liebten – uns lieben?«

Er betrachtete sie skeptisch, mit geneigtem Kopf. »Cass«, sagte er, »wie kannst du das vergleichen? Wir haben nie versucht, einander zu zerstören – oder?«

Sie sahen sich an. Cass sagte nichts.

»Ich habe nie versucht, dich zu zerstören«, sagte Richard. »Hast du jemals versucht, mich zu zerstören?«

Sie dachte an sein Gesicht von damals, als sie sich gerade kennengelernt hatten; und betrachtete es jetzt. Sie dachte an alles, was sie gemeinsam entdeckt hatten, was sie einander bedeuteten, und an all die kleinen Lügen, die in ihre ganz spezielle, gemeinsame Wahrheit geflossen waren: diese Liebe, die sie verband. Sie hatte Nein gesagt, viele Male, zu vielen Dingen, wegen Richard, zu denen sie sonst vielleicht Ja gesagt hätte; sie glaubte viele Dinge, wegen Richard, von denen sie nicht sicher war, ob sie sie wirklich glaubte. Er war für sie unverzichtbar gewesen – hatte sie zumindest geglaubt, und das kam aufs selbe raus –, also hatte sie sich an ihn gebunden, und ihr Leben hatte sich um ihn herum geformt. Ihretwegen bereute sie das nicht. Ich will ihn, hatte vor Jahren etwas in ihr gesagt, und sie hatte sich an ihn gebunden; er war ihre Erlösung, und hier war er. Sie bereute es nicht ihretwegen, und doch fragte sie sich nun, ob es nicht etwas zu bereuen gab, etwas, das sie Richard angetan hatte, ohne dass er es merkte.

»Nein«, sagte sie matt, »aber ich hätte mich auch nicht bemühen müssen«, drängte es aus ihr heraus.

»Was meinst du damit?«

»Ich meine« – er beobachtete sie; sie setzte sich wieder hin und spielte mit dem Whiskeyglas –, »ein Mann lernt eine Frau kennen. Und er braucht sie. Aber sie wendet dieses Bedürfnis gegen ihn, sie benutzt es, um ihn auszuhöhlen. Das ist nicht schwer. Frauen sehen Männer nicht so, wie Männer gesehen werden wollen. Sie sehen all die Schwachstellen, all die Stellen, an denen Blut fließen könnte.« Sie trank ihren Whiskey aus. »Verstehst du, was ich meine?«

»Nein«, sagte er geradeheraus. »Gar nicht. Ich glaube nicht an diesen ganzen weiblichen Intuitionsquatsch. Das haben Frauen ersonnen.«

»Wie du das sagst – und dann noch in diesem Ton!« Sie ahmte ihn nach: »Das haben Frauen ersonnen. Ich kann das nicht sagen – was Männer ›ersonnen‹ haben, ist das, was da ist; die Welt, die sie ersonnen haben, ist die Welt.« Er lachte. Sie wurde stiller. »Na ja, stimmt aber.«

»Was bist du nur für ein komisches Mädchen«, sagte er. »Du hast einen schweren Fall von Penisneid.«

»Wie die meisten Männer«, sagte sie spitz, und er lachte. »Ich wollte damit auch nur sagen«, fuhr sie nüchtern fort, »dass ich versuchen musste, mich um dich herum zu arrangieren, und nicht, dich um mich herum zu arrangieren. Das ist alles. Und das war nicht leicht.«

»Nein.«

»Nein. Weil ich dich liebe.«

»Ah!«, sagte er und lachte laut. »Du bist tatsächlich ein komisches Mädchen. Ich liebe dich auch, das weißt du.«

»Ich hoffe es.«

»Du kennst mich so gut und weißt das nicht? Wo ist die ganze Intuition hin, diese ganze – spezielle – Perspektive?«

»Sie funktioniert offenbar nur bis zu einem gewissen Punkt«, sagte sie mit verdrießlichem Lächeln.

Er zog sie vom Tisch hoch, legte beide Arme um sie und schmiegte die Wange an ihr Haar. »Und was ist das für ein Punkt, mein Schatz?«

Alles, sein Atem in ihrem Haar, seine Arme, seine Brust, sein Geruch, war vertraut, beengend, unaussprechlich kostbar. Sie wandte ein wenig den Kopf, um aus dem Küchenfenster zu sehen. »Liebe«, sagte sie und betrachtete das kalte Sonnenlicht. Sie dachte an den kalten Fluss und den toten schwarzen jungen Mann, ihren Freund. Sie schloss die Augen. »Liebe«, sagte sie wieder, »Liebe.«

Richard blieb am Samstag bei den Kindern, als Cass und Vivaldo zu Rufus' Beerdigung nach Harlem fuhren. Sie wollte eigentlich nicht, konnte es aber Vivaldo, der wusste, dass er hinmusste und sich allein nicht traute, nicht abschlagen.

Die Trauerfeier war für den Morgen angesetzt, gleich im Anschluss würde man Rufus zum Friedhof fahren. Früh an diesem trockenen kalten Samstag kam Vivaldo zu Cass, betont in Schwarz-Weiß: weißes Hemd, schwarze Krawatte, schwarzer Anzug, schwarze Schuhe, schwarzer Mantel; schwarze Haare, Augen und Augenbrauen und ein kreideweißes, knochentrockenes Gesicht. Seine Panik und Trauer waren nicht zu übersehen; wortlos zog sie ihren dunklen Mantel an und nahm seine Hand, dann fuhren sie schweigend mit dem Fahrstuhl hinunter. Er war auf seine Schönheit und Eleganz reduziert – so wie nach langer Krankheit Knochen durch die Haut schimmern.

Sie stiegen in ein Taxi und fuhren stadtaufwärts. Vivaldo saß neben ihr, Hände auf den Knien, und starrte vor sich hin. Cass blickte auf die Straße. Es herrschte dichter, aber fließender Verkehr, das Taxi schwenkte und ruckte, beschleunigte und bremste, blieb aber nicht stehen. Bis die rote Ampel an der 34th Street alles zum Erliegen brachte. Sie waren umgeben von einem rabiaten Gewühl aus Autos, Lastern und grünen Bussen, die durch die Stadt rumpelten, und Jungs, dunklen Jungs mit Holzwagen voller Kleidung. Die Menschen quollen von den Gehwegen auf die Straße. Frauen in schweren Mänteln schleppten sich und große Pakete und riesige Handtaschen – denn Thanksgiving war vorbei, aber Schilder wiesen auf die schwindende Anzahl von Einkaufstagen bis Weihnachten hin. Vergleichsweise unbepackte Männer eilten dem Geld, das Weihnachten kostete, hinterher und an den

Frauen vorbei; junge Männer mit Entenschwanzfrisur wischten über den kalten, schwarzen Asphalt wie über einen Tanzboden. Vor dem Fenster, so dicht neben ihr wie Vivaldo, blieb einer der schwarzen Jungs mit seinem Kastenwagen stehen, steckte sich eine Zigarette an und lachte. Das Taxi kam nicht voran und der Fahrer fluchte. Cass zündete eine Zigarette an und gab sie Vivaldo. Dann steckte sie sich selbst eine an. Unvermittelt ruckte das Taxi weiter.

Der Fahrer schaltete das Radio ein, und auf einmal wurde der Wagen von Gitarrenklängen erfüllt, einer wiehernden hohen Stimme und einem Chor, der *»Love me!«* rief. Die anderen Worte wurden vom kehligen Gestöhne des Sängers verschluckt, das fast so obszön war wie das Gefluche des Taxifahrers, aber diese beiden Wörter wiederholten sich immer wieder.

»Meine ganze Familie hält mich für einen Penner«, sagte Vivaldo. »Ich würde ja sagen, sie haben mich aufgegeben, aber ich weiß, dass sie eine Scheißangst davor haben, was ich als Nächstes mache.«

Sie sagte nichts. Er sah aus dem Fenster. Sie überquerten Columbus Circle.

»Manchmal – wie heute«, sagte er, »denk ich mir, wahrscheinlich haben sie recht, und ich hab mir bloß selbst was vorgemacht. Bei allem.«

Die Mauern des Central Park schlossen sich nun von beiden Seiten um sie, und jenseits dieser Mauern, hinter Tempo und kahlen Bäumen, die Mauern von Hotels und Wohnhäusern.

»Meine Familie findet, dass ich unter meinem Niveau geheiratet habe«, sagte sie. »Unter ihrem.« Lächelnd trat sie ihre Zigarette aus.

»Meinen Vater habe ich, glaub ich, nie nüchtern erlebt«, sagte er, »in all den Jahren nicht. Er hat immer gesagt: ›Ich will, dass du mir die Wahrheit sagst, sag mir immer die Wahrheit.‹ Und wenn ich ihm dann die Wahrheit gesagt habe, hat er mich an die Wand geklatscht. Also habe ich natürlich nicht die Wahrheit gesagt, sondern ihm einfach irgendeine Lüge aufgetischt, mir doch egal. Das letzte Mal, dass ich bei ihnen war, hab ich mein rotes Hemd getragen, und er sagte: ›Was los, bist du jetzt schwul?‹ Herrgott.«

Sie steckte sich die nächste Zigarette an, und sie hörte zu. Auf dem Reitweg war eine Reiterin, eine blasse junge Frau mit hochmütiger, verwirrter Miene. Während die Reiterin für immer aus ihrem Blickfeld verschwand, dachte Cass, das hätte ich sein können, vor vielen Jahren in Neuengland.

»Unser Viertel war schlimm«, sagte Vivaldo. »Man musste echt hart sein, sonst hätten die einen umgebracht, um einen rum sind andauernd Leute gestorben, wegen nichts. Ich hatte keine große Lust, mit den anderen Jungs rumzuhängen, sie haben mich gelangweilt. Aber Angst gemacht haben sie mir auch. Den Anblick meines Vaters hab ich nicht ertragen. Er ist so ein verdammter Feigling. Die ganze Zeit hat er sich was vorgemacht – also, keine Ahnung, *was* er sich vorgemacht hat, wahrscheinlich, dass alles in Ordnung ist –, während seine Frau in unserer Eisenwarenhandlung durchgedreht ist. Er wusste, dass weder ich noch mein Bruder den geringsten Respekt vor ihm hatten. Und seine Tochter füttert alle Kerle an und lässt sie am ausgestreckten Arm verhungern. Irgendwann hat sie geheiratet, ich will gar nicht wissen, was ihr Gatte ihr alles versprechen muss, bevor sie ihn mal ein bisschen ranlässt.«

Er schwieg eine Weile, dann sagte er: »Und was für ein Arschloch er ist, mein Gott. Ich bin gern einfach allein mit dem Bus in fremde Ecken der Stadt gefahren, um rumzulaufen oder allein ins Kino zu gehen oder einfach zu lesen oder zu gammeln. Aber nein. Wo ich herkomme, musste man ein Mann sein und es auch beweisen, pausenlos. Aber ich könnte dir Sachen erzählen …« Er seufzte. »Na ja, mein Dad ist immer noch da und hält sozusagen die Schnapsbranche am Laufen. Die meisten Jungs von damals sind tot oder im Knast oder hängen an der Nadel. Ich bin bloß ein Penner; ich hab's ganz gut getroffen.«

Sie hörte zu, weil sie wusste, dass er sich etwas vergegenwärtigte, es sich ansah und versuchte, sich darüber klar zu werden, es zu verstehen, es auszudrücken. Aber er hatte es nicht ausgedrückt. Er hatte etwas von sich dort gelassen, in den Straßen von Brooklyn, und wagte nicht, noch mal hinzusehen.

»Einmal«, sagte er, »sind wir mit dem Auto ins Village gefahren und haben uns so einen Schwulen geholt, einen jungen Typen, und sind mit ihm zurück nach Brooklyn. Der Arme, der war schon auf halber Strecke verrückt vor Angst, konnte aber nicht aus dem Auto springen. Wir sind in eine Garage gefahren, da waren wir zu siebt, und haben ihn gezwungen, uns allen einen zu blasen, danach haben wir ihn windelweich geprügelt, ihm sein ganzes Geld und seine Klamotten abgenommen und ihn auf dem Zementboden liegen lassen, und das war mitten im Winter.« Er sah sie an, sah sie zum ersten Mal an diesem Morgen direkt an. »Manchmal frag ich mich immer noch, ob sie ihn rechtzeitig gefunden haben oder ob er gestorben ist oder was.« Er legte die Hände zusammen und sah aus dem Fenster. »Manchmal frag ich mich, ob ich noch derselbe Mensch bin, der so was getan hat – vor so langer Zeit.«

Nein. Es wurde nicht ausgesprochen. Warum nicht, fragte sie sich. Vielleicht, weil Vivaldos Erinnerungen ihn in keiner Weise vom Erinnerten befreiten. Er vergegenwärtigte es sich nicht – die Zeit, den Jungen; er betrachtete es mit einem faszinierten, ja romantischen Grausen, und setzte alles daran, es zu leugnen.

Vielleicht wurden solche Geheimnisse, die Geheimnisse aller Menschen, nur ausgesprochen, wenn man sie mühsam ans Licht der Welt zerrte, sie der Welt aufdrängte und zu einem Teil ihrer Erfahrung machte. Ohne diese Mühe war der geheime Winkel nur ein Kerker, in dem der Mensch zugrunde ging; ohne diese Mühe wäre die ganze Welt tatsächlich eine unbewohnbare Finsternis. Mit entsetzlichem Widerwillen begriff sie, wieso diese Mühe gescheut wurde; mit Widerwillen, weil ihr da auch klar wurde, dass Richard sie bitterlich enttäuscht hatte, mit einem Buch, an das er nicht glaubte. Auf einmal wusste sie – und wusste auch, dass Richard sich das nie eingestehen würde –, dass das Buch, das er geschrieben hatte, um Geld zu verdienen, den Gipfel seiner Gabe darstellte. Es war nicht wirklich geschrieben worden, um Geld einzubringen – schön wär's! Es war geschrieben worden, weil er Angst hatte, Angst vor dem Dunklen, Fremden, Gefährlichen, Schwierigen und Tiefen.

Mir egal, sagte sie sich schnell. Und: Kann er doch nichts für, wenn er nicht Dostojewskij ist, mir egal. Doch ob es ihr egal war oder nicht, spielte keine Rolle. Ihm war es nicht egal, ganz und gar nicht, und er war abhängig davon, dass sie an ihn glaubte.

»Ist es nicht komisch«, sagte sie plötzlich, »dass dir all diese Erinnerungen gerade jetzt kommen!«

»Vielleicht«, sagte er nach einem Moment, »liegt es an ihr.

Als ich dort war, an dem Tag, als sie mich anrief, um mir zu sagen, dass Rufus tot ist – keine Ahnung –, war ich da auf der Straße und bin in das Haus gegangen, und es war wirklich alles so – keine Ahnung – vertraut.« Er wandte ihr sein bleiches, besorgtes Gesicht zu, doch ihr war, als würde er die hohe Mauer anstarren, die zwischen ihm und seiner Vergangenheit stand. »Damit meine ich nicht, dass ich so viel Zeit in Harlem verbracht habe.« Nervös wandte er den Blick ab. »Tagsüber bin ich sowieso fast nie da gewesen. Ich meine damit, dass dieselben Kinder auf der Straße waren wie bei mir – sie waren schwarz, aber es waren dieselben, wirklich dieselben, und Herrgott noch mal, auf den Fluren stinkt es genauso, und alle versuchen irgendwie durchzukommen, aber sie wissen, dass sie kaum eine Chance haben. Dieselben alten Frauen, dieselben alten Männer – vielleicht etwas lebendiger –, und ich bin ins Haus, und da saßen sie, Ida und ihre Mutter und ihr Vater, und da waren noch ein paar Leute, Verwandte vielleicht, und Freunde. Ich weiß nicht, außer Ida hat eigentlich keiner mit mir gesprochen, und auch sie hat nicht viel gesagt. Und alle sahen mich an, als hätte ich, na ja, als hätte ich es getan, und ach, ich wollte dieses Mädchen so gern in den Arm nehmen und den Blick von ihrem Gesicht küssen und ihr zu verstehen geben, dass ich es nicht getan habe, dass ich es nie tun würde, dass, wer auch immer es getan hat, es auch mir angetan hat.« Er weinte leise, und er beugte sich vor und verbarg sein Gesicht in seiner großen Hand. »Ich weiß, dass ich ihn im Stich gelassen habe, aber ich habe ihn auch geliebt, und das hat keinen interessiert. Immer wieder hab ich gedacht, sie sind schwarz, und ich bin weiß, aber dieselben Sachen sind passiert, wirklich dieselben, und wie kann ich ihnen das vermitteln?«

»Aber dir sind sie nicht passiert, weil du weiß bist«, sagte sie. »Sie sind einfach passiert. Was hier oben passiert« – das Taxi fuhr aus dem Central Park raus, und sie streckte die Hand aus, damit er hinsah –, »passiert, weil sie schwarz sind. Das ist ein Unterschied.« Schließlich wagte sie sich vor: »Da musst du lange küssen, mein Freund, bevor du etwas davon wegküsst.«

Er sah aus dem Fenster und wischte sich die Augen. Sie waren auf der Lenox Avenue rausgekommen, obwohl sie in die Seventh Avenue wollten. Nichts um sie herum wirkte unvertraut, weil alles um sie herum desolat war. Man konnte sich ohne Weiteres vorstellen, dass einst Pferdekutschen stolz über diesen breiten Boulevard gerollt waren und Ladys und Gentlemen mit Schleifen, Blumen, Brokat und Federn von ihren Karren gestiegen und diese Häuser betreten hatten, die jetzt von Zeit und Wahnwitz zerrüttet und verdüstert waren. Die Simse waren einmal neu gewesen, hatten einmal so hell gestrahlt, wie sie jetzt schamvoll schmollten, befleckt und verachtet. Die Fenster waren nicht blind gewesen, die Türen keine Anzeichen von Misstrauen und Heimlichkeiten einer längst belagerten Stadt. Einst hatten sich die Menschen um diese Häuser gekümmert – das war der Unterschied; stolz waren sie über diesen Boulevard flaniert. Er war ein Zuhause gewesen, jetzt war er ein Gefängnis.

Jetzt kümmerte es niemanden mehr: Allein diese Gleichgültigkeit verband das Ghetto noch mit dem Festland. Jetzt verfiel alles, und die Besitzer kümmerte es nicht; niemanden kümmerte es. Die schönen Kinder auf der Straße, tiefschwarz, braun und bronze, alle durch den kalten Wind mit grauer Asche im Gesicht und auf den Beinen wie Raureif auf einem Fenster oder einer Blume, schien nicht zu kümmern, dass niemand ihre Schönheit sah. Die Erwachsenen, große, trottende schwarze Frauen, magere, schlurfende Männer, hatten ihnen beigebracht, durch Vorschrift oder Vorbild, was es hieß, sich zu kümmern oder eben nicht: Vorschriften mochten täglich verloren gehen, die Vorbilder blieben, die Straße rauf und runter. Die trottenden Frauen trotteten, blieben stehen, gingen durch dunkle Türen, rein und raus, redeten miteinander, mit den Männern und mit Polizisten, blickten in Schaufenster, schrien die Kinder an, lachten und blieben stehen, um sie zu streicheln. Auf allen Gesichtern, selbst denen der Kinder, lag eine sanfte oder giftige Ernüchterung, die ihre Gesichter so markant machte, als wären sie aus Stein gehauen. Das Taxi eilte stadtaufwärts, vorbei an Männern vor Barbiergeschäften, vor Barbecueläden, vor Bars, vorbei an langen, dunklen, lauten Seitenstraßen mit grauen Häusern, die sich nach vorne neigten und die Sonne ausschlossen; im Schatten dieser Häuser summten und brummten Kinder so dicht wie Fliegen auf Fliegenpapier. Dann bogen sie von der Avenue ab nach Westen und krochen eine lange, graue Straße entlang. Sie mussten kriechen, denn die Straße war verstopft mit gemächlichen Passanten und Kindern, die zu beiden Seiten immer wieder zwischen parkenden Autos hervorschossen. Menschen saßen auf Eingangsstufen, Menschen riefen aus Fenstern, und junge Männer mit ironischen Mienen und unergründlichem Blick spähten gleichgültig ins langsame Taxi.

»Hat Rufus dich jemals zu sich eingeladen?«, fragte sie. »Um seine Familie kennenzulernen, meine ich.«

»Ja«, sagte Vivaldo, »lange her. Ich hatte es fast vergessen. Ich *hatte* es vergessen, bis Ida mich daran erinnerte. Sie trug Zöpfe damals, das niedlichste schwarze Mädchen, das du je gesehen hast. Sie war etwa fünfzehn. Rufus und ich haben sie nach Radio City ausgeführt.«

Cass schmunzelte über seine Beschreibung von Ida und über seinen Tonfall, der unbewusst erotisch war. Das Taxi überquerte die Avenue und hielt an der gegenüberliegenden Ecke, wo die Kapelle stand. Auf den Eingangsstufen sprachen zwei Frauen gedämpft miteinander. Während Cass zusah und Vivaldo das Taxi bezahlte, kam ein junger Mann hinzu, und sie gingen hinein.

Plötzlich fasste sie sich fluchend an den unbedeckten Kopf.

»Vivaldo«, sagte sie, »ich kann da nicht rein.«

Er sah sie verständnislos an, während der Taxifahrer mit dem Wechselgeld in der Hand stutzte.

»Was soll das heißen?«, fragte er. »Was ist los mit dir?«

»Nichts. Nichts. Aber Frauen müssen ihren Kopf bedecken. Ohne Hut kann ich da nicht rein.«

»Natürlich kannst du!« Dabei wurde ihm allerdings klar, dass er noch nie in seinem Leben eine Frau ohne Kopfbedeckung in einer Kirche gesehen hatte.

»Nein, nein, kann ich nicht. Die tragen alle Hüte, alle. Das wäre ein Affront, so als würde ich eine Hose tragen.« Sie überlegte. »Das ist eine Kirche, Vivaldo, es ist eine Beerdigung, das wäre ein Affront.«

Er hatte es bereits eingesehen und sah sie nun ratlos an. Der Taxifahrer hielt noch immer das Wechselgeld in der Hand und betrachtete Vivaldo mit dezenter Ausdruckslosigkeit.

»Hast du denn keinen Schal oder so was?«

»Nein.« Sie wühlte in ihrer Handtasche, ihren Manteltaschen, den Tränen nah. »Nein. Gar nichts.«

»Hör zu, Kumpel«, sagte der Fahrer.

Vivaldos Miene hellte sich auf. »Und dein Gürtel? Kannst du den nicht um den Kopf schnallen? Der ist schwarz.«

»Ach, das funktioniert niemals. Außerdem – die merken doch, dass das mein Gürtel ist.«

»Versuch's einfach.«

Um die Diskussion zu beenden und zu beweisen, dass sie recht hatte, nahm sie ihren Gürtel ab und band ihn sich um den Kopf. »Siehst du? Das funktioniert niemals.«

»Was haben die Herrschaften jetzt vor?«, fragte der Fahrer. »Ich hab nicht den ganzen Tag Zeit.«

»Ich muss was kaufen«, sagte Cass.

»Dann kommen wir zu spät.«

»Geh du rein. Ich fahr nur schnell zu einem Laden und komm dann gleich zurück.«

»Gibt keine Läden hier, Lady«, sagte der Fahrer.

»Natürlich gibt es hier irgendwo Läden«, entgegnete Cass streng. »Geh schon mal rein, Vivaldo, ich bin gleich zurück. Was ist das hier für eine Adresse?«

Vivaldo gab ihr die Adresse und sagte: »Du musst zur 125th Street, das ist meines Wissens der einzige Ort in dieser Ecke, wo es Läden gibt.« Dann nahm er das Wechselgeld entgegen und gab dem Fahrer Trinkgeld. »Die Lady will zur Hundertfünfundzwanzigsten«, sagte er.

Der Fahrer drehte sich verdrossen um und schaltete den Taxameter an. »Geh schon rein, Vivaldo«, sagte Cass erneut. »Tut mir leid. Ich bin gleich zurück.«

»Hast du genug Geld dabei?«

»Ja. Geh schon rein.«

Er stieg aus und wandte sich, als das Taxi wegfuhr, ratlos und missmutig zur Kapelle. Der Fahrer setzte Cass an der Ecke 125th Street und Eighth Avenue ab. Als sie die breite, belebte Straße entlangeilte, merkte sie, dass sie sich in einem merkwürdigen, unbenennbaren Zustand befand, keine Wut, keine Tränen, aber nah dran an beidem. Eine kleine, einsame weiße Frau, die an einem Samstagmorgen die 125th Street entlangeilte, war offenbar ein gewohnter Anblick, denn niemand sah sie an. Sie fand keine Läden mit Damenhüten in der Auslage, aber sie rannte auch zu schnell und suchte zu angestrengt. Wenn sie sich nicht zusammenriss, würde sie den ganzen Tag damit zubringen, diese Straße rauf und runter zu laufen. Kurz erwog sie, eine der Frauen anzuhalten – eine der Frauen, deren Gesichter sie betrachtete, als stünde darin etwas, das sie lernen musste –, um sich nach dem Weg zu erkundigen. Da wurde ihr bewusst, dass sie eine seltsame Angst hatte: Angst vor diesen Leuten, diesen Straßen, der Kapelle, zu der sie zurückmusste. Sie zwang sich, langsamer zu gehen. Fand einen Laden und ging hinein.

Eine Verkäuferin kam auf sie zu, eine junge Frau mit locker gewellten roten Haaren, in einem grellgrünen Kleid und mit kupferbrauner Haut.

»Kann ich Ihnen helfen?«

Die Frau lächelte, dasselbe Lächeln – wie Cass sich einredete –, das alle Verkäuferinnen immer und überall aufsetzten. Gegenüber einem solchen Lächeln kam Cass sich arm und verlottert vor, noch mehr als sonst. Und obwohl sie vor unerklärlicher Wut zu beben begann, wusste sie, dass ihre trockene aristokratische Schärfe, die ihr downtown durchaus weiterhalf, hier ihre übliche Wirkung verfehlen würde.

»Ich hätte gern«, stammelte sie, »einen Hut.«

Dann fiel ihr ein, dass sie Hüte hasste und nie welche trug. Die Frau, die ihr Lächeln ganz offensichtlich von ihren Vorgesetzten gelernt hatte, sah aus, als verkaufte sie jeden Samstagvormittag mindestens einen Hut an eine seltsame, atemlose weiße Frau.

»Wenn Sie mir bitte folgen wollen«, sagte sie.

»Ach – nein«, sagte Cass plötzlich, und die junge Frau drehte sich um, die makellos gezupften Augenbrauen hochgezogen, »ich meine, nein, ich möchte eigentlich doch keinen Hut.« Cass versuchte zu lächeln; sie wäre am liebsten weggelaufen. Im Laden herrschte Stille. »Ich glaube, ich hätte lieber einen Schal. Schwarz« – und wie dieses Wort durch den Laden zu branden schien! – »für meinen Kopf«, fügte sie hinzu und hatte das Gefühl, man würde gleich die Polizei rufen. Und sie hatte keinen Ausweis dabei.

»Ach«, sagte die junge Frau. Cass hatte es fertiggebracht, der Verkäuferin das Lächeln aus dem Gesicht zu wischen. »Marie!«, rief sie scharf. »Kümmerst du dich bitte um die Lady?«

Die Verkäuferin verschwand, und eine andere Frau, älter und schlichter, gleichwohl ebenso sorgfältig gekleidet und geschminkt, kam mit einem ganz anderen Lächeln auf Cass zu: einem anzüglichen, belustigten, voller Verschworenheit und Verachtung. Cass wurde rot. Die Frau zog eine Kiste mit Schals hervor. Sie erschienen Cass alle schäbig und teuer, aber sie war nicht in der Position, sich zu beschweren. Sie nahm einen, zahlte, band ihn sich um den Kopf und ging mit weichen Knien. Sie fand ein Taxi an der Ecke und nannte dem Fahrer nach kurzem Ringen mit sich selbst die Adresse der Kapelle: Eigentlich hatte sie ihm sagen wollen, er solle sie nach Hause fahren.

Die Kapelle war klein, und es waren nicht viele Leute da. Cass trat so leise wie möglich ein, dennoch drehten sich Köpfe nach ihr um. Ein älterer Mann, vermutlich ein Platzanweiser, eilte zu ihr, aber sie setzte sich auf den erstbesten Platz in der allerletzten Reihe neben der Tür. Vivaldo saß weiter vorn, fast in der Mitte, soweit sie sehen konnte der einzig andere Weiße in der Kapelle. Die Menschen saßen recht verstreut – genauso verstreut vielleicht wie die Bestandteile von Rufus' Leben –, wodurch die Kapelle leerer wirkte, als sie tatsächlich war. Viele junge Menschen waren da, Rufus' Freunde, vermutete Cass, die Jungs und Mädchen, mit denen er aufgewachsen war. In der vordersten Reihe saßen sechs Gestalten, die Familie: Kein Maß an Trauer konnte Idas stolzen Rücken weniger stolz machen. Direkt vor der Familie, kurz unterhalb des Altars, stand die alles beherrschende Bahre mit dem geschlossenen perlmutternen Sarg.

Als Cass reingekommen war, hatte gerade jemand gesprochen, der sich nun hinsetzte. Ein sehr junger Mann, der die schwarze Robe eines Predigers trug. Cass fragte sich, ob er schon Prediger sein konnte, er sah eher aus wie ein Junge. Aber er bewegte sich mit großer Würde, der Würde eines Menschen, der seine Bestimmung gefunden und sich mit ihr ausgesöhnt hat. Als er saß, kam eine schmale junge Frau nach vorne, und der Junge im schwarzen Gewand setzte sich ans Klavier neben dem Altar.

»Ich kannte Rufus«, sagte die junge Frau, »da war er ein großer Junge und ich ein kleines Mädchen ...« Sie versuchte, die Trauernden in der ersten Reihe anzulächeln. Cass sah, wie sehr sie sich bemühte, nicht zu weinen. »... Ich und seine Schwester, wir haben immer versucht, uns gegenseitig zu trösten, wenn Rufus mit den großen Jungs los ist und wir nicht mitspielen durften.« Ein Murmeln der Erheiterung und Trauer erhob sich, und in der ersten Reihe wurde genickt. »Wir wohnten gleich nebenan, er war wie ein Bruder für mich.« Da senkte sie den Kopf und knüllte ein weißes Taschentuch, das weißeste Taschentuch, das Cass je gesehen hatte, in ihren dunklen Händen. Eine Weile schwieg sie, und erneut schien ein Wind durch die Kapelle zu wispern, als teilten hier alle die Erinnerungen und den Schmerz der jungen Frau und stünden ihr bei. Der junge Mann am Klavier schlug einen Akkord an. »Manchmal wollte Rufus, dass ich ein bestimmtes Lied für ihn singe«, sagte die junge Frau unvermittelt. »Ich singe es jetzt für ihn.«

Der junge Mann spielte den ersten Akkord. Die Frau sang mit rauer, ungeschulter, erstaunlich kraftvoller Stimme:

*I'm a stranger, don't drive me away.*
*I'm a stranger, don't drive me away.*
*If you drive me away, you may need me some day,*
*I'm a stranger, don't drive me away.*

Nach dem Lied trat sie an den Sarg und blieb einen Moment stehen, berührte ihn leicht mit beiden Händen. Dann ging sie an ihren Platz zurück.

In der ersten Reihe wurde geweint. Cass sah, wie Ida eine ältere, kräftigere Frau in ihren Armen wiegte. Einer der Männer schnäuzte sich geräuschvoll. Die Luft war schwer. Cass wünschte sich, es wäre schon vorbei.

Vivaldo saß ganz still und allein und blickte starr geradeaus.

Jetzt trat ein grauhaariger Mann hinter dem Altar hervor. Er blickte einen Moment in die Menge, und vom Klavier kam leise ein trauriges Kirchenlied.

»Einige von euch kennen mich«, sagte er schließlich, »andere nicht. Ich bin Reverend Foster.« Er wartete. »Und ich kenne einige Gesichter, und andere sind Fremde für mich.« Er deutete eine Verbeugung an, erst zu Cass, dann zu Vivaldo. »Aber wirklich Fremde sind wir nicht. Wir sind alle aus demselben Grund hier. Ein geliebter Mensch ist gestorben.«

Er wartete wieder und blickte auf den Sarg hinunter. »Ein geliebter Mensch, mit dem wir gelacht und geredet – und gehadert – haben, für den wir gebetet haben, ist nicht mehr. Er ist nicht mehr bei uns. Er ist dorthin gegangen, wo die Gottlosen mit Toben aufhören.« Er blickte wieder auf den Sarg hinunter. »Wir werden ihm nicht mehr ins Angesicht sehen – nie mehr. Mühsam hat er sich durch diese Welt gekämpft, und verzweifelt hat er sich aus ihr herausgekämpft. Wenn er vor seinen Schöpfer tritt, wird er so aussehen wie viele von uns bei unserer Ankunft hier auf Erden – als hätte er sich durch diese Passage gekämpft. Sie war eng.« Er räusperte sich und schnäuzte sich. »Ich werde mich hier nicht hinstellen und euch lauter Lügen über Rufus erzählen. Das ist nicht meine Art. Ich kannte Rufus, ich kannte ihn sein Leben lang. Er war ein aufgeweckter Junge, und er hatte den Teufel im Leib, mit dem kam man unmöglich mit. Er hat sich viel Ärger eingehandelt, das wisst ihr alle. Viele von unseren Jungs handeln sich eine Menge Ärger ein, und manche von euch wissen, warum. Manchmal haben wir drüber geredet, er und ich – wir waren immer ziemlich gute Freunde, Rufus und ich, selbst dann noch, als er auf und davon ist, weg von hier, und obwohl er nie in den Gottesdienst kam, wie ich, wie wir alle uns das gewünscht hätten.« Er wartete wieder. »Er musste seinen Weg gehen. Er hatte seine Probleme, und er ist von uns gegangen. Er war jung, er war klug, er war schön, wir haben Großes von ihm erwartet – aber jetzt ist er von uns gegangen, und es ist an uns, das Große zu vollbringen. Ich glaube, ich weiß, wie manche von euch sich fühlen. Ich weiß, wie ich mich fühle – nichts von dem, was ich sagen könnte, wird diesen Schmerz lindern, jedenfalls nicht gleich. Aber dieser Junge war einer der besten Menschen, die mir je begegnet sind, und ich hab schon viel gesehen. Ich werde nicht versuchen, über ihn zu urteilen. Das steht uns nicht zu. Viele behaupten ja, einer, der sich das Leben genommen hat, sollte nicht in heiligem Boden begraben werden. Also, ich weiß nicht. Ich weiß nur, dass Gott jedes Fitzelchen Erde geschaffen hat, auf das ich je einen Fuß gesetzt habe, und dass alles, was Gott geschaffen hat, heilig ist. Und es weiß doch keiner von uns, was in einem fremden Herzen vorgeht, viele von uns wissen ja nicht mal, was in ihrem eigenen Herzen vorgeht, also kann keiner von uns sagen, warum er getan hat, was er getan hat. Keiner war dabei, also wissen wir es nicht. Wir müssen beten, dass der Herr ihn aufnimmt, wie wir beten, dass der Herr uns aufnimmt. Das ist alles. Das ist *alles.* Und noch was sage ich euch, vergesst das nie: Ich kenne viele Menschen, die sich das Leben genommen haben, und die ziehen heute durch die Straßen, manche predigen das Evangelium, und manche sitzen auf den Stühlen der Mächtigen. Vergesst das nie. Wenn auf dieser Welt nicht so viele Tote rumlaufen würden, hätten jene unter uns, die zu leben versuchen, vielleicht nicht so schrecklich zu leiden.«

Er schritt auf und ab, hinter dem Altar, hinter dem Sarg.

»Ich weiß, ich kann euch, die ihr hier vor mir sitzt – seine Mutter und sein Vater, seine Schwester, seine Familie, seine Freunde –, nichts sagen, das ihn euch wieder zurückbringt oder euch die Trauer über seinen Verlust nimmt. Das weiß ich. Ich kann nichts sagen, das sein Leben anders macht, daraus ein Leben macht, das ein anderer Mann vielleicht gelebt hätte. Es ist geschehen, es ist alles geschrieben. Aber verzagt nicht, ihr Lieben – verzagt nicht. Lasst euch nicht zu Bitterkeit verführen. Versucht zu verstehen. Versucht zu verstehen. Die Welt ist schon bitter genug, wir müssen versuchen, besser zu sein als die Welt.«

Er senkte den Blick, dann sah er in die erste Reihe.

»Denkt immer daran«, sagte er sanft, »er hat es versucht. Nicht viele versuchen es, und wer versucht, muss leiden. Seid stolz auf ihn. Ihr habt ein Recht darauf, stolz zu sein. Und das ist alles, was er wollte in dieser Welt.«

Abgesehen von jemandem – einem Mann –, der in der ersten Reihe weinte, war es in der ganzen Kapelle still. Cass vermutete, dass der Mann Rufus' Vater war, und fragte sich, ob er den Worten des Pastors glaubte. Was war Rufus für ihn gewesen? Ein schwieriger Sohn, ein Fremder im Leben und nun für immer ein Fremder im Tod. Nichts sonst würde man je erfahren. Was auch immer sonst gewesen war oder hätte sein können, verschlossen in Rufus' Herzen oder dem Herzen seines Vaters, war mit Rufus der Vergessenheit anheimgegeben. Würde nun nie mehr ausgedrückt. Es war vorbei.

»Ein paar Freunde von Rufus sind hier«, sagte Reverend Foster, »sie spielen jetzt was für uns, und dann gehen wir.«

Zwei junge Männer kamen nach vorn, einer mit Gitarre und der andere mit einem Kontrabass. Die schmale junge Frau folgte ihnen. Der junge Mann in der schwarzen Robe dehnte die Finger. Die beiden Freunde stellten sich vor den bedeckten Leichnam, die Frau etwas abseits zum Klavier. Sie spielten etwas, das Cass nicht kannte, etwas ganz Langsames, eher Blues als Kirchenlied. Dann wurde es dichter, bitterer, schneller. Die Trauergemeinde summte tief in der Kehle mit und klopfte mit den Füßen. Dann trat die junge Frau vor. Sie warf den Kopf zurück, schloss die Augen, und erneut erklang ihre Stimme:

*Oh, that great getting-up morning,*
*Fare thee well, fare thee well!*

Reverend Foster, der auf der Empore hinter ihr stand, hob beide Arme und stimmte mit ein:

*We'll be coming from every nation,*
*Fare thee well, fare thee well!*

Die Gemeinde kam dazu, aber das Ende sang die junge Frau allein:

*Oh, that great getting-up morning,*
*Fare thee well, fare thee well!*

Reverend Foster sprach ein kurzes Gebet, um die Seele, die sie verlassen hatte, auf eine sichere Reise zu schicken, sowie all jene Seelen, die seine Stimme jetzt erreichte, auf eine sichere Reise durchs Leben und über den Tod hinaus. Es war vorbei.

Die Sargträger, zwei Männer aus der ersten Reihe und die beiden Musiker, hoben den perlmutternen Sarg auf die Schultern und schritten den Gang hinunter. Die Trauernden folgten.

Cass stand an der Tür. Ohne sie anzusehen, schritten die vier stillen Gesichter mit ihrer Last vorüber. Gleich darauf folgten Ida und ihre Mutter. Ida hielt einen Moment inne und sah sie an – sah sie direkt an, unergründlich hinter ihrem schweren Schleier. Dann schien sie zu lächeln. Dann ging sie vorbei. Und die anderen gingen vorbei. Vivaldo kam zu ihr, und sie verließen die Kapelle.

Zum ersten Mal sah sie den Leichenwagen, der auf der Straße stand, in südlicher Richtung.

»Vivaldo«, fragte sie, »fahren wir mit auf den Friedhof?«

»Nein«, sagte er, »sie haben nicht genug Autos. Ich glaube, nur die Familie fährt hin.«

Er beobachtete das Auto hinter dem Leichenwagen. Idas Eltern waren bereits eingestiegen. Ida stand auf dem Bürgersteig. Sie sah sich um, dann kam sie rasch auf die beiden zu. Sie nahm ihre Hände.

»Ich wollte euch nur kurz danken«, sagte sie schnell, »dass ihr gekommen seid.« Ihre Stimme war heiser vom Weinen, und Cass konnte ihr Gesicht hinter dem Schleier nicht sehen. »Ihr wisst gar nicht, wie viel mir das bedeutet – uns.«

Cass drückte Ida die Hand; sie wusste nicht, was sie sagen sollte. »Ida, wenn es irgendwas gibt, was wir tun können«, sagte Vivaldo, »was *ich* tun kann – egal was …!«

»Ihr habt unglaublich viel getan. Das werde ich euch nie vergessen.«

Sie drückte ihnen erneut die Hände und drehte sich um. Sie stieg ins Auto und machte die Tür zu. Der Leichenwagen rollte langsam vom Bordstein weg, und das Auto, danach ein zweites, folgte. Andere, die bei der Trauerfeier gewesen waren, warfen Cass und Vivaldo einen flüchtigen Blick zu, blieben noch einen Moment beieinander und zerstreuten sich dann. Cass und Vivaldo gingen die Avenue hinunter.

»Sollen wir die Subway nehmen?«, fragte Vivaldo.

»Ich glaube nicht«, sagte sie, »dass ich das jetzt schaffe.«

Sie liefen dennoch weiter, ziellos, schweigend. Cass hatte die Hände tief in die Taschen gesteckt und starrte auf die Risse im Asphalt.

»Ich hasse Beerdigungen«, sagte sie schließlich, »irgendwie haben die nie was mit dem Menschen zu tun, der gestorben ist.«

»Beerdigungen sind für die Lebenden.«

Auf einer Eingangstreppe stand eine Handvoll Teenager, die sie neugierig musterten.

»Ja.« Und sie gingen weiter, anscheinend fehlte beiden die Energie, um stehen zu bleiben und ein Taxi anzuhalten. Über die Beerdigung konnten sie nicht reden, es gab zu viel zu sagen; vielleicht hatten sie zu viel zu verbergen. Sie gingen die breite, belebte Avenue hinunter, umgeben von einer Aura, so schien es, die andere davon abhielt, sie anzurempeln oder zu direkt anzusehen, oder zu lange. Sie erreichten den Eingang zur Subway 125th Street. Menschen kamen aus dem Dunkel, und an der Ecke wartete eine Traube auf den Bus.

»Nehmen wir ein Taxi«, sagte sie.

Vivaldo winkte einem Taxi, und sie stiegen ein – wie es, so Cass' unvermeidliches Gefühl, von ihnen erwartet wurde – und verließen den Schauplatz von Dunkelheit und Gewalt, über dem jetzt eine bleiche Sonne stand.

»Ich frage mich«, sagte er, »ich frage mich.«

»Ja? Was fragst du dich?«

Ihr Ton war schärfer als beabsichtigt, warum, hätte sie nicht sagen können.

»Was sie damit meint, sie wird es nie vergessen.«

Etwas ging in ihrem Kopf vor, etwas, das sie weder benennen noch abwehren konnte, aber es war fast so, als wäre sie in ihrem Kopf gefangen, als hätte er sie fest in seinen Fängen.

»Na ja, das zeigt jedenfalls, dass du klug bist«, sagte sie. »Was auch immer dir das nützt.« Das Taxi fuhr die Straße hinunter, die schließlich in die ihr vertraute Avenue münden würde.

»Ich würde ihr gern beweisen – irgendwann«, sagte er und sah dabei aus dem Fenster, »würde ich ihr gern zeigen, dass die Welt nicht so schwarz ist, wie sie glaubt.«

»Oder«, sagte sie nach einer Weile trocken, »so weiß.«

»Oder so weiß«, sagte er freundlich, ohne auf ihren Ton zu reagieren. »Du magst sie nicht – Ida.«

»Ich mag sie schon. Ich kenne sie nur nicht.«

»Genau darum geht es. Du kennst sie nicht, und du willst sie nicht kennenlernen.«

»Es spielt keine Rolle, ob ich Ida mag oder nicht. Es geht darum, dass du sie magst. Das ist doch in Ordnung. Warum willst du, dass ich was dagegen habe? Ich habe nichts dagegen. Aber was würde das überhaupt ändern?«

»Nichts«, antwortete er umgehend. »Na ja, ein bisschen was schon«, sagte er dann. »Ich würde an meiner Urteilskraft zweifeln.«

»Urteilskraft«, sagte sie, »hat nichts mit Liebe zu tun.«

Er blickte sie scharf, aber dankbar an. »Jetzt geht es hier also um Liebe …?«

»Wenn man bedenkt, was du beweisen willst«, sagte sie, »wollen wir's schwer hoffen.« Sie überlegte. »Allerdings will sie vielleicht auch was beweisen.«

»Ich glaube, sie will was vergessen«, sagte er. »Und ich glaube, ich kann ihr dabei helfen.«

Cass antwortete nicht. Sie betrachtete die kalten Bäume und den kalten Park. Sie fragte sich, wie Richard heute Vormittag mit seiner Arbeit vorangekommen war, wie es den Kindern ging. Sie hatte auf einmal das Gefühl, sehr lange weg gewesen zu sein, wichtige Verpflichtungen vernachlässigt zu haben. Und sie wollte jetzt nur noch sicher nach Hause kommen und alles so vorfinden, wie sie es verlassen hatte – vor so langer Zeit, heute Morgen.

»Du bist so unreif«, hörte sie sich sagen. Sie schlug ihren mütterlichsten Ton an und lächelte dabei. »Du weißt so wenig über das Leben. Über die Frauen.«

Auch er lächelte, ein blasses, mattes Lächeln. »Na schön. Aber ich will, dass mir was Echtes passiert. Im Ernst. Wie lernt man denn das Leben kennen?« Er grinste spöttisch. »Die Frauen? Weißt du viel über Männer?«

Die großen Ziffern über dem fernen Columbus Circle

schimmerten im grauen Himmel und zeigten zwölf Uhr siebenundzwanzig an. Sie wäre gerade rechtzeitig zu Hause, um Mittagessen zu machen.

Als hätte sich der Himmel gesenkt und in Nebel verwandelt, überkam sie erneut die Schwermut, gegen die sie angekämpft hatte.

»Früher hab ich das mal gedacht«, sagte sie. »Früher hab ich das mal geglaubt. Früher war ich sogar mal jünger als du jetzt.«

Wieder sah er sie an, aber diesmal sagte er nichts. Als die Straße einen Schlenker machte, stand die Skyline von New York wie eine schartige Mauer vor ihnen. Dann war sie verschwunden. Cass steckte sich eine Zigarette an und fragte sich, wieso sie in dem kurzen Moment die stolzen Türme, die gierigen Antennen so gehasst hatte. Sie hatte die Stadt noch nie gehasst. Warum wirkte alles so blass und so fruchtlos: Und warum war ihr so kalt, als könnte nichts und niemand sie je wieder wärmen?

Tief in seiner Kehle summte Vivaldo den Blues, den sie auf der Beerdigung gehört hatten. Er dachte an Ida, träumte von Ida, nahm ungeduldig vorweg, was ihn mit Ida erwartete. Einen Moment lang hasste sie seine Jugend, seine Erwartungen und Möglichkeiten, hasste seine Männlichkeit. Sie beneidete Ida. Und lauschte. Vivaldo summte den Blues.

# 3

An einem Samstag Anfang März stand Vivaldo an seinem Fenster und sah den Morgen anbrechen. Der Wind blies mit einem mutlosen Stöhnen durch die leeren Straßen, die ganze Nacht schon, während Vivaldo an seinem Schreibtisch saß und mit einem störrischen Kapitel kämpfte. Er war entsetzlich erschöpft, er hatte den ganzen Tag im Buchladen gearbeitet und dann downtown bei einem Umzug geholfen, aber nicht deswegen war er so gelähmt. Irgendwie kannte er die Menschen in seinem Roman nicht gut genug. Irgendwie vertrauten sie ihm nicht. Sie hatten alle Namen, mehr oder weniger, hatten alle mehr oder weniger eine Bestimmung, ihm war die Funktion klar, die sie hatten. Aber irgendwie war sie ihnen nicht klar. Er konnte sie hin und her bewegen, aber sie selbst bewegten sich nicht. Er legte ihnen Wörter in den Mund, die sie mürrisch aussprachen, ohne Überzeugung. Mit derselben oder noch größerer Qual, mit der er Frauen zu verführen versuchte, versuchte er, seine Figuren zu verführen: Er flehte sie an, ihm ihr Innerstes offenzulegen, und sie weigerten sich – hatten aber trotz ihres hässlichen Starrsinns nicht das geringste Bedürfnis, ihn zu verlassen. Sie warteten darauf, dass er den Schlüssel fand, den Nerv traf, die Wahrheit erzählte. Dann, schienen sie zu klagen, würden sie ihm alles geben, was er sich wünschte, und noch viel mehr, als er sich jetzt vorzustellen bereit war. Die ganze Nacht, mit wachsender Wut und Hilflosigkeit, war er vom Tisch zum Fenster und wieder zurück gelaufen. Er hatte sich Kaffee gemacht und Zigaretten geraucht, auf die Uhr gesehen – und die Nacht schritt voran, sein Kapitel nicht, und die ganze Zeit hatte er das Gefühl, dass er sich schlafen legen sollte, weil er heute zum ersten Mal seit Wochen Ida sehen würde. Es war ihr freier Samstag, aber sie traf sich auf einen Kaffee mit einer Freundin in dem Restaurant, in dem sie arbeitete. Er sollte sie dort abholen, und dann würden sie zu Richard und Cass gehen.

Richards Roman stand kurz vor der Veröffentlichung, und er versprach ein Erfolg zu werden. Vivaldo hatte ihn, zu seiner Verblüffung und Erleichterung, nicht sehr bemerkenswert gefunden. Aber er hatte nicht den Mut gefunden, es Richard zu sagen oder sich selbst einzugestehen, dass er den Roman nie gelesen haben würde, wenn Richard ihn nicht geschrieben hätte.

Irgendwann verebbten alle Straßengeräusche – Motorenbrummen und das seidige Surren von Reifen, Schritte, Flüche, Liedfetzen und die lauten, lang gezogenen Gutenachts; die letzte Tür in seinem Haus knallte, das letzte Murmeln, Rascheln und Knarren verstummte. Die Nacht wurde still um ihn herum, und in der Wohnung wurde es kalt. Er machte den Ofen an. Da sammelten sie sich tief in ihm, seine Schar Zeugen, in einer Luft so schwer wie die Ofenwärme, und ballten sich um die begehrte und unbekannte Ida. Vielleicht war sie es, die sie zum Verstummen brachte.

Er starrte auf die Straße und dachte – bitter, doch auch mit fröstelnder, verblüffter Nüchternheit –, dass er diese Menschen, mit denen er schon so lange zu tun hatte, vielleicht gar nicht kannte. Ein Geschehnis ist nicht dasselbe wie die Erkenntnis, was man durchlebt hat. Die meisten Menschen hatten ihre Schrecknisse nicht durchlebt – und waren genau genommen auch nicht an ihnen gestorben. Sie waren einfach nur von einem Hammer betäubt worden. Und verbrachten fortan ihr Leben in einer Vorhölle aus verleugnetem und unerforschtem Schmerz. Die große Frage, der Vivaldo sich heute früh gegenübersah, war, ob er in seinem Leben überhaupt jemals wirklich anwesend gewesen war. Denn dann wäre er immer noch anwesend, und die Welt würde sich vor ihm auftun.

Jetzt kam die junge Frau von gegenüber, die, wie er wusste, Nancy hieß, ihn aber an Jane erinnerte – gewiss der Grund, weshalb er nie mit ihr sprach –, von ihrer Bar- und Coffeehouse-Runde mit einem weiteren waschlappigen jungen Mann zurück. Die waren überall, was erklärte, wo sie sie herhatte, aber weshalb sie sie immer mit nach Hause nahm, war eine eher finstere Frage. Die mit langen Haaren trugen Bart, die mit kurzen Haaren nahmen sich die Freiheit, auf dieses nützliche, aber etwas unbehagliche Attribut zu verzichten. Sie lasen Gedichte oder schrieben welche, wie besessen, als wollten sie beweisen, dass sie eigentlich für männlichere Missionen gemacht waren. Das heutige Exemplar trug eine weiße Hose und eine Schiffermütze, und ein paranoides Bärtchen ragte aus der unteren Gesichtshälfte hervor. Dieser Bart war das Aggressivste an ihm, die einzige Andeutung von Härte oder Spannung. Die junge Frau hingegen bestand nur aus Ecken, Knochen, Muskeln und Kinn; selbst ihre Brüste wirkten versteinert. Sie liefen Hand in Hand, aber nicht zusammen die Straße entlang. Vor dem Eingang blieben sie stehen, und die Frau wankte. Sie ließ sich in schmerzlichem Abscheu gegen ihn sacken und rülpste besoffen; seine starre Haltung ließ darauf schließen, dass ihre Last ihn erdrückte. Sie stiegen die wenigen Stufen zu ihrer Tür hinauf. Hier blieb sie stehen, reckte neckisch ihre Steinbrüste und zog ihre Haare nach hinten. Der Mann schien diese Verzögerung unerträglich zu finden. Er murmelte etwas über die Kälte und schob die Frau vor sich ins Haus.

Und jetzt waren sie wohl damit zugange – womit? Mit der Liebe ganz gewiss nicht –, und sollte er in vierundzwanzig Stunden wieder an diesem Fenster stehen, würde er dieselbe Szene mit einem anderen Mann beobachten.

Wie hielten sie das aus? Na ja, an diesem Punkt war er auch mal gewesen. Wie hatte er das ausgehalten? Whiskey und Marihuana hatten geholfen, er war ein ziemlich guter Lügner, das hatte geholfen, und die meisten Frauen hatten ihn mit großer Verachtung erfüllt, auch das hatte geholfen. Aber es war noch mehr. Schließlich war dieses Land, diese Welt – diese Stadt – voller Menschen, die morgens aufstanden und nachts ins Bett gingen, und für gewöhnlich, ihr Leben lang, in dasselbe Bett. Sie taten, was von ihnen erwartet wurde, und sie zogen ihre Kinder groß. Vielleicht mochte er diese Menschen nicht besonders, andererseits kannte er sie auch gar nicht. Er nahm nur an, dass sie existierten, wohl, weil man ihm das so erzählt hatte; vermutlich gehörten die Gesichter, die er in der Subway und auf der Straße sah, zu diesen Menschen, die bewundernswert, weil zahlreich waren. Seine Eltern und seine verheiratete Schwester, deren Mann und ihre Freunde waren Teil dieser Menge, und sein jüngerer Bruder würde auch bald dazugehören. Und was wusste er letztlich über sie, außer dass sie sich seiner schämten? Sie wussten nicht, dass er wirklich war. Allerdings wussten sie wohl auch nicht, dass *sie* wirklich waren, doch um diesen Gedanken tröstlich zu finden, war er nicht einfach genug gestrickt.

Ein einsamer Mann kam die Straße hinauf, er hatte den engen schwarzen Mantel bis zum Hals zugeknöpft und sah sich hin und wieder um, als hoffte er, dass ihm jemand folgte. Dann kam die Müllabfuhr die Straße hinauf wie ein hirnloses graues Insekt. Vivaldo sah zu, wie der Müll verladen wurde. Dann war nichts mehr da, niemand. Es wurde heller. Bald würden die Wecker klingeln, und die Häuser würden das Morgenvolk ausspucken. Vivaldo überlegte, was sich wohl jetzt zwischen dem Mann und der Frau in dem Zimmer abspielte.

Das gelbe Licht, verlegen indirekt, war inzwischen für unnütz befunden und ausgeschaltet worden. Die Frau hatte wahrscheinlich ihre Schuhe ausgezogen und das Radio oder die Stereoanlage angemacht und lag jetzt auf dem Bett. Das graue Licht, das durch die Sackleinenrollos fiel, erkundete mit der Bosheit des Unbeteiligten jede Fläche, jede Ecke, jeden Winkel des ungeliebten Zimmers. Die Musik war bestimmt nicht laut. Inzwischen hatten sie sich was eingeschenkt, und das Glas der Frau stand auf dem Tisch. Der Mann hielt seins in beiden Händen. Er saß auf dem Bett, etwas abgewandt von der Frau, und starrte zu Boden. Die Mütze hatte er in den Nacken geschoben. Und unter der Musik gellte die Stille vor Angst. Gleich würde einer von ihnen einen Schritt wagen, um diese Angst zu überwinden. War es die Frau, wäre es ein seufzender, stockender Schritt – seufzend vor Bedürftigkeit, stockend vor Feindseligkeit. War es der Mann, wäre der Schritt von rauer oder milder Brutalität: Er würde sich auf die Frau stürzen, als wollte er sie vergewaltigen, oder ihre Lust durch hauchzarte Küsse zu wecken versuchen, die brennen sollten, wie er es im Kino gesehen hatte. Reibung und Fantasie sorgten unweigerlich für Körperhitze und Steifheit, und der umhüllte Druck zwischen ihren Schenkeln war das Signal für die Frau zu stöhnen. Sie würde den Kopf etwas nach hinten werfen, den Mann fester packen, und gemeinsam ging es hinab ins Getümmel. Weg mit der Mütze – während das Bett seufzte und das graue Licht starrte. Dann weg mit der Jacke. Seine Hände schoben ihren Pullover hoch und enthakten den BH. Vielleicht würden hier beide gern innehalten und den anderen entdecken, aber das trauten sie sich nicht. Sie stöhnte und klammerte sich an die Dunkelheit, er zog den Pullover aus. Er kämpfte lieblos mit ihren Brüsten, ihr Keuchen nahm sein Scheitern vorweg. Dann endete die Platte auf der Stereoanlage, oder im Radio kam nach dem Liebeslied Werbung. Er schob ihren Rock hoch. Dann stand die halb nackte Frau mit einem entschuldigenden Murmeln auf und schaltete die Anlage aus. Mitten im Zimmer machte sie sich vielleicht mit einem grausamen kleinen Witz über ihre Nacktheit lustig. Dann verschwand sie auf dem Klo. Der Mann trank aus und zog alles aus bis auf die Unterhose. Als sie zurückkam, waren beide bereit.

Ja, da war er auch schon gewesen: scheuern, schieben, stoßen und eine tiefgefrorene Frau zu wecken versuchen. Es war ein furchtbarer Kampf, weil die Frau geweckt werden wollte, aber Angst vor dem Unbekannten hatte. Jedem Schritt, der sie ihm näher zu bringen schien, folgte ein gewaltsamer Rückschlag, der sie weiter auseinandertrieb. Beide klammerten sich an eine Vorstellung statt aneinander, versuchten, Genuss aus den Hirnwindungen zu saugen, statt die Geheimnisse des Körpers preiszugeben. Die Ranken der Scham griffen nach ihnen, wohin sie sich auch wendeten, alle schmutzigen Wörter, die sie kannten, kommentierten alles, was sie taten. Diese Wörter brachten sie manchmal zum Höhepunkt – freudlos, voller Ekel und zu früh. Das Beste, was er je im Bett zustande gebracht hatte, war ein Maximum an Erleichterung mit einem Minimum an Feindseligkeit.

In Harlem allerdings hatte er bloß seinen Ballast abgeladen und die Stelle versilbert. Eine Zeit lang war ihm das viel einfacher erschienen. Doch selbst schlichter Genuss, gekauft und bezahlt, versagte nach kurzer Zeit – Genuss war nämlich doch nicht so einfach. Wenn er bei seinen Streifzügen durch Harlem eine Frau sah, die ihm gefiel, wünschte er unwillkürlich, er wäre ihr woanders begegnet, unter anderen Umständen. Unwillkürlich missbilligte er ihre Lage und verlangte mehr von ihr, als irgendeine Frau in ihrer Lage geben konnte. Wenn sie ihm nicht gefiel, verachtete er sie, und es war sehr schmerzhaft für ihn, eine Schwarze zu verachten, das vertiefte seine Selbstverachtung. Sodass er nach und nach, so erdrückend der Ballast auch sein mochte, den er dorthin schleppte, mit noch mehr zurückkehrte, das sich nicht so leicht abladen ließ.

Einige Jahre lang hatte er sich eingebildet, in jene dunklen Straßen uptown zu gehören, gerade weil die Geschichte, die seiner Haut eingeschrieben war, sein Recht, dort zu sein, anfocht. Das gefiel ihm, wurde doch sein Recht zu *sein* überall angefochten; uptown wurde seine Fremdheit sichtbar und dadurch beinahe erträglich. Er hatte sich eingebildet, die Gefahr dort sei echter, offener als die Gefahr downtown und, indem er sie bewusst einging, würde er seine Männlichkeit den lauwarmen Wassern der Mittelmäßigkeit entziehen und der Feuerprobe aussetzen. In Harlem hatte er sich lebendiger gefühlt, denn er war dort in lodernder Wut, Selbstbeweihräucherung und sexueller Erregung gewandelt, während die Gefahr wie eine Verheißung überall auf ihn lauerte. Doch all seinem Wagemut, all den Risiken zum Trotz waren die Missgeschicke, die ihn ereilten, im Grunde banal und hätten ihn überall ereilen können. Seine gefährliche, überwältigende Gier nach Leben hatte ihm nichts Tieferes beschert als vielleicht ein halbes Dutzend beiläufigster Bekanntschaften in ebenso vielen Bars. In Erinnerung geblieben waren ein, zwei Marihuana-Partys, ein, zwei Massenorgien, ein, zwei Mädchen, deren Namen ihm entfallen waren, und ein, zwei Adressen, die er verlegt hatte. Er wusste, dass Harlem ein Schlachtfeld war und dass dort Tag und Nacht ein Krieg tobte – doch über Zweck und Ziel dieses Krieges wusste er nichts.

Und das lag nicht nur am Schweigen der Kämpfer – ohnehin ein beachtliches Schweigen, weil es so laut war –, es lag daran, dass man von Kämpfen nur das verstand, was man sich zu eigen gemacht hatte. Nach und nach musste er sich widerwillig eingestehen, dass er, indem er sich den Gefahren von Harlem aussetzte, nicht seine Männlichkeit unter Beweis stellte oder seine Lebendigkeit befeuerte; er hatte lediglich im äußeren Abenteuer Zuflucht gesucht, um die klirrende Spannung jenes Abenteuers zu meiden, das sich unerbittlich in ihm selbst abspielte. Vielleicht rief er deswegen manchmal in den dunklen Gesichtern, die ihn betrachteten, einen Hauch von belustigter und nicht ganz unfreundlicher Verachtung hervor. Der ist wirklich arm dran, schienen sie zu sagen, wenn es ihn hierher treibt. Sie wussten, dass er getrieben war, auf der Flucht: Die liberalen, ja revolutionären Empfindungen, auf die er so stolz war, beeindruckten sie überhaupt nicht. Er war bloß ein armer weißer Junge in Not, und es war ganz und gar nicht originell, zu den Schwarzen gelaufen zu kommen.

Diese Haltung war ihm wohl manchmal aus Rufus' Blick entgegengeschlagen. Er hatte sie nicht sehen wollen, weil er daran festhielt, dass Rufus und er sich gleichstanden. Sie waren Freunde, weit hinaus über so was Banales und Piefiges wie Hautfarbe. Sie hatten zusammen geschlafen, zusammen gesoffen, zusammen Frauen gevögelt, einander verflucht, einander Geld geliehen. Doch wie viel hatten sie beide in ihren Herzen eben doch voreinander verborgen! Es war alles ein Spiel gewesen, ein Spiel, bei dem Rufus sein Leben verloren hatte. Der ganze Druck, den beide geleugnet hatten, hatte sich geballt und ihn umgebracht. Wozu war es nötig gewesen, irgendetwas zu leugnen? Was war der Sinn des Spiels gewesen? Er wandte sich wieder ins Zimmer, steckte sich eine Zigarette an und ging auf und ab. Vielleicht hatten sie befürchtet, wenn sie zu tief in den anderen hineinschauten … Er sah aus dem Fenster, klamm und erschrocken. Sie hätten den Abgrund gesehen. Irgendwo in seinem Herzen hasste der schwarze den weißen Jungen, weil er weiß war. Irgendwo in seinem Herzen hatte Vivaldo Rufus gefürchtet und gehasst, weil er schwarz war. Sie hatten zusammen Frauen gevögelt, ein, zwei Mal dieselbe – warum? Und was hatte das mit ihnen gemacht? Danach hatten sie die Frau nie wiedergesehen. Und sie hatten im Grunde nie darüber gesprochen.

Einmal hatte er sich in seiner Militärzeit mit einem schwarzen Kumpel betrunken, auf Urlaub in München. Sie waren irgendwo in einem Keller gewesen, spät, auf den Tischen hatten Kerzen gestanden. Eine junge Frau hatte in ihrer Nähe gesessen. Wer hatte wen herausgefordert? Lachend hatten sie ihre Hosen aufgeknöpft und sich der Frau präsentiert. Der Frau, aber auch einander. Die Frau hatte sich unaufgeregt mit den Worten zurückgezogen, sie verstehe die Amerikaner nicht. Aber vielleicht hatte sie die beiden sehr wohl verstanden. Sie hatte verstanden, dass dieses Zwischenspiel sehr wenig mit ihr zu tun hatte. Andererseits konnte man aber auch nicht sagen, dass sie versucht hätten, sich gegenseitig scharf zu machen – zumindest hätten sie das nicht im Traum so versucht. Vielleicht hatten sie nur was klären wollen, klären, wer der bessere Mann war. Und zu welchem Ergebnis war der Schwarze gekommen? Aber die eigentliche Frage war doch: Zu welchem Ergebnis war *er* gekommen? Er hatte gedacht, Teufel noch mal, da komm ich doch ganz gut bei weg. Einen leichten Stich mochte es ihm versetzt haben, dass sein schwarzer Kumpel möglicherweise noch ein kleines bisschen besser wegkam, aber alles in allem war er erleichtert gewesen. Es war raus, lag sozusagen auf der verfluchten Hand, dass es auch nicht anders war als seins, nichts Beängstigendes dran.

Vivaldo lächelte – *meiner ist bestimmt größer als deiner* –, erinnerte sich aber an gelegentliche Albträume, in denen ebendieser verschollene Kamerad ihn durch dichte Wälder verfolgte, am Rand von Felshängen mit einem Messer auf ihn zukam, ihn steile Treppen ins Meer hinabzuschleudern drohte. In jedem dieser Albträume sann er auf Rache. Rache wofür?

Er setzte sich wieder an den Tisch. Das Blatt in der Schreibmaschine starrte ihn an, voller Hieroglyphen. Er las es durch. Es sagte ihm überhaupt nichts. Nichts passierte auf dieser Seite. Er trat wieder ans Fenster. Es war jetzt Tag, draußen waren Menschen, das erwartete Tagvolk. Die hochgewachsene Frau mit dem Bob und der Brille ging in einem lockeren langen Mantel schnell die Straße hinunter. Der Lebensmittelladen war geöffnet. Die alte Rumänin, die den Laden betrieb, trug eine Kiste Milch rein, die auf dem Gehweg abgestellt worden war. Vivaldo dachte erneut, er sollte ein wenig schlafen. Er traf sich heute mit Ida, sie gingen zum Mittagessen zu Richard und Cass. Es war acht Uhr.

Er legte sich aufs Bett und starrte die Risse in der Zimmerdecke an. Er dachte an Ida. Das erste Mal hatte er sie vor ungefähr sieben Jahren gesehen. Da war sie etwa vierzehn gewesen. Es war irgendein Feiertag, und Rufus hatte versprochen, sie auszuführen. Vielleicht hatte er Vivaldo eingeladen mitzukommen, weil er ihm Geld leihen sollte. *Ich kann meine Schwester nicht enttäuschen, Mann.*

Es war so ein Tag gewesen wie heute, hell, kalt und streng. Rufus war ungewöhnlich schweigsam gewesen, und auch ihm war unbehaglich zumute. Ihm war, als würde er sich aufdrängen, wo er nicht hingehörte. Aber Rufus hatte die Einladung ausgesprochen, und er hatte sie angenommen; da kamen sie nun beide nicht mehr raus.

Gegen eins waren sie dort. Mrs Scott machte ihnen auf. Sie war so zurechtgemacht, als würde sie auch ausgehen, mit einem etwas zu kurzen dunkelgrauen Kleid. Ihr Haar war kurz, aber gerade erst mit der Brennschere bearbeitet worden. Sie gab Rufus ein Küsschen auf die Wange.

»Na«, sagte sie, »wie geht's meinem Lausbuben?«

»Selber na«, sagte Rufus grinsend. Ein Ausdruck trat in sein Gesicht, den Vivaldo noch nie gesehen hatte, Rufus war rot geworden vor neckischer Belustigung und Freude, als hätte seine Mutter, wie sie da stand in ihren Highheels, ihrem grauen Kleid und den frisch gelockten Haaren, etwas außergewöhnlich Entzückendes gemacht. Die Röte zeigte sich auch im dunkleren Gesicht seiner Mutter, als sie – ernst – zurücklächelte. Sie schien ihn von Kopf bis Fuß zu mustern und genau zu wissen, wie er mit der Welt zurechtkam.

»Das hier ist ein Freund von mir«, sagte Rufus, »Vivaldo.«

»Freut mich.« Sie gab ihm kurz die Hand. Kurz, nicht aus Unhöflichkeit oder Kälte, sondern weil sie es nicht gewohnt war. So sie ihn überhaupt betrachtete, betrachtete sie ihn als Rufus' Freund, als einen Bewohner jener Welt, in der ihr Sohn zu leben beschlossen hatte. »Setzt euch. Ida kommt gleich.«

»Ist sie so weit?«

»Gott, seit Tagen ist sie so weit. Ganz kirre gemacht hat sie mich damit.« Sie setzten sich. Von seinem Platz aus sah Vivaldo auf einen schmutzigen Hof und die Feuertreppen der anderen Häuser. Gegenüber saß ein Mann vor seinem halb geöffneten Fenster und starrte hinaus. Trotz der Kälte trug er nichts weiter als ein Unterhemd. Im Hof gab es nur Dosen, Flaschen, Papier, Dreck und einen einzigen Baum. »Wenn was dazwischengekommen wäre und du wärst nicht gekommen, das Jaulen und Jammern mag ich mir gar nicht vorstellen, was hier los gewesen wäre bei uns.« Schweigend blickte sie zur Tür, die in die übrige Wohnung führte. »Vielleicht wollt ihr Jungs ein Bier, solange ihr wartet?«

»Sonst hast du uns nichts anzubieten?«, fragte Rufus lächelnd. »Wo ist Bert?«

»Bert ist im Laden und noch nicht wieder zurück. Du weißt doch, wie er ist, dein Vater. Er ist bestimmt traurig, wenn er dich verpasst.« Sie wandte sich an Vivaldo. »Möchten Sie ein Glas Bier, mein Sohn? Tut mir leid, dass wir nichts anderes dahaben ...«

»Ach, gern ein Bier«, sagte Vivaldo mit Blick auf Rufus. »Sehr gern.«

Sie stand auf und ging in die Küche. »Was macht dein Freund? Auch Musiker?«

»Nee«, sagte Rufus, »kein Talent.«

Vivaldo wurde rot. Mrs Scott kam mit einer Literflasche Bier und drei Gläsern zurück. Sie hatte einen bemerkenswert erhabenen, anmutigen Gang. »Hören Sie nicht auf meinen Jungen«, sagte sie, »der Teufel steckt ihm im Leib, da kann er nichts für. Ich hab mir alle Mühe gegeben, ihm den auszutreiben, aber das hat nicht viel genützt.« Lächelnd schenkte sie Vivaldo ein. »Sie sehen ein bisschen schüchtern aus. Sie müssen nicht schüchtern sein. Fühlen Sie sich hier so willkommen wie zu Hause, hören Sie?« Und sie reichte ihm sein Glas.

»Danke.« Vivaldo nahm einen Schluck und dachte, wahrscheinlich würde es sie erstaunen, wie unwillkommen er sich zu Hause fühlte. Andererseits vielleicht auch nicht.

»Du siehst auch so zurechtgemacht aus, als wenn du irgendwohin gehst, Mom.«

»Ach was«, sagte sie wegwerfend, »ich geh nur den Block runter zu Mrs Braithwaite. Weißt du noch, ihre Tochter, Vickie? Hat ein Kind gekriegt. Wir gehen sie im Krankenhaus besuchen.«

»Vickie hat ein Kind? *Schon?*«

»Na ja, die jungen Leute heutzutage warten nicht lange, weißt du doch.« Sie lachte und nahm einen Schluck.

Rufus blickte stirnrunzelnd zu Vivaldo. »Wahnsinn«, sagte er, »wie geht es ihr?«

»Ziemlich gut – den Umständen entsprechend.« Ihr Schweigen deutete darauf hin, dass die Umstände bitter waren. »Sie hat einen prachtvollen Jungen gekriegt, sechs Pfund.« Sie wollte noch mehr sagen, aber da trat Ida ins Zimmer.

Sie war schon ziemlich groß, fast ausgewachsen. Auch sie hatte sich Heißkamm und Brennschere gewidmet; Vivaldos Eindruck, sie habe Rattenschwänze getragen, rührte daher, dass ihr Kopf von dichten Locken bedeckt gewesen war. Sie trug ein langes blaues, üppiges Kleid aus einem raschelnden Stoff, der sich über ihren langen Beinen bauschte.

Als sie reinkam, sah sie mit einem riesigen Kinderlächeln ihren Bruder an. Rufus und Vivaldo standen auf.

»Du siehst, ich bin da«, sagte Rufus. Sie begrüßten sich mit Wangenküsschen. Die Mutter stand da und betrachtete die beiden mit stolzem, skeptischem Lächeln.

»Ja, das sehe ich.« Ida trat lachend zurück. Die Freude beim Anblick ihres Bruders war so greifbar, dass Vivaldo schmerzlich an sein Zuhause dachte, an seine Schwester. »Ich hab mich schon *gefragt,* ob du es schaffst – du bist immer so *beschäftigt.*«

Letzteres brachte sie mit ironischer, stolzer Verzweiflung vor, erwachsen wie eine, die sich den Schattenseiten des brüderlichen Ruhms fügt. Vivaldo hatte sie noch nicht angesehen, obwohl sie sich seiner lebhaft bewusst war. Aber Vivaldo existierte erst, wenn Rufus es gestattete.

Jetzt gestattete er es, zögerlich, mit einer Hand im Nacken seiner Schwester. Er stellte sie Vivaldo vor. »Ich hab einen Freund mitgebracht, Vivaldo Moore. Das ist meine Schwester Ida.«

Sie gaben sich die Hand. Ihr Händedruck war genauso kurz wie der ihrer Mutter, aber kräftiger. Und sie sah Vivaldo anders an, wie einen glamourösen Fremden, glamourös nicht nur um seiner selbst und seiner Hautfarbe willen, sondern auch um seiner kaum vorstellbaren Beziehung zu ihrem Bruder.

»Na?«, fragte Rufus neckend, »wo würdest du denn gerne hingehen, junge Frau?«

Er betrachtete sie lächelnd. Doch jetzt lag auch eine Befangenheit in der Luft, die zuvor nicht da gewesen war, die mit dem Mädchen eingetreten war, das bald zur Frau würde. Ida stand da wie eine Zielscheibe, wie ein Trumpf, die natürliche Beute von irgendwem – irgendwo –, der bald ihre Fährte aufnehmen würde.

»Ach, mir egal«, sagte sie. »Irgendwo, wo ihr gern hinwollt.«

»Aber du hast dich so schick gemacht – sicher, dass du dich nicht schämst, mit uns gesehen zu werden?«

Er hatte sich auch schick gemacht, trug seinen besten dunklen Anzug, dazu Hemd und Krawatte, die er sich von Vivaldo geborgt hatte.

Ida und ihre Mutter lachten. »Junge, hör auf, deine Schwester zu necken«, sagte Mrs Scott.

»Na, dann hol deinen Mantel«, sagte Rufus, »und wir machen uns auf.«

»Ist es weit?«

»So weit, dass du einen Mantel tragen musst.«

»Sie fragt nicht, ob es weit weg ist«, sagte Mrs Scott, »sie will rausfinden, wo ihr hingeht und wann ihr zurückkommt.«

Ida war zu der Tür gegangen, durch die sie hereingekommen war, und stand unschlüssig da. »Na los«, sagte ihre Mutter, »hol deinen Mantel und meinen auch. Ich geh mit euch die Straße runter.«

Als Ida weg war, sagte sie: »Wenn sie glauben würde, dass ich mitkomme, wäre sie *äußerst* verstimmt. Sie will euch heute ganz für sich.«

Sie trug die leeren Biergläser in die Küche. »Als sie jünger waren«, sagte sie zu Vivaldo, »konnte Rufus überhaupt nichts falsch machen, wenn es nach Ida ging.« Sie ließ Wasser laufen, um die Gläser zu spülen. »Sie hatte immer eine Heidenangst vorm Dunkeln, aber ach du je, wie oft ist sie aus dem

Bett, mitten in der Nacht und quer durch die dustere Wohnung, um zu Rufus ins Bett zu kriechen. Als wenn sie sich bei ihm einfach sicher gefühlt hat. Keine Ahnung, warum, Rufus hat sich bestimmt nicht groß um sie gekümmert.«

»Das stimmt nicht«, sagte Rufus, »ich war immer ganz reizend zu meiner kleinen Schwester.«

Sie stellte die Gläser in die Spüle und trocknete sich die Hände. Sie spähte in einen Handspiegel, drückte ihr Haar an und setzte sich dann vorsichtig den Hut auf. »Du hast sie früher furchtbar gepiesackt«, sagte sie.

Ida kam in einem pelzgesäumten Mantel zurück, den Mantel ihrer Mutter überm Arm.

»Ach!«, rief Rufus. »Sie ist bezaubernd!«

»Sie ist sehr hübsch«, sagte Vivaldo.

»Also, wenn ihr euch über mich lustig macht«, sagte Ida, »geh ich nirgendwohin mit euch.«

Mrs Scott zog ihren Mantel an und betrachtete ihre barhäuptige Tochter kritisch. »Wenn sie weiter so bezaubernd ist, holt sie sich am Ende noch die Grippe.« Sie zog Idas Kragen hoch und knöpfte ihn zu. »Kriegt man in dieser Familie ja keinen dazu, einen Hut aufzusetzen«, sagte sie, »und dann wundern sie sich, wenn sie ständig erkältet sind.« Ida machte eine ungeduldige Geste. »Sie hat Angst, dass ein Hut ihr die Frisur kaputt macht. Aber sie hat keine Angst, dass der Wind ihr da reinfährt.« Sie lachten, Ida etwas widerwillig, als wäre es ihr peinlich, dass Vivaldo den Witz mitbekam.

Sie gingen die winterliche Straße hinunter. Kinder spielten Stickball, ansonsten aber waren die Straßen praktisch leer. Ein paar Jungen auf einer Eingangstreppe grüßten Ida, Rufus und Mrs Scott und sahen mit Interesse Vivaldo an; sahen ihn an wie das Mitglied einer feindlichen Gang, was er vor nicht allzu langer Zeit tatsächlich gewesen war. Eine ältere Frau stieg langsam die Stufen zu einem heruntergekommenen Haus hinauf. Auf einem schwarzen Schild, das aus dem Gebäude ragte, stand in weißen Lettern MOUNT OLIVE APOSTOLIC FAITH CHURCH.

»Keine Ahnung, wo dein Vater nun wieder ist«, sagte Mrs Scott.

»Hier gleich um die Ecke in Jimmy's Bar«, sagte Ida knapp. »Der ist bestimmt noch nicht wieder zu Hause, wenn ich zurückkomme.«

»Ich weiß, dass du nicht vorhast, vor vier Uhr morgens zu Hause zu sein«, sagte Mrs Scott lächelnd.

»Na, bis dahin ist er bestimmt nicht zu Hause«, sagte Ida, »und das weißt du genauso gut wie ich.«

Eine junge Frau kam ihnen entgegen, schmale Hüften, flink und verlebt. Auch sie war barhäuptig, sie hatte dreckiges kurzes, kaputtes Haar. Sie trug eine wildlederne Männerjacke, die ihr zu groß war und die sie mit den Händen am Hals zusammenhielt. Vivaldo beobachtete, wie Ida sie beobachtete.

»Da kommt Willa Mae«, sagte Mrs Scott. »Armes kleines Ding.«

Dann stand die junge Frau vor ihnen und lächelte. Das Lächeln veränderte ihr Gesicht völlig. Sie war sehr jung.

»Wie geht's euch denn so?«, fragte sie. »Rufus, ich hab dich Ewigkeiten nicht gesehen.«

»Bestens«, sagte Rufus, »und dir?« Er hielt den Kopf sehr hoch, und sein Blick war ausdruckslos. Ida sah zu Boden und klammerte sich an ihre Mutter.

»Ach« – sie lachte –, »kann mich nicht beklagen. Würde sowieso nichts nützen.«

»Wohnst du noch da?«

»Klar. Was denkst du denn, wo ich hinziehe?«

Darauf herrschte Stille. Die junge Frau sah Vivaldo an, sah weg. »Na, ich muss dann auch«, sagte sie dann. »War schön, euch zu sehen.« Sie lächelte nicht mehr.

»Schön, dich zu sehen«, sagte Rufus.

Als sie weg war, sagte Ida abfällig: »Das war mal deine Freundin.«

Darauf reagierte Rufus nicht. »Sie war mal ein nettes Mädchen«, sagte er zu Vivaldo. »Irgend so ein Junkie hat sie angefixt und ist dann abgehauen.« Er spuckte aufs Pflaster. »Mann, was für eine Szene.«

Mrs Scott blieb vor den Stufen eines Mietshauses stehen. Ida nahm Rufus' Arm. »Hier verlass ich euch, Kinder.« Mrs Scott sah Rufus an. »Wann bringst du dieses Mädchen zurück?«

»Ach, weiß ich noch nicht. Es wird nicht spät. Ich weiß, dass sie die ganze Nacht durch die Clubs ziehen will, aber ich werde nicht zulassen, dass sie sich zu sehr besäuft.«

Mrs Scott gab Vivaldo lächelnd die Hand.

»Hat mich gefreut, mein Sohn«, sagte sie. »Sorgen Sie dafür, dass Rufus Sie mal wieder mitbringt, ja? Zeigen Sie sich mal wieder!«

»Ja, Ma'am, vielen Dank, ich komme ganz bald.«

Aber er sah sie erst wieder, als Rufus tot war. Rufus hatte ihn nie wieder zu sich nach Hause eingeladen.

»Und dich sehe ich nachher, junge Frau«, hatte sie gesagt und war die Stufen hinaufgestiegen. »Amüsiert euch gut, Kinder.«

Ida war damals vierzehn oder fünfzehn gewesen. Jetzt war sie also einundzwanzig oder zweiundzwanzig. Sie hatte ihm gesagt, sie erinnere sich an diesen Tag; aber wie sie sich wohl an ihn erinnerte? Er hatte sie erst als erwachsene Frau wiedergesehen, und zu dem Zeitpunkt erinnerte er sich nicht an ihr erstes Zusammentreffen. Jetzt schon. Er erinnerte sich an Entzücken und Unbehagen. Und sie?

»Ich brauche ein bisschen Schlaf«, dachte er. *Ich brauche ein bisschen Schlaf.* Doch die Menschen in seinem Roman lehnten sich gegen ihn auf. Sie schienen ihn mit einem verzweifelten, flehentlichen Vorwurf zu beobachten. Seine Schreibmaschine, eine formlose dunkle Präsenz, klagte ihn an, erinnerte ihn an die Tage und Nächte, die Wochen, die Monate, die Jahre inzwischen, die er ohne Schlaf verbracht hatte und leichteren, weniger ehrbaren Verführungen nachgegangen war. Dann drehte er sich auf den Bauch, und sein Geschlecht klagte ihn an, füllte sich auf der Stelle mit Blut. Mit einem zornigen Seufzer drehte er sich auf den Rücken. *Ich bin achtundzwanzig,* dachte er, *ich bin zu alt für so was.* Stöhnend schloss er die Augen. Er dachte: *Ich muss diesen verdammten Roman zu Ende bringen,* und er dachte: *Mein Gott, mach, dass sie mich liebt, mein Gott, mach, dass ich liebe.*

»Was für ein schöner Tag!«, rief Ida.

Selbst hocherfreut, betrachtete er einen Moment lang ihr Gesicht und erhöhte sanft den Druck auf ihren Ellbogen, mehr, weil es ihm behagte, und weniger, um sie möglichst rasch über die ungeduldige, unübersichtlich breite Avenue zu lotsen.

»Ja«, sagte er, »ein toller Tag.«

Sie waren gerade aus der Subway gekommen, und vielleicht ließ dieser Aufstieg aus der Dunkelheit in den Tag die Straßen so funkeln. Sie gingen auf dem Broadway Höhe

72nd Street Richtung Norden, denn Cass und Richard waren umgezogen – erklommen die sprichwörtliche Leiter, wie Cass sagte. Das Licht schien mit größerer Härte herabzufallen, die Stadt mit schonungsloser Inbrunst – wie die Inbrunst der Liebe – zu erkunden und aufzuwiegeln und aus all dem Grau und Schwarz Funken zu schlagen, als träfe Stahl auf Stahl. In den Fenstern hoher Häuser flackerte Feuer lebhaft in Eis.

Ein scharfer Wind trieb durch die Straßen, frischte Augen und Gesichter auf und öffnete den Menschen leicht die Lippen, sodass sie, von höchsten Erwartungen erfüllt, die platzen konnten wie eine Seifenblase, allesamt einer gewaltigen Begegnung entgegenzustreben schienen. Helle Jungs in Windjacken, teils mit Mädchen, deren Haare, deren Fingerspitzen das Licht einfingen, blickten in blitzblanke Feinkostauslagen und Schaufenster und blieben vor Kinos stehen, um die glänzenden Szenenfotos zu betrachten, und ihre Stimmen schienen mit der Härte des Lichts, das sie umgab, in der Luft zu zersplittern wie Glas.

In großen Pulks und Trauben platzten Kinder mit dem Rattern von Rollschuhen aus Seitenstraßen und brausten über die Erwachsenen hinweg wie lange geplante Vergeltung oder der endlich vom Bogen gelöste Pfeil.

»So einen Tag hab ich noch nie gesehen«, sagte Vivaldo zu Ida, und das stimmte. Alles wirkte reif und prall, alles drängte, rührte und regte sich und schien kurz davor, in Musik auszubrechen, in Feuer oder Offenbarung.

Ida sagte nichts. Er spürte ihr Lächeln, ohne es zu sehen, und war erneut ganz entzückt von ihrer Schönheit. Als trüge sie sie speziell für ihn. Sie war heute netter als je zuvor. Heute hatte er nicht das Gefühl, das ihn so lange schon begleitete, dass sie ihm auswich, sich ihm verschloss, ihn zwang, in ihrem Leben ein Fremder zu bleiben. Heute war sie fröhlicher und natürlicher, als hätte sie endlich beschlossen, aus der Trauer herauszutreten. Bei ihrem Anblick ahnte man, dass sie etwas gewonnen, sich mühsam zu etwas durchgerungen hatte. Sie war aus dem Tal heraus.

Sie schritt mit ihren langen Beinen anmutig aus und hielt den Kopf so hoch, als hätte er, erst gestern noch, das Gewicht eines afrikanischen Wasserkrugs getragen. Der Kopf ihrer Mutter hatte die Wäsche der Weißen getragen, und weil Ida nie gewusst hatte, was sie davon halten sollte – sich schämen, stolz sein? –, mischte sich in ihre königliche Schönheit ein Hauch von vorschnellem, scheuem plebejischem Dünkel. Sie arbeitete jetzt als Kellnerin in einem Kettenrestaurant am östlichen Rande von Greenwich Village, und ihre Verwirrung offenbarte sich in ihrem Umgang mit den Gästen, in einer Haltung, die zugleich hochmütig und frei war. Er hatte sie oft beobachtet, wie sie in ihrer karierten Schürze den Raum durchmaß, das Gesicht eine dunkle Maske, hinter der Angriffslust mit Demut rang. Das lag in ihrem Blick, der nicht einen Moment seine Wachsamkeit einbüßte und blitzschnell vor Verachtung ausgeknipst werden konnte. Bei aller Freundlichkeit lag eine Warnung in ihrem Auftreten, in ihrer Stimme; sie war stets auf eine verkappte Beleidigung, auf eine schlüpfrige Andeutung gefasst. Und das mit gutem Grund, sie war nicht überspannt oder pervers. So behandelte die Welt Mädchen mit schlechtem Ruf, und mit einem solchen wurde jedes schwarze Mädchen geboren.

Als sie jetzt neben ihm herging, adrett und seltsam elegant in einem schweren dunkelblauen Mantel und einem altmodischen, recht theatralischen Schal um den Kopf, wurden ihre Eitelkeit und ihre Herablassung von den Blicken, die sie so kurz und unvergesslich trafen wie ein Peitschenstrich, gleichermaßen gefüttert. Sie war sehr, sehr dunkel, sie war wunderschön, und er war stolz an ihrer Seite, arglos stolz mit der strahlenden Offenheit eines Mannes; doch die Blicke, die sie streiften, bezichtigten ihn missgünstig einer unsauberen, halbseidenen Eroberung. Weiße Männer sahen erst sie an, dann ihn. Sie sahen sie an, als wäre sie nicht besser, wenn auch aufreizender und kostbarer, als eine Hure. Und dann suchten die Blicke seinen, mit feuchter Komplizenschaft.

Die Frauen auch. Zuerst sahen sie Ida und hätten sie, wäre sie allein gewesen, vielleicht durchaus bewundert. Aber sie war mit Vivaldo zusammen, was sie zu einer Diebin machte. Die Mittel, die sie eingesetzt hatte, um ihn zu entführen, waren ihnen zu billig oder nicht zugänglich, doch ihre Blicke bezichtigten Vivaldo flüchtig des Verrats, verengten sich dann im Angesicht eines Traums oder Albtraums und wurden schließlich abgewandt.

Ida schritt aus, scheinbar ohne sie wahrzunehmen. Mit ihrem Schreiten und ihrer unverbindlichen munteren Miene machte sie deutlich, wie sehr die anderen unter ihrer Würde waren. Sie hatte den großen Vorteil, außergewöhnlich zu sein – wie auch immer sie diese Besonderheit vor sich hertrug oder wie auch immer man sie ihr abzusprechen wünschte –, während diese Leute, so sagte ihr Lächeln, diese Bürger der wirrsten Stadt der Welt, vor lauter Gewöhnlichkeit praktisch unsichtbar waren. Nichts war leichter für sie, als diese Leute, zumindest scheinbar, zu ignorieren, und nichts lag ihnen ferner als die Fähigkeit, sie zu ignorieren. Der Nachteil, den sie daraus zogen und den sie sich schließlich nur selbst anlasten konnten, sagte etwas für Vivaldo schier Unglaubliches über die Erbärmlichkeit ihres Lebens.

So wirbelten sie beim Gehen männliche und weibliche Feindseligkeit auf, die ihnen wie Staub ins Gesicht blies. Und Ida quittierte diese gehässige Huldigung mit gehässigem Stolz.

»Was summst du da?«, fragte er. Seit etwa einem Block summte sie vor sich hin.

Sie summte kurz weiter, bis zum Ende einer Phrase, dann sagte sie lächelnd: »Kennst du bestimmt nicht. Das ist ein altes Kirchenlied. Ich bin heute Morgen damit aufgewacht, und es begleitet mich schon den ganzen Tag.«

»Welches ist es denn?«, fragte er. »Willst du es mir nicht vorsingen?«

»Du wirst jetzt aber nicht gläubig, oder?« Sie grinste. »Ich war mal gläubig, hast du das gewusst? Lange her, als kleines Mädchen.«

»Nein«, sagte er, »es gibt vieles, was ich nicht weiß über dich. Sing dein Lied.«

Sie neigte den Kopf zu ihm und lehnte sich stärker auf seinen Arm, als wären sie zwei Kinder. Die Farben ihres Schals blitzten auf.

Mit tiefer, leicht rauer Stimme sang sie, flüsterte ihm die Worte zu:

»*I woke up this morning with my mind*
*Stayed on Jesus.*
*I woke up this morning with my mind*
*Stayed on Jesus.*

»Wie schön, so aufzuwachen«, sagte er.

Und sie fuhr fort:

*I woke up this morning with my mind*
*Stayed on Jesus.*
*Hallelu, Hallelu*
*Hallelujah!*«

»Das ist ein schönes Lied«, sagte er. »Das ist fantastisch. Du hast eine tolle Stimme, weißt du das?«

»Ich bin einfach nur damit aufgewacht und hab mich – keine Ahnung – anders gefühlt als seit Monaten. Als wäre mir eine Last von den Schultern gefallen.«

»Du bist immer noch gläubig«, sagte er.

»Ja, das stimmt, komisch, oder? Jahrelang habe ich nicht an die Kirche oder das ganze Zeug gedacht. Aber es ist wohl noch da.« Sie seufzte mit einem Lächeln. »Nichts geht jemals weg.« Sie lächelte wieder und sah ihm in die Augen. Dieses schüchterne, vertrauensvolle Lächeln hob sein Herz, bis es hoch oben am Riesenrad hing und auf die Kirmes hinunterblickte. »Es wirkt nur so, als wenn es weggeht«, sagte sie staunend, »aber das stimmt nicht, es kommt alles zurück.« Und sein Herz sank; er betrachtete ihr Gesicht, eingerahmt von dem leuchtenden Schal. »Wahrscheinlich stimmt das, was man mir früher erzählt hat – wenn man das Schlimmste durchgestanden hat, entdeckt man das Beste.«

Sie bogen von der Avenue ab und näherten sich Cass' Haus.

»Was bist du für ein hübsches Mädchen«, sagte er. Sie wandte sich von ihm ab und summte unzähmbar weiter ihr Lied. »Wirklich.«

»Na ja«, sagte sie und drehte sich wieder zu ihm. »Ich weiß nicht, ob ich hübsch bin oder nicht. Aber ich weiß, dass du verrückt bist.«

»Ich bin verrückt nach *dir.* Ich hoffe, das weißt du.«

Das war nur so hingeworfen, und er wusste nicht, ob er sich für seine Feigheit verfluchen oder für seine Zurückhaltung loben sollte.

»Ich weiß nicht, was ich die letzten Monate ohne dich gemacht hätte«, sagte sie. »Ich weiß, wir haben uns nicht so oft gesehen, aber du warst immer da, das hab ich gespürt, und das hat geholfen – mehr, als ich dir je sagen kann.«

»Manchmal hatte ich das Gefühl, du hältst mich bloß für einen Quälgeist.« Jetzt verfluchte er sich wirklich dafür, dass er seine Gefühle nicht deutlicher zum Ausdruck brachte, dafür, dass er klang wie ein kleines Kind.

Doch heute war offenbar sein Tag – das Ende des Tunnels, in dem er schon so lange steckte, schien erreicht. »Quälgeist!«, lachte sie. »Du bist zauberhaft.« Dann ernster: »Ich war der Quälgeist – aber ich konnte einfach nicht anders.«

Sie betraten das gesichtslose graue Gebäude; der Eingang wurde flankiert von zwei funktionslosen Säulen, dahinter erstreckte sich eine weite Fläche aus Marmorimitat und Leder. Und auf einmal erinnerte sich Vivaldo – es war ihm völlig entfallen –, dass diese Einladung dazu da war, die Veröffentlichung von Richards erstem Roman zu feiern. »Das Mittagessen ist eine Feier«, sagte er zu Ida, »und ich hab gar nichts mitgebracht.«

Der Fahrstuhlführer erhob sich von seinem Stuhl und betrachtete sie skeptisch. Vivaldo nannte ihm das Stockwerk und, als der Mann immer noch zu zögern schien, die Apartmentnummer. Da schloss er die Tür, und der Fahrstuhl fuhr nach oben.

»Was feiern wir denn?«, fragte Ida.

»Dich und mich. Endlich haben wir ein richtiges Date. Du hast nicht angerufen, um es in letzter Minute abzusagen, und du hast nicht angekündigt, dass du nach *einem* Drink ganz schnell nach Hause musst.« Er lächelte Ida an, aber ihm war bewusst, dass seine Worte auch für die Ohren des Fahrstuhlführers bestimmt waren, der ihm zuvor noch nie aufgefallen war. Und der ihm jetzt zutiefst unsympathisch war.

»Nein, jetzt komm, was feiern wir wirklich? Oder vielleicht sollte ich sagen, was feiern Richard und Cass?«

»Richards Roman. Er ist raus. Am Montag liegt er in allen Buchhandlungen.«

»Ach, Vivaldo, das ist toll. Er fühlt sich bestimmt toll. Ein echter, leibhaftiger Schriftsteller.«

»Ja«, sagte er, »einer unserer Jungs hat's geschafft.« Ihre Begeisterung rührte ihn. Und zugleich war ihm bewusst, dass auch ihre Worte zum Teil für die Ohren des Fahrstuhlführers bestimmt waren.

»Für Cass ist das bestimmt auch toll«, sagte sie. »Und für dich, du bist sein Freund.« Sie sah ihn an. »Wann bringst du *deinen* Roman raus?«

Diese Frage und mehr noch die Art, wie sie sie gestellt hatte, schienen etwas anzudeuten, dem er kaum zu trauen wagte. »Irgendwann«, murmelte er; und wurde rot. Der Fahrstuhl hielt, und sie traten in den Flur. Richards Tür lag links von ihnen. »Sieht so aus, als hätte ich im Moment alle Hände voll zu tun.«

»Was soll das heißen? Läuft es nicht so, wie du es gern hättest?«

»Du meinst den Roman?«

»Ja.« Und als sie sich vor der Tür gegenüberstanden: »Was dachtest du denn, was ich meine?«

»Doch, ja, ich dachte schon, dass du das meinst.« *Hör zu,* dachte er, *versau es nicht, übereil es nicht, blöder Arsch, versau es nicht.* »Nur war es nicht unbedingt das, was ich meinte.«

»Was meintest du denn?« Sie lächelte.

»Ich meinte – ich hoffe, ich habe jetzt alle Hände voll mit dir zu tun.« Halb widerrief sie ihr Lächeln, aber sie sah noch immer belustigt aus. Sie musterte ihn. »Also – Dinner und Lunch und – Spaziergänge – und Kino und so was – mit dir. Mit dir.« Er senkte den Blick. »Du weißt, was ich meine?« Im knisternden warmen Schweigen hob er den Blick: »Du weißt, was ich meine.«

»Hm«, sagte sie, »lass uns nachher drüber reden, ja?« Sie wandte sich zur Tür. Er regte sich nicht. Mit großen Augen sah sie ihn an. »Willst du gar nicht klingeln?«

»Doch.« Sie sahen sich an. Ida streckte die Hand aus und berührte seine Wange. Er nahm ihre Hand und drückte sie an sein Gesicht; ganz sanft entzog sie sich ihm. »Du bist so entzückend, so was hab ich noch nicht gesehen«, sagte sie, »ehrlich. Und jetzt drück auf diese Klingel, ich hab Hunger.«

Lachend drückte er auf den Knopf. Sie hörten das Quäken der Klingel in der Wohnung, dann ein Durcheinander, ein Türknallen und schließlich Schritte. Vivaldo nahm Idas Hand in beide Hände. »Ich will mit dir zusammen sein«, sagte er. »Ich will, dass du mit mir zusammen bist. Das will ich mehr als alles, was ich je gewollt habe auf dieser Welt.«

Dann ging die Tür auf, und Cass stand vor ihnen in einem rostorangen Kleid, die zurückgekämmten Haare fielen ihr um die Schultern. Sie hielt eine Zigarette in der Hand, mit der sie eine übertriebene Willkommensgeste vollführte.

»Kommt rein, Kinder«, sagte sie, »ich freue mich sehr, euch zu sehen, allerdings steht hier heute alles kopf. Alles läuft schief.« Sie machte die Tür hinter ihnen zu. Irgendwo in der Wohnung schrie ein Kind, und sie hörten Richards wütende Stimme, die immer lauter wurde. Cass lauschte einen Augenblick mit sorgenzerfurchter Stirn. »Das ist Michael«, sagte sie hilflos, »er benimmt sich schon den ganzen Tag daneben – legt sich mit seinem Bruder an, mit seinem Vater, mit mir.

Schließlich hat Richard ihm den Hintern versohlt, und ich nehme mal an, er soll in seinem Zimmer bleiben.« Michaels Schreie wurden leiser, und offenbar handelten Michael und sein Vater nun die Bedingungen eines Waffenstillstands aus. Cass blickte auf. »Ach, entschuldigt, dass ich euch so im Flur stehen lasse. Legt ab, kommt mit ins Wohnzimmer, ich bringe euch was zu trinken und zu knabbern – das werdet ihr brauchen, das Essen verzögert sich natürlich. Ida, wie geht es dir? Ich hab dich Gott weiß wie lange nicht gesehen.« Sie nahm Ida Mantel und Schal ab. »Ist es in Ordnung, wenn ich sie nicht aufhänge? Ich lege sie einfach ins Schlafzimmer, nach dem Essen kommen noch mehr Leute.« Sie folgten ihr in das große Schlafzimmer. Ida stellte sich sofort vor den Ankleidespiegel, drückte besorgt ihr Haar an und trug frischen Lippenstift auf.

»Mir geht's gut, Cass«, sagte sie, »aber du bist –! Urplötzlich hast du einen berühmten Mann. Wie fühlt sich das an?«

»Noch ist er nicht mal berühmt«, sagte Cass, »und ich find's schon entsetzlich. Irgendwie geht es nur um Drinks und Dinner mit lauter Leuten, mit denen man garantiert nie reden würde, wenn sie nicht« – sie hustete – »zur Branche gehörten. Gott, was für eine Branche. Ich hatte ja keine Ahnung.« Dann lachte sie. Sie gingen ins Wohnzimmer. »Du solltest Vivaldo überreden, Klempner zu werden.«

»Nein, meine Liebe«, sagte Ida, »Vivaldo kann man kein Werkzeug anvertrauen. Der Junge ist so ungeschickt, ich warte nur drauf, dass er über seine Vorderfüße stolpert. Ich habe noch nie jemanden mit so vielen Vorderfüßen gesehen.« Zum Wohnzimmer führten zwei Stufen hinunter, und die breiten Fenster gingen auf den Fluss. Beim Anblick des Wassers schien Ida zu stocken, aber nur ganz kurz. Sie stellte sich mitten ins Zimmer. »Ist das schön. Ihr habt ja richtig Platz hier.«

»Wir haben wirklich ungeheuer Glück gehabt«, sagte Cass. »Die Vormieter haben hier Ewigkeiten gewohnt, bis sie schließlich nach Connecticut gezogen sind – oder etwas in der Art, ich weiß nicht mehr. Jedenfalls waren sie hier so lange, dass die Miete kaum gestiegen ist, also ist es um einiges billiger als Vergleichbares anderswo in der Stadt.« Sie sah Ida an. »Du siehst fantastisch aus, wirklich. Ich freue mich, dich zu sehen.«

»Schön, dich zu sehen«, sagte Ida, »und es geht mir gut, es geht mir besser als, ach, seit Jahren.« Sie trat zu Cass an die Bar. »Sieht ja aus, als ob ihr mit dem Trinken jetzt auch so richtig Ernst macht«, sagte sie mit heiserer Whiskey-Stimme. »Gib mal was vom Cutty Sark.«

Cass lachte. »Ich dachte, du bist eine Bourbon-Frau.« Sie füllte Eiswürfel in ein Glas.

»Wenn's um Spirituosen geht«, sagte Ida, »bin ich eine Frau für alles.« Als sie lachte, sah sie aus wie ein kleines Mädchen. »Schütt ein bisschen Wasser rein, Süße, ich will mich ja hier heute Nachmittag nicht gehen lassen.« Sie sah zu Vivaldo hinüber, der sie von der Treppe aus beobachtete, und beugte sich zu Cass. »Honey, wer ist die komische Nummer da oben im Türrahmen?«

»Ach, der kommt hin und wieder vorbei. Der sieht immer so aus. Ist harmlos.«

»Ich nehme dasselbe wie die Lady«, sagte Vivaldo und gesellte sich zu ihnen an die Bar.

»Na, zum Glück weiß ich jetzt, dass er harmlos ist.« Ida zwinkerte ihm zu und klimperte mit ihren langen Fingernägeln auf den Tresen.

»Ich trinke einen Schluck mit euch«, sagte Cass, »und dann muss ich leider verschwinden. Ich muss das Essen fertig machen – und es soll ja auch schmecken –, und ich bin noch nicht mal angezogen.«

»Ich helfe dir in der Küche«, sagte Ida. »Wann kommen denn die anderen alle?«

»So gegen fünf. Da kommt dieser Fernsehproduzent, der soll sehr klug und aufgeschlossen sein – Steve Ellis, kann das sein …?«

»Ja!«, sagte Ida. »Der soll richtig gut sein. Er ist sehr bekannt.« Sie erwähnte eine Serie, die sie vor einigen Monaten gesehen hatte, in der Schwarze mitspielten; er hatte viele Preise gewonnen. »Wow.« Sie schüttelte die Schultern. »Wer kommt noch?«

»Na ja. Ellis. Richards Lektor. Und noch ein Schriftsteller, dessen Namen ich mir nicht merken kann. Wahrscheinlich kommen sie mit ihren Frauen.« Sie nippte an ihrem Drink; sie sah sehr müde aus. »Keine Ahnung, warum wir das machen. Wohl hauptsächlich für den Fernsehmenschen. Aber Richards Verlag gibt am Montag eine kleine Party für Richard – in den Verlagsräumen –, da könnte er all diese Leute doch auch dort treffen.«

»Kopf hoch, Mädchen«, sagte Vivaldo. »Du wirst dich wohl einfach dran gewöhnen müssen.«

»Wahrscheinlich.« Sie warf ihnen einen schelmischen Blick zu. »Aber sie wirken so lächerlich …«, flüsterte sie, »die, die ich kennengelernt habe. Und sie meinen es so *ernst,* das strahlt ihnen aus allen Poren.«

Vivaldo lachte. »Das ist Hochverrat, Cass. Sieh dich vor.«

»Ich weiß. Sie tun wirklich was für das Buch; sie haben hohe Erwartungen. Ihr habt es noch nicht gesehen, oder?«

Sie ging zum Sofa, wo Bücher und Zettel verstreut lagen, und nahm nachdenklich das Buch zur Hand. Dann kam sie zurück. »Hier.«

Sie legte es zwischen Ida und Vivaldo auf den Tresen. »Es hat tolle Vorschusslorbeeren bekommen, ›gebildet‹, ›reif‹, ›spannend‹ – so was in der Art. Richard wird sie euch zeigen. Das Buch wurde sogar schon mit *Schuld und Sühne* verglichen – wahrscheinlich, weil beide so eine geradlinige Handlung haben.« Vivaldo sah sie streng an. »Ich zitiere doch nur.«

Die Sonne brach aus einer vorbeiziehenden Wolke hervor und erfüllte das Zimmer. Sie blinzelten auf das Buch. Cass stand still hinter ihnen.

Der Umschlag war sehr schlicht, gezackte rote Lettern auf dunkelblauem Hintergrund: *Die strangulierten Männer. Eine Kriminalgeschichte von Richard Silenski.* Vivaldo sah sich erst den Klappentext an und drehte das Buch dann um; Richards gutmütiges offenes Gesicht blickte ihm entgegen. Der Absatz unter dem Bild fasste sein Leben von der Geburt bis heute zusammen: *Mr Silenski ist verheiratet und Vater zweier Söhne, Paul (11) und Michael (8). Er wohnt in New York City.*

Er legte das Buch hin. Ida nahm es hoch.

»Sehr schön«, sagte er zu Cass. »Du bist bestimmt stolz.« Er nahm ihr Gesicht in beide Hände und küsste sie auf die Stirn. Dann nahm er sein Glas. »Ein Buch hat doch was, oder? Wenn es tatsächlich, urplötzlich ein Buch ist, alles so zwischen zwei Buchdeckeln? Und der Name vorne drauf steht? Das muss ein tolles Gefühl sein.«

»Ja«, sagte Cass.

»Das Gefühl lernst du auch bald kennen«, sagte Ida. Sie sah sich das Buch gründlich an und blickte schließlich mit einem

Grinsen auf. »Wetten, ich hab gerade was rausgefunden, was du noch nicht weißt«, sagte sie zu Vivaldo.

»Unmöglich, ich weiß bestimmt alles, was Richard weiß.«

»Da wäre ich mir mal nicht so sicher«, sagte Cass.

»Ich wette, du kennst Cass' richtigen Namen nicht.«

Cass lachte. »Schon, aber er hat ihn vergessen.«

Er sah sie an. »Das stimmt. Was ist dein richtiger Name …? Ich weiß, dass du ihn nicht ausstehen kannst und dass ihn darum auch keiner benutzt.«

»Richard schon«, sagte sie. »Ich glaube, das hat er gemacht, um mich zu ärgern.«

Ida zeigte ihm die Widmung: *Für meine Frau Clarissa.* »Süß, oder?« Sie sah Cass an. »Du hast mich ja ganz schön hinters Licht geführt; wie eine Clarissa wirkst du jedenfalls nicht.«

»Nicht mehr«, sagte Cass mit einem Lächeln. »Ach, Vivaldo, hast du zufällig die winzige Notiz in der heutigen Theaterrubrik gesehen?« Sie ging zum Sofa und holte die Zeitung. »Sieh mal. Eric kommt zurück.«

»Wer ist Eric?«, fragte Ida.

»Eric Jones«, sagte Cass, »ein Schauspielerfreund von uns, der die letzten Jahre in Frankreich gelebt hat. Aber jetzt spielt er im Herbst am Broadway.«

Vivaldo las: *Lee Bronson hat Eric Jones, zuletzt vor drei Spielzeiten in dem kurzlebigen* Königreich der Blinden *zu sehen, für die Rolle des älteren Sohns im Lane-Smith-Drama* Ewige Jagdgründe *verpflichtet, das im November Premiere hat.*

»Was für ein Mistkerl«, sagte Vivaldo hocherfreut. Er wandte sich an Cass: »Hast du was von ihm gehört?«

»Nein«, sagte sie, »seit Ewigkeiten nicht.«

»Das wird schön, ihn wiederzusehen.« Vivaldo sah Ida an. »Du wirst ihn mögen. Rufus hat ihn gekannt, wir waren alle sehr gute Freunde.« Er legte die Zeitung zusammen und ließ sie auf den Tresen fallen. »Alle sind berühmt, verdammt noch mal, nur ich nicht.«

Richard kam ins Zimmer. Er sah gequält aus und jungenhaft in einem alten grauen Pullover über einem weißen Hemd; in den Händen trug er seinen Gürtel.

»Was du gerade gemacht hast, ist nicht schwer zu erraten«, sagte Vivaldo lächelnd. »Wir haben es bis hierher gehört.«

Beschämt warf Richard seinen Gürtel aufs Sofa. »Ich hab ihn nicht wirklich benutzt. Er sollte nur glauben, dass ich es vorhabe. Wahrscheinlich hätte ich ihn grün und blau prügeln sollen.« Zu Cass sagte er: »Was ist denn so plötzlich mit ihm? So hat er sich noch nie aufgeführt.«

»Ich hab dir schon mal gesagt, was ich glaube. Das neue Zuhause und irgendwie die neue Aufregung, und dich sieht er nicht mehr so oft wie früher; auf all das reagiert er sehr heftig. Er wird drüber wegkommen, aber das braucht Zeit.«

»Paul ist nicht so. Himmel, der geht einfach raus und schon hat er neue Freunde gewonnen. Der amüsiert sich prächtig.«

»Richard, Paul und Michael sind sich doch überhaupt nicht ähnlich.«

Er schüttelte den Kopf. »Das stimmt. Tut mir leid.« Er wandte sich an Ida und Vivaldo. »Entschuldigt, unser Nachwuchs fasziniert uns. Manchmal sitzen wir stundenlang da und unterhalten uns über die beiden. Ida, du siehst fantastisch aus, schön, dich zu sehen.« Er nahm ihre Hand. »Geht es dir gut?«

»Mir geht's gut, schön, *dich* zu sehen. Vor allem jetzt, wo du so erfolgreich bist.«

»Ach, hör nicht auf meine Frau.« Er ging hinter den Tresen. »Alle haben Drinks, nur ich nicht. Und ich« – er sah sehr jungenhaft, sehr geborgen und glücklich aus – »mach mir jetzt einen trockenen Martini on the rocks.« Er öffnete den Kübel. »Nur dass es keine Rocks gibt.«

»Ich hol dir was.« Cass stellte ihr Glas ab und nahm den Eiskübel. »Ich glaube, wir müssen sowieso noch mal zum Feinkost, um Nachschub zu holen.«

»Na, ich geh später runter, Spatz.« Er kniff ihr in die Wange. »Keine Sorge.«

Cass ging aus dem Zimmer. Richard grinste Vivaldo an. »Wenn du heute nicht gekommen wärst, hätte ich dich für immer aus meinem Herzen gerissen, das schwöre ich dir.«

»Du wusstest, dass ich komme.« Er erhob sein Glas. »Herzlichen Glückwunsch.« Dann: »Was höre ich da über all die Fernsehstationen, die nach dir rufen?«

»Jetzt übertreib mal nicht. Ein einziger Produzent möchte mit mir über irgendein Projekt sprechen, ich weiß nicht mal, worum es da geht. Aber meine Agentin meint, ich sollte mich mit ihm treffen.«

Vivaldo lachte. »Du musst dich doch nicht entschuldigen. Ich mag Fernsehen.«

»Lügner. Du hast ja nicht mal einen Fernseher.«

»Das liegt daran, dass ich arm bin. Wenn ich so erfolgreich bin wie du, hole ich mir die größte Mattscheibe, die auf dem Markt zu finden ist.« Er betrachtete Richards Gesicht und lachte wieder. »Ich will dich doch nur ärgern.«

»Genau. Ida, sieh mal zu, wie du dieses Wesen in die Zivilisation überführen kannst. Er ist ein Barbar.«

»Ich weiß«, sagte sie traurig, »aber ich weiß nicht so recht, was ich dabei machen soll. Allerdings«, fügte sie hinzu, »wenn du ein signiertes Exemplar deines Buches für mich hättest, käme mir vielleicht doch noch eine Eingebung.«

»Abgemacht«, sagte Richard. Cass kam mit dem Eiskübel zurück, Richard nahm ihn ihr ab und stellte ihn auf den Tresen. Er schenkte sich ein. Dann kam er hinter der Bar hervor und legte den Arm um Cass' Schultern. »Auf den besten Samstag, den wir je hatten«, sagte er und hob sein Glas. »Mögen noch viele weitere folgen.« Er nahm einen großen Schluck. »Ich liebe euch alle.«

»Wir lieben dich auch«, sagte Vivaldo.

Cass küsste Richard auf die Wange. »Bevor ich unser Lunch retten gehe – verrate mir doch noch, was du mit Michael vereinbart hast. Nur, damit ich Bescheid weiß.«

»Er hat sich schlafen gelegt. Ich hab versprochen, ihn rechtzeitig zu den Cocktails zu wecken. Wir müssen ihm Ginger Ale besorgen.«

»Und Paul?«

»Ach, Paul. Der wird sich rechtzeitig von seinen Spezis losreißen, um hochzukommen, sich frisch zu machen und unsere Gäste zu begrüßen. Keine zehn Pferde würden ihn davon abhalten.« Er wandte sich an Vivaldo. »Er gibt schon im ganzen Haus mit mir an.«

Cass betrachtete ihn einen Moment. »Gut gemacht. Und jetzt verlasse ich euch.«

Ida nahm ihr Glas. »Moment, ich komme mit.«

»Musst du nicht, Ida, ich mach das schon.«

»Diese Männer hier könnten sich betrinken, wenn wir sie zu lange warten lassen. Ich helfe dir, dann sind wir im Nu fertig.« Sie folgte Cass zur Tür. Mit einem Fuß auf der Treppe drehte sie sich um. »Ich werde dich an dein Versprechen erinnern, Richard. Was das Buch angeht, meine ich.«

»Und ich werde dich an deins erinnern. Du hast bei dieser Abmachung den Kürzeren gezogen.«

Sie sah Vivaldo an. »Ach, ich weiß nicht. Vielleicht fällt mir da was ein.«

»Ich hoffe, du weißt, worauf du dich einlässt«, sagte Cass. »Mir gefällt der Ausdruck auf Vivaldos Gesicht gar nicht.«

Ida lachte. »Ja, er guckt tatsächlich etwas einfältig. Komm. Ich erzähl's dir in der Küche.«

»Glaub kein Wort von dem, was Cass dir über mich erzählt«, rief Vivaldo.

»Ach, du meinst, sie weiß etwas über dich? Komm schon, Cass, Honey, heute Nachmittag gehen wir den Dingen auf den Grund.« Und weg waren sie.

»Du hattest ja schon immer eine Schwäche für schwarze Mädchen, nicht?«, fragte Richard nach einer Weile. Etwas seltsam Wehmütiges lag in seiner Stimme.

»Nein. Ich war noch nie mit einer Schwarzen zusammen.«

»Nein. Aber du bist oben in Harlem hinter ihnen herscharwenzelt. Und irgendwie liegt es auf der Hand, dass du es jetzt mit einem schwarzen Mädchen probierst – den weißen Krug hast du jedenfalls bis zur Neige ausgeschöpft.«

Gegen seinen Willen musste Vivaldo lachen. »Also, ich glaube nicht, dass Idas Hautfarbe auch nur das Geringste damit zu tun hat, so oder so.«

»Bist du dir sicher? Ist sie nicht bloß die Nächste in einer langen Reihe von Heimatlosen, Streunern und Zukurzgekommenen?«

»Richard« – Vivaldo stellte sein Glas auf dem Tresen ab –, »willst du mir auf die Nerven gehen? Was ist los?«

»Natürlich will ich dir nicht auf die Nerven gehen«, sagte Richard, »ich glaube nur, es wäre vielleicht mal an der Zeit, vernünftig zu werden, zur Ruhe zu kommen – Zeit, dir darüber klar zu werden, was du machen willst, und es dann zu machen, statt wie ein Kind in der Gegend rumzuhüpfen. Du bist kein Kind mehr.«

»Na, dann wäre es vielleicht an der Zeit, mich nicht mehr wie eins zu behandeln. Ich weiß, was ich machen will, und ich mache es. Okay? Und zwar auf meine Art. Also sitz mir nicht weiter so im Nacken.« Er lächelte, aber es war zu spät.

»Mir war nicht bewusst, dass ich dir im Nacken sitze«, sagte Richard. »Tut mir leid.«

»Ich hab's nicht so gemeint, das weißt du.«

»Vergessen wir's einfach, okay?«

»Ach, zum Teufel, ich will nicht, dass du sauer auf mich bist.«

»Ich bin nicht sauer auf dich.« Er ging zum Fenster. Mit dem Rücken zu Vivaldo sagte er: »Mein Buch hat dir nicht so gefallen, oder?«

»Darum geht es also.«

»Was?« Richard drehte sich um. Die Sonne schien ihm ins Gesicht und brachte die Furchen auf seiner Stirn, um Augen und Mund und am Kinn zum Vorschein. Das Gesicht war voller Furchen, es war ein markantes Gesicht, ein gutes Gesicht, das Vivaldo schon lange liebte. Dem aber doch etwas fehlte; Vivaldo hätte nicht sagen können, was dieses Etwas war, und er wusste, dieses hilflose Urteil war ungerecht.

Tränen schossen ihm in die Augen. »Richard, wir haben doch schon über das Buch gesprochen, und ich habe dir gesagt, was ich davon halte, ich habe dir gesagt, dass ich es für eine glänzende Idee halte, wunderbar strukturiert und sehr schön geschrieben und –« Er unterbrach sich. Er mochte das Buch nicht. Er konnte es nicht ernst nehmen. Es war eine gekonnte, intelligente, einigermaßen scharfsinnige *tour de force*, die niemals irgendjemandem etwas bedeuten würde. An dem Ort in Vivaldos Kopf, an dem Bücher lebten, seien sie nun großartig, verkorkst, verstümmelt oder verrückt, existierte Richards Buch nicht. Da war nichts zu machen. »Und du hast doch selber gesagt, das Nächste wird besser.«

»Warum weinst du denn?«

»Was?« Er wischte sich die Tränen mit dem Handrücken weg. »Egal.« Er ging zum Tresen und stützte sich auf. Getrieben von einem seltsamen tiefen Kalkül, fügte er hinzu: »Du redest, als würdest du nicht wollen, dass wir weiter Freunde sind.«

»Ach, Unsinn. So was denkst du? Natürlich sind wir Freunde, wir werden immer Freunde sein, bis wir sterben.« Er ging zur Bar, legte Vivaldo die Hand auf die Schulter und beugte sich hinunter, um ihm ins Gesicht zu sehen. »Ehrlich. Okay?«

Sie gaben sich die Hand. »Okay. Und geh mir nicht mehr auf die Nerven.«

»Ich werde dir nicht mehr auf die Nerven gehen«, lachte Richard, »du Blödmann.«

Ida trat an die Tür. »Der Tisch ist gedeckt. Kommt schnell, bevor es kalt wird.«

Nach dem Mittagessen waren alle beschwipst, nachdem sie zwei Flaschen Champagner dazu getrunken hatten; und schließlich saßen sie wieder im Wohnzimmer, während die Sonne sich glühend aufs Untergehen vorbereitete. Paul kam nach Hause, schmutzig, atemlos und aufgekratzt. Seine Mutter schickte ihn ins Badezimmer zum Waschen und Umziehen. Richard erinnerte sich an die Eiswürfel, die noch für die Party gekauft werden mussten, und das Ginger Ale, das er

Michael versprochen hatte, und ging hinunter. Cass hatte beschlossen, sich umzuziehen und ihr Haar hochzustecken.

Ida und Vivaldo hatten das Wohnzimmer vorübergehend für sich. Ida legte eine alte Platte von Billie Holiday auf, und Vivaldo und sie tanzten. Es hämmerte in seiner Kehle, als sie sich mit einem freundlichen Lächeln in seine Arme begab, eine Hand in seiner, die andere locker auf seinem Arm. Er hielt sie locker an der Taille. Seine Finger an ihrer Taille waren auf einmal gefährlich empfindlich, und er betete, dass sein Gesicht nicht die ungeheure, unerlaubte Freude verriet, die ihn durch die Fingerspitzen beschlich. Unter dem schweren Stoff ihres Kostüms meinte er das Gewebe ihrer Bluse zu spüren, das filigrane Hemmnis, das ihren Rock hielt, das glatte Material ihres Slips, das unter seinen Fingern auf ihrer weichen, warmen Haut zu schnurren und zu knistern schien. Die Freiheiten, die sich seine reglosen steifen Finger nahmen, schien sie nicht zu bemerken. Sie bewegte sich mit ihm, führte und ließ sich führen und hielt ihre Füße mühelos von seinen großen Schuhen fern. Ihre Körper berührten sich kaum, aber ihr Haar kitzelte sein Kinn und verströmte mit seinem süßen, trockenen Duft wie alles an dieser Frau eine tiefe sinnliche, schwelende Hitze. Er wollte sie zu sich heranziehen. Vielleicht würde er jetzt, in dem Moment, da sie lächelnd zu ihm aufblickte, den Kopf neigen und das Lächeln aus ihrem Gesicht wischen, indem er seinen ernsten Mund auf ihren legte.

»Du hast kalte Hände«, sagte er, denn die Hand, die er hielt, war sehr trocken, und die Fingerspitzen waren kühl.

»Angeblich bedeutet das, dass ich ein warmes Herz habe«, sagte Ida, »aber in Wirklichkeit bedeutet es, dass ich eine schlechte Durchblutung habe.«

»Ich glaube lieber, dass du ein warmes Herz hast.«

»Das war mir klar«, sagte sie lachend, »aber wenn du mich besser kennst, wirst du sehen, dass ich recht habe. Ich fürchte«, sagte sie mit einem neckenden Stirnrunzeln, »ich habe für gewöhnlich recht. Was mich betrifft«, fügte sie hinzu.

»Ich wünschte, ich würde dich besser kennen«, sagte er.

»Das«, sagte sie mit einem kurzen, hellen Lachen, »wünschte ich auch!«

Richard kehrte zurück. Ernst und scheu kam Michael aus seinem Exil, und er und Paul bekamen Ginger Ale auf Eis. Cass erschien in einem hochgeschlossenen, altmodischen weinroten Kleid, mit hochgestecktem Haar. Richard zog ein Poloshirt und einen anständigeren Pullover an, und Ida verschwand, um sich die Nase zu pudern. Die Gäste trafen ein.

Als Erster kam Richards Lektor Loring Montgomery, ein bulliger, bebrillter Mann mit ergrauendem glattem Haar, der jünger war, als er aussah – in der Tat fast zehn Jahre jünger als Richard. Er trat zurückhaltend auf und kicherte nervös. Mit ihm kam Richards Agentin, eine dunkelhaarige, dunkeläugige Frau, die viel Silber und ein wenig Gold trug und Barbara Wales hieß. Auch sie kicherte viel, aber nicht nervös, und ihr Auftritt war durchaus nicht zurückhaltend. Sie war offensichtlich der Meinung, ihr Status als Richards Agentin schaffe eine Vertrautheit zwischen ihr und Cass, die, gebannt und in Schach gehalten durch Miss Wales' voluminöse Stimme und die messerscharfe Artikulation ihrer Silben, gehorsam hinter ihr ins Schlafzimmer trottete, wo Mäntel und Hüte abzulegen waren und die Frauen ihr Make-up auffrischen konnten.

»Die Bar ist hier drüben«, rief Richard. »Was immer ihr trinken wollt, kommt und holt es euch.«

»Ich könnte noch einen Drink vertragen«, sagte Vivaldo. »Ich trinke schon den ganzen Tag und werde einfach nicht betrunken.«

»Legst du's drauf an?«, fragte Ida.

Er lächelte. »Nein«, sagte er, »nein, ich leg es nicht drauf an. Aber selbst wenn, ich würde es nicht schaffen, nicht heute.« Sie blickten zum Fenster. »Du gehst doch heute Abend mit mir essen, oder?«

»Du hast nicht schon wieder Hunger?«

»Nein. Aber der Hunger kommt gegen Abend.«

»Gut. Dann frag mich gegen Abend.«

»Dir fällt aber nicht plötzlich ein, dass du nach Hause musst oder so? Du läufst mir nicht weg?«

»Nein, ich bleibe bei dir, bis zum bitteren Ende. Du musst mit dieser Agentin reden, weißt du.«

»Wirklich?« Er sah auf die funkelnde Miss Wales.

»Natürlich. Das war bestimmt mit ein Grund, weshalb Richard dich heute hier haben wollte. Und mit dem Lektor musst du auch reden.«

»Wozu? Ich hab nichts, was ich ihnen zeigen könnte.«

»Irgendwann schon. Bestimmt hat Richard das alles zum Teil für dich arrangiert. Jetzt musst du mitspielen.«

»Und was machst du, während ich in all diesen Besprechungen stecke?«

»Ich unterhalte mich mit Cass. Für uns interessiert sich keiner; wir schreiben nicht.«

Er küsste ihr Haar. »Du bist so zauberhaft.«

Es klingelte an der Tür. Diesmal war es Steve Ellis mit seiner Frau. Ellis war ein vierschrötiger kleiner Mann mit krausem Haar und einem jungenhaften Gesicht, das sich gerade veränderte; wie üblich bei jungenhaften Gesichtern wurden seine Züge nicht hart, sie gefroren. Ellis galt als Streiter für hoffnungslose Fälle, als unerschrockener Gegner der Reaktion, und betrat die Salons dieser Welt, als lauerte dort der Feind im Hinterhalt. Seine Frau trug einen Nerzmantel und einen geblümten Hut, wirkte etwas älter als er und war ein mitteilsamer Mensch.

»Wie schön, Sie kennenzulernen, Silenski«, sagte er. Er war zwar gezwungen, zu Richard aufzusehen, neigte dabei aber den Kopf in einem seltsamen, streitlustigen Winkel, als würde er nur hinaufsehen, um entschiedener hinabblicken zu können. Die Hand, die er Richard wie ein Geschoss hinstreckte, war zugleich von der arroganten Schlaffheit jener Hände, die die Macht haben, über Wohl und Wehe zu entscheiden: Allein hiesige Sitten verhinderten, dass diese Hand geküsst wurde. »Ich habe Erstaunliches über Sie gehört. Vielleicht können wir nachher ein wenig plaudern.«

Sein Lächeln war gutmütig, offen und jungenhaft. Als er Ida vorgestellt wurde, stand er stocksteif da und warf die Arme hoch wie ein kleiner Junge.

»Sie sind Schauspielerin«, sagte er. »Sie müssen Schauspielerin sein.«

»Nein«, sagte Ida, »bin ich nicht.«

»Aber Sie müssen. Seit Jahren suche ich nach Ihnen. Sie sind sensationell!«

»Danke schön, Mr Ellis«, sagte sie lachend, »aber ich bin keine Schauspielerin.« Ihr Lachen klang ein wenig forciert, ob aus Nervosität oder Unmut, konnte Vivaldo nicht heraushören. Sie waren umringt von lächelnden Grüppchen. Cass stand hinter der Bar und beobachtete das Geschehen.

Ellis lächelte verschwörerisch und schob den Kopf ein wenig vor. »Und was machen Sie dann? Na los, sagen Sie schon.«

»Also, zur Zeit« – Ida riss sich ziemlich zusammen – »arbeite ich als Kellnerin.«

»Eine Kellnerin. Na ja, meine Frau ist hier, da werde ich jetzt nicht fragen, wo Sie arbeiten.« Er trat ein wenig näher an Ida heran. »Aber woran denken Sie, wenn Sie zwischen den Tischen hin und her gehen?« Ida zögerte, und er lächelte wieder, lockend und einfühlsam. »Na los. Sie können mir nicht erzählen, dass Ihr einziges Ziel darin besteht, Oberkellnerin zu werden.«

Ida lachte. Ihr Mund verzog sich bitter: »Nein.« Nach kurzem Zögern sah sie Vivaldo an, und Ellis folgte ihrem Blick. »Ich denke manchmal daran zu singen. Das würde ich am liebsten machen.«

»Aha!«, rief er triumphierend. »Wusste ich doch, dass ich's aus Ihnen rauskriege.« Er zog eine Karte aus seiner Brusttasche. »Wenn Sie bereit sind für den Absprung, und das ist hoffentlich bald, kommen Sie zu mir. Nicht vergessen.«

»Sie werden sich nicht an meinen Namen erinnern, Mr Ellis.« Das warf sie so hin, und der Blick, mit dem sie Ellis maß, gab Vivaldo keinen Aufschluss darüber, was in ihr vorging.

»Ihr Name«, sagte er, »ist Ida Scott. Stimmt's?«

»Stimmt.«

»Also, ich vergesse nie Namen oder Gesichter. Wollen wir wetten?«

»Das stimmt«, sagte seine Frau. »Er vergisst nie einen Namen oder ein Gesicht. Keine Ahnung, wie er das macht.«

»Ich«, sagte Vivaldo, »bin keine Schauspielerin.«

Ellis sah verblüfft aus, dann lachte er. »Da wäre ich ja beinahe drauf reingefallen.« Er nahm Vivaldo am Ellbogen. »Kommen Sie, trinken wir einen. Bitte.«

»Keine Ahnung, warum ich das eben gesagt habe. Das war ein halber Witz.«

»Aber nur ein halber. Wie heißen Sie?«

»Vivaldo. Vivaldo Moore.«

»Und Sie sind keine Schauspielerin …?«

»Ich bin Schriftsteller. Unveröffentlicht.«

»*Aha!* Arbeiten Sie an etwas?«

»Einem Roman.«

»Wovon handelt der?«

»Mein Roman handelt von Brooklyn.«

»Noch ein Roman über einen Baum wie der von Smith? Oder über Jugendliche oder Mörder oder Junkies?«

Vivaldo schluckte. »Alles zusammen.«

»Das ist ein ziemliches Paket. Und, wenn ich das so sagen darf, es klingt ein kleines bisschen altmodisch.« Er legte die Hand vor den Mund und rülpste. »Brooklyn ist durch. Total durch.«

Das ist es noch lange nicht, dachte Vivaldo. »Sie meinen«, sagte er mit einem Lächeln, »das Buch hat kein Potenzial fürs Fernsehen?«

»Vielleicht doch, wer weiß?« Er betrachtete Vivaldo mit freundlichem Interesse. »Da ist echter Spott in Ihrer Stimme, wenn Sie Fernsehen sagen, merken Sie das? Wovor haben Sie solche Angst?« Er tippte Vivaldo an die Brust. »Kunst existiert nicht in einem Vakuum, sie ist nicht nur für Sie und Ihre Handvoll Freunde da. Himmel, wenn Sie wüssten, wie satt ich diesen Schwachsinn über empfindsame junge Männer habe!«

»Ich auch«, sagte Vivaldo. »Ich halte mich auch nicht für einen empfindsamen jungen Mann.«

»Nein? Sie klingen wie einer und benehmen sich auch so. Sie blicken auf jeden herab. Ja«, beharrte er, als Vivaldo ihn erstaunt ansah, »Sie halten die meisten Menschen für Dreck und würden lieber sterben, als sich die Hände an *Populärkultur* schmutzig zu machen.« Er musterte Vivaldo abschätzig von Kopf bis Fuß. »Hier stehen Sie also in Ihrem besten Anzug und wohnen garantiert in irgend so einer schäbigen Eiswasserbude und können die junge Frau dort nicht mal in einen Nachtclub ausführen.« Er senkte die Stimme. »Die Farbige, Miss Scott, sehen Sie, ich erinnere mich sehr wohl an Namen, das ist doch Ihr Mädchen, oder? Darum sind Sie so sauer auf mich. Mann, Sie sind echt zu empfindlich.«

»Ich fand Sie zu aufdringlich.«

»Das hätten Sie bei einem weißen Mädchen wahrscheinlich nicht so empfunden.«

»Das hätte ich bei jedem Mädchen so empfunden, mit dem ich unterwegs bin.«

Aber er fragte sich, ob Ellis nicht recht hatte. Und ihm wurde klar, dass er das nie rausfinden würde, dass es keinen Weg gab, es jemals rauszufinden. Für sein Empfinden hatte Ellis Ida mit einem subtilen Mangel an Respekt behandelt. Aber er hatte mit ihr gesprochen, wie er mit allen sprach, anders konnte er gar nicht. Die Menschen in Ellis' Welt verschanzten sich hinter einem Gebaren, das dazu diente, ihre wahren Gefühle zu verbergen, voreinander und sich selbst. Ida gegenüber, die so sichtbar von der einzigen ihnen bekannten Welt zurückgewiesen wurde, musste dieses Gebaren zwangsläufig persönlich werden, unsicher, unentspannt. Und es verfing sich in dem Bestreben, nicht zur Rechenschaft gezogen zu werden, in der Angst, urplötzlich die geistigen und gesellschaftlichen Schuldscheine einlösen zu müssen. In den Dienst eines echten Impulses gedrängt, entlarvte sich dieses Gebaren als verlogen, und weil es verlogen war, war es böse.

Als Ellis sich den nächsten Applejack einschenkte und Vivaldo sich noch einen Scotch holte, wurde ihm klar, dass er das, was Ellis hatte, und das, was Richard nun haben würde, selbst gerne hätte. Ellis bekam alles, was er wollte, er musste nur zum Telefonhörer greifen; Oberkellner waren entzückt, ihn zu sehen, seine Unterschrift auf einer Rechnung oder einem Scheck war über jeden Zweifel erhaben. Brauchte er einen Anzug, kaufte er ihn, mit der Miete war er bestimmt nie in Verzug, beschloss er, morgen nach Istanbul zu fliegen, rief er sein Reisebüro an. Er war berühmt, er hatte Macht, und er war kaum älter als Vivaldo; und er arbeitete hart.

Außerdem konnte er sich alle Extravaganzen leisten, er musste der jungen Frau nur seine Karte geben. Und jetzt wusste Vivaldo, wieso er ihn hasste. Er fragte sich, was er auf sich nehmen musste, um einen vergleichbaren Status zu erlangen. Er fragte sich, wie weit er dafür gehen würde – um mächtig zu sein, um bewundert zu werden, um jedes Mädchen kriegen zu können, das er haben wollte, um jedes Mädchen halten zu können, das er hatte. Er sah sich nach Ida um. Aber die Frage, so dachte er zugleich, war nicht, was er »kriegen« würde, sondern wie er sein Potenzial entdecken und sich mit ihm aussöhnen sollte.

Richard sprach jetzt mit Mrs Ellis, das heißt, er lauschte ihr, Ida lauschte Loring. Cass saß auf dem Sofa und lauschte Miss Wales, Paul stand neben ihr und sah sich im Zimmer um; Cass hielt ihn abwesend und doch ziemlich verzweifelt am Ellbogen fest.

»Wie auch immer – lassen Sie uns in Kontakt bleiben, vielleicht haben Sie ja was für mich.« Ellis reichte ihm seine Karte. »Rufen Sie mich doch mal an. Und was ich zu Miss Scott gesagt habe, war auch ernst gemeint. Ich stelle ziemlich gute

Sendungen auf die Beine, wissen Sie.« Grinsend puffte er Vivaldo an die Schulter. »Sie bräuchten ihre künstlerischen Ansprüche nicht herunterzuschrauben.«

Vivaldo betrachtete die Karte, dann Ellis. »Danke«, sagte er, »ich behalt's im Hinterkopf.«

Ellis lächelte. »Sie gefallen mir. Ich wäre sogar bereit, Ihnen einen Analytiker zu empfehlen. Mischen wir uns unter die Leute.«

Er ging zu Richard und Mrs Ellis. Vivaldo ging zu Ida.

»Ich wollte etwas über Ihren Roman erfahren«, sagte Loring, »aber Ihre Lady hier ist *ganz* zugeknöpft. Sie gibt mir so gar keinen Anhaltspunkt.«

»Ich sage ihm immer wieder, dass ich nichts darüber weiß«, sagte Ida, »aber er glaubt mir nicht.«

»Sie weiß kaum was darüber«, sagte Vivaldo. »Ich bin nicht sicher, ob ich so furchtbar viel darüber weiß.« Schlagartig überkam ihn ein solcher Überdruss, dass er ganz zittrig wurde. Er wollte Ida schnappen und nach Hause gehen, aber sie schien sich ganz wohl zu fühlen, es war noch nicht spät, die letzten Strahlen der untergehenden Sonne verblassten hinterm Fluss.

»Na gut«, sagte Loring, »sobald Sie doch was haben, setzen Sie sich hoffentlich mit mir in Verbindung. Richard hält große Stücke auf Sie, und seinem Urteil vertraue ich blind.«

Er wusste, dass Ida verwundert und verärgert war über seine lauwarme Reaktion. Er versuchte sich in Stimmung zu bringen, und da half es, Idas Gesicht zu betrachten. Er hatte keine Ahnung, was sie von Ellis hielt, und Wut auf sich selbst, Eifersucht, Angst und Verwirrung verliehen seiner ausweichenden Antwort den rettenden Nachdruck. Loring schien überzeugter denn je, dass Vivaldo ein ungeschliffener Diamant war, und Ida war überzeugter denn je, dass er einen Schubs benötigte.

Und er spürte wie noch nie zuvor, dass es an der Zeit war, den Sprung zu wagen. Dies war das Wasser, die Menschen in diesem Zimmer; es war nicht gerade exquisit, aber ein anderes gab es nicht.

Miss Wales sah jetzt zu ihm herüber, aber er mied ihren Blick und lenkte seine ganze Aufmerksamkeit auf Ida.

»Lass uns gehen«, sagte er leise, »lass uns verschwinden. Mir reicht's.«

»Jetzt willst du gehen? Du hast dich noch gar nicht mit Miss Wales unterhalten.« Doch er sah, wie ihr Blick zur Bar wanderte, zu Ellis. Und etwas Undurchdringliches lag in ihrem Gesicht, etwas Forschendes, Kaltes.

»Ich will mich nicht mit Miss Wales unterhalten.«

»Warum denn nicht? Sei doch nicht albern.«

»Hör zu«, sagte er, »gibt es jemanden, mit dem *du* dich gern unterhalten möchtest?« *Idiot!,* stöhnte er innerlich. Aber die Worte waren raus.

»Ich weiß nicht, was du meinst. Was soll das heißen?«

»Nichts«, sagte er verdrießlich. »Ich bin bloß bescheuert, hör nicht auf mich.«

»Du hattest was im Sinn. Was war das?«

»Nichts«, sagte er, »wirklich nichts.« Er lächelte. »Mir egal. Wir können bleiben, wenn du willst.«

»Ich wollte nur deinetwegen bleiben«, sagte sie.

Beinahe hätte er gesagt, na, dann können wir ja gehen, aber es erschien ihm klüger, sich das zu verkneifen. Es klingelte. »Ich wollte nur vermeiden, dass wir mit irgendwem hier zu Abend essen müssen, mehr nicht.«

»Aber mit wem«, setzte sie nach, »sollte ich mich unterhalten wollen?«

»Ach, ich dachte, wenn es dir wirklich ernst ist mit dem Singen, willst du dich vielleicht mit Ellis verabreden. Ich könnte mir vorstellen, dass er dir behilflich ist.«

Sie betrachtete ihn matt, voller Mitleid und Hohn. »Ach, Vivaldo«, sagte sie, »was für ein schmutziges kleines Hirn du doch hast.« Dann wurde sie sehr kühl: »Du hast eigentlich gar kein Recht, dir darüber den Kopf zu zerbrechen, mit wem ich mich unterhalte«, sagte sie. »Und deine Unterstellung schmeichelt mir ganz und gar nicht.« Ihre Stimme blieb gesenkt, bebte jetzt aber. »Jetzt mache ich vielleicht genau das, was du mir zutraust!« Sie ging an die Bar und trat zwischen Richard und Ellis. Lächelte. Ellis legte eine Hand an ihren Ellbogen, und sein Gesichtsausdruck veränderte sich, als er mit ihr sprach, wurde gieriger und verletzlicher. Richard trat hinter den Tresen, um Ida etwas einzuschenken.

Vivaldo hätte sich zu ihnen gesellen können, aber er traute sich nicht. Ihr Ausbruch war so rätselhaft über ihn gekommen und so plötzlich, dass er sich gar nicht ausmalen mochte, was passieren würde, wenn er jetzt an die Bar ging. Und sie hatte recht, er hatte unrecht. Mit wem sie sich unterhielt, ging ihn nichts an.

Aber ihre Reaktion war so abrupt gewesen und so heftig! Jetzt war sein Vorsprung dahin. Sein geduldig angehäuftes und gehortetes Kapital – aus Verständnis und Zuvorkommenheit – war mit einem Wimpernschlag zerstoben.

»Ich möchte dir Sydney Ingram vorstellen. Das ist Vivaldo Moore.«

Cass war neben ihm aufgetaucht und stellte ihm nun den neuen Gast vor, dessen Ankunft er vage wahrgenommen hatte. Er war allein gekommen. Vivaldo erkannte den Namen, weil der Debütroman des jungen Mannes gerade herausgekommen war und Vivaldo ihn lesen wollte. Ingram war groß, fast so groß wie Vivaldo, hatte ein freundliches, fleischiges Gesicht, volles schwarzes Haar und trug wie Vivaldo einen dunklen Anzug, wahrscheinlich seinen besten.

»Freut mich, Sie kennenzulernen«, sagte Vivaldo aufrichtig – zum ersten Mal an diesem Abend.

»Ich habe seinen Roman gelesen«, sagte Cass, »er ist wunderbar, den musst du lesen.«

»Sehr gern«, sagte Vivaldo. Ingram lächelte verlegen und starrte in sein Glas, als wäre er am liebsten darin ertrunken.

»Ich habe erst mal genügend Kreise gezogen«, sagte Cass, »ich bleib mal eine Weile bei euch.« Sie lenkte sie langsam zum großen Fenster. Es dämmerte, die Sonne war untergegangen, bald würden die Straßenlaternen anspringen. »Ich eigne mich nicht so richtig als Gastgeberin eines literarischen Salons.«

»In meinen Augen gibst du eine ganz gute Figur ab«, sagte Vivaldo.

»Du hast auch nicht versucht, eine Unterhaltung mit mir zu führen. Meine Gedanken schweifen nun mal ab, da kann ich nichts machen. Ich könnte mich hier genauso gut in einem Zimmer voller Physiker befinden.«

»Worüber unterhalten die sich an der Bar?«, fragte Vivaldo.

»Steve Ellis' Verantwortung gegenüber den amerikanischen Fernsehzuschauern«, sagte Ingram. Sie lachten. »Lachen Sie nicht«, sagte Ingram, »auch er könnte Präsident werden. Jedenfalls kann er lesen und schreiben.«

»Das«, sagte Cass, »disqualifiziert ihn doch eigentlich.«

Sie nahm beide am Arm, und so standen sie am dunkler

werdenden Fenster und starrten auf den Highway und das glänzende Wasser hinaus. »Wie anders es ist«, sagte Cass, »von etwas zu träumen und damit umgehen zu müssen!« Vivaldo und Ingram schwiegen. Cass wandte sich an Ingram in einem Ton, den er noch nie bei ihr gehört hatte, sehnsüchtig und begehrlich. »Arbeiten Sie an was Neuem, Mr Ingram?«, fragte sie. »Ich möchte es doch hoffen.«

Seine Stimme schien sich ihrer seltsam anzupassen. Genauso gut hätten sie einander über den breiten Fluss zurufen, einander suchen können, während die Dunkelheit unerbittlich hereinbrach. »Ja«, sagte er, »an einem neuen Roman, einer Liebesgeschichte.«

»Eine Liebesgeschichte!«, sagte sie. »Und wo spielt sie?«

»Ach, hier in der Stadt. Jetzt.«

Sie schwiegen. Vivaldo spürte, wie sich Cass' schmale Hand unter seinem Ellbogen anspannte. »Ich freu mich schon drauf, ihn zu lesen«, sagte sie, »sehr sogar.«

»Nicht mehr«, sagte er, »als ich mich darauf freue, ihn fertigzustellen, damit er gelesen werden kann, insbesondere, wenn ich das so sagen darf, von Ihnen.«

Sie drehte sich zu Ingram um, und Vivaldo spürte ihr Lächeln. »Danke.« Sie wandte sich wieder zum Fenster und seufzte. »Ich muss wohl zu meinen Physikern zurück.«

Sie sahen, wie die Laternen ansprangen.

»Ich hole mir einen Drink«, sagte Cass. »Kommt jemand mit?«

»Klar«, sagte Vivaldo. Sie gingen an die Bar. Richard, Ellis und Loring saßen auf dem Sofa. Miss Wales und Mrs Ellis standen an der Bar. Ida war nicht im Zimmer.

»Entschuldigt mich«, sagte Vivaldo.

»Ich glaube, da ist besetzt!«, rief Miss Wales.

Er ging den Flur hinunter, kam aber nicht bis zum Bad. Sie saß im Schlafzimmer, reglos inmitten all der Mäntel und Hüte.

»Ida …?«

Sie hatte die Hände im Schoß gefaltet und starrte zu Boden.

»Ida, warum bist du böse auf mich? Ich hab's doch nicht so gemeint.«

Sie sah ihn an. Tränen standen ihr in den Augen.

»Warum musstest du das sagen? Alles war in Ordnung, und ich war so glücklich, bis du das gesagt hast. Du denkst doch, ich bin bloß eine Hure. Nur deswegen willst du mit mir zusammen sein.« Tränen rannen ihr übers Gesicht. »Ihr weißen Arschlöcher seid doch alle gleich.«

»Ida, ich schwöre, das ist nicht wahr. Ich schwöre, das ist nicht wahr.« Neben dem Bett ging er auf ein Knie und wollte ihre Hände greifen. Sie wandte das Gesicht ab. »Ida, ich hab mich in dich verliebt. Ich hatte Angst, und ich war eifersüchtig, aber ich schwöre, ich hab's nicht so gemeint, wie du denkst, wirklich nicht, das könnte ich gar nicht, ich liebe dich. Ida, bitte glaub mir. Ich liebe dich.«

Ihr Körper bebte immer noch, und er spürte ihre Tränen auf seinen Händen. Er führte ihre Hände zum Mund und küsste sie. Er wollte ihr ins Gesicht sehen, aber sie wandte sich weiter ab. »Ida. Ida, bitte.«

»Ich kenne diese Leute alle nicht«, sagte sie, »und sie sind mir egal. Für die bin ich doch bloß ein schwarzes Mädchen, und sie versuchen, nett zu sein, aber es ist ihnen egal. Sie wollen nicht mit mir reden. Ich bin nur geblieben, weil du mich drum gebeten hast, und du warst so nett, und ich war so stolz auf dich, und jetzt hast du alles verdorben.«

»Ida«, sagte er, »wenn ich zwischen dir und mir wirklich alles verdorben habe, weiß ich gar nicht, wie ich weiterleben soll. Das darfst du nicht sagen. Du musst das zurücknehmen, du musst mir verzeihen und mir noch eine Chance geben. Ida!« Er legte die Hand an ihr Gesicht und drehte ihren Kopf langsam zu sich. »Ida, ich liebe dich, wirklich, mehr als alles auf der Welt. Das musst du mir glauben. Ich würde lieber sterben, als dir wehzutun.« Sie schwieg. »Ich war eifersüchtig, ich hatte Angst, und was ich gesagt habe, war sehr dumm von mir. Aber ich hatte einfach Angst, dass ich dir nichts bedeute. Mehr nicht. Ich wollte dir überhaupt nichts unterstellen.«

Seufzend griff sie nach ihrer Handtasche. Er gab ihr ein Taschentuch. Sie trocknete sich die Augen und putzte sich die Nase. Sie sah müde aus und ratlos.

Er setzte sich zu ihr aufs Bett. Sie mied seinen Blick, rückte aber nicht ab.

»Ida –« Er erschrak über seine Stimme, so viel Leid lag darin. Es schien gar nicht seine Stimme zu sein, sie schien ihm nicht zu gehorchen. »Ich hab gesagt, ich liebe dich. Empfindest du etwas für mich?« Sie stand auf und trat an den Spiegel. Er beobachtete sie. »Sag mir das bitte.«

Sie sah in den Spiegel und nahm dann ihre Handtasche vom Bett. Öffnete sie, schloss sie und blickte dann wieder in den Spiegel. Dann sah sie ihn an. »Ja«, sagte sie hilflos, »ja, das tue ich.«

Er nahm ihr Gesicht in beide Hände und küsste sie. Zunächst reagierte sie nicht, ließ es einfach über sich ergehen, hing in der Schwebe, wartete. Sie zitterte, und er versuchte, sie durch den Druck seiner Arme und Hände zu beruhigen. Dann schien etwas in ihr nachzugeben, weich zu werden, sie legte die Arme um ihn, klammerte sich an ihn. Schließlich flüsterte er ihr ins Ohr: »Verschwinden wir hier. Lass uns gehen.«

»Ja«, sagte sie nach einer Weile, »es ist wohl Zeit.« Aber sie löste sich nicht gleich aus seinen Armen. »Tut mir leid, dass ich mich so aufgeführt habe. Ich weiß ja, dass du es nicht so gemeint hast.«

»Mir tut es auch leid. Ich bin einfach ein eifersüchtiger, nichtsnutziger Scheißkerl, ich kann nicht anders, ich bin verrückt nach dir.«

Und er küsste sie wieder.

»... so früh schon weg!«, sagte Miss Wales. »Und wir hatten noch gar keine Gelegenheit, uns zu unterhalten!«

»Vivaldo«, sagte Cass, »ich ruf dich diese Woche an. Ida, dich erreiche ich ja nicht, rufst du mich an? Dann machen wir was aus.«

»Ich warte auf ein Manuskript von Ihnen, Sie Armleuchter«, sagte Ellis, »sobald Sie von Ihrem selbst gebastelten Elfenbeinturm runterklettern. Hat mich gefreut, Miss Scott.«

»Er meint es ernst«, sagte Mrs Ellis. »Er meint es wirklich ernst.«

»Hat mich gefreut, Sie beide kennenzulernen«, sagte Ingram, »sehr gefreut. Viel Glück mit Ihrem Roman.«

Richard brachte sie zur Tür. »Sind wir noch Freunde?«

»Soll das ein Witz sein? Natürlich sind wir noch Freunde.«

Aber er fragte sich, ob das stimmte.

Die Tür ging hinter ihnen zu, sie standen im Hausflur und sahen sich an.

»Sollen wir nach Hause gehen?«, fragte er.

Sie betrachtete ihn mit ihren großen, dunklen Augen. »Hast du was zu essen da?«

»Nein, aber die Geschäfte sind noch auf. Wir können was holen.«

Sie nahm seinen Arm und sie gingen zum Fahrstuhl. Er

drückte auf den Knopf. Er starrte sie an, als würde er seinen Augen nicht trauen.

»Gut«, sagte sie. »Wir holen was, und ich koche dir ein anständiges Mahl.«

»Ich hab keinen großen Hunger«, sagte er.

Sie hörten die Tür unten und der Fahrstuhl kam.

Der Geruch des Hühnchens, das sie am Abend gebraten hatte, hing noch im Zimmer, und die Teller standen noch in der Spüle. Das Gabelbein lag zum Trocknen auf dem Tisch, drum herum klebrige Gläser, aus denen sie Bier getrunken hatten, und ihre klebrigen Kaffeetassen. Idas Kleider waren über einen Stuhl geworfen, seine lagen überwiegend auf dem Fußboden. Er war aufgewacht, sie schlief. Sie schlief auf der Seite, den dunklen Kopf von ihm abgewandt, und gab keinen Laut von sich.

Er stützte sich ein wenig auf und betrachtete ihr Gesicht. Es würde jetzt für immer rätselhafter und undurchdringlicher sein als jedes fremde Gesicht. Gesichter von Fremden haben keine Geheimnisse, weil die Fantasie keine hineinlegt. Das Gesicht einer Liebhaberin jedoch ist unbekannt, eben weil man so viel von sich selbst hineinlegt. Es ist ein Geheimnis, das, wie alle Geheimnisse, mögliche Qual in Aussicht stellt.

Sie schlief. Sie schlief, so sein Gefühl, auch um ihn zu meiden. Er legte sich wieder aufs Kissen und starrte die Risse in der Zimmerdecke an. Sie war in seinem Bett, aber sie war weit weg; sie war bei ihm, und doch war sie nicht bei ihm. Tief im Verborgenen passte sie auf sich auf, hielt sich in Schach, bekämpfte ihn. Ihm war, als hätte sie vor langer Zeit entschieden, wo die Grenzen waren, wie viel sie von sich geben konnte, und es war ihm nicht gelungen, auch nur einen

Penny mehr von ihr zu bekommen. Sie hatte mit ihm geschlafen, als wäre es eine Besänftigungstaktik, ein Mittel zu einem anderen Zweck. Sosehr sie sich wünschen mochte, ihn zu erfreuen, schien sie ihn in erster Linie erschöpfen zu wollen; und vor allem selbst am Ufer der Lust zu bleiben, während sie ihn in den Fluten ertränkte. Seine Lust war ihr genug, schien sie zu sagen, seine Lust war ihre. Aber er wollte, dass ihre Lust seine war, dass sie gemeinsam in den Fluten ertranken.

Er hatte geschlafen, aber schlecht, hatte Idas Körper neben sich gespürt, hatte ein Versagen gespürt, das so verwickelt war wie noch keines zuvor.

Fragen quälten ihn, die er nie zugelassen, deren Stunde jetzt aber geschlagen hatte. Er fragte sich, wer vorher mit ihr zusammen gewesen war, wie viele, wie oft, wie lange, was er oder die anderen vor ihm ihr bedeutet hatten; und er fragte sich, ob ihr oder ihre Liebhaber weiß oder schwarz gewesen waren. Was spielt das für eine Rolle?, fragte er sich. Welche Rolle spielt das alles? Einer mehr oder weniger, weiß oder schwarz – das würde sie ihm schon irgendwann erzählen. Sie würden alles übereinander erfahren, sie hätten Zeit, würde sie ihm sagen. Tatsächlich? Oder würde sie bloß seine Geheimnisse akzeptieren, wie sie seinen Körper akzeptierte, zufrieden, das Instrument seiner Erleichterung zu sein? Und derweil (denn sie kannte die Regeln) Offenbarungen darbieten, die ihn beschwichtigen und auch entmutigen sollten, also jeden Versuch seinerseits vereiteln, tiefer in das unglaubliche Land vorzudringen, in dem sie wie die Märchenprinzessin in ihrem hohen Turm, verhext und vertrieben, ihre geheime Runde in geheimen Tagen abschritt.

Es war noch früh, sieben etwa, und kein Laut war zu hören. Die junge Frau neben ihm regte sich still im Schlaf und warf eine Hand nach oben, als hätte sie sich erschrocken. Das rubinrote Auge an ihrem kleinen Finger blitzte auf. Ihr dichtes Haar war wild und wirr, und das Gesicht, das sie im Schlaf hatte, war nicht das Gesicht, das sie zeigte, wenn sie wach war. Sie hatte ihr Make-up entfernt, sodass sie jetzt kaum Augenbrauen hatte, und ihre ungeschminkten Lippen waren weicher und wehrlos. Ihre Haut war dunkler als am Tag, und die runde, ziemlich hohe Stirn hatte einen matten Mahagonischimmer. Sie sah aus wie ein kleines Mädchen, wenn sie schlief, aber sie war kein sehr vertrauensvolles kleines Mädchen; eine Hand bedeckte halb ihr Gesicht, und die andere war zwischen ihren Schenkeln verborgen. Das erinnerte ihn irgendwie an all die schlafenden Kinder der Armen. Er küsste sie ganz leicht auf die Stirn, stahl sich aus dem Bett und ging ins Bad. Als er rauskam, sah er kurz in die Küche, dann steckte er sich eine Zigarette an und nahm einen Aschenbecher mit ans Bett. Rauchend lag er auf dem Bauch und ließ die langen Arme auf den Boden baumeln, wo er den Aschenbecher abgestellt hatte.

»Wie spät ist es?«

Er richtete sich lächelnd auf. »Ich wusste nicht, dass du wach bist.« Plötzlich war er ganz scheu, seltsam, als wäre er gerade zum ersten Mal nackt neben einer nackten Frau aufgewacht.

»Ach«, sagte sie, »ich beobachte gern Menschen, wenn sie meinen, dass ich schlafe.«

»Gut zu wissen. Wie lange beobachtest du mich schon?«

»Nicht lange. Erst seit du aus dem Bad zurück bist. Ich habe dein Gesicht gesehen und mich gefragt, woran du denkst.«

»An dich.« Er küsste sie. »Guten Morgen. Es ist halb acht.«

»Meine Güte. Wachst du immer so früh auf?« Sie gähnte und grinste.

»Nein. Aber wahrscheinlich konnte ich es nicht erwarten, dich zu sehen.«

»Na, das merke ich mir«, sagte sie, »wenn du irgendwann gegen Mittag aufwachst oder noch später und so tust, als wenn du gar nicht aus dem Bett willst.«

»Na ja, aus dem Bett will ich ja vielleicht nicht so schnell.« Sie sah seine Zigarette an, und er hielt sie ihr hin, während sie ein, zwei Züge nahm. Dann drückte er sie im Aschenbecher aus. Er beugte sich über Ida. »Und was ist mit dir?«

»Du bist süß«, sagte sie nach einem Moment, »du bist ein Tiefseetaucher.« Beide wurden rot. Er legte die Hände auf ihre Brüste, die schwer waren, die rotbraunen Warzen weit auseinander. Ihre breiten Schultern erschauerten, eine Ader pochte an ihrem Hals. Ida betrachtete ihn zugleich sorgenvoll und distanziert, ruhig und auch ängstlich.

»Lieb mich«, sagte er. »Ich will, dass du mich liebst.«

Sie fing seine Hand ab, die ihr über den Bauch strich.

»Du meinst, ich bin so eine, die verliebt ist in die Liebe.«

»Baby«, sagte er, »das möchte ich schwer hoffen; ich sage dir, wir werden der Hit, das war noch nicht mal der Anfang.« Seine Stimme war nur noch ein Flüstern, und ihrer beider Hände verknoteten sich zu einem spielerischen Tauziehen.

Sie lächelte. »Wie oft hast du das schon gesagt?«

Über ihren Kopf hinweg sah er auf die Rollos, die den Morgen fernhielten. »Ich glaube nicht, dass ich das schon mal gesagt habe. Ich hab mich noch nie so gefühlt.« Er sah wieder auf sie hinunter und küsste sie noch einmal. »Nie.«

Nach einer Weile sagte sie: »Ich auch nicht.« Schnell sagte sie das, als hätte sie eben eine Pille eingeworfen, überrascht von dem Geschmack und besorgt über die Wirkung.

Er sah ihr in die Augen. »Ist das wahr?«

»Ja.« Sie senkte den Blick. »Ich muss mich vorsehen mit dir.«

»Warum? Traust du mir nicht?«

»Vielleicht traue ich mir selbst nicht.«

»Vielleicht hast du noch nie einen Mann geliebt.«

»Ich habe noch nie einen weißen Mann geliebt, das ist wahr.«

»Na dann.« Er versuchte, Zweifel und Ängste aus seinem Kopf zu vertreiben. »Willkommen.« Er küsste sie wieder, ein wenig beschwipst von ihrer Hitze, ihrem Geschmack, ihrem Geruch. »Noch nie«, sagte er ernst, »noch nie so jemand wie du.« Ihre Hand entspannte sich etwas, und er führte sie abwärts. Küsste ihren Hals und ihre Schultern. »Ich liebe deine Farben. Du hast so viele verschiedene, verrückte Farben.«

»Gott.« Sie lachte scharf, nervös, und wollte ihre Hand wegnehmen, aber er hielt sie fest: ein erneutes Tauziehen. »Ich hab überall dieselbe olle Farbe.«

»Du siehst dich gar nicht überall. Ich schon. Ein Teil von dir ist honiggelb, ein Teil von dir ist kupferbraun, ein Teil von dir ist golden –«

»Gott, was sollen wir bloß mit dir anfangen heute Morgen?«

»Das kann ich dir zeigen. Ein Teil von dir ist auch schwarz, wie der Eingang zu einem Tunnel …«

»Vivaldo.« Ihr Kopf schlug auf dem Kissen hin und her wie unter Qualen, die nichts mit ihm zu tun hatten, für die er gleichwohl verantwortlich war. Er legte die Hand auf ihre Stirn, die langsam feucht wurde, und wie sie ihn dann ansah, ließ ihn stocken; sie sah ihn an, als wäre sie tatsächlich eine Jungfrau, ihm bei Geburt versprochen, dem Bräutigam, dessen Gesicht sie jetzt zum ersten Mal sah, in der abgedunkelten

Brautkammer, nachdem alle Hochzeitsgäste gegangen waren. Kein Gelage weit und breit, nur Stille, keine Hilfe nirgendwo außer in diesem Bett, der Übergriff durch den Bräutigam ihre einzige Hoffnung. Und doch versuchte sie zu lächeln. »Ich habe noch nie einen Mann wie dich gekannt.« Das sagte sie mit leiser Stimme, der Ton eine Mischung aus Feindseligkeit und Staunen.

»Na, wie gesagt – ich hab auch noch nie eine Frau wie dich gekannt.« Doch er fragte sich, was für Männer sie gekannt hatte. Sanft schob er ihre Schenkel auseinander; sie ließ zu, dass er ihre Hand auf sein Geschlecht legte. Zum ersten Mal, so schien ihm, war sein Körper für sie ein Geheimnis, und sofort wurde er selbst, Vivaldo, in ihren Augen zutiefst geheimnisvoll. Zum ersten Mal fasste sie ihn mit Staunen an und mit Schrecken und merkte, dass sie nicht wusste, wie sie ihn streicheln sollte. Ihr wurde klar, dass er *sie* wollte: was bedeutete, dass sie nicht mehr wusste, was er wollte. »Du hast schon mit vielen Frauen wie mir geschlafen, oder? Mit schwarzen Frauen.«

»Ich habe mit allen möglichen Frauen geschlafen.« Jetzt lachten sie nicht miteinander; sie flüsterten, und die Hitze zwischen ihnen nahm zu. Ihr Geruch nahm zu und kam ihm entgegen, vermischte sich mit seinem eigenen, schärferen Schweiß. Er war zwischen ihren Schenkeln und in ihrer Hand, ihre Augen blickten ängstlich in seine.

»Aber auch mit schwarzen, oder?«

»Ja.«

Sie schwiegen lange, sie seufzte, lang und rau. Dann bog sie den Kopf nach oben, weg von ihm. »Freundinnen von meinem Bruder?«

»Nein. Nein. Ich hab sie bezahlt.«

»Ah.« Ihr Kopf sank hinab, sie schloss die Augen, sie schloss die Schenkel, sie öffnete sie. Die Laken waren ihm im Weg, und er warf sie ab, und halb kniend starrte er einen Moment auf ihr Honiggelb und ihr Kupferbraun und ihr Gold und ihr Schwarz. Ihr Atem kam in kurzen, scharfen, zitternden Stößen. Er wollte, dass sie ihm ihr Gesicht zuwandte und die Augen aufmachte.

»Ida. Sieh mich an.«

Sie gab ein Geräusch von sich, eine Art Stöhnen, drehte den Kopf zu ihm, hielt aber die Augen geschlossen. Er nahm wieder ihre Hand.

»Komm. Hilf mir.«

Ihre Augen öffneten sich kurz, verhalten, aber sie lächelte. Er legte sich ganz langsam auf sie, ließ zu, dass ihre Hände ihn führten, und küsste sie auf den Mund. Sie verbanden sich, schaudernd, ihre Hände flatterten aufwärts und landeten auf seinem Rücken. *Ich hab sie bezahlt.* Sie seufzte wieder, ein anderes Seufzen, lang und hingegeben, und das Ringen begann.

Es war nicht wie das Gedresche am Abend zuvor, als sie sich unter ihm aufgebäumt hatte wie ein wütendes Pferd oder ein gestrandeter Fisch. Jetzt war sie so aufmerksam, dass sie zitterte, und weil er spürte, dass sie ihm durch einen einzigen achtlosen Moment entgleiten könnte, war auch er sehr aufmerksam. Ihre Hände wanderten über seinen Rücken, hinauf und hinab, mal, als wünschte sie ihn näher bei sich, mal, als stieße sie ihn von sich, wanderten mit schrecklicher, mit köstlicher Unentschiedenheit und brachten ihn tief in der Kehle zum Stöhnen. Sie öffnete sich ihm und verschloss sich ihm auch, ihm war, als reiste er einen wilden Dschungelfluss hinauf auf der Suche nach der Quelle, knapp verborgen hinter dem gefährlichen schwarzen, tropfenden Laubwerk. Dann, einen Augenblick, schienen sie den Durchbruch zu schaffen. Ihre Hände lösten sich, ihre Schenkel lockerten sich unerbittlich, ihre Bäuche rieben roh aneinander, und ein seltsames, tiefes Pfeifen drückte sich ihre Kehle hinauf an ihren gebleckten Zähnen vorbei. Dann stockte sie, ihre Hände flogen in seinen Nacken, der Augenblick war vorbei. Er wartete. Fing wieder an. Noch nie war er so geduldig gewesen, so entschlossen oder so roh. Gestern Nacht hatte sie ihn beobachtet, heute Morgen beobachtete er sie; er war entschlossen, sie über die Klippe zu schieben und in seinen Besitz zu bringen, selbst wenn ihm, sollte sie am Ende seinen Namen rufen, das Herz im Leib barst. Das zumindest schien eher bevorzustehen als das Verströmen seines Samens. Er verspürte einen Schmerz wie noch nie zuvor, war angefüllt wie nie, und wo immer ihre Hände ihn berührt hatten, bevor sie geflohen waren, wurde ihm kalt. Ihre Hände klammerten sich an seinen Nacken, als würde sie ertrinken, und sie war vollkommen still, so still wie ein Kind, bevor es genug Luft geholt hat zum Schreien, bevor der Schlag niedergeht, bevor der lange Fall beginnt. Und unbarmherzig, finster schob er sie zur Klippe. Er wusste nicht, ob ihr Körper sich mit seinem bewegte, so sehr war er schon seiner. Er spürte, wie das Bett unter ihnen pulsierte, er hörte, wie es sang. Ihre Hände rasten, flogen von seinem Nacken zu seiner Kehle zu seinen Schultern, seiner Brust, sie fing an, unter ihm zu strampeln, wollte weg, wollte näher ran. Schließlich machten ihre Hände, was sie wollten, packten seinen freundlichen Körper, streichelten, kratzten und brannten. *Komm schon. Komm schon.* Er spürte ein Zucken in ihrem Bauch, direkt unter ihm, als wäre dort etwas zerbrochen, und es rollte mit Macht hinauf, schien ihre Brüste zu teilen, als hätte es sie der Länge nach zerteilt. Und sie stöhnte. Es war ein seltsam warnender Laut, als würde sie eine Hand gegen das Meer stemmen. Ihre laute Hilflosigkeit holte seine ganze Zuneigung, Zärtlichkeit und Lust zurück. Sie waren fast da. *Komm schon komm schon komm schon komm schon. Komm schon!* Er galoppierte auf ihr, wieherte ein wenig vor Lust und fröstelte ein wenig vor Angst, dass so viel von ihm, so lange aufgestaut, sich nun ergießen musste. Ihr Stöhnen wich Schluchzen und Schreien. *Vivaldo. Vivaldo. Vivaldo.* Sie fiel über die Klippe. Er hing da, hing, klammerte sich an sie, wie sie sich an ihn klammerte, rief ihren Namen, feucht, prickelnd, platzend, blind. Es entströmte ihm wie das kleine schwache Getröpfel, das der Minenkatastrophe vorausgeht. Er spürte, wie sein ganzes Gesicht sich zusammenzog, spürte den Wind in seiner Kehle, rief erneut ihren Namen, während all seine Liebe in ihm hinabraste, raste und sich in ihr entlud.

Nach einer ganzen Weile spürte er ihre Finger in seinem Haar, und er sah ihr ins Gesicht. Sie lächelte – ein nachdenkliches, verwirrtes Lächeln. »Schaff dein großes weißes Wesen runter von mir. Ich kann mich nicht bewegen.«

Er küsste sie, vollkommen erschöpft und friedlich.

»Erst musst du mir was sagen.«

Sie sah listig, belustigt und spöttisch aus; ganz wie eine Frau und ganz wie ein scheues kleines Mädchen. »Was willst du wissen?«

Er schüttelte sie lachend. »Na, komm schon. Sag's mir.«

Sie küsste ihn auf die Nasenspitze. »Das hab ich noch nie erlebt – nicht so, nie.«

»Nie?«

»Nie. Fast – nein, nie.« Dann: »War ich gut für dich?«

»Ja. Ja. Verlass mich nie.«

»Lass mich hoch.«

Er rollte auf den Rücken, sie stand auf und ging ins Bad. Er sah dem hochgewachsenen, staubigen Körper nach, der jetzt ihm gehörte. Er hörte das Wasser im Bad laufen, dann die Dusche. Er schlief ein.

Am frühen Nachmittag wachte er auf. Ida stand am Ofen und sang.

»*If you can't give me a dollar,*
*Give me a lousy dime* –«

Sie hatte abgewaschen, machte die Küche sauber und hängte seine Kleider auf. Dann kochte sie Kaffee.

»*Just want to feed*
*This hungry man of mine.*«

ZWEITES BUCH

# ANY DAY NOW

*Nimm mich doch in deine Arme*
*und trag mich fort von diesem einsamen Ort.*
Joseph Conrad, *Sieg*

# 1

Eric saß nackt in seinem gemieteten Garten. Fliegen summten und brummten in der flirrenden Hitze, und eine gelbe Biene umschwirrte seinen Kopf. Eric blieb ganz still, griff dann nach seinen Zigaretten und steckte sich eine an in der Hoffnung, der Rauch möge die Biene verscheuchen. Yves' schwarz-weißes Kätzchen pirschte durch den Garten, als handelte es sich um Afrika, duckte sich unter die Mimosen wie ein Panther und sprang hoch in die Luft.

Haus und Garten blickten aufs Meer. Weit unten hinter dem Sandstrand, im donnernden Blau des Mittelmeers, tauchte Yves' Kopf unter, wieder auf und wieder unter. Und verschwand ganz. Eric stand auf, sah aufs Meer und war drauf und dran loszurennen. Yves hielt gern so lange wie möglich unter Wasser die Luft an, ein Ausdauertest, den Eric überflüssig fand und, was Yves betraf, beängstigend. Dann war Yves' Kopf wieder da, und sein Arm blitzte auf; selbst aus dieser Entfernung sah Eric, dass er lachte – er hatte gewusst, dass Eric ihm vom Garten aus zusah. Yves schwamm an den Strand. Eric setzte sich. Die Katze kam angelaufen und rieb sich an seinen Beinen.

Es war Ende Mai. Über zwei Monate waren sie schon in diesem Haus. Morgen reisten sie ab. Sehr lange würde Eric nicht mehr in einem Garten sitzen und Yves beim Schwimmen zusehen, vielleicht nie wieder. Morgen früh würden sie den Zug nach Paris nehmen, und Yves würde Eric zum Schiff nach New York bringen. Eric würde sich dort einrichten und Yves käme nach.

Jetzt, da alles entschieden war und es keinen Weg zurück gab, beschlich Eric gallige Beklemmung. Yves kam aus dem Wasser. Sein sonnengebleichtes braunes Haar glänzte, sein langer, drahtiger Körper war braun wie Brot. Er bückte sich, um die knallrote Badehose aufzuheben. Dann zog er eine alte Jeans an, die er Eric geklaut hatte. Sie war ihm eigentlich zu kurz, aber egal – Yves mochte die Amerikaner nicht besonders, aber ihre Kleidung mochte er. Er stakste die Anhöhe zum Haus hinaus, der rote Stoff der Badehose baumelte an seiner Hand.

Yves hatte nie davon gesprochen, nach Amerika gehen zu wollen, und hatte Eric nie einen Grund gegeben anzunehmen, dass er den Wunsch danach verspürte. Der Wunsch entstand erst oder wurde zumindest erst laut, als sich die Möglichkeit bot: Denn Eric hatte sich langsam von der Mittellosigkeit über die Synchronisation französischer Filme bis zu Nebenrollen in einigen im Ausland produzierten amerikanischen Filmen hochgearbeitet. Eine dieser Rollen hatte zu einem Fernsehengagement in England geführt, und dann hatte ihm ein New Yorker Regisseur eine der Hauptrollen in einem Broadwaystück angeboten.

Dieses Angebot hatte Eric vor jene große Frage gestellt, der er seit drei Jahren aus dem Weg ging. Es anzunehmen hieß, seinen Aufenthalt in Europa zu beenden; es nicht anzunehmen hieß, seinen Aufenthalt in ein Exil zu verwandeln. Yves und er waren seit über zwei Jahren zusammen, und seit sie sich kannten, war er bei Yves zu Hause. Genau genommen war Yves bei ihm eingezogen, aber beide waren füreinander das Zuhause, an das sie schon nicht mehr geglaubt hatten.

Eric wollte nicht von Yves getrennt sein. Doch als er Yves mitteilte, dass er aus diesem Grund beschlossen habe, das Angebot abzulehnen, hatte der ihn verschmitzt angesehen und geseufzt: »Dann hättest du gleich ablehnen sollen, oder du hättest mir gar nicht erst davon erzählen dürfen. Du bist sentimental – du bist vielleicht sogar, hm, ein bisschen feige, oder? Du wirst hier in Frankreich nie eine *carrière* machen, das weißt du so gut wie ich. Du wirst einfach nur alt werden und unzufrieden, und du wirst mir das Leben furchtbar schwer machen, und dann werde ich dich verlassen. Oder du kannst ein großer Star werden, glaube ich, wenn du diese Rolle spielst. Möchtest du das denn nicht?«

Er hielt lächelnd inne, und Eric zuckte mit den Schultern, dann wurde er rot. Yves lachte.

»Wie dumm du bist!« Dann: »Auch ich habe Träume, von denen ich dir noch nie erzählt habe.« Er lächelte immer noch, doch in seinen Augen lag ein Ausdruck, den Eric inzwischen gut kannte. Es war der Blick eines beschlagenen, gewandten Abenteurers, der überlegt, ob er sich auf seine Beute werfen oder sie in eine Falle locken soll. So was will schnell entschieden sein, insofern war es auch der Blick eines Menschen, der bereits unaufhaltsam auf das zusteuert, was er will; und es auf jeden Fall bekommt. Dieser Ausdruck machte Eric immer ein bisschen Angst. Er gehörte nicht in Yves' einundzwanzigjähriges Gesicht, passte nicht zu seinem offenen, kindlichen Lächeln, seiner welpenhaften Verspieltheit, dem jugendlichen Überschwang, mit dem er Menschen, Überzeugungen, Theorien annahm und zurückwies. Dieser Ausdruck machte sein Gesicht extrem bitter, zutiefst grausam, alterslos; das Wesen, die Schärfe seiner Intelligenz lagen dann allein in seinen Augen, die außergewöhnliche Strenge seiner hohen Stirn nahm seine Reife vorweg und seinen Verfall.

Er tippte Eric an den Ellbogen wie ein ganz kleines Kind.

»Ich will nicht hierbleiben«, sagte er, »in diesem erbärmlichen Mausoleum von einem Land. Lass uns nach New York gehen. Ich baue mir dort eine Zukunft auf. Hier gibt es keine Zukunft für einen Jungen wie mich.«

Das Wort Zukunft löste in Eric ein leichtes Zittern aus, ein leichtes Zucken.

»Du wirst Amerika hassen«, sagte er heftig. Yves sah ihn erstaunt an. »Was für eine Zukunft schwebt dir denn vor?«

»Es gibt bestimmt irgendwas für mich zu tun«, sagte Yves trotzig. »Ich finde schon meinen Weg. Meinst du wirklich, ich will auf ewig von dir beschützt werden?« Kurz musterte er Eric, als wären sie Feinde oder Fremde.

»Ich wusste nicht, dass es dir was ausmacht, von mir – beschützt zu werden.«

»*Ne te fâche pas.* Es macht mir nichts aus. Wenn es mir was ausmachen würde, wäre ich schon weg.« Er lächelte und sagte mit sanfter Vernunft: »Aber es kann nicht ewig so weitergehen, ich bin auch ein Mann.«

»Was kann nicht ewig so weitergehen?« Aber er wusste, was Yves meinte, und er wusste, dass er recht hatte.

»Na, meine Jugend«, sagte Yves. »Die hält nicht ewig.« Dann grinste er. »Ich war mir immer sicher, dass du eines Tages in dein Land zurückkehrst. Dann kannst du das ebenso gut jetzt machen, wo du mich noch magst und ich dich dazu verführen kann, mich mitzunehmen.«

»Du bist wirklich ein schlimmer kleiner Verführer«, sagte Eric, »allerdings.«

»Ah«, sagte Yves schelmisch, »bei dir war das leicht.« Dann sah er Eric ernst an. »Es ist also entschieden.« Das war keine Frage. »Dann muss ich wohl zu dieser Hure von Mutter gehen und ihr sagen, dass sie mich nie wiedersieht.«

Seine Miene verfinsterte sich, und sein großer Mund wurde bitter. Seine Mutter war Kellnerin in einem Bistro gewesen, als die Deutschen nach Paris kamen. Da war Yves fünf, und sein Vater war schon so lange verschwunden, dass Yves sich kaum noch an ihn erinnerte. Aber er erinnerte sich daran, seine Mutter mit den Deutschen beobachtet zu haben.

»Sie war wirklich eine *putain.* Wie oft habe ich in dem Café gesessen und sie beobachtet. Sie wusste nicht, dass ich sie beobachte – alte Menschen glauben ja sowieso, dass Kinder nie was mitkriegen. Die Bar war sehr lang und gebogen. Ich saß immer hinten, hinter der Kurve. Über mir war ein Spiegel, und in diesem Spiegel konnte ich sie sehen. Und ich konnte sie in der Zinkplatte des Tresens sehen. Ich erinnere mich an ihre Uniformen und den Glanz ihrer Lederstiefel. Sie waren immer überaus *korrekt* – nicht wie die Amerikaner, die später kamen. Sie lachte immer, und sie bewegte sich schnell. Irgendeine Hand war immer an ihr zugange – an ihrer Brust, ihre Beine rauf. Immer war noch jemand bei uns zu Hause, die ganze deutsche Armee, andauernd. Was für ein schreckliches Volk.«

Und dann, als wollte er seiner Mutter doch noch, widerwillig, gerecht werden:

»Später hat sie behauptet, sie hätte es für mich getan, wir hätten sonst nichts zu essen gehabt. Aber das glaube ich nicht. Ich glaube, ihr hat das gefallen. Ich glaube, sie ist immer eine

Hure gewesen. Sie hat alles auf diese Art geregelt. Als die Amerikaner kamen, hat sie einen sehr hübschen Officer gefunden. Er war sehr nett zu mir, muss ich sagen – er hatte selbst einen Sohn in den Staaten, den er nur ein einziges Mal gesehen hatte, und er tat so, als wäre *ich* sein Sohn, obwohl ich viel älter war. Und da wünschte ich mir, ich hätte einen Vater, speziell *einen* Vater« – er grinste –, »einen amerikanischen, der mir gerne Sachen kauft und mich auf den Schultern überall rumträgt. Ich war traurig, als er wegging. Es lag bestimmt an ihm, dass ihr nicht der Kopf geschoren wurde, wie sie es verdient gehabt hätte. Sie hat alle möglichen Lügen über ihren Einsatz in der Résistance erzählt. *Quelle horreur!*, diese ganze Zeit, das war nicht schön. Viele Frauen bekamen den Kopf geschoren, manchmal ganz ohne Grund, weißt du, einfach nur, weil sie hübsch waren oder jemand eifersüchtig war oder sie sich geweigert hatten, mit jemandem zu schlafen. Aber nicht meine Mutter. *Nous, nous étions tranquilles avec notre petit officier* und unserem Beefsteak und unserer Schokolade.«

Dann, mit einem Lachen:

»Jetzt gehört ihr das Bistro, in dem sie gearbeitet hat. Siehst du, was für eine Frau sie ist? Ich geh da nie hin.«

Das stimmte nicht ganz. Er war mit fünfzehn von seiner Mutter weggelaufen. Genauer gesagt hatten sie eine Art Waffenstillstand geschlossen, der besagte, er werde ihr keinen Ärger machen – also nicht mit der Polizei aneinandergeraten –, und sie werde ihm keinen Ärger machen – also nicht seinen Minderheitenstatus dazu benutzen, die Polizei auf ihn zu hetzen. So schlug sich Yves auf den Straßen von Paris durch, als *semi-tapette* und als *rat d'hôtel,* bis Eric und er sich kennenlernten. Und während dieser ganzen Zeit besuchte er, in großen Abständen, seine Mutter – wenn er betrunken war oder unerträglich hungrig oder unerträglich traurig; vielleicht besuchte er auch eher das Bistro, das sich verändert hatte. Der lange gebogene Tresen war durch einen langen geraden ersetzt worden. Neonlicht flimmerte an der Decke und über den Spiegeln. Statt der Holztische und Holzstühle, an die Yves sich erinnerte, standen nun kleine Plastiktische und Plastikstühle in knalligen Farben im Raum. Eine Jukebox stand jetzt dort, wo Soldaten unbeholfen die metallenen Fußballspieler des *baby-foot* bearbeitet hatten; es gab Coca-Cola-Schilder und Coca-Cola. Der Holzfußboden war mit schwarzem Plastik bedeckt. Nur die Toilette war wie gehabt ein Loch im Boden mit Fußabtritten zu beiden Seiten und Zeitungsausrissen an einem Bindfaden. Yves ging blind ins Bistro und suchte nach etwas, das er verloren hatte, aber es war nicht mehr da.

Er setzte sich in die alte, verwaiste Ecke und beobachtete seine Mutter. Das Haar, früher braun, war jetzt von einem chemischen, abwegig orangen Elan. Ihre Figur, früher schlank, uferte langsam aus und gab der Schwerkraft nach. Aber ihr Lachen war noch da, und sie schien, mit einer heftigen und freudlosen Hilflosigkeit, die Hände von Männern gleichzeitig zu suchen und zu fliehen.

Irgendwann kam sie dann an sein Ende des Tresens.

*»Je t'offre quelque chose, M'sieu?«* Mit einem breiten, gezwungenen, wehmütigen Lächeln.

*»Un cognac, Madame.«* Mit einem schiefen Grinsen und einer angedeuteten höhnischen Verbeugung. Wenn sie schon halb wieder durch die Bar war, rief er hinterher: *»Un double!«*

*»Ah! Bien sûr, M'sieu.«*

Sie brachte ihm seinen Drink und einen kleinen für sich und betrachtete ihn. Sie stießen an.

*»A la vôtre, Madame.«*

*»A la vôtre, M'sieu.«*

Aber manchmal sagte er:

*»A nos amours.«*

Und sie antwortete trocken:

*»A nos amours.«*

Eine Weile tranken sie schweigend. Dann lächelte sie.

»Gut siehst du aus. Du bist sehr attraktiv geworden. Ich bin stolz auf dich.«

»Warum solltest du stolz auf mich sein? Ich bin bloß ein Nichtsnutz, zum Glück bin ich attraktiv, davon lebe ich.« Und er betrachtete sie. *»Tu comprends, hein?«*

»Wenn du so redest, will ich nichts wissen von deinem Leben, nichts!«

Sie nippte an ihrem Cognac und reckte das Kinn vor. »Komm doch zurück! Du siehst ja, wie gut das Bistro läuft, das wäre ein gutes Umfeld für dich. *Et puis –«*

*»Et puis quoi?«*

»Ich bin nicht mehr die Jüngste, und es wäre *un soulagement,* wenn mein Sohn und ich Freunde sein könnten.«

Yves lachte. »Du brauchst Freunde? Grab doch welche von denen aus, die du unter die Erde gebracht hast, um diese Bar zu bekommen. Freunde! *Je veux vivre, moi!«*

»Ach, du bist undankbar.« Manchmal, wenn sie das sagte, tupfte sie sich mit einem Taschentuch die Augen.

»Lass mich in Ruhe, du weißt, was ich von dir halte, geh zurück zu deiner Kundschaft.« Das letzte Wort wurde seiner Mutter entgegengeschleudert wie ein Fluch; manchmal, wenn er betrunken genug war, standen ihm Tränen in den Augen.

Er ließ seine Mutter halb durch die Bar gehen, bis er rief: *»Merci pour le cognac, Madame!«*

Und sie drehte sich mit leichter Verbeugung um:

*»De rien, M'sieu.«*

Eric war einmal mitgekommen, er fand Yves' Mutter recht sympathisch, aber sie waren nie wieder hingegangen. Und sie hatten kaum je darüber gesprochen. Etwas verbarg sich darin, das Yves nicht sehen wollte.

Jetzt hüpfte Yves über die niedrige Steinmauer und kam grinsend in den Garten.

»Du hättest mitkommen sollen ins Wasser, es war herrlich. Es wäre so gut für deine Figur; weißt du eigentlich, wie fett du wirst?«

Er schnippte seine Badehose gegen Erics Bauch und ließ sich neben ihn auf den Boden fallen. Die Katze kam vorsichtig angetappt und schnüffelte an Yves' Fuß, als wollte sie eine prähistorische Monstrosität untersuchen; Yves schnappte sie sich, drückte sie an seine Schulter und streichelte sie. Die Katze kniff die Augen zu und fing an zu schnurren.

»Siehst du, wie sehr sie mich liebt? Es wäre schade, sie hier zu lassen, wir sollten sie mitnehmen nach New York.«

»Dich nach Amerika reinzukriegen, wird schon Aufwand genug, mein Schatz, wir sollten den Bogen nicht überspannen. Außerdem gibt es in New York genug streunende Katzen in den Gassen. Und genug Gassen.« Das sagte er mit geschlossenen Augen, während er die Sonne aufsog und die Gerüche des Gartens und Yves' dunklen, salzigen Duft. Die Kinder aus dem Nachbarhaus waren noch am Strand; er hörte ihre Stimmen.

»Du hast kein Mitgefühl mit Tieren. Sie wird schrecklich leiden, wenn wir gehen.«

»Sie kommt drüber weg. Katzen sind viel stärker als Menschen.«

Er hielt die Augen geschlossen. Er spürte, wie Yves sich zu ihm umdrehte.

»Warum hast du solche Angst, nach New York zurückzugehen?«

»New York ist beängstigend.«

»Ich habe keine Angst.« Er tippte Eric an die Brust, und Eric öffnete die Augen. Er sah in Yves' ernstes, braunes, liebevolles Gesicht. »Aber du. Du hast Angst vor New York. Warum?«

»Ich habe keine Angst, Yves. Aber ich hatte dort viel Ärger.«

»Hier hatten wir auch viel Ärger«, sagte Yves mit seinem brüsken und immer ziemlich schockierenden Ernst, »und den haben wir immer hinter uns gelassen, und jetzt geht es uns besser als vorher, finde ich.«

»Ja«, sagte Eric langsam und musterte Yves' Gesicht.

»Na also, was bringt es dann, sich Sorgen zu machen?« Er schob Eric das Haar aus der Stirn. »Dein Kopf ist heiß. Du bist zu lange in der Sonne gewesen.«

Eric packte seine Hand. Die Katze sprang runter. »Mein Gott, wirst du mir fehlen.«

»Das ist doch nur so kurz. Du wirst beschäftigt sein, und ich bin in New York, bevor du überhaupt mitkriegst, dass wir getrennt waren.« Lächelnd legte er das Kinn an Erics Brust. »Erzähl mir von New York. Hast du viele Freunde dort? Viele berühmte Freunde?«

Eric lachte. »Nicht viele Freunde, nein. Ich weiß gar nicht, ob ich dort überhaupt noch Freunde habe, so lange bin ich schon fort.«

»Wer waren deine Freunde, als du weggegangen bist?« Er lächelte wieder und rieb seine Wange an Erics. »Jungs wie ich?«

»Jungs wie dich gibt es nicht. Gott sei Dank.«

»Du meinst, nicht so hübsch wie ich? Oder nicht so warm?«

Eric legte die Hände auf Yves' salzige, sandige Schultern. Er hörte die Kinderstimmen vom Meer und das Summen und Brummen im Garten. »Nein. Nicht so unmöglich.«

»Klar, jetzt, wo du weggehst, findest du mich unmöglich. Und in welcher Hinsicht?«

Er zog Yves zu sich heran. »In jeder Hinsicht.«

*»C'est dommage. Moi, je t'aime bien.«*

Diese Worte wurden an sein Ohr geflüstert, und eine Weile lagen die beiden Männer still beieinander. Stimmt das?, wollte Eric fragen, aber er wusste, dass es stimmte. Vielleicht wusste er nicht, was es bedeutete, aber da konnte Yves ihm auch nicht helfen. Nur die Zeit mochte helfen, die Zeit, die alle Geheimnisse preisgab, allerdings nur unter der gnadenlosen Bedingung, soweit er das einschätzen konnte, dass das Geheimnis seine Wirksamkeit verlor.

Er legte die Lippen auf Yves' Schulter und schmeckte das Salz des Mittelmeers. Er dachte an seine Freunde – welche Freunde? Er war sich nicht sicher, ob er jemals wirklich mit Vivaldo befreundet gewesen war oder mit Richard oder Cass; und Rufus war tot. Er war sich nicht sicher, wer ihm, lange, lange danach, die Nachricht übermittelt hatte – seinem Gefühl nach Cass. Es konnte wohl kaum Vivaldo gewesen sein, den das, was er von Erics Beziehung zu Rufus wusste – ohne zugeben zu wollen, dass er es wusste –, zu unangenehm berührt hatte, und ganz bestimmt nicht Richard. Ohnehin hatte keiner von ihnen sehr oft geschrieben; er hatte nicht wirklich wissen wollen, was sich bei den Menschen abspielte, vor denen er geflohen war, und nach seinem Gefühl hatten sie sich immer davor geschützt zu begreifen, was sich in ihm abspielte. Nein, Rufus war unter ihnen der einzige Freund gewesen. Rufus hatte ihn leiden lassen, aber Rufus hatte gewagt, ihn zu kennen. Und als sein Schmerz nachgelassen hatte und Rufus weit weg war, erinnerte sich Eric nur an die Freude, die sie zusammen auch erlebt hatten, an das Timbre seiner Stimme, seinen großspurigen synkopierten Gang, sein Lächeln, die Art, wie er seine Zigarette hielt, die Art, wie er beim Lachen den Kopf zurückwarf. Und etwas an Yves erinnerte ihn an Rufus – etwas an seinem zutraulichen Lächeln und seiner beherzten, zähen Verletzlichkeit.

Die Nachricht war an einem Donnerstag gekommen. Es regnete in Strömen, und ganz Paris war unstet und grau. Vollkommen pleite hatte Eric an dem Tag auf einen Scheck gewartet, der sich auf rätselhafte Weise im bürokratischen Netz der französischen Filmindustrie verfangen hatte. Yves und er hatten sich gerade eine letzte Zigarette geteilt, und Yves war losgezogen, um sich von einem ägyptischen Bankier, der mal eine Schwäche für ihn gehabt hatte, Geld zu leihen. Eric wohnte damals in der Rue de la Montagne-Sainte-Geneviève, und er kämpfte sich in der Regenflut den Hügel hinauf, ohne Kopfbedeckung, sodass ihm Wasser von Nase und Wimpern tropfte, hinter die Ohren, den Rücken hinunter und durch die Taschen seines Trenchcoats, wo er unvorsichtigerweise die Zigaretten hingesteckt hatte. Er spürte förmlich, wie sie sich in der unsauberen feuchten Dunkelheit seiner Tasche auflösten, von seiner glitschigen Hand ganz und gar nicht beschützt. Eine dumpfe Verzweiflung hatte ihn gepackt, und er wollte einfach nur nach Hause, sich ausziehen und ins Bett legen, bis Hilfe nahte, wahrscheinlich in Gestalt von Yves mit Geld für Sandwiches; mit dieser Hilfe würden sie gerade mal einen weiteren grauenhaften Tag überstehen.

Er durchquerte den großen Hof und ging die Stufen zum Haus hoch, als hinter ihm, nahe der *porte cochère,* die Glocke der *loge* ertönte und die Concierge seinen Namen rief.

Er ging zurück und hoffte, dass sie ihn nicht nach der Miete fragen würde. Mit einem Brief in der Hand stand sie in ihrer Tür.

»Der ist gerade gekommen«, sagte sie. »Ich dachte, vielleicht ist es wichtig.«

»Danke.«

Auch sie hoffte wohl, dass es das Geld war, auf das er wartete, trotzdem machte sie die Tür hinter sich zu. Es war schon fast Abend, und sie war beim Kochen; tatsächlich schien die ganze Straße beim Kochen zu sein, und seine Beine drohten unter ihm nachzugeben.

Er sah sich den Umschlag nicht näher an, weil er so auf den widerspenstigen Scheck fixiert war und aus Amerika, woher der Brief kam, keinen Scheck erwartete; er knüllte ihn ungelesen in seine Manteltasche, ging über den Hof und in sein Zimmer hinauf. Dort legte er den Brief auf den Tisch, trocknete sich ab, zog sich aus und legte sich unter die Decke. Irgendwann hatte er die Zigaretten zum Trocknen rausgeholt und sich die trockenste angesteckt. Erst dann hatte er den Brief geöffnet. Er hatte wie ein gewöhnlicher Brief gewirkt, bis zu dem Absatz, der mit *Wir haben ihn alle sehr gemocht, und ich weiß, dass auch du ihn sehr gemocht hast* anfing – ja, es musste Cass gewesen sein. Rufus war tot, von eigener Hand gestorben. Rufus war tot.

*Jungs wie ich?,* hatte Yves neckisch gefragt. Wie konnte er dem Jungen, der jetzt neben ihm lag, irgendetwas über Rufus erzählen? Sehr spät erst hatte er begriffen, dass Yves sein Herz auch deshalb so berührte, auf eine Weise berührte, die er gar nicht mehr für möglich gehalten hatte, weil er ihn irgendwie, irgendwo an Rufus erinnerte. Und noch später, jetzt, am Vorabend seiner Abreise, erkannte er, dass Rufus' Macht über ihn auch mit der Vergangenheit zu tun hatte, die Eric in einem tiefen dunklen Winkel vergraben hatte, dass sie auch zu der Zeit in Alabama zurückreichte, *als ich erst noch ein Kind war;* zu den kalten weißen Menschen und den warmen schwarzen Menschen, warm zumindest für ihn und so lebensnotwendig wie die Sonne, die jetzt seinen Körper und den seines Liebsten badete. Während sie hier in diesem Garten lagen, so warm, behütet und besorgt, sah er sie vor sich in den winkligen grellen Straßen seiner Kindheit, in den verbretterten Häusern und auf den Feldern. Sie lachten anders als andere, so schien es ihm damals, und bewegten sich mit größerer Schönheit und Gewalt, und sie dufteten wie etwas Gutes im Ofen.

Aber hatte er Rufus je geliebt? Oder war es nur Wut und Wehmut und Schuld gewesen? Und Scham? Hatte er sich an Rufus' Körper geklammert oder an die Körper dunkler Männer, auf die er kurze Blicke erhascht hatte, irgendwo in einem Garten, auf einer Lichtung, vor langer Zeit – Männer, denen der Schweiß über die schokoladenbraune Brust und Schultern rann, mit weit tragenden Stimmen, das Weiß ihrer Slips wunderschön auf ihrer Haut; einer mit dem Kopf im Nacken vor der Schöpfkelle – und dann das spritzende, glitzernde, singende Wasser! –, ein anderer, der mit erhobenem Arm die Axt auf einen Baum niedergehen ließ. Jedenfalls hatte er Rufus nie davon überzeugen können, dass er ihn liebte. Vielleicht hatte Rufus in seinen Augen die dunklen Männer gesehen, die Eric sah, und ihn dafür gehasst.

Er lag ganz still, spürte Yves' regloses, zutrauliches Gewicht, spürte die Sonne.

»Yves …?«

*»Oui, mon chou?«*

»Lass uns reingehen. Ich glaube, ich hätte ganz gern eine Dusche und einen Drink. Ich fühle mich etwas klebrig.«

*»Ah, les Américains avec leur* Drinks! In New York werde ich bestimmt Alkoholiker.« Aber er hob den Kopf, küsste Eric schnell auf die Nasenspitze und stand auf.

Er stand zwischen Eric und der Sonne; das Haar sehr hell, das Gesicht im Schatten. Grinsend sah er zu Eric hinab.

*»Alors tu es toujours prêt, toi, d'après ce que je vois.«*

Eric lachte. *»Et toi, salaud?«*

*»Mais moi, je suis Français, mon cher, je suis pas puritain, fort heureusement. T'aurais dû t'en rendre compte d'ailleurs.«* Er zog Eric hoch und klapste ihm mit der roten Badehose auf den Po. »*Viens.* Geh duschen. Ich glaube, wir haben fast nichts mehr zu trinken da, ich radele runter ins Dorf. Was soll ich holen?«

»Whiskey?«

»Natürlich, ist ja auch das Teuerste. Essen wir zu Hause oder auswärts?«

Arm in Arm gingen sie ins Haus.

»Frag doch Madame Belet, ob sie kommt und uns was kocht.«

»Was hättest du denn gern?«

»Egal. Was du möchtest.«

Das Haus, ein lang gestreckter, niedriger Steinbau, war kühl und dunkel nach der Hitze und Helligkeit draußen. Das Kätzchen war ihnen gefolgt und schnurrte jetzt beharrlich zu ihren Füßen.

»Vielleicht füttere ich sie noch, bevor ich gehe. Dauert nicht lang.«

»Sie kann noch keinen Hunger haben, sie frisst die ganze Zeit«, sagte Eric. Aber Yves bereitete der Katze bereits das Futter zu.

Sie waren durch die Küche reingekommen, Eric ging weiter durchs Esszimmer ins Schlafzimmer und warf sich aufs Bett. Auch das Schlafzimmer hatte einen Zugang zum Garten. Die Mimosen drückten sich ans Fenster, dahinter standen zwei, drei Orangenbäume, an denen harte kleine Orangen hingen wie Christbaumkugeln. Im Garten standen auch Olivenbäume, aber um die kümmerte sich keiner; die Oliven zu pflücken war ihnen die Mühe nicht wert.

Das Manuskript des neuen Theaterstücks lag auf dem rustikalen Holztisch, der sie zusammen mit dem Kamin im Esszimmer bewogen hatte, dieses Haus zu mieten; auf dem Tisch lagen außerdem einige Bücher, von Yves Blaise Cendrars, Jean Genet und Marcel Proust und von Eric *Arbeit des Schauspielers an sich selbst*, *Die Flügel der Taube* und *Sohn dieses Landes*. Yves' Zeichenblock lag auf dem Fußboden. Außerdem seine Tennisschuhe, Socken und Unterwäsche zärtlich rings um Erics Poloshirts, Sandalen und Badehosen – Letztere weniger offensiv und düsterer als Yves' Badeslip, war doch Eric selbst auch weniger offensiv und düsterer.

Yves kam ins Zimmer gepoltert.

»Duschst du jetzt oder nicht?«

»Ja, gleich.«

»Na, dann mach. Ich geh jetzt, und ich bin in einer Minute zurück.«

»Deine Minuten kenne ich. Betrink dich nicht zu heftig mit den Einheimischen.« Grinsend stand er auf.

Yves hob ein Paar Socken vom Boden auf, zog sie an, dazu seine Tennisschuhe und einen ausgeblichenen blauen Pullover. »Ah. *Celui-là, je te jure.*« Er nahm einen Kamm aus seiner Tasche und fuhr sich damit durchs Haar, mit dem Ergebnis, dass es wilder abstand denn je.

»Ich bring dich zum Fahrrad.«

Sie gingen an den Mimosen vorbei. »Beeil dich«, sagte Eric und starrte Yves an.

Yves nahm sein Fahrrad. »Ich bin zurück, bevor du trocken bist.« Er schob das Fahrrad durchs Tor auf die Straße. Eric stand im Garten und sah ihm nach. Die Sonne war noch sehr hell, zog sich aber, wie immer im Süden, geheimnisvoll zusammen, um bald zu verschwinden. Das Meer war bereits dunkler.

Als er durchs Tor hindurch war, blickte Yves nicht mehr zurück. Eric ging ins Haus.

Er trat unter die Dusche, die vom Schlafzimmer abging, drehte an den Hähnen, und das Wasser prasselte auf ihn herab, erst zu kalt, aber er zwang sich, dem standzuhalten, dann zu heiß; er drehte so lange an den Hähnen, bis das Wasser erträglicher wurde. Dann seifte er sich ein und fragte sich, ob er zu dick wurde. Sein Bauch erschien ihm einigermaßen fest, aber er war schon immer eher stämmig und untersetzt gewesen; gut, dass er bald, in New York, wieder zum Sport gehen würde. Während das Wasser auf ihn fiel und er allein war mit seinem Körper und dem Wasser, stieß der Gedanke an Turnhallen viel Schmerzhaftes und Vergrabenes an. Jetzt, da seine Flucht so unverrückbar an ihr Ende kam, schien ein Licht auf, ein rückwärtiges Licht, und ließ seine Schrecken aufblitzen.

Worin bestanden diese Schrecken? Sie lagen unter der unmöglichen Sprache der Zeit begraben, lebten im Untergrund, wo damals fast jedes echte Gefühl heimtückisch und unermüdlich gärte. Und weil unaussprechlich, waren diese Schrecken so mächtig; gerade weil sie im Dunkeln lebten, war ihre Gestalt unanständig. Und weil das Verlangen nach Unanständigkeit allumfassend ist und der Appetit auf die Wirklichkeit gering und schwer zu kultivieren, war er beinahe zugrunde gegangen im Keller seines Intimlebens. Oder genauer, seiner Fantasien.

Begonnen hatten sie als Fantasien von Liebe und waren dann unmerklich verkommen zu Fantasien von Gewalt und Erniedrigung. Als Kind war er sehr viel allein gewesen, da seine Mutter, eine wichtige Persönlichkeit in der Gemeinde, ständig mit Vereinen, Banketts, Reden, Anträgen und Verlautbarungen zu tun hatte, pausenlos getragen von einem Meer geblümter Hüte, und sein Vater sich, überschwemmt von diesem glitternden, tosenden Wellengang, in die Bank, auf den Golfplatz, in Jagdhütten und an Pokertische zurückgezogen hatte. Seine Eltern schien wenig zu verbinden, sehr wenig jedenfalls, was über Gewohnheit, Höflichkeit und Zwang hinausging, und vielleicht hatten ihn beide geliebt, aber das war ihm nie real erschienen, weil sie einander so ausgesprochen nicht liebten. Er liebte die Köchin, eine Schwarze namens Grace, die ihn ernährte und versohlte und schalt und hätschelte und seine Tränen trocknete, die sonst kaum jemand in dem Haushalt zu sehen bekam. Doch noch mehr als Grace liebte er ihren Mann, Henry.

Henry war jünger oder wirkte jünger als seine Frau. Er war eine Prüfung für Grace, für alle wahrscheinlich, weil er zu viel trank. Er war der Handwerker im Haus, und zu seinen Aufgaben gehörte die Wartung des Heizkessels. Eric erinnerte sich noch immer daran, wie der glühende Heizkeller aussah und roch, an die roten Schatten, die an den Wänden spielten, und an den klebrig-süßen Geruch von Henrys Atem. Sie hatten dort viele Stunden zusammen verbracht, Eric auf einer Kiste an Henrys Knie und Henry mit einer Hand in Erics Nacken oder auf seiner Schulter. Seine Stimme schwappte über Eric wie Wellen der Geborgenheit. Henry steckte voller Geschichten. Er erzählte, wie er Grace kennengelernt, wie er sie verführt und wie er sie (seiner Meinung nach) überredet hatte, ihn zu heiraten, erzählte Geschichten von Predigern und Zockern an seinem Ende der Stadt – die an seinem Ende der Stadt viel gemeinsam zu haben und oft genug identisch zu sein schienen –, wie er diesen und jenen ausgetrickst und wie er es einmal knapp geschafft hatte, nicht in einer Chain Gang zu landen. (Er hatte Eric auch erklärt, was eine Chain Gang war.) Als Eric einmal in den Heizkeller gekommen war, hatte Henry dort alleine gesessen, ohne auf ihn zu reagieren, und als Eric die Hand auf Henrys Knie gelegt hatte, waren heiße Tränen darauf gefallen. Eric erinnerte sich nicht mehr an den Grund für Henrys Tränen, aber das Staunen, mit dem er Henrys Gesicht angefasst hatte, würde er nie vergessen, auch nicht das Gefühl, das Henrys bebender Körper in ihm ausgelöst hatte. Er hatte sich in Henrys Arme geworfen und beinahe selbst geschluchzt, seine eigenen Tränen jedoch klugerweise zurückgehalten. Er war von einem unsagbar schmerzhaften Zorn erfüllt gewesen auf alles, was Henry je wehgetan haben könnte. Es war das erste Mal, dass er die Arme eines Mannes um sich gehabt, das erste Mal, dass er die Brust und den Bauch eines Mannes gespürt hatte; da war er zehn oder elf. Er hatte furchtbare Angst gehabt, eine tiefe, diffuse Angst, jedoch nicht, wie die kommenden Jahre weisen würden, tief genug. Er wusste, dass an seinen Gefühlen etwas nicht stimmte und dass sie verborgen bleiben mussten, dachte aber, es läge daran, dass Henry ein erwachsener Mann war und schwarz und er ein kleiner Junge und weiß.

Henry und Grace wurden irgendwann davongejagt, wegen irgendeines Missgeschicks oder Vergehens von Henry. Da Erics Eltern die Zusammenkünfte im Heizkeller nie gutgeheißen hatten, vermutete Eric immer das als Grund für Henrys Vertreibung, was ihn noch erbitterter gegen seine Eltern einnahm. Er lebte jedenfalls weit weg von ihnen, tagsüber in der Schule und abends vor seinem Spiegel in den alten Kleidern seiner Mutter oder in bunten Fetzen, die er irgendwo aufgesammelt hatte, posierend und im Flüsterton deklamierend. Er wusste, auch hier stimmte was nicht, aber er hätte nicht sagen können, warum. Doch da wusste er bereits, dass an allem, was er tat, in den Augen seiner Eltern und in den Augen der Welt etwas nicht stimmte und daher im Verborgenen gelebt werden musste.

Das Problem am Leben im Verborgenen ist, dass es sehr häufig dem Menschen verborgen bleibt, der es lebt, aber durchaus nicht den Menschen, denen er begegnet. Zwangsläufig begegnet er jenen Menschen, die sein Geheimnis sehen, bevor sie irgendetwas anderes sehen, und es aus ihm herausziehen, mal mit dem Vorsatz, es gegen ihn zu verwenden, mal in wohlwollenderer Absicht; doch unabhängig von der Absicht ist der Augenblick schrecklich und die wachsende Erkenntnis eine unaussprechliche Qual. Ziel des Träumers ist es schließlich, einfach weiterzuträumen und nicht von der Welt belästigt zu werden. Doch die Ziele des Lebens stehen jenen des Träumers entgegen, und die Zähne der Welt sind scharf. Wie hätte Eric wissen können, dass seine Fantasien, so unlesbar sie auch für ihn selbst waren, in jede seiner Gesten eingeschrieben waren, sich in jedem Tonfall offenbarten und mit all dem Glanz, der Schönheit und dem Schrecken des Begehrens in seinen Augen lebten? Er war schon immer ein robuster, gesunder Junge gewesen, hatte gespielt wie die anderen Kinder, gekämpft wie sie, Freunde gewonnen, Feinde gemacht, Geheimpakte geschlossen und hochfliegende Pläne geschmiedet. Und doch hatte keiner seiner Spielkameraden je mit Henry im Heizkeller gesessen oder Henry auf sein salziges Gesicht geküsst. Sie verwandelten sich nicht, unter dem Gewicht aussortierter Hüte, Kleider, Taschen, Schärpen, Ohrringe, Umhänge und Ketten, in imaginäre Gestalten, wenn alle im Haus schliefen. In ihren kühnsten Träumen hätten sie sich nicht die Menschen ausdenken können, in die er sich im Schutz der Nacht verwandelte: Freundinnen seiner Mutter oder seine Mutter – seine Mutter, wie er sie sich vorstellte, als sie jung war, die Freundinnen seiner Mutter, wie seine Mutter heute war; die Heldinnen und Helden der Romane, die er las, und der Filme, die er sah, oder Menschen, die er sich einfach aus seinen Fantasien und den gerade greifbaren Lumpen zusammensetzte. In der Schule bekam der Junge, mit dem er raufte, gewiss nicht die seltsamen Stiche des Schreckens und der Lust, die Eric empfand, während sie miteinander rangen und einer den anderen zu Boden drückte, und wenn Eric die Mädchen überhaupt wahrnahm, sah er in erster Linie ihre Kleider und ihre Haare; für ihn waren sie nicht, wie die Jungen, Geschöpfe in einer Rangliste, die er anhimmeln, fürchten oder verachten konnte. Keiner sah den anderen so an, wie er die anderen ansah. Seine Träume waren anders – subtil, schonungslos, kriminell anders: noch nicht bekannt, aber spürbar. Er war auf eine Weise bedroht, die sie nicht betraf, und vielleicht lag in dieser Ahnung, in dem Instinkt, der Menschen von den Verfluchten forttreibt, der Grund für die stetig wachsende, unüberwindliche Kluft zwischen ihm und seinen Mitmenschen.

Erics zunehmende Isolation und Entfremdung wurde in Alabama natürlich, sogar von ihm selbst, seiner überaus missliebigen Haltung gegenüber den Schwarzen zugeschrieben – mit anderen Worten, in den Augen der Welt, in der er sich bewegte, dem völligen Fehlen einer vernünftigen Haltung. Der Ort, in dem Eric lebte, war angesehen und wohlhabend, aber nicht sehr groß; in Erics Augen war der ganze Süden nicht sehr groß, auf jeden Fall, wie sich herausstellte, nicht groß genug für ihn, und er war der einzige Sohn sehr bekannter Mitbürger. Also dauerte es nicht lange, bis er, wo auch immer er auftauchte, für Kopfschütteln sorgte, geschürzte Lippen und steife Zungen, wenn Letztere sich nicht gerade heftig und giftig um seinen Namen krümmten. Dabei handelte es sich allerdings auch um den Namen seines Vaters, weshalb Eric sehr oft und sehr bald der abscheulichen Unterwürfigkeit von Menschen begegnete, die ihn verachteten, dies aber nicht zu sagen wagten. Vor langer Zeit schon hatten sie aufgegeben, irgendetwas zu sagen, was sie wirklich fühlten, so lange schon, dass sie irgendwann außerstande waren, Gefühle zu empfinden, die nicht vom Mob geteilt wurden.

Jetzt trat Eric aus der Dusche und rubbelte sich mit dem riesigen, rauen weißen Handtuch ab, das Yves ihm rausgelegt hatte. Yves duschte nicht gern, er nahm lieber ein langes, kochend heißes Bad mit Zeitung, Zigaretten und Whiskey auf einem Hocker neben der Badewanne und mit Eric in der Nähe zum Plaudern, Haare einseifen und Rücken schrubben. Bei dem Gedanken an die orientalische Opulenz, der Yves bei jedem Bad frönte, musste Eric lächeln. Er lächelte, aber ihm war auch mulmig zumute. Und als er seinen Bademantel anzog, prickelte sein Körper weniger vom rauen Handtuch oder dem Eau de Toilette als von dem Bild, das ihn abrupt überwältigte, dem Bild von Yves, wie er sich in der Wanne zurücklehnte und mit dem Waschlappen in der Hand, mit friedlicher, gedankenverlorener Miene vor sich hin pfiff, während sein Geschlecht im Seifenwasser glänzend auf- und abtauchte wie ein schlaffer, zylindrischer Fisch; und von der Erinnerung, die ihm dieses Bild gewissermaßen eröffnet hatte, an jenen Moment vor beinahe fünfzehn Jahren, als der Schlag unerbittlich niederging und seine Schande, sein Kampf und sein Exil begannen. Er ging ins Esszimmer und schenkte sich etwas ein. Als die Flasche leer war, warf er sie in den Mülleimer. Er steckte sich eine Zigarette an und setzte sich in einen Sessel am Fenster mit Blick aufs Meer. Die Sonne ging gerade unter, und das Meer stand in Flammen.

Die Sonne war auch an jenem fernen Tag untergegangen, einem Sonntag, einem heißen Tag. Die Kirchenglocken waren verklungen, und die Stille des Südens hatte schwer über der Stadt gehangen. Die Bäume entlang der Gehwege spendeten keinen Schatten. Die weißen Häuser mit ihren blanken Haustüren und ihren schwarz beschatteten Veranden schienen mit der Sonne im Clinch zu liegen, mühevoll flirrend unter dem gnadenlosen Licht. Im Vorübergehen ließ sich im tiefen Schatten einer Veranda gelegentlich eine reglose, gesichtslose Gestalt ausmachen. Überall spielten die Gören im unbezwingbaren Dreck – dort, wo Eric an dem Tag spazieren ging, in einer Seitengasse am Rande der Stadt, mit einem schwarzen Jungen. Er hieß LeRoy, er war siebzehn, ein Jahr älter als Eric, und arbeitete als Hausmeister bei Gericht. Er war groß und sehr schwarz, und schweigsam; Eric fragte sich immer, woran er wohl gerade dachte. Sie waren schon sehr lange befreundet, seit Henrys Vertreibung. Doch so langsam wurde ihre Freundschaft, ihr Bemühen, eine unmögliche Verbindung aufrechtzuerhalten, für beide zur Last. Es wäre – vielleicht – einfacher gewesen, wenn LeRoy für Erics Familie gearbeitet hätte. Dann wäre alles erlaubt gewesen, gedeckt durch Erics Verantwortung für seinen schwarzen Boy. So aber war es verdächtig, es gehörte sich nicht, dass ein weißer Junge, zumal einer von Erics Stand und zweifelhaftem Ruf, einem Untergeordneten »hinterherlief«, wie Eric es unbestreitbar tat. Er hatte keine Wahl, als ihm hinterherzulaufen, hartnäckig zu bleiben – LeRoy konnte ja schlecht ihn besuchen.

Und doch hatte seine Position etwas zutiefst Demütigendes, das war für ihn schmerzlich spürbar und für LeRoy auch, das wusste er. Was er nicht wusste oder nicht wissen wollte, war, dass er LeRoy das Leben noch schwerer machte und noch gefährlicher, denn LeRoy galt als »verkommen«, also respektlos gegenüber den Weißen. Auch wusste Eric nicht, im Gegensatz zu LeRoy, was man sich schon in der ganzen Stadt über ihn erzählte. Und er ahnte nicht, sehr im Gegensatz zu LeRoy, dass die Schwarzen ihn auch nicht mochten. Sie hinterfragten das Motiv seiner Freundlichkeit. Sie suchten nach dem niedersten, und natürlich fanden sie es.

Als Eric in der Straße aufgetaucht war, Hände in den Taschen und ein heiseres, melodieloses Pfeifen auf den Lippen, war LeRoy deshalb schnell von der Veranda gesprungen und so stramm auf ihn zugeschritten, als begegnete er einem Feind. Von LeRoys Veranda ertönte ein zügig unterdrücktes Kichern, eine Fliegentür klappte zu, aller Augen in dieser Straße waren auf die beiden gerichtet.

Eric stammelte: »Wollte nur sehen, was du gerade machst.«

LeRoy spuckte auf die staubige Straße. »Ich, gar nichts. Und du, hast du nichts zu tun?«

»Wollen wir spazieren gehen?«

Einen Augenblick sah es tatsächlich so aus, als würde LeRoy ablehnen, denn sein Blick verfinsterte sich noch mehr. Dann erschien ein kleines Lächeln auf seinem Gesicht. »Okay. Aber nicht weit. Ich muss dann zurück.«

Sie gingen los. »Ich will raus aus dieser Stadt«, sagte Eric plötzlich.

»Das wollen wir beide«, sagte LeRoy.

»Vielleicht können wir zusammen in den Norden«, sagte Eric nach einer Weile. »Wo, meinst du, ist es am besten? New York? Chicago? Oder vielleicht San Francisco?« Er hatte Hollywood sagen wollen, weil er den vagen Wunsch hatte, Filmstar zu werden. Aber LeRoy konnte er sich nicht als Filmstar vorstellen, und er wollte nicht den Eindruck erwecken, als wollte er etwas, das LeRoy nicht haben konnte.

»Hier weggehen, da kann ich nicht mal dran denken. Ich muss mich um Ma kümmern und die ganzen Kinder.« Er lachte, aber es war kein sehr angenehmes Lachen. »Hat ja schließlich nicht jeder einen Alten mit einer Bank.« Er hob einen Kieselstein auf und warf ihn an einen Baum.

»Gott, mein Alter gibt mir auch kein Geld. Ganz bestimmt gibt er mir kein Geld, um in den Norden zu gehen. Er will, dass ich bleibe, wo ich bin.«

»Irgendwann stirbt er, Eric, und dann muss er es wem hinterlassen, und was glaubst du, wer das ist? Ich?« Er lachte wieder.

»Na ja, ich häng hier nicht den Rest meines Lebens rum und warte darauf, dass Papa stirbt. Keine tollen Aussichten.«

Er versuchte zu lachen, versuchte, LeRoys Ton zu treffen, aber er verstand LeRoys Ton nicht ganz. Was war los heute, was stimmte nicht zwischen ihnen? Es ging nicht mehr nur um die Welt – etwas Unausgesprochenes lag zwischen ihnen, etwas Unaussprechliches, Unabgeschlossenes und entsetzlich Ersehntes. Und doch hätte er es an jenem weit zurückliegenden, glühend heißen Tag, an dem das Wissen in ihm tobte und auf ihn eindrang wie die Sonne, als alles in ihm schmerzte und sich nach dem Akt verzehrte, beim allerbesten Willen nicht benennen können. Es verharrte noch an der Schwelle zu seiner Vorstellungskraft; und es hatte keinen Namen, für ihn zumindest nicht, für andere Menschen, hatte er gehört, trug es scheußliche Namen. Es hatte nur eine Gestalt, und die Gestalt war LeRoy, und LeRoy barg das Geheimnis, das ihm an die Gurgel ging.

Er legte den Arm um LeRoys Schultern und rieb den Kopf an LeRoys Kinn.

»So oder so sind es deine Aussichten, ob du willst oder nicht«, sagte LeRoy. Er legte eine Hand in Erics Nacken. »Und was meine Aussichten sind, weißt du wahrscheinlich.« Eric hatte das Gefühl, dass er noch mehr sagen wollte, aber nicht wusste, wie. Als sie noch ein paar Schritte schweigend gegangen waren, kam LeRoys Gelegenheit. Ein cremefarbener Roadster mit sechs jungen Leuten, drei weißen Jungen und drei weißen Mädchen, kam in einer Staubwolke die Straße raufgefegt. Eric und LeRoy konnten nicht mehr auseinandergehen, lautes Gelächter drang aus dem Wagen, der Fahrer trötete einen verballhornten Hochzeitsmarsch auf seiner Hupe – und hielt sie gedrückt, als das Auto weiterdüste und verschwand. Eric kannte die Leute, er war mit ihnen aufgewachsen.

Sein Gesicht brannte, und er und LeRoy lösten sich voneinander; LeRoy betrachtete ihn mit seltsam unverbindlichem Mitleid.

»*Das* solltest du machen«, sagte er – er sagte es sanft und sah Eric dabei an, leckte sich die Unterlippe –, »und *da* solltest du sein. Nicht auf einer verfluchten Landstraße mit einem Nigger.«

»Ich scher mich einen Dreck um diese Leute«, sagte er – aber er wusste, dass er log, und er wusste, dass LeRoy das wusste –, »diese Leute bedeuten mir gar nichts.«

LeRoy sah mitleidiger aus denn je, und auch verärgert. Die Straße war jetzt leer, kein Lebewesen weit und breit; sie war gelbrot und braun, von Bäumen überhangen, durch deren Blätter Feuer drang, und fiel zu den Bahngleisen und zum Lagerhaus ab. Hier verlief die Grenze durch die Stadt, und an diesem Punkt bogen sie immer von der Straße ab zu einer Baumgruppe, auf eine Anhöhe mit Blick auf einen Bach. LeRoy lenkte Eric jetzt zu dieser Zuflucht. Seine Berührung war anders heute; beharrlich, sanft, hitzig und resigniert.

»Außerdem«, sagte Eric, »bist du kein Nigger, nicht für mich, du bist LeRoy, du bist mein Freund, und ich liebe dich.« Die Worte verschlugen ihm den Atem, Tränen traten ihm in die Augen, und im flammenden Schatten eines Baums blieben sie stehen. LeRoy lehnte sich an einen Baum und starrte Eric an, mit einem schrecklichen Ausdruck in seinem schwarzen Gesicht. Der Ausdruck in LeRoys Gesicht machte ihm Angst, aber er kämpfte dagegen an und sagte: »Ich verstehe nicht, wieso Menschen nicht einfach machen können, was sie wollen; wir tun doch niemandem was.«

LeRoy lachte. Er packte Eric und zog ihn unter dem Schatten der Blätter zu sich heran. »Armer kleiner reicher Junge«, sagte er, »sag mir, was du machen willst.« Eric sah ihn an. Nichts hätte ihn aus LeRoys Armen vertreiben können, von seinem Geruch und der schrecklichen neuen Berührung seines Körpers, und doch wusste er, dass sie unzulässig war, so wie er wusste, dass alles, was er jemals gewollt oder getan hatte, unzulässig war, und er spürte, wie er fiel. Wohin? Er klammerte sich an LeRoy, dessen Arme sich fester um ihn schlossen. »Armer Junge«, murmelte LeRoy wieder, »armer Junge.« Eric vergrub das Gesicht an LeRoys Hals, und LeRoys Körper erschauerte kurz – *die Brust und der Bauch eines Mannes!* –, dann schob er Eric von sich, führte ihn zum Bach, und sie setzten sich.

»Wahrscheinlich weißt du inzwischen«, sagte LeRoy nach langem Schweigen, während Eric seine Hand durchs Wasser gleiten ließ, »was man sich in der Stadt über uns erzählt. Mir egal, aber damit können wir uns eine Menge Ärger einhandeln. Du solltest nicht mehr zu mir kommen, Eric.«

Eric hatte nicht gewusst, was man sich erzählte, oder war außerstande gewesen, dieses Wissen zu sich durchsickern zu lassen; aber jetzt wusste er es. Mit starrem Blick ins Wasser und einer vollkommen rätselhaften Selbstvergessenheit sagte er: »Tja, ist der Ruf erst ruiniert … So seh ich das. Ich scheiß auf diese Leute, sollen sie sich zum Teufel scheren; was haben die mit dir und mir zu tun?«

LeRoy lächelte: »Du bist ein netter Junge, Eric, aber du weißt nicht, was hier gespielt wird. Deinem Daddy gehört die Hälfte von den Leuten in dieser Stadt, dir können sie nicht so viel. Aber was sie mir alles können …!« Er spreizte die Hände.

»Ich lass nicht zu, dass dir irgendwas passiert.«

LeRoy lachte. »Hau lieber ab aus dieser Stadt. Im Ernst,

nachher lynchen die dich noch, bevor sie zu mir kommen.« Er lachte erneut und fuhr Eric durchs feuerrote Haar.

Eric packte seine Hand. Sie sahen sich an, und es herrschte Totenstille. »Junge«, sagte LeRoy matt. »Du suchst richtig Ärger, oder?« Das war alles. Nebeneinander lagen sie am Bach.

Dieser Tag. Dieser Tag. Hätte er gewusst, wohin dieser Tag ihn führen würde, hätte er sich, in solch schmerzlicher Freude, unter dem großen Gewicht seines ersten Liebhabers gewunden? Doch hätte er gewusst oder sich zu der bangen Frage durchringen können, wohin ein solcher Tag ihn führen mochte, könnte er niemals den Drang verspürt haben, einen solchen Tag herbeizuführen. Er empfand Angst und Schmerz, und der Junge, der ihn so unnachgiebig festhielt, war auf einmal ein Fremder; und doch bewirkte dieser Fremde in Eric eine ewige, eine heilende Verwandlung. Viele Jahre mussten vergehen, bevor er nach und nach akzeptieren konnte, was er an diesem Tag, in diesen Armen, während der Bach ihm ins Ohr flüsterte, entdeckt hatte, und doch war dieser Tag der Beginn seines Lebens als Mann gewesen. Was ihm immer verborgen geblieben war, wurde an diesem Tag offenbar, und es spielte keine Rolle, dass er fünfzehn Jahre später, im Sessel mit Blick auf ein fremdes Meer, noch immer kämpfen musste, um diese Offenbarung mit Würde zu tragen. Denn Offenbarung bedeutet, dass das Offenbarte wahr ist und getragen werden muss.

Aber wie? Er stand auf und schritt ruhelos durch den Garten. Das Kätzchen lag eingerollt auf der Steintreppe vor dem Eingang, schlafend in der letzten Sonne. Dann hörte er Yves' Fahrradklingel, und gleich darauf tauchte Yves' Kopf über der niedrigen Steinmauer auf. Er ging an ihm vorbei, und Eric hörte ihn in der Küche poltern und den Kühlschrank auf- und zumachen.

Dann stand Yves neben ihm.

»Madame Belet ist gleich hier, sie macht uns ein Hühnchen. Und ich habe Whiskey und Zigaretten mitgebracht.« Er runzelte die Stirn. »Du bist verrückt, hier in deinem Bademantel zu stehen. Die Sonne ist weg, es wird kalt. Komm, zieh dich an, ich mache uns was zu trinken.«

»Was würde ich bloß ohne dich anfangen?«

»Wer weiß.« Eric folgte ihm ins Haus. »Ich habe auch Champagner gekauft«, sagte Yves plötzlich und drehte sich mit einem scheuen kleinen Lächeln zu Eric um. »Zur Feier unseres letzten Abends.« Dann ging er in die Küche. »Zieh dich an«, rief er, »Madame Belet kommt gleich.«

Eric ging ins Schlafzimmer und zog sich langsam an. »Gehen wir nach dem Essen noch aus?«

»Vielleicht. Kommt drauf an. Wenn wir nach dem Champagner nicht zu betrunken sind.«

»Ich glaube, ich hätte nichts dagegen, einfach hierzubleiben.«

»Oder vielleicht wollen wir auch einen letzten Blick auf unser kleines Küstenstädtchen werfen.«

»Wir müssen ja noch packen und auch ein bisschen sauber machen und versuchen, ein bisschen zu schlafen.«

»Madame Belet macht für uns sauber, wir würden das sowieso nie hinkriegen. Schlafen können wir im Zug. Und viel zu packen haben wir nicht.«

Eric hörte, wie Yves Gläser spülte. Dann fing er an, eine Melodie zu pfeifen, die klang wie eine Improvisation über Bach. Eric kämmte sich die Haare. Sie waren zu lang, und er beschloss, sie sich ganz kurz schneiden zu lassen, bevor er nach Amerika aufbrach.

Schließlich saßen sie, wie so viele Abende zuvor, am Fenster mit Blick aufs Meer. Yves saß auf dem Fußkissen und hatte den Hinterkopf auf Erics Knie gelegt.

»Von hier wegzugehen, wird sehr traurig«, sagte Yves plötzlich. »Ich war noch nie so glücklich wie hier in diesem Haus.«

Eric strich Yves durchs Haar und sagte nichts. Er betrachtete die Lichter vom Himmel und vom Ufer, die auf dem stillen schwarzen Meer spielten.

»Ich war hier auch sehr glücklich«, sagte er schließlich. »Ich frage mich, ob wir je wieder so glücklich sein werden.«

»Ja, warum denn nicht? Aber darum geht es gar nicht – egal, wie glücklich ich noch sein werde, und bestimmt wird es noch herrliche Augenblicke geben, mir bleibt immer dieses Haus. Ich habe hier was entdeckt.«

»Und was?«

Yves wandte den Kopf, um Eric anzusehen. »Ich hatte Angst, dass ich einfach immer ein Straßenjunge bleibe, dass ich nicht besser bin als meine Mutter.« Er wandte sich ab, wieder dem Fenster zu. »Aber mit dir hier in diesem Haus ist mir irgendwie klar geworden, dass es nicht so ist. Ich muss keine Hure sein, nur weil ich von Huren abstamme.« Er hielt inne. »Das hab ich von dir gelernt. Das ist wirklich komisch, weil, weißt du was? Am Anfang dachte ich, du hältst mich für so einen. Ich dachte, da kommt noch so ein schmieriger Amerikaner, der einen hübschen, heruntergekommenen Jungen sucht.«

»Aber du bist gar nicht hübsch.« Eric nahm einen Schluck Whiskey. *»En fait, tu es plutôt moche.«*

»Oh. *Ça va.«*

»Du hast eine Himmelfahrtsnase.« Er streichelte Yves' Nasenspitze. »Und dein Mund ist zu groß« – Yves lachte –, »und deine Stirn ist zu hoch, und bald hast du keine Haare mehr.« Er streichelte Yves' Stirn, seine Haare. »Und diese Ohren, mein Herz! Du siehst aus wie ein Elefant oder eine Flugmaschine.«

»Du bist der Erste überhaupt, der mich hässlich nennt. Vielleicht fasziniert mich das.« Er lachte.

»Na ja. Deine Augen sind nicht so übel.«

*»Tu parles. J'ai du chien, moi.«*

»Tja, na ja, mein Herz, jetzt, wo du's sagst, ich fürchte, da ist was dran.«

Sie schwiegen einen Moment.

»Ich war mit so vielen grauenhaften Menschen zusammen«, sagte Yves ernst, »so früh und so lange. Wirklich, es grenzt an ein Wunder, dass ich nicht völlig *sauvage* bin.« Er nahm einen Schluck Whiskey. Eric konnte sein Gesicht nicht sehen, aber er konnte sich den Ausdruck darin vorstellen: hart und verwirrt und furchtbar jung, mit der Grausamkeit, die aus Schmerz und Angst erwächst. »Erst meine Mutter und all diese Soldaten, *ils étaient mes oncles, tous*«, und er lachte, »und dann all diese schrecklichen, schleimigen Männer, ich weiß gar nicht mehr, wie viele.« Er schwieg wieder. »Ich lag im Bett, manchmal kamen wir nicht mal bis zum Bett, und hab sie grunzen und sabbern lassen. Manche waren wirklich unglaublich, keine Hure hat jemals die Wahrheit über ihre Kundschaft erzählt, garantiert nicht, die würden ihr den Kopf abschneiden, bevor sie wagen, sich das anzuhören. Aber es passiert, es passiert andauernd.« Er richtete sich auf, umschlang die Knie, starrte aufs Meer. »Dann habe ich ihr Geld genommen; wenn sie sich geziert haben, konnte ich sie einschüchtern, weil ich ein *mineur* war. Ach, es war sowieso einfach, sie einzuschüchtern. Die meisten Menschen sind Feiglinge.« Dann sagt er leise: »Ich hätte nie gedacht, dass es mir gefallen könnte, von einem Mann gehalten und angefasst zu werden. Ich hätte nie gedacht, dass ich imstande sein könnte, wirklich, richtig mit einem Mann zu schlafen. Oder mit irgendjemandem.«

»Warum«, fragte Eric schließlich, »hast du nicht Frauen statt Männer genommen, wenn dir Männer so zuwider waren?«

Yves schwieg. »Keine Ahnung«, sagte er dann. »Zuerst hab ich genommen, was kam – oder mich von dem, was kam, nehmen lassen.« Er grinste Eric an, nahm einen Schluck und stand auf. »Es ist einfacher mit Männern, es ist meistens kürzer, leichter verdientes Geld. Frauen sind so viel durchtriebener als Männer, vor allem die Frauen, die hinter Jungen wie mir her sind – und noch unattraktiver.« Er lachte. »Es ist viel anstrengender und nicht so sicher.« Seine Miene versank erneut in ihre ungereimte, strenge Melancholie. »Wo ich war, gibt es keine Frauen, gibt es überhaupt kaum menschliche Wesen. Sie sind alle tot. Tot.« Er spitzte die Lippen, seine Augen funkelten im Licht, das durchs Fenster fiel. »Bei meiner Mutter zu Hause waren viele Frauen, aber die konnte ich auch nicht ausstehen.« Er trat ans Fenster und sah hinaus. »Ich mag *l'élégance des femmes* nicht. Jedes Mal, wenn ich eine Frau in ihrem Pelzmantel, mit ihrem Schmuck und ihren Kleidern sehe, will ich ihr das alles vom Leib reißen und sie irgendwohin schleifen, ins *pissoir,* damit sie den Geruch von vielen Männern riecht, die Pisse von vielen Männern, und begreift, dass sie genau dazu da ist, dass sie keinen Tick besser ist, dass sie mich nicht blendet mit ihren glänzenden Lumpen, die sie sowieso nur irgendeinem blöden Mann aus dem Kreuz gepresst hat.«

Eric lachte, aber er war erschrocken. *»Comme tu es féroce!«* Er sah zu, wie Yves sich vom Fenster abwandte und langsam durchs Zimmer schritt – lang und hager, wie eine Katze auf der Pirsch – und in die schweren Schatten. Und er sah, wie Yves' Körper sich veränderte, seine jugendliche, von Armut gezeichnete Strenge verlor. Er wurde allmählich zum Mann.

Eric betrachtete diesen mürrischen, drahtigen Körper. Er betrachtete sein Gesicht. Die Wölbung seiner Stirn war ausgeprägter denn je und reiner, und sein Mund schien zugleich grausamer und wehrloser. Diese Blöße zeugte von Yves' Liebe und Vertrauen und zugleich von seiner Kraft. Eines Tages würde er Eric nicht mehr so brauchen wie jetzt.

Jetzt neigte Yves den Kopf nach hinten, leerte sein Glas und wandte sich lächelnd an Eric.

»Du trinkst heute Abend sehr langsam. Was ist los?«

»Ich werde alt.« Aber er lachte, trank aus und reichte Yves sein Glas.

Als Yves wegging, als er ihn in der Küche hörte, als er auf die blinkenden gelben Lichter entlang der Küste blickte, tat sich etwas in ihm auf, und eine unaussprechliche Verzweiflung überkam ihn. Madame Belet war eingetroffen, er hörte Yves und die alte Bäuerin in der Küche. Ihre Stimmen waren gedämpft.

An dem Tag, an dem Yves ihn nicht mehr brauchte, würde Eric wieder ins Chaos sinken. Er erinnerte sich an die Heerscharen einsamer Männer, die ihn benutzt hatten, mit ihm gerungen, ihn gestreichelt, sich ihm unterworfen hatten, in einer Dunkelheit, die tiefer war als die dunkelste Nacht. Sie hatten nicht nur seinen Körper benutzt, sondern etwas anderes; seine Schwäche hatte ihn zum Gefäß einer Seelenqual gemacht, von der er kaum glauben konnte, dass sie in der Welt war. Diese Qual machte ihn hilflos, verlieh ihm jedoch auch seine seltsame, verfluchte Würde und Macht, sie verwirrte ihn und umriss das Ausmaß seiner Falle. Vielleicht hatte er manchmal davon geträumt, aus dem Drama, in das er verstrickt war, auszubrechen und eine andere Rolle zu spielen. Doch alle Ausgänge waren versperrt – versperrt von gierigen Männern; die Rolle, die er spielte, war notwendig, nicht nur für ihn.

Er dachte an diese Männer, die ignoranten Heerscharen. Es waren Ehemänner, es waren Väter, Gangster, Footballspieler, Vagabunden; und sie waren überall. Jedenfalls überall dort, wo sie, wie man ihm versichert hatte, nicht zu finden sein sollten, und das Verlangen, das sie ihm entgegenbrachten, war eines, das sie kaum mit sich selbst in Verbindung brachten, das sie ihr Leben lang schon leugneten, das sie überwältigte und betäubte, sodass ihre Gliedmaßen schwer wurden wie die von Schläfern oder Ertrinkenden. Nur in der schändlichen, in der sträflichen Dunkelheit konnte es befriedigt werden, eilig, denn im Akt selbst waren die Flucht schon angelegt und der Widerwille verankert. Sie flohen mit aufgestochenem Geschwür und der Entzündung im Körper. Tage oder Wochen oder Monate mochten vergehen – sogar Jahre –, bevor sie sich erneut, verstohlen, in einer leeren Umkleide, in einem leeren Treppenhaus, auf einem Dach, im Schatten einer Mauer im Park, in einem geparkten Auto oder im möblierten Zimmer eines abwesenden Freundes den Händen, dem Streicheln, Kosen und Küssen des verachteten und anonymen Geschlechts hingaben. Und doch schien das Verlangen nicht in erster Linie ein körperliches zu sein. Man konnte nicht sagen, dass sie sich zu Männern hingezogen fühlten. Sie liebten nicht, sie ließen geschehen, sie waren passiv. Ja, nach ebendieser Passivität schien es sie zu verlangen, diesem Geschenk unerlaubter Lust, dieser Verehrung. Sie kamen, diese Heerscharen, nicht aus Freude, sondern aus Bedürftigkeit und in der ungeheuerlichsten Ahnungslosigkeit. Etwas in ihnen war gefroren, die Wurzel ihrer Zuneigung war gefroren, sodass sie keine Zuneigung mehr empfangen konnten, an dessen Mangel sie zugrunde gingen. Die finstere Unterwerfung war der Schatten von Liebe – würde sie doch nur irgendjemand, irgendwo so lieben, dass sie bei Licht, mit Freude solche Zärtlichkeit schenkten! Aber das wäre das Ende ihrer Passivität.

Chaos. Denn der große Unterschied zwischen ihm und diesen Männern war genau das, was sie verband. Er sah ihre Verletzlichkeit, und sie sahen seine. Aber sie liebten ihn nicht dafür. Sie benutzten ihn. Er liebte sie auch nicht, obwohl er davon träumte. Und so vollzog sich die Begegnung zwischen zwei Träumern, von denen einer den anderen nicht wecken konnte außer in bittersten Bruchteilen von Sekunden. Dann senkte sich erneut der Schlaf, die Suche ging weiter, und das Chaos kam zurück.

Und mehr noch. Wenn die anfangs so lockere Liaison die ersten Begegnungen überstand, wenn eine scheue Zuneigung durch den gefrorenen Boden brach und die Scham nachließ, regierte mehr denn je das Chaos. Denn die Scham hatte nicht so sehr nachgelassen wie einen Partner gefunden. Zuneigung hatte sich einen Weg gebahnt, aber nur durch einen Riss, eine Spalte in diesem Menschen, durch die, hinter der Zuneigung, die Stürme der Angst kamen. Denn der Akt der Liebe ist ein Bekenntnis. Man lügt über den Körper, aber der Körper lügt nicht über sich; über die Kraft, die ihn treibt, kann er nicht lügen. Eric hatte, unvermeidlich, die Wahrheit über viele Männer erfahren, die dann Eric und die Wahrheit zusammen aus der Welt vertreiben wollten.

Und wo war Ehre in all diesem Chaos? Eric sah die blinkenden Lichter und hörte Yves und Madame Belet in der Küche. Ehre. Er wusste, dass er keine Ehre hatte, die die Welt anerkennen konnte. Sein Leben, seine Leidenschaften, Prüfungen und Lieben waren in den Augen der Welt im schlimmsten Fall Dreck, im besten Fall eine Krankheit und in den Augen seiner Landsleute ein Verbrechen. Es gab keine Maßstäbe für ihn außer denen, die er sich selbst setzte. Für ihn gab es keine Maßstäbe, weil er die Definitionen nicht akzeptieren konnte, den schauerlich mechanischen Jargon der Zeit. Er sah niemanden um sich herum, der seinen Neid verdient hätte, glaubte nicht an den großen grauen Schlaf, der sich Sicherheit nannte, glaubte nicht an die Kuren, Allheilmittel und Slogans, welche die ihm bekannte Welt heimsuchten; und das hieß, dass er auf seinem Weg eigene Maßstäbe setzen und eigene Definitionen finden musste. Er musste selbst herausfinden, wer er war, und zwar, so sein Bedürfnis in Hinblick auf die Medizinmänner der Zeit, allein.

*»Mais, bien sûr«,* hörte er Madame Belet sagen, *»je suis tout à fait de votre avis.«* Madame Belet mochte Yves sehr und ließ ihn, ganz und gar unaufgefordert, wann immer sie ihn allein erwischte, an den Erfahrungen ihrer zweiundsiebzig Jahre teilhaben. Eric sah Yves vor sich, wie er sich mit den beiden Drinks in der Hand zur Küchentür vorarbeitete, ein höfliches blasses, einsames Lächeln im Gesicht – denn er hatte großen Respekt vor alten Menschen –, und auf eine Pause in Madame Belets Redefluss wartete, die ihm die Flucht ermöglichte.

Madame Belet mochte auch Eric, aber das lag für sein Empfinden vor allem daran, dass sie ihn als Yves' etwas kuriosen Wohltäter betrachtete. Wäre Eric Franzose gewesen, hätte sie ihn verachtet, doch Frankreich brachte – *Dieu merci!* – keine solchen Rätsel wie Eric hervor; ihn durfte man nicht nach den kultivierten Maßstäben ihres Landes beurteilen.

»Und wann reisen Sie ab?«, fragte sie.

»Ach, bestimmt nicht vor Mittag, Madame.«

Sie lachte, und Yves lachte. Etwas Schlüpfriges lag in diesem Lachen, und Eric beschlich unwillkürlich das Gefühl – das er sogleich unterdrückte –, dass sich das einvernehmliche Gelächter gegen ihn richtete. »Hoffentlich gefällt Ihnen Amerika«, sagte Madame Belet.

»Ich werde dort reich«, sagte Yves, »und wenn ich zurückkomme, nehme ich Sie mit auf eine Pilgerreise nach Rom.«

Die fromme Madame Belet war noch nie in Rom gewesen, und ihre große Hoffnung war, vor ihrem Tod ein Mal die heilige Stadt zu sehen.

»Ach, Sie kommen nie zurück.«

»Ich komme zurück«, sagte Yves. Doch seine Stimme war voller Zweifel, und zum ersten Mal merkte Eric, dass Yves Angst hatte.

»Wer nach Amerika geht«, sagte Madame Belet, »kommt nie zurück.«

*»Au contraire«,* sagte Yves, »sie kommen ständig zurück.«

Wohin zurück?, fragte sich Eric. Madame Belet lachte wieder. Dann verstummten sie. Yves kam zurück ins Zimmer. Er reichte Eric sein Glas und setzte sich wieder aufs Kissen, mit dem Kopf auf Erics Knie.

»Ich dachte, ich komm da nie weg«, murmelte er.

»Ich hab schon überlegt, ob ich dich retten soll.« Er beugte sich hinunter und küsste Yves auf den Hals.

Yves legte eine Hand auf Erics Wange und schloss die Augen. Sie waren still. Eine Ader pochte an Yves' Hals. Er drehte sich herum, und sie küssten sich. Und lösten sich voneinander. Yves' Augen waren sehr schwarz und glänzten in dem unbeleuchteten, flirrenden Raum. Sie sahen sich lange in die Augen und küssten sich wieder. Dann lehnte sich Eric mit einem Seufzen zurück, und Yves schmiegte sich wieder an ihn.

Eric fragte sich, was Yves dachte. Yves' Blick hatte ihn an jenen Tag vor knapp zwei Jahren zurückversetzt, da Yves und er in einem abgedunkelten Hotelzimmer in Chartres Liebende geworden waren. Yves war vor Jahren einmal in der Kathedrale gewesen, und er wollte sie Eric zeigen. Diese Geste, dieser Wunsch, mit Eric etwas zu teilen, das ihm am Herzen lag, hatte das Ende einer Probephase angekündigt und Yves' Auftauchen aus jenem dunklen Misstrauen bedeutet, das er der Welt entgegenbrachte und mit dem er Eric auf Abstand gehalten hatte. Sie kannten sich schon über drei Monate und hatten einander jeden zweiten Tag gesehen, sich aber noch nie angefasst.

Eric hatte gewartet, aufmerksam und keusch. Ein Wandel hatte sich in ihm vollzogen wie bei einem Verschwender, dessen Aufmerksamkeit von etwas ergriffen wird, das mehr wert ist als alles Gold und sämtlicher Tand, den er jemals erworben hat. Statt um sich zu werfen, fängt er an zu schätzen, zu horten und zu sammeln; alles, was er hat, wird wertvoll, weil alles, was er hat, sich als unannehmbares Opfer erweisen kann. Also wartete Eric und betete, dieser misshandelte Gassenjunge möge lernen, ihn zu lieben und ihm zu vertrauen. Und er wusste, dass er dieses Ziel nur erreichen konnte, indem er aufhörte, sich selbst zu misshandeln: Wenn er sich selbst nicht liebte, würde auch Yves ihn nie lieben können.

Also tat er, was nur er tun konnte, reinigte, so gut er konnte, sein Haus und öffnete seine Pforten; schuf eine prekäre Ordnung im Herzen seines Chaos und erwartete seinen Gast.

Yves setzte sich auf und steckte sich eine Zigarette an, dann eine für Eric. »Langsam krieg ich richtig Hunger.«

»Ich auch. Aber wir essen ja bald.« Die Katze kam hereinspaziert und sprang Eric auf den Schoß. Er streichelte sie mit einer Hand. »Weißt du noch, wie wir uns kennengelernt haben?«

»Das werde ich nie vergessen. Mein ewiger Dank gebührt Beethoven.«

Eric lächelte. »Und der modernen Wissenschaft.«

Er war an einem Frühlingsabend durch die Rue des Saints-Pères gegangen, begleitet von nicht sehr erfreulichen Gedanken. Paris schien ihm, seit langer Zeit schon, die einsamste Stadt unter der Sonne. Und wer auch immer seinen Aufenthalt in dieser Stadt ausdehnte – wer mit anderen Worten dort ein Zuhause suchte –, war zu der Erkenntnis verdammt, dass niemandem anzulasten war, was ihm widerfuhr. Entgegen der gängigen Überlieferung bot Paris nicht viel Zerstreuung, besser gesagt war die gebotene Zerstreuung wie französisches Gebäck, bunt und substanzlos, süß auf der Zunge und sauer im Magen. Der unzufriedene Wanderer wurde auf sich selbst zurückgeworfen – sollte sein Leben erträglich werden, konnte nur er dafür sorgen. Und als Eric an diesem Frühlingsabend die lange, dunkle, murmelnde Straße zum Boulevard hinaufging, war er verzweifelt. Er wusste, dass er ein Leben gestalten musste, aber er schien nicht die nötigen Werkzeuge zu besitzen.

Als er auf den Boulevard zuging, hörte er Musik. Zuerst dachte er, sie käme aus den Häusern, doch dann merkte er, dass sie aus den Schatten auf der anderen Straßenseite kam, wo gar keine Häuser standen. Er blieb stehen und lauschte Beethovens fünftem Klavierkonzert, das sich langsam von ihm entfernte. Und dann löste sich gegenüber, auf der anderen Seite, die lange, hagere Gestalt eines jungen Mannes aus den Schatten. Er stand an der Ecke und wartete auf die Ampel, und Eric sah, dass er ein kleines Kofferradio trug, das er mit beiden Händen hielt. Eric lief bis zur Ecke, die Ampel sprang um, der Junge ging über die Straße, und Eric folgte ihm. Die dunkle lange Straße entlang, der Junge auf der einen, er auf der anderen Seite, während die ungestüme Musik, die dem Ungestüm in seinem Herzen glich, die milde Frühlingsluft erfüllte.

Sie erreichten die Ecke der Rue de Rennes. Das Konzert näherte sich seinem Ende. Zur Rechten, in weiter Ferne, hockte der bullige Gare Montparnasse, zur Linken und etwas näher waren die Cafés und der Boulevard und der saubere graue Kirchturm von Saint-Germain-des-Prés.

An der Ecke zögerte der junge Mann und begegnete flüchtig Erics Blick. Er wandte sich Richtung Saint-Germain-des-Prés. Eric überquerte die Straße. *Tum-ta-tum, tum-ta-tum, tum-ta-tum, tum-ta-tum!* spielte die Musik.

»Hallo«, sagte Eric, »ich fürchte, jetzt will ich das Konzert auch zu Ende hören.«

Yves drehte sich um, und Eric war auf der Stelle gebannt von seinen Augen. Sie betrachteten ihn mit der Offenheit eines Kindes, und doch lag auch etwas Forschendes darin, das überhaupt nicht kindlich war. Erics Herz schlug ein Mal hart in seiner Brust. Yves lächelte.

»Es ist fast vorbei«, sagte er.

»Ich weiß.« Sie gingen schweigend weiter und hörten sich das Konzert zu Ende an. Danach schaltete Yves das Radio aus.

»Trinken Sie was mit mir?«, fragte Eric. Schnell fügte er hinzu: »Ich bin ganz allein, ich habe niemanden zum Reden –

und – und man trifft nicht jeden Tag Leute, die Beethoven spielen.«

»Das stimmt«, sagte Yves mit einem Lächeln. »Sie haben einen komischen Akzent, wo kommen Sie her?«

»Amerika.«

»Das hab ich mir gedacht, Amerika. Aber wo da?«

»Aus dem Süden. Alabama.«

»Ach.« Yves betrachtete ihn mit Interesse. »Dann sind Sie also *raciste.*«

»Aber nein«, sagte Eric ziemlich verblüfft, »nicht alle sind so.«

»Ach«, sagte Yves erhaben, »ich lese eure Zeitungen. Und ich habe viele afrikanische Freunde, und das, ist mir aufgefallen, gefällt Amerikanern nicht.«

»Also, *mein* Problem ist das nicht«, sagte Eric. »Ich habe Alabama, so schnell ich konnte, verlassen, und sollte ich jemals zurückgehen, werden sie mich wahrscheinlich umbringen.«

»Sind Sie schon lange hier?«

»Ungefähr ein Jahr.«

»Und dann kennen Sie immer noch keinen Menschen?«

»Es ist schwer, mit Franzosen Freundschaft zu schließen.«

»Na ja, wir sind einfach nur mehr *réservés* als ihr.«

»Allerdings.« Vor dem Royal Saint-Germain blieben sie stehen. »Sollen wir hier was trinken?«

»Egal wo.« Yves warf einen Blick über die besetzten Tische und spähte durchs Fenster in die Bar, die auch voll war, hauptsächlich mit jungen Männern. »Aber es ist schrecklich voll.«

»Dann gehen wir woandershin.«

Sie gingen bis zur Ecke und überquerten die Straße. Alle Cafés waren besetzt. Sie überquerten erneut die Straße und kamen an der Brasserie Lipp vorbei. Eric hatte Yves eingehender betrachtet, als ihm bewusst war, und als sie an der Brasserie vorbeikamen, schoss ihm durch den Kopf, dass Yves Hunger hatte. Woher diese Erkenntnis kam, wusste er nicht, denn Yves hatte nichts gesagt, war nicht stehen geblieben und hatte nicht geseufzt, doch selbst wenn er mitten auf dem Gehweg zusammengebrochen wäre, hätte Eric nicht überzeugter sein können, dass dem Jungen flau war vor Hunger.

»Hören Sie«, sagte Eric, »ich habe eine Idee. Ich sterbe vor Hunger, ich habe noch nicht zu Abend gegessen. Kommen Sie mit mir in Les Halles was essen. Und wenn wir zurück sind, ist es hier nicht mehr so voll.« Yves blickte ihn erstaunt an, den Kopf wachsam geneigt, wartend.

»Das ist so weit«, murmelte er. Und sah Eric nun mit aufgeweckter, argwöhnischer Verwirrung an, als würde er denken: Ich bin zu allen Spielchen bereit, mein Freund, aber wie sind hier die Regeln? Und der Einsatz?

»Ich bring Sie zurück.« Grinsend nahm er Yves' Arm und ging auf einen Taxistand zu. »Kommen Sie, ich lade Sie ein, Sie tun mir damit einen Gefallen. Wie heißen Sie?«

»*Je m'appelle Yves.*«

»Ich heiße Eric.«

Seitdem hatte er oft gedacht, dass Yves und er, wäre die plötzliche Eingebung vor der Brasserie nicht gewesen, sich nie wieder begegnet wären. Ihr erstes gemeinsames Mahl hatte ihnen Zeit gegeben, einander zu umkreisen. Eric redete die meiste Zeit; die Beweislast lag bei ihm. Und Yves wurde weniger misstrauisch und weniger angespannt. Eric plauderte drauflos, entzückt von Yves' Mienenspiel, wartete auf sein Lächeln, wartete auf sein Lachen. Er wollte Yves vermitteln, dass er mit ihm nicht den üblichen brutalen Handel einzugehen gedachte, ihm nicht ein Abendessen ausgab, um ihn ins Bett zu zerren. Nach und nach brachte diese unausgesprochene Erklärung Yves dazu, bedächtig zu nicken, als ließe er sie sich durch den Kopf gehen. Und etwas anderes schlich sich in sein Gesicht, eine gewisse Angst. Diese Angst war es, von der Eric manchmal meinte, sie niemals überwinden zu können, weder in Yves noch in sich selbst. Es war die Angst vor der völligen Hingabe, einem Schwur: Es war die Angst, geliebt zu werden.

An dem Tag in Chartres waren sie durch die Stadt gelaufen und hatten Frauen am Flussufer hocken sehen, die Kleider gegen ein flaches Holzbrett schlugen. Yves sah ihnen lange zu. Sie waren in der heißen Sonne kreuz und quer durch die krummen alten Straßen gelaufen; Eric erinnerte sich an eine Eidechse, die über die Wand flitzte, und überallhin folgte ihnen die Kathedrale. Es war unmöglich, in dieser Stadt dem Schatten der großen Türme zu entkommen, unmöglich, in diesen Ebenen nicht von der grausamen und eleganten, dogmatischen und heidnischen Präsenz beunruhigt zu werden. Die Stadt war voller Touristen mit ihren Fotoapparaten, ihren Dreiviertelmänteln, bunt geblümten Kleidern und Hemden, ihren Kindern, Collegeabzeichen, Panamahüten, schrillen, nasalen Rufen und Autos, die wie riesige glänzende Insekten übers lähmende Kopfsteinpflaster krochen. Touristenbusse aus Holland, aus Dänemark, aus Deutschland standen auf dem Platz vor der Kathedrale. Flachsblonde Jungen und Mädchen, ernst mit Tornistern und khakigrünen Shorts, mit strammen Hintern und Schenkeln, wanderten stumpf durch die Stadt. Amerikanische Soldaten, manche in Uniform, manche in Zivil, beugten sich über Brücken, betraten in schrillen, nervös lächelnden Meuten die Bistros, umrundeten

Stände mit bunten Postkarten und nahmen kitschige, sakral angehauchte Souvenirs mit. Die ganze Schönheit der Stadt, die ganze Energie der Ebenen und die ganze Kraft und Würde der Menschen schienen von der Kathedrale aufgesogen zu werden – als forderte und empfinge sie ein fortwährendes Lebendopfer. Sie überragte die Stadt, mehr Heimsuchung als Segen, und ließ im Vergleich alles andere erbärmlich und unecht aussehen. Die Häuser, in denen die Menschen wohnten, sahen nicht nach Zuflucht aus oder Geborgenheit. Der große Schatten, der auf ihnen lag, entlarvte sie als bloße, dem Untergang geweihte Schachteln aus Holz und Erz in der Schneise eines Wirbelsturms, der sie bald schon in die Ewigkeit pusten würde. Und dieser Schatten lag auch schwer auf den Menschen. Sie wirkten verkümmert und missgestaltet; die einzige Farbe in ihren Gesichtern zeugte von zu viel schlechtem Wein und zu wenig Sonne, selbst die Kinder schienen in einem Keller großgezogen worden zu sein. Es war eine Stadt wie manche Städte im amerikanischen Süden, in ihrer Geschichte gefangen wie Lots Frau im Salz und daher, weil ihre Geschichte, die überwältigende, allgegenwärtige Gabe Gottes, nicht hinterfragt werden konnte, dazu verdammt, dem grauen, gefügigen Mittelmaß zu gehören.

Im Laufe des Nachmittags beschlossen sie, obwohl sie eigentlich nur für den Tag aus Paris gekommen waren, über Nacht zu bleiben. Yves machte den Vorschlag, als sie zur Kathedrale zurückkehrten und auf den Eingangsstufen standen, im Angesicht der in Stein gefangenen Heiligen und Märtyrer. Yves war den ganzen Tag schon ungewöhnlich schweigsam gewesen, und Eric kannte ihn inzwischen gut genug, um ihn nicht zu bedrängen, nicht zu bohren, sich nicht mal zu sorgen. Er wusste, Yves' Schweigen bedeutete, dass er irgendeinen sonderbaren Kampf mit sich ausfocht und selbst zu einem Schluss kommen würde; bald, später am Tag, morgen, nächste Woche würde Yves urplötzlich mit Worten jene Schritte nachvollziehen, die er jetzt schweigend ging. Und komischerweise, denn das ist nicht die Art, wie wir heute leben, war es für Eric schon Freude genug, einfach nur Yves' Schritte neben sich zu hören, Yves neben sich zu spüren, sein Mienenspiel zu sehen – beinahe genug jedenfalls.

Sie fanden ein Hotel mit Blick auf einen Bach und nahmen sich ein Doppelzimmer. Geradeaus das Wasser und zu ihrer Rechten, weit weg, die aufragenden Türme der Kathedrale. Als sie das Zimmer bezogen, ging die Sonne unter, und die breiten Streifen aus Feuer und dumpfem Gold zogen sich über den stillen blauen Himmel.

Vor dem Fenster standen Bäume, die sich bis ins Wasser neigten, und ein paar Tische und Stühle, doch die waren leer; es schienen nicht viele Leute im Hotel zu sein.

»Sollen wir da unten was trinken, Kumpel?«

»Du meine Güte, nein, die Mücken würden uns auffressen. Lass uns ein Bistro suchen.«

»Okay.«

»Wahrscheinlich kommen wir bald zurück«, sagte Yves, »in dieser Stadt gibt es bestimmt nichts zu tun.« Dann grinste er verschlagen. *»Ça va?«*

»Es war deine Idee, herzukommen«, sagte Eric.

»Ja.« Er wandte sich wieder zum Fenster. »Es ist friedlich, oder? Und wir können zärtlich miteinander sein, wir können uns etwas Zeit füreinander nehmen.« Er warf seine Zigarette aus dem Fenster. Als er sich wieder zu Eric umdrehte, war sein Blick umwölkt und sein Mund sehr verletzlich. Nach einem Moment sagte er leise: »Gehen wir.«

Aber es war fast eine Frage. Und jetzt hatten beide Angst. Aus irgendeinem Grund wirkten die Türme jetzt näher als zuvor, und die beiden großen Betten, die nah beieinander standen, schienen auf einmal das Einzige im Raum zu sein. Eric flatterte das Herz, sein Blut raste und stockte ihm dann in den Adern. Er spürte, dass Yves auf einen ersten Schritt von ihm wartete, dass alles in seiner Hand lag; und er konnte nichts tun.

Dann lichtete er sich, der gefährliche rote Schatten, der Augenblick verstrich, und sie lächelten sich an. Yves machte die Tür auf. Gemeinsam gingen sie hinunter in die schläfrige, die schöne Stadt.

Denn es war nicht mehr ganz dieselbe Stadt wie noch vor wenigen Stunden. In dem kurzen Augenblick im Hotelzimmer war etwas zwischen ihnen geschmolzen, hatte sich eine Kluft geschlossen; und nun zog der unwiderstehliche Sog sie langsam und unausweichlich zur Erfüllung des Versprechens.

Aus diesem Grund zögerten sie, bummelten, schoben es genussvoll auf. Sie wählten ein schmuckloses Bistro, weil es leer war – leer jedenfalls beim Reinkommen; als sie schon eine ganze Weile dort gesessen hatten, wurde es von einem halben Dutzend betrunkener, singfreudiger französischer Soldaten eingenommen. Zu jeder anderen Zeit wäre der Lärm, den sie veranstalteten, möglicherweise unerträglich gewesen, doch jetzt bildete er einen Schutzwall zwischen ihnen und der Welt. Sie hatten etwas zu lachen – und sie brauchten das Lachen; die Ablenkung, die die Soldaten den anderen Gästen im Bistro boten, erlaubte ihnen, für einen kurzen Moment die Hände zu verschränken, und dieser kleine Auftakt zum Schrecken gab Herz und Gemüt Halt.

Dann liefen sie durch die Stadt, in der sich nicht mal eine Katze zu regen schien; und wo immer sie hinliefen, beobachtete sie die Kathedrale. Sie gingen über eine Brücke und betrachteten den Mond im Wasser. Ihre Schritte hallten auf dem Kopfsteinpflaster wider. Die Hausmauern waren alle schwarz, zwischen einer vereinzelten Straßenlaterne und der nächsten gingen sie durch große Flecken von Schwarz. Die Kathedrale aber war erleuchtet.

Die Bäume, die Tische, die Stühle und das Wasser wurden vom Mond erhellt. Yves schloss die Tür hinter ihnen ab, Eric trat ans Fenster und blickte in den Himmel, auf die gewaltigen Türme. Er hörte das Murmeln des Wassers, und dann rief Yves seinen Namen. Eric drehte sich um. Yves stand am anderen Ende des Zimmer, zwischen den beiden Betten, nackt.

»Welches, meinst du, ist besser?«, fragte er.

Er klang ehrlich verwirrt, als handelte es sich um eine schwere Entscheidung.

»Ganz wie du magst«, sagte Eric ernst.

Yves schlug die Decke auf dem Bett am Fenster zurück und legte sich zwischen die Laken. Er zog die Decke bis zum Kinn hoch und beobachtete Eric. Seine Augen waren dunkel und riesengroß im dunklen Zimmer. Ein leises Lächeln lag auf seinen Lippen.

Dieser Blick, dieser Moment drangen in Eric ein und blieben für immer bei ihm. Auf Yves' Gesicht lag eine beängstigende Unschuld, eine wunderschöne Ergebung; auf erstaunliche Weise löschte dieser Moment in diesem Bett für Yves alle schäbigen Betten und schmutzigen Grabbeleien aus, die ihn hergeführt hatten, schleuderte sie ins Meer des Vergessens. Er wandte sich dem Liebhaber zu, der ihn nicht hintergehen würde, seiner ersten Liebe. Eric ging durchs Zimmer, setzte sich aufs Bett und fing an, sich auszuziehen. Erneut hörte er das Murmeln des Bachs.

»Gibst du mir eine Zigarette?«, fragte Yves. Er hatte eine neue Stimme, in neuer Sorge, und als Eric ihn ansah, erkannte er zum ersten Mal, wie das Gesicht eines Liebhabers zum Gesicht eines Fremden wird.

*»Bien sûr.«* Er zündete zwei Zigaretten an und gab Yves eine. Im grotesken Glühschein betrachteten sie einander – und lächelten gleichsam wie Verschwörer.

Dann fragte Eric: »Liebst du mich?«

»Ja«, sagte Yves.

»Das ist gut«, sagte Eric, »denn ich bin verrückt nach dir. Ich liebe dich.«

Dann hatte er, nackt, im gleißenden Mondlicht Yves langsam die Decke weggezogen. Sie hatten einander betrachtet, und lange Zeit hatte er Yves' Körper angestarrt, bevor Yves mit demselben traurigen, rätselhaften Lächeln die Arme ausgestreckt und ihn geküsst hatte. Yves' Geschlecht hatte sich in Erics Hand geregt und war langsam steif geworden. Dieses Geschlecht beherrschte die Landschaft seines Lebens, wie die Kathedralentürme die Ebene beherrschten.

Als würde auch er gerade an diesen Tag und diese Nacht denken, wandte Yves den Kopf und sah Eric mit einem staunenden, nachdenklichen und triumphalen Lächeln an. In dem Moment kam Madame Belet herein, ein Klappern von Messern, Gabeln und Tellern, und machte Licht. Yves' Gesichtsausdruck veränderte sich, das Meer verschwand. Er stand auf und blinzelte. Madame Belet stellte behutsam das Geschirr auf den Tisch, marschierte wieder hinaus und kam gleich darauf mit einer Flasche Wein und einem Korkenzieher zurück. Yves ging zum Tisch und öffnete den Wein.

»Sie glaubt, du wirst mich verlassen.« Er probierte einen Tropfen, dann füllte er Erics Glas, schenkte sich selbst ein und stellte die Flasche ab.

»Dich verlassen?« Eric lachte. Yves sah erleichtert aus und ein wenig beschämt. »Du meinst – sie glaubt, ich laufe vor dir weg?«

»Sie glaubt, dass du vielleicht nicht wirklich vorhast, mich nach New York mitzunehmen. Sie sagt, Amerikaner sind ganz anders – in ihrem eigenen Land.«

»Na, woher will denn die das wissen?« Eric wurde wütend. »Und das geht sie sowieso einen Scheißdreck an.« Als Madame Belet hereinkam, funkelte er sie an. Unbeirrt stellte sie eine Schale mit *crudités* und einen Korb mit Brot auf den Tisch. Dann kehrte sie in die Küche zurück, und Eric stierte gehässig auf ihren kerzengeraden, chauvinistischen Rücken. »Wenn ich eins nicht ausstehen kann, dann bösartige alte Weiber.«

Sie setzten sich. »Sie meint es eigentlich nicht böse«, sagte Yves. »Sie meint es einfach nur gut mit mir.«

»Sie meint, es sei gut für dich, mir zu misstrauen – kurz bevor ich ein Schiff besteige? Meint sie nicht, wir haben genug Sorgen?«

»Ach, na ja. Die Leute nehmen Beziehungen zwischen Jungs nicht ernst, das weißt du doch. Wir werden nicht viele Leute kennenlernen, die glauben, dass wir uns lieben. Sie glauben nicht, dass zwischen Männern Tränen fließen können. Sie glauben, wir spielen nur ein Spiel, um sie zu schockieren.«

Eric kaute schweigend das rohe Gemüse, dem jeglicher Geschmack fehlte. Er nahm einen Schluck Wein, aber das half nichts. Sein Magen zog sich zusammen, und seine Stirn wurde feucht. »Ich weiß. Und in New York wird es noch schlimmer.«

»Ach, na ja«, sagte Yves mit eigenartiger, berührender Bestimmtheit, »solange du mich nicht im Stich lässt, habe ich keine Angst.«

Eric lächelte – über den Ton, über die Aussage –, aber seine Stirn wurde heißer, und eine sonderbare Angst schnürte ihm die Kehle zu. »Ist das ein Versprechen?«, fragte er leichthin, aber mit erstickter Stimme; und Yves, der den Kopf zum Teller gesenkt hatte, blickte auf. Eric vertiefte sich in Yves' dunkle Augen, aber die Stirn darüber glänzte wie ein Schädel; zugleich betrachtete er mit unermesslichem Begehren Yves' geschwungene Lippen, den geöffneten Mund. Die Zähne schimmerten. Eric hatte diese Zähne mit seiner Zunge gefühlt und an seiner Wange, und der Mund hatte ihn viele Male zum Stöhnen und Beben gebracht. Die Tischplatte schien zwischen ihnen zu beben.

»Wollen wir Madame Belet nicht schon mal bezahlen?«, fragte Eric. »Und sie nach Hause schicken?«

Yves stand auf und ging in die Küche. Eric kaute wieder an dem rohen, nach Knoblauch schmeckenden Gemüse und dachte: *Das ist unsere letzte Nacht hier. Unsere letzte Nacht.* Erneut hörte er die Stimmen in der Küche, Madame Belet, die zu widersprechen schien, dann einwilligte, am Morgen wiederzukommen. Er trank seinen Wein aus. Dann ging die Küchentür zu, und Yves kam zurück.

»Ich glaube, sie ist ein bisschen verärgert«, sagte Yves lächelnd, »aber sie ist weg. Sie kommt morgen früh wieder, vor allem, um dir Lebewohl zu sagen. Ich glaube, sie will sichergehen, dass du weißt, wie wenig sie dich leiden kann.« Er setzte sich nicht wieder hin, sondern stand am Kopfende des

Tisches, Hände auf den Hüften. »Sie sagt, das Hühnchen ist fertig, wir sollen es nicht kalt werden lassen.« Er lachte, und Eric lachte. »Ich hab ihr gesagt, bei Hühnchen ist es egal, ob kalt oder warm, ich mag beides.« Sie lachten wieder. Dann wurde es schlagartig still zwischen ihnen.

Eric stand auf und ging zu Yves, und einen Augenblick standen sie da wie Ringer, die die körperliche Eignung ihres Gegenübers abschätzen, lächelnd und bleich. Yves wirkte kurz vor dem Akt immer zaghaft und zittrig; nicht wie ein Mädchen – wie ein Junge: Und dieses seltsam unschuldige Abwarten, diese männliche Hilflosigkeit, entfachte in Eric stets einen regelrechten Sturm der Zärtlichkeit. Alles in ihm, aus seinen Höhen und seinen Tiefen, seiner geheimnisvollen, verborgenen Quelle, strömte zusammen in eine große Flut, die nur mit Mühe in einen schmalen Gebirgsbach gelenkt wurde. Und so fröstelte es ihn – wie von Eiswasser; und so toste es in ihm, drohte mit kaum Verstandenem, schwer zu Kontrollierendem, und die Wucht, mit der er Yves entgegenströmte, erschütterte ihn. Ebendiese Wucht machte ihn zärtlich, denn sie erschreckte ihn. Und jetzt fuhr er Yves leicht und staunend über die Wange. Yves' Lächeln schwand, er sah Eric an, und sie nahmen sich in die Arme.

Auf dem Tisch standen die Weinflasche und die Gläser, ihre Teller, die Schale, das Brot, Yves hatte eine brennende Zigarette im Aschenbecher zurückgelassen, von der fast nur noch Asche übrig war, lang und grau; und in der Küche brannte Licht. »Du sagst, das Hühnchen ist dir egal?«, flüsterte Eric und lachte. Yves lachte und verströmte einen Hauch von Knoblauch, von pfeffrigem Schweiß. Sie hielten sich fest, ließen sich los, fassten sich an den Händen und stolperten ins Schlafzimmer, in den großen Hafen ihres Bettes. Vielleicht war es ihnen noch nie zuvor so sehr als Hafen erschienen, so sehr als das Ihre, jetzt, da es von den schrecklichen Fluten der Zeit überspült wurde. Und vielleicht hatten sie noch nie zuvor so sehr zueinander gehört, hatten noch nie zuvor so viel voneinander gegeben oder genommen wie jetzt, brennend und schluchzend im wimmernden Bett.

Sie rangen langsam miteinander, gemeinsam, heftig, lange Zeit: Beide fürchteten das Ende. Beide fürchteten den Morgen, wenn der Mond und die Sterne verschwunden waren, wenn dieses Zimmer grell und gramvoll von Sonnenlicht erfüllt war und dieses Bett abgezogen auf anderes Fleisch wartete. *Liebe ist teuer,* hatte Yves einmal mit seinem eigenartig trockenen Staunen gesagt. *Man muss Möbel drum herumstellen, sonst geht sie weg.* Jetzt gab es eine Weile keine Möbel mehr – wie lange würde ihnen diese Nacht reichen? Was würde der Morgen bringen, der bevorstehende Morgen, hinter dem sich so viele Morgen verbargen, so viele Nächte?

Und sie stöhnten. *Bald,* flüsterte Yves; er klang beharrlich, wie ein Kind, mit schrecklichem Bedauern. *Bald.* Erics Hände und Mund öffneten sich, schlossen sich auf dem Körper seines Liebsten, ihre Körper strebten noch enger zusammen, und Yves' Körper bebte, und er rief Erics Namen, wie noch niemand diesen Namen gerufen hatte. *Eric. Eric. Eric.* Sein Atem erfüllte Eric, schwerer als das ferne Rollen des Meeres.

Dann waren sie still, atmeten schwer. Das Rauschen des Meeres kehrte zurück. Sie wussten, dass im Wohnzimmer das Licht an war, dass in der Küche noch immer Licht brannte. Aber sie regten sich nicht. Sie lagen einander still in den Armen, in ihrem langsam abkühlenden Bett. Bald würde einer von ihnen, es würde Yves sein, nach den Zigaretten greifen und eine anstecken. Sie würden im Bett liegen, rauchend, redend, kichernd. Dann duschen: *Was sind wir schmuddelig,* würde Yves kreischen und in triumphales Gelächter ausbrechen. Dann würden sie sich anziehen, vielleicht etwas essen, wahrscheinlich ausgehen. Und bald wäre die Nacht zu Ende. Doch erst mal waren sie einfach erschöpft und friedlich miteinander und unwillens, den einzigen Hafen zu verlassen, den beide je gefunden hatten.

Und tatsächlich regten sie sich in dieser Nacht nicht mehr, rauchten keine Zigaretten, aßen kein Hühnchen, redeten nicht, tranken keinen Champagner. Sie schliefen so ein, wie sie waren, eng aneinandergeschmiegt mit angezogenen Beinen, in den Schlaf gewiegt vom Tosen des Meeres. Eric wachte ein Mal auf, als die Katze ins Bett gekrochen kam und sich um Yves' Hals zu kringeln versuchte, aber er schob sie ans Fußende des Bettes. Er dachte daran, aufzustehen und das Licht überall auszumachen; er hatte ein bisschen Hunger. Aber nichts schien wichtig genug, um ihn aus dem Bett zu locken, ihn von Yves wegzulocken, auch nur für einen Moment. Er legte sich wieder hin, schloss die Augen und lauschte Yves' Atem. Er schlief ein mit dem Gedanken *Das Leben in New York ist anders,* und erwachte mit diesem Gedanken, als die Sonne gerade aufging. Yves war wach und betrachtete ihn. Eric dachte: *Vielleicht hasst er New York. Und dann wird er auch mich hassen.* Yves sah ängstlich und entschlossen aus. Sie schwiegen. Plötzlich zog Yves Eric in seine Arme, als wäre er aufgebracht, als wäre er verloren. Nach und nach fanden sie ihren Frieden wieder, und dann lagen sie schweigend da, während blauer Zigarettendunst in der hellen Luft um sie herumkreiselte und die Katze zu ihren Füßen im Sonnenlicht schnurrte. Das Rumoren von Madame Belet in der Küche verriet Eric, dass es Zeit war, sich auf den Weg zu machen.

## 2

Acht Tage später war Eric in New York, Yves' Worte noch im Ohr, seine Berührung, seinen Geruch bei sich am ganzen Körper. Und Yves' Augen erhellten wie die Scheinwerfer am Eiffelturm oder der Feuerschwung eines Leuchtturms in regelmäßigen Abständen die schwere Dunkelheit um ihn herum und boten ihm in der schwarzen Ferne den einzigen Bezugsrahmen und seine einzige Orientierung.

Am letzten Tag in Paris, im letzten Augenblick, waren sie beide furchtbar verkatert gewesen, nachdem sie im Haus eines Freundes die ganze Nacht aufgeblieben waren; ihre Gesichter waren grau und feucht, sie stanken nach Erschöpfung. Um sie herum herrschten großes Geschrei und große Verwirrung, und der Zug atmete sie an wie ein unfassbar bösartiger Käfer. Sie waren beinahe zu müde für Traurigkeit, aber nicht zu müde für Angst. Die dampfte aus ihnen heraus wie der Giftdunst aus dem Gare St-Lazare. Während ihre Freunde diskret Abstand hielten, der Stationsvorsteher rufend den Bahnsteig auf und ab lief, *»En voiture, s'il vous plaît! En voiture! En voiture!«,* und der große Zeiger der großen Uhr sich der vollen Stunde näherte, starrten sie im tiefen schwarzen Schatten dieses Schuppens einander ins Gesicht wie Kameraden, die gemeinsam einen Krieg durchgestanden haben.

»*T'en fais pas*«, murmelte Eric.

»*En voiture!*«

Eric stieg hinauf ins Gedränge des Zuges. Es gab nichts zu sagen; es gab zu viel zu sagen.

»Ich hasse Warten«, sagte er. »Ich hasse Abschiede.« Und auf einmal war ihm zum Weinen, und Panik stieg in ihm auf, weil so viele Leute zusahen. »Wir sehen uns«, sagte er, »ganz bald. Das verspreche ich dir, Yves. Ich verspreche es dir. *Tu me fais toujours confiance, j'espère?*« Und er versuchte zu lächeln.

Yves sagte nichts, nickte aber, die Augen strahlend, der Mund verletzlich, die Stirn sehr hoch und voller Sorge. Menschen brüllten aus den Fenstern, reichten einander in letzter Sekunde Dinge hin und her. Eric stand als Letzter in der Tür. Er hatte das schreckliche Gefühl, etwas Wichtiges vergessen zu haben. Er hatte Yves' Hotelzimmer bezahlt, sie waren bei der amerikanischen Botschaft und den französischen Behörden gewesen, er hatte Yves Geld dagelassen – was noch? was noch? Der Zug setzte sich in Bewegung. Yves sah einen Moment benommen aus, Eric blickte über sein Gesicht hinweg, um all den anderen Lebewohl zu sagen. Yves lief auf dem Bahnsteig mit, dann sprang er plötzlich auf die Stufe, hielt sich mit einer Hand fest und küsste Eric fest auf den Mund.

»*Ne m'oublie pas*«, flüsterte er. »Du bist alles, was ich habe auf dieser Welt.«

Als der Zug Fahrt aufnahm, sprang er ab. Er rannte noch ein Stück mit, dann blieb er stehen und sah ihm hinterher, Hände in den Taschen, während der Wind ihm die Haare plusterte. Eric winkte. Der Bahnsteig verjüngte sich, fiel ab, endete, der Zug schwenkte ab, und Yves verschwand aus seinem Blickfeld. Das schien unmöglich, und er starrte stumpf auf die vorbeifliegenden Masten und Kabel, auf das Schild PARIS–SAINT-LAZARE, auf die blanken Rückmauern der Gebäude. Dann liefen ihm Tränen übers Gesicht. Er steckte sich eine Zigarette an und blieb im Verbindungsgang stehen, während die grässlichen Vororte von Paris vorbeirollten. Warum fahre ich nach Hause?, fragte er sich. Aber er wusste, warum. Es war Zeit. Um nicht alles zu verlieren, was er gewonnen hatte, musste er weiter und alles riskieren.

New York wirkte wirklich sehr fremd. Mit ihren seltsam barbarischen Umgangsformen und Gebräuchen, mit ihren Schrecken und Gefahren, die nur eben unter der geselligen rauen Oberfläche schlummerten, hätte die Stadt, beinahe, ebenso gut irgendeine undurchdringlich exotische Stadt im Orient sein können. So glorreich weilte sie in der Gegenwart, dass sie mit dem Vergehen der Zeit nichts zu tun zu haben schien: Die Zeit mochte sie ebenso gründlich verworfen haben wie Karthago oder Pompeji. New York schien nicht den geringsten Sinn für die Bedrängnisse des menschlichen Lebens zu haben; es war so ungezwungen und so öffentlich, dass es verzweifelten Endes zur verschlossensten Stadt überhaupt wurde. Fortwährend wurde man angerempelt und sehnte sich doch nach Nähe, nach menschlicher Berührung; und auch wenn man in New York niemals – die übliche Klage – allein war, musste man doch schwer darum kämpfen, nicht vor Einsamkeit zugrunde zu gehen. Dieser Kampf, der auf so vielfältige Weise ausgefochten wurde, machte einem die Stadt so fremd. Die jungen Frauen auf der Fifth Avenue trugen ihre bunten Kleider wie Signalflaggen, im hilflosen Bemühen, der männlichen Bevölkerung die Nachricht ihrer rätselhaften Not zukommen zu lassen. Die Männer konnten diese Nachricht nicht lesen.

Zielstrebig schritten sie dahin, barhäuptig oder mit kleinen anonymen Hüten, mit jugendlichem Mittelscheitel oder Bürstenschnitt, mit Aktenkoffern und gebotener Eile unterwegs zu den dampfenden Wagen ihrer Züge. In dieser Zuflucht schlugen sie ihre Zeitungen auf und informierten sich über die schlechten Nachrichten des Tages. Oder man fand sie, wenn die Uhr fünf schlug, in diskret dämmrigen, anonym ausgewählten Bars, unbehaglich, in spröder, unbehaglicher weiblicher Begleitung, freudlose Martinis kippend.

Diese Verzweiflung, die verschüttete Verzweiflung, wurde beharrlich, beständig wachgerufen. Sie pirschte durch alle New Yorker Avenues, durchstreifte alle New Yorker Straßen, war in Sutton Place, wo der Regisseur von Erics Theaterstück wohnte und die wichtigen Leute häufig zusammenkamen, ebenso präsent wie in Greenwich Village, wo Eric eine Wohnung gemietet hatte und mit Entsetzen feststellen musste, was die Zeit mit den Menschen gemacht hatte, die ihm einmal so vertraut gewesen waren. Er wurde das Gefühl nicht los, dass eine Art Seuche tobte, auch wenn es offiziell, öffentlich und privat geleugnet wurde. Selbst die Jugend wirkte befallen – stärker noch als alle anderen. Die Jungs in ihren Bluejeans zogen gemeinsam los und wagten kaum, einander zu vertrauen, waren aber wie die Älteren vereint in ihrem jungenhaften Misstrauen gegen Mädchen. Allein ihr Gang, eine Art erotikfeindlicher, kniefedernder Kanter, war eine Parodie von Fortbewegung und Männlichkeit. Sie schienen vor jedem Kontakt mit ihren hervorstechenden und paradox umrissenenen Geschlechtsteilen zurückzuscheuen. Sie schienen sich – aber konnte das stimmen? Und wie war das alles passiert? – mit Brutalität und Gleichgültigkeit eingerichtet und arrangiert zu haben und vor menschlicher Zuneigung zurückzuschrecken.

Auf sonderbare Weise schienen sie sich ihrer nicht würdig zu fühlen.

Jetzt, an einem späten Sonntagnachmittag, als er seit vier Tagen in New York war und noch nicht an seine Eltern in den Südstaaten geschrieben hatte, ging Eric durch die tropischen Straßen zu Cass und Richard. Er würde mit ihnen auf seine Rückkehr anstoßen.

»Schön, dass ihr darauf anstoßen wollt«, hatte er am Telefon zu Cass gesagt.

Sie lachte. »Das ist aber nicht sehr nett. Du klingst, als hätten wir dir überhaupt nicht gefehlt.«

»Ach, euch will ich auf jeden Fall sehen. Ich weiß nur nicht, wie sehr mir die Stadt gefehlt hat. Ist dir schon mal aufgefallen, wie hässlich sie ist?«

»Und sie wird immer hässlicher«, sagte Cass. »Da sieht man, wie die freie Marktwirtschaft entgleist.«

»Ich wollte dir danken«, sagte er nach kurzer Pause, »dass du mir wegen Rufus geschrieben hast.« Und er dachte, mit überraschender und schmerzlicher Gehässigkeit: Sonst hat ja keiner dran gedacht.

»Na ja, ich wusste, dass du es wissen willst«, sagte sie. Dann herrschte Schweigen. »Seine Schwester kennst du gar nicht, oder?«

»Ich weiß nur, dass er eine hat. Kennengelernt habe ich sie nicht; sie war ein Kind damals.«

»Jetzt ist sie kein Kind mehr«, sagte Cass. »Am Sonntag singt sie im Village, mit ein paar Freunden von Rufus. Zum ersten Mal. Wir haben versprochen, dich mitzubringen. Vivaldo wird auch da sein.«

Er dachte an Rufus. Er wusste nicht, was er sagen sollte. »Dann ist sie so wie ihr Bruder, hm?«

»Das würde ich nicht sagen. Ja und nein.« Kurz: »Wirst du sehen.« Darauf folgte das nächste Schweigen, und nach einem Moment legten sie auf.

Er betrat das Haus, stieg in den Fahrstuhl und sagte dem Aufzugführer, wo er hinwollte. Eric hatte das Gebaren amerikanischer Aufzugführer vergessen, aber nun stand es ihm wieder vor Augen. Dieser knallte ohne ein schroffes Wort die Türen zu und fuhr die Kabine nach oben. Mit seinem speziellen Schweigen drückte er seine Missbilligung der Silenskis und all ihrer Freunde aus und seine lebhafte Überzeugung, genauso gut zu sein wie sie.

Eric klingelte. Cass machte sofort auf; sie sah aus wie der strahlende Tag.

»Eric!« Sie musterte ihn mit dem liebevollen Spott, an den er sich jetzt erinnerte. »Wie gut du aussiehst mit den kurzen Haaren!«

»Wie gut du aussiehst mit den langen Haaren«, gab er zurück. »Oder waren sie schon immer so lang? Solche Sachen vergisst man, wenn man so lange weg ist.«

»Lass dich anschauen.« Sie zog ihn in die Wohnung und machte die Tür zu. »Du siehst wirklich toll aus. Willkommen zu Hause.« Unvermittelt beugte sie sich vor und küsste ihn auf die Wange. »Macht man das so in Paris?«

»Du musst mich auf beide Wangen küssen«, sagte er ernst.

»Oh.« Sie wirkte etwas beschämt, küsste ihn aber noch mal. »So besser?«

»Viel«, sagte er. »Wo sind die anderen?« Das große Wohnzimmer war leer, und man hörte Blues. Es war die Stimme einer schwarzen Frau, die Stimme von Bessie Smith; sie schleuderte ihn mit Gewalt in den Glutkern seiner Vergangenheit: *It's raining and it's storming on the sea. I feel like somebody has shipwrecked poor me.*

Einen Moment lang sah Cass aus, als würde sie seine Frage mokant wiederholen. Sie ging quer durchs Zimmer und stellte die Musik leiser. »Die Kinder sind drüben im Park mit ein paar Freunden. Richard sitzt am Schreibtisch und arbeitet. Aber gleich sind sie alle da.«

»Ach«, sagte er, »dann bin ich zu früh. Tut mir leid.«

»Du bist nicht zu früh, du bist pünktlich. Und ich freue mich. Ich hatte gehofft, dass ich Gelegenheit habe, allein mit dir zu sprechen, bevor wir zu dieser Jam Session runterfahren.«

»Hier hast du auch gerade eine ziemlich angenehme Jam Session laufen«, sagte er. Cass ging an die Bar, und er warf sich aufs Sofa. »Schön kühl hier drin. Draußen ist es furchtbar. Ich hatte vergessen, wie heiß New York sein kann.«

Die großen Fenster standen offen, und das Wasser lag vor ihnen, hell und friedlich, aber trüber als das Mittelmeer. Die Brise, die ins Zimmer wehte, kam direkt vom Wasser, schien beinahe Würze und Mief von Europa mitzubringen und Yves' Gemurmel. Eric lehnte sich zurück, aufgehoben in einer friedvollen Melancholie, getröstet von Bessies Beat, und sah zu Cass hinüber.

Die Sonne umfing ihr goldenes Haar, das hochgesteckt war und ihr in mädchenhaften, etwas zu ungezwungenen und ungeordneten Locken in die Stirn fiel. Es sollte ein Gesicht weicher machen, dessen hervorstechendstes Merkmal schon immer eine karge, fragile Knochigkeit gewesen war. Um die großen Augen zog sich jetzt ein feines Netz aus Falten, und die Sonne verriet, dass sie etwas zu viel Make-up aufgetragen hatte. Dies und etwas unbenennbar Trauriges um Mund

und Kinn, als sie dort still mit gesenktem Kopf an der Bar stand, gaben Eric das Gefühl, dass Cass am Verblühen war, zerbrechlich wurde. Etwas Eisiges hatte sie berührt.

»Möchtest du Gin oder Wodka oder Bourbon oder Scotch oder Bier? Oder Tequila?« Sie hob den Kopf. In ihrem aufrichtigen Lächeln lag Erschöpfung und nicht mehr das schelmische Vergnügen, an das er sich erinnerte. Und um den Hals zogen sich winzige Linien, die ihm noch nie aufgefallen waren.

Wir werden alt, dachte er, und zwar verdammt schnell.

»Ich glaube, ich bleibe besser bei Whiskey. Von Gin werde ich zu schnell zu betrunken – und ich weiß nicht, was der Abend noch bereithält.«

»Ah«, sagte sie, »weitsichtiger Eric! Und was für einen Whiskey?«

»In Paris meinen wir, wenn wir Whiskey bestellen – was ich mich lange Zeit nicht getraut habe –, immer Scotch.«

»Du hast Paris geliebt, oder? Muss ja, du warst so lange weg. Erzähl mir ein bisschen.«

Sie schenkte zwei Gläser ein und setzte sich neben ihn. Von weit weg hörte Eric das *Pling!* einer Schreibmaschinenglocke.

*It's a long old road,* sang Bessie, *but I'm going to find an end.*

»So lange fühlt es sich gar nicht an«, sagte Eric, »jetzt, wo ich zurück bin.« Er war auf einmal sehr schüchtern, denn als Cass sagte: *Du hast Paris geliebt,* dachte er sofort: Yves ist da. »Eine tolle Stadt, Paris, eine wunderschöne Stadt, und – sie hat mir sehr gutgetan.«

»Das sieht man. Du wirkst viel glücklicher. Ein Licht umfängt dich.«

Sie sagte das geradeheraus, wehmütig, verschwörerisch: als kennte sie den Grund seines Glücks und freute sich mit ihm.

Er schlug die Augen nieder, blickte aber gleich wieder auf. »Das liegt nur an der Sonne«, sagte er, und sie lachten. Aber es wollte raus: »Ich war wirklich sehr glücklich da.«

»Aber du bist nicht weggegangen, weil du nicht mehr glücklich warst?«

»Nein.« *And when I get there, I'm going to shake hands with a friend.* »Ein Bekannter von mir, der meint, er hätte große hellseherische Fähigkeiten« – lächelnd nahm er einen Schluck –, »ein Franzose, hat mich davon überzeugt, dass ich ein großer Star werde, wenn ich nach Hause komme und dieses Stück spiele. Und ich habe einfach nicht den Mumm, mich gegen die Sterne zu stellen, von der Auseinandersetzung mit einem Franzosen ganz zu schweigen. Also.«

Sie lachte. »Ich wusste gar nicht, dass Franzosen auf so was stehen. Ich dachte, die halten es eher mit der Logik.«

»Französische Logik ist ganz einfach. Was Franzosen machen, ist logisch, weil die Franzosen es machen. Das ist der unschlagbare Vorteil, den die französische Logik vor allen anderen hat.«

»Verstehe.« Sie lachte wieder. »Ich hoffe, du hast das Stück gelesen, bevor dein Freund die Sterne zurate gezogen hat. Ist es eine gute Rolle?«

»Die beste«, sagte er nach kurzem Zögern, »die ich je hatte.«

Erneut hörte er kurz die Schreibmaschine klingeln. Cass steckte sich eine Zigarette an, bot Eric eine an und gab ihm Feuer. »Bleibst du jetzt hier, oder hast du vor, zurückzugehen?«

»Ich habe nicht vor, zurückzugehen«, sagte er schnell, »viel – vielleicht alles – hängt davon ab, wie es mit dem Stück läuft.«

Sie bemerkte seinen Rückzug und passte ihren Ton an. »Ach, ich würde so gerne bei den Proben zugucken. Ich würde auch für euch Kaffee kochen und solche Sachen. Dann hätte ich das Gefühl, dass ich zu deinem Triumph beitrage.«

»Weil du sicher bist, dass es ein Triumph wird«, sagte er lächelnd. »Sehr schön, Cass. Wahrscheinlich ist das eine Angewohnheit von Frauen bedeutender Männer.«

*Weeping and crying, tears falling on the ground.*

Eine gewisse Spannung kam auf, weil sie beide wussten, weshalb er seine Karriere in New York so lange hatte schleifen lassen. Aber dann ließ er seine Gedanken zur Premiere vorausschweifen und dachte: Yves wird da sein. Der Gedanke beflügelte ihn und gab ihm Sicherheit. Jetzt fühlte er sich nicht sicher, hier allein mit Cass; seit er das Schiff verlassen hatte, fühlte er sich nicht sicher. Seine Ohren sehnten sich nach Yves' Schritten neben sich: Bis er diesen Rhythmus hörte, waren alle anderen Geräusche bedeutungslos. *Weeping and crying, tears falling on the ground.* Alle anderen Gesichter wurden durch Yves' grelle Abwesenheit weggewischt. Eric hätte Cass so gern von Yves erzählt, aber er traute sich nicht, wusste nicht, wie er anfangen sollte.

»Ach, Frauen bedeutender Männer«, sagte Cass. »Wie gern würde ich diesem literarischen Mythos die Luft ablassen.« Sie nippte ernst an ihrem Whiskey, ohne etwas zu schmecken, so schien es. *When I got to the end, I was so worried down.* »Du wirkst sehr gefestigt«, sagte sie.

»Tatsächlich?« Er war zutiefst erstaunt und erfreut. »Ich fühle mich nicht sehr gefestigt.«

»Ich weiß noch, bevor du weggegangen bist, da warst du todunglücklich. Wir haben uns alle gefragt – ich hab mich gefragt –, was wohl aus dir wird. Aber jetzt bist du nicht unglücklich.«

»Nein.« Er wurde rot, als sie ihn eingehend musterte. »Ich bin nicht mehr unglücklich. Aber was aus mir wird, weiß ich immer noch nicht.«

»Wachstum«, sagte sie, »du wirst wachsen. Du bist gewachsen.« Und erneut schenkte sie ihm ihr seltsam intimes, wehmütiges Lächeln. »Es ist so schön, dich zu sehen, so – beneidenswert. Ich beneide nicht viele Leute. Ich hab schon sehr, sehr lange niemanden mehr beneidet.«

»Das ist wirklich witzig«, sagte er, »dass du *mich* beneidest.« Er stand auf und ging ans Fenster. Hinter ihm, unter der großen Klage der Musik, sammelte sich schweres Schweigen: Auch Cass hatte etwas zu erzählen, aber er wollte nicht wissen, worum es ging. *You can't trust nobody, you might as well be alone.* Er starrte aufs Wasser. »Wie war Rufus«, fragte er, »zuletzt?«

Nach einem Moment drehte er sich zu ihr um. »Ich wollte das gar nicht fragen, aber wahrscheinlich will ich es wirklich wissen.«

Trotz der verspielten Stirnlocken wurde ihr Gesicht hager und nachdenklich. Sie spitzte die Lippen. »Ein bisschen habe ich dir schon erzählt«, sagte sie, »in meinem Brief. Aber damals wusste ich nicht, wie es dir geht, und wollte dich nicht grundlos belasten.« Sie drückte ihre Zigarette aus und steckte sich die nächste an. »Er war sehr verzweifelt, wie – wie du weißt.« Sie hielt inne. »Ehrlich gesagt, sind wir ihm nie sehr nahegekommen. Vivaldo kannte ihn besser als – als wir jedenfalls.« Eric wurde von einer seltsamen Eifersucht gepackt: *Vivaldo!* »Wir haben ihn nicht oft gesehen. Er hatte sich mit einer aus dem Süden eingelassen, einer jungen Frau aus Georgia –«

*Found my long lost friend, and I might as well stayed at home!*

»Das hast du mir nicht geschrieben«, sagte er.

»Nein. Er war nicht sehr nett zu ihr. Er hat sie oft geschlagen –«

Eric starrte sie an, spürte, wie er bleich wurde, erinnerte sich an mehr, als er erinnern wollte, spürte, wie seine Hoffnungen und seine Hoffnung auf Sicherheit bedroht wurden von unbezwingbaren, namenlosen Kräften in ihm selbst. Er erinnerte sich an Rufus' Gesicht, seine Hände, seinen Körper und seine Stimme und an die ständige Demütigung. »Geschlagen? Warum?«

»Tja – wer weiß? Weil sie aus dem Süden war, weil sie weiß war. Keine Ahnung. Weil er Rufus war. Ganz hässliche Angelegenheit. Sie war ein nettes Mädchen, ein etwas armer Tropf vielleicht –«

»Wollte sie geschlagen werden? Ich meine, wollte etwas in ihr das, wurde sie gern – erniedrigt?«

»Nein, das glaube ich nicht. Das glaube ich wirklich nicht. Na ja, vielleicht ist in jedem etwas, das gern erniedrigt wird, aber ich glaube nicht, dass das Leben so einfach ist. Diesen Schablonen traue ich nicht.« Sie überlegte. »Ganz ehrlich, ich glaube, wahrscheinlich hat sie Rufus geliebt, richtig geliebt, und wollte von Rufus geliebt werden.«

»Wie abartig!«, sagte er. Und trank aus.

Ein Hauch von Belustigung streifte ihre Miene. »Jedenfalls wurde es immer schlimmer mit ihrer Beziehung, und am Ende kam sie in eine Einrichtung –«

»Du meinst, ein Irrenhaus?«

»Ja.«

»Wo?«

»Im Süden. Ihre Familie ist hergekommen und hat sie abgeholt.«

»Mein Gott«, sagte er. »Erzähl weiter.«

»Na, dann ist Rufus verschwunden, ziemlich lange – in der Zeit war seine Schwester bei uns, auf der Suche nach ihm –, ist dann noch mal zurückgekommen und ... ist dann gestorben!« Hilflos öffnete sie eine knochige Hand und schloss sie zu einer Faust.

Eric wandte sich wieder zum Fenster. »Aus dem Süden.« Er spürte einen sehr dumpfen, sehr schwachen Schmerz. Sie schien so weit her, diese keuchende, zitternde, fröstelnde, brennende Zeit. Der Schmerz war jetzt schwach, aber damals war er kaum zu ertragen gewesen. Er ließ sich nicht wirklich aufrufen, weil er ein Teil von ihm geworden war, doch auch wenn der Schmerz an Macht verloren hatte, war er noch lebendig: Rufus' Gesicht stand ihm wieder vor Augen, dieses dunkle Gesicht mit den dunklen Augen und den vollen, geschwungenen Lippen. Das war Rufus' Gesicht, wenn er Eric voller Liebe ansah. Dann kamen seine anderen Gesichter aus dem Verborgenen, das listige, lockende Gesicht der Lust, das distanzierte Gesicht befriedigter Lust. Für einen kurzen Moment sah Eric Rufus' Gesicht, wie es in den Tod blickte, und sah seinen Körper durch die Luft rasen: ins Wasser, das Wasser, das sich jetzt unter ihnen erstreckte. Der alte Schmerz zog sich dorthin zurück, wo er sich in Eric eingerichtet hatte, doch ein anderer, noch heimatloser Schmerz klopfte – nicht zum ersten Mal – an sein Herz: Eines Tages würde er sich Eintritt verschaffen und für immer bei ihm bleiben. *Catch them. Don't let them blues in here. They shakes me in my bed, can't sit down in my chair.*

»Ich schenk dir noch was ein«, sagte Cass.

»Gern.« Sie nahm sein Glas. Als sie zur Bar ging, sagte er: »Du hast von uns gewusst, nehme ich an? Ich nehme an, alle haben es gewusst – obwohl wir uns für so clever hielten. Und er hatte ja auch andauernd Frauen um sich.«

»Na, genau wie du«, sagte sie. »Ich kann mich sogar vage daran erinnern, dass du irgendwann heiraten wolltest.«

Er nahm seinen Whiskey vom Tresen und schritt durch den Raum. »Ja. An sie hab ich auch lange nicht mehr gedacht.« Er zog eine säuerliche Grimasse. »Das stimmt, ich hatte ganz schön viele Frauen um mich. Ich kann mich kaum an ihre Namen erinnern.« Während er das sagte, kamen ihm die Namen von zwei, drei ehemaligen Freundinnen in den Sinn. »Ich habe schon Jahre nicht mehr an sie gedacht.« Er setzte sich wieder aufs Sofa. Cass beobachtete ihn von der Bar aus. »Vielleicht«, sagte er gequält, »hab ich sie Rufus' wegen um mich gehabt – um etwas zu beweisen vielleicht, ihm oder mir selbst.«

Es wurde dämmrig im Zimmer. Bessie sang, *The blues has got me on the go. They runs around my house, in and out of my front door.* Dann schrammte die Nadel ziellos vor sich hin, bis der Plattenteller mit einem Klick stehen blieb. Eric hatte sich schmerzhaft in der Erinnerung an jene ungeliebten, aber nicht ganz unbegehrten Frauen verfangen. Wie sie sich anfühlten, wie sie rochen, das holte ihn jetzt ein: Und er war ganz überfahren davon, dass er so lange nicht an diese Seite seiner selbst gedacht hatte. Das lag an Yves. Dieser Gedanke erfüllte ihn mit entsetzlichem Unmut: Er erinnerte sich an Yves' feindselige Abenteuer mit den Frauen vom Quartier Latin und aus Saint-Germain-des-Prés. Diese Abenteuer hatten Eric nicht berührt, weil sie Yves so eindeutig nicht berührt hatten. Jetzt aber brach seine Angst wie ein Taucher nackt und in ganzer Pracht durch die Oberfläche: Hier würde er

Yves verlieren. Hier würde es passieren. Und er, er hätte keine Frau, und er hätte keinen Yves. Seine Haut begann zu jucken, ihm brach der Schweiß aus.

Er drehte sich zu Cass um, die sich in der Düsternis ganz still neben ihn aufs Sofa gesetzt hatte. Statt ihn anzusehen, saß sie da mit ihren eigenen Gedanken, die Hände im Schoß gefaltet.

»Hier ist ja echt der Teufel los«, sagte er.

Sie stand auf und schüttelte sich ein wenig. »Das kann man wohl sagen! Ich hab mich schon gefragt, wo die Kinder bleiben – die sollten eigentlich schon zu Hause sein. Und vielleicht sollte ich besser mal Licht machen.« Sie knipste eine Lampe neben der Bar an. Das Wasser und die Lichter am Ufer schimmerten jetzt sanfter, kündeten von der bevorstehenden Nacht. Alles war perlgrau, mit Gold durchwirkt. »Ich sag jetzt mal Richard Bescheid.«

»Ich hätte nicht gedacht«, sagte er, »dass es so einfach ist, sich wieder zu Hause zu fühlen.«

Sie warf ihm einen raschen Blick zu. »Ist das gut?«

»Weiß ich noch nicht.« Er wollte noch etwas sagen, etwas über Yves, aber da ging Richards Tür auf und wieder zu. Er drehte sich um, und da kam Richard ins Zimmer; er sah sehr gut aus, jungenhaft und groß.

»Na, da haben wir dich ja zurück! Man erzählt sich, Shubert Alley hat die letzten Pennys zusammengekratzt, um dich zu kriegen. Wie geht es dir, altes Haus?«

»Gut geht's mir, Richard, schön, dich zu sehen.« Sie klebten kurz aneinander in der sonderbar abgeklemmten amerikanischen Umarmung und traten dann einen Schritt zurück, um einander anzusehen. »Hab gehört, du verkaufst mehr Bücher als Frank Yerby.«

»Bessere«, sagte Richard, »aber nicht mehr.« Er sah zu Cass hinüber. »Wie geht's dir, Spatz? Was machen die Kopfschmerzen?«

»Eric hat mir ein bisschen von Paris erzählt, da hab ich sie ganz vergessen. Warum fahren wir nicht mal nach Paris? Ich glaube, das würde Wunder wirken.«

»Ja, für unser Bankkonto auch. Lass dir von diesem lausigen Rückwanderer nicht den Kopf verdrehen.« Er ging an die Bar und schenkte sich etwas ein. »Hast du viele gebrochene Herzen zurückgelassen?«

»Man war da sehr zurückhaltend. Jahrhunderte der Gesittung haben schon was bewirkt.«

»Das haben die mir auch andauernd erzählt, als ich drüben war. Viel mehr als Armut, Korruption und Krankheit schienen sie aber nicht bewirkt zu haben. Wie fandst du es?«

»Fantastisch. Ich fand es herrlich. Allerdings war ich ja auch nicht in der Army ...«

»Gefallen dir die Franzosen? Ich kann sie nicht ausstehen; hässlich und affig wie nur was.«

»Fand ich nicht. Sie können einen ziemlich auf die Palme bringen – aber du meine Güte, mir gefallen sie.«

»Tja. Du bist ja auch ein viel geduldigerer Zeitgenosse als ich.« Er grinste. »Wie ist dein Französisch?«

»*Du trottoir.* Aber fließend.«

»Hast du es im Bett gelernt?«

Er wurde rot. Richard betrachtete ihn amüsiert.

»Ehrlich gesagt, ja.«

Richard nahm sein Glas mit und setzte sich aufs Sofa. »Ich sehe schon, das Reisen hat deine Moral keineswegs verbessert. Bist du jetzt eine Weile hier?«

Eric setzte sich in den Sessel auf der anderen Zimmerseite.

»Na ja, ich muss auf jeden Fall hierbleiben, bis das Stück anläuft. Aber danach – wer weiß?«

»Also« – Richard erhob sein Glas –, »auf die Hoffnung. Möge es länger laufen als *Die Tabakstraße*.«

Eric schauderte. »Aber nicht mit mir, Kumpel.« Er trank, steckte sich eine Zigarette an; eine vertraute Angst und Wut regten sich in ihm. »Erzähl mir, wie ist es dir ergangen?«

Doch noch während er seine Frage stellte, merkte er, dass es ihn nicht scherte, wie es Richard ergangen war. Er wollte nur höflich sein, weil Richard mit Cass verheiratet war. Er fragte sich, ob er schon immer so empfunden hatte. Vielleicht hatte er sich das nur nie eingestehen können. Vielleicht hatte Richard sich verändert – aber veränderten sich die Menschen denn? Er fragte sich, was er von Richard halten würde, wenn er ihn jetzt erst kennenlernte. Dann fragte er sich, was Yves von diesen Menschen halten würde und diese Menschen von Yves.

»Es gibt nicht viel zu erzählen. Von dem Buch weißt du ja – ich besorge dir ein Exemplar, als Willkommensgeschenk.«

»Jetzt bist du aber froh, dass du zurückgekommen bist«, sagte Cass.

Richard lächelte. »Keine Hinterhältigkeiten, bitte.« Zu Eric sagte er: »Cass macht sich immer noch gern über mich lustig.« Dann: »Bald kommt das nächste Buch, Hollywood kauft vielleicht das erste, und beim Fernsehen steht auch was an.«

»Ist was für mich dabei in der Fernsehgeschichte?«

»Alles schon besetzt, tut mir leid. Dich hätten wir uns wahrscheinlich sowieso nicht leisten können.« Es klingelte. Cass ging öffnen.

Auf einmal herrschte große Aufregung an der Tür, Geschluchze und Geschrei, aber Eric reagierte erst, als er Richards Gesicht sah und Cass' Aufschrei hörte. Richard und Eric standen auf, und die Kinder kamen ins Zimmer gepoltert. Michael schluchzte, Blut tropfte aus Mund und Nase auf sein rot-weiß gestreiftes T-Shirt. Paul war hinter ihm, bleich und stumm, Blut auf seinen Knöcheln und quer überm Gesicht; sein weißes Hemd war zerrissen.

»Schon gut, Cass«, sagte Richard schnell, »alles gut. Sie leben noch.« Michael rannte zu seinem Vater und vergrub sein blutiges Gesicht in dessen Bauch. Richard sah Paul an. »Was zum Teufel ist passiert?«

Cass zog Michael weg und sah ihm ins Gesicht. »Komm, mein Schatz, ich wasch dir das Blut ab, und dann sehen wir mal, was mit dir los ist.« Michael drehte sich zu ihr um, noch immer schluchzend, starr vor Schreck. Cass hielt ihn im Arm. »Komm, mein Schatz, alles ist gut, pssst, mein Schatz, na komm.« Michael wurde an Cass' zitternder Hand weggeführt, und Richard warf Eric über Pauls Kopf hinweg einen kurzen Blick zu.

»Komm schon«, sagte er zu Paul, »was ist passiert? Habt ihr euch geprügelt, oder hast du ihn verhauen, oder was?«

Paul setzte sich hin und presste die Hände zusammen. »Ich weiß nicht genau, was passiert ist.« Auch er war den Tränen nahe; sein Vater wartete. »Wir haben Ball gespielt, und dann wollten wir langsam nach Hause, wir haben gar nichts gemacht, nur Blödsinn beim Gehen. Ich hab nicht geguckt, was Mike macht, er war hinter mir mit ein paar Freunden. Und dann« – er sah seinen Vater an – »sind ein paar schwarze – schwarze Jungs, die kamen über den Hügel und haben irgendwas gebrüllt, ich hab nicht verstanden, was sie gebrüllt haben. Einer hat mir ein Bein gestellt, als er an mir vorbei ist, und dann haben sie angefangen, die Kleineren zu verhauen, und wir sind hingelaufen, damit sie aufhören.« Er sah wieder seinen Vater an. »Wir haben die vorher noch nie gesehen, ich weiß nicht, wo die herkamen. Einer hat Mike auf den Boden gedrückt und auf ihn eingeprügelt, aber ich hab ihn runtergezerrt.« Er sah auf seine blutige Faust. »Ich glaub, ich hab ihm ein paar Zähne eingeschlagen.«

»Gut so. Du hast dir nichts getan? Wie fühlst du dich?«

»Ich fühl mich okay.« Aber ihn schauderte.

»Steh auf, komm her, lass dich mal anschauen.«

Paul stand auf und ging zu seinem Vater, der sich hinkniete und ihm ins Gesicht sah, ihm sanft in Bauch und Brust drückte und über Hals und Nacken strich. »Du hast ziemlich was auf den Kiefer gekriegt, stimmt's?«

»Mike ist schlimmer dran als ich.« Aber dann fing er plötzlich an zu weinen. Richards Mund zog sich zusammen; er nahm seinen Sohn in den Arm. »Nicht weinen, Paul, es ist vorbei.«

Aber jetzt konnte Paul nicht mehr aufhören. »Warum machen die denn so was, Papa? Wir haben die vorher noch nie gesehen!«

»Manchmal – manchmal ist die Welt so, Paul. Man muss sich einfach vor solchen Leuten in Acht nehmen.«

»Ist es, weil sie schwarz sind und wir weiß? Liegt es daran?«

Richard und Eric wechselten noch einen Blick. Richard schluckte. »Die Welt ist voller unterschiedlichster Menschen, und manchmal tun sie einander schlimme Dinge an, aber – daran liegt es nicht.«

»Manche Schwarze sind sehr nett«, sagte Eric, »und manche sind nicht so nett – wie bei den Weißen. Manche sind nett, und manche sind schrecklich.« Aber er klang nicht sehr überzeugend, und er wünschte, er hätte sich rausgehalten.

»So was passiert hier in letzter Zeit immer öfter«, sagte Richard, »und offen gestanden bin ich drauf und dran, die Segel zu streichen und die Insel den verdammten Indianern zurückzugeben. Ihr Ansinnen war es bestimmt nicht, dass wir hier glücklich werden.« Er lachte kurz und trocken und wandte sich dann wieder Paul zu. »Würdest du die Jungs wiedererkennen, wenn du sie siehst?«

»Glaub schon.« Paul holte Luft und wischte sich über die Augen. »Ich weiß, dass ich einen von denen wiedererkennen würde, den, den ich geschlagen hab. Als das Blut aus seiner Nase und aus seinem Mund rauskam, das sah so … *hässlich* aus auf seiner Haut.«

Richard betrachtete ihn einen Moment. »Lass uns sauber machen gehen und nachgucken, was mit dem guten Michael ist.«

»Michael kann nicht kämpfen«, sagte Paul, »weißt du? Also hacken die andern immer auf ihm rum.«

»Na, dann müssen wir das ändern. Er wird lernen müssen zu kämpfen.« Er ging zur Tür, den Arm um Pauls Schulter. »Mach's dir bequem, okay?«, sagte er zu Eric. »Ich bin gleich zurück.« Dann verließen Paul und er das Wohnzimmer.

Eric hörte die Stimmen der Kinder und ihrer Eltern, rasend, undeutlich, verstört. »Alle Kinder raufen sich«, sagte Richard, »jetzt lass uns das doch nicht so aufbauschen.« »Sie haben sich nicht gerauft«, sagte Cass, »sie wurden *angegriffen.* Für meine Begriffe ist das nicht dasselbe.« »Cass, machen wir es nicht noch schlimmer, als es ist.« »Ich finde immer noch, wir sollten einen Arzt rufen; *wir* wissen nichts über den menschlichen Körper, woher sollen *wir* wissen, dass drinnen nichts gebrochen ist oder blutet? Das passiert andauernd, dass Menschen zwei Tage nach einem Unfall plötzlich tot umfallen.« »Okay, okay, jetzt werd nicht hysterisch, willst du sie zu Tode erschrecken?« »Ich bin nicht hysterisch, und du hör auf, den Fels von Gibraltar zu spielen. Ich bin nicht dein Publikum, ich *kenne* dich!« »Was soll denn das jetzt heißen?« »Nichts. Nichts. Rufst du jetzt bitte einen *Arzt?*« Michaels Stimme ging dazwischen, hoch und gebrochen vor Kinderpanik. »Ach, das ist ja das Dümmste, was ich je gehört habe«, sagte Cass in einem anderen Ton und mit großer Entschiedenheit, »natürlich kommt keiner her, während du schläfst. Mama und Papa sind hier und Paul auch.« Michaels Stimme unterbrach sie wieder. »Alles ist gut, wir gehen nicht aus«, sagte Cass. »Heute Abend gehen wir nicht aus«, sagte Richard, »und Paul und ich zeigen dir ein paar Tricks, damit die Jungs dich nicht mehr ärgern. Wenn wir damit durch sind, haben diese Kerle Angst vor *dir.* Die brauchen dich nur zu sehen, Junge, und machen sich aus dem Staub.« Eric hörte Michaels wackliges Lachen. Dann hörte er, wie eine Nummer gewählt wurde, dann Richards Stimme und das kurze Klingeln beim Auflegen.

»Wir gehen wohl heute Abend doch nicht mit dir aus«, sagte Richard, als er wieder ins Zimmer kam. »Tut mir leid. Bestimmt ist alles in Ordnung, aber Cass möchte, dass der Arzt sie sich ansieht, und wir müssen hier auf ihn warten. Sowieso sollten wir sie wohl heute Nacht nicht allein lassen.« Er ging an die Bar; er war nicht so ruhig, wie er tat. »Die kleinen schwarzen Scheißer«, murmelte er, »die hätten den Jungen umbringen können. Warum zum Teufel können sie das nicht aneinander auslassen, Herrgott noch mal!«

»Haben sie Michael böse erwischt?«

»Na ja, sie haben einen Zahn gelockert und die Nase blutig geschlagen – aber vor allem haben sie ihm eine Scheißangst eingejagt. Gott sei Dank war Paul dabei.« Dann schwieg er. »Ich weiß nicht. Dieses ganze Viertel, diese ganze Stadt geht vor die Hunde. Ich sag Cass andauernd, wir sollten umziehen – aber sie will nicht. Vielleicht ändert sie jetzt ihre Meinung.«

»Worüber?«, fragte Cass. Sie steuerte den Couchtisch an, nahm ihre Zigaretten und steckte sich eine an.

»Aus der Stadt rauszuziehen«, sagte Richard. Er behielt sie im Blick, während er sprach, und sprach zu leise, als würde er sich beherrschen.

»Ich habe nichts dagegen, umzuziehen. Wir haben uns nur noch nicht einigen können, wohin.«

»Wir haben uns noch nicht einigen können, wohin, weil du nichts anderes tust, als gegen jeden Ort, den ich vorschlage, Einwände vorzubringen. Und da du noch keine Gegenvorschläge gemacht hast, schließe ich daraus, dass du gar nicht umziehen willst.«

»Ach, Richard, ich bin nur nicht so schrecklich erpicht auf diese Künstlerkolonien, in die du uns eingemeinden willst …«

Richards Augen wurden so dunkel wie tiefes Wasser. »Cass mag keine Schriftsteller«, sagte er wie nebenbei zu Eric, »jedenfalls nicht, wenn sie von ihrer Arbeit leben können. Sie findet, Schriftsteller sollten auf ewig hungern und huren wie unser guter Freund Vivaldo. Prima, Junge, das ist echt verantwortungsbewusst und künstlerisch. Aber wir anderen alle, die sich bemühen, eine Frau zu lieben und eine Familie zu ernähren und ein bisschen Knete zu machen – wir sind die Huren.«

Cass war sehr bleich. »Etwas Derartiges habe ich nie gesagt.«

»Nein? Es gibt viele Arten, etwas« – er ahmte sie nach – »Derartiges zu sagen. Tausendmal hast du das schon gesagt.

Du musst mich für sehr dumm halten, Spatz.« Er wandte sich wieder an Eric, der am Fenster stand und sich wünschte, er könnte hinausfliegen. »Wenn sie einen Kerl wie Vivaldo am Bein hätte –«

»Lass Vivaldo aus dem Spiel! Was hat der denn damit zu tun?«

Richard lachte überraschend fröhlich und wiederholte: »Wenn sie so einen Kerl am Bein hätte, dann gäbe es vielleicht nicht so ein Gezeter! Ach, welch Martyrium! Und wie sie schwelgen würde!« Er nahm einen Schluck und ging auf sie zu. »Und weißt du, warum? Willst du wissen, warum?« Es herrschte Schweigen. Sie richtete ihre großen Augen auf ihn. »Weil du wie all die anderen amerikanischen Fotzen bist. Du willst einen Kerl, den du bemitleiden kannst, du liebst ihn, solange er hilflos ist, dann kannst du *einspringen,* wie du so gerne sagst, du kannst ihm eine *Hilfe* sein. *Hilfe!*« Er warf den Kopf zurück und lachte. »Eines schönen Tages wird dem Kerl dann kalt zwischen den Beinen, er sucht nach seinem Schwanz und seinen Eiern und muss feststellen, dass seine Frau so zuvorkommend war, sie in den Wäscheschrank zu sperren.« Er trank aus und holte rasselnd Luft. Seine Stimme schlug um und wurde beinahe zärtlich vor Traurigkeit. »So ist es doch, oder, Schatz? Du magst mich nicht mehr so wie früher.«

Sie sah furchtbar matt aus; ihre Haut schien ihre Spannkraft verloren zu haben. Sie legte eine Hand leicht auf seinen Arm. »Nein«, sagte sie, »so ist das nicht.« Dann wurde sie von Wut gepackt, und ihr kamen die Tränen. »Du hast überhaupt kein Recht, so was zu mir zu sagen, du gibst mir die Schuld für etwas, das nichts mit mir zu tun hat!« Er wollte ihre Schulter berühren; sie wich zurück. »Geh lieber, Eric, das hier ist bestimmt nicht lustig für dich. Entschuldige uns bitte bei Vivaldo und Ida.«

»Du kannst sagen, dass die Silenskis, dieses Vorzeigepaar, ihren Sonntagsstreit ausfechten«, sagte Richard, sehr weiß im Gesicht, schwer atmend, mit starrem Blick auf Cass.

Eric stellte behutsam sein Glas ab; er wollte schnell weg. »Ich sage einfach, dass ihr hierbleiben musstet wegen der Kinder.«

»Sag Vivaldo, es soll ihm eine Warnung sein. Das passiert, wenn man Kinder hat, das passiert, wenn man bekommt, was man sich wünscht.« Einen Moment lang sah Richard zutiefst verwirrt aus, wie ein Jugendlicher. »Himmel, Eric, es tut mir leid. Wir hatten nicht vor, dir so einen melodramatischen Nachmittag zu bescheren. Bitte komm uns wieder besuchen, wir machen das nicht jedes Mal, wirklich nicht. Ich bring dich zur Tür.«

»Schon okay«, sagte Eric. »Ich bin ein großer Junge, ich versteh das schon.« Er ging zu Cass, und sie gaben sich die Hand. »Es war schön, dich zu sehen.«

»Schön, dich zu sehen. Lass das Licht nicht ausgehen.«

Er lachte, doch diese Worte ließen ihn auch frösteln. »Ich gebe mir Mühe, weiterzubrennen«, sagte er. Richard und er traten in den Flur. Cass blieb mitten im Wohnzimmer stehen.

Richard öffnete die Tür. »Mach's gut, Junge. Können wir dich erreichen – hat Cass deine Nummer?«

»Ja. Und ich hab eure.«

»Okay. Bis bald.«

»Auf jeden Fall. Bis dann.«

»Bis dann.«

Die Tür schloss sich hinter ihm. Er stand wieder im anonymen, atmenden Korridor, umgeben von verschlossenen

Türen. Er fand sein Taschentuch, wischte sich die Stirn und dachte dabei an die unzähligen Auseinandersetzungen, die sich hinter verschlossenen Türen abspielten. Er drückte auf den Knopf, und der Fahrstuhl kam, bedient von einem anderen, älteren Mann, der gerade ein Sandwich aß; Eric wurde wieder auf die Straße gesetzt. Der lange Häuserblock, in dem Cass und Richard wohnten, war jetzt ruhig und leer und wartete auf die Nacht. Eric nahm ein Taxi nach Downtown.

Sein Ziel war eine Bar am östlichen Ende des Village, bis vor Kurzem bloß eine gewöhnliche Kneipe, die sich jetzt aber auf Jazz spezialisierte und gelegentlich jüngeren, wenn auch nicht gänzlich unerprobten oder unbekannten Talenten oder Persönlichkeiten eine Bühne bot. Die derzeitige Attraktion war in dem kleinen Fenster auf einem handgedruckten Kartonplakat angezeigt. Eric erkannte den Namen eines Schlagzeugers, den Rufus und er vor Jahren gekannt hatten und der sich nicht an ihn erinnern würde; in dem Fenster hingen außerdem Ausschnitte aus Zeitungen und Zeitschriften, in denen die unorthodoxen Tugenden dieses Lokals gepriesen wurden.

Das Unorthodoxe füllte denn auch den kleinen Raum mit der niedrigen Decke, mit dem Tresen an einem, Tischen und Stühlen am anderen Ende. Hinten öffnete sich der Raum und bot Platz für weitere Tische und Stühle, ein schmaler Gang führte von dort zu den Toiletten und in die Küche; in diesem Raum stand schräg gegenüber vom Eingang eine kleine, schaurig hohe Bühne.

Eric traf in einer Pause ein. Die Musiker sprangen gerade von der Bühne, wischten sich die Stirn mit großen Taschentüchern und strebten auf die Eingangstür zu, die rund zehn Minuten offen bleiben würde. Die Hitze im Raum war beängstigend, und der Ventilator in der Mitte der Zimmerdecke hätte dem nichts entgegensetzen können. Außerdem stank es: nach Jahren von Staub, nach schalem, nach erbrochenem Alkohol, nach Küche, nach Urin, nach Schweiß, nach Lust. Zu dritt und zu viert standen Leute am Tresen, klebrig und glänzend, weitaus zufriedener als die Musiker, die nach draußen geflohen waren. Die meisten Leute waren reglos an ihren Tischen geblieben, und sie wirkten recht jung; die Männer in Polohemd und Seersucker-Anzug, die Frauen in schlabbrigen Blusen und weiten Röcken.

Vor der Tür standen die Musiker rum, befächerten sich noch immer mit ihren Taschentüchern und ignorierten mit ausdrucksloser Wachsamkeit die gelegentlichen Bettler und den Polizisten, der mit gespitzten Lippen und den vor namenlosem Argwohn und Angst verschleierten Blick auf und ab schritt.

Eric wünschte, er wäre nicht hergekommen. Er hatte Angst, Vivaldo zu begegnen, er hatte Angst, Ida zu begegnen; und so verloren inmitten dieser schweißgebadeten Meute fühlte er sich bald unerträglich seltsam und sichtbar, unerträglich fremd. Das war kein neues Gefühl, aber er hatte es lange nicht mehr empfunden: Er fühlte sich gezeichnet, als würde gleich jemand auf ihn aufmerksam werden und die ganze Meute sich dann gegen ihn wenden, ihn auslachen und beschimpfen. Er überlegte, ob er gehen sollte, stattdessen schob er sich zum Tresen vor und bestellte was zu trinken. Er hatte keine Ahnung, wie er Ida oder Vivaldo ausfindig machen sollte. Er würde wohl warten müssen, bis sie anfing zu singen. Allerdings würden sie wahrscheinlich auch nach ihm Ausschau halten, nach seinem roten Haar.

Er nippte an seinem Drink, ungemütlich dicht neben einem

stämmigen Collegestudenten, unangenehm bedrängt vom Kellner, der neben ihm sein Tablett bestückte. Und tatsächlich erregte er langsam verstohlene Aufmerksamkeit; er sah nicht wirklich aus wie ein Amerikaner: Sie fragten sich, wo sie ihn einordnen sollten.

Er sah sie, bevor sie ihn sahen. Aus irgendeinem Grund hatte er sich umgedreht und durch die Tür nach draußen geblickt; Ida und Vivaldo kamen, locker Hand und Hand, herbeigeschlendert und sprachen die Musiker an. Ida trug ein enges, tief ausgeschnittenes weißes Kleid und um die Schultern einen leuchtenden Schal. Am kleinen Finger der einen Hand trug sie einen rubinäugigen Schlangenring, am anderen Handgelenk einen schweren, roh wirkenden Silberreif. Ihr Haar war aus der Stirn gekämmt und glänzend aufgetürmt wie eine Krone. Sie war viel schöner als Rufus, und abgesehen von einer wunderschön traurigen, flackernden Spannung um den Mund hätte sie ihn nicht an Rufus erinnert. Doch dieses Detail, das er so gut kannte, war ihm sofort aufgefallen und dazu noch ein weiteres, zunächst schwerer zu verorten. Sie lachte über etwas, das einer der Musiker sagte, und warf den Kopf zurück: Ihre silbernen Ohrringe fingen das Licht ein. Eric pochte das Herz in der Brust und zwischen den Schulterblättern, als er das glänzende Metall und die lachende Frau betrachtete. Er fühlte sich auf einmal in einem Traum gefangen, aus dem er nicht erwachen konnte. Die Ohrringe waren schwer und urtümlich und erinnerten an gefiederte Pfeile. *Rufus hat sie nie wirklich gemocht.* In jener Zeit, Ewigkeiten her, als sie Manschettenknöpfe waren, ein Geschenk von Eric, ein Bekenntnis seiner Liebe, hatte Rufus sie kaum getragen. Aber er hatte sie behalten. Und hier waren sie, verwandelt am Körper seiner Schwester. Der stämmige Collegestudent schien Eric, ohne ihn anzusehen, mit dem Knie anzustupsen. Eric ließ sich ein Stück vom Tresen zur Tür treiben, damit sie ihn sahen, wenn sie in seine Richtung blickten.

Er stand drinnen mit seinem Drink; sie standen draußen in der Dämmerung. Eric betrachtete Vivaldo und nutzte den Moment zur Erinnerung. Vivaldo sah strahlender aus als je zuvor und weniger jungenhaft. Er war noch immer sehr schlank, sehr hager, schien aber trotzdem irgendwie zugenommen zu haben. In Erics Erinnerung setzte Vivaldo immer einen Fuß leicht auf, wie ein misstrauisches Fohlen, allzeit bereit, auszubrechen und wegzurennen, doch jetzt stand er, wo er stand, auf festem Boden, und das Schreckhafte, Schnuppernde, Eigenbrötlerische war verschwunden. Vielleicht nicht ganz: Seine schwarzen Augen schossen von einem Gesicht zum anderen, wenn er sprach, wenn er zuhörte, prüfend, abwägend, beobachtend, Augen, die mehr verbargen, als sie preisgaben. Die Unterhaltung wurde ernster. Einer der Musiker hatte das Thema Geld angeschnitten, Gewerkschaften und, mit einer Geste in Erics Richtung, Arbeitsbedingungen. Vivaldos Blick verdüsterte sich, seine Miene verschloss sich, und kurz sah er zu Ida hinunter. Mit bitterem Stolz sah sie den Musiker an. »Also, vielleicht denkst du noch mal drüber nach, Mädchen«, schloss der. »Hab ich schon«, sagte sie und griff mit gesenktem Kopf nach einem Ohrring. Vivaldo nahm ihre Hand, und sie sah ihn an; er küsste sie auf die Nasenspitze. »Na gut«, sagte ein anderer Musiker matt, »wir sollten wohl mal wieder.« Er drehte sich um, ging in die Bar und sagte im Vorbeigehen »Darf ich mal« zu Eric. Ida flüsterte Vivaldo etwas ins Ohr; er lauschte mit gerunzelter Stirn. Sein Haar fiel ihm in die Stirn, dann warf er mit einem ärgerlichen Ruck den Kopf zurück und entdeckte Eric.

Einen Moment lang starrten sie einander an. Ein weiterer Musiker ging zwischen ihnen hindurch. Dann sagte Vivaldo: »Da bist du also. Ich hab ja nicht geglaubt, dass du es schaffst; dass du zurückkommst.«

»Aber hier bin ich«, sagte Eric grinsend, »was sagst du nun?«

Und plötzlich riss Vivaldo die Arme hoch und lachte – und der Polizist, der direkt hinter ihm vorbeiging, schien mit finsterem Blick auf ein geheimes Angriffssignal zu warten –, schloss die Lücke zwischen ihnen und schlang beide Arme um Eric. Der ließ, aus dem Gleichgewicht gebracht, beinahe sein Glas fallen und grinste in Vivaldos grinsendes Gesicht, während hinter Vivaldo Ida mit unergründlicher Miene zusah und der Polizist wartete.

»Du verfluchter rothaariger Rebell«, rief Vivaldo, »du hast dich überhaupt nicht verändert! Mein Gott, freu ich mich, dich zu sehen, ich hatte keine Ahnung, dass ich mich so freuen würde.« Er ließ Eric los und trat einen Schritt zurück, offenbar ohne zu merken, welchen Aufruhr er verursachte. Er zog Eric aus der Bar auf die Straße zu Ida. »Hier ist der Scheißkerl, von dem wir schon so lange reden, Ida; hier ist Eric. Der letzte Mensch, der es rausgeschafft hat aus Alabama.«

Der Polizist schien dunkle, ja mörderische Schlüsse zu ziehen und spähte, des Wartens auf geheime Zeichen müde, gebieterisch in die Bar. Das Signal, das er dort empfing, bewog ihn zum langsamen Rückzug. Vivaldo strahlte indessen Eric an, als wäre Eric sein ganzer Stolz und seine ganze Freude, und klärte Ida erneut auf, ohne den Blick von Eric zu wenden: »Ida, das ist Eric. Eric, darf ich dir Ida vorstellen?« Und er nahm beider Hände und fügte sie zusammen.

Ida ergriff lachend Erics Hand und sah ihm in die Augen. »Eric«, sagte sie, »ich glaube, ich habe über dich mehr gehört als über irgendein anderes menschliches Wesen. Ich kann dir gar nicht sagen, wie sehr ich mich freue, dich kennenzulernen. Ich dachte schon, du bist ein Mythos.«

Die Berührung schockierte ihn ebenso wie ihre Augen und ihre Wärme und ihre Schönheit. »Ich freu mich auch sehr, dich kennenzulernen«, sagte er. »Du kannst über mich nicht mehr gehört haben – und vor allem nichts Besseres – als ich über dich.«

Sie ließen ihre Blicke einen Moment aufeinander ruhen. Ida lächelte noch immer; sie trug ihre Schönheit, wie eine große Königin ihre Gewänder trägt, und schuf auch die entsprechende Distanz zwischen ihnen. Dann kam einer der Musiker an die Tür und sagte: »Ida, Honey, der Boss sagt, du sollst dich bewegen.« Und verschwand.

»Kommt mit«, sagte Ida, »sie haben ganz hinten irgendwo einen Tisch für uns.« Sie nahm Erics Arm. »Sie tun mir einen Gefallen damit, dass ich mitmachen darf. Ich hab noch nie vor Publikum gesungen, da kann ich ihre Geduld nicht strapazieren.«

»Du siehst«, sagte Vivaldo hinter ihnen, »du bist gerade rechtzeitig für das große Ereignis vom Schiff gestiegen.«

»Den Kommentar hättest du ihm überlassen sollen«, sagte Ida.

»Ich wollte es gerade sagen«, sagte Eric, »glaubt mir.« Sie quetschten sich durch die Menge zum etwas geräumigeren hinteren Bereich. Hier blieb Ida stehen und blickte sich um.

»Was ist mit Richard und Cass?«, fragte sie Eric.

»Sie lassen sich entschuldigen. Sie können nicht kommen, eins der Kinder ist krank.«

Ihn durchzuckte, als er das sagte, ein vages Gefühl von Verrat – Ida gegenüber: als würde er sie im Geiste mit den schwarzen Kindern zusammenbringen, die Paul und Michael im Park angegriffen hatten.

»Ausgerechnet heute«, seufzte sie, schien aber von Cass' und Richards Abwesenheit nicht sonderlich berührt. Erneut blickte sie in die Menge und seufzte noch einmal, ein Seufzer verborgener Resignation. Die Musiker waren bereit, und Versuche wurden unternommen, die Meute zur Ruhe zu bewegen. Ein Kellner führte sie zu einem kleinen Tisch in der Ecke neben der Damentoilette und nahm ihre Bestellung auf. Jetzt, da sie in diesem Raum gefangen waren, stieg die heimtückische Hitze vom Boden auf und kam langsam von der Decke herab.

Eric hörte nicht zu, er konnte nicht; die Musik blieb außen vor wie eine leichte Luftverwirbelung. Er sah Ida und Vivaldo ihm gegenüber im Profil, der Musik zugewandt. Ida lauschte mit heiterer, eingeweihter Ironie, als peitschten die Männer auf der Bühne eine Botschaft raus, deren Übermittlung sie ihnen aufgetragen hatte; Vivaldo hingegen blickte mit leicht gesenktem Kopf und schnippischem, unsicherem Trotz auf die Bühne, als herrschte zwischen den Musikern und ihm ein Krieg um Rang, Hautfarbe und Herrschaft. Ida und er saßen sehr still, sehr gerade, und berührten sich nicht – als wäre vor diesem Altar jede Berührung verboten.

Die Musiker rackerten sich ab wie die Pferde, spielten laut und schlecht, mit unbekümmerter Herablassung, und fanden in ihrer ersten Nummer kein einziges Mal zueinander. Das trübte natürlich nicht den Applaus, der laut war, begeistert und lang anhaltend. Nur Vivaldo blieb stumm. Der Schlagzeuger, der hin und wieder den Blick zu Ida und Vivaldo hatte wandern lassen – bevor er sich wieder übers Schlagzeug beugte –, quittierte Vivaldos Schweigen mit einem höhnischen breiten Grinsen und machte Ida ein Zeichen.

»Jetzt bist du dran«, sagte er. »Mal sehen, ob du es schaffst, diese Teufel zu zivilisieren.« Sein Blick huschte zu Eric und Vivaldo. »Wahrscheinlich hast du da inzwischen reichlich Übung.«

Ida sah ihm mit einem unlesbaren Lächeln in die Augen, das gleichwohl einen Hauch von Rache bereithielt. Sie drückte ihre Zigarette aus, zupfte ihren Schal zurecht und erhob sich züchtig. »Schön, dass du mir das zutraust«, sagte sie. »Drück mir die Daumen, Schatz«, sagte sie zu Vivaldo und trat auf die Bühne.

Sie wurde nicht angekündigt, es gab lediglich eine kurze Absprache mit dem Pianisten, dann trat Ida ans Mikro. Der Pianist schlug die ersten Takte an, aber die Menge nahm keine Notiz davon.

»Noch mal von vorn«, sagte Ida mit lauter, klarer Stimme.

Da drehten sich die Köpfe; Ida blickte ruhig auf sie hinab. Nur die Hände verrieten ihre Aufregung, fest und rastlos vor dem Körper verschränkt – die Hände ringend ohne eine Träne.

Jemand flüsterte laut: »Hey, Mann, das ist die kleine Schwester.«

Schweiß stand ihr auf Stirn und Nase, und ein Bein trat zitternd vor und zurück. Der Pianist setzte erneut an, sie packte das Mikro wie eine Ertrinkende und schloss abrupt die Augen:

»*You*
*Made me leave my happy home.*
*You took my love and now you've gone,*
*Since I fell for you.*«

Noch war sie keine Sängerin. Und würde man sie allein nach ihrer Stimme beurteilen, tief, rau, von geringem Umfang, würde sie nie eine werden. Doch sie hatte etwas, das Erics Blick anzog und den Raum zum Schweigen brachte; Vivaldo starrte Ida an, als hätte er sie noch nie zuvor gesehen. Was ihr an Volumen fehlte und noch an Fertigkeit, machte sie durch etwas wett, das so rätselhaft und gnadenlos egozentrisch war, dass noch niemand es hatte benennen können. Dieses Etwas rührte von einem tiefen und mächtigen Selbstgefühl, das Hindernisse nicht so sehr überwand wie pulverisierte und zugleich weiter dort aufragen ließ, wo sie immer standen; und dieses furchtbare Gefühl war persönlich, unergründlich, unaussprechlich und buchstäblich mit etwas anderem verbunden – es verwandelte und zerstörte, schenkte Leben und tötete.

Ihr erstes Stück war zu Ende, und verblüfft und vereinzelt kam der Applaus. Mit einem kindlichen kleinen Schulterzucken sah Ida Vivaldo an. Diese kleine Geste ließ Eric ahnen, wie verzweifelt man sie lieben konnte, wie verzweifelt Vivaldo sie liebte. Der Schlagzeuger stimmte ein Stück nach Art von *Down On The Levee* an, einen Song, den Eric noch nie gehört hatte:

»*Betty told Dupree*
*She wanted a diamond ring.*
*And Dupree said, Betty,*
*I'll get you most any old thing.*«

»Mein Gott«, murmelte Vivaldo, »hat sie gearbeitet.«

Der Ton deutete an, dass dies auf ihn nicht zutraf, und barg einen unbewussten Groll. Und stellte auch Eric vor diese Frage. Auch er hatte nicht gearbeitet – schon lange nicht mehr; er hatte nur dafür gesorgt, den Anschluss nicht zu verpassen.

Das liege an Yves, hatte er sich immer wieder gesagt, aber stimmte das? Er blickte in Vivaldos weißes, leidenschaftliches Gesicht: Sagte er sich nun, dass er wegen Ida nicht gearbeitet hatte? Sie wiederum hatte sich von ihm nicht ablenken lassen. Da stand sie, auf der Bühne, und sie machte, wenn nicht alle Anzeichen trogen, wie steinig oder lang auch immer er werden würde, ihren Weg. Der Anfang war gemacht.

»*Give Mama my clothes,*
*Give Betty my diamond ring.*
*Tomorrow's Friday,*
*The day I got to swing.*«

Die Musiker und sie fanden langsam Gefallen aneinander und trieben sich gegenseitig an bei dieser Ballade über Begierde, Verrat und Tod; und Ida hatte eine neue Atmosphäre im Raum geschaffen, eine neue Aufregung. Selbst die Hitze erschien nicht mehr so unerträglich. Die Musiker spielten für sie wie für eine alte, heimgekehrte Freundin, und ihr Stolz auf sie gab ihnen ihren Stolz auf sich selbst zurück.

Das Stück war zu Ende, und Ida stieg von der Bühne, schweißnass und triumphierend, während der Applaus ihr wie Gischt um die Ohren brandete. Sie kam zum Tisch, sah Vivaldo mit einem Lächeln und einem kleinen, fragenden Stirnrunzeln an und nahm im Stehen einen Schluck aus ihrem Glas. Dann wurde sie zurückgerufen. Der Schlagzeuger beugte sich hinunter und hob sie auf die Bühne, und der Applaus hielt an. Eric merkte, wie Vivaldos Aufmerksamkeit kippte. Er betrachtete Vivaldos Gesicht, aufgewühlter denn je, und folgte seinem Blick. Ein vierschrötiger kleiner Mann mit Locken und jungenhaftem Gesicht stand am Ende des Tresens und sah zu Ida hinauf. Er winkte grinsend, und Ida nickte; Vivaldo sah wieder auf die Bühne: mit schmalen Augen und spitzem Mund und allem Anschein nach in grimmige Grübelei verstrickt.

»Deine Freundin hat was«, sagte Eric.

»Liegt in der Familie«, warf Vivaldo ihm hinüber. Sein Ton war nicht freundlich, es war, als vermutete er eine Stichelei und spielte auf Rufus an, um Eric zu demütigen. Gleich darauf lenkte er allerdings ein: »Sie wird ein Hit«, sagte er, »und mein Gott, ich werde mir einen Baseballschläger kaufen müssen, um all die hungrigen Typen abzuwehren.« Grinsend blickte er auf den kleinen Mann am Tresen.

Ida trat ans Mikrofon. »Dieses Lied ist für meinen Bruder.« Sie zögerte, sah Vivaldo an. »Er ist kurz vor Thanksgiving gestorben, letztes Jahr.« Gemurmel erhob sich, jemand triumphierte: »Was hab ich dir gesagt?« Vereinzelt gab es Applaus, vermutlich für den toten Rufus, der Schlagzeuger senkte den Kopf und legte ein seltsam respektloses Riff am Rand seiner Trommel hin: *kluck-e-kluck, kluck-kluck, kluck-kluck!*

Ida sang:

»*Precious Lord, take my hand,*
*Lead me on, let me stand.*«

Ihre Augen waren geschlossen, der dunkle Kopf auf dem langen dunklen Hals zurückgeworfen. Etwas lag nun in ihrem Gesicht, das zuvor nicht da gewesen war, ein leidenschaftlicher, triumphaler Zorn und Schmerz. Jetzt war ihr schöner, sinnlicher, geschmeidiger Körper ganz still, wie bereit zu einer tieferen Verschmelzung, als das Fleisch ertragen kann; und eine seltsame Kälte kroch in den Raum und mit ihr ein seltsamer Unmut. Ida wusste nicht, wie gut sie werden musste auf der Bühne, um ihr Publikum so ihren privaten Ängsten und Qualen auszusetzen. Schließlich hatte ihr Bruder ihnen nichts bedeutet oder nicht das, was er ihr bedeutet hatte. Sie wollten ihre Trauer nicht miterleben, zumal sie dunkel ahnten, dass sie mit einer Anklage verbunden war – einer Anklage, die ihre Unbehaglichkeit rechtfertigte. Insofern ließen sie das Lied über sich ergehen, aber sie hielten es sich vom Leib. Doch gerade die Anmaßung und Unschuld von Idas Darbringung nötigte ihnen auch Bewunderung ab.

»*Hear my cry, hear my call,*
*Take my hand, lest I fall,*
*Precious Lord!*«

Der Applaus war eigenartig – nicht wirklich widerwillig, nicht wirklich frei; vorsichtig eher, in Anerkennung einer Kraft, der nicht ganz zu trauen, mit der aber zu rechnen war. Die Musiker waren entzückt und fürsorglich, als wäre Ida auf einmal in ihren Besitz übergegangen. Der Schlagzeuger zog ihr den Schal über die Schultern: »Du hast geschwitzt, hol dir ja keine Erkältung.« Und als sie die Bühne verlassen wollte, stand der Pianist auf und küsste sie feierlich auf die Stirn. Der Bassist sagte: »Teufel noch mal, sagen wir den Leuten ihren *Namen!*« Er schnappte sich das Mikro. »Ladys und Gentlemen, sie hörten Miss Ida Scott. Das hier war ihr erster – *Einsatz*«; und er wischte sich selbstironisch die Stirn. Die Menge lachte. »Aber nicht ihr letzter«, sagte er. Der Applaus setzte wieder ein, diesmal unbeschwerter, da die Rolle des Richters und Spenders wieder dem Publikum zugefallen war. »Wir waren Zeugen«, sagte der Bassist, »eines historischen Augenblicks.« In einem Anfall von Selbstbeweihräucherung klatschte, stampfte und jubelte das Publikum.

»Tja« – Vivaldo nahm ihre Hände –, »sieht ganz so aus, als wärst du auf dem richtigen Weg.«

»Warst du stolz auf mich?« Sie machte die Augen weit auf; der Schwung ihrer Lippen vermittelte leichten Spott.

»Ja«, sagte er nach kurzer Überlegung ernst, »aber ich bin immer stolz auf dich.«

Da lachte sie und gab ihm ein Küsschen auf die Wange. »Liebster Vivaldo. Das war noch gar nichts.«

»Ich würde gern in den allgemeinen Chor der Freude und Dankbarkeit einstimmen«, sagte Eric. »Du warst großartig, wirklich.«

Sie sah ihn an. Ihre Augen waren noch immer sehr groß, und etwas in ihrem Blick gab ihm das Gefühl, dass sie ihn nicht mochte. Er verscheuchte den Gedanken wie eine lästige Fliege. »Noch bin ich nicht großartig«, sagte sie, »aber bald.« Sie griff nach ihren Ohrringen.

»Die sind wunderschön«, sagte Eric, »deine Ohrringe.«

»Gefallen sie dir? Mein Bruder hat sie für mich machen lassen – kurz vor seinem Tod.«

Er überlegte. »Ich habe deinen Bruder ein wenig gekannt. Ich war sehr getroffen von der Nachricht – von seinem Tod.«

»Vielen, vielen ist das so gegangen«, sagte Ida. »Er war ein ganz wunderbarer Mensch, ein ganz großer Künstler.« Sie musterte ihn mit komischer, kühler Vermessenheit. »Aber mit ganz miesen Kontakten. Er gehörte zu denen, die glauben, was Leute sagen. Wenn du Rufus gesagt hast, dass du ihn liebst, na ja, dann hat er das geglaubt und hat dir bis zum Tod die Treue gehalten. Ich hab ihm immer gesagt, die Welt ist nicht so.« Sie lächelte. »Er war viel netter als ich. Es zahlt sich nicht aus in dieser Welt, nett zu sein.«

»Da mag was dran sein. Aber du wirkst nett – du wirkst sehr nett – auf mich.«

»Ja, weil du mich nicht kennst. Frag Vivaldo!« Sie drehte sich zu Vivaldo um und legte ihren Arm auf seinen.

»Sie braucht hin und wieder eine Tracht Prügel«, sagte Vivaldo, »aber ansonsten ist sie toll.« Er streckte dem kleinen Mann, der hinter Ida stand, die Hand hin. »Hallo, Mr Ellis. Was führt Sie den weiten Weg nach Downtown?«

Ellis zog übertrieben die Augenbrauen hoch und hob die Hände. »Was meinen Sie, was mich herführt? Ich hatte das unbändige Bedürfnis, Sammy's Bowery Follies zu sehen.«

Ida drehte sich mit einem Lächeln um, noch immer auf Vivaldo gestützt. »Mein Gott. Ich hab Sie da hinten am Tresen gesehen, aber ich konnte kaum glauben, dass Sie es sind.«

»Höchstpersönlich, und wissen Sie« – er betrachtete sie mit größter Bewunderung –, »Sie sind eine außergewöhnliche junge Frau. Das fand ich von Anfang an, wohlgemerkt, aber jetzt habe ich mich davon überzeugt. Ich glaube, nicht mal Sie ahnen, was für eine Karriere zum Greifen nah vor Ihnen liegt.«

»Ich hab noch einen entsetzlich langen Weg vor mir, Mr Ellis, ich muss noch so entsetzlich viel lernen.«

»Sollten Sie dieses Gefühl jemals verlieren, werde ich Ihnen persönlich den Hintern versohlen.« Er sah zu Vivaldo hinauf. »Sie haben mich nicht angerufen, das nehme ich Ihnen sehr übel.«

Vivaldo verkniff sich die pampige Antwort, die ihm auf der Zunge lag. Zahm antwortete er: »Ich sehe für mich im Fernsehen einfach keine große Zukunft.«

»Ach, welch Fantasielosigkeit!« Er rüttelte Ida spielerisch an der Schulter. »Können Sie Ihrem Kerl hier nicht mal den Kopf waschen? Warum stellt er so hartnäckig sein Licht unter den Scheffel?«

»Ehrlich gesagt war das letzte Mal, dass irgendjemand für Vivaldo eine Entscheidung getroffen hat, beim Windelnwechseln. Und das ist ziemlich lange her. Und überhaupt« – Ida rieb die Wange an seiner Schulter – »würde ich nicht im Traum daran denken, ihn zu ändern. Ich mag ihn so, wie er ist.«

Etwas Hässliches lag in der Luft. Ida klammerte sich zwar an Vivaldo, aber Eric hatte das Gefühl, dass ein Teil ihrer Rede für Ellis bestimmt war. Und auch Vivaldo schien das zu spüren. Er löste sich etwas von Ida, nahm ihre Handtasche vom Tisch – um seine Hände zu beschäftigen? – und sagte: »Ich möchte Ihnen unseren Freund vorstellen, frisch aus Paris eingetroffen. Das ist Eric Jones. Steve Ellis.«

Sie gaben sich die Hand. »Ihr Name kommt mir bekannt vor«, sagte Ellis. »Woher?«

»Er ist Schauspieler«, sagte Ida, »er spielt im Herbst am Broadway.«

Vivaldo bezahlte derweil die Rechnung. Eric holte seinen Geldbeutel raus, aber Vivaldo winkte ab.

»Ich habe tatsächlich von Ihnen gehört. Ich habe sogar schon viel von Ihnen gehört.« Er musterte Eric wohlgefällig von Kopf bis Fuß. »Bronson hat Sie für *Ewige Jagdgründe* engagiert, stimmt's?«

»Ja, genau.« Eric war unschlüssig, ob Ellis ihm sympathisch war oder nicht.

»Das ist ja ein ziemlich interessantes Stück«, tastete sich Ellis vor, »und nach allem, was ich über Sie gehört habe, ein gutes Sprungbrett für Sie.« Er wandte sich wieder an Ida und Vivaldo. »Könnte ich Sie alle zu einem kleinen Drink in einer verschwiegenen, klimatisierten Bar überreden? Ich finde«, sagte er zu Ida, »Sie sollten es sich nicht zur Gewohnheit machen, in solchen Bruthöllen zu arbeiten. Da sterben Sie am Ende an Tuberkulose wie die spanischen Stierkämpfer, die es immer entweder zu heiß oder zu kalt haben.«

»Ach, für einen kleinen Drink haben wir doch wohl Zeit.« Ida sah Vivaldo fragend an. »Was meinst du, Sweetie?«

»Es ist dein Abend«, sagte Vivaldo. Sie gingen zur Tür.

»Ich würde vielleicht einen winzigen Schuss Geschäftliches in den Drink mixen«, sagte Ellis.

»Das hab ich mir gedacht«, sagte Vivaldo. »Was für ein Streber Sie doch sind, immer auf der Pirsch.«

»Das Geheimnis meines nicht unerheblichen Erfolgs«, sagte Ellis und wandte sich dann an Ida: »Hatten Sie nicht gestern gesagt, Dick Silenski und seine Frau würden auch kommen?«

Etwas geschah mit ihren Mienen – in seiner zeigten sich eilig kaschierte Panik und Bedauern, in ihrer eilig zerstreuter empörter Alarm. Sie traten auf die breite, heiße Straße. »Eric war bei ihnen«, sagte sie ruhig, »irgendwas war los, dass sie nicht kommen konnten.«

»Die Kinder sind im Park in eine Schlägerei geraten«, sagte Eric. »Irgendwelche schwarzen Jungs haben sie verprügelt.« Er hörte, wie Ida einatmete, und nannte sich selbst ein Arschloch. »Als ich ging, warteten sie gerade auf den Arzt.«

»Davon hast du mir gar nichts erzählt«, rief Vivaldo, »mein Gott! Ich muss sie anrufen!«

»Mir hast du auch was anderes erzählt«, sagte Ida.

»Sie waren nicht schlimm verletzt«, sagte Eric, »bis auf blutige Nasen. Aber sie wollten lieber, dass ein Arzt sie noch mal untersucht, und natürlich wollten sie sie nicht allein lassen.«

»Ich ruf sie an«, sagte Vivaldo, »sobald wir in einer Bar sind.«

»Ja, Sweetie, mach das«, sagte Ida. »Das ist ja furchtbar.«

Wortlos trat Vivaldo auf dem Gehweg nach einer Bierdose. Sie gingen westwärts durch eine dunkle Wüste aus Mietshäusern, schmutzigen Kindern, starrenden Jugendlichen und schwitzenden Erwachsenen. »Wenn du schwarze Jungs sagst«, hakte Ida kurz darauf nach, »soll das heißen, das war der Grund für die Schlägerei?«

»Einen anderen Grund schien es nicht zu geben«, sagte Eric. »Sie hatten die Jungs noch nie gesehen.«

»Wahrscheinlich irgendeine Rache«, sagte Ida, »für etwas, was ihnen andere Jungs angetan haben.«

»Bestimmt«, sagte Eric.

Sie erreichten den dicht belebten Park am unteren Ende der Fifth Avenue. Seit Jahren war Eric nicht mehr in diesem Park gewesen, und je weiter sie hineingingen, desto mehr drückten ihn Schwermut und Widerwille nieder. Gott, hier waren die Bäume und die Bänke und die Menschen und die dunklen Umrisse auf der Wiese, der jetzt menschenleere Spielplatz mit den Schaukeln, den Rutschen und dem Sandkasten; und die Dunkelheit, die diesen Ort umgab, in dem die kinderlosen Elenden sich versammelten, um ihren freudlosen Ritualen nachzugehen. Sein Leben, sein ganzes Leben, stieg heute Abend wie Galle in ihm auf. Das Meer aus Erinnerungen schwappte über ihn, immer wieder, und wann immer es zurückwich, wand sich ein gedemütigter Eric im Sand. Wie schwer es war, verachtet zu werden! Wie unmöglich, sich nicht selbst zu verachten! Hier spielten die friedlichen Männer im Lampenschein Schach. Gesang und Gitarrenklänge drangen aus der Mitte des Parks zu ihnen, und sie bummelten dorthin, wartend, so schien es, und den Abschluss des Abends fürchtend. Im kleinen Brunnen hatte sich eine große Menge versammelt; diese Menge verteilte sich bei näherem Hinsehen auf mehrere kleinere Gruppen um jeweils ein, zwei oder drei Sänger. Die Sänger, Männer und Frauen, trugen Jeans und lange Haare und hatten mehr Begeisterung als Talent. Dennoch hatten ihre ungewaschenen glatten Gesichter, ihre kindlich glänzenden Augen und ihre ungeübten, unverstellten Stimmen etwas Gewinnendes, sehr Bewegendes. Sie sangen, als könnten sie die Unwiderruflichkeit und die Unsterblichkeit der Unschuld herbeisingen. Ihre Zuhörer waren aus anderen Kreisen, ziellos, leer und verkommen standen sie dicht gedrängt im steinernen Brunnen, nur um sich von der Berührung und dem Geruch menschlicher Körper trösten oder entflammen zu lassen. Und die Polizisten umkreisten im Laternenschein alle.

Ida und Vivaldo gingen zusammen, Eric und Ellis gingen zusammen, doch alle waren weit weg voneinander. Eric hatte das dumpfe Gefühl, dass er einen Versuch unternehmen sollte, sich mit dem Mann neben ihm zu unterhalten, aber er hatte nicht das Bedürfnis, sich mit ihm zu unterhalten; er wollte weggehen, und er hatte Angst wegzugehen. Ida und Vivaldo waren auch schweigsam gewesen. Als sie jetzt von einer Gruppe zur nächsten gingen, hörte er, unterbrochen von verklärten westlichen Balladen und zahnlosen Spirituals, ihre Stimmen. Und er wusste, dass auch Ellis zuhörte. Was ihn schließlich doch zwang, ihn anzusprechen.

Er hörte Ida. »… Sweetie, sei nicht so.«

»Nenn mich nicht dauernd *Sweetie!* So nennst du jeden erbärmlichen Schwanzlutscher, der dir am Arsch rumschnüffelt.«

»Musst du so reden?«

»Jetzt komm mir bloß nicht mit dieser etepetete Scheiße.«

»… wie du redest. Ich werde Weiße nie verstehen, nie, nie, nie! Wie könnt ihr so reden? Wie könnt ihr von irgendjemandem erwarten, dass er euch respektiert, wenn ihr euch selbst nicht respektiert?«

»Zum Kotzen, ach, was lass ich mich auch mit einer Schwarzen ein, die sich für was Besseres hält? Und ich bin nicht *die Weißen!*«

»… ich warne dich, ich warne dich!«

»… du hast doch angefangen! Du fängst immer an!«

»… ich wusste, dass du eifersüchtig wirst. Darum!«

»Da hast du dir ja eine tolle Methode ausgesucht, mich nicht – eifersüchtig zu machen, Baby.«

»Können wir später drüber reden? Warum musst du immer alles verderben?«

»Ach, klar, klar, ich bin derjenige, der immer alles verdirbt, natürlich!«

Eric sagte zu Ellis: »Meinen Sie, dass irgendeiner dieser Sänger eine Zukunft im Fernsehen hat?«

»Im Nachmittagsprogramm vielleicht«, lachte Ellis.

»Sie sind aber herzlos.«

»Ich bin Realist. Jeder ist sich doch selbst der Nächste und will Geld scheffeln, ob er es nun zugibt oder nicht. Und daran ist auch nichts auszusetzen, ich wünschte nur, die Leute würden es zugeben. Die meisten Leute, die glauben, sie würden mich missbilligen, tun das überhaupt nicht. Sie wären nur gerne wie ich.«

»Ja, wahrscheinlich«, sagte Eric – tödlich gelangweilt.

Langsam ließen sie die Musik hinter sich. »Waren Sie lange im Ausland?«, fragte Ellis aus Höflichkeit.

»Etwa drei Jahre.«

»Und wo?«

»Vor allem Paris.«

»Warum sind Sie hingegangen? Für einen Schauspieler gibt es dort doch nichts zu holen, oder? Ich meine, für einen amerikanischen Schauspieler.«

»Ach, ich hab ein paar Sachen fürs amerikanische Fernsehen gemacht.« Zwei glitzernde, stimmgewaltige Tunten kamen ihnen entgegen. Eric zog den Bauch ein und blickte geradeaus. »Und ich habe mir viel Theater angesehen – ich weiß nicht –, für mich war es sehr gut.« Die Paradiesvögel zogen vorüber, ihr Grölen verebbte.

»Solche Leute tun mir immer so *leid*«, sagte Ida.

Ellis grinste. »Warum sollten die Ihnen leidtun? Sie haben doch einander.«

Die vier waren jetzt auf einer Höhe, und Ida hakte sich bei Eric ein.

»Ein paar Kellner aus meinem Restaurant sind so. Wie die behandelt werden …! Sie erzählen mir davon, sie erzählen mir alles. Ich mag sie, wirklich, sie sind reizend. Und natürlich sind sie eine fabelhafte Begleitung. Von denen hat man nichts zu befürchten.«

»Sie kosten auch nicht viel«, sagte Vivaldo. »Ich hol dir nächste Woche einen, dann haben wir ein Haustier.«

»Ich schaffe es heute einfach nicht, oder, irgendwas zu sagen, was bei dir gut ankommt?«

»Streng dich halt weniger an. Ellis, wo schleppen Sie uns hin für Ihren zwanglosen Geschäftsdrink?«

»Zügeln Sie Ihre Begeisterung, wir sind fast da.« Sie verließen den Park in Richtung 8th Street und betraten eine Kellerbar. Ellis war dort natürlich bekannt; sie fanden eine Nische und gaben ihre Bestellung auf.

»Also, was das Geschäftliche angeht« – Ellis blickte von Ida zu Vivaldo –, »ist die Sache ganz einfach: Ich habe schon anderen geholfen, und ich glaube, ich kann Miss Scott helfen.« Er sah Ida an. »Sie sind noch nicht so weit. Sie haben noch massenhaft Arbeit vor sich und massenhaft zu lernen. Und ich hätte gern, dass Sie diese Woche mal an einem Nachmittag zu mir ins Büro kommen, damit wir das in allen Einzelheiten besprechen können. Sie müssen lernen und üben und bei alledem lebendig bleiben, und vielleicht kann ich Ihnen dabei helfen.« Dann sah er Vivaldo an. »Und Sie können mitkommen, wenn Sie das Gefühl haben, dass ich Miss Scott ausbeute. Planen Sie, als ihr Agent tätig zu werden?«

»Nein.«

»Sie haben keinen Grund, mir zu misstrauen; Sie mögen mich nur einfach nicht, ist es das?«

»Ja«, sagte Vivaldo nach einem Moment, »das ist es wohl.«

»Ach, Vivaldo«, stöhnte Ida.

»Das ist okay. Immer gut zu wissen, woran man ist. Aber Sie werden doch gewiss nicht zulassen, dass dieses … *Ressentiment* … Miss Scott in die Quere kommt?«

»Nicht im Traum. Ida macht sowieso, was sie will.«

Ellis musterte ihn. Er warf Ida einen flüchtigen Blick zu. »Na gut. Das beruhigt mich.« Er machte dem Kellner ein Zeichen und wandte sich an Ida. »Welchen Tag sollen wir nehmen? Dienstag, Mittwoch?«

»Mittwoch wäre vielleicht besser«, sagte sie zaghaft.

»Gegen drei?«

»Ja, das passt gut.«

»Also, abgemacht.« Er notierte sich etwas in seinem Kalender, holte seine Brieftasche raus, nahm die Rechnung und gab dem Kellner einen Zehndollarschein. »Bringen Sie den Herrschaften, was sie wollen«, sagte er, »das geht auf mich.«

»Ach, Sie verlassen uns schon?«, fragte Ida.

»Ja. Meine Frau bringt mich um, wenn ich nicht rechtzeitig zu Hause bin, um die Kinder zu sehen, bevor ich mich ins Studio aufmache. Wir sehen uns am Mittwoch.« Er reichte Eric die Hand. »Schön, Sie kennengelernt zu haben, Rotschopf; alles Gute. Vielleicht machen Sie ja mal was für mich.« Er blickte auf Vivaldo hinunter. »Ade, großer Geist. Schade, dass Sie mich nicht mögen. Vielleicht sollten Sie sich bei Gelegenheit mal fragen, wieso. Es bringt nichts, mir die Schuld zu geben, wenn Sie nicht wissen, wie Sie das, was Sie haben wollen, bekommen oder behalten.« Damit drehte er sich um und ging. Vivaldo sah die kurzen Beine die Treppe zur Straße hinaufgehen.

Er wischte sich mit seinem feuchten Taschentuch die Stirn, und die drei saßen einen Moment schweigend da. »Ich ruf jetzt Cass an«, sagte Vivaldo, stand auf und ging nach hinten zum Telefon.

»Ich habe gehört«, sagte Ida vorsichtig, »du warst ein enger Freund meines Bruders.«

»Ja«, sagte er, »das stimmt. Jedenfalls habe ich mich bemüht.«

»Fandst du es so schwer – sein Freund zu sein?«

»Nein. Nein. Das wollte ich damit nicht sagen.« Er versuchte zu lächeln. »Er lebte ganz in seiner Musik, er war sehr – er selbst. Ich war jung damals, vielleicht habe ich das nicht immer – verstanden.« Er schwitzte unter den Achseln, auf der Stirn, zwischen den Beinen.

»Ah.« Sie betrachtete ihn aus weiter Ferne. »Vielleicht wolltest du mehr von ihm, als er dir geben konnte. Viele Menschen wollten das, Männer *und* Frauen.« Das ließ sie einen Augenblick zwischen ihnen stehen. »Er war wahnsinnig attraktiv, oder?«, sagte sie dann. »Ich glaube ja, deswegen ist er gestorben, weil er so attraktiv war und nicht wusste, wie – wie er sich die Leute vom Hals halten soll.« Sie nahm einen Schluck. »Menschen sind gnadenlos. Im Namen der Liebe reißen sie dich in Stücke, und wenn du tot bist, wenn sie dich umgebracht haben durch die ganze Quälerei, die sie dir aufdrücken, behaupten sie, du hättest keinen Charakter gehabt. Bittere Tränen vergießen sie – aber nicht um dich, um sich selbst, weil sie ihr Spielzeug verloren haben.«

»Das ist eine ziemlich herbe Sicht auf die Liebe.«

»Ich weiß, wovon ich rede. Genau das meinen die meisten Menschen, wenn sie von Liebe reden.« Sie nahm sich eine Zigarette und wartete darauf, dass er ihr Feuer gab. »Danke. Du warst nicht hier, du hast Rufus' letzte Freundin nicht gekannt – eine schreckliche kleine nymphomanische Hure aus Georgia. Sie wollte ihn einfach nicht loslassen, er hat alles Mögliche versucht, um von ihr wegzukommen. Er hat sogar überlegt, nach Mexiko abzuhauen. Sie hat ihn so fertiggemacht, dass er nicht mehr arbeiten konnte – ehrlich, nichts ist schlimmer als weiße Südstaatler, ganz besonders eine weiße Südstaatler*in,* die sich einen Schwarzen krallt.« Sie blies eine große Rauchwolke über seinen Kopf hinweg. »Und sie lebt noch, diese schmierige weiße Schlampe, und Rufus ist tot.«

Er sagte, in der Hoffnung, dass sie ihn wirklich hörte, und im Wissen, dass sie ihn nicht hören würde, vielleicht nicht hören konnte: »Hoffentlich glaubst du nicht, dass ich deinen Bruder auf diese entsetzliche Art geliebt habe, die du hier beschreibst. Ich glaube, wir waren wirklich sehr gute Freunde, und – sein Tod war ein furchtbarer Schock für mich. Ich war in Paris, als ich davon erfuhr.«

»Ach, dich klage ich doch nicht an. Du und ich, wir werden Freunde, meinst du nicht?«

»Das hoffe ich sehr.«

»Na, für mich ist es damit geklärt.« Mit großen Augen fragte sie: »Was hast du die ganze Zeit in Paris gemacht?«

»Ach« – er lächelte –, »versucht, erwachsen zu werden.«

»Hättest du das nicht auch hier machen können? Oder wolltest du nicht?«

»Ich weiß nicht. In Paris hat das mehr Spaß gemacht.«

»Das glaube ich.« Sie drückte ihre Zigarette aus. »Und, bist du erwachsen geworden?«

»Ich bin mir nicht mehr sicher, ob Menschen dazu überhaupt fähig sind.«

Sie grinste. »Da ist was dran, Kumpel.«

Vivaldo kam zurück an den Tisch. Sie blickte auf. »Und? Wie geht es den Kindern?«

»Ihnen geht es gut. Cass klang ein bisschen verstört, aber sie lässt euch beide grüßen und hofft, euch bald mal wieder zu sehen. Bleiben wir noch hier, oder was haben wir vor?«

»Lass uns was essen gehen«, sagte Ida.

Vivaldo und Eric wechselten einen blitzschnellen Blick. »Ihr müsst leider ohne mich auskommen«, sagte Eric schnell. »Ich bin erledigt, mir reicht's, ich geh nach Hause und leg mich schlafen.«

»Aber es ist noch so früh«, sagte Ida.

»Na ja, ich bin gerade erst vom Schiff runter, und mich ruckelt's immer noch.« Er stand auf. »Ich heb's mir auf für nächstes Mal.«

»Na dann.« Sie warf Vivaldo einen ironischen Blick zu. »Tut mir leid, dass der Herr und Meister nicht besserer Laune ist.« Sie schob sich aus der Nische. »Ich muss mal für kleine Mädchen. Wartet oben auf mich.«

»Tut mir leid«, sagte Vivaldo, als sie die Stufen zur Straße hochgingen, »ich hatte mich wirklich drauf gefreut, heute Abend mit dir zusammenzusitzen und richtig zu quatschen, aber wahrscheinlich ist es besser, du lässt uns alleine. Das verstehst du doch, oder?«

»Klar verstehe ich das. Ich ruf dich nächste Woche mal an.« Sie standen auf dem Gehweg und sahen die ziellose Meute an sich vorüberziehen.

»Es muss sich merkwürdig anfühlen«, sagte Vivaldo, »zurück zu sein. Ich hoffe, du denkst nicht, dass wir keine Freunde mehr sind, das sind wir nämlich. Du bist mir sehr wichtig, Eric. Nur, damit du nicht denkst, dass ich dich heute Abend irgendwie abserviere. Aber es ist nun mal, wie es ist.« Er starrte erschöpft in die Ferne. »Manchmal macht mich das Mädchen so verrückt, dass ich nicht weiß, wo oben und unten ist.«

»Da kenne ich mich auch ein bisschen aus«, sagte Eric. »Keine Sorge.« Er streckte die Hand aus; Vivaldo hielt sie einen Moment fest. »Ich ruf dich in ein paar Tagen an, okay? Sag Ida auf Wiedersehen.«

»In Ordnung, Eric. Mach's gut.«

Eric lächelte. »Mach's besser.«

Er drehte sich um und ging auf die Sixth Avenue zu, aber eigentlich wusste er gar nicht, wohin er ging. Er spürte Vivaldos Blick im Rücken, bis er vom Gedränge verschluckt wurde.

An der Ecke Sixth Avenue wartete er und sah sich um, während die Ampel ein paarmal umsprang. Ein Laster kam angefahren; Eric blickte ins Gesicht des Fahrers und verspürte das heftige Verlangen, sich zu diesem Mann zu setzen und in diesem Laster mitzufahren, wohin auch immer.

Doch er überquerte die Straße und schlug den Weg nach Hause ein. Das war der sicherste Ort, der einzige Ort. Fremde – jetzt erschienen sie ihm fremd, eines Tages wäre er wieder einer von ihnen – warfen ihm im Vorbeigehen ihre unsäglichen, verzweifelten Blicke zu, doch er behielt die Augen auf dem Pflaster. *Noch nicht, nicht du. Noch nicht. Noch nicht.*

# 3

An dem Mittwochnachmittag, an dem Ida zu Ellis ging, rief Cass Vivaldo in dem Buchladen in Midtown an, in dem er arbeitete, um zu fragen, ob sie ihn nach Feierabend zu einem Drink einladen dürfe. Ihre Stimme, gehetzt, matt und gedämpft, riss ihn aus seiner eigenen Verstörung. Sie solle ihn um sechs im Laden abholen, sagte er.

Sie erschien pünktlich, in einem grünen Sommerkleid, in dem sie sehr jung aussah, und mit einer aberwitzig großen Strohtasche. Ihr Haar war zurückgekämmt und fiel ihr über die Schultern; in dem Augenblick, als sie durch die Tür trat, von der satten Sonne zugleich verwischt und klar umrissen, sah sie aus wie die Cass seiner Jugend vor so vielen Jahren. Damals war sie das schönste, umschwärmteste Mädchen auf Erden gewesen. Und Richard der tollste, schönste Mann.

Sie wirkte furchtbar aufgewühlt – schien förmlich zu lodern, als könnte sie eine innere Erregung nur schwer zügeln. Sie lächelte, sah jetzt jung und abgespannt zugleich aus; und einen Moment lang spürte er ihre Hitze, ihren Geruch.

»Wie geht es dir, Vivaldo? Wir haben uns ziemlich lange nicht gesehen.«

»Stimmt wohl. Und das ist meine Schuld. Wie läuft's bei dir?«

Sie zuckte neckisch mit den Schultern und hob die Hände wie ein Kind. »Ach. Auf und ab.« Dann: »Im Moment eher ab.« Sie sah sich im Laden um. Menschen glotzten auf Bücher in Regalen wie Kinder auf Aquariumsfische hinter Glas. »Bist du frei? Können wir gehen?«

»Ja, ich hab nur auf dich gewartet.« Er verabschiedete sich von seinem Chef und sie traten in die sengende Hitze. Sie befanden sich an der East Side, auf Höhe der Fünfzigerstraßen. »Wo wollen wir hin?«

»Mir egal, irgendwohin. Hauptsache mit Klimaanlage. Und ohne Fernseher. Ich brauche gerade wirklich keinen Baseball.«

Sie gingen stadtaufwärts Richtung Osten, als wollten sich beide so weit wie möglich von der ihnen bekannten Welt und ihren Verpflichtungen entfernen. Die Menschen, die an ihnen vorübergingen, die ihnen entgegenkamen, die rüde aus Eingängen und Taxis platzten und Bordsteine hinaufhüpften, drangen schmerzlich in ihre Stille ein und bedrohten ihre Verbindung. Auch schienen jeder Mann und jede Frau von einer unerträglichen Last beschwert, von Leben, die ihnen in die missmutigen heißen Gesichter geschrieben standen.

»An einem solchen Tag«, sagte Cass plötzlich, »erinnere ich mich, meine ich mich zu erinnern, wie es war, jung zu sein, richtig jung.« Sie sah zu ihm hoch. »Als alles, Fühlen, Schmecken – alles –, so neu war, und selbst Leiden war herrlich, weil es daneben nichts anderes gab.«

»So wirkt es im Nachhinein, Cass. Um nichts auf der Welt möchte ich je wieder so jung sein.«

Aber er wusste, was sie meinte. Ihre Worte lenkten ihn einen Moment von seinen gnadenlosen Visionen von Ida und Ellis ab. (»Du hattest doch gesagt, du hast ihn seit der Party nicht gesehen.« »Na ja. Ein Mal bin ich doch zu ihm gegangen, nur um ihm von der Jam Session zu erzählen.« »Warum musstest du dafür zu ihm, hättest du ihn nicht einfach anrufen können?« »Ich war mir nicht sicher, ob er sich am Telefon an mich erinnert. Und dann hab ich's dir nicht erzählt, weil ich wusste, wie du reagierst.« »Mir egal, was du sagst, Baby, ich weiß, worauf er aus ist, er will dir nur an die Wäsche.« »Ach, Vivaldo. Glaubst du wirklich, ich weiß nicht, wie man mit solchen Schnöseln fertigwird?« Und dann hatte sie ihm einen Blick geschenkt, zu dem ihm nichts mehr einfiel, der förmlich sagen wollte: *Du siehst doch, wie ich mit dir fertiggeworden bin.*)

Jetzt allerdings dachte er an sich mit fünfzehn oder sechzehn – wie er in der Brandung vor Coney Island schwamm oder im Schwimmbad in seinem Viertel, wie er auf dem Platz Handball spielte, manchmal mit seinem Vater, und wie er nach einem Straßenkampf kotzend in der Gosse lag und betete, dass keiner seiner Feinde die Gelegenheit wahrnahm, ihm den Schädel einzutreten. Er erinnerte sich an die Angst jener Tage, Angst vor allem, verborgen hinter Spott und zackiger Pose, abgewehrt mit Munition aus schmutzigen Wörtern. Alles passierte zum ersten Mal, mit fünfzehn oder sechzehn; und wie hieß sie noch? Zelda. Konnte das stimmen? Auf dem Dach, im Sommer, unter den schmutzigen Sternen der Stadt.

Alles zum ersten Mal, damals, als Taten keine Folgen hatten und nichts unwiederbringlich war, als Liebe einfach war und selbst Schmerz die Würde des ewigen Ertragens anhaftete: undenkbar, dass die Zeit irgendeine Linderung bringen würde. Wo war Zelda jetzt? Sie könnte sich durchaus in diese Matrone mit dem ausladenden fleischigen Hintern und den metallicblonden Haaren verwandelt haben, die direkt vor ihnen herstöckelte. Auch sie hatte irgendwo, irgendwann alles zum ersten Mal gesehen und angefasst und die Sommerluft auf ihren Brüsten wie einen Segen empfangen, auch in sie war irgendjemand zum ersten Mal eingedrungen, dass Blut aus ihr herausgeströmt war, zum ersten Mal.

Und was dachte Cass?

»Nein, nein«, sagte sie langsam, »auf keinen Fall will ich noch mal *dieses* unglückliche Mädchen sein. Ich hab mich nur daran erinnert, wie anders alles war – wie anders als jetzt.«

Er legte den Arm um ihre schmalen Schultern. »Du klingst traurig, Cass. Sag mir, was los ist.«

Er lotste sie in eine kühle, dunkle Cocktailbar. Der Kellner führte sie an einen kleinen Zweiertisch, nahm die Bestellung auf und verschwand. Cass blickte auf die Tischplatte und spielte mit den gesalzenen Erdnüssen in der roten Plastikschale.

»Also, darum hab ich dich angerufen – um mit dir zu reden. Aber es ist nicht so einfach. Ich bin mir nicht sicher, ob ich weiß, was los ist.« Der Kellner brachte die Getränke. »Das stimmt nicht. Ich glaube, ich weiß schon, was los ist.«

Dann schwieg sie. Sie nippte nervös an ihrem Glas und steckte sich eine Zigarette an.

»Ich glaube, es geht um Richard und mich«, sagte sie schließlich. »Ich weiß nicht, was aus uns werden soll. Uns scheint überhaupt nichts mehr zu verbinden.« Sie sprach seltsam atemlos, fast wie ein Schulmädchen und als würde sie selbst nicht glauben, was sie da sagte. »Vielleicht stimmt das so nicht. Uns verbindet verdammt viel, ganz bestimmt, aber irgendwie funktioniert das alles nicht. Manchmal – manchmal glaube ich, dass er mich hasst, wegen der Ehe, wegen der Kinder, wegen seiner Arbeit. Und dann wieder weiß ich, dass das nicht stimmt, nicht stimmen kann.« Sie biss sich auf die Unterlippe, drückte ihre Zigarette aus und versuchte zu lachen. »Armer Vivaldo. Ich weiß, dass du eigene Sorgen hast und nicht weißt, was du mit dem Gefasel einer in die Jahre gekommenen selbstsüchtigen Hausfrau anfangen sollst.«

»Jetzt, wo du's sagst.« Er versuchte zu lächeln. »Ja, du bist ganz schön hinfällig.« Er wusste nicht, was er sagen sollte. Ida und Ellis, hastig in den Hinterkopf geschoben, betrieben gerade trotzdem schemenhaft die unaussprechliche Verletzung seiner Männlichkeit. »Es klingt eigentlich wie ein Sommergewitter – erleben nicht alle Ehepaare so was?«

»Mit *allen* Ehepaaren kenne ich mich nicht aus. Ich weiß nicht mal, ob ich mich mit der Ehe auskenne.« Sie nippte wieder an ihrem Drink. »Ich wünschte, ich könnte mich betrinken«, warf sie so hin, dann kicherte sie, und ihr stolzes Gesicht verlor auf einmal die Fassung. »Ich wünschte, ich könnte mich betrinken und rausgehen und mir einen Fernfahrer oder Taxifahrer oder irgendwen schnappen, der mich anfasst und mir wieder das Gefühl gibt, eine Frau zu sein.« Sie verbarg ihr Gesicht mit einer knochigen Hand, und Tränen rannen zwischen ihren Fingern hinunter. Mit gesenktem Kopf wühlte sie hektisch in der absurden Strohtasche und fischte schließlich ein zerknülltes Taschentuch heraus. Damit schaffte sie es wundersamerweise, sich die Nase zu putzen und die Augen zu trocknen. »Tut mir leid«, sagte sie, »ich brüte einfach zu viel.«

»Was brütest du denn, Cass? Ich dachte, Richard und du, ihr wärt angekommen.« Die Worte klangen selbst in seinen Ohren steif und teilnahmslos. Aber er kannte Cass und Richard zu lange und war zu jung gewesen, als er sie kennenlernte; er hatte sich Cass und Richard nie als Liebespaar vorgestellt. Manchmal hatte er Cass natürlich schon beobachtet und fand, dass sie bei aller Zierlichkeit ganz Frau war und ganz da, schöne Beine hatte und einen hübschen Busen und mit ihrem kleinen Hintern zu wackeln wusste; und manchmal, wenn er Richards Pranke an ihrem Handgelenk sah, hatte er sich gefragt, wie sie sein Gewicht ertrug. Doch wie alle Chaoten neigte er zu der Annahme, das Leben anderer Menschen sei zahmer, weniger sinnlich, durchgeistigter als seins. Und zum ersten Mal sah er Cass als leidenschaftliche Frau in einer legalisierten Liebesaffäre, die sich so hinreißend und schamlos in Richards Armen wand wie die Frauen, von denen Vivaldo all die Jahre geträumt hatte. »Wahrscheinlich«, sagte er, »höre ich mich ziemlich dämlich an. Entschuldigung.«

Sie lächelte – lächelte, als hätte sie seine Gedanken gelesen. »Nein, gar nicht. Vielleicht dachte ich auch, wir wären angekommen. Aber niemand kommt jemals an.« Sie steckte sich wieder eine an, straffte die Schultern und umkreiste langsam, wie schon seit vielen Wochen, eine furchtbare Entscheidung. »Andauernd rede ich mir ein, es hätte damit zu tun, dass sich unser Leben verändert hat, da Richard gerade so bekannt wird.« Sie war jetzt sehr nüchtern und ernst. Sie blickte Vivaldo durch den Qualm ihrer Zigarette an und kniff die Augen zusammen. »Weißt du, früher hab ich mir immer dich und deine schrecklichen Abenteuer angeguckt und dich mit Richard und mir verglichen und gedacht, was wir doch für ein Glück haben. Er war der erste« – sie stockte und schlug die Augen nieder –, »der erste Mann, den ich je hatte, und für ihn war ich auch die Erste – wirklich die Erste, jedenfalls die Erste, die er geliebt hat.«

Und sie schlug erneut die Augen nieder, als wäre die Last der Beichte zu groß. Doch einte sie das Wissen, dass sie das, was sie begonnen hatte, nun auch zu Ende bringen musste.

»Und du glaubst, er liebt dich nicht mehr?«

Sie antwortete nicht. Sie legte ihre beringte linke Hand auf die Stirn und starrte in die Schale mit den gesalzenen Erdnüssen, als versteckte sich dort die Lösung aller Rätsel. Die winzigen Zeiger auf ihrer Armbanduhr zeigten fünf nach halb sieben an. Ida hatte Ellis vor Stunden verlassen und war dann beim Gesangsunterricht gewesen. Jetzt war sie wohl gerade im Restaurant, hatte die Kellnerstation bestückt, die Uniform angezogen und bereitete sich auf den abendlichen Andrang vor. Vivaldo sah ihr hochmütiges, verschlossenes Gesicht vor sich, mit dem sie an einen Tisch herantrat und Block und Stift schwang wie Schwert und Schild. Sie war bestimmt nicht lange bei Ellis geblieben – er war ein viel beschäftigter Mann. Aber wie lange brauchten solche Kerle schon für einen Quickie, mitten am Nachmittag, in ihren abgeschirmten Büros? Er versuchte, sich auf Cass und ihr Problem zu konzentrieren. Vielleicht hatte Ellis Ida zu einem Drink eingeladen, vielleicht hatte er sie überredet, nicht zur Arbeit zu gehen, und sie stattdessen zum Essen eingeladen, vielleicht waren sie jetzt zusammen. (Wo?) Vielleicht hatte Ellis sie überredet, sich um Mitternacht in einer Theaterbar zu treffen, weil es gut für sie sei, an einem solchen Ort mit ihm gesehen zu werden. Nein, das nicht; für Ellis war es gewiss nicht gut, mit *ihr* gesehen zu werden. Ellis war viel zu schlau für so was, so wie er viel zu schlau war, offen seinen Einfluss mit Vivaldos zu vergleichen. Doch er würde keine Gelegenheit auslassen, Ida solche Vergleiche nahezulegen.

Er machte sich krank mit seinen Ängsten und Fantasien. Wenn Ida ihn liebte, waren Ellis und die ganze große Glitzerwelt egal. Wenn sie ihn nicht liebte, konnte er ohnehin nichts tun, und je eher zwischen ihnen Schluss war, desto besser.

Aber Vivaldo wusste, dass es nicht so einfach war, dass er nicht ehrlich war. Sie konnte ihn durchaus lieben und trotzdem – schaudernd kippte er seinen Drink hinunter – gerade auf irgendeiner Ledercouch unter Ellis stöhnen. Ihre Liebe für ihn würde keineswegs ihre Entschlossenheit bremsen, Sängerin zu werden – die Karriere anzustreben, die jetzt zum Greifen nahe schien. Er konnte sogar ihrer liebevollen und nachdrücklichen Beteuerung Glauben schenken, er, seine Liebe, habe ihr überhaupt erst den Mut gegeben, diesen Weg einzuschlagen. Aber das munterte ihn nicht auf, denn für seine Ohren steckte in dieser Beteuerung der Wink, dass seine Rolle nun beendet war und er alles versaute, indem er seinen Abgang verfehlte. Er schüttelte den Kopf. In einer halben – nein, einer – Stunde würde er im Restaurant anrufen.

»Ach, Cass«, hörte er sich sagen, »ich wünschte, ich könnte dir irgendwie helfen.«

Lächelnd berührte sie seine Hand. Die winzigen Zeiger an ihrem Handgelenk hatten sich nicht bewegt. »Danke«, sagte sie – sehr ernst. »Ich weiß nicht, ob Richard mich noch liebt oder nicht. Er sieht mich nicht mehr – er sieht mich nicht. Er hat mich« – sie blickte auf, zwei Tränen quollen ihr aus den Augen und rollten ihr übers Gesicht; sie hielt sie nicht auf –, »er hat mich seit, ach, keine Ahnung wie lange nicht mehr angefasst. Ich war noch nie sehr forsch, das war gar nicht nötig.« Mit dem Handrücken schlug sie nach ihren Tränen. »Ich hocke zu Hause wie – eine Haushälterin. Ich kümmere mich um die Kinder, ich koche und schrubbe Toiletten und gehe ans Telefon, und er – sieht mich nicht. Er *arbeitet* die ganze Zeit. Er heckt andauernd irgendwas aus mit – mit Ellis wahrscheinlich und seiner Agentin und all diesen schrecklichen Leuten. Vielleicht ist er sauer auf mich, weil ich die nicht sonderlich mag, aber ich kann einfach nicht anders.« Sie schnappte nach Luft, fand noch ein zerknülltes Taschentuch und vollbrachte erneut Wunder damit. »Am Anfang hab ich ihn noch ihretwegen aufgezogen. Jetzt nicht mehr, aber wahrscheinlich ist es schon zu spät. Ich weiß, das sind viel beschäftigte, wichtige Leute, aber ich kann einfach nicht anders, für mich ist das keine echte *Arbeit*. Vielleicht hat Richard recht, er meint, ich bin ein Neuengland-Snob und will die Männer vernichten, aber das ist weiß Gott nicht meine Absicht, und – ich finde Richards neue Texte nicht gut, und das kann er mir nicht verzeihen. Was soll ich bloß tun?« Sie legte beide Hände auf die Stirn, senkte den Kopf und fing wieder an zu weinen. Vivaldo blickte sich vorsichtig in der dunklen Bar um. Sie erregten keine Aufmerksamkeit. Auf einmal war es Viertel vor sieben.

Unbeholfen fragte er: »Habt ihr denn schon mal darüber geredet?«

Sie schüttelte den Kopf. »Nein. Wir haben nur gestritten. Es scheint, als könnten wir gar nicht mehr miteinander reden. Ich weiß, Leute sagen, in der Ehe kommt eine Phase, wo alles verschwindet und nur Kameradschaft übrig bleibt, aber das kann nicht auf uns zutreffen, das nicht, nicht so früh. Das dulde ich nicht!« In ihrer Stimme lag eine solche Heftigkeit, dass sich nun doch einige Köpfe nach ihnen umdrehten.

Lächelnd nahm er beide Hände. »Ganz ruhig, Mädchen, ganz ruhig. Komm, ich geb noch einen aus.«

»Das wäre schön.« Vor ihr stand praktisch nur noch Wasser, aber sie trank das Glas aus. Vivaldo signalisierte dem Kellner eine weitere Runde.

»Weiß Richard, wo du jetzt bist?«

»Nein – doch. Ich hab ihm gesagt, dass ich mit dir was trinken gehe.«

»Wann erwartet er dich zurück?«

Sie zögerte. »Weiß ich nicht. Ich habe das Abendessen in den Ofen gestellt. Ich hab ihm gesagt, wenn ich nicht rechtzeitig zurück bin, soll er die Kinder versorgen und selbst was essen. Er hat nur gegrunzt und sich in sein Arbeitszimmer verzogen.« Sie steckte sich eine Zigarette an, verzweifelt und verschlossen zugleich; da wusste er, dass ihr mehr auf der Seele lastete, als sie zugab. »Aber ich gehe dann wohl nach Hause. Oder ins Kino.«

»Wollen wir essen gehen?«

»Nein. Mir ist nicht nach Essen. Außerdem« – der Kellner brachte die Drinks, sie wartete so lange – »ist Richard ein bisschen eifersüchtig auf dich.«

»Auf *mich?* Warum ist er eifersüchtig auf *mich?«*

»Weil du vielleicht noch ein richtiger Schriftsteller wirst. Und er jetzt nicht mehr. Und das weiß er. Und *das* ist das ganze Problem.« Ganz abgeklärt fällte sie dieses Urteil, und Vivaldo begriff zum ersten Mal, wie brutal es für Richard sein musste, jetzt eine Frau wie Cass an seiner Seite zu haben. »Verdammt noch mal, mich würde es nicht mal scheren, wenn er nicht lesen könnte.« Grinsend nahm sie einen Schluck.

»Doch, würde es«, sagte er. »Du kannst nicht anders.«

»Na ja, wenn er nicht lesen könnte und das wüsste, könnte er es lernen. Ich könnte es ihm beibringen. Aber *mich* schert es nicht, ob er ein Schriftsteller ist oder nicht. *Er* hat sich das alles zurechtgeträumt.« Sie schwieg, hager und nachdenklich. »Er ist der Sohn eines Tischlers«, sagte sie, »der fünfte Sohn eines Tischlers aus Polen. Vielleicht ist es deshalb so wichtig. Vor hundert Jahren wäre er wie sein Vater gewesen und hätte eine Tischlerwerkstatt aufgemacht. Aber jetzt muss er Schriftsteller sein und Steve Ellis helfen, Überzeugungen und Seife zu verkaufen.« Aufgebracht drückte sie ihre Zigarette aus. »Und weder er noch irgendwer in dieser Clique kennt den Unterschied.« Sie steckte sich wieder eine an. »Versteh mich nicht falsch, ich habe nichts gegen Ellis oder irgendeinen dieser Leute. Das sind bloß gewöhnliche Amerikaner, die vorankommen wollen. So wie Richard, nehme ich an.«

»Und Ida.«

»Ida?«

»Ich glaube, sie trifft sich mit ihm. Ich weiß, dass sie heute Nachmittag eine Verabredung mit Ellis hatte. Er hat versprochen, ihr zu helfen – bei ihrer Karriere.« Er lächelte düster.

Auf einmal lachte sie. »Mein Gott, was sind wir zwei für arme Schlucker, sitzen hier an diesem dunklen Ort, voller Selbstmitleid und Alkohol, während unsere Lieben draußen in der echten Welt mit echten Menschen echte Dinge tun und echte Kohle nach Hause bringen. Aber sind die denn echt? Ich meine, wirklich echt? Manchmal wache ich nachts mit dieser Frage auf, dann laufe ich durch die Wohnung und sehe nach den Kindern. Ich will nicht, dass sie so werden. Ich will auch nicht, dass sie so werden wie ich.« Sie blickte ratlos an die Wand. Mit dem offenen goldblonden Haar und der tiefen Sorge im Gesicht sah sie unglaublich jung aus. »Was soll ich bloß tun?«

»Ich dachte immer«, wagte er sich vor, »für Frauen ist es leichter.«

Sie wandte sich ihm zu; jetzt sah sie nicht mehr jung aus. »Ist was leichter?«

»Zu wissen, was man tun soll.«

Sie warf den Kopf zurück und lachte. »Ach, Vivaldo. Warum das denn?«

»Keine Ahnung. Männer müssen an so vieles denken. Frauen müssen nur an Männer denken.«

Sie lachte wieder. »Und was ist daran so leicht?«

»Ist es nicht? Nein, wohl nicht.«

»Vivaldo. Wenn Männer nicht wissen, was um sie herum passiert, was sie tun, wohin sie gehen – was sollen dann die Frauen tun? Wenn Richard nicht weiß, was für eine Welt er sich wünscht, wie soll ich ihm dabei helfen, sie zu erschaffen? Was soll ich unseren Söhnen erzählen?« Die Frage hing zwischen ihnen, träge (es war zehn nach sieben) hallten darin Idas Ton und Blick wider, wenn sie sich stritten. *Ach, ihr weißen Jungs macht mich alle krank. Wenn du wissen willst, was vor sich geht, Baby, brauchst du nur deine Schulden zu bezahlen!*

Steckte ein Flehen in all der Wut?

»Einen Letzten gebe ich noch aus«, sagte er.

»Gut. Wenn ich nach Hause gehe oder wohin auch immer, sollte ich zumindest eine Spur beschwipst sein. Entschuldige mich einen Moment.« Übermütig winkte sie dem Kellner, dann nahm sie ihre große Handtasche und ging auf die Toilette.

*Du brauchst nur deine Schulden zu bezahlen.* Umzingelt von diffusem Gemurmel und belangloser Musik saß er in der Cocktailbar und erinnerte sich an Ausrutscher und Entgleisungen in seinem Zusammenleben mit Ida, für die er ursprünglich ihr die Schuld gegeben hatte. Ihren ersten Streit hatten sie etwa einen Monat, nachdem sie eingezogen war, im April. Seine Mutter rief an einem Sonntagnachmittag an, um ihn an die Geburtstagsfeier für seinen jüngeren Bruder Stevie in der Woche darauf zu erinnern. Seine Mutter nahm an, er würde nicht kommen wollen, würde sich rauszuwinden versuchen, weshalb ihre Stimme, noch bevor er irgendwas sagen konnte, quengelig und klagend klang. *Sein* Ton wurde daraufhin scharf und feindselig. So trugen die alternde, verängstigte Frau und ihr erwachsener Sohn ihr Kindergartendrama aus. Ida hörte in der Küche zu und beobachtete ihn. Den Blick auf sie gerichtet, lachte Vivaldo plötzlich und fragte, bevor ihm klar war, was er tat: »Was dagegen, wenn ich eine Freundin mitbringe?« Noch während er das sagte, spürte er, wie Ida sich anspannte und die Wut sich in ihr sammelte.

»Wenn sie nett ist«, sagte seine Mutter. »Du weißt, dass wir deine Freunde gern kennenlernen.«

Sofort war er zerknirscht und sah vor seinem inneren Auge ihr bestürztes Gesicht und die Frage, weshalb ihr Ältester ihr so viel Schmerz zufügte, und das offenbar noch willentlich. Gleichzeitig hörte er Idas unheilvolles Summen in der Küche.

»Sie ist sehr nett«, sagte er prompt, aufrichtig. Dann verließ ihn der Mut, und er warf Ida einen verstohlenen Blick zu. Er wusste nicht, wie er sagen sollte: *Mama, sie ist schwarz,* wohl wissend, dass seine Mutter – und wer um alles in der Welt wollte es ihr verdenken? – das auf der Stelle als einen weiteren Versuch ihres Sohnes werten würde, seine Familie zu schockieren und zu demütigen. »Ich möchte, dass ihr euch irgendwann kennenlernt, wirklich.« Und das klang vollkommen unaufrichtig. Er dachte: *Wahrscheinlich muss ich es ihnen wirklich erzählen, ich muss sie dazu bringen, es zu akzeptieren.* Und gleich darauf: *Scheiße noch mal, warum eigentlich?* Ida rauchte und blätterte in einer Zeitschrift.

»Na dann«, sagte seine Mutter skeptisch, nur allzu bereit, wenn auch auf ihre Art, ihm mit fliegenden Fahnen entgegenzukommen, »versuch, sie zur Feier mitzubringen. Alle werden hier sein, und alle fragen sie nach dir, wir haben dich schon so lange nicht mehr gesehen. Deinem Vater fehlst du, das weiß ich, obwohl er nie was sagt, und Stevie fehlst du auch, uns allen, Danny.« Zu Hause nannten sie ihn Danny.

Alle: seine Schwester und sein Schwager, sein Bruder, sein Vater und seine Mutter, seine Onkel und Tanten, Cousins und Cousinen und mit ihnen der Pesthauch von Frömmigkeit, Argwohn und Angst. Das unbezwingbare Geschnatter der Leute über Leute, die in seinem Leben nicht vorkamen, das Gerede über Geld, Kinderkrankheiten, Arztrechnungen und Schwangerschaften, über unvermutete, unschöne Treulosigkeiten zwischen geschlechtslosen grauen Gestalten in einem Vakuum, das stinklangweilige, kindische Schmutzgewäsch und der Humbug über Politik. Eigentlich sollten sie allesamt noch in Ställen hausen, mit Pferden und Kühen, statt sich mit Dingen zu strapazieren, die ihren Horizont überstiegen. Er hasste sich selbst für die Ernsthaftigkeit seiner Gedanken und war wie üblich befremdet von dieser gezielten, gefährlichen Ungerechtigkeit.

»Schön«, sagte er, um den Redefluss seiner Mutter zu unterbrechen. Sie erzählte ihm gerade, die Magenprobleme seines Vaters seien zurückgekehrt. *Magenprobleme, von wegen. Der hat bloß keine Leber mehr, das ist alles. Irgendwann wird er sich auf eure Wände verspritzen, das wird ein Gestank.*

»Bringst du nun deine Freundin mit?«

»Weiß ich noch nicht. Mal sehen.«

Er sah Ida in dieser Gesellschaft schon vor sich. Er allein war schlimm genug, er allein verstörte und verschreckte sie schon genug. Ida würde sie in sprachlose Hysterie versetzen, und Gott weiß, was sein Vater sagen würde in der festen Überzeugung, dem dunklen Mädchen die Befangenheit zu nehmen.

Noch mehr Geschnatter von seiner Mutter: als wären ihre Kontakte zu Vivaldo so kurz und so bedroht, dass sie binnen Minuten eine Verbindung herzustellen versuchte, die in Jahren nicht zustande gekommen war.

»Ich werde da sein«, sagte er, »bis dann«, und legte auf.

Und doch hatte er sie einmal geliebt, liebte sie immer noch, liebte sie alle.

Er sah zum stummen Telefon, dann zu Ida.

»Möchtest du zu einer Geburtstagsfeier mitkommen?«

»Nein danke, Sweetie. Wenn du deine Familie erziehen willst, nimm Dias mit, ja? *Farbige* Dias.« Sie hob einen mokanten Blick von ihrer Zeitschrift.

Er lachte, aber sein schlechtes Gewissen Ida und seiner Mutter gegenüber war so groß, dass er es nicht auf sich beruhen lassen konnte.

»Irgendwann möchte ich dich gerne mitnehmen. Vielleicht würde es ihnen guttun. Das sind solche Einfaltspinsel.«

»Was würde ihnen guttun?« Ihre Aufmerksamkeit galt noch immer der Zeitschrift.

»Na ja – dich kennenzulernen. Das sind keine schlechten Menschen, sie sind nur sehr engstirnig.«

»Wie gesagt, ich habe nicht das geringste Interesse, deine Familie zu erziehen, Vivaldo.«

Das versetzte ihm einen ominösen Stich. »Du meinst, für die gibt es keine Hoffnung?«

»Ob es für sie Hoffnung gibt oder nicht, schert mich einen Scheißdreck. Ich weiß nur, dass ich keine weißen Scherzkekse mehr brauche, die sich nicht entscheiden können, ob ich nun ein Mensch bin oder nicht. Wenn sie es nicht wissen, mein Schatz, Pech für sie, und ich hoffe, sie fallen ganz langsam tot um, unter großen Schmerzen.«

»Das ist nicht sehr christlich«, warf er ein. Aber er wollte nicht darauf herumreiten.

»Besser krieg ich's nicht hin. Mein Christentum hab ich von Weißen gelernt.«

»Ach, du Scheiße, diese Leier schon wieder.«

Die Zeitschrift kam angeflogen und traf ihn am Nasenbein.

»Was soll das heißen, du weißer Wichser!« Sie äffte ihn nach: »*Diese Leier schon wieder!* Seit einem Monat wohne ich bei dir, und du hältst es immer noch für einen tollen Scherz, mich zu deiner Mutter mitzunehmen! Verdammt noch mal, meinst du, sie ist eine bessere Frau als ich, du großes, weißes, liberales Arschloch?« Sie schnappte nach Luft und ging geduckt auf ihn zu, Hände in die Hüften gestemmt. »Oder meinst du, es würde deiner Hure von Mutter ganz recht geschehen, wenn du deine Niggerhure mit nach Hause bringst? Sag schon, verdammt noch mal!«

»Bist du jetzt mal still? Sonst steht gleich die Polizei vor der Tür.«

»Ja, und wenn sie kommen, erzähl ich ihnen, dass du mich von der Straße raufgeschleppt hast und jetzt nicht zahlen willst, genau das. Wenn du mich schon für eine Hure hältst, na, dann behandle mich gefälligst auch wie eine Hure, verdammt sei dein weißer Schwengel, her mit der Kohle!«

»Ida, das war dumm von mir, tut mir leid, okay? Ich hab's nicht so gemeint, wie es bei dir angekommen ist. Ich wollte dich nicht herabsetzen.«

»Doch, das wolltest du. Du hast es genau so gemeint, wie es bei mir angekommen ist. Ihr weißen Jungs, ihr könnt gar nicht anders. Eure armseligen weißen Schnepfen, jede Einzelne von denen denkt doch, ihre Möse ist bloß zum Pinkeln da und sie pinkelt nur das beste Ginger Ale, und wenn es unsereins nicht gäbe, würde von euch weißen Schwanzlutschern keiner jemals auf seine Kosten kommen. Jawohl. Ihr seid ein ganz erbärmliches Gesocks. Hörst du mich? Erbärmliches Gesocks.«

»Schon gut«, sagte er matt, »wir sind also ein erbärmliches Gesocks. Und jetzt sei endlich still, wir haben hier schon genug Ärger.«

Das stimmte, denn der Vermieter, die Nachbarn und der Polizist an der Ecke missbilligten Idas Anwesenheit. Dennoch war es nicht das Taktvollste, was er in diesem Moment hätte sagen können.

Mit mörderischer und ganz und gar falscher Zerknirschung sagte sie: »Stimmt ja, ich vergaß.« Drehte sich wieder zur Küche um, griff in den Schrank und schleuderte all seine Teller, von denen es Gott sei Dank nicht so viele gab, zu Boden. »Dann geb ich ihnen doch noch ein bisschen Grund zum Meckern.« Im Schrank standen nur zwei Gläser, die schmiss sie gegen den Kühlschrank. Vivaldo hatte sich vor den Plattenspieler gestellt, und als Ida mit Tränen in den Augen die Küche verwüstete, fing er an zu lachen. Sie raste auf ihn zu, schlug und kratzte, und er wehrte sie, noch immer lachend, mit einer Hand ab. Der Bauch tat ihm weh. Im Haus wurde auf Rohre geklopft, an Wände und Decke, aber er konnte nicht aufhören zu lachen. Schließlich lag er rücklings auf dem Boden, jaulend, und irgendwann fing auch Ida widerwillig an zu lachen. »Steh auf, du Blödmann. Gott, was bist du für ein Blödmann.«

»Ich bin bloß erbärmliches Gesocks«, hatte er da gesagt. »Gott, hab Erbarmen mit mir.« Ida hatte hilflos gelacht, und er hatte sie auf sich gezogen. »Hab Erbarmen mit mir, Baby, Erbarmen.« Als immer weiter geklopft wurde, hatte er gesagt: »In diesem Haus wohnt wirklich erbärmliches Gesocks, nicht mal in Ruhe Liebe machen kann man.«

Cass kam zurück, frisch gekämmt und geschminkt, die Augen klar und trocken. Sie setzte sich wieder in die Nische und nahm ihr Glas. »Ich bin jederzeit so weit«, sagte sie. »Danke, Vivaldo. Wenn ich keinen Freund zum Reden gefunden hätte, wäre ich, glaube ich, gestorben.«

»Wärst du nicht«, sagte er, »aber ich weiß, was du meinst. Auf dich, Cass.« Er erhob sein Glas. Es war zwanzig vor acht, aber jetzt mochte er nicht im Restaurant anrufen; er würde warten, bis er sich von Cass verabschiedet hatte.

»Was hast du jetzt vor?«, fragte er.

»Keine Ahnung. Vielleicht breche ich – ist es das sechste Gebot? Ehebruch?«

»Ich meinte, jetzt.«

»So hab ich dich auch verstanden.«

Beide lachten. Und doch kam ihm in den Sinn, dass sie es ernst meinen könnte. »Kenne ich ihn?«

»Ist das dein Ernst? Denk mal an die Leute, die du kennst.«

Er lächelte. »Okay. Aber mach bitte keine Dummheiten, Cass.«

Sie senkte den Blick. »Mach ich schon nicht«, murmelte sie. »Lass uns zahlen.«

Sie winkten dem Kellner, zahlten und traten wieder auf die Straße. Die Sonne ging unter, aber die Hitze hatte nicht nachgelassen. Stein und Stahl und Holz und Ziegel und Asphalt, die den ganzen Tag über Hitze aufgesogen hatten, würden sie die ganze Nacht über absondern. Schweigend gingen sie zwei Blocks bis zur Ecke Fifth Avenue; in diesem Schweigen lebte etwas, das es Vivaldo seltsam schwer machte, Cass ziehen zu lassen.

Die Ecke, an der sie standen, war menschenleer und es herrschte wenig Verkehr.

»In welche Richtung gehst du?«, fragte er.

Sie blickte die Avenue auf und ab – auf und ab. Vom Park her kam ein grün-gelbes Taxi.

»Ich weiß nicht. Aber ich glaube, ich geh ins Kino.«

Das Taxi hielt einige Blocks von ihnen entfernt und wartete an einer roten Ampel. Cass streckte plötzlich die Hand aus.

Erneut bot er sich an. »Möchtest du, dass ich mitkomme? Ich könnte dein Begleitschutz sein.«

Sie lachte. »Nein, Vivaldo, danke. Ich möchte von niemandem mehr beschützt werden.« Das Taxi schwenkte zu ihnen. Sie sahen es herannahen, abbremsen, halten. Vivaldo betrachtete sie mit weit hochgezogenen Augenbrauen.

»Na dann …«, sagte er.

Sie zog die Tür auf und er hielt sie fest. »Danke, Vivaldo«, sagte sie. »Danke für alles. Ich melde mich in den nächsten Tagen. Oder ruf mich an, ich bin zu Hause.«

»Okay, Cass.« Er ballte eine Faust und stupste ihr Kinn an. »Mach's gut.«

»Du auch. Bis dann.« Sie stieg ein und er schlug die Tür zu. Sie beugte sich zum Fahrer vor und das Taxi rollte Richtung Downtown. Sie drehte sich um, winkte, und das Taxi bog nach Westen ab.

Es war, als würde sie dem Festland winken: Und sie hatte keine Ahnung, was ihr widerfahren sein könnte, wenn und falls sie je wieder Land sah.

An der Ecke 12th Street und Seventh Avenue wies sie den Fahrer an, noch eine Ecke weiterzufahren, zur Kasse des Loew's Sheridan; sie zahlte, stieg aus, ging tatsächlich die Treppe zum Rang dieser fürchterlichen Kultstätte hinauf und setzte sich. Sie steckte sich eine Zigarette an, dankbar für die Dunkelheit, doch nicht von ihr geborgen, und blickte auf die Leinwand, sah aber nur das so ganz und gar nicht überzeugende Geschwänzel einer jungen Frau mit dem unglaublichen Namen Doris Day. *Ich sollte nicht ins Kino gehen, ich kann es nicht ausstehen,* dachte sie unmotiviert und fing an zu weinen. Sie weinte mit geradem Blick, und dieser jüngste Regen legte sich zwischen sie und James Cagneys großes, rotes Gesicht, das zumindest, dem Himmel sei Dank, über jegliche Schminkbemühungen erhaben war. Dann sah sie auf die Uhr: Es war genau acht. *Ist das gut oder schlecht?*, fragte sie sich albernerweise – wohl wissend, schon immer Teil ihres Problems, dass sie sich albern verhielt. *Mein Gott, du bist vierunddreißig Jahre alt, geh runter und ruf ihn an.* Aber sie zwang sich zu warten und überlegte die ganze Zeit, ob sie nun zu lange wartete oder dann zu früh anrufen würde. Während des heftigsten Technicolor-Breitwandsturms ging sie schließlich die Treppe hinunter in eine Telefonzelle. Sie wählte seine Nummer und erreichte den Antwortdienst. Und kroch wieder hinauf auf ihren Platz.

Doch der Film, der keine Anstalten machte, jemals aufzuhören, wurde ihr unerträglich. Um neun ging sie erneut hinunter in der Absicht, ein bisschen rumzulaufen, irgendwo was zu trinken und dann nach Hause zu gehen. Nach Hause. Sie wählte erneut die Nummer.

Es klingelte ein Mal, zwei Mal; dann wurde abgehoben. Stille. Dann ein barsches Näseln.

»Hallo?«

Sie schnappte nach Luft.

»Hallo?«

»Hallo, Eric?«

»Ja.«

»Ich bin's, Cass.«

»Ach«, und dann schnell, »wie geht's dir, Cass, schön, dass du anrufst. Ich sitze hier und versuche, dieses Theaterstück zu lesen, drehe gleich durch und bekomme langsam Todessehnsucht.«

»Ich nehme an«, sagte sie, »du hast mit diesem Anruf vielleicht schon gerechnet.« Denn man möge nicht behaupten, dachte sie, nun wirklich in den Fängen der Einbildung und Herzensangst, dass ich meine Karten nicht auf den Tisch lege.

»Was hast du gesagt, Cass?« Doch sie erkannte am Rhythmus seiner Frage, dass er sie verstanden hatte.

»Ich sagte, ›du hast mit diesem Anruf vielleicht schon gerechnet‹.«

Nach einem kurzen Moment sagte er: »Ja, irgendwie schon.« Dann: »Wo bist du, Cass?«

»Um die Ecke. Kann ich hochkommen?«

»Ja, gern.«

»Na gut, ich bin in fünf Minuten da.«

»Okay. Ach, Cass –«

»Ja?«

»Ich hab nichts zu trinken im Haus. Wenn du eine Flasche Scotch mitbringst, gebe ich dir das Geld wieder.«

»Eine bestimmte Sorte?«

»Ach, mir egal. Was du magst.«

Ein Stein schien ihr, wundersamerweise, vom Herzen zu fallen. Sie lachte. »Black Label?«

»Perfekt.«

»Bis gleich also.«

»Bis gleich. Ich bin da.«

Sie legte auf und starrte einen Moment auf das glänzende schwarze Instrument ihrer – Erlösung? Sie marschierte auf die Straße, fand einen Spirituosenladen und kaufte den

Scotch; durch das Gewicht der Flasche in ihrer Strohtasche wurde alles irgendwie real, so wie der Kauf einer Fahrkarte die bevorstehende Reise bezeugt.

Was würde sie zu ihm sagen? Was würde er zu ihr sagen?

»Bist du's, Cass?«, rief er. »Ja!«, rief sie zurück und lief unbeholfen wie ein Schulmädchen die Treppe hinauf. Außer Atem kam sie bei ihm an, und da stand er, in T-Shirt und einer alten Militärhose, lächelnd und blass. Seine Präsenz schockierte sie und seine Schönheit auch – oder seine Vitalität, was bei einem Mann fast dasselbe ist –, als sähe sie ihn zum ersten Mal: sein kurzes, zerzaustes rotes Haar, die ziemlich eckige Stirn mit den eingebrannten Furchen, die Brauen schwerer, als sie sie in Erinnerung hatte, die Augen dunkler, tief liegender. Sein Kinn hatte ein kleines Grübchen, das war ihr noch nie aufgefallen. Sein Mund war breiter als in ihrer Erinnerung, die Lippen voller, die Zähne etwas schief. Er war nicht rasiert und die roten Stoppeln schimmerten im schwachen gelben Schein des Treppenhauses. Seine Hose hatte keinen Gürtel und seine bloßen Füße steckten in Ledersandalen. »Komm rein«, sagte er, und sie streifte ihn im Vorbeigehen. Dann schloss er die Tür hinter sich.

Sie trat ins Zimmer und blickte sich um, ohne etwas zu erkennen; dann sahen sie einander an, furchtbar getrieben, furchtbar scheu, und wagten nicht, sich vorzustellen, was als Nächstes kam. Er war ängstlich, aber gefasst. Ihr war, als würde er sie mustern, sich wappnen für das neue Rätsel, was auch immer sich dahinter verbarg. Er hatte noch keinerlei Entscheidung getroffen, versuchte sich auf sie einzustimmen, wodurch sie gezwungen war herauszufinden, was in seinem Herzen war, indem sie ihres offenbarte. Und noch wusste sie nicht, was in ihrem Herzen war – oder wollte es nicht wissen.

Er nahm ihr die Tasche ab und stellte sie aufs Bücherregal. An dieser Bewegung merkte sie, dass er nicht an Damenbesuch gewöhnt war. Die fünfte Sinfonie von Schostakowitsch lag auf seinem Plattenteller, das Stück *Ewige Jagdgründe* lag aufgeschlagen auf seinem Bett unter der Nachttischlampe. Die einzige weitere Lichtquelle war eine kleine Lampe auf seinem Schreibtisch. Erics Wohnung war klein und karg, klösterlich eingerichtet, weniger ein Ort zum Leben als ein Ort zum Arbeiten; und schlagartig wurde ihr klar, wie sehr er am Eindringen weiblicher Ordnung und Sanftheit in seine schmucklose Zelle Anstoß nehmen könnte.

»Lass uns was trinken«, sagte er und zog die Flasche aus ihrer Tasche. »Wie viel schulde ich dir?«

Sie sagte es ihm, und er gab ihr verlegen einige zerknitterte Scheine, die auf dem Sims neben seinem Schlüssel lagen. Er ging in die Küche und riss das Papiersiegel von der Flasche. Sie sah zu, während er Gläser und Eis bereitstellte. Seine Küche war eine einzige Unordnung, und zu gern hätte sie ihm angeboten, sie aufzuräumen, aber noch wagte sie es nicht. Mit schweren Schritten ging sie zum Bett, hockte sich auf eine Ecke und nahm das Theaterstück zur Hand.

»Ich kann nicht beurteilen, ob das Stück was taugt oder nicht. Nicht mehr jedenfalls.« Wenn er unsicher war, wurde sein Südstaatenakzent stärker.

»Welche Rolle spielst du denn?«

»Ach, einen der bösen Buben, meiner heißt Malcolm.« In der Liste der handelnden Personen sah sie, dass Malcolm der Sohn von Egan war. Der Text war mit vielen Unterstreichungen versehen und an den Rändern standen lange Kommentare. Einer lautete: *Hier dran denken, was du von Yves weißt,* woraufhin sie den unterstrichenen Satz las: *Nein, ich will kein verfluchtes Aspirin. Wenn der Mann Kopfschmerzen hat, lass ihn doch rausfinden, was das für Kopfschmerzen sind!* »Wasser oder bloß Eis?«, rief Eric.

»Etwas Wasser, danke.«

Er kam wieder ins Zimmer und reichte ihr ihren Highball. »Ich spiele das letzte männliche Mitglied einer großen, reichen amerikanischen Familie. Reich geworden sind sie durch alle möglichen Schwindeleien und indem sie Leute umgenietet haben und all so Kram. Nur, als ich alt genug bin, steht mir das nicht mehr offen, weil es das alles schon gegeben hat und die Gesetze geändert wurden. Also werde ich stattdessen ein großer Gewerkschaftsführer und mein Dad versucht, mich als Kommunisten ins Gefängnis befördern zu lassen. Das beschert uns einige hübsche Szenen. Die Sache ist, wir stehen einander in nichts nach.« Er grinste. »Wahrscheinlich wird's ein dicker, fetter Flop.«

»Na, sorg einfach dafür, dass wir Karten für die Premiere bekommen.« Im nachfolgenden Schweigen hallte das *wir* beharrlicher wider als die Trommeln bei Schostakowitsch.

»Ach, ich werde das Haus schon mit meinen Freunden besetzen«, sagte er, »keine Sorge.« Erneutes Schweigen. Eric setzte sich neben sie aufs Bett und sah sie an. Sie senkte den Blick.

»Ich fühle mich sehr seltsam«, sagte er. »Du löst Gefühle in mir aus, die ich gar nicht mehr für möglich gehalten hatte.«

»Was für Gefühle denn?«, fragte sie. »Mir geht es genauso.« Ihr war, als würde er ihr zuliebe die Initiative ergreifen.

Er beugte sich vor und legte eine Hand auf ihre, dann stand er auf und ließ sie auf dem Bett sitzen. »Was ist mit Richard?«

»Ich weiß nicht«, sagte sie. »Ich weiß nicht, was mit Richard und mir geschieht.« Mit einiger Überwindung blickte sie ihm in die Augen, und sie stellte ihr Glas auf den Nachttisch. »Aber du bist nicht derjenige, der sich zwischen Richard und mich stellt – du hast nichts damit zu tun.«

»Du meinst, jetzt nicht. Oder noch nicht.« Er legte seine Zigarette im Aschenbecher auf dem Sims hinter sich ab. »Aber ich glaube, ich weiß, was du meinst, mehr oder weniger.« Er wirkte noch immer sehr besorgt, und seine Sorge trieb ihn jetzt wieder zu ihr, zum Bett. Er spürte, wie sie zitterte, aber noch immer fasste er sie nicht an, betrachtete sie nur mit seinem besorgten, forschenden Blick und mit leicht geöffnetem Mund. »Liebe Cass«, sagte er und lächelte, »ich weiß, wir haben das Jetzt, aber ich glaube nicht, dass wir eine Zukunft haben.« Sie dachte, wenn wir uns das Jetzt nehmen, dann können wir auch eine Zukunft haben. Das hängt davon ab, was wir mit ›Zukunft‹ meinen. Sie spürte seinen Atem auf Gesicht und Nacken, dann kam er näher, mit gesenktem Kopf, und sie spürte seine Lippen. Sie hob die Hand, um seinen Kopf und sein rotes Haar zu streicheln. Sie spürte seine Heftigkeit und seine Unsicherheit, und dadurch wirkte er noch jünger als sie. Das erregte sie auf eine nie gekannte Weise, zum ersten Mal bekam sie eine Ahnung von der Kraft, die ältere Frauen zu jüngeren Männern hinzieht; und dann bekam sie Angst. Angst, weil sie noch nie eine so abseitige Rolle eingenommen hatte und weil nichts in ihrer Erfahrung je darauf hingedeutet hatte, dass ihr Körper eine Falle für Jungs werden könnte, das Grab ihrer Selbstachtung. Sie hatte sich auf eine Reise begeben, die in einigen Jahren in irgendeiner grausigen Villa enden mochte, an einem blauen Meer, mit irgendeinem wortkargen, unaussprechlich potenten Türken oder Spanier oder Juden oder Griechen oder Araber. Und doch wollte sie nicht, dass es aufhörte. Sie wusste nicht recht, was jetzt passierte oder wohin es führte, und sie hatte Angst; aber sie wollte nicht, dass es aufhörte. Sie sah den sich kräuselnden Qualm von Erics Zigarette aufsteigen und hoffte, dass sie noch immer im Aschenbecher lag; das Theaterstück lag neben ihrem Kopf, die Sinfonie kam zum Ende. Als stünde sie mit einer Kamera über ihnen, sah sie, wie schäbig diese Szene wirken musste: eine verheiratete Frau, nicht mehr jung, die schon vor Lust zu stöhnen begann, an dieses zerwühlte Provisorium von einem Bett geheftet von einem Fremden, der sie nicht liebte und den sie nicht lieben konnte. Dann überlegte sie: Liebe. Und überlegte, ob überhaupt irgendjemand etwas darüber wusste. Eric legte eine Hand auf ihre Brust, und es war eine neue Berührung, nicht Richards, nein, aber sie wusste, dass es Erics war; und war es Liebe oder nicht? Und was fühlte Eric? *Sex,* dachte sie, aber das war eigentlich keine Antwort und wenn, dann eine, die nichts erklärte. Eric löste sich mit einem Seufzen von ihr und ging zu seiner Zigarette zurück. Einen Augenblick lehnte er am Sims und betrachtete sie, und sie begriff, dass die Last des Ungesagten zwischen ihnen jeden Akt unmöglich machte. Auf welcher Basis sollten sie agieren? Das blinde Suchen war keine Grundlage, die irgendeine Last würde tragen können.

Er setzte sich wieder aufs Bett und sagte: »Also. Hör zu. Ich weiß von Richard. Ganz glaube ich dir nicht, wenn du sagst, ich hätte nichts mit dem zu tun, was zwischen dir und Richard passiert, weil ich ja offensichtlich doch was damit zu tun habe, jetzt jedenfalls, und sei es nur, weil ich hier bin.« Sie wollte etwas sagen, aber er hob die Hand. »Aber das ist in Ordnung, ich will kein Drama daraus machen, ich bin kein sehr glaubwürdiger Verfechter von – konventioneller Moral.« Er lächelte. »Etwas passiert zwischen uns, das ich nicht wirklich verstehe, aber ich bin bereit, dem zu trauen. Irgendwie habe ich das Gefühl, dass ich dem trauen *muss.*« Er nahm ihre Hand und hob sie an seine unrasierte Wange. »Aber ich habe auch einen Liebhaber, Cass; einen jungen Mann, einen jungen Franzosen, und er kommt in ein paar Wochen nach New York. Ich weiß wirklich nicht, was passieren wird, wenn er herkommt, aber« – er ließ ihre Hand los, stand auf und lief wieder durchs Zimmer – »er kommt, und wir sind seit über zwei Jahren zusammen. Das bedeutet was. Ohne ihn wäre ich wahrscheinlich nie so lange weggeblieben.« Und jetzt wandte er sich beschwörend an sie: »Egal, was passiert, ich habe ihn sehr geliebt, Cass, und liebe ihn immer noch. Ich glaube, ich habe noch nie jemanden so geliebt, und« – er schauderte – »ich bin mir nicht sicher, ob ich je wieder jemanden so lieben werde.«

Sein Liebhaber machte ihr überhaupt keine Angst. Sie erinnerte sich an den Namen am Rand: *Yves.* Aber besser, der Name seines Geliebten kam aus seinem Mund. Sie war seltsam angerührt, als könnte sie ihm helfen, die Last dieses jungen Mannes zu tragen, der solche Macht über ihn besaß.

»Er klingt bemerkenswert«, sagte sie. »Erzähl mir, wie er heißt, erzähl mir alles über ihn.«

Er setzte sich wieder aufs Bett. Sein Glas war leer, er nippte an ihrem.

»Da gibt es nicht viel zu erzählen. Er heißt Yves.« Er hielt inne. »Ich habe keine Ahnung, was er von den Staaten halten wird.«

»Oder von uns allen«, sagte sie.

Mit einem Lächeln pflichtete er ihr bei. »Oder von uns allen. Ich bin mir nicht sicher, ob ich weiß, was *ich* davon halte.« Sie lachte, nippte an ihrem Highball; zwischen ihnen entspannte es sich langsam, als wären sie Freunde. »Aber – ich bin für ihn verantwortlich, wenn er herkommt. Er kommt nur meinetwegen her.« Er sah sie an. »Er ist der Sohn eines Mannes, an den er sich kaum erinnert, und seine Mutter betreibt ein Bistro in Paris. Er hasst seine Mutter, jedenfalls glaubt er, dass er sie hasst.«

»Das ist aber nicht das übliche Muster, oder?« Dann wünschte sie, sie hätte den Mund gehalten oder könnte ihre Worte zurücknehmen. Aber jetzt konnte sie ihren Ausrutscher nur noch höflich abfedern: »Ich meine, nach allem, was man uns so erzählt, lieben doch die meisten Männer, die sich zu Männern hingezogen fühlen, ihre Mütter und hassen ihre Väter.«

»Viel erzählt man uns ja nicht«, bemerkte er mit mildem Sarkasmus. »In Paris hab ich Straßenjungs kennengelernt, die nicht mal die Chance hatten, ihre Mutter *oder* ihren Vater zu hassen. Allerdings hassten sie *les flics* – die Bullen –, und bestimmt kommt irgendein findiger Quacksalber von Amerikaner darauf, dass sie die Bullen als Vaterfiguren hassen. Wir hier wissen verdammt viel über Vaterfiguren, weil wir nichts von Vätern wissen, die haben wir kassiert; aber durchaus ebenso plausibel erscheint mir, dass sie die Bullen hassen, weil die sie so gern windelweich prügeln.«

Merkwürdig, wie sie jetzt auf Distanz ging – nicht zu ihm, sondern zu einer solchen Weltsicht. Sie wollte nicht, dass er die Welt so sah, denn eine solche Sicht konnte ihn nicht glücklich machen, und was immer ihn unglücklich machte, bedrohte sie. Sie hatte noch nie in ihrem Leben mit einem Polizisten zu tun gehabt, und es war ihr nie in den Sinn gekommen, sich von einem bedroht zu fühlen. Die Polizei war weder Freund noch Feind, sie war Teil der Landschaft, erfüllte den Zweck, für Recht und Ordnung zu sorgen; und wenn ein Polizist sich mal im Ton vergriff – für besonders schlau hatte sie die noch nie gehalten –, war es ein Leichtes, ihn in die Schranken zu weisen. Leicht, wenn die eigene Position sicherer war als seine und wenn man mehr Macht hatte oder mobilisieren konnte als er. Denn alle Polizisten waren schlau genug zu wissen, für wen sie arbeiteten, und nirgendwo auf der Welt arbeiteten sie für die Machtlosen.

Sie strich Eric durchs Haar und erinnerte sich, wie Richard und sie am Anfang über genau diese Frage gestritten hatten: Er war sich damals seiner Armut und ihrer Privilegien sehr bewusst gewesen. Er hatte sie die eisgefrorene Erbin aller Zeiten genannt, und sie hatte alles darangesetzt, ihn eines Besseren zu belehren und sich in seiner Vorstellung von jenen zu distanzieren, die die Knute der Macht schwangen.

Eric legte den Kopf in ihren Schoß. »Na, jedenfalls ist das meine Geschichte oder die Geschichte, soweit ich sie dir erzählen kann. Ich wollte einfach, dass du Bescheid weißt.« Er zögerte; sie beobachtete seinen Adamsapfel, während er schluckte. »Ich kann dir nichts versprechen, Cass.«

»Ich habe nicht von dir verlangt, dass du mir irgendwas versprichst.« Sie beugte sich hinunter und küsste ihn auf den Mund. »Du bist sehr schön«, sagte sie, »und sehr stark. Ich habe keine Angst.«

Er sah zu ihr hoch, über Kopf, sodass er für sie jetzt sowohl Kind als auch Mann war, und ihre Schenkel zitterten. Er küsste sie wieder und zog ihr beide Spangen aus dem Haar, und ihr goldblondes Haar fiel auf ihn herab. Dann drehte er sich und legte sich auf sie. Wie Kinder, mit derselben Freude, demselben Zittern, zogen sie sich aus, ließen die Hüllen fallen und betrachteten einander, und sie fühlte sich in eine unerinnerte, unvorstellbare Zeit zurückversetzt, einen Zustand, da sie nicht die Cass von heute war, sondern die schlichte, sanfte, arrogante, wartende *Clarissa,* als sie noch nicht verdrossen war, als die Liebe sich auf den Weg machte, aber noch nicht vor den Toren stand. Er betrachtete sie, als wäre ein solcher Körper eine neue Schöpfung, noch feucht vom riesigen Firmament; und sein Staunen steckte sie an. Sie betrachtete seinen nackten Körper, als er das Zimmer durchmaß, um die Lampe auszuschalten, und dachte an die Körper ihrer Kinder, Paul und Michael, die so wundersam geformt und so voller heimlicher Verheißung aus ihr herausgekommen waren; und wie das Wasser, das in der Wüste sprudelte, als Moses den Felsen mit seinem Stab schlug, schossen ihr Tränen in die Augen. Er leuchtete im Schein der Lampe über ihrem Kopf, und sie wollte sie nicht ausschalten. Sie sah, wie er sich über den Plattenspieler beugte, um die längst verstummte Platte abzunehmen, und das grüne Auge am Gerät erlosch. Dann drehte er sich zu ihr, sehr ernst, die Augen dunkler und tiefer denn je. Weniger denn je wusste sie nun, was Liebe war – doch sie lächelte, vor Freude, und er antwortete mit einem kleinen, triumphalen Lachen. Sie waren seltsam ebenbürtig: Vielleicht konnten sie einander etwas über die Liebe beibringen, was sie beide noch nicht wussten. Und sie waren sich ebenbürtig in ihrer Angst, welch unlösbare, unvorstellbare Rätsel in derart gnadenlosem Licht aufgedeckt werden mochten.

Sie knipste die Lampe am Kopfende aus und sah ihn im Dämmerlicht auf sich zukommen. Er nahm sie wie ein Junge, mit derselben Zielstrebigkeit und dem leidenschaftlichen Wunsch zu gefallen: Sie hatte etwas in ihm geweckt, ein lange eingesperrtes Tier, das jetzt mit einer Heftigkeit aus seinem

Käfig ausbrach, die beide verblüffte und verklärte. Am Ende schlief er an ihrer Brust wie ein Kind. Sie betrachtete ihn, betrachtete seinen leicht geöffneten Mund, die dumpf schimmernden, schiefen Zähne und den silbrigen dünnen Speichelfaden, der zu ihr hin rann, betrachtete das leichte Pochen in einer Ader und die glänzend roten Haare auf einem Arm, der schwer auf ihrer Hüfte lag; ein Bein war nach hinten geworfen, ein Knie zeigte zu ihr, der kleine Finger der Hand, die weit weg mit der Handfläche nach oben an der Bettkante lag, zuckte, sein Geschlecht und sein Bauch waren verborgen.

Sie blickte auf die Uhr. Es war zehn nach eins. Sie musste nach Hause; zu ihrer Erleichterung hatte sie Bedenken, aber kein schlechtes Gewissen. Sie fühlte sich, als wäre eine Last von ihr abgefallen, als wäre sie seit langer Zeit wieder sie selbst, als steckte sie in ihrer eigenen Haut.

Langsam befreite sie sich von seinem Gewicht, küsste ihn auf die Stirn und deckte ihn zu. Dann ging sie duschen. Sie sang leise vor sich hin, als das Wasser auf sie herabprasselte, und benutzte mit Freude das Handtuch, das nach ihm roch. Sie zog sich an, noch immer summend, und kämmte sich das Haar. Aber die Spangen lagen auf dem Nachttisch. Als sie aus dem Bad kam, saß er aufrecht im Bett und rauchte eine Zigarette. Sie lächelten.

»Wie geht es dir, Baby?«, fragte er.

»Wunderbar. Und dir?«

»Auch wunderbar.« Und er lachte verlegen. »Musst du weg?«

»Ja. Ja, ich muss.« Sie nahm die Spangen vom Nachttisch und steckte sie sich ins Haar. Er zog sie zu sich aufs Bett und küsste sie. Es war ein merkwürdiger Kuss, in seiner traurigen Beharrlichkeit. Seine Augen schienen etwas in ihr zu suchen, das zu finden er nicht mehr gehofft hatte und dem er noch nicht traute.

»Ist Richard noch wach?«

»Glaube ich nicht. Ist auch egal. Wir verbringen die Abende selten zusammen; er arbeitet, ich lese oder gehe ins Kino oder sehe fern.« Sie berührte seine Wange. »Mach dir keine Sorgen.«

»Wann sehe ich dich wieder?«

»Bald. Ich ruf dich an.«

»Macht es was, wenn ich dich anrufe? Oder soll ich lieber nicht?«

Sie zögerte. »Das macht nichts.« Beide dachten, *Noch macht es nichts.* Er küsste sie wieder.

»Ich wünschte, du könntest über Nacht bleiben.« Erneut lachte er. »Wir hatten ja gerade erst richtig losgelegt, ich hoffe, das ist dir klar.«

»Aber ja«, sagte sie, »das hab ich gemerkt.« Er legte seine raue Wange an ihre. »Aber jetzt muss ich gehen.«

»Soll ich dich zum Taxi bringen?«

»Ach, Eric, sei nicht albern. Dazu gibt es wirklich überhaupt keinen Grund.«

»Ich möchte aber. Sekunde.« Er sprang aus dem Bett und ging ins Bad. Sie hörte Wasser spritzen, hörte die Spülung und sah sich in der Wohnung um, die schon furchtbar vertraut schien. Irgendwann in den nächsten Tagen würde sie versuchen, herzukommen und ein wenig aufzuräumen. Tagsüber wäre es schwierig, außer vielleicht samstags. Da dämmerte ihr, dass sie einen Deckmantel für ihre Affäre bräuchte und dass Vivaldo und Ida dafür würden herhalten müssen.

Eric kam aus dem Bad, zog sich Boxershorts, Hose und T-Shirt an. Die Füße steckte er in seine Sandalen. Er sah geschrubbt, schläfrig und blass aus. Seine Lippen waren geschwollen und sehr rot, wie die von antiken Helden und Göttern.

»Alles klar?«, fragte er.

»Alles klar.« Er reichte ihr die Tasche. Sie küssten sich noch einmal schnell und gingen dann hinunter. Er legte ihr den Arm um die Hüfte. Sie gingen schweigend, und die Straße war leer. Doch in den Bars waren Menschen, die gestikulierten und im gelben Licht hinter dem Rauchglas zu brüllen schienen, in den Seitenstraßen lungerten und schlurften Menschen umher, und angeleinte Hunde schnüffelten mit ihren Herrchen. Sie gingen am Kino vorbei auf die Avenue gegenüber dem Krankenhaus. Im Schatten des großen dunklen Vordachs lächelten sie sich an.

»Ich bin froh, dass du mich angerufen hast«, sagte er. »Ich bin so froh.«

»Ich bin froh, dass du zu Hause warst«, sagte sie.

Ein Taxi kam auf sie zu, und Eric streckte die Hand aus.

»Ich ruf dich in den nächsten Tagen an«, sagte sie, »Freitag oder Samstag.«

»Ist gut, Cass.« Das Taxi hielt, er machte ihr die Tür auf, ließ sie einsteigen, beugte sich hinein und küsste sie. »Mach's gut, Mädchen.«

»Du auch.« Er schlug die Tür zu und winkte. Das Taxi fuhr an, und sie sah seine einsame Gestalt in der langen, dunklen Straße verschwinden.

Es gab keine Telefonzellen auf der verlassenen Fifth Avenue, also lief Vivaldo durch die stille Straßenschlucht zur Sixth Avenue, betrat die erstbeste Bar und ging direkt zur Telefonzelle. Er wählte die Nummer des Restaurants und wartete ziemlich lange, bis eine gereizte männliche Stimme sich meldete. Er fragte nach Miss Ida Scott.

»Sie ist nicht gekommen heute, hat sich krankgemeldet. Vielleicht erreichen Sie sie ja zu Hause.«

»Danke«, sagte er, aber der Mann hatte bereits aufgelegt. Vivaldo empfand nichts, ganz gewiss kein Erstaunen; dennoch lehnte er sich einen Moment ans Telefon, bitterkalt und benommen. Dann wählte er seine eigene Nummer. Niemand nahm ab.

Er trat in die Bar, eine Arbeiterkneipe, im Fernsehen lief Wrestling. Er bestellte einen Doppelten und stützte sich auf den Tresen. Hier war er von genau den Menschen umgeben, die er aus seiner Kindheit und frühesten Jugend kannte. Er hatte das grässliche Gefühl, nach einer fruchtlosen langen Reise nach Hause zu kommen, nur um festzustellen, dass er ein Fremder geworden war. Die Menschen beachteten ihn nicht – oder schienen ihn nicht zu beachten, aber das war ihre Art; und auch wenn sie in der Regel weniger sahen, als da war, sahen sie doch häufig mehr, als man annahm. Zwei Schwarze neben ihm, in Arbeitskleidung, schienen auf den Kampf gewettet zu haben und verfolgten ihn dennoch nicht besonders aufmerksam. Sie unterhielten sich weiter in launig grollender Gleichförmigkeit – beide mit einem Lächeln im Gesicht –, bestellten ab und zu eine weitere Runde, brachen in Gelächter aus oder wandten sich dem Bildschirm zu. Über die Bar verstreut blickten Männer stumm, meist für sich, auf den Bildschirm oder nirgendwohin. Weiter hinten, neben dem Tresen, waren Nischen. Ein älteres und ein junges schwarzes Paar saßen zusammen in einer Nische, in einer anderen tranken drei phlegmatische Jugendliche Bier, in der letzten betatschte ein ungewöhnlich aussehender Mann, Perser vielleicht, eine käsige Frau mit strähnigen Haaren. Die beiden schwarzen Paare waren in eine ernsthafte Unterhaltung vertieft – die ältere Frau beugte sich gerade mit Nachdruck vor –, die drei Jugendlichen beäugten verstohlen kichernd den dunklen Mann und die bleiche Frau, und wenn dieser Abend so endete wie alle anderen, würden sie demnächst in irgendein Nest fahren und sich gegenseitig beim Masturbieren zusehen. Der Barmann hatte drahtiges Haar und ein teigiges Gesicht, trug eine Brille und sah, auf ein Fass am Ende des Tresens gestützt, auf den Bildschirm. Auch Vivaldo sah auf den Bildschirm, auf zwei uralte, schwabblige Männer, die einander auf eine Plane warfen; hin und wieder machte eine wolllüstig grinsende Blondine Werbung für Seife – wobei ihr Grinsen sehr viel weniger wolllüstig war als der Wrestling-Kampf –, und ein Neutrum mit kantigem Kinn und Bürstenschnitt zog raubgierig, mit entnervendem Behagen an einer Zigarette. Dann zurück zu den stöhnenden Ringern, die eigentlich zu Hause im Bett hätten sein sollen, am besten miteinander.

Wo war sie? *Wo* war sie? Bestimmt bei Ellis. Wo? Sie hatte im Restaurant angerufen, aber ihn hatte sie nicht angerufen. Und sie würde sagen: »Aber wir hatten doch heute Abend gar nichts vor, Sweetie, ich wusste doch, dass du dich mit Cass triffst, und ich war mir sicher, dass du mit ihr essen gehst!« Wo war sie? Zum Teufel mit ihr. Sie würde sagen: »Ach, Honey, sei nicht so, stell dir vor, ich würde jedes Mal so einen Aufstand machen, wenn du mit jemand anders einen trinken gehst! Ich vertraue dir, und du musst mir vertrauen. Stell dir vor, ich habe Erfolg als Sängerin und muss mit ganz vielen Leuten umgehen, was machst du dann?« Sie vertraute ihm, weil sie sich einen Dreck um ihn scherte, zum Teufel mit ihr. Zum Teufel mit ihr. Zum Teufel mit ihr.

Ach, Ida. Sie würde sagen: »Mama hat angerufen, als du weg warst, und sie war total durcheinander; Papa hat sich am Wochenende geprügelt, und er hat eine böse Schnittwunde, ich komme gerade eben aus dem Krankenhaus. Mama wollte, dass ich bei ihr bleibe, aber ich wusste ja, dass du dir Sorgen machst, also bin ich nach Hause gekommen. Du weißt, ihnen passt es ganz und gar nicht, dass ich hier unten bei dir wohne, vielleicht gewöhnen sie sich dran, aber bestimmt ist Daddy deswegen so überreizt, er kommt nicht über Rufus weg, weißt du, Sugar, mach mir bitte was zu trinken, ich bin total erschlagen.«

Zum Teufel mit ihr. Zum Teufel mit ihr.

Sie würde sagen: »Ach, Vivaldo, warum musst du so gemein sein, wo du doch weißt, wie sehr ich dich liebe?« Sie würde aufgebracht klingen und den Tränen nah. Und obwohl er wusste, dass sie ihn gegen sich selbst ausspielte, würde Hoffnung in ihm aufziehen, seine Kehle sich vor Schmerz verengen, würde er alle Zweifel verscheuchen. Vielleicht liebte sie ihn, vielleicht tat sie das wirklich: Aber warum blieben sie einander dann so verschlossen? Vielleicht war er es, der nicht wusste, wie man gibt, der nicht wusste, wie man liebt. Liebe war ein Land, über das er nichts wusste. Und mit äußerstem Widerwillen fragte er sich, ob er sie vielleicht gar nicht liebte. Vielleicht wagte er nur deshalb, sich ihr darzubieten, weil sie nicht weiß war. Vielleicht hatte er irgendwo im tiefsten Innern gespürt, dass sie nicht wagen würde, ihn zu verachten.

Und wenn sie das ahnte, tja, dann wäre ihr Zorn bodenlos, und sie würde sich nie von ihm erobern lassen.

Er verließ die Bar und trat wieder auf die Straße, ohne zu wissen, wohin; er wusste nur, dass er nicht nach Hause konnte. Er wünschte, er hätte einen Freund, einen männlichen Freund, mit dem er reden konnte, und da wurde ihm klar, dass er mit der zweifelhaften Ausnahme von Rufus in seinem ganzen Leben keinen Freund gehabt hatte. Er überlegte, ob er Eric anrufen sollte, aber Eric war zu lange weg gewesen. Er wusste nichts mehr über Erics Leben, und heute Abend wollte er es nicht wissen.

Also ging er. An der großen, aschfahlen Narbe der 42nd Street vorbei, wissend, dass er heute Abend keinen Film ertragen würde, und weiter die einsame Sixth Avenue hinunter, bis er ins Village kam. Wieder überlegte er, ob er Eric anrufen sollte, und wieder entschied er sich dagegen. Er ging ostwärts auf den Park zu. Heute Abend waren dort keine Sänger, nur Schatten im Schatten der Bäume, und ein Polizist ging in den Park, als er herauskam. Er ging durch die MacDougal Street. Hier waren die schwarz-weißen Paare, trotzig weiß, kämpferisch schwarz, und die Italiener beobachteten sie, hassten sie, hassten im Grunde alle Village-Bewohner, die ihre Straßen in Verruf brachten. Schließlich wollten die Italiener doch als zünftige Amerikaner anerkannt werden, vielleicht konnte man ihnen nicht verdenken, dass ihnen dies leichter erschien, wenn sie nicht mit so vielen Juden und Junkies und Säufern und Schwulen und Schwarzen geschlagen wären. Vivaldo spähte in die Bars und Cafés in der vagen Hoffnung, ein vertrautes, erträgliches Gesicht zu entdecken. Aber da waren nur die hohlwangigen Jünglinge mit Bart und die kurvenlosen Kindfrauen mit ihren langen Haaren.

»Na, wie steht's mit dir und deinem schwarzen Mädchen?«

Als er sich umdrehte, stand Jane vor ihm. Sie war betrunken und in Begleitung eines gelackten Uptown-Spießers, der bestimmt in der Werbebranche tätig war.

Er starrte sie an, und sie schob schnell mit einem Lachen hinterher: »Ach, jetzt werd nicht gleich sauer, das war doch nur Spaß. Haben Ex-Freundinnen denn gar keine Rechte?« Zum Mann an ihrer Seite sagte sie: »Das hier ist ein alter Freund, Vivaldo Moore. Darf ich vorstellen: Dick Lincoln.«

Vivaldo und Dick Lincoln bedachten einander mit einem kurzen, verkrampften Nicken.

»Wie geht's dir, Jane?«, fragte Vivaldo höflich und setzte sich in Bewegung, hoffentlich, dachte er, nicht in ihre Richtung.

Aber natürlich schlossen sie sich ihm an.

»Ach, mir geht's gut«, sagte sie. »Ich scheine mich auf unglaubliche Weise erholt zu haben …«

»Warst du krank?«

Sie sah ihn an. »Ehrlich gesagt, ja. Die Nerven. Wegen einer gescheiterten Beziehung.«

»Kenne ich ihn?«

Sie hauchte ein Lachen hin. »Arschloch.«

»Deine Übertreibungen sind mir nun mal allzu vertraut. Aber freut mich, dass jetzt alles so gut läuft.«

»Ach, alles ist prima jetzt.« Sie vollführte einen grotesken kleinen Mädchenhüpfer, fest an Lincolns Hand. »Dick kreist nicht so gern um seinen eigenen Bauchnabel, aber was ihm wichtig ist, das kann er gut.« Der Mann, den sie entsprechend beschrieb, ging steif neben ihr her, das Gesicht eine rötliche Maske der Unsicherheit, entschlossen, das Richtige zu tun, was auch immer das Richtige war.

»Komm, trink was mit uns«, sagte Jane. Sie standen an der Ecke vor einer Bar. Das Licht, das aus dem Eingang quoll, erhellte ihr Gesicht und verzerrte es zur Fratze, sodass ihre Augen wie glühende Kohlen aussahen und ihr Mund sich freudlos übers Zahnfleisch spannte. »Den guten alten Zeiten zuliebe.«

»Nein, danke«, sagte er. »Ich geh nach Hause. Ich hatte einen langen, anstrengenden Tag.«

»Schnell nach Haus zu deinem Mädchen?«

»Das ist doch was Schönes, wenn man eins hat«, sagte Dick Lincoln und legte eine schlaffe rosige Hand auf Janes Schulter.

Das nahm sie so hin, allerdings nicht ohne ein weiteres mädchenhaftes Zucken. »Vivaldo hat ein tolles Mädchen.« Jane drehte sich zu Dick Lincoln um. »Wahrscheinlich hältst du dich für aufgeschlossen«, sagte sie, »aber dieser Junge, Baby, ist dir um Längen voraus. Er ist *mir* um Längen voraus, ja, wenn ich so aufgeschlossen wäre wie mein Freund hier, Vivaldo« – sie lachte; ein hochgewachsener Schwarzer streifte sie im Vorübergehen mit einem Blick –, »ja, dann wäre ich nicht mit dir zusammen, du armes weißes Würstchen. Ich würde mir den größten, schwärzesten Rammler besorgen, den ich finden kann!« Vivaldos Haut prickelte, Dick Lincoln wurde rot. Jane lachte, und Vivaldo merkte, dass sie beobachtet wurden, von Schwarzen und von Weißen. »Vielleicht hätte ich mit ihrem Bruder anbändeln sollen – wäre ich dir dann lieber gewesen? Oder hast du mit dem auch angebändelt? Bei so viel Aufgeschlossenheit weiß man ja nie.« Lachend grub sie das Gesicht in Dick Lincolns Schulter.

Lincoln sah Vivaldo ratlos in die Augen. »Sie können Sie behalten, Mister«, sagte Vivaldo, und da sah Jane ihn an, gar nicht lachend, das Gesicht aschgrau und alt vor Wut. Und sein ganzer Ärger war schlagartig verflogen.

»Na dann«, sagte er und drehte sich um. Er wollte weg, bevor Jane noch Unruhen auslöste. Er merkte, dass er im Zentrum zweierlei sehr unterschiedlicher Aufmerksamkeit stand. Die Schwarzen betrachteten ihn nun als Verbündeten – nicht als Freund, niemals als Freund! –, und die Weißen, in erster Linie die Italiener aus der Nachbarschaft, wussten jetzt, dass ihm nicht zu trauen war. »Husch, husch ins Körbchen«, rief Jane ihm nach, »husch, husch! Stimmt es, dass sie heißblütiger sind als wir? Ist ihr Blut heißer als meins?« Gelächter hallte hinter diesem Ruf die Straße hinunter, das lüstern verklemmte Gelächter der Italiener – immerhin war Vivaldo einer der ihren und ein Mann und offenbar ein begnadeter – und das entzückte, schadenfrohe Gelächter der Schwarzen. Vorübergehend hatten sie sich hinter ihm verbündet – doch dann, mit dem Lachen der anderen im Ohr, blieb ihnen ihr eigenes im Halse stecken. Die Italiener hörten das Gelächter der schwarzen Männer, die schwarzen Männer erinnerten sich daran, dass Vivaldo ja eine schwarze Frau vögelte.

Er überquerte die Avenue. Er wollte nach Hause, und er wollte was essen, und er wollte sich betrinken, und er wollte sich auch, vielleicht schlicht aus Zorn, flachlegen lassen – hatte aber nicht das Gefühl, dass ihm heute Abend irgendetwas Gutes widerfahren würde. Und wäre er ein richtiger Schriftsteller, so außerdem sein Gefühl, würde er einfach nach Hause gehen und arbeiten und sich alles andere aus dem Kopf schlagen, wie Balzac es getan hatte und Joyce und James und Faulkner. Aber vielleicht hatten sie nie etwas so Namenloses mit sich herumgetragen wie er. Er empfand eine ganz sonderbare, eine tödliche Resignation: Er wusste, dass er nicht nach Hause gehen würde, bis es zu spät war, irgendwo anders hinzugehen, oder bis Ida den Hörer abnahm. Ida: Er hatte eine unheimliche Vorahnung, als würde er viele Jahre später als alter Mann durch vertraute Straßen laufen, wo ihn niemand erkannte und niemand bemerkte, und seine verlorene Liebe suchen: *Wo ist sie jetzt? Wo ist sie jetzt?* Er kam am Kino vorbei, an den harten Jungs und den harten Männern, die immer davor standen. Es war zehn Uhr. Am Waverly Place wandte er sich nach Westen zu einer belebten Bar, in der er einen Hamburger bekommen konnte. Er zwang sich den Hamburger rein und trank ein Bier, bevor er abermals zu Hause anrief. Keine Antwort. Ging wieder an den Tresen, bestellte sich einen Whiskey und merkte, dass ihm das Geld ausging. Wenn er weiter trinken wollte, müsste er zu Benno's gehen, dort konnte er anschreiben lassen.

Er trank seinen Whiskey sehr langsam und ließ dabei die Menschenmenge auf sich wirken. Die meisten waren Collegestudenten gewesen, seinerzeit, aber sowohl er als auch sie waren älter geworden, und aus den Unterhaltungen um ihn herum schloss er, dass die Collegestudenten in ihre Berufe hineingewachsen waren. Er hatte, ganz vage, ein Auge auf eine zarte blonde Frau geworfen, die ihrerseits, nicht ganz so vage, ein Auge auf ihn warf: Erstaunlicherweise schien sie Anwältin zu sein. Schlagartig erregte ihn, wie früher schon, die Aussicht, sich eine anzulachen, die über seinem Stand war, eine, die für ihn eigentlich außer Reichweite sein sollte. Er kam aus den Slums in Brooklyn, und dieser Gestank klebte an ihm, und der entpuppte sich als genau der Gestank, nach dem sie suchten. Sie waren die Jünglinge leid, die sich zu viel wuschen, die keinen Geruch in der Achselhöhle hatten und keinen Schweiß auf den Eiern. Er sah wieder die Blondine an und stellte sie sich ohne Kleider vor. Sie saß am Tisch neben der Tür mit dem Gesicht zu ihm, spielte mit einem Daiquiri-Glas und unterhielt sich mit einem untersetzten, grauhaarigen Mann, der mit hoher Stimme kicherte, der angetrunken war und den Vivaldo als leidlich bekannten Dichter ausmachte. Die Blondine erinnerte ihn an Cass. Und da begriff er – zum ersten Mal, erstaunlich, wie gut das Offensichtliche sich verbergen kann –, wie entsetztlich geschmeichelt er gewesen war, als er Cass vor so vielen Jahren kennengelernt hatte, dass eine so hochgeborene Lady einen solch stinkenden Jungen überhaupt wahrnahm. Das hatte ihn überwältigt. Und Richard hatte er rückhaltlos bewundert, nicht, wie sich jetzt herausstellte, für sein Talent, das er damals ohnehin nicht beurteilen konnte, sondern einzig und allein, weil Richard Cass besaß. Er hatte Richard um seine Manneskraft beneidet und diesen Neid für Liebe gehalten.

Aber Liebe war doch wohl im Spiel gewesen, sonst hätte die Freundschaft niemals so lange gehalten. (Waren sie denn Freunde? Was hatten sie einander eigentlich jemals zu sagen gehabt?) Vielleicht lag der Beweis von Vivaldos Liebe darin, dass er Cass nie im erotischen Sinne als Frau betrachtet hatte, sondern immer nur als Lady und als Richards Frau. Allerdings lag seine Zuneigung eher darin begründet, dass sie älter waren und er seinerzeit Ältere gebraucht hatte, die sich um ihn kümmerten, die ihn ernst nahmen, denen er vertrauen konnte. Dafür hätte er jeden Preis bezahlt. Jetzt waren sie nicht mehr so viel älter, er war beinahe neunundzwanzig, Richard war siebenunddreißig oder achtunddreißig, Cass dreiunddreißig oder vierunddreißig: Damals jedoch schienen sie, insbesondere im lodernden Hafen ihrer Liebe, viel älter.

Und jetzt – jetzt schienen sie einander alle ebenbürtig zu sein in ihrem Elend, ihrer Verwirrung und ihrer Verzweiflung. Er betrachtete sein Gesicht im Spiegel hinterm Tresen. Er hatte noch volles Haar, ganz ohne Grau, sein Gesicht hatte noch nicht angefangen, unten abzusacken und oben zu schrumpeln, und noch bestand er nicht aus Arsch und Bauch. Noch nicht – aber bald; er blickte erneut verstohlen auf die Blondine. Er stellte sich ihren Duft, ihre Säfte, ihre Töne vor; eine Nacht, nur eine Nacht. Urplötzlich, ohne Vorwarnung fragte er sich, wie Rufus diese junge Frau angesehen hätte, und etwas Seltsames geschah: Sämtliches Begehren entwich, ihm wurde eiskalt, dann flutete das Begehren mit Macht zurück. *Aha,* hörte er Rufus glucksen, *wenn du nicht aufpasst, Motherfucker, kriegst du noch einen* schwarzen *Steifen.* Erneut hörte er das Gelächter, das ihm die Straße hinunter gefolgt war. Und etwas in ihm begann zu zerfallen; einen kurzen, entsetzlichen Moment befand er sich in einer Sphäre, in der es keinerlei Definitionen gab, nicht von Hautfarbe, nicht von Mann oder Frau. Es gab nur den Sprung und den Riss, Schrecken und Kapitulation. Der Schrecken: begann und endete und begann erneut – auf ewig – in einer Höhle hinterm Auge. Und was auch immer dort pirschte, *sah* und verbreitete, was es sah, im gesamten Königreich von wem auch immer, auch wenn das Auge selbst dabei zugrunde ging. Welche Ordnung kam gegen ein solch düsteres Innenleben an? Aber welchen Wert hatte das Geheimnis ohne Ordnung? Ordnung. Schaffe Ordnung. *Bestelle dein Haus.* Er nippte an seinem Whiskey, Lichtjahre entfernt jetzt von der Blondine und der Bar und doch, auf unangenehmste Weise, wacher denn je. Wenn Menschen nicht mehr wussten, dass einem Geheimnis nur durch Form beizukommen war, wurden sie – was die Menschen in dieser Zeit, an diesem Ort geworden waren, was er geworden war. Sie gingen zugrunde in ihren verhassten Lehmbehausungen, in Vereinzelung, passiv oder aktiv vereint, in Meuten, nach Blut dürstend, suchend, riechend. Das Reißen und Zerfleischen wird nie ein Ende finden, und Gott stehe denen bei, für die Leidenschaft unpersönlich wird!

Er ging wieder in die Telefonzelle und wählte die Nummer, ohne Hoffnung. Es klingelte und klingelte. Er legte auf und blieb einen Augenblick in der Zelle stehen. Jetzt fragte er sich, ob Ida etwas zugestoßen war, ob es tatsächlich einen Notfall in der Familie gegeben hatte: Aber inzwischen war es zu spät, um die Frau anzurufen, die neben Idas Eltern wohnte. Erneut überlegte er, Eric anzurufen, und entschied sich erneut dagegen. Er ging langsam durch die Bar, denn jetzt konnte er sich nur noch einen Hotdog und eine Fahrt leisten, also musste er gehen.

Als er an dem Tisch vorbeikam, sagte er, mit Blick auf die Frau, zu dem Dichter: »Ich wollte nur sagen, dass ich Sie kenne und Ihre Arbeit schon lange bewundere – danke.«

Der Dichter blickte erstaunt auf, und die Frau lachte. »Das ist aber nett«, sagte sie, »sind Sie auch Dichter?«

»Nein.« Unversehens kam Vivaldo der Gedanke, dass er schon sehr lange nicht mehr mit einer Weißen zusammen gewesen war. Und er fragte sich, wie es jetzt wohl wäre. »Ich bin Romanschriftsteller. Unveröffentlicht.«

»Na, wenn Sie dann mal veröffentlicht werden, verdienen Sie vielleicht sogar Geld«, sagte der Dichter. »Ein schlauer Fuchs sind Sie, sich ein Genre auszusuchen, das Ihnen womöglich mal wenigstens eine bescheidene Miete einbringt.«

»Ob ich so schlau bin, weiß ich nicht«, sagte Vivaldo, »es ist einfach so gekommen.« Er war neugierig auf die Frau, wirklich neugierig; aber gerade beschäftigten ihn andere Dinge, vielleicht würde er sie wiedersehen. »Also, ich wollte mich nur bedanken. Bis dann.«

»Danke *Ihnen*«, sagte der Dichter.

»Viel Glück!«, rief die Frau.

Er winkte selbstironisch wie ein Hipster und ging hinaus. Dann lief er zu Benno's hinüber. Da sah es so trostlos aus wie auf einem Friedhof. Ein paar Leute waren da, die er kannte, doch in der Regel mied; aber er musste heute Abend anschreiben lassen, wie alle instinktiv ahnten, und an einem Mittwochabend konnte man in einer Bar ohnehin nicht wählerisch sein.

Ganz gewiss nicht die drei, zu denen er sich gesellte und die auch knapp bei Kasse waren und nicht anschreiben lassen konnten. Einer war der Dichter Lorenzo, gebürtiger Kanadier, ein Mondgesicht mit mächtig viel Locken, dann seine Freundin, Flüchtling aus dem texanischen Hinterland mit großen Augen, mächtig viel glatten Haaren und einem daumenknabbernden Kichern, und schließlich ein älterer Kumpel mit quadratischem Kinn und gequältem Mund, der eine Grimasse zog, wenn er sich freute – was selten vorkam –, und ein bleiches Lächeln aufsetzte, wenn er sich fürchtete – also fast immer –, was ihm den Ruf eines überaus umgänglichen Zeitgenossen eingebracht hatte.

»Hi, Vi«, rief der Dichter, »komm, setz dich zu uns!«

Ihm blieb in der Tat nichts anderes übrig, es sei denn, er ging wieder, also bestellte er und setzte sich. Alle tranken Bier, die Gläser waren beinahe leer. Vivaldo wurde, ungefähr zum dreißigsten Mal, Belle und Harold vorgestellt.

»Wie geht es dir, Mann?«, fragte Lorenzo. »Man sieht dich ja praktisch gar nicht mehr.« Er hatte ein offenes, jungenhaftes Grinsen, und das charakterisierte ihn genau, auch wenn er für einen Jungen allmählich etwas zu alt war. Dennoch, vor allem im Vergleich zu seiner Freundin und seinem Freund, war er der Lebhafteste am Tisch, und Vivaldo mochte ihn.

»Mal so, mal so«, sagte Vivaldo – und Belle knabberte kichernd am Daumen –, »und ich werde seriös, darum sieht man mich nicht mehr.«

»Schreibst du?«, fragte Lorenzo, noch immer lächelnd. Er gehörte zu jenen Dichtern, die der Qual des Schreibens entkommen, indem sie pausenlos schreiben. Er hatte immer ein kleines Notizbuch dabei, in das er kritzelte, und wenn er betrunken genug war, las er daraus vor. Jetzt lag es zugeschlagen vor ihm auf dem Tisch.

»Ich versuch's.« Vivaldo blickte über ihre Köpfe aus dem Fenster, auf die Straße. »Tot heute da draußen.«

»Du sagst es.« Harold sah mit einem kleinen Lächeln zu Vivaldo hinüber. »Wo ist dein Mädchen, Mann? Sag nicht, sie ist dir weggelaufen.«

»Nein. Sie ist uptown, eine Familienangelegenheit.« Er beugte sich vor. »Wir haben eine Abmachung, sie nervt mich nicht mit ihrer Familie, und ich nerve sie nicht mit meiner.«

Belle kicherte wieder. Lorenzo lachte. »Du solltest sie zusammenbringen. Das wäre die größte Schlacht seit dem Bürgerkrieg.«

»Oder seit Romeo und Julia«, steuerte Belle bei.

»Das hab ich in einem Langgedicht durchgespielt«, sagte Lorenzo, »also, Romeo und Julia heute, nur ist sie schwarz und er weiß –«

»Und Mercutio wechselt die Seiten.« Vivaldo grinste.

»Genau. Und alle anderen sind am Arsch.«

»Nenn es *Schwarz schlägt Weiß*«, schlug Harold vor.

»Oder *Schachmatt*.«

»Oder *Partie Dame gefällig?*«

Alle johlten. Belle lachte in ihren Daumen, bis ihr die Tränen kamen.

»Ihr seid doch alle high!«, sagte Vivaldo.

Da ging es wieder los. »Baby«, jaulte Lorenzo, »irgendwann musst du mir verraten, wie du *das* rausgekriegt hast!«

»Willst du rauchen?«, fragte Harold.

Es war lange her. Irgendwann hatten ihn die Leute, mit denen man sich bekiffte, gelangweilt und ehrlich gesagt auch das Marihuana selbst. Entweder vernebelte es ihn nicht genug, oder er war schon mehr als hinreichend vernebelt. Und den Kater fand er vernichtend, er hinderte ihn am Arbeiten, und Sex hatte in dem Zustand noch nie geklappt.

Trotzdem, es war lange her. Es war erst halb elf, und er wusste nicht, was er mit sich anfangen sollte. Er wollte zu seinem inneren Aufruhr vordringen oder ihn vergessen.

»Vielleicht«, sagte er, »aber erst mal geb ich eine Runde aus. Was trinkt ihr?«

»Wir könnten zu mir«, sagte Harold mit seiner kleinen Grimasse.

»Ich nehme ein Bier.« Lorenzos Miene verriet, dass er lieber etwas anderes gehabt hätte, aber nicht den Eindruck erwecken wollte, als würde er Vivaldo ausnutzen.

Vivaldo wandte sich an Belle. »Und du?«

Sie ließ die Hand sinken und beugte sich vor. »Meinst du, ich könnte einen Brandy Alexander haben?«

»Gott«, sagte er, »wenn du ihn trinken kannst, kriegen die das wohl hin.« Sie lehnte sich seltsam damenhaft zurück, ohne zu lächeln, und er sah Harold an.

»Bier, Alter«, sagte Harold. »Und dann hauen wir ab.«

Vivaldo bestellte am Tresen die nächste Runde; für den randvollen, dickflüssigen Alexander musste er extra gehen. Da er wusste, dass Lorenzo Rye Whiskey mochte, spendierte er ihm einen pur und eine Flasche Bier, für Harold ein

Bier und einen doppelten Bourbon für sich. Dann eben pleite, dachte er, mir doch egal. Mal sehen, was passiert. Und er wusste wirklich nicht, weil er es nicht wissen wollte, ob er aus Panik, Verwegenheit oder Schmerz handelte. Auf jeden Fall gab es etwas, worüber er nicht nachdenken wollte: Er wollte nicht darüber nachdenken, wo Ida war oder was sie jetzt gerade machte. Nicht jetzt, zu dir später, Baby. Er wollte nicht nach Hause und wach liegen, warten oder auf und ab gehen, seine Schreibmaschine anstarren, die Wände anstarren. Später dazu, später. Und unter alldem lag das Nichts, wo die Qual lebte und Fragen kauerten, die allein Vivaldo betrafen und niemanden sonst auf Erden. Dort unten, dort unten lebte die rohe, ungeformte Materie für die Schöpfung von Vivaldo, und nur er, Vivaldo, konnte die vollbringen.

»Prost«, sagte er, und wackelig hoben sie ihre Gläser und tranken.

»Danke, Vivaldo«, sagte Lorenzo und kippte seinen Whiskey in einem Zug runter. Vivaldo blickte in das junge Gesicht, das feucht war und ein wenig grau und bald noch feuchter und grauer sein würde. Die Äderchen in seiner Nase verdickten und verdunkelten sich, und manchmal, wie jetzt, wenn Lorenzo vor sich hin stierte, war sein Blick verwirrter und einsamer als der eines Kindes.

In solchen Momenten beobachtete ihn auch Belle, und Mitgefühl rang mit der gnadenlosen Leere in ihrem Gesicht. Harold wirkte dann unnahbar wie ein großer Vogel, der von einem Baum aus zusieht.

»Ich würde so gern wieder nach Spanien«, sagte Lorenzo.

»Warst du schon mal in Spanien?«, fragte Vivaldo.

»Er hat da mal gelebt«, sagte Belle. »Immer wenn wir high sind, spricht er von Spanien. Eigentlich wollten wir diesen

Sommer hin.« Sie beugte sich über ihr Cocktailglas und verschwand für einen Augenblick, wie eine bislang unentdeckte Schildkröte, hinter der Zitadelle ihres Haars. »Fahren wir denn, Schatz?«

Lorenzo spreizte ratlos die Hände. »Wenn wir die Kohle zusammenkriegen, fahren wir.«

»Nach Spanien zu kommen, kostet doch nicht so viel«, sagte Harold. »Und leben könnt ihr da fast umsonst.«

»Es ist so toll dort«, sagte Lorenzo. »Ich hab über ein Jahr in Barcelona gelebt, mit einem Stipendium. Und bin in ganz Spanien rumgereist. Also, ich finde, das sind die coolsten Leute der Welt, die nettesten Typen, die ich kenne, habe ich in Spanien kennengelernt. Jawohl. Die würden alles für dich tun, Baby, die leihen dir ihr Hemd, erzählen dir, wie spät es ist, zeigen dir, wo's langgeht –«

»Und leihen dir ihre Schwestern«, lachte Harold.

»Nein, Mann, die lieben ihre Schwestern …«

»Und hassen ihre Mütter?«

»Nein, Mann, die lieben sie auch. Als wenn sie noch nie was von Freud gehört hätten.« Harold lachte. »Die nehmen dich mit nach Hause und geben dir zu essen, die teilen alles mit dir, was sie haben, und sind gekränkt, wenn man es nicht annimmt.«

»Mütter, Schwestern oder Brüder«, sagte Harold, »weg mit ihnen. Fenster auf und raus mit der schlechten Luft.«

Lorenzo reagierte nicht darauf, ließ den Blick über den Tisch schweifen und nickte ernst. »So ist das, Mann, tolle Menschen.«

»Und was ist mit Franco?«, fragte Belle. Sie schien ziemlich stolz darauf zu sein, dass sie von Franco wusste.

»Ach, Franco ist ein Arschloch, der zählt nicht.«

»Schwachsinn, von wegen zählt nicht«, rief Harold, »meinst du, die ganzen Militärs, die *wir* Franco mitfinanzieren, laufen nur zum Jux in Spanien rum? Meinst du, die haben keine echten Kugeln in ihren Gewehren? Glaub mir, Alter, diese Typen sind echt, die *erschießen* Leute!«

»Na ja, das hat ja nichts mit den Menschen dort zu tun«, sagte Lorenzo.

»Schon, aber du wärst wahrscheinlich nicht gern Spanier«, sagte Harold.

»Dieses ganze Gewäsch vom glücklichen spanischen Bauern hab ich echt satt«, sagte Vivaldo. Er dachte an Ida. Und beugte sich zu Lorenzo. »Schwarz wärst du hier wahrscheinlich nicht gern, oder?«

»Ach!«, lachte Lorenzo. »Dein Mädchen hat dich ja einer schönen Gehirnwäsche unterzogen!«

»Gehirnwäsche! Hier wärst du nicht gern schwarz, und dort wärst du nicht gern Spanier.« Seine Brust verengte sich, und er nahm einen großen Schluck Whiskey. »Die Frage ist doch – was *wollen* wir denn sein?«

»Ich will ich sein«, sagte Belle mit unerwarteter Heftigkeit und knabberte an ihrem Daumennagel.

»Tja.« Vivaldo sah sie an. »Und was hindert dich daran?«

Sie kicherte und knabberte; und senkte den Blick. »Keine Ahnung. Schwer auf die Reihe zu kriegen.« Sie sah ihn an, als fürchtete sie, er könnte ihr eine verpassen. »Weißt du, was ich meine?«

»Ja«, sagte er nach langer Überlegung und einem langen Seufzer, »ich weiß sehr wohl, was du meinst.«

Schlagartig verstummten alle. Vivaldo dachte an sein ›schwarzes Mädchen‹, seine geliebte Ida, seine rätselhafte

Qual und Freude und Hoffnung, und dachte an seine weiße Haut. Was sah sie, wenn sie ihn betrachtete? Er blähte die Nüstern, versuchte sich selbst zu riechen: Wie war dieser Geruch für sie? Wenn sie die Finger in sein Haar krallte, sein feines »italienisches Haar«, spielte sie dann mit Wasser, wie sie behauptete, oder spielte sie mit dem Gedanken, einen Wald zu entwurzeln? Wenn er in ihre wunderbare Wunde eindrang, *zerreißen und zerfleischen! zerreißen und zerfleischen!,* ergab sie sich dann, mit Freuden, ihrem Bräutigam, Herrn und Erlöser? Oder drang er in eine gefallene und gedemütigte Stadt ein, in einen Hinterhalt, von feindlichen Augen aus geheimen Winkeln beobachtet? Ach, Ida, dachte er, ich würde meine Farbe aufgeben für dich, ja, das würde ich, nur nimm mich, nimm mich, liebe mich, wie ich bin! Nimm mich, nimm mich, wie ich dich nehme. Wie nahm er sie denn, was bot er ihr dar? Waren es sein Stolz und seine Herrlichkeit, die er darbot, oder seine Schande? Wenn er sein Fleisch verachtete, musste er auch ihres verachten – verachtete er sein Fleisch denn? Und wenn sie ihr Fleisch verachtete, musste sie auch seines verachten. Wer wollte es ihr verdenken, dachte er matt. Und dann dachte er zu seiner Überraschung, wer wollte es mir verdenken? Ständig drohten sie damit, das verdammte Ding abzuschneiden, und was nützten all die beschissenen Beichten? *Ich habe gesündigt in Gedanken und Werken.* Ich habe gesündigt, ich habe gesündigt, ich habe gesündigt – und es war immer besser, wenn es denn sein musste, wenigstens allein zu sündigen, um der Hölle ein Schnippchen zu schlagen. Als was für ein Plagegeist sich der alte Jesus Christus doch entpuppt hatte, und das war wahrscheinlich nicht mal die Schuld des armen, verfluchten, liebenden, bedröhnten alten Juden.

Harold betrachtete ihn. »Willst du jetzt rauchen, oder willst du erst noch was trinken?« Seine Stimme war rau, Grimasse und Lächeln traten gleichzeitig in sein Gesicht.

»Ach, mir egal«, sagte Vivaldo, »ich schließe mich euch an.« Er überlegte, ob er noch mal telefonieren sollte, merkte aber, dass er Angst davor hatte. Zum Teufel damit. Es war Viertel nach eins. Und er war endlich, dem Himmel sei Dank, zumindest etwas betrunken.

»Ach, lass uns abhauen«, sagte Lorenzo. »Bier haben wir auch zu Hause.«

Sie standen auf, verließen die Bar und gingen Richtung Westen zu Harold. Er wohnte in einer dunklen schmalen Straße in Flussnähe, ganz oben. Der Aufstieg war eine Zumutung, aber die Wohnung war sauber und nicht sehr unordentlich – ganz und gar nicht die Art von Behausung, die man von Harold erwartet hätte –, mit Teppichen auf dem Boden und Leinenrollos vor den Fenstern. Es gab eine Stereoanlage und Schallplatten; überall verstreut lagen Science-Fiction-Magazine. Vivaldo ließ sich auf die schmale Couch an der Wand fallen, in eine Art Alkoven zwischen zwei Bücherregalen. Belle setzte sich am Fenster auf den Fußboden. Lorenzo ging aufs Klo, dann in die Küche und kehrte mit einer Literflasche Bier zurück.

»Du hast die Gläser vergessen«, sagte Belle.

»Wer braucht denn Gläser? Wir sind doch alle Freunde.« Doch er kehrte gehorsam in die Küche zurück.

In der Zwischenzeit präparierte Harold wie ein penibler, pedantischer Gastgeber emsig das Gras. Er setzte sich an den Couchtisch neben Vivaldo und legte Pinzette, Zigaretten, Zigarettenpapier und einen Bull-Durham-Sack voller Gras auf eine Zeitung.

»Das ist astreines Zeug«, sagte er zu Vivaldo, »hat 'ne Puppe gestern von Mexiko rübergeschafft. Und, Baby, Reisen bekommt dem Zeug!«

Vivaldo lachte. Lorenzo kam mit den Gläsern zurück und blickte besorgt auf Vivaldo.

»Geht's dir gut?«

»Ja, bestens, ich bin einfach nur still. So.«

»Cool.« Er stellte vorsichtig ein Glas Bier neben Vivaldo auf den Boden und schenkte Harold ein.

»Gleich fühlt er sich richtig lässig«, sagte Harold zufrieden und fleißig wie eine Biene, »sobald er sich mit Old Harolds speziellem Rezessfilter verbindet. Baby! Du wirst abgehen!«

Lorenzo schenkte Belle ein Bier ein und stellte die Flasche neben ihr ab. »Wie wär's mit 'ner Scheibe?«

»Nur zu, Baby.«

Vivaldo machte die Augen zu, fühlte sich schon jetzt ganz lasch und lüstern. Lorenzo legte etwas zugleich Glockenhelles und Melancholisches vom Modern Jazz Quartet auf.

»Hier.«

Er blickte auf. Harold stand mit einem glühenden Joint neben ihm.

Vivaldo richtete sich auf und nahm behutsam sein Bier vom Boden, bevor er den Joint von Harold entgegennahm. Harold beobachtete ihn, eindrücklich lächelnd, während er einen langen, stockenden Zug nahm. Vivaldo trank einen Schluck und reichte den Joint zurück. Harold inhalierte tief und gekonnt und rieb sich die Brust.

»Kommt rüber ans Fenster«, rief Belle.

Ihre Stimme klang hoch und vergnügt wie die eines Kindes. Und obwohl er lieber allein auf dem Sofa geblieben wäre, ging Vivaldo, als würde er dem Wunsch eines Kindes nachkommen, ans Fenster. Harold folgte ihm. Belle und Lorenzo saßen auf dem Fußboden, teilten sich einen Joint und blickten auf New Yorks Dächer.

»Wirklich komisch«, sagte Belle. »Das ist so hässlich bei Tag und so schön bei Nacht.«

»Lasst uns aufs Dach gehen«, sagte Lorenzo.

»Oh! Was für eine coole Idee!«

Sie nahmen Bier und Utensilien mit, Belle schnappte sich noch eine Decke, verließen wie Kinder auf Zehenspitzen die Wohnung und gingen hintereinander über die Treppe aufs Dach. Dort waren sie wie in Stille gebadet, ganz allein. Belle breitete die Decke aus, auf der nur Lorenzo und sie Platz fanden. Vivaldo nahm noch einen tiefen Zug, hockte sich an den Rand des Dachs und schlang die Arme um die Knie.

»Mach das nicht, Mann«, flüsterte Lorenzo, »du bist zu nah an der Kante, das kann ich nicht sehen.«

Lächelnd kam Vivaldo zurück und legte sich bäuchlings zu den anderen.

»Entschuldigung, ich bin auch so. Selber kann ich mich über die Kante hängen, aber bei anderen kann ich nicht hingucken.«

Belle nahm seine Hand. Er sah hinauf in ihr blasses, schmales, von schwarzem Haar umrahmtes Gesicht. Sie lächelte, und sie war hübscher, als sie in der Bar gewirkt hatte. »Ich mag dich«, sagte sie. »Du bist ein echt cooler Typ. Lorenzo hat das schon immer gesagt, aber ich hab ihm nie geglaubt.« Ihr Akzent war jetzt auch ausgeprägter; sie klang wie das schlichteste, unschuldigste Mädchen vom Lande – falls Mädchen vom Lande unschuldig waren, aber irgendwann in ihrem Leben, so nahm er an, mussten sie das wohl gewesen sein.

»Ach, vielen Dank«, sagte er. Lorenzo, bleich beschienen

von Himmel und Erde, grinste ihm zu. Vivaldo entzog Belle seine Hand und tätschelte Lorenzos Wange. »Ich mag euch auch, alle beide.«

»Wie fühlst du dich, Alter?« Das war Harold, der weit weg zu sein schien.

»Fantastisch.« Das stimmte auch, auf eigenartige, unzuverlässige Weise. Er spürte seinen Körper überdeutlich, die langen Gliedmaßen und die sanfte Brise in seinem Haar, und auch Lorenzo und Belle spürte er, schwebend wie zwei Engel, und Harold, den Fürsten der Finsternis, eifriger, unermüdlicher Hüter des Marihuana. Harold saß im Schatten des Schornsteins und drehte den nächsten Joint. Vivaldo lachte. »Baby, ich liebe deine Arbeit.«

»Ich mag es einfach, wenn Menschen glücklich sind«, sagte Harold, und auf einmal grinste er; auch er wirkte ganz anders als zuvor in der Bar, jünger und weicher und unter alldem viel trauriger, sodass Vivaldo seine harschen, hämischen Urteile bereute. Was passierte mit Menschen? Warum litten sie so? Zugleich wusste er, dass Harold und er niemals Freunde werden konnten und dass sie sich alle nicht näher kommen würden als jetzt gerade in diesem Augenblick.

Harold zündete seinen Joint an und reichte ihn Vivaldo. »Nur zu, Baby«, sagte er – sehr zärtlich, und er beobachtete Vivaldo mit einem Lächeln.

Vivaldo nahm seine Züge, während die anderen zusahen. Es war eine Art Gemeinschaftsunterfangen, als wäre er ein Kleinkind, das gerade erst aufs Töpfchen zu gehen oder laufen lernt. Um ein Haar hätten sie Beifall geklatscht, als er den Joint an Lorenzo übergab, der einige Züge nahm und ihn dann an Belle weiterreichte. »Ooh«, sagte Lorenzo, »ich fliege«, und legte den Kopf in Belles Schoß.

Vivaldo drehte sich auf den Rücken, Kopf auf den Armen, Knie zum Himmel gewinkelt. Ihm war nach Singen zumute. »Mein Mädchen ist Sängerin«, sagte er.

Der Himmel sah jetzt aus wie ein riesiger, freundlicher Ozean, in dem Ertrinken verboten war, und die Sterne wirkten hineingepflanzt wie Leuchttürme. Zu welchem Land führte dieser Ozean? Ozeane führten doch immer zu einem großen, guten Ort: daher die Matrosen, Missionare, Heiligen und Amerikaner.

»Wo singt sie denn?« Lorenzos Stimme schien sachte aus der Luft zu fallen: Vivaldo beobachtete den Himmel.

»Im Moment noch gar nicht. Aber bald. Und sie wird ein Hit.«

»Ich hab sie gesehen«, sagte Belle, »sie ist so schön.«

Er drehte den Kopf zu ihrer Stimme. »Du hast sie gesehen? Wo?«

»In dem Restaurant, wo sie arbeitet. Ich war da mit jemandem – nicht mit Lorenzo« – er hörte sie kichern –, »und der Typ, mit dem ich da war, hat mir erzählt, dass das dein Mädchen ist.« Es herrschte Schweigen. »Sie ist sehr tough.«

»Wieso sagst du das?«

»Ach, keine Ahnung. Sie wirkte einfach – sehr tough, das ist alles. Ich meine damit nicht, dass sie nicht nett war. Aber sie war sehr selbstsicher, man hat gemerkt, dass sie sich nichts gefallen lässt.«

Er lachte. »Das klingt nach meinem Mädchen.«

»Ich würde gerne so aussehen wie sie«, sagte Belle. »Meine Güte!«

»Ich mag dich so, wie du bist«, sagte Lorenzo. Aus dem Augenwinkel und aus weiter Ferne sah Vivaldo, wie seine Arme sich hoben und Belles dunkles Haar hinabfiel.

*Just above my head.*

Das war ein Song, den Ida manchmal sang, wenn sie in der Küche herumwerkelte, die immer sandig wirkte vor Kaffeesatz und leicht anrüchig vor toten Zigaretten auf dem angekokelten, blasenschlagenden Lack der Regale.

Vielleicht lag die Antwort in den Songs.

*Just above my head,*
*I hear music in the air.*
*And I really do believe*
*There's a God somewhere.*

Aber lag Musik in der Luft, oder lag Ärger in der Luft? Er fing an, einen anderen Song zu pfeifen:

*Trouble in mind, I'm blue,*
*But I won't be blue always,*
*'Cause the sun's going to shine*
*In my back door someday.*

Wieso würde die Sonne eigentlich durch die *Hinter*tür scheinen? Jetzt war ihm, als würde sich der Himmel auf seine Brust senken, nicht mehr phosphoreszierend vor Möglichkeiten, sondern starr vor mineralisierten Entscheidungen und schwer wie das Gewicht der endlichen Erde. Sie presste ihn nieder. *I'm pressing on,* sang Ida manchmal, *the upward way!*

Was um alles in der Welt bedeuteten Ida diese Lieder? Er wusste, dass sie sie häufig sang, um ihm Befindlichkeiten vorzuhalten, die zu durchdringen er nicht einmal hoffen konnte, und Anklagen vorzutragen, die zu entschlüsseln, geschweige denn zu entkräften er ebenso wenig hoffen konnte. Doch sollte er diesen geheimen Raum jemals betreten können, hätten ihre Anklagen keine Macht mehr über ihn. Seine Anwesenheit in diesem seltsamsten und düstersten aller Heiligtümer würde sein Recht, sich dort aufzuhalten, begründen, so wie der Prinz, nachdem er allen Gefahren getrotzt und den Löwen erlegt hat, zur Braut, der Prinzessin, geführt wird.

*I loves you, Porgy, don't let him take me.*

*Don't let him handle me with his hot hands.*

Für wen, für wen sang sie diesen Song?

*The blues fell down this morning. The blues my baby gave to me.* Wasser rann an seinem Ohr vorbei auf sein Handgelenk. Er rührte sich nicht, und die trägen Tränen rollten ihm aus dem Augenwinkel.

»Du bist auch cool«, hörte er Belle sagen.

»Echt?«

»Echt.«

»Lass uns versuchen, nach Spanien zu fahren. Lass uns das echt versuchen.«

»Am Montag mach ich mich schick, so uptownmäßig« – sie kicherte –, »und dann hol ich mir irgendwo einen Job als Empfangsdame. Ist blöd, aber so kommen wir hier weg.«

»Mach das, Schatz. Und ich besorg mir auch einen Job, versprochen.«

»Musst du nicht versprechen.«

»Tu ich aber.«

Er hörte ihren Kuss, der leicht wirkte, liebevoll und trocken, und er beneidete sie um ihre eiserne, unerschütterliche Unschuld.

»Lass uns vögeln.«

»Nicht hier. Unten.«

Er hörte Lorenzo lachen. »Was ist los, schämst du dich?«

»Nein.« Er hörte ein Kichern und ein Flüstern. »Lass uns runtergehen.«

»Die sind komplett zugedröhnt, denen ist das egal.«

Sie kicherte wieder. »Guck sie dir an.«

Er schloss die Augen. Jetzt spürte er ein anderes Gewicht auf seiner Brust, eine Hand, und blickte in Harolds Gesicht.

»Wie geht's?«

»Super. Das Zeug ist super.«

»Ich wusste, dass es dir gefallen würde. Ich mag dich, Mann.«

Harolds eindringlicher Blick überraschte ihn und auch wieder nicht. Ertragen konnte er ihn nicht; er wandte sich ab, dann legte er Harolds schweren Kopf auf seine Brust.

»Bitte, Mann«, sagte er nach einer Weile, »mach dir keine Mühe. Das lohnt sich nicht, da passiert nichts. Das ist zu lange her.«

»Was ist zu lange her?«

Plötzlich lächelte Vivaldo in sich hinein, ein Lächeln so traurig wie seine Tränen. Er dachte an Abspritzturniere und anderes Kräftemessen auf Hausdächern, in Kellern, Umkleiden und Autos, ein halbes Leben her. Seitdem träumte er davon, wobei er sich erst jetzt an diese Träume erinnerte. Ihm war sehr kalt, von innen her kalt, als Harolds Hand auf seinem Schwanz lag und Harolds Kopf auf seiner Brust und ihm klar wurde: Ja, etwas könnte passieren. Er erinnerte sich an seine Fantasien – vom männlichen Mund, von männlichen Händen, dem männlichen Geschlecht, dem männlichen Arsch. Manchmal ging ein Junge an ihm vorbei – der ihn immer sehr an seinen jüngeren Bruder Stevie erinnerte; vielleicht kam daher das Tabu, wie es anderen als Schlüssel dienen mochte –, und er sah ihm ins Gesicht und auf den Arsch und fühlte etwas, wollte den Jungen anfassen, ihn zum Lachen bringen, ihm auf den jugendlichen Po klatschen. Also wusste er, dass es da war, und wahrscheinlich hatte er keine Angst mehr davor; doch vielleicht war ihm der Preis zu hoch, es war nicht wichtig genug. Also sagte er behutsam zu Harold: »Versteh mich nicht falsch, Mann, aber meine Zeit mit Jungs ist lange her. Ich bin jetzt mit Mädchen zugange. Tut mir leid.«

»Und da ist nichts drin?«

»Lieber nicht. Tut mir leid.«

Harold lächelte. »Mir auch.« Dann: »Kann ich hier trotzdem so bei dir liegen?«

Vivaldo hielt ihn fest und schloss die Augen. Als er sie wieder aufschlug, war der Himmel über ihm eine große Messingschale. Harold lag neben ihm, eine Hand auf Vivaldos Bein, und schlief. Belle und Lorenzo lagen in die Decke gewickelt wie zwei Schmuddelkinder. Er stand auf, trat zu nah an die Kante und erhaschte einen schauderhaften Blick auf die wartenden, dampfenden Straßen. Sein Mund fühlte sich an wie Mississippi in den Tagen, da die Baumwolle regiert hatte. Schnell ging er auf die Straße hinunter und eilte nach Hause zu Ida. Sie würde sagen: »Mein Gott, Vivaldo, wo bist du gewesen? Ich hab die ganze Nacht versucht, dich zu erreichen, ich hab bei ein paar Leuten in Jersey City gesungen. Wie oft hab ich schon gesagt, wir brauchen einen Anrufdienst, aber auf mich hört ja keiner!«

# 4

Und der Sommer kam, der New Yorker Sommer, ein Sommer wie nirgendwo sonst. Hitze und Lärm machten sich daran, Nerven, den Verstand und Liebesbeziehungen zu zerrütten. Die Luft war voller Baseballergebnisse, schlechter Nachrichten und zuckriger Schnulzen; Straßen und Bars waren voller feindseliger Menschen, jetzt, in der Hitze, noch feindseliger. Es war in dieser Stadt nicht möglich, wie es Eric in Paris möglich gewesen war, zu jeder Tages- und Nachtzeit friedliche lange Spaziergänge zu unternehmen, auf ein Glas in ein Bistro einzukehren oder sich in einem Straßencafé niederzulassen – das halbe Dutzend erbärmlicher Parodien auf Straßencafés, die man in New York fand, waren zum Niederlassen nicht gemacht. Es war eine Stadt ohne Oasen, die allein zu dem Zweck existierte, zumindest soweit es die menschliche Wahrnehmung beurteilen konnte, Geld zu machen; und ihre Bewohner schienen ihr Recht auf Erneuerung vollkommen aus den Augen verloren zu haben. Wer in New York auf diesem Recht beharrte, lebte in dieser Stadt im Exil – exiliert vom Leben um ihn herum; und dies setzte ihn paradoxerweise der ständigen Gefahr aus, für immer aus einem echten Selbstgefühl verbannt zu werden.

Abends und an Wochenenden saß Vivaldo in seinen Boxershorts an der Schreibmaschine; sein Hintern klebte am Stuhl, Schweiß rann ihm aus den Achselhöhlen, hinter die Ohren und in die Augen, die Seiten klebten aneinander und an seinen Fingern. Die Tasten bewegten sich träge und schlugen dumpf und feucht an – bewegten sich also in etwa so wie sein Roman, leblos, Schritt für Schritt für widerspenstigen Schritt fast ausschließlich von Willenskraft angeschoben. Er wusste kaum mehr, worum es in seinem Roman überhaupt ging oder weshalb er ihn hatte schreiben wollen, aber loslassen konnte er auch nicht. Er konnte ihn weder loslassen noch angehen, denn der Preis der Nähe, so fürchtete er, wäre der Verlust von Ida. Und diese Furcht hielt ihn in einer fauligen, tropfnassen Schwebe.

Ihre Lebensumstände waren jedenfalls erbärmlich. Die Wohnung war zu klein – beengt, selbst wenn sie geregelte Arbeitszeiten gehabt hätten und erst am Abend nach Hause gekommen wären. Aber in manchen Wochen arbeitete Vivaldo abends in der Buchhandlung und in manchen tagsüber, und auch Idas Schichten im Restaurant waren nicht vorherzusehen, mal arbeitete sie mittags, mal abends, mal arbeitete sie durch. Beide hassten ihre Jobs – was ihrer Beziehung nicht zuträglich war –, aber Ida war die beliebteste Kellnerin, die ihr Chef hatte, was ihr einen gewissen Spielraum bot, und Vivaldo konnte nicht länger die fordernderen, lukrativeren Jobs annehmen, die ihm eine Zukunft boten, die er nicht haben wollte. Beide flohen sozusagen vor einem Sturm im Bemühen, »es zu schaffen«, bevor sie im allgegenwärtigen Treibsand einer ziellosen, geschlagenen und gereizten Boheme versanken. So bestand wenig Hoffnung auf Besserung ihrer Lebenssituation, zumal sie schon ihre jetzige Wohnung kaum halten konnten.

Vivaldo hatte schon häufig vorgeschlagen, aus dem Village an die Lower East Side zu ziehen, wo es billige Speicher gab, die sich herrlich ausbauen ließen. Doch Ida hatte sich dagegen verwehrt. Ihr wichtigster Beweggrund kam nie zur Sprache, aber Vivaldo begriff irgendwann, dass ihr vor diesem Viertel graute, weil Rufus seinen letzten Versuch einer häuslichen Existenz oder überhaupt einer Existenz dort unternommen hatte.

»Ich würde mich da nicht sicher fühlen, Schatz«, sagte sie zu Vivaldo, »wenn ich abends nach Hause komme oder selbst tagsüber. Du kennst diese Leute nicht so wie ich, weil du nie so behandelt wurdest, wie sie mich behandelt haben. Manche von diesen Typen, Baby, wenn die dich allein auf einem Bahnsteig erwischen oder auf der Treppe zu *deiner* Wohnung, finden die gar nichts dabei, ihre Hose aufzuknöpfen und dich zu fragen, ob du ihnen einen bläst. Genau. Und hör zu, Baby, ich war mal da unten, das war in der Mott Street, vor ein paar Jahren mit Rufus, bei Bekannten zum Brunch. Bei Weißen. Und wir sind raus auf die Feuertreppe, um uns auf der Straße eine Hochzeitsgesellschaft anzusehen. Ob du's glaubst oder nicht, drei von den weißen Männern sind hoch zur Wohnung, einer mit einem Totschläger, einer mit einer Knarre und einer mit einem Messer, und haben uns rausgeworfen. Sie sagten« – und sie lachte dabei –, »wir würden ihre Straße in Verruf bringen.«

Sie betrachtete sein Gesicht. »So ist das«, sagte sie sanft. »Lass uns hierbleiben, Vivaldo, bis wir uns was Besseres leisten können. Es ist hart, aber es könnte härter sein.«

Also probierten sie es mit geöffneter Haustür, aber das brachte Risiken mit sich, vor allem wenn Ida zu Hause war und sich in ihrem kurzen Hausanzug auf der Couch lümmelte oder mithilfe des Plattenspielers Arrangements einübte.

Vivaldos Schreibmaschine, Idas Stimme, der Plattenspieler weckten die Neugier der Menschen im Treppenhaus, und der Blick, den man durch die geöffnete Tür auf Ida erhaschen konnte, beflügelte die Fantasie der Vorbeigehenden. Sie verstanden die offene Tür als Aufforderung – stehen zu bleiben, zu lauschen, zu glotzen, zu klopfen und zu erzählen, ein Freund habe mal in genau dieser Wohnung gewohnt, ob man wisse, was aus dem guten alten Tom geworden sei oder aus Nancy oder aus Joanna? Oder sie wurden zu einer Party oben oder die Straße runter eingeladen oder luden sich selbst zu einer Party ein. Einmal hatte Vivaldo völlig außer sich einen Jungen vom Hausflur auf die Straße geprügelt, der im heißen Schatten des Treppenhauses stand, Hände in den Hosentaschen und dic Augen auf Ida gerichtet – beziehungsweise auf die Stelle, von der sie sich unter Fluchen und Schreien eilig entfernt hatte. Ohne die Hände aus den Taschen zu nehmen, war der Junge, als Vivaldo ihn durch die Haustür schob, mit seinen hässlichen leisen Tiergrunzern schwer auf eine Schulter gefallen. Kurz darauf war die Polizei eingetroffen; ihre leicht entflammbare Fantasie ließ nun auch noch deren allzeit bereiten Bürgerstolz anschwellen. Fortan schlossen sie ihre Tür nicht nur, sondern verriegelten sie. Dennoch wirkte es an manchen Sommerabenden so, als wäre die gesamte unförmige, unaussprechliche Stadt mit ihnen im Zimmer.

Er arbeitete, sie arbeitete, er ging auf und ab, sie ging auf und ab. Sie wollte, dass aus ihm ein »großer« Schriftsteller wurde, aber wenn sie nicht gerade arbeitete, konnte sie ihn nicht in Ruhe lassen. Wenn sie arbeitete, bedrohte und ertränkte ihre Stimme, ihre Musik zumeist das andere Orchester in seinem Kopf. Wenn sie nicht arbeitete, schenkte sie ihm noch ein Bier ein, wuschelte ihm durchs Haar, merkte, dass seine Zigarette im Aschenbecher runtergebrannt war, und steckte ihm eine neue an, oder sie las über seine Schulter mit, was er nicht ertragen konnte – aber es war einfacher, das zu ertragen, als sich vorwerfen zu lassen, er missachte ihre Intelligenz. An den Abenden, da sie beide zu Hause waren, konnte er eigentlich nicht arbeiten, weil er nicht weit genug von ihr weg kam, nicht zu sich selbst kam. Aber er versuchte, sich nicht darüber zu ärgern, denn die Abende ohne sie waren noch schlimmer.

Ein, zwei Mal die Woche oder auch nur ein Mal alle zwei, drei Wochen fuhr sie nach Harlem, ohne ihn je mitzunehmen. Oder sie sang mit einigen Musikern in Peekskill oder Poughkeepsie oder Washington oder Philadelphia oder Baltimore oder Queens. Ein Mal war er mitgekommen, mit ihr und den anderen Musikern, zu einem Schuppen in Washington. Die Stimmung war bleischwer, die Musiker wollten ihn nicht dabeihaben. Die Leute in dem Schuppen mochten ihn, fragten sich allerdings auch, was er da machte – vielleicht war aber auch er es, der sich das fragte; und Ida hatte nur zwei Songs gesungen, was nicht viel war für die lange Reise, und sie hatte nicht gut gesungen. Für sein Empfinden lag das an der Haltung der Musiker, die sie hatten bestrafen wollen, und an dem unbehaglichen Trotz, mit dem sie sich deren Urteil stellte. Die Haltung der Musiker wäre so offensichtlich eine andere gewesen, wenn es sich bei Vivaldo um einen mächtigen weißen Mann gehandelt hätte, der die Annahme rechtfertigte, sie würde *ihn* benutzen; stattdessen war klar, dass er ihr gar nichts brachte und daher *sie* benutzte. Ida war auch nicht in einer Position, die die anderen genötigt hätte, Vivaldo als Laune, als Schoßhündchen, als Ehemann eines Stars zu akzeptieren. Er hatte keine Funktion, sie schon: Sie spielten ihre Stellung aus, sie brachten sich gegen ihn in Stellung.

Schnell taten sich zwischen Ida und Vivaldo daher große Bereiche des Unausgesprochenen auf, riesige Minenfelder, die sie beide nicht zu betreten wagten. Sie sprachen nie über Washington, auch begleitete er sie nie wieder auf solchen Ausflügen in andere Städte. Sie sprachen nie über ihre Familie, oder seine. Nach seiner qualvollen langen Mittwochnacht fehlte Vivaldo der Mut, den Namen Steve Ellis zu erwähnen. Er wusste, dass Ellis sie zu einer exklusiveren, gefeierten Gesangslehrerin schickte sowie einem Klavierbegleiter und vorhatte, eine Plattenaufnahme für sie zu arrangieren. Ida und Vivaldo begruben ihre Auseinandersetzungen in Schweigen, im verminten Gelände. Das schien besser, als heiser zu werden, bitter, atemlos und noch einsamer als zuvor. Vivaldo wollte sich nicht noch einmal vorwerfen lassen, er stehe zwischen ihr und ihrer Karriere – wollte es nicht mehr hören, weil mehr als ein Körnchen Wahrheit in diesem Vorwurf steckte. Natürlich hatte er auch das Gefühl, dass sie sich, wenn auch unbewusst, zwischen ihn und seine Erfüllung zu stellen versuchte. Aber das wollte er nicht sagen. Das hätte ihrer beider Panik zu deutlich gemacht, ihre schreckliche Angst, abgehängt zu werden.

Da waren sie nun, während der scheußliche Sommer vor sich hin ächzte und blubberte, während er arbeitete, um nicht von ihr abgehängt zu werden, und sie arbeitete – um sich von ihm zu befreien? Oder um eine Grundlage zu schaffen, auf der sie mehr denn je zusammen sein konnten? »Ich muss es schaffen«, sagte sie manchmal, »ich werde es schaffen. Und du gefälligst auch, Sweetie. Mir reicht es langsam hier unten zwischen den Mülleimern.«

Und zu Ellis:

»Vivaldo, wenn du glaubst, dass ich dich mit diesem Mann hintergehe, ist das dein Problem. Wenn du es glauben willst, wirst du es glauben. Ich lass mich nicht in die Ecke drängen, wo ich irgendwas beweisen muss. Es liegt bei dir. Wenn du mir nicht vertraust, dann Lebewohl, Baby, dann pack ich meine Sachen und bin weg.«

An manchen Abenden, wenn Ida aus dem Restaurant, vom Gesangsunterricht oder von ihren Eltern kam, egal woher, und Bier und Zigaretten und Sandwiches mitbrachte, das Gesicht müde und friedlich und die Augen sanft vor Liebe, erschien es undenkbar, dass sie je auseinandergehen könnten. Sie aßen und tranken und sprachen und lachten miteinander und lagen nackt in ihrem schmalen Bett in der Dunkelheit, neben den offenen Fenstern, durch die dann und wann eine laue Brise drang, schmeckten die Lippen des anderen und streichelten einander trotz der Hitze und schmiedeten große Pläne für ihr unstrittiges Morgen. Und schliefen oft genau so ein, vollkommen eins miteinander. Dann wieder fanden sie überhaupt nicht zusammen. Manchmal, wenn er sie nicht erreichen konnte und die Figuren in seinem Roman nicht erreichen konnte, ging er raus und lief allein durch die sommerlichen Straßen. Manchmal erklärte sie, sie könne ihn und seine schlechte Laune keine Sekunde länger ertragen und werde jetzt ins Kino gehen. Und manchmal gingen sie gemeinsam aus, runter zu Benno's oder rüber zu Eric – dieser Tage für gewöhnlich zu Eric und Cass.

Ida gab zu, dass sie Erics Verwandlung äußerst bemerkenswert fand – und wollte damit ausdrücken, dass ihr Überraschungen missfielen und Eric sie überrascht hatte –, und die unerbittliche, unerklärliche Puritanerin in ihr missbilligte seine erstaunliche neue Affäre. Sie sagte, Cass sei töricht und Eric unehrlich.

Vivaldos Urteil war weitaus milder – nicht Eric hatte ihn überrascht, sondern Cass. Immerhin setzte sie alles aufs Spiel; und er erinnerte sich an ihre Erklärung: *Nein, Vivaldo, danke. Ich möchte von niemandem mehr beschützt werden.* Und soweit seine eigene Verwirrung ihm überhaupt gestattete, über ihre nachzudenken, war er stolz auf sie – nicht so sehr, weil sie sich einer Gefahr aussetzte, sondern eher, weil sie es mit vollem Bewusstsein tat.

Ein französischer Film, in dem Eric eine kleine Nebenrolle spielte, lief in dem Sommer in New York an, und die vier hatten sich zum Kino verabredet. Ida und Vivaldo würden Eric und Cass an der Kasse treffen.

»Was glaubt sie eigentlich, was sie da macht?«, fragte Ida. Vivaldo und sie liefen durch die Julistraßen zum Kino.

»Sie versucht zu leben«, sagte Vivaldo sanft.

»Ach, so ein Quatsch, Baby, Cass ist eine erwachsene Frau mit zwei Kindern. Was ist mit den Kindern? Eric ist kein Vatertyp, jedenfalls nicht für Jungs in *dem* Alter.«

»Was bist du nur für eine schmutzige kleine Moralistin. Was Cass mit ihrem Leben anstellt, ist ihre Sache, nicht deine. Vielleicht weiß sie mehr über diese Kinder als du, vielleicht versucht sie, so zu leben, wie sie meint, leben zu müssen, damit sie später selber keine Angst davor haben.« Er fühlte Ärger in sich aufsteigen. »Und du weißt nicht genug über Eric, um so über ihn zu reden.«

»Die Kinder werden sie hassen, noch bevor das Ganze vorbei ist, glaub mir. Und sag mir nicht, ich wüsste nichts über Eric; in der Sekunde, in der ich ihn zum ersten Mal sah, wusste ich alles über ihn.«

»Du wusstest, was du gehört hattest. Und du hattest nicht gehört, dass er mit Cass eine Affäre eingehen würde. Und das nervt dich.«

»Vielleicht macht Eric *dir* was vor und Cass vielleicht auch – ich glaube ja, sie macht sich selber was vor –, aber *mir* nicht. Wirst schon sehen.«

»Du bist gar keine Sängerin, du bist Hellseherin. Wir sollten dich mit großen Messingohrringen und einem bunten Turban ausstatten und ein Geschäft für dich aufziehen.«

»Lach nur, du Witzbold.«

»Was kümmert es dich denn? Wenn er mit ihr zusammen sein will und sie mit ihm, was kümmert es uns?«

»Kümmert es dich denn gar nicht? Richard ist dein Freund.«

»Ich bin mit Cass besser befreundet als mit Richard.«

»Bestimmt ist ihr gar nicht klar, was sie da macht. Sie hat einen guten Mann, der erklimmt gerade die Karriereleiter, und ihr fällt nichts Besseres ein, als irgend so eine arme weiße Hinterwäldlerschwuchtel aus Alabama zu vögeln. Echt, ich kapiere die Weißen nicht.«

»Eric ist kein armer Hinterwäldler, er stammt aus einer wohlhabenden Familie.« Vivaldo schwitzte jetzt nicht nur wegen der Hitze, und er wünschte sich, sie würde endlich den Mund halten.

»Na, hoffentlich haben sie ihn enterbt. Meinst du, Eric schafft jemals den Durchbruch als Schauspieler?«

»Was hat denn das damit zu tun? Aber doch, ja, er ist ein sehr guter Schauspieler.«

»Langsam ein bisschen alt, um so unbekannt zu sein. Was hat er denn die ganze Zeit in Paris getrieben?«

»Keine Ahnung, Baby, aber ich hoffe, er hat sich prächtig

amüsiert. Ja, echt. Was auch immer er am liebsten mag, ich hoffe, das hat er gemacht.«

»Na ja, jetzt macht er das jedenfalls nicht.«

Vivaldo seufzte, sagte sich, er sollte das Thema fallen lassen. »Ich verstehe einfach nicht, was dich das angeht«, sagte er stattdessen, »er vergnügt sich halt gern mit Männern, na und?«

»Er wollte sich auch mit meinem Bruder vergnügen«, sagte sie. »Er wollte ihn genauso krank machen, wie er selber ist.«

»Falls zwischen Eric und deinem Bruder irgendwas war, dann nicht, weil Eric ihn zu Boden geworfen und vergewaltigt hat. Ich kann dich beruhigen, Süße, du weißt nicht so viel über Männer, wie du denkst.«

Sie wandte ihm ein finsteres kleines Lächeln zu. »*Falls* irgendwas war. Du bist ein verdammter Lügner und ein Feigling noch dazu.«

Er sah sie an; in dem Moment hasste er sie. »Warum sagst du das?«

»Weil du verdammt genau weißt, was war, du willst es nur nicht wissen …«

»Ida, es ging mich rein gar nichts an, ich hab weder mit Rufus noch mit Eric jemals darüber gesprochen. Warum sollte ich?«

»Vivaldo, man muss nicht drüber sprechen, um zu wissen, was war. Rufus hat nie mit mir darüber gesprochen, was mit ihm war – trotzdem wusste ich es.«

Er schwieg einen Moment. »Du wirst mir nie vergeben, oder? Für den Tod deines Bruders?«

Da schwieg auch sie. »Ich habe deinen Bruder auch geliebt, Ida«, sagte er. »Du glaubst das nicht, ich weiß, aber es ist so. Er war aber auch nur ein Mensch, Baby, kein Heiliger.«

»Ich hab nie behauptet, dass er ein Heiliger war. Aber er war auch schwarz, und ich weiß, wie Weiße schwarze Männer und Frauen behandeln. Für die sind wir etwas, an dem sie ihre Schwänze reiben können.«

Er sah die Lichter des Kinos drei Querstraßen weiter auf der Avenue. Die sommerlichen Straßen waren voller Menschen. Seine Kehle wurde eng, und seine Augen brannten.

»Nach all der gemeinsamen Zeit«, sagte er schließlich, »glaubst du das immer noch?«

»Unser Zusammensein verändert nicht die Welt, Vivaldo.«

»Für mich schon.«

»Ja, weil du weiß bist.«

Er hatte das Gefühl, jetzt gleich, mitten auf der belebten Straße, schreien oder seine schweren Finger um ihren Hals legen zu müssen. Die Lichter des Kinos flackerten vor seinen Augen, und der Gehweg schien sich zu neigen. »Hör auf damit«, sagte er mit einer Stimme, die er nicht wiedererkannte. »Hör auf damit. Hör auf, mich umbringen zu wollen. Es ist nicht meine Schuld, dass ich weiß bin. Es ist nicht meine Schuld, dass du schwarz bist. Es ist nicht meine Schuld, dass er tot ist.« Mit einem Ruck warf er den Kopf zurück, um die Tränen abzuschütteln, um die Lichter scharf zu stellen, um den Gehweg zu begradigen. Und mit einer anderen Stimme sagte er: »Er ist tot, mein Schatz, aber du lebst. Wir leben, und ich liebe dich, ich liebe dich. Versuch bitte nicht, mich umzubringen.« Dann: »Liebst du mich denn nicht? Liebst du mich, Ida? Hm?« Er wandte sich zu ihr.

Sie sah ihn nicht an, und sie sagte nichts; sagte nichts mehr bis über die nächste Querstraße hinaus. Das Kino kam immer näher. Cass und Eric standen unter dem Vordach, winkend. »Was ich nicht verstehe«, sagte sie langsam: »Wie kannst du von Liebe reden, wenn du nicht wissen willst, was vor sich geht? Und das ist nicht meine Schuld. Wie kannst du sagen, dass du Rufus geliebt hast, wenn es so vieles gab, was du nicht wissen wolltest? Wie kann ich glauben, dass du mich liebst?« Mit eigenartiger Hilflosigkeit nahm sie seinen Arm. »Wie kann man jemanden lieben, über den man nichts weiß? Du weißt nicht, wo ich gewesen bin. Du weißt nicht, wie das Leben für mich ist.«

»Aber ich möchte gern den Rest meines Lebens damit zubringen, das rauszufinden. Dazu bin ich bereit.«

Sie warf den Kopf zurück und lachte. »Ach, Vivaldo. Möglicherweise bringst du den Rest deines Lebens damit zu, das rauszufinden – aber nicht, weil du dazu bereit bist.« Heftig setzte sie nach: »Und nicht über mich findest du was raus. Ach, Gott.« Sie ließ seinen Arm los. Sie warf ihm einen seltsamen Seitenblick zu; er konnte ihn nicht entschlüsseln, er wirkte mitleidig und kalt zugleich. »Tut mir leid, dass ich dich gekränkt habe, ich versuche nicht, dich umzubringen. Natürlich bist du nicht verantwortlich für – für die Welt. Und hör zu: Ich werfe dir nicht vor, dass du nicht bereit bist. Ich bin nicht bereit, niemand ist bereit. Niemand ist bereit, seine Schulden zu bezahlen.«

Dann ging sie lächelnd auf Eric und Cass zu.

»Hallo, ihr Süßen«, sagte sie – und Vivaldo beobachtete sie, das schalkhafte Grinsen, die blitzenden Augen –, »wie geht es euch?« Sie tätschelte Erics Wange. »Man erzählt sich, du genießt New York inzwischen genauso wie Paris. Wer sagt's denn? Wir hier sind also doch nicht so übel, hm?«

Eric wurde rot, spitzte scherzhaft die Lippen. »Der Genuss wäre weitaus größer, wenn ihr eure Flüsse und Brücken in die Stadtmitte legen würdet, statt sie alle so an den Rand zu schieben. In dieser Stadt kriegt man im Sommer keine Luft – beängstigend.« Er sah Vivaldo an. »Ich weiß nicht, wie ihr Barbaren das aushaltet.«

»Wenn es uns Barbaren nicht gäbe«, sagte Vivaldo, »würdet ihr Mandarine euch ganz schön umgucken.« Er küsste Cass auf die Stirn und gab Eric einen leichten Klaps auf den Nacken. »Schön, euch zu sehen.«

»Wir haben gute Nachrichten«, sagte Cass, »wobei ich es Eric überlassen sollte, sie euch mitzuteilen.«

»Na ja, so ganz sicher sind wir noch nicht, dass es gute Nachrichten sind.« Eric sah Ida und Vivaldo an. »So oder so, wir sollten sie noch ein bisschen zappeln lassen. Wenn sie nicht der Meinung sind, dass ich in diesem Film das Schärfste bin, was sie je gesehen haben, na ja, dann erfahren sie's halt erst mit dem Rest der Welt.« Er reckte das Kinn und stolzierte zur Kasse.

»Ach, Eric«, rief Cass, »darf ich's nicht erzählen?« Zu Ida und Vivaldo sagte sie: »Es hat was mit dem Film zu tun, den wir gleich sehen.«

»Also, du musst es uns einfach erzählen«, sagte Ida, »oder wir kommen nicht mit rein.« Sie hob die Stimme, damit Eric sie hinten auch hörte: »Schließlich kennen wir noch andere Schauspieler.«

»Komm schon, Cass«, sagte Vivaldo, »erzähl's uns.«

Doch Cass blickte mit einem kleinen Stirnrunzeln in Erics Richtung. »Lass mich erzählen, Schatz.«

Lächelnd drehte er sich um, mit den Eintrittskarten in der Hand. »Wie soll ich dich aufhalten?« Er ging zu Cass und legte ihr den Arm um die Schultern.

»Also«, sagte Cass, kleiner denn je, und strahlender – und während sie sprach, sah Eric sie mit einem belustigten, liebevollen Lächeln an –, »Eric hat keine große Rolle in diesem Film, er taucht nur in ein oder zwei Szenen auf und hat nur ein paar Zeilen – «

»Drei Szenen«, sagte Eric, »eine Zeile Text. Wenn einer von euch muckst, seid ihr tot.«

» – aber aufgrund dieses Films – «, rief Cass.

»Na ja, nicht nur aufgrund dieses Films«, sagte Eric.

»Lässt du sie vielleicht mal ausreden?«, fragte Vivaldo. »Bitte, Cass.«

» – aufgrund dieser speziellen Auftritte – «

» – Einstellungen«, sagte Eric.

»Ach, Scheiße«, rief Vivaldo.

»Er ist Perfektionist«, sagte Cass.

»Dazu noch ein toter«, sagte Ida, »wenn er nicht aufhört, andauernd die Show zu kapern. Gott, wie ungern würde ich mit dir arbeiten. Erzähl bitte weiter, Cass.«

»Jetzt sind aus Hollywood Telegramme und Anrufe gekommen mit der Frage, ob Eric …« Sie sah zu Eric hinauf.

»Nicht aufhören«, rief Ida.

Eric war jetzt sehr bleich. »Die sind da drüben auf die verrückte Idee gekommen, *Die Dämonen* zu verfilmen.«

»Den Roman von Dostojewskij«, sagte Cass.

»Danke«, sagte Vivaldo, »und …?«

»Die wollen, dass ich Stawrogin spiele«, sagte Eric.

Es wurde totenstill, alle starrten Eric an, der verlegen zurückblickte. Ein leichter Schweißfilm glänzte auf seiner Stirn, knapp unterhalb des Haaransatzes. Vivaldo spürte einen gewaltigen Stich aus Neid und Angst. »Wow!«, sagte er. Eric sah ihn an; er schien ihm ins Herz zu blicken, und seine Stirn pulste ein wenig, als würde er sich für einen Streit wappnen.

»Wird wahrscheinlich ein schrecklicher Film«, sagte er. »Könnt ihr euch vorstellen, dass die *Die Dämonen* machen? Ich hab's nicht wirklich ernst genommen, bis mein Agent anrief. Und dann hat auch Bronson angerufen, weil, na ja, das überschneidet sich gewissermaßen mit *Ewige Jagdgründe.* Nächsten Monat wollen wir mit den Proben anfangen, und, wer weiß, vielleicht wird es ein Hit. Also müssen wir das irgendwie ausbügeln.«

»Aber sie würden fast alles tun, um Eric zu bekommen«, sagte Cass.

»Das stimmt nicht ganz«, sagte Eric, »hört nicht auf sie. Sie sind nur sehr interessiert, mehr nicht. Ich glaube gar nichts, bis es passiert.« Er zog ein blaues Taschentuch aus seiner Gesäßtasche und wischte sich übers Gesicht. »Lasst uns reingehen.«

»Mein Lieber«, sagte Vivaldo, »du wirst ein Star.« Er küsste Eric auf die Stirn. »Du Mistkerl.«

»Noch ist nichts entschieden«, sagte Eric und sah Cass an. Er grinste. »Eigentlich bin ich Teil eines Sparprogramms. Mich kriegen sie billig, für die übrigen Rollen steht alles Schlange, was Rang und Namen hat, also, hat mir mein Agent erklärt, kommt mein Name *nach* dem Titel –«

»Aber genauso groß«, sagte Cass.

»So eine *Und erstmals*-Nummer«, sagte Eric lachend. Zum ersten Mal sah er aus, als würde er sich über die gute Nachricht freuen.

»Tja, mein Freund, es sieht aus, als hättest du es geschafft«, sagte Ida. »Herzlichen Glückwunsch.«

»Dein französischer Hellseher hatte recht«, sagte Cass.

»Aber was machen sie mit dem Vorkriegsakzent?«, fragte Vivaldo.

»Kommt«, sagte Eric, »wir gehen jetzt in diesen Film. Da spreche ich Französisch.« Er schlang den Arm um Vivaldos Schultern. »Makellos.«

»Teufel noch mal«, sagte Vivaldo, »eigentlich habe ich gar keine Lust auf diesen Film, viel lieber würde ich dich irgendwohin einladen und dich stockbesoffen machen.«

»Das wirst du auch«, sagte Eric, »sobald der Film zu Ende ist.«

Lachend traten sie in den Saal, als der Film gerade anfing. Der Vorspann wurde in eine Montage von Aufnahmen des morgendlichen Paris geblendet: Arbeiter auf ihren Fahrrädern, auf ihrem Weg zur Arbeit, wie sie die Hügel des Montmartre hinunterkamen, die Place de la Concorde überquerten, über den großen Platz vor der Notre-Dame rollten. In großen Nahaufnahmen blitzten die Ampellichter auf, hoben und senkten sich die weißen Stöcke der Verkehrspolizisten; bald wurde klar, dass man sich bereits auf die Hauptfigur konzentrierte und ihr bis zu ihrem Ziel folgen würde – wenn man der Musik glauben durfte, einem Ort der Hinrichtung. Der Film war ein Rachedrama mit viel Sex und Politik, wie ihn die Franzosen gern produzierten, und die Hauptrolle wurde von einem großen französischen Schauspieler verkörpert, der nach Fertigstellung des Films gestorben war. So strahlte der an sich nicht weiter bemerkenswerte Film eine morbide Faszination aus. Mit diesem Schauspieler zu arbeiten, am Set zu sein, während dieser Mann arbeitete, hatte zu den großen Abenteuern in Erics Leben gehört. Und obwohl sich Cass, Vivaldo und Ida in erster Linie wegen Eric für den Film interessierten, wurde ihre Aufmerksamkeit von Erics stummer Verehrung gelenkt. Sie alle hatten von dem großen Schauspieler gehört und bewunderten ihn, doch natürlich erkannten sie nicht wie Eric, mit welch sparsamen Mitteln er große Wirkung erzielte und aus einer nichtssagenden Rolle eine Kunst machte.

Andererseits wurde die überwältigende Darstellung des Schauspielers, so wie der politische Gehalt des Films durch die französische Leidenschaft für Widerspruch und Misstrauen gegenüber dem Gemeinwesen hoffnungslos weich gespült wurde, durch die Frage relativiert, weshalb so viel Energie und Talent in etwas so Banales geflossen waren.

Ida griff im Dunkeln nach Vivaldos Hand und hielt sie fest wie ein Kind, das stumm um Bestätigung und Vergebung fleht. Er drückte seine Schulter an ihre, und sie lehnten sich aneinander. Der Film lief weiter. Cass flüsterte Eric ins Ohr, Eric flüsterte Cass ins Ohr, Cass wandte sich zu ihnen und flüsterte: »Hier kommt er!« Die Kamera fuhr in ein belebtes Café und hielt schließlich auf eine Gruppe von Studenten. »Da ist unser Junge!«, rief Ida, und die aufgestörten Kinogänger ringsum zischten einen kurzen Moment wie eine absonderliche Wolke von Insekten. Cass beugte sich zu Eric und küsste ihn auf die Nase. »Du siehst sehr gut aus«, flüsterte Vivaldo. Eric musste die gesamte kurze Szene hindurch stillhalten, während um ihn herum die Studenten stritten, sein Kopf wurde zurück- und hochgeworfen, gegen die Wand, mit geschlossenen Augen; er schien sich kaum zu bewegen. Und doch hatte der Regisseur ihn so platziert, dass seine trunkene Schläfrigkeit die Szene zusammenhielt und die Müßigkeit der leidenschaftlichen Diskussion unterstrich. Jemand rempelte den Tisch an, und Erics Position verschob sich ein wenig. Er wirkte wie aus Gummi und schien tatsächlich vor der Auseinandersetzung zu fliehen, die um ihn herum tobte – in die er dennoch verhängnisvoll verstrickt war. Vivaldo kannte Eric in betrunkenem Zustand und wusste, dass er sich ganz und gar nicht so verhielt – im Gegenteil, bei Eric kam dann der stahlharte Südstaatenrebell zum Vorschein; und während Vivaldo sah, dass Eric sehr viel bewirkte, indem er sehr wenig tat, entdeckte er auch zum ersten Mal etwas vom wahren Eric. Das war sehr merkwürdig – mehr von Eric zu sehen, wenn er spielte, als wenn er, wie man so sagt, er selbst war. Die Kamera bewegte sich in dieser Szene kaum, und immer war Eric im Bild. Das Licht, das ihn einfing, veränderte sich nicht. Der Regisseur hatte Eric gewiss dort platziert, weil sein Gesicht als Fußnote zu den Qualen des zwanzigsten Jahrhunderts fungierte. Unter dem gnadenlosen Licht ließ die zerfurchte, angespannte, grobkörnige Stirn auch den geduldigen Schädel erahnen, ein Effekt, der von den vorstehenden Augenbrauen und dem verborgenen Sitz der Augen unterstrichen wurde. Die Nase, leicht stupsig mit breiten Nasenlöchern, war dennoch mehr Knochen als Fleisch, und die vollen, leicht geöffneten Lippen waren einsam und wehrlos, kaum geschützt vom sturen Kinn. Es war das Gesicht eines Mannes, eines gequälten Mannes. Und doch bekam das Maskuline, gerade so, wie große Musik letztlich auf großer Stille basiert, ihre Prägung und ihre Macht durch etwas, das nicht maskulin war. Aber auch nicht feminin; etwas in Vivaldo sträubte sich gegen das Wort *androgyn.* Es war ein Wesensmerkmal, auf das eine Menge Leute ansprachen, ohne zu wissen, worauf sie ansprachen. Große Stärke lag in dem Gesicht, und große Sanftheit. Doch da weder die meisten Frauen sanft noch die meisten Männer stark sind, barg dieses Gesicht, im tiefen Hallraum, die Wahrheit über unser Wesen.

Ohne den Kopf zu bewegen, schlug Eric plötzlich die Augen auf und ließ einen leeren Blick über den Tisch schweifen.

Ihm schien schlecht zu werden, er stand eilig auf und verschwand. Die Studenten lachten. Sie lästerten über ihren verschwundenen Kameraden, fanden, der von Eric verkörperten Figur mangele es an Mut. Im Verlauf des Films tauchte Eric noch zwei Mal auf, ein Mal still, tief im Hintergrund eines jugendlichen Kriegsrats, und schließlich ganz am Ende, auf einem Dach mit einem Maschinengewehr in der Hand. Während er seine einzige Textzeile von sich gab – »*Nom de Dieu, que j'ai soif!*« –, schwenkte die Kamera und zeigte ihn im Visier eines fremden Gewehrs; plötzlich blubberte Blut aus Erics Mund, er rutschte vom Dach und war weg. Mit Erics Tod war auch der Film für sie gestorben, und zum Glück war er kurz darauf zu Ende. Sie traten aus der kühlen Dunkelheit in den Juli-Ofen.

»Und wer spendiert mir jetzt den Drink?« Eric lächelte fahl. Es war ein gewisser Schock, ihn dort in Fleisch und Blut auf dem Gehweg zu sehen, kleiner, als er im Film gewirkt hatte. »Lasst uns zumindest von hier verschwinden, bevor mich noch jemand um ein Autogramm bittet.« Er lachte.

»Könnte durchaus passieren, mein Schatz«, sagte Cass, »du hast eine tolle Leinwandpräsenz.«

»Der Film war nicht so doll«, sagte Vivaldo, »aber du warst fantastisch.«

»Ich hatte ja eigentlich gar nichts zu tun.«

»Nein«, sagte Ida, »hattest du nicht. Aber das hast du höllisch gut gemacht.«

Sie gingen eine Weile schweigend.

»Ich kann leider nur ein Glas mit euch trinken«, sagte Cass, »dann muss ich nach Hause.«

»Genau«, sagte Ida, »lass uns nicht mit diesen Typen hier rumhängen bis in die Puppen. Ich muss morgen sehr vielen

Menschen gegenübertreten. Außerdem« – sie warf Vivaldo ein kleines Lächeln zu – »haben die beiden sich, glaube ich, nicht ein einziges Mal zu zweit getroffen, seit Eric vom Schiff runter ist.«

»Und du meinst, wir sollten ihnen mal einen freien Abend gönnen«, sagte Cass.

»Wenn wir ihnen den nicht geben, nehmen sie sich ihn. Aber so stehen wir besser da – und das gibt Pluspunkte.« Sie lachte. »Richtig, Cass, du musst clever sein, um deinen Mann zu halten.«

»Ich hätte schon vor Jahren bei dir in die Lehre gehen sollen«, sagte Cass.

»Vorsicht«, sagte Eric sanft, »das ist ja nicht sehr schmeichelhaft.«

»War ein Scherz«, sagte Cass.

»Na, da bin ich mir unsicher«, sagte Eric.

Sie gingen zu Benno's, das an diesem Abend halb leer war, und setzten sich in etwas abruptem, rätselhaftem Schweigen an einen der Tische im Hinterzimmer. Das Schweigen rührte daher, dass alle mehr auf dem Herzen hatten, als sie so einfach loswerden konnten. Ihr Geschlecht hinderte sie gewissermaßen daran. Vielleicht wollten die Frauen untereinander über ihre Männer sprechen, konnten das aber nicht in Anwesenheit der Männer; und Eric und Vivaldo konnten sich in Anwesenheit von Ida und Cass auch nicht erleichtern. Daher blieb es bei Small Talk, über den Film, den sie gerade gesehen hatten, und den Film, der Eric bevorstand. Selbst dieses Geplauder war verkrampft und vorsichtig, da Eric eine uneingestandene Scheu gegenüber Hollywood hatte. Diese Scheu konnte Vivaldo nicht ergründen, aber eine gewisse Nachdenklichkeit, eine gewisse Furcht zeigte sich in Erics Miene wie ein Signalfeuer, und Vivaldo überlegte, ob Eric vielleicht Angst davor hatte, in den Höhen gefangen zu sein, wie er bisher in den Tiefen gefangen gewesen war. Vielleicht trieb ihn eine Angst um, die Vivaldo von sich selbst kannte, eine Angst vor echter Veränderung. Und er dachte: Die Frauen haben mehr Mut als wir. Dann dachte er: Vielleicht haben sie keine Wahl.

Nach einem Drink setzten sie Ida und Cass gemeinsam in ein Taxi. Ida sagte: »Und weck mich nicht auf, wenn du irgendwann reinschneist«, und Cass sagte: »Ich ruf dich morgen an.« Die Männer winkten ihren Frauen und blickten den roten Lichtern des Taxis nach. Dann sahen sie einander an.

»Also!« Vivaldo grinste. »Machen wir das Beste draus, mein Lieber. Betrinken wir uns.«

»Ich will nicht wieder zu Benno's«, sagte Eric. »Gehen wir zu mir. Ich hab was zu trinken da.«

»Okay«, sagte Vivaldo, »besser, du wirst bei dir ohnmächtig, als dass ich dich erst zu dir schleppen muss.« Er grinste. »Ich freu mich so, dich zu sehen.«

Sie machten sich auf den Weg. »Ja, ich wollte dich auch unbedingt sehen«, sagte Eric, »aber« – sie sahen sich kurz an und lächelten beide – »wir waren so beschäftigt.«

Vivaldo lachte. »Ehrliche Männer, und getreu«, sagte er. »Ich hoffe sehr, dass Cass nicht so – unberechenbar ist wie Ida manchmal.«

»Himmel, ich hoffe, du bist nicht so unberechenbar wie ich.«

Vivaldo lächelte, sagte aber nichts. Die Straßen waren sehr dunkel und still. In einer Seitenstraße stand ein einsamer Stadtbaum, vom Mond beschienen. »Wir sind alle unberechenbar«, sagte er schließlich, »auf die eine oder andere Weise. Denk nicht, du bist was Besonderes.«

»Es ist sehr schwer, damit zu leben«, sagte Eric. »Ich meine, mit dem Gefühl, dass man nie das ist, was man zu sein scheint – nie –, und andererseits ist das, was man zu sein scheint, in gewisser Weise wahrscheinlich fast genau das, was man ist.« Er wandte Vivaldo ein halbes Lächeln zu. »Weißt du, was ich meine?«

»Ich wünschte, nein«, sagte Vivaldo langsam, »aber ich fürchte, ja.«

Das Haus, in dem Eric wohnte, lag in einer baumbestandenen Straße im Westen nicht weit vom Fluss. Es war dort sehr ruhig, abgesehen vom Lärm zweier Tavernen rechts und links an den Ecken. Eric war in beiden ein Mal gewesen. »In der einen sind die Schwulen«, sagte er, »was für ein Friedhof! Die andere ist für Hafenarbeiter, und die ist auch ziemlich tot. Die Hafenarbeiter gehen nie in die Schwulenbar, und die Schwulen gehen nie in die Hafenspelunke – aber sie wissen, wie sie einander finden, wenn die Bars zumachen, die ganze Straße rauf und runter. Für meine Begriffe ist das alles ziemlich traurig, aber vielleicht war ich auch zu lange weg. *Ich* steh nicht so auf Schwanzlutschen im Hinterhof. *Ich* finde, Sünde sollte Spaß machen.«

Vivaldo lachte, dachte aber, mit Staunen und ein wenig Angst: Mein Gott, er hat sich wirklich verändert. So hat er noch nie geredet. Und er blickte auf die ruhige Straße, auf die Schatten der Häuser und Bäume mit einem neuen Gefühl der Bedrohung und ihrer erschreckenden Einsamkeit. Und erneut betrachtete er Eric, genauso, wie er ihn im Film betrachtet hatte, mit der Frage, wer Eric war und wie er es ertrug.

Sie betraten den erleuchteten kleinen Vorraum in Erics Haus und stiegen die Treppe zu seiner Wohnung hinauf. Ein Licht brannte, das Nachtlicht über dem Bett. »Um Einbrecher abzuschrecken«, sagte Eric. Die Wohnung war in einem vertrauten Zustand der Unordnung, das Bett ungemacht und Erics Kleidung über Stühle gelegt und an Türknäufe gehängt.

»Arme Cass«, lachte Eric, »sie bemüht sich andauernd, hier etwas Ordnung reinzubringen, aber das ist eine Sisyphosarbeit. So, wie es zwischen uns steht, gebe ich ihr sowieso nicht viel Zeit, hier aufzuräumen.« Er ging herum und hob ein paar Kleidungsstücke auf, die er in einen Haufen auf dem Küchentisch warf. Er machte das Licht an und öffnete den Kühlschrank. Vivaldo ließ sich auf das ungemachte Bett fallen. Eric schenkte zwei Gläser ein und setzte sich ihm gegenüber in einen Sessel. Einen Moment herrschte Schweigen.

»Mach das Küchenlicht aus«, sagte Vivaldo, »das blendet.«

Eric stand auf, löschte das Küchenlicht, kam mit der Whiskeyflasche zurück und stellte sie auf den Boden. Vivaldo streifte die Schuhe ab, zog die Beine an und spielte an einem Fuß mit den Zehen.

»Liebst du Cass?«, fragte er plötzlich.

Erics rotes Haar blitzte im Dämmerlicht auf, als er in sein Glas blickte und dann Vivaldo ansah. »Nein. Ich glaube nicht, dass ich sie liebe. Ich glaube, ich würde mir das wünschen. Sie ist mir sehr wichtig – aber nein, verliebt bin ich nicht.«

Und er nahm einen Schluck.

»Aber sie liebt dich«, sagte Vivaldo. »Oder?«

Eric hob die Augenbrauen. »Vermutlich. Sie glaubt es jedenfalls. Ich weiß es nicht. Was heißt denn eigentlich verliebt? Liebst du Ida?«

»Ja«, sagte Vivaldo.

Eric stand auf und trat ans Fenster. »Du musstest nicht mal nachdenken. Daran erkenne ich wohl, wo ich stehe.« Er lachte. Mit dem Rücken zu Vivaldo sagte er: »Ich hab dich früher beneidet, weißt du das?«

»Du musst den Verstand verloren haben«, sagte Vivaldo. »Wieso?«

»Weil du normal warst.« Eric drehte sich zu Vivaldo um.

Der warf den Kopf nach hinten und lachte. »Einschmeicheln bringt dich nicht weiter, mein Sohn. Oder ist das eine subtile Herabsetzung?«

»Überhaupt keine Herabsetzung«, sagte Eric. »Aber ich bin froh, dass ich dich nicht mehr beneide.«

»Himmel noch mal«, sagte Vivaldo, »genauso gut könnte ich dich beneiden. Du kannst mit Männern und Frauen, und manchmal hab ich mir das auch gewünscht, ganz ehrlich.« Eric schwieg. Vivaldo grinste. »Wir haben alle unsere Probleme, Kumpel.«

Eric sah sehr ernst aus. Er brummte unverbindlich und setzte sich wieder. »Du hast dir gewünscht, das könntest du auch – sagst du. Und ich wünsche mir, ich könnte es nicht.«

»Sagst du.«

Sie lächelten. »Ich hoffe, du kommst mit Ida besser aus als ich mit Rufus«, sagte Eric.

Vivaldo fröstelte. Er wandte seinen Blick dem Fenster zu; die einsamen dunklen Straßen schienen zu ihnen hereinzuschwappen. »Wie bist du denn mit Rufus ausgekommen?«, fragte er.

»Es war schrecklich, es hat mich wahnsinnig gemacht.«

»Hab ich mir schon gedacht.« Er beobachtete Eric. »Ist das jetzt alles vorbei? Ich meine – ist Cass so was wie die Vorbotin deiner Zukunft?«

»Ich weiß es nicht. Ich dachte, ich könnte mich dazu bringen, mich in Cass zu verlieben, aber – aber, nein. Ich mag sie sehr, wir verstehen uns wunderbar. Aber sie steckt mir nicht in den Eingeweiden wie – wie Ida dir wohl in den Eingeweiden steckt.«

»Vielleicht bist du bloß nicht in *sie* verliebt. Man muss ja nicht jedes Mal verliebt sein, um mit jemandem ins Bett zu gehen. Man muss nicht verliebt sein für eine gute Affäre.«

Eric schwieg. »Nein«, sagte er dann, »aber wenn man es einmal war ...!«

Und er starrte ins Glas. »Ja«, sagte Vivaldo schließlich, »ja, ich weiß.«

»Ich glaube«, sagte Eric, »dass ich ziemlich merkwürdige Dinge akzeptieren muss – oder mich entscheiden. Und zwar sofort.«

Er ging in die dunkle Küche, kam mit Eis zurück und füllte erst sein eigenes Glas auf, dann Vivaldos. Er setzte sich wieder in seinen Sessel. »Ich hab Jahre, so scheint mir, in der Hoffnung zugebracht, dass ich eines schönen Tages aufwache und meine Leiden überstanden sind, meine Unentschiedenheit ein Ende hat – und dass kein Mann, kein Junge, kein männliches Wesen je wieder Macht über mich hat.«

Vivaldo wurde rot und steckte sich eine Zigarette an. »Ich kann mir ja auch nicht sicher sein«, sagte er, »dass ich nicht eines schönen Tages von einem Jungen besessen bin – wie dieser Typ in *Tod in Venedig.* Also kannst du dir nicht sicher sein, dass nicht irgendwo in der Zukunft eine Frau auf dich wartet, nur auf dich.«

»Durchaus«, sagte Eric, »das kann ich nicht. Trotzdem muss ich eine Entscheidung treffen.«

»Worüber denn?«

Eric steckte sich eine Zigarette an, zog ein Bein an und umschlang sein Knie. »Ich finde, man muss sich zu dem Leben bekennen, das man hat, sonst kann man unmöglich das Leben erreichen, das man will.« Er überlegte. »Oder zu wollen glaubt.«

»Oder«, sagte Vivaldo nach kurzer Überlegung, »das Leben, das man wollen zu müssen glaubt.«

»Das Leben, das man wollen zu müssen glaubt«, sagte Eric, »ist immer das Leben, das am sichersten wirkt.« Er sah zum Fenster. Das eine Licht im Zimmer, hinter Vivaldo, umspielte sein Gesicht wie Kaminfeuer. »Wenn ich mit Cass zusammen bin, ist das total schön, und manchmal ist es, also, wirklich ziemlich köstlich. Und ich fühle mich dadurch irgendwie aufgehoben und geschützt – und stark; manches kann einem nur eine Frau geben.« Er trat ans Fenster und spähte durch die Schlitze in der Jalousie, als wartete er auf den Moment, da die Männer aus dem feindlichen Lager ihre Zelte verließen und sich im Schatten der Bäume versammelten. »Und doch ist das alles bloß eine Art höhere Gymnastik. Es ist eine tolle Herausforderung, eine tolle Prüfung, ein tolles Spiel. Aber ich empfinde nicht diesen – Schrecken und die Qual und die Freude, die ich schon mit, na ja, einigen Männern empfunden habe. Ich bin nicht genug dabei; fast ist es so, als würde ich etwas für Cass tun.« Er drehte sich zu Vivaldo um. »Findest du das plausibel?«

»Ja, schon«, sagte Vivaldo. »Schon.«

Doch er dachte an so manche Nacht mit Jane, wenn sie genug getrunken hatte, um unersättlich zu sein; er dachte an ihren Atem und ihren glitschigen Körper und die gruselige Unpersönlichkeit ihrer Schreie. Einmal hatte er furchtbare Magenschmerzen gehabt, aber Jane hatte ihn nicht in Ruhe gelassen, und schließlich hatte er sich, um ihr nicht die Faust in den Rachen zu rammen, auf sie geworfen, in der verzweifelten Hoffnung, sie zu erschöpfen, damit er ein wenig Schlaf bekam. Er wusste, das war es nicht, wovon Eric sprach.

»Vielleicht«, sagte Vivaldo zaghaft und dachte an die Nacht auf dem Dach mit Harold, an Harolds Hände, »würde ich mich so fühlen, wenn ich mit einem Mann nur deshalb ins Bett ginge, weil ich ihn – mag und er es will.«

Eric lächelte bitter. »Ich bin mir nicht sicher, ob man überhaupt Vergleiche anstellen kann, Vivaldo. Sex ist zu persönlich. Aber wenn du mit einem Kerl nur deshalb ins Bett gehst, weil er das möchte, musst du keine Verantwortung übernehmen, du kannst es geschehen lassen; dann tut er alles für dich. Und die Vorstellung, passiv zu sein, ist sehr reizvoll für viele Männer, vielleicht für die meisten.«

»Wirklich?« Vivaldo setzte die Füße auf den Boden und nahm einen tiefen Schluck. »Bei dir klingt das alles ziemlich heftig, altes Haus.«

»Na, so sieht es hier von meiner Warte aus.« Eric zog eine Grimasse und leerte sein Glas. »Vielleicht jammere ich so rum, weil ich glauben wollte, dass das Leben und die Liebe irgendwo, für irgendwelche Menschen leichter sind – als sie es für mich sind, als sie es sind. Vielleicht war es einfacher, mich selbst eine Schwuchtel zu nennen und mein Leid dafür verantwortlich zu machen.«

Wie ein eiskalter Hauch füllte Schweigen den Raum. Eric und Vivaldo beäugten sich seltsam angriffslustig. In Erics Augen stand eine große Frage; Vivaldo wandte sich ab wie von einem Spiegel und ging zur Küchentür. »Meinst du wirklich, dass es keinen Unterschied macht?«

»Keine Ahnung. Macht der Unterschied denn irgendeinen Unterschied?«

»Na ja« – Vivaldo klopfte mit dem Daumennagel gegen die

Türangeln –, »das eigentliche Spiel läuft doch zwischen Männern und Frauen ab. Und körperlich einfacher ist es auch.« Er blickte kurz zu Eric hinüber. »Oder? Und dann sind da noch die Kinder.« Wieder sah er kurz zu Eric.

Der lachte. »Ich hab noch nie von zwei Typen gehört, bei denen es nicht geklappt hat, weil die Größe nicht stimmte. Die Liebe findet immer einen Weg. Und ich weiß nicht, von welchem Spiel du redest, keine Ahnung, ob das Leben ein Baseballspiel ist oder nicht. Für dich vielleicht. Für mich nicht. Ich kenn mich mit Baseball nicht aus. Und wenn es dir um Kinder geht, also, das lässt sich in fünf Minuten erledigen, und dazu brauchst du niemanden zu lieben. Wenn alle Kinder, die Jahr für Jahr geboren werden, eine Frucht der Liebe wären, wow!, Baby, was wäre das für eine rosige Welt!«

Jetzt fühlte Vivaldo tief in seinem Herzen einen widerwilligen Hass aufsteigen, den er niederkämpfte, als müsste er sich übergeben. »Ich bin mir unschlüssig«, sagte er, »ob du alle so unglücklich machen willst wie dich selbst oder ob alle bereits so unglücklich sind wie du.«

»Na, dann drück es anders aus, mein Freund. Wie glücklich bist du denn? Das hat nichts mit mir zu tun, nichts mit der Art, wie ich lebe, was ich denke oder wie unglücklich ich bin – wie läuft es denn bei euch?«

Die Frage hing im Raum wie der Rauch, der zwischen Eric und Vivaldo waberte. Die Frage war so schwer wie das Schweigen, in dem Vivaldo den Blick von Eric abwandte und in seinem Herzen nach einer Antwort suchte. Er hatte Angst. Er blickte auf: Auch Eric hatte Angst. Sie sahen sich an. »Ich liebe Ida«, sagte Vivaldo. »Manchmal läuft es wunderbar zwischen uns, wunderbar. Und manchmal läuft es gar nicht. Das ist entsetzlich.«

Er blieb im Türrahmen stehen.

»Ich bin auch verliebt«, sagte Eric, »er heißt Yves, er kommt bald nach New York. Heute ist ein Brief von ihm angekommen.«

Er stand auf, ging zum Schreibtisch, nahm das Theaterstück, schlug es auf und zog einen Luftpostumschlag heraus. Vivaldo betrachtete sein Gesicht, das mit einem Mal müde und verklärt wirkte. Eric faltete den Brief auf und las ihn noch einmal durch. »Manchmal läuft es bei uns auch, und es ist wunderbar«, sagte er zu Vivaldo. »Und wenn nicht, ist es entsetzlich.« Er setzte sich wieder. »Als ich vorhin von Akzeptieren oder Entscheiden sprach, habe ich an ihn gedacht.« Er hielt inne, dann warf er den Brief aufs Bett. Lange herrschte Stille, die Vivaldo nicht zu unterbrechen wagte.

»Ich muss einsehen«, sagte Eric, »wenn ich von Flucht träume, und das habe ich getan – als das mit Cass anfing, dachte ich, vielleicht ist das meine Chance, mich zu ändern, und ich war froh darüber –, also, dann wird Yves, der viel jünger ist als ich, auch von Flucht träumen. Ich muss bereit sein, ihn gehen zu lassen. Und er wird gehen. Und ich glaube« – er sah Vivaldo an –, »dass er gehen muss, wahrscheinlich, um ein Mann zu werden.«

»Du meinst, um er selbst zu werden.«

»Ja.« Wieder trat Stille ein.

»Das Einzige, was ich tun kann«, sagte Eric, »ist, ihn zu lieben. Aber das bedeutet – oder? –, dass ich mir nicht vormachen kann, jemand anders zu lieben. Ich kann kein Versprechen geben, das größer ist als das Versprechen, das ich bereits gegeben habe – nicht jetzt, nicht jetzt, und vielleicht werde ich niemals ein größeres Versprechen geben. Ich kann nicht zugleich Vorsicht und Nachsicht walten lassen. Ich kann nicht so tun, als wäre ich frei, wenn ich weiß, dass es nicht stimmt. Ich muss damit leben, ich muss lernen, damit zu leben. Leuchtet das ein? Oder bin ich verrückt?« Tränen standen ihm in den Augen. Er ging zur Küchentür und sah Vivaldo an. Dann wandte er sich ab. »Du hast recht. Du hast recht. Hier gibt es nichts zu entscheiden. Hier gibt es nur etwas zu akzeptieren.«

Vivaldo warf sich bäuchlings aufs Bett und ließ die langen Arme auf den Boden baumeln. »Weiß Cass von Yves?«

»Ja. Ich hab's ihr erzählt, bevor irgendwas passiert ist.« Er lächelte. »Aber du weißt, wie das ist – wir haben versucht, redlich zu bleiben. Nichts hätte uns noch aufhalten können; wir brauchten einander zu sehr.«

»Was hast du jetzt vor? Wann kommt« – er gestikulierte in Richtung Brief, der sich irgendwo unterhalb seines Bauchnabels befand – »Yves?«

»In etwa zwei Wochen. Laut Brief. Vielleicht dauert es noch ein bisschen länger. Vielleicht passiert es auch früher.«

»Hast du Cass davon erzählt?«

»Nein, ich sag's ihr morgen.«

»Was meinst du, wie wird sie es aufnehmen?«

»Na ja, sie hat immer gewusst, dass er auf dem Weg ist. Ich weiß nicht, wie sie es aufnehmen wird – dass er jetzt tatsächlich kommt.«

Sie hörten Schritte auf der Straße, schnelle Schritte; jemand pfiff.

Eric starrte erneut die Wand an und runzelte heftig die Stirn. Draußen waren weitere Stimmen zu hören. »Wahrscheinlich machen die Bars gerade zu.«

»Ja.« Vivaldo stützte sich auf und sah auf die Jalousien, die den Dschungel draußen hielten. »Eric. Wie steht man das alles durch? Wie lebt man, wenn man nicht lieben kann? Und wie lebt man, wenn man liebt?«

Eric sagte nichts; sein Gesicht glänzte im gelben Licht, so rätselhaft unpersönlich und so beängstigend bewegend, wie es vielleicht eine Totenmaske vom Jungen Eric gewesen wäre. Vivaldo merkte, dass sie beide allmählich betrunken waren.

»Ich weiß nicht, wie ich mit Ida leben kann, und ich weiß nicht, wie ich ohne sie leben kann. Mit Glück komme ich durch den Tag. Jeden Morgen beim Aufwachen bin ich erstaunt, dass sie noch neben mir liegt.« Eric betrachtete ihn, vollkommen starr und still, er schien kaum zu atmen, nur die unbewegten Augen waren lebendig. »Trotzdem« – Vivaldo atmete ein –, »manchmal wünschte ich, sie wäre nicht da, manchmal wünschte ich, ich hätte sie nie kennengelernt, manchmal denke ich, ich würde sonst wohin gehen, um diese Bürde loszuwerden. Sie lässt mich nie vergessen, dass ich weiß bin, sie lässt mich nie vergessen, dass sie schwarz ist. Und mir ist es egal, es ist mir egal – hat Rufus das mit dir auch gemacht? Hat er versucht, dich dafür bezahlen zu lassen?«

Eric schlug die Augen nieder, sein Mund wurde schmal. »Ach. Er hat es nicht versucht. Ich *habe* bezahlt.« Er sah Vivaldo an. »Aber das macht mich nicht mehr traurig. Wenn Rufus nicht gewesen wäre, hätte ich nie weggehen müssen, wäre ich nie imstande gewesen, mit Yves zurechtzukommen.« Er stand auf und trat ans Fenster, durch das immer mehr Stimmen drangen. »Vielleicht ist die Liebe genau dazu da.«

»Schläfst du noch mit anderen außer Cass?«

Eric drehte sich um. »Nein.«

»Entschuldigung, ich dachte nur. Ich schlafe mit niemandem außer Ida.«

»Wir können nicht überall zugleich sein.«

Sie lauschten den Schritten und Stimmen auf der Straße: Jemand sang, jemand rief, jemand fluchte. Jemand rannte. Dann wieder Stille.

»Weißt du«, sagte Eric, »man kann tatsächlich ohne Liebe Kinder machen. Aber wenn man den Menschen liebt, mit dem man Kinder macht, muss das fantastisch sein.«

»Ida und ich hätten tolle Kinder.«

»Meinst du, ihr bekommt welche?«

»Ich weiß nicht. Von mir aus wahnsinnig gern, aber« – er sank wieder aufs Bett und starrte an die Decke – »ich weiß es nicht.«

Er gönnte sich für einen Augenblick den Luxus, von Idas Kindern zu träumen, auch wenn er wusste, dass diese Kinder nie geboren würden und dieser Augenblick alles war, was er je von ihnen haben würde. Dennoch träumte er von einem kleinen Jungen, der Idas Mund, Augen und Stirn hatte und sein Haar, nur lockiger, seine Statur und ihrer beider Hautfarbe. Wie würde die aussehen? Von der Straße kamen ein Schrei und ein Rumms und ein Röhren. Eric schaltete das Nachtlicht aus, öffnete die Jalousien, und Vivaldo trat zu ihm ans Fenster. Doch es gab nichts zu sehen, die Straße war leer, dunkel und still, nur ein Nachhall schwindender Stimmen wurde zu ihnen getragen.

»Eins der letzten Male, dass ich Rufus gesehen habe«, sagte Vivaldo plötzlich – und unterbrach sich. Bis eben hatte er nicht daran gedacht; in gewisser Weise hatte er noch nie daran gedacht.

»Ja?« Er konnte Erics Gesicht in der Dunkelheit kaum erkennen. Er wandte sich ab, setzte sich wieder aufs Bett und steckte sich eine Zigarette an. In dem winzigen Feuerschein sprang ihn Erics Gesicht an, dann fiel es zurück in die Dunkelheit. Er betrachtete die rot-schwarze Silhouette von Erics Kopf vor dem schwach schimmernden Fenster.

Er erinnerte sich wieder an die schreckliche Wohnung, an Leonas Tränen, an Rufus mit dem Messer, an das Bett mit dem geknäuelten grauen Laken und der dünnen Decke: All das schien viele, viele Jahre zurückzuliegen.

Dabei war es erst wenige Monate her.

»Das habe ich noch niemandem erzählt«, sagte er, »und ich weiß wirklich nicht, warum ich es dir jetzt erzähle. Aber als ich Rufus das letzte Mal sah, bevor er verschwand, als er noch mit Leona zusammen war« – er atmete ein, zog an seiner Zigarette; das Glimmen brachte das Zimmer in die Welt zurück und stürzte es dann wieder ins Chaos –, »haben wir uns gestritten, er sagte, er würde mich umbringen. Und ganz am Ende, als er im Bett lag, nachdem er geweint hatte, nachdem er mir – so viel Schreckliches gesagt hatte, lag er auf der Seite mit halb geöffneten Augen und sah mich an. Ich zog meine Hose aus, Leona war bei mir zu Hause, und ich hatte vor, bei Rufus zu bleiben, ich hatte Angst, ihn allein zu lassen. Als er mich ansah, kurz bevor er die Augen zumachte und sich von mir wegdrehte und einrollte, hatte ich das sonderbare Gefühl, dass er von mir in den Arm genommen werden wollte. Nicht um mit mir zu schlafen, wobei das vielleicht passiert wäre. Ich hatte das Gefühl, dass er von jemandem gehalten werden wollte, dass er jemanden halten wollte und dass es in dieser Nacht ein Mann sein musste. Ich legte mich ins Bett und dachte darüber nach und sah seinen Rücken an, es war so dunkel im Zimmer wie jetzt hier in diesem Zimmer, und ich lag auf dem Rücken und habe ihn nicht angefasst und nicht geschlafen. In meiner Erinnerung ist diese Nacht eine Art Mahnwache. Ich weiß nicht, ob er schlief oder nicht, die ganze Zeit habe ich versucht, es an seinem Atem zu erkennen – aber das konnte ich nicht, er war zu abgehackt, vielleicht hatte er Albträume. Ich habe Rufus geliebt, ich habe ihn geliebt, ich wollte nicht, dass er stirbt. Doch als er tot war, dachte ich daran – ist das nicht komisch? Ich wusste nicht, dass ich so viel daran gedacht habe – und ich habe mich gefragt, frage mich wohl immer noch, was passiert wäre, wenn ich ihn in den Arm genommen hätte, wenn ich ihn festgehalten hätte, wenn ich nicht – so ängstlich gewesen wäre. Ich hatte Angst, er würde nicht verstehen, dass es – nur Liebe ist. Nur Liebe. Aber, mein Gott, als er starb, dachte ich, vielleicht hätte ich ihn retten können, wenn ich nur diese Armeslänge im Bett überbrückt und ihn festgehalten hätte.« Er spürte kalte Tränen auf seinem Gesicht und versuchte sie wegzuwischen. »Weißt du, was ich meine? Ich hab das Ida nicht erzählt, ich hab das niemandem erzählt und auch nicht mehr daran gedacht, seit er gestorben ist. Aber wahrscheinlich lebe ich damit. Ich werde es nie wissen. Nie.«

»Nein«, sagte Eric, »das wirst du nicht. Wäre ich da gewesen, ich hätte ihn festgehalten – aber das hätte nichts geholfen. Seine kleine Freundin hat versucht ihn festzuhalten, und das hat auch nichts geholfen.«

Er setzte sich zu Vivaldo aufs Bett. »Möchtest du einen Kaffee?«

»Um Himmels willen.« Vivaldo trocknete sich mit dem Handrücken die Augen. »Trinken wir noch einen. Und sehen dem Morgengrauen zu.«

»Okay.« Eric wollte aufstehen. Vivaldo griff nach seiner Hand.

»Eric –« Er sah in Erics dunkle, fragende Augen und auf den leicht geöffneten Mund. »Ich bin froh, dass ich dir das erzählt habe. Ich hätte es wahrscheinlich niemandem sonst erzählen können.«

Eric schien zu lächeln. Er nahm Vivaldos Gesicht in beide Hände und küsste ihn, ein leichter, flüchtiger Kuss auf die Stirn. Dann entfernte sich sein Schatten, und Vivaldo hörte ihn in der Küche.

»Ich hab kein Eis mehr.«

»Zum Teufel mit dem Eis.«

»Wasser?«

»Nein. Ach, vielleicht ein bisschen.«

Eric kam mit zwei Gläsern zurück und gab Vivaldo eins. Sie stießen an.

»Aufs Morgengrauen«, sagte Eric.

»Aufs Morgengrauen«, sagte Vivaldo.

Dann saßen sie nebeneinander, Seite an Seite, und sahen zu, wie das Licht vor dem Fenster aufstieg und sich ins Zimmer stahl. Vivaldo seufzte, und Eric wandte sich ihm zu, um sein hageres, graues Gesicht zu betrachten, die nun ausgehöhlten langen Wangen und aufkommenden Stoppeln, den wunderbaren verzagten Mund und die vor sich hin starrenden dunklen Augen – vor sich hin starrend, weil sie dabei waren, sich nach innen zu wenden. Und Eric spürte, vielleicht zum ersten Mal in seinem Leben, den Schlüssel zur Kameradschaft unter Männern. Hier war Vivaldo, groß, schlank und erschöpft, gekleidet wie fast immer in Schwarz und Weiß, sein weißes Hemd offen, beinahe bis zum Nabel, und schmutzig jetzt; das Haar auf seiner Brust kräuselte sich, das Haar auf seinem Kopf, immer zu lang, war zerzaust und fiel ihm in die Stirn, er roch Vivaldos Schweiß, seine Achseln und seinen Schritt und spürte seine schrecklich langen Beine. Hier saß Vivaldo, auf Erics Bett. Kein Zentimeter trennte sie voneinander. Sein Ellbogen berührte beinahe Vivaldos, als er dem Auf und Ab seines Atems lauschte. Sie waren wie zwei Soldaten, die sich vom Gefecht ausruhten, bevor sie wieder in den Kampf zogen.

Vivaldo fiel aufs Bett, eine Hand auf dem Gesicht, eine Hand zwischen den Beinen. Eben schnarchte er noch, dann schauderte ihn, dann drehte er sich zur Wand, auf Erics Kopfkissen. Eric saß allein auf dem Bett und beobachtete ihn. Er zog Vivaldo die Schuhe aus, lockerte seinen Gürtel, drehte ihn zu sich. Das Morgenlicht badete den Schlafenden. Eric machte sich noch was zu trinken, diesmal mit Eis, denn jetzt war es fertig. Er dachte wieder an Yves' Brief. Er setzte sich aufs Bett und betrachtete den Morgen. »*… Mon plus cher. Je te préviendrai du jour de mon arrivée. Je prendrai l'avion. J'ai dit au revoir à ma mère. Elle a beaucoup pleuré. J'avoue que ça m'a fait quelque chose. Bon. Paris est mortel sans toi. Je t'adore mon petit, et je t'aime. Comme j'ai envie de te serrer très fort dans mes bras! Je t'embrasse. Toujours à toi. Ton Yves.*«

Oh, ja. Irgendwo machte irgendwer das Radio an. Der Tag war angebrochen. Eric trank aus, zog die Schuhe aus, lockerte den Gürtel und streckte sich neben Vivaldo aus. Er legte den Kopf auf Vivaldos Brust, in den Schatten dieses Felsens, und schlief ein.

Ida sagte zum Taxifahrer: »Uptown, bitte, Small's Paradise«, und drehte sich mit einem reuigen Lächeln zu Cass um.

»Ihr Abend«, sagte sie mit einer Geste in Richtung der verschwundenen Männer, »fängt gerade erst an. Meiner auch, nur wird meiner nicht so nett.«

»Ich dachte, du fährst nach Hause«, sagte Cass.

»Na ja. Nein. Ich muss noch ein paar Leute treffen.« Nachdenklich betrachtete Ida ihre Fingernägel, dann sah sie Cass an. »Vivaldo konnte ich das nicht erzählen, also sag's ihm bitte nicht weiter. Er kriegt bloß schlechte Laune von – einigen der Musiker. Ich kann's ihm nicht verdenken. Denen kann ich's eigentlich auch nicht verdenken: Ich weiß, wie sie sich fühlen. Aber ich will nicht, dass sie es an Vivaldo auslassen, für ihn ist das alles schon schwer genug.«

Kurz darauf fügte sie kaum hörbar hinzu: »Für mich auch.«

Cass sagte nichts, dafür war sie zu verblüfft. Weit entfernt davon, Ida als ihre Freundin zu betrachten, war sie vor langer Zeit zu dem Schluss gekommen, dass Ida sie nicht mochte und ihr nicht traute. Aber so klang sie jetzt nicht. Sie klang einsam und besorgt.

»Ich würde mich freuen, wenn du auf einen Drink mitkommst.« Ida drehte unentwegt den Ring an ihrem kleinen Finger.

Sofort dachte Cass: Ich werde mich furchtbar fehl am Platz fühlen da oben, und wenn du verabredet bist, warum soll ich dann mitkommen? Doch spürte sie, dass sie das nicht sagen konnte, dass Ida eine Frau zum Reden brauchte, wenn auch nur für einige Minuten, selbst wenn die Frau weiß war.

»Ist gut«, sagte sie, »aber nur ein Drink. Ich muss schnell nach Hause zu Richard.« Da lachten sie beide. Es war womöglich das erste Mal, dass sie zusammen lachten; und dieses Lachen verriet Cass, dass ihr Ehebruch Idas Haltung ihr gegenüber verändert hatte. Vielleicht fand Ida Cass jetzt vertrauenswürdiger, mehr Frau, nachdem ihr Tugend und Sicherheit abhandengekommen waren. Außerdem steckte in dem unerwarteten, spontanen Lachen eine hauchzarte Andeutung von Erpressung. Ida konnte jetzt unbeschwerter mit Cass umgehen, denn das Weltgericht, sollten sie ihm je gegenübertreten müssen, würde Cass noch unbarmherziger verurteilen als Ida. Ida war nicht weiß, nicht verheiratet, keine Mutter. Die Welt betrachtete Idas Sünden als naturgegeben, die von Cass hingegen als abartig.

»Männer sind eine Plage, oder, Baby?«, sagte Ida. Sie klang traurig und satt. »Ich verstehe sie nicht, echt nicht.«

»Dabei dachte ich immer, du verstehst sie«, sagte Cass, »viel besser als ich.«

Ida lächelte. »Ach, im Grunde ist das alles Bluff. Außerdem ist es nicht schwer, mit einem Mann zurechtzukommen, wenn man sich überhaupt nicht um ihn schert. Die meisten Hampelmänner, mit denen ich zu tun hatte, taugten einen Dreck. Und ich bin immer davon ausgegangen, dass sie alle so sind.« Dann schwieg sie. Sie sah zu Cass hinüber, die sehr still dasaß, mit gesenktem Blick. Das Taxi näherte sich dem Times Square. »Weißt du, was ich meine?«

»Ich bin mir nicht sicher«, sagte Cass. »Ich glaube, eher nicht. Ich hatte es in meinem ganzen Leben bisher nur mit – zwei Männern zu tun.«

Ida taxierte sie mit einem kleinen, ironischen Lächeln auf den Lippen. »Das ist schwer zu glauben. Schwer vorstellbar.«

»Na ja! Ich war nie besonders hübsch. Ich habe wohl ein ziemlich behütetes Leben geführt. Und – ich habe sehr jung geheiratet.« Sie steckte sich eine Zigarette an, schlug die Beine übereinander.

Ida sah auf die Lichter draußen und auf die Menschenmengen. »Ob ich wohl jemals heiraten werde? Wahrscheinlich nicht. Vivaldo werde ich niemals heiraten, und« – sie tippte erneut auf ihren Ring – »schwer zu sagen, was noch kommt. Aber einen Bräutigam sehe ich nicht.«

Cass schwieg. »Warum wirst du Vivaldo nie heiraten?«, fragte sie dann. »Liebst du ihn nicht?«

»Liebe hat damit nicht so viel zu tun, wie anscheinend alle immer glauben«, sagte Ida. »Also, na ja, dadurch verändert sich nicht alles, wie es immer heißt. Liebe kann echt die Pest sein.« Sie rutschte in dem engen dunklen Raum rastlos umher und sah wieder aus dem Fenster. »Klar liebe ich Vivaldo, er ist der bezauberndste Mann, den ich kenne. Und ich weiß, dass ich es ihm manchmal richtig schwer mache. Ich kann nicht anders. Aber heiraten geht nicht, das würde er nicht überleben, und ich auch nicht.«

»Und warum nicht?« Cass überlegte, dann fragte sie vorsichtig: »Du meinst aber nicht, weil er weiß ist ...?«

»Doch!«, antwortete Ida mit Nachdruck, »im Grunde meine ich genau das. Wahrscheinlich klingt es schlimm in deinen Ohren. Seine Hautfarbe ist mir egal. Das meine ich nicht.« Sie überlegte angestrengt, was sie eigentlich meinte. »Ich kenne nur einen Mann, der besser war als Vivaldo, und das war mein Bruder. Na ja, Vivaldo war sein bester Freund – und Rufus ging zugrunde, aber das wusste Vivaldo nicht. Ich war Meilen entfernt, und ich wusste es!«

»Woher willst du wissen, dass Vivaldo es nicht wusste? Du bist sehr ungerecht, und dein Wissen hat ja auch nichts aufgehalten und nichts geändert –«

»Vielleicht lässt sich nichts aufhalten oder ändern, aber wissen muss man es, man muss wissen, was vorgeht.«

»Aber Ida, letztlich weiß niemand, was vor sich geht – nicht wirklich. Also, vielleicht weißt du Dinge, die ich nicht weiß, aber kann es nicht sein, dass auch ich Dinge weiß, die du nicht weißt? Zum Beispiel weiß ich, wie es ist, ein Kind zu kriegen. Du nicht.«

»Ach, zum Teufel, Cass, ich brauch doch nur so ein Gör zu kriegen, und schon weiß ich es. Auf Kinder bin ich jetzt nicht so scharf, aber, na ja, wenn ich will, kann ich's erfahren. So wie Vivaldo sich aufführt, werd ich's auch erfahren, ob ich will oder nicht.« Sie kicherte unvermittelt. »Aber« – sie seufzte – »andersrum funktioniert das nicht. Du weißt nicht und wirst auch um nichts auf der Welt erfahren, wie es ist, eine schwarze Frau zu sein in dieser Welt, und wie weiße Männer, und schwarze Männer auch, Baby, dich behandeln. Du bist nie zu dem Schluss gekommen, dass die Welt ein einziges Hurenhaus ist und du es nur schaffen kannst, wenn du die größte, coolste, härteste Hure bist, und dir auf diesem Weg von der Welt zu holen, was dir zusteht.« Sie waren im Park. Ida beugte sich vor und steckte sich mit zitternden Händen eine Zigarette an, dann deutete sie nach draußen. »Du denkst wahrscheinlich, wir befinden uns hier in einem verfluchten Park. Du weißt nicht, dass wir uns in einem der größten Dschungel befinden. Du weißt nicht, dass hinter all diesen holden Bäumchen und dem ganzen Scheiß Leute vögeln, schlucken, fixen und sterben. Sie sterben, Baby, während wir im Taxi dieses Mannes durch die Dunkelheit rollen. Und du weißt es nicht, selbst wenn man's dir erzählt; du weißt es nicht, selbst wenn du es siehst.«

Cass war kalt, sie fühlte sich sehr klein und Ida sehr fern. »Woher sollen wir es denn wissen, Ida? Wie kannst du uns vorwerfen, es nicht zu wissen? Wir hatte ja nie eine Chance, es rauszufinden. Ich wusste kaum, dass der Central Park überhaupt existiert, bis ich eine verheiratete Frau war.« Auch sie blickte jetzt hinaus in den Park und versuchte, das zu sehen, was Ida sah; aber natürlich sah sie nur die Bäume und die Lichter und das Gras und die sich windende Straße und die

Umrisse der Gebäude hinterm Park. »In der Stadt, in der ich aufgewachsen bin, gab es kaum Schwarze – wie soll ich da Bescheid wissen?« Für ihre nächste Frage hasste sie sich selbst, aber sie konnte sie sich nicht verkneifen. »Findest du nicht, man sollte mir zugutehalten, dass ich versuche, menschlich zu sein, bei alledem nicht mitzumachen, mich – losgesagt zu haben?«

»Wovon, zum Teufel«, fragte Ida, »hast du dich denn losgesagt, Cass?«

»Von dieser Welt«, sagte Cass, »diesem leeren Leben, diesem bedeutungslosen Leben!«

Ida lachte. Es klang grausam, und doch spürte Cass ganz deutlich, dass Ida nicht grausam sein wollte. Sie schien gerade einen steilen, neuen Hügel in sich zu erklimmen. »Können wir es nicht anders formulieren, Honey – nur mal so? Können wir nicht die Natur dafür verantwortlich machen und sagen, du hast Richard erblickt, und er hat dich heiß gemacht, also hast du dich nicht losgesagt, sondern nur geheiratet?«

Cass wurde langsam sauer und fragte sich: weshalb? »Nein«, sagte sie, »lange vor Richard wusste ich schon, dass das nicht mein Leben ist.« Das stimmte zwar, aber ihrer Stimme fehlte die Überzeugungskraft. Und Ida formulierte schonungslos Cass' unausgesprochene Frage:

»Was wäre denn passiert, wenn Richard nicht gekommen wäre?«

»Keine Ahnung, aber das ist doch müßig. Er ist gekommen. Und ich bin gegangen.«

Die Luft zwischen ihnen wurde dicker, als stünden sie in den Bergen beiderseits einer Erdspalte und versuchten, einander durch Wolken und Nebel zu erkennen, doch voller Angst vor dem Abgrund zu ihren Füßen. Denn sie hatte Richard verlassen, ihn zumindest betrogen – was hatte dieses Versagen zu bedeuten? Und was war das mit Eric, jetzt, welche Bedeutung hatte das? Vage und widerwillig begann sie, die ungeheure Tragweite von Idas Anklage zu begreifen, während sich ihr zugleich das uralte, aufdämmernde Schuldgefühl über ihr Leben mit Richard erneut ins Bewusstsein bohrte. Sie war schon immer viel weitsichtiger gewesen als Richard und so viel klüger; sie war geschickter, geduldiger, kühner und zielstrebiger, und um sie nicht zu heiraten, hätte er ein anderer, stärkerer und rücksichtsloserer Mann sein müssen. Aber so war es immer schon gewesen zwischen Männern und Frauen, und so würde es immer sein, überall. Tatsächlich? Sie warf die Zigarette aus dem Fenster. Er *ist* gekommen. Ich *bin* gegangen. Tatsächlich? Das Taxi näherte sich Harlem. Mit einem kleinen Schreck wurde ihr bewusst, dass sie seit Rufus' Beerdigung nicht mehr hier gewesen war.

»Aber stell dir mal vor«, sagte Ida jetzt, »er kommt, dieser Mann, der dein Mann ist – denn das weiß man immer, und der kommt verdammt noch mal nicht jeden Tag –, und da ist überhaupt kein Ort, den du hinter dir lassen oder erreichen kannst, weil er zu spät kommt. Und egal, wann er eintrifft, es ist immer zu spät – weil schon zu viel passiert ist, noch bevor du überhaupt auf die Welt gekommen bist, und bevor ihr euch kennengelernt habt sowieso.«

Ich glaub das nicht, dachte Cass. Das ist zu einfach. Ich glaub das nicht. »Wenn du von dir und Vivaldo sprichst«, sagte sie, »es gibt auch noch andere Länder, hast du daran schon mal gedacht?«

Ida warf den Kopf zurück und lachte. »Aber klar! Und wenn wir in fünf oder zehn Jahren die nötige Knete beisammenhaben, packen wir unsere Sachen und brechen in eins dieser Länder auf.« Erbost setzte sie nach: »Und was, glaubst du, wird mit uns passiert sein in diesen fünf Jahren? Wie viel ist dann noch übrig?« Sie beugte sich zu Cass. »Wie viel, glaubst du, ist in fünf Jahren noch von Eric und dir übrig – weil ich weiß, dass du weißt, dass du ihn nicht heiraten wirst; so verrückt bist du nicht.«

»Wir werden Freunde sein, wir werden Freunde sein«, sagte Cass, »ich hoffe, dass wir für immer Freunde sein werden.« Ihr war kalt; sie dachte an Erics Hände und Lippen und sah Ida an.

Ida hatte sich wieder zum Fenster gewandt.

»Was ihr nicht wisst«, sagte sie: »Das Leben ist kein Zuckerschlecken, Baby, sondern der größte Beschiss aller Zeiten. Ihr seid noch überhaupt nicht zur Kasse gebeten worden, und wenn's hart auf hart kommt, Baby, werdet ihr euch noch umgucken. Es stehen jede Menge Schulden aus, und ich weiß genau, dass ihr keinen Penny zurückgelegt habt.«

Cass betrachtete den stolzen, halb abgewandten dunklen Kopf. »Hasst du die Weißen, Ida?«

Ida atmete zornig ein. »Was, zum Teufel, hat denn das damit zu tun? Himmel, ja, manchmal hasse ich sie, da können die meinetwegen alle krepieren. Und manchmal auch nicht. Ich hab durchaus noch andere Sachen im Kopf.« Ihr Gesichtsausdruck veränderte sich. Sie blickte auf ihre Finger, drehte ihren Ring. »Wenn ein einziger weißer Mensch zu dir durchdringt, nimmt dir das irgendwie – den Wind aus den Segeln. Man sagt ja, dass Liebe und Hass sehr nah beieinanderliegen. Na, allerdings.« Sie wandte sich wieder zum Fenster. »Aber, Cass, frag dich doch mal, guck raus und frag dich: Würdest du nicht auch alle Weißen hassen, wenn man dich hier in dieses Gefängnis sperren würde?« Sie rollten die erstaunliche

Seventh Avenue hinauf. Alle Bewohner schienen auf der Straße zu sein, geradezu drapiert um Laternenpfähle und Hydranten und auf Eingangsstufen klebend, und liefen durch den Verkehr, als wäre der gar nicht da. »Dich hier einsperren würde, kleinhalten, verhungern lassen und dich dann noch zwingen würde, deiner Mutter, deinem Vater, deiner Schwester, deinem Liebsten, deinem Bruder, deinem Sohn, deiner Tochter beim Sterben, Verrücktwerden oder Untergehen zuzusehen? Und zwar nicht schnell, von einem Tag auf den anderen, sondern jeden Tag, jeden Tag, über Jahre, über Generationen. Scheiße. Sie sperren dich hier ein, weil du schwarz bist, diese dreckigen weißen Schwanzlutscher, und laufen gleichzeitig rum und geilen sich an dem ganzen Gesäusel über das Land der Freien und die Heimat der Tapferen auf. Und wollen, dass du dich an derselben Melodie aufgeilst, aber bitte mit Abstand. Eines Tages, Honey, würde ich mich gern in eine große Faust verwandeln und dieses elende Land zu Staub zermalmen. Es gibt Tage, da glaube ich, dass es kein Recht hat zu existieren. Du hast nie so empfunden, und Vivaldo hat nie so empfunden. Vivaldo wollte nicht wissen, dass mein Bruder zugrunde ging, weil er nicht wissen will, dass mein Bruder noch am Leben wäre, wenn er nicht so auf die Welt gekommen wäre, als Schwarzer.«

»Ob das stimmt oder nicht, weiß ich nicht«, sagte Cass langsam, »aber zu behaupten, dass es nicht stimmt, steht mir wohl nicht zu.«

»Nein, Baby, allerdings nicht«, sagte Ida, »es sei denn, du bist ernsthaft bereit, dich zu fragen, wie du durchgekommen wärst, wenn man dir den ganzen Dreck aufgeladen hätte, den man Rufus aufgeladen hat. Und das kannst du dich nicht fragen, weil du niemals erfahren wirst, was Rufus durchgemacht hat, nicht in dieser Welt, nicht, solange du weiß bist.« Sie lächelte. Es war das traurigste Lächeln, das Cass je gesehen hatte. »So sieht's aus, Baby. Das ist der Stand der Dinge.«

Das Taxi hielt vor Small's.

»Da sind wir«, sagte Ida munter; von einer Sekunde zur anderen schien sie sich selbst aus dem Sumpf gezogen zu haben, als würde sie nun aus den Kulissen auf die Bühne schreiten. Sie warf einen flüchtigen Blick aufs Taxameter und öffnete dann ihre Handtasche.

»Lass mich«, sagte Cass. »Das ist ja so in etwa das Einzige, was eine arme weiße Frau noch tun kann.«

»Jetzt sei nicht so«, sagte Ida schmunzelnd, »du kannst nämlich auch leiden, und da kommt einiges Leid auf dich zu, glaub mir.« Cass gab dem Fahrer einen Schein. »Du bist dabei, alles zu verlieren – dein Zuhause, deinen Mann, sogar deine Kinder.«

Cass wartete reglos aufs Wechselgeld. Sie sah aus wie ein trotziges kleines Kind.

»Meine Kinder werde ich nie aufgeben«, sagte sie.

»Könnte aber passieren, dass sie dir weggenommen werden.«

»Ja, könnte passieren. Wird es aber nicht.«

Sie gab dem Fahrer Trinkgeld, und sie stiegen aus.

»Meinen Vorfahren«, sagte Ida sanft, »ist das täglich passiert.«

»Vielleicht«, sagte Cass in jäher Wut und den Tränen nah, »ist uns das allen schon passiert! Warum hat sich mein Mann all die Jahre seiner Kindheit und Jugend geschämt, polnisch zu sprechen? Und sieh ihn dir doch mal an, er weiß gar nicht, wer er ist. Vielleicht sind wir noch schlechter dran als ihr.«

»Ach«, sagte Ida, »unbedingt. Da gibt es kein Vielleicht.«

»Dann hab ein wenig Erbarmen.«

»Das ist ziemlich viel verlangt.«

Die Männer auf der Straße musterten sie mit unverhohlener Berechnung und kamen zu dem Ergebnis, dass sie bestimmt nicht verfügbar waren, dass ihre Kerle oder Begleiter drinnen auf sie warteten; außerdem kamen gerade drei weiße Polizisten nebeneinander die Avenue hoch. Cass fühlte sich auf einmal schutzlos ausgeliefert und wünschte, sie wäre nicht mitgekommen. Sie dachte an später, wenn sie allein nach einem Taxi suchen müsste, wagte das aber nicht auszusprechen. Ida öffnete die Tür und sie gingen rein.

»Wir sind gar nicht richtig angezogen«, flüsterte Cass.

»Egal.« Ida blickte gebieterisch über die Köpfe an der Bar hinweg in den hinteren Raum, wo die Bühne und die erhöhte Tanzfläche zu sein schienen. Ihre Überheblichkeit brachte aus dem Rauch und Durcheinander einen stattlichen dunklen Mann hervor, der mit erhobenen Brauen auf sie zutrat.

»Wir gehören zu Mr Ellis' Gesellschaft«, sagte Ida. »Führen Sie uns bitte zu ihm?«

Er schien zu stutzen, schien sich in der Tat beinahe zu verbeugen. »Aber natürlich«, sagte er, »folgen Sie mir bitte.« Ida wich ein wenig zurück, um Cass den Vortritt zu lassen, und blinzelte ihr dabei fast unmerklich zu. Cass wurde von Bewunderung und Wut gepackt, gleichzeitig hätte sie am liebsten gelacht. Sie gingen, ja schritten durch die Bar, zwei unbegleitete und überaus deplatzierte Frauen, deren Ehrbarkeit wenn nicht klar definiert, so doch über jeden Zweifel erhaben war. Das Lokal war voll, doch an einem großen Tisch, der mehr Raum einzunehmen schien, als ihm zustand, saß Steve Ellis mit zwei Pärchen, einem schwarzen und einem weißen.

Er erhob sich und der Kellner verschwand.

»Wie schön, Sie wiederzusehen, Mrs Silenski«, sagte er lächelnd und reichte ihr seine königliche Hand. »Jedes Mal bitte ich Richard, Ihnen Grüße von mir auszurichten, aber sind die jemals bei Ihnen angekommen? Natürlich nicht.«

»Natürlich nicht«, lachte Cass. Ihr Herz war plötzlich, unerklärlich, federleicht. »Richard hat ein Gedächtnis wie ein Sieb. Aber ich hatte angenommen, Sie mal wieder bei uns zu sehen.«

»Ach, das kommt noch. Sie werden mich viel öfter sehen, Werteste, als Sie anzunehmen wagen.« Er wandte sich an die Runde. »Darf ich vorstellen …« Er deutete auf das schwarze Paar. »Mr und Mrs Barry – Mrs Silenski.« Er verbeugte sich ironisch in Idas Richtung. »Miss Scott.« Ida beantwortete diese Verbeugung ebenso ironisch mit einem angedeuteten Knicks.

Mr Barry erhob sich und gab ihnen die Hand. Er trug einen schmalen Schnurrbart über schmalen Lippen; sein zaghaftes Lächeln verbarg nur unzureichend seine gleichmütige Neugier, um wen es sich bei ihnen handelte. Seine Frau sah aus wie ein ehemaliges Revuegirl. Sie glitzerte und glänzte und wirkte wie eine von denen, die es nicht abwarten können, endlich nach Hause zu kommen, um ihre grausamen, verstrickten und versteckten Schnürriemen zu lösen. Ihre rote Unterlippe fiel oder stürzte über ihr Kinn, wenn sie lächelte, also andauernd. Das andere Paar hieß Nash. Der Mann hatte ein rotes Gesicht, graue Haare, eine schwere Statur, eine große Zigarre und ein selbstzufriedenes Lachen; er war viel älter als seine Frau, eine blasse, dünne Blondine mit Pony. Ida und Cass wurden am Tisch verteilt, Ida neben Ellis, Cass neben Mrs Barry. Sie bestellten ihre Getränke.

»Miss Scott«, sagte Ellis, »bringt entsetzlich viel Zeit damit zu, sich als Kellnerin aufzuführen. Geht bloß nie in den Laden, in dem sie arbeitet – ich werde euch nicht mal verraten, wo der ist –, sie ist hoffnungslos. Als Kellnerin. Aber eine tolle Sängerin. Von Miss Ida Scott werdet ihr noch eine Menge hören.« Er nahm ihre Hand, tätschelte sie kräftig und hielt sie eine Weile fest. »Vielleicht können wir die Jungs auf der Bühne dazu überreden, sie ein paar Nummern singen zu lassen.«

»Ach, bitte. Dafür bin ich gar nicht richtig angezogen. Cass hat mich von der Arbeit abgeholt, und wir sind einfach so gekommen, wie wir waren.«

Ellis blickte in die Runde. »Hat irgendjemand hier Einwände gegen Miss Scotts Aufzug?«

»Du meine Güte, nein«, sagte Mrs Barry, fallend und stürzend, schwitzend und keuchend, »sie ist absolut reizend.«

»Wenn das Wort eines Mannes überhaupt etwas gilt«, sagte Mr Nash, »wäre mir vollkommen einerlei, was für eine Garderobe Miss Scott sich in ihr hübsches Köpfchen gesetzt hat. Es gibt Frauen, die gefallen auch in – na, das sag ich wohl besser nicht in Anwesenheit meiner Frau.« Und sein schweres, launiges Lachen ertränkte für ein paar Sekunden beinahe die Musik.

Seine Frau hingegen war nicht so leicht zu belustigen.

»Egal«, sagte Ida, »sie haben eine Sängerin, und ihr wird das nicht gefallen. Wenn ich die Sängerin wäre, würde es mir auch nicht gefallen.«

»Na ja, wir werden sehen.« Und er nahm erneut ihre Hand.

»Lieber nicht.«

»Wir werden sehen. In Ordnung?«

»Ist gut.« Ida nahm ihre Hand weg. »Wir werden sehen.«

Der Kellner brachte die Getränke. Cass sah sich um. Die Band war draußen, die Bühne war leer, doch einige Paare tanzten zur Jukebox. Sie sah einem großen, ingwerbraunen jungen Mann zu, der mit einer hochgewachsenen, viel dunkleren jungen Frau tanzte. Sie tanzten mit äußerster Konzentration, die zugleich mühelos wirkte, mal eng beisammen, mal auseinander schwingend, doch immer verbunden, sodass ihre Körper dem jeweils anderen Raum ließen, aufeinander reagierten, einander kommentierten. Ihre Mienen waren unbewegt, nur die Augen blitzten hin und wieder auf, um ein Zeichen zu geben oder eine unerwartete Nuance zu würdigen. Alles wirkte so mühelos, so schlicht, sie folgten der Musik, die wiederum ihnen zu folgen schien; Cass wusste, dass sie nie so würde tanzen können, nie. Nie? Sie beobachtete die Frau, dann beobachtete sie den Mann. Zum Teil rührte die Leichtigkeit daher, dass der Mann – unbestreitbar – führte und die Frau folgte, doch auf tieferer Ebene rührte es auch daher, dass die Frau in keinerlei Hinsicht von dem Mann abgestoßen war und nicht einen Moment zögerte, seine krudesten erotischen Zuckungen entsprechend zu erwidern. Ja, alles wirkte so mühelos, so schlicht, doch bedachte man, wo es herkam, war es natürlich ganz und gar nicht schlicht: Im Gegenteil, es war schwierig und zart, gefährlich und tief. Und sie, Cass, die mit derartigem Neid zusah (denn erst betrachtete sie die Frau, dann den Mann), war angespannt, die beiden dort auf der glänzenden Tanzfläche, unter dem Licht, hingegen ganz entspannt. Inwiefern, weshalb, wieso wäre es ihr für immer unmöglich, so zu tanzen wie sie?

Mr Barry sagte gerade: »Wir haben so viel Gutes über Ihren Mann gehört, Mrs Silenski. Ich habe sein Buch gelesen, und ich muss sagen« – er setzte sein freundliches Lächeln auf; alles an ihm hielt sich in schicklichen Grenzen –, »es ist eine sehr ordentliche Leistung.«

Zunächst sagte Cass gar nichts. Sie nippte an ihrem Drink und betrachtete sein Gesicht, das glatt war wie ein schwarzer Jelly Bean. Zunächst war sie versucht, dieses Gesicht als leer abzutun, aber es war nicht leer, es war nur so, dass es verzweifelt versuchte, sich selbst, schicklich, nach innen zu leeren, eine Unmöglichkeit, die Gott weiß was für einen Gallenstau verursachen mochte. Tief, tief hinter diesem sorgsam verhüllten, unverbindlichen Blick heulte und tobte der Dschungel, lagen farbenfrohe tote Vögel überall verstreut. Er war wie seine Frau, allerdings außerstande, aus seinem eisernen Korsett zu steigen.

Sie empfand Mitleid mit ihm, doch dann erschauerte sie: Er hasste sie, und dieser Hass hatte etwas mit ihrem uneingestandenen Wunsch zu tun, mit dem ingwerbraunen Mann auf der Tanzfläche zu schlafen. Er hasste sie – deshalb? – viel heftiger, als Ida sie je hassen könnte, und war dem viel schonungsloser ausgeliefert, einem Hass, der, in einem fort niedergetrampelt, sehnsüchtig nach oben strebte, um die Welt in die Luft zu jagen.

Aber das zu erkennen, konnte er sich nicht leisten.

»Vielen Dank«, sagte sie mit steifem Lächeln.

»Sie sind bestimmt sehr stolz auf Ihren Mann«, sagte Mrs Barry.

Cass und Ida warfen sich einen flüchtigen Blick zu, und Cass sagte lächelnd: »Na ja, ich war eigentlich schon immer stolz auf ihn, insofern bin ich nicht überrascht.«

Ida lachte. »Das stimmt. In Cass' Augen kann Richard gar nichts falsch machen.«

»Nicht mal, wenn sie ihn dabei erwischt.« Ellis grinste. »Wir haben uns in letzter Zeit ziemlich oft gesehen, und er erzählt häufig, was für ein glücklicher Mann er ist.«

Aus irgendeinem Grund machte ihr das Angst. Sie fragte sich, wann und wie oft Richard und Ellis sich getroffen hatten und was Richard wirklich zu erzählen hatte. Sie schluckte ihre Angst hinunter. »Blindes Vertrauen«, sagte sie stumpf, »das habe ich«, und dachte: *Mein Gott.* Sie blickte wieder auf die Tanzfläche. Das Paar war verschwunden.

»Ihr Mann kann sich glücklich schätzen«, sagte Mr Barry. Er sah seine Frau an und ergriff ihre Hand. »Ich auch.«

»Mr Barry ist gerade zu unserer Werbeabteilung gestoßen«, sagte Ellis. »Wir sind furchtbar stolz, ihn an Bord zu haben. Und tut mir leid, wenn es klingt, als würde ich angeben – Teufel noch mal, es tut mir gar nicht leid, ich gebe an –, aber ich glaube, das ist ein ungeheurer Durchbruch in unserer hasenherzigen, engstirnigen Branche.« Er grinste, und Mr Barry lächelte. »Und so früh schon so engstirnig!«

»Von Anfang an«, sagte Mr Nash, »genau wie die Filmindustrie und aus demselben Grund. Die Banken haben sie sich auf der Stelle einverleibt – das gehört zu dem, was euresgleichen so possierlich freies Unternehmertum nennt, wobei daran weiß Gott nichts frei ist und ihr nicht entfernt unternehmungslustig seid.«

Cass und Ida starrten ihn an. »Wo kommen Sie her?«, fragte Cass.

Er lächelte aus großer, nachsichtiger Distanz. »Belfast.«

»Ach«, rief Ida, »ich habe eine Freundin, deren Vater in Dublin geboren ist! Kennen Sie Dublin? Ist das weit von Belfast?«

»Geografisch? Eine ziemliche Strecke. Ansonsten ist die Entfernung zu vernachlässigen – wobei die Bewohner beider Städte mich aufknüpfen würden, wenn sie mich hören könnten.« Und er lachte sein vergnügtes, geöltes Lachen.

»Was haben Sie gegen uns?«, fragte Cass.

»Ich? Na, gar nichts«, antwortete Mr Nash lachend. »Ich mache ja eine Menge Geld mit euch.«

»Mr Nash«, sagte Ellis, »ist ein Impresario, nicht mehr wohnhaft in Belfast.«

»Freier Unternehmer, verstehen Sie.« Mr Nash blinzelte Mr Barry zu.

Mr Barry lachte. Er beugte sich zu Mr Nash. »Also, ich bin auf Mrs Silenskis Seite. Was haben Sie gegen unser System? Ich finde, es hat uns alle weit gebracht.« Er hob eine knochige Hand, einen manikürten Finger. »Wodurch würden Sie es denn ersetzen?«

»Wodurch«, schaltete sich Cass unerwartet ein, »ersetzt man denn einen Traum? Das wüsste ich gern.«

Mr Nash lachte, dann verstummte er, als wäre es ihm peinlich. Ida beobachtete Cass – so als würde sie gar nicht hinsehen. Da ahnte Cass zum ersten Mal in ihrem Leben, was schwarze Menschen über weiße Menschen wussten – nur, was wusste Ida eigentlich genau über sie, außer dass sie log, betrog, spielte und in der Klemme steckte –, und einen kurzen Moment hasste sie Ida von ganzem Herzen. Dann wurde ihr wieder kalt; der Moment verstrich.

»Ich nehme an«, sagte Ida in bemerkenswertem Tonfall, »man ersetzt einen Traum durch die Realität.«

Alle lachten nervös. Die Musik setzte wieder ein. Cass blickte auf die Tanzfläche, aber ihre Tänzer waren verschwunden. Sie griff nach ihrem Glas wie nach einem Rettungsbalken und behielt den Drink im Mund wie Eis.

»Allerdings«, sagte Ida, »ist das nicht so einfach.« Sie hielt das Glas in ihren schmalen Händen und sah zu Cass hinüber. Die schluckte die warme Flüssigkeit in ihrem Mund hinunter, und es schmerzte in der Kehle. Ida stellte ihr Glas ab und nahm Ellis' Hand. »Komm, Honey«, sagte sie, »wir tanzen.«

Ellis stand auf. »Entschuldigt mich«, sagte er, »mein Typ wird verlangt.«

»In der Tat.« Ida lächelte in die Runde und schwebte auf die Tanzfläche. Ellis folgte wie etwas, das sich in ihrer Schleppe verfangen hatte.

»Sie erinnert mich an die junge Billie Holiday«, sagte Mr Barry wehmütig.

»Ja, ich würde sie zu gern singen hören«, sagte Mrs Nash – ziemlich giftig und ganz unerwartet. Alle drehten sich erwartungsvoll zu ihr um, als wäre sie das Medium in einer Séance. Doch sie nahm einen Schluck und sagte nichts mehr.

Cass wandte sich erneut zur Tanzfläche und sah Ida und Ellis zu. Sie war noch immer hell erleuchtet und etwas belebter; Musik plärrte aus der Jukebox. Idas Aufmachung für diesen Ort war, ob bewusst gewählt oder nicht, ungeheuer raffiniert. Sie trug ein schlichtes blassoranges Kleid, flache Schuhe und sehr wenig Make-up, und ihre Haare, für gewöhnlich hoch aufgetürmt, waren heute Abend straff zurückgekämmt in einen altjüngferlichen strengen Knoten. Dadurch wirkte sie noch jünger als sonst, fast wie ein junges Mädchen; und Ellis, der so viel kleiner war als sie, sah nun noch älter aus und noch korrupter. So wurden sie zu einer eigenwilligen Ausgabe von *Die Schöne und das Biest;* und zum ersten Mal dachte Cass bewusst darüber nach, welche Beziehung die beiden zueinander hatten. Ida hatte gesagt, sie wolle nicht, dass Vivaldo von den Musikern schlechte Laune bekam, aber Ida war gar nicht wegen der Musiker hier. Sie war wegen Ellis hier. Und sie hatte Cass als Alibi mitgebracht. Ellis und sie hatten sich in der

Öffentlichkeit bestimmt nicht häufig gesehen – dann eher privat? Darüber dachte Cass nach, während sie die beiden beobachtete. Ihr Tanz, der langsam war und fließend hätte sein sollen, war ungelenk, trocken und voller Zögern. Sie hielt ihn auf Abstand, er führte sie nicht; und doch hielt sie ihn fest.

»Ob seine Frau weiß, wo er sich rumtreibt?« Erneut Mrs Nash, *sotto voce* zu ihrem Mann mit einem schmalen, süffisanten Lächeln.

Cass dachte an Vivaldo, dann an Richard, und sofort hasste sie Mrs Nash. *Du bösartige Hure,* dachte sie und brach das beklommene Schweigen am Tisch.

»Mrs Ellis und Miss Scott kennen sich schon ziemlich lange, sie kannten sich schon, bevor Mrs Ellis ihn geheiratet hat.«

*Warum hab ich das gesagt?,* fragte sie sich. *Sie findet doch ganz leicht raus, dass ich lüge.* Sie blickte Mrs Nash geradeheraus an und machte keinen Hehl aus ihrer Abneigung. *Wird sie aber nicht. Dazu hat sie weder den Geist noch den Mumm.*

Mrs Nash sah Cass mit dem aufreizenden Hochmut an, den nur kürzlich zu vornehmen Damen mutierte Zimmermädchen aufbrachten. »Komisch«, murmelte sie.

»Ganz und gar nicht«, antwortete Cass unbesonnen, »sie haben in derselben Fabrik gearbeitet.«

Mrs Nash sah sie an, und ein kaum merkliches Zittern ergriff ihre Oberlippe. Cass lächelte und fragte Mr Nash: »Haben Sie und Ihre Frau sich in Belfast kennengelernt?«

»Nein«, antwortete Mr Nash lächelnd – und Cass spürte mit einem Schwall von Belustigung und Schrecken, wie sehr seine Frau ihn in diesem Moment verachtete –, »wir haben uns in Dublin kennengelernt, als ich dort auf Geschäftsreise war.« Er nahm die schlaffe Hand seiner Frau. Ihre bleichen Augen regten sich nicht, ihre bleiche Miene veränderte sich nicht. »Die wichtigste Reise meines Lebens.«

*Ah, ja,* dachte Cass, *zweifellos, für euch beide.* Doch auf einmal war sie erschöpft und unerklärlich traurig. Was um alles in der Welt machte sie hier, und warum piesackte sie diese närrische kleine Frau? Die Musik wurde lauter, schneller und wilder, und die allgemeine Aufmerksamkeit kehrte erleichtert zur Tanzfläche zurück. Ida und Ellis hatten einen neuen Tanz begonnen, oder besser: Ida hatte eine neue Grausamkeit begonnen. Auf einmal tanzte sie, wie sie wahrscheinlich seit ihrer Jugend nicht mehr getanzt hatte, und Ellis versuchte, mit ihr mitzuhalten – jedenfalls konnte man auch jetzt nicht davon reden, dass er sie führte. Natürlich versuchte er es, seine kantige Figur schnappte und knickte, und sein Jungengesicht bemühte sich, selbstvergessen zu wirken. Und je mehr er sich bemühte – *Dummkopf!,* dachte Cass –, desto mehr entwischte sie ihm, desto drastischer stellte sie ihn bloß. Dazu hatte er nicht das richtige Verhältnis zu seinem Körper oder zu ihrem oder zu irgendeinem anderen. Er wedelte angestrengt mit dem Po, ohne die leiseste Erinnerung an Liebe, ohne eine Andeutung von Anmut; seine Schenkel waren die eines Bergsteigers, seine Füße hätten genauso gut Trauben treten können. Er wusste nicht, wohin mit den Armen, die eckig von seinem Körper abstanden, als würden ihre einzelnen Segmente von Fäden geführt und als bestünde keine Verbindung zu den Händen – Händen, die gegriffen und genommen hatten, aber niemals gestreichelt. Nahm Ida Rache oder erteilte sie eine Warnung? Ellis' Stirn glänzte vor Schweiß, sein kurzes, lockiges Haar wurde dunkler, und Cass hörte ihn förmlich atmen. Ida umtanzte ihn in ihrem orangen Kleid, die Beine blitzend wie Messer, die Hüften grausam kreisend. Hin und wieder streckte sie die Hand nach ihm aus und seine Finger berührten ihre schlanke braune, feurige Hand. Die übrigen Tänzer machten den beiden Platz – machten ihr Platz: Ellis musste es scheinen, als würde die Musik niemals enden.

Doch schließlich verstummte die Jukebox, die bunten Lichter hörten auf zu wirbeln, und die Band kehrte zurück. Ida und Ellis kamen wieder an den Tisch.

Das Licht wurde gedimmt. Cass stand auf.

»Ida«, sagte sie, »ich hatte versprochen, auf einen Drink mitzukommen, das habe ich gemacht, und jetzt muss ich gehen. Wirklich. Richard bringt mich um, wenn ich noch länger wegbleibe.«

Ihre Stimme zitterte unerklärlich, und sie spürte, wie sie rot wurde. Zugleich merkte sie, dass Ida jetzt in noch gefährlicherer Stimmung war als vor dem Tanzen.

»Ach, ruf ihn doch an«, sagte sie. »Selbst die treueste Gattin hat mal einen freien Abend verdient.«

Um ein Haar wäre Cass in ihrer Angst und Verzweiflung wieder auf den Stuhl gesunken, doch Ellis, munterer denn je, glänzend vor Schweiß, sagte: »Na, das ist ja nicht unbedingt immer der Fall«, und nötigte der Runde damit die obligatorischen Lacher ab. Er wischte sich die Stirn. »Außerdem hütet Mrs Silenski einen wertvollen Schatz. Ihr Gatte ist eine echte Investition, wir müssen uns gut um sein moralisches Wohlergehen kümmern.« Ida und Cass sahen sich an. Ida lächelte.

»Wird Richards moralisches Wohlergehen denn beeinträchtigt, wenn du nicht nach Hause kommst?«

»Ohne Frage«, sagte Cass. »Ich muss los.«

Idas Gesichtsausdruck veränderte sich und sie senkte den Kopf. Schlagartig wirkte sie erschöpft und traurig. »Wahrscheinlich hast du recht«, sagte sie, »und du solltest es nicht aufschieben.« Sie sah Ellis an. »Setz sie ins Taxi, Sweetie.«

»Mit Vergnügen«, sagte Ellis.

»Gute Nacht, allerseits«, sagte Cass. »Tut mir leid, dass ich schon aufbrechen muss, aber es geht nicht anders.« Zu Ida sagte sie: »Sehen wir uns bald?«

»Am üblichen Ort?«

»Wenn er noch steht«, sagte Cass nach einem Moment, »ja.« Sie drehte sich um und fädelte sich durch den dämmrigen Raum, Ellis tappte hinterher. Sie traten auf die Straße, Cass war kraftlos und besorgt. Ellis setzte sie in ein Taxi; der Fahrer war ein junger Puerto Ricaner.

»Gute Nacht, Mrs Silenski.« Ellis reichte ihr seine feuchte, harte Hand. »Grüßen Sie Richard von mir und richten Sie ihm aus, dass ich ihn in den nächsten Tagen anrufe.«

»Ja, das sage ich ihm. Danke. Gute Nacht.«

Er war weg, und sie saß allein im Taxi hinter den stummen Schultern des Puerto Ricaners. Träge suchte sie sein Gesicht im Rückspiegel, dann steckte sie sich eine Zigarette an. Das Taxi setzte sich in Bewegung. Sie sah nicht hinaus. Sie kauerte sich in die Dunkelheit, brannte vor eigenartiger Scham. Sie schämte sich nicht – oder doch? – wegen etwas, das sie getan hatte, sie schämte sich, gleichsam im Voraus, wegen etwas, in das sie sich jetzt hilflos verstrickt sah. Sie hatte Ida und Vivaldo als Vorwand benutzt, um ihre Affäre mit Eric zu decken: Warum sollte Ida dann nicht sie benutzen, um vor Vivaldo ihr Stelldichein mit Ellis zu decken? Sie hatte die beiden Richard gegenüber zum Schweigen verpflichtet – nun wurde sie Vivaldo gegenüber zum Schweigen verpflichtet. Sie lächelte, aber der Rauch, den sie einatmete, war bitter. Als sie sicher und anständig gewesen war, war auch die Welt sicher und anständig; jetzt war die ganze Welt bitter vor Betrug, Gefahr und Verlust – und welches war die größere Illusion? Der Fahrer war ihr unbehaglich nah, seine Schultern, sein unverbrauchtes Gesicht, seine Hautfarbe, seine sanften dunklen Augen. Hin und wieder blickte er sie im Rückspiegel an – immerhin hatte sie ihn zuerst angesehen, und vielleicht hatte ihre Verfassung eine Spannung zwischen ihnen erzeugt, eine erotische Spannung. Erneut dachte sie, widerwillig, an den ingwerbraunen jungen Mann auf der Tanzfläche. Und sie wusste (als wären ihre Gedanken ein klarer See, durch den sie bis auf den Grund blicken konnte), ja, ja, hätte er sie angefasst, hätte er beharrt, er hätte sie bekommen, sie wäre froh gewesen. Sie wäre froh gewesen, seinen Körper kennenzulernen, auch wenn sie nie mehr als seinen Körper hätte kennenlernen können. Erics Eindringen, ihr Fall – in Ungnade? –, hatte sie Unschärfen ausgesetzt, deren Macht sie nicht einmal erahnt hatte. Richard war ihr Schutzwall gewesen, nicht nur gegen das Böse in der Welt, sondern auch gegen die Wildnis in ihr. Und jetzt würde sie nie wieder Schutz finden. Sie versuchte, darüber zu frohlocken. Aber ihr war nicht nach Frohlocken. Sie war verschreckt und verwirrt.

Der Fahrer hustete. Das Taxi hielt an einer roten Ampel kurz vor dem Park, und der Fahrer steckte sich eine Zigarette an. Auch sie steckte sich noch eine an: Und die beiden winzigen Flammen schienen beinahe miteinander zu kommunizieren. Genauso, dachte sie nun, als das Taxi mit einem Ruck anfuhr, war sie ziellos und verbittert durch die Stadt gestromert, als Richard anfing, sich von ihr zu entfernen. Sie wollte wahrgenommen werden, sie wollte von einem Mann wahrgenommen werden. Und es passierte: Die Männer merkten, dass sie sexuell ausgehungert war, nicht mehr ganz jung. Erschreckend, wie durch den Verlust der Intimität die ganze Welt einfriert und man selbst darin verloren geht! Und erschreckend, wie streng die Bedingungen der Liebe sind und wie eng verwoben ihre Begrenzungen und Spielräume.

Es gab vieles, was sie von Eric nicht verlangen konnte. Die Beziehung beruhte auf Cass' Zurückhaltung. Zum Beispiel konnte sie jetzt nicht zu ihm fahren, um zwei Uhr morgens: Dieser Spielraum war in ihrer Übereinkunft nicht vorgesehen. Die Voraussetzung ihrer Affäre – oder die Basis ihrer Komödie – war die zweier unabhängiger Menschen, die einander eine Zeit lang brauchten, die immer Freunde sein würden, die aber wahrscheinlich nicht immer Liebende sein würden. Eine solche Voraussetzung verbietet eine Einmischung der Zukunft oder ein zu lebhaftes Bekunden von Bedürftigkeit. Eric trat ja auf der Stelle, wartete – wartete darauf, dass sich etwas klärte. Und wenn es sich geklärt hatte – durch Yves' Ankunft, die Besiegelung einer Übereinkunft oder Erics Annahme eines Kummers, den sie beide nicht benennen konnten –, würde sie aus seinem Bett verbannt. Er würde alles, was das Leben ihm gegeben oder genommen hatte, für seine Arbeit nutzen – das wäre sein Leben. Er war zu stolz, um sie oder sonst wen als Zuflucht zu benutzen, zu stolz, um irgendeine Linderung seines Kummers anzunehmen, die nicht aus ihm selbst kam. Und das konnte sie nicht verbittern oder auch nur betrüben, denn genau darum liebte sie ihn. Oder wenn nicht darum – denn in diesen Fragen bleibt das Warum der menschlichen Wahrnehmung fest verschlossen –, so war es dieser Wesenszug, den sie an ihm am meisten bewunderte und ohne den er, wie sie wusste, nicht leben konnte. Die meisten Männer konnten es – taten es: Darum fühlte sie sich so bedroht.

Deshalb trat auch sie auf der Stelle und wartete – darauf, dass der Schlag niederging, dass die Rechnung eintraf. Erst wenn sie die Rechnung bezahlt hatte, würde sie wirklich wissen, worauf sie zurückgreifen konnte. Und sie fürchtete diesen Augenblick, fürchtete ihn – ihre Panik vor diesem Augenblick nahm ihr zuweilen die Luft zum Atmen. Die Panik rührte nicht nur daher, dass sie nicht wusste, wie sie ein neues Leben aufbauen sollte, oder dass sie mit zunehmendem Alter fürchtete, sich selbst zu verachten: sondern daher, dass ihre Kinder sie verachten würden. Ein neues Leben hätte sich schlicht darauf beschränken können, aus Richards Wohnung – *Richards* Wohnung! Wie lange schon betrachtete sie sie als Richards Wohnung? – auszuziehen und sich einen Job zu suchen. Aber die Liebe ihrer Kinder zu bewahren und sie von Jungen zu Männern heranwachsen zu lassen, das war etwas anderes.

Der Taxifahrer sang vor sich hin, auf Spanisch.

»Sie haben eine schöne Stimme«, hörte Cass sich sagen.

Er drehte kurz den Kopf, und sie sah sein junges Profil, den schwachen Glanz seiner Zähne, seine funkelnden Augen. »Danke«, sagte er. »Wo ich herkomme, wir sind alle Sänger.« Er hatte einen starken Akzent und er lispelte leicht.

»In Puerto Rico? Da gibt es doch bestimmt nicht so viel zu singen.«

Er lachte. »Ach, trotzdem wir singen.« Er drehte sich erneut um. »Hier es gibt auch nichts zu singen – keiner singt hier.«

Sie lächelte. »Das stimmt. Wahrscheinlich ist das Singen – aus Freude jedenfalls – inzwischen eins der großen amerikanischen Verbrechen.«

Er konnte ihr nicht ganz folgen, erfasste aber den Sinn. »Ihr seid viel zu ernst hier. Kalt und hässlich.«

»Wie lange sind Sie schon hier?«

»Zwei Jahre.« Er lächelte wieder. »Ich hab Glück gehabt, ich arbeite viel, ich komme zurecht.« Er überlegte. »Nur manchmal es ist einsam. Also singe ich.« Beide lachten. »Davon vergeht die Zeit«, sagte er.

»Haben Sie denn keine Freunde?«

Er zuckte mit den Schultern. »Freunde kosten Geld. Und ich habe kein Geld und keine Zeit. Ich muss Geld nach Hause schicken für meine Familie.«

»Ach, sind Sie verheiratet?«

Er zuckte erneut mit den Schultern, zeigte ihr wieder sein Profil, ohne zu lächeln. »Nein, ich bin nicht verheiratet.« Dann grinste er. »Das auch kostet Geld.«

Schweigend bogen sie in ihre Straße ein.

»Ja«, sagte sie so dahin, »da haben Sie recht.« Sie deutete auf das Haus. »Wir sind da.« Das Taxi hielt. Sie wühlte in ihrer Handtasche. Er sah zu.

»Sie sind aber verheiratet?«, fragte er schließlich.

»Ja«, sagte sie. »Und zwei Kinder.«

»Junge oder Mädchen?«

»Zwei Jungen.«

»Das ist sehr gut«, sagte er.

Sie zahlte. »Auf Wiedersehen. Ich wünsche Ihnen alles Gute.«

Er lächelte. Es war ein richtig freundliches Lächeln. »Ich auch wünsche Ihnen alles Gute. Sie sind sehr nett. Gute Nacht.«

»Gute Nacht.«

Sie machte die Tür auf, und das Licht schien ihnen einen Moment ins Gesicht. Sein Gesicht war sehr jung und offen und voller Hoffnung, und sie wurde ein wenig rot. Sie knallte die Tür hinter sich zu und ging ins Haus, ohne sich noch einmal umzusehen. Sie hörte das Taxi wegfahren.

Im Wohnzimmer brannte Licht, und Richard lag, angezogen bis auf die Schuhe, auf dem Sofa und schlief. Normalerweise war er im Bett oder bei der Arbeit, wenn sie nach Hause kam. Einen Moment lang starrte sie ihn an. Ein halb volles Glas Wodka stand auf dem Tisch neben ihm, eine erloschene Zigarette lag im Aschenbecher. Er schlief sehr ruhig, und sein Gesicht sah gequält aus und sehr jung.

Sie wollte ihn gerade wecken, überließ ihn dann aber sich selbst und ging auf Zehenspitzen zu Paul und Michael. Paul lag auf dem Bauch, das Laken zerknäuelt zu seinen Füßen, die Arme hochgeworfen. Erschrocken sah sie, wie schwer er war und wie groß: fast schon kein Kind mehr. Es war so schnell passiert, beinahe wie in einem Traum. Sie betrachtete den schlafenden Kopf und fragte sich, welche Gedanken sich darin abspielten, welche Urteile, sah ein zuckendes Bein und fragte sich, was er gerade träumte. Behutsam zog sie ihm das Laken bis zu den Schultern hoch. Sie blickte auf den verschlossenen Michael, seitlich eingerollt wie ein Wurm oder ein Embryo, Hände zwischen den Beinen versteckt, das Haar auf der Stirn feucht. Doch sie wagte nicht, ihm über den Kopf zu streichen: Er wachte zu leicht auf. So leise wie möglich hob sie sein Laken vom Boden auf und deckte ihn zu. Sie ging ins Bad. Da hörte sie, wie Richard im Wohnzimmer die Füße auf den Boden setzte.

Sie wusch sich das Gesicht, kämmte ihr Haar und blickte in das müde Gesicht im Spiegel. Dann ging sie ins Wohnzimmer. Richard saß auf dem Sofa, das Glas Wodka in der Hand, und stierte zu Boden.

»Hallo«, sagte sie, »wieso bist du hier eingeschlafen?« Sie

hatte ihre Handtasche im Bad gelassen. Sie nahm sich eine Schachtel Zigaretten von der Bar und steckte sich eine an. Scherzhaft fragte sie: »Du hast doch nicht etwa auf mich gewartet?«

Er trank aus und hielt ihr sein Glas hin. »Schenk mir ein. Und dir auch.«

Sie nahm sein Glas. Jetzt wirkte sein Gesicht, das im Schlaf so jung ausgesehen hatte, alt. Schmerz und Schrecken durchfuhren sie. Völlig abwegig kam ihr, während sie ihm den Rücken zuwandte, der Gedanke an Cleopatras Wehklage um Antonius: ›Und sein Gesicht war wie der Himmel.‹ Hieß es so? An den Rest erinnerte sie sich nicht. Sie schenkte zwei Gläser ein, Wodka für ihn, Whiskey für sich. Der Eiskübel war leer. »Möchtest du Eis?«

»Nein.«

Sie reichte ihm sein Glas und goss dann ein wenig Wasser in ihren Whiskey. Verstohlen sah sie ihn erneut an – das schlechte Gewissen wuchs. ›Und sein Gesicht war wie der Himmel, und darin warn Mond und Sonne, …‹.

»Setz dich, Cass.«

Sie setzte sich in den Sessel ihm gegenüber. Die Zigaretten hatte sie auf dem Tresen liegen lassen. ›… kreisten, gaben Licht der kleinen runden Null, der Welt.‹

In freundlichem Ton fragte er: »Wo kommst du jetzt her, Cass?« Er sah auf seine Uhr. »Es ist nach zwei.«

»Ich komme oft nach zwei zurück«, sagte sie. »Fällt dir das erst jetzt auf?« Die Feindseligkeit in ihrer Stimme bestürzte sie. Sie nahm einen Schluck. Die Gedanken spielten ihr seltsame Streiche: Urplötzlich standen ihr Erinnerungen an ein Feld vor Augen, vor langer Zeit in Neuengland, an ein Feld mit Ansammlungen blauer Blumen hier und da. Das

Feld war vollkommen still und leer und fiel sanft zu einem Wald ab; sie waren im hohen Gras verborgen. Die Sonne war heiß. Richards Gesicht war über ihr, seine Arme und Hände hielten und entflammten sie, sein Gewicht drückte sie in die Blumen. Ein Stück weiter lagen seine Armeekappe und seine Jacke; sein Hemd war bis zum Nabel aufgeknöpft, und die glänzenden rauen Brusthaare piekten ihr in den Busen. Doch sie widerstand, sie hatte Angst, und sein Gesicht war voller Schmerz und Wut. Hilflos strich sie ihm durchs Haar. *Ach, ich kann nicht.*

*Wir heiraten bald, schon vergessen? Und ich muss nächste Woche nach Übersee.*

*Alle können uns hier finden!*

*Niemand kommt hierher. Alle sind weg.*

*Nicht hier.*

*Wo dann?*

»Nein«, sagte er mit gefährlicher Ruhe, »das fällt mir nicht erst jetzt auf.«

»Na, egal. Ich komme gerade von Ida.«

»Und Vivaldo?«

Sie zögerte, dann lächelte sie. »Vorher waren wir alle zusammen. Dann sind Ida und ich auf einen Drink nach Harlem gefahren.«

»Allein?«

Sie zuckte die Achseln. »Mit vielen Leuten. Wieso?« Doch bevor er antworten konnte, fügte sie hinzu: »Ellis war da. Er ruft dich in den nächsten Tagen an.«

»Ah«, sagte er, »Ellis war da.« Er nahm einen Schluck. »Und du hast Ida mit Ellis zurückgelassen?«

»Ich habe Ida in Ellis' Gesellschaft zurückgelassen.« Sie sah ihn an. »Was geht in dir vor?«

»Und was hast du gemacht, nachdem du dich von Ida verabschiedet hast?«

»Ich bin nach Hause gefahren.«

»Direkt nach Hause?«

»Ich habe mich in ein Taxi gesetzt und bin direkt nach Hause gefahren.« Sie wurde wütend. »Wieso nimmst du mich ins Kreuzverhör? Ich lass mich nicht verhören, ist das klar, nicht von dir, von niemandem.«

Er schwieg – trank seinen Wodka aus und ging an die Bar.

»Ich glaube, du hast genug getrunken«, sagte sie kalt. »Wenn du eine Frage an mich hast, frag. Ansonsten gehe ich ins Bett.«

Er drehte sich zu ihr um. Sein Blick machte ihr Angst, aber sie zwang sich zur Ruhe. »Du gehst noch lange nicht ins Bett. Und ich habe eine ganze Menge Fragen an dich.«

»Vielleicht fragst du«, sagte sie, »vielleicht antworte ich. Du hast sehr lange gewartet, scheint mir, mit dem Fragenstellen. Vielleicht zu lange.« Sie starrten sich an. Und sie sah, mit einem Gefühl des Triumphs, von dem ihr schlecht wurde, dass sie, ja, stärker war als er. Mit ihrem Willen konnte sie ihn brechen, denn wollte er ihr gewachsen sein, musste er zu List und Tücke greifen, die weit unter seiner Würde waren.

Und wieder stand ihr das strahlend blaue Feld vor Augen. Die Erinnerung an seine Schwere, ihr Begehren, ihre Angst und ihre Durchtriebenheit ließ sie erschauern. *Nicht hier. Wo dann? Ach, Richard.* Die grausame Sonne und die gleichgültige Luft und sie beide, brennend in einem brennenden Feld. Sie wusste, dass sie, ja, dass sie sich jetzt ergeben musste, jetzt, da sie ihn hatte; sie wusste, dass sie ihn nicht gehen lassen konnte, und ach, seine Hände, seine Hände. Aber sie hatte Angst, ihr wurde klar, dass sie nichts wusste: *Können wir nicht warten? Warte. Nein. Nein.* Und seine Lippen brannten sich in ihren Hals und ihre Brüste. *Dann lass uns in den Wald gehen. Gehen wir in den Wald.* Und er grinste. Die Erinnerung an dieses Grinsen kam aus ihrem Versteck geschossen und zersplitterte ihr jetzt das Herz. *Du müsstest mich tragen, oder ich müsste kriechen, spürst du das nicht?* Dann: *Lass mich rein, Cass, nimm mich, nimm mich, ich schwöre, ich werde dich nicht hintergehen, das weißt du, niemals!*

»Ich liebe dich, Cass«, sagte er mit zuckendem Mund und vor Kummer starren Augen. »Sag mir, wo du warst, sag mir, warum du dich so weit von mir entfernt hast.«

»Warum *ich*«, sagte sie fassungslos, »mich so weit von *dir* entfernt habe?« Der Duft zerdrückter Blumen stieg ihr in die Nase. Sie fing an zu weinen.

Sie senkte nicht den Blick. Sie sah direkt in die Sonne; dann schloss sie die Augen, und die Sonne toste in ihrem Kopf. Eine Hand hatte sie verlassen – wo seine Hand gewesen war, wurde ihr kalt.

*Ich werde dir nicht wehtun.*

*Bitte.*

*Vielleicht nur ein bisschen. Nur ganz am Anfang.*

*Ach. Richard. Bitte.*

*Sag mir, dass du mich liebst. Sag es. Sag es jetzt.*

*Aber ja. Ich liebe dich. Ich liebe dich.*

*Sag, dass du mich für immer liebst.*

*Ja. Für immer. Für immer.*

Er sah sie an, auf den Tresen gestützt, sah sie von weither an. Sie trocknete sich die Augen mit einem Taschentuch, das er ihr in den Schoß geworfen hatte. »Gib mir bitte eine Zigarette.«

Er warf ihr die Schachtel hin, warf ihr Streichhölzer hin. Sie steckte sich eine an.

»Wann hast du Ida und Vivaldo zuletzt gesehen? Sag mir die Wahrheit.«

»Heute Abend.«

»Und du warst immer – jedes Mal, wenn du am frühen Morgen hierher zurückgekommen bist – mit Ida und Vivaldo zusammen?«

Wieder beschlich sie die Angst, und sie wusste, dass ihr Ton sie verriet. »Ja.«

»Du lügst. Ida war nicht mit Vivaldo zusammen. Sie war mit Ellis zusammen, und das läuft schon lange so.« Er wartete. »Die Frage ist – wo warst *du?* Wer war mit Vivaldo zusammen, während Ida unterwegs war – bis zwei Uhr morgens?«

Im ersten Moment war sie zu benommen, um sich etwas zurechtzulegen. »Du meinst, Ida hat eine Affäre mit Steve Ellis? Wie lange schon? Und seit wann weißt *du* davon?«

»Wie kann es sein, dass *du* davon – *nichts* weißt?«

»Aber – wenn ich die beiden gesehen habe, wirkten sie jedes Mal ganz natürlich und glücklich miteinander ...«

»Aber viele Male, wenn du mit ihnen zusammen gewesen sein willst, warst du nicht mit ihnen zusammen, denn da war Ida bei *Steve!*«

Es wollte ihr noch immer nicht richtig in den Kopf, obwohl sie wusste, dass es stimmte, und obwohl sie wusste, dass wertvolle Sekunden verstrichen und sie bald anfangen musste, für sich zu kämpfen. »Woher weißt du das denn?«

»Weil Steve es mir erzählt hat! Er ist ganz vernarrt in sie, er ist gar nicht mehr er selbst.«

Jetzt fing sie doch an zu überlegen – fieberhaft, Ida verfluchend, weil sie sie nicht gewarnt hatte. Aber wie hätte sie das tun sollen? »Ellis in den Fängen einer großen Leidenschaft? Dass ich nicht lache«, sagte sie kalt.

»Ja, ja, ich weiß, du denkst, wir sind aus dem allergröbsten Lehm geformt und für alle höheren Schwingungen unempfänglich. Mir egal. Du *kannst* nicht oft mit Ida zusammen gewesen sein – so viel weiß ich. Warst du oft mit Vivaldo zusammen? Antworte mir, Cass.«

Staunend sagte sie – denn das war es, was ihr nicht in den Kopf wollte: »Und Vivaldo weiß nichts davon …«

»Und du auch nicht? Ihr zwei seid die Einzigen in der Stadt, die es nicht wissen. Was für formidable Ablenkungen habt ihr beide denn gefunden?«

Sie zuckte zusammen. Als sie aufblickte, sah sie, dass er sich mit großer Mühe zusammenriss; dass er die Wahrheit herausfinden wollte und sich vor ihr fürchtete. Sie konnte die Qual in seinen Augen nicht ertragen und wandte den Blick ab.

Wie konnte sie je daran gezweifelt haben, dass er sie liebte!

»Warst du oft mit Vivaldo zusammen? Sag's mir.«

Sie stand auf und trat ans Fenster. Ihr war schlecht – ihr Magen schien auf die Größe eines kleinen, harten Gummiballs geschrumpft zu sein. »Lass mich in Ruhe. Du warst schon immer eifersüchtig auf Vivaldo, und wir beide wissen, warum, obwohl du es nicht zugibst. Mal war ich mit Vivaldo zusammen, mal mit Vivaldo und Ida, mal bin ich einfach nur rumgelaufen, mal ins Kino gegangen.«

»Bis zwei Uhr morgens?«

»Manchmal bin ich um Mitternacht nach Hause gekommen, manchmal um vier Uhr morgens! Lass mich in Ruhe! Warum ist dir das jetzt so wichtig? Seit Monaten lebe ich in diesem Haus wie ein Geist, die Hälfte der Zeit weißt du nicht mal, dass ich überhaupt da bin – was spielt das jetzt für eine Rolle?«

Sein Gesicht war feucht und weiß und hässlich. »Ich lebe hier wie ein Geist, nicht du. Ich weiß immer, dass du hier bist, wie denn auch nicht?« Er trat einen Schritt auf sie zu und senkte die Stimme. »Weißt du, wie du deine Anwesenheit deutlich machst? Durch die Art, wie du mich ansiehst, durch die Verachtung in deinen Augen, wenn du mich ansiehst. Womit habe ich deine Verachtung verdient? Was habe ich getan, Cass? Du hast mich einmal geliebt, du hast mich geliebt, und alles, was ich getan habe, habe ich für dich getan.«

Sie hörte, wie ihre Stimme kalt antwortete: »Bist du dir sicher? Für mich?«

»Für wen sonst? Wen denn sonst? Du bist mein Leben. Warum hast du dich so von mir entfernt?«

Sie setzte sich. »Lass uns morgen früh darüber reden.«

»Nein. Wir reden jetzt darüber.«

Er lief durchs Zimmer – um ihr nicht zu nahe zu kommen, so ihr Gefühl, um sie nicht anzufassen; weil er nicht wusste, was dann passieren würde. Sie legte eine Hand aufs Gesicht. Sie dachte an den ingwerbraunen jungen Mann und den Puerto Ricaner, und wie eine Erlösung flammte für einen Moment Eric vor ihrem inneren Auge auf. Sie dachte an das Blumenfeld. Dann dachte sie an die Kinder, und ihr Magen zog sich erneut zusammen. Der Schmerz nahm ihr die Klarheit. Sie sagte – und ahnte, während sie das sagte, dass sie einen Fehler machte, dass sie sich selbst auslieferte: »Quäl dich nicht mit Vivaldo – wir haben nicht miteinander geschlafen.«

Er näherte sich ihrem Sessel. Sie blickte nicht auf.

»Ich weiß, dass du Vivaldo immer bewundert hast. Mehr als mich.«

Eine schreckliche Mischung aus Demut und Zorn lag in seiner Stimme, und ihr stockte das Herz; sie begriff, womit er rang. Beinahe hätte sie die Hand nach ihm ausgestreckt, um ihm zu helfen, um ihn zu trösten, aber etwas hielt sie zurück.

»Es gibt einen großen Unterschied zwischen Bewunderung und Liebe«, sagte sie.

»Ach ja? Da bin ich mir nicht so sicher. Wie kann man eine Frau anrühren, wenn man weiß, dass sie einen verachtet? Und wenn eine Frau einen Mann bewundert, was bewundert sie dann genau? Eine Frau, die einen bewundert, würde sofort die Beine breit machen, würde alles geben, was sie hat.« Sie spürte seine Hitze über sich wie eine Wolke; und biss sich in einen Fingerknöchel. »So wie du – für mich hast du das getan, weißt du noch? Willst du nicht zurückkommen?«

Da blickte sie auf, und Tränen rannen ihr übers Gesicht. »Ach, Richard, ich weiß nicht, ob ich das kann.«

»Warum denn nicht? Verachtest du mich so sehr?« Sie knetete ihr Taschentuch. Er hockte sich neben ihren Sessel. »Es tut mir leid, dass wir uns so auseinandergelebt haben, ich weiß nicht mal, wie das passiert ist, aber wahrscheinlich war ich sauer auf dich, weil du so wenig Achtung hast vor« – er versuchte zu lachen – »meinem Erfolg. Vielleicht hast du recht damit, ich weiß es nicht. Ich weiß, dass du klüger bist als ich, aber wovon sollen wir denn leben, Spatz, was soll ich denn sonst machen? Vielleicht hätte ich nicht so eifersüchtig sein sollen auf Vivaldo, aber es wirkte so schlüssig, als der Gedanke einmal da war. Und als er einmal da war, dachte ich andauernd daran. Vivaldo ist bestimmt viel allein, und – du warst auch viel allein.« Sie sah ihn an, sah weg. Er legte eine Hand auf ihren Arm; sie biss sich auf die Lippe, um nicht zu sehr zu zittern. »Komm zu mir zurück, bitte. Liebst du mich denn nicht mehr? Du kannst doch nicht aufgehört haben, mich zu lieben. Ich kann nicht ohne dich leben, du warst für mich schon immer die einzige Frau auf der Welt.«

Sie konnte schweigen und in seine Arme sinken, und die vergangenen Monate wären ausgelöscht – er würde nie erfahren, wo sie gewesen war. Die Welt würde zu ihrer früheren Gestalt zurückkehren. Wirklich? Das Schweigen zwischen ihnen dehnte sich aus. Sie konnte ihn nicht ansehen. Zu lange schon existierte er nur noch in ihrem Kopf – und jetzt brachte sie seine verstörende körperliche Präsenz aus dem Gleichgewicht. Ihre Fantasie hatte nicht weit genug gereicht – zum Beispiel hatte sie das Ausmaß oder das Wesen oder die Macht seines Schmerzes nicht vorhergesehen. Er war ein einsamer, einfältiger Mann, der sie liebte. Liebte sie ihn?

»Ich verachte dich nicht«, sagte sie. »Es tut mir leid, wenn ich diesen Eindruck erweckt habe.« Dann sagte sie nichts mehr. Wozu sollte sie es ihm erzählen? Was würde es nützen? Er würde es nie verstehen, sie hätte ihm lediglich eine Qual bereitet, mit der er niemals würde umgehen können. Und er würde ihr nie wieder vertrauen.

Liebte sie ihn? Und wenn ja, was sollte sie tun? Ganz langsam und behutsam entzog sie ihm ihren Arm und ging ans Fenster. Die Jalousien waren vor der Nacht heruntergelassen; sie zog sie ein Stück hoch und blickte nach draußen: auf die Lichter und das tiefe schwarze Wasser. Im Zimmer hinter ihr schlug Stille ihre mächtigen Gongs. Cass ließ die Jalousie wieder herunter und drehte sich um. Richard saß jetzt auf dem Fußboden, neben dem Sessel, in dem sie gesessen hatte, das Glas zwischen den Füßen, die großen Hände locker unter den Knien, den Kopf ihr zugeneigt. Diesen Blick kannte sie, es war ein lauschender, ein zutraulicher Blick. Sie zwang sich, ihn anzusehen; vielleicht sah sie diesen Blick nie wieder, und er hatte sie so lange genährt! Sein Gesicht war das eines bald mittelalten Mannes und zugleich – und für sie auf allezeit – das Gesicht eines Jungen. Sein flachsblondes Haar war länger als sonst, es wurde langsam grau, seine Stirn war feucht, sein Haar war feucht. In dieser beängstigenden, unermesslichen Sekunde, die sie dort stand und ihn betrachtete, merkte Cass, dass sie ihn liebte. Hätte sie ihn weniger geliebt, sie hätte verdrossen eingewilligt, weiter als das Bollwerk zu dienen, das seine Schlichtheit schützte. Aber das konnte sie Richard nicht antun und den Kindern auch nicht. Er hatte ein Recht darauf, seine Frau zu kennen: Sie betete, dass er das annahm.

»Ich muss dir was sagen, Richard. Ich weiß nicht, wie du es aufnehmen wirst oder wie es danach mit uns weitergeht.« Sie hielt inne, und sein Gesichtsausdruck änderte sich. *Schnell!,* sagte sie sich. »Ich muss es dir sagen, weil wir sonst nie wieder zusammenkommen und keine gemeinsame Zukunft haben.« Ihr Magen zog sich trocken zusammen. Sie wollte ins Bad rennen, wusste aber, dass es nichts nützen würde. Die Krämpfe ließen nach. »Vivaldo und ich haben uns niemals angerührt. Ich« – *schnell!* – »habe eine Affäre mit Eric.«

Als er sprach, schien seine Stimme von keinem Bewusstsein getragen, niemandem zu gehören; es war ein bloßes, bedeutungsloses Geklingel in der Luft: »Eric?«

Sie ging zum Tresen und stützte sich auf. »Ja.«

Wie die Stille dröhnte und sich verdichtete! »Eric?« Er lachte. *»Eric?«*

›Jetzt ist er dran‹, dachte sie. Sie sah ihn nicht an; er erhob sich, er stolperte, auf einmal betrunken, zur Bar. Sie spürte, wie er sie anstarrte – aus irgendeinem Grund dachte sie an ein Flugzeug kurz vor der Landung. Dann packte seine Hand ihre

Schulter. Er drehte sie zu sich herum. Sie zwang sich, ihm in die Augen zu sehen.

»Ist das wirklich wahr?«

Ihr war eiskalt, und sie wollte sich schlafen legen. »Ja, Richard. Das ist wahr.«

Sie setzte sich wieder in den Sessel. Sie hatte sich tatsächlich ausgeliefert: Sie dachte an die Kinder, und Angst schlug über ihr zusammen wie eine Woge; sie fröstelte. Sie starrte vor sich hin, reglos, und lauschte: Denn was auch immer sie sonst verlieren mochte, ihre Kinder würde sie nicht hergeben, sie würde sie nicht gehen lassen.

»Das ist *nicht* wahr, ich glaube dir nicht. Wieso Eric? Wieso bist du zu ihm gegangen?«

»Er hat was – etwas, das ich dringend brauchte.«

»Und was, Cass?«

»Ein Selbstgefühl. Er weiß, wer er ist.«

»Ein Selbstgefühl«, wiederholte er langsam. »Ein Selbstgefühl.« Sie spürte seinen Blick und spürte auch mit Grausen, wie der Sturm sich langsam in ihm zusammenbraute, wie lange es brauchen würde, bis er losbrach. »Verzeih deinem grob gestrickten Ehemann, aber mein Eindruck war immer, dass er überhaupt nicht weiß, wer er ist. Er ist sich nicht mal sicher, was er zwischen den Beinen hat oder was man damit anfängt – aber das muss ich ja jetzt wohl zurücknehmen.«

›Und auf geht's‹, dachte sie.

Erschöpft, ratlos, sagte sie: »Ich weiß, wie komisch das klingt, Richard.« Tränen traten ihr in die Augen. »Aber er ist ein wunderbarer Mensch. Ich weiß das, ich kenne ihn besser als du.«

Er machte ein Geräusch, das irgendwo zwischen Grunzen und Schluchzen lag. »Das ist anzunehmen – wobei er es vielleicht lieber andersrum gehabt hätte. Ist dir das schon mal in den Sinn gekommen? Du gehörst wahrscheinlich zu den wenigen Frauen auf der Welt, die –«

»Hör auf, Richard. Hör auf. Das ändert nichts, das hilft uns nicht weiter.«

Er ging zu ihr und blieb neben ihr stehen.

»Nur, damit ich das richtig verstehe«, sagte er. »Wir sind jetzt fast dreizehn Jahre verheiratet, ich habe dich die ganze Zeit geliebt, ich habe dir vertraut, und von ein paar Malen beim Militär abgesehen hatte ich nie was mit anderen Frauen. Auch wenn ich daran gedacht habe, aber es schien die Sache nicht wert. Und ich habe gearbeitet, Cass, sehr hart gearbeitet, für dich und unsere Kinder, damit wir glücklich sein können und unsere Ehe funktioniert. Vielleicht findest du das altmodisch, vielleicht findest du mich tumb, keine Ahnung, du bist ja so viel – *sensibler* als ich. Und jetzt – und dann –« Er ging an die Bar und stellte sein Glas ab. »Urplötzlich, ohne Grund, als es gerade den Anschein hat, als würde sich alles für uns fügen, urplötzlich – gibst du mir das Gefühl, dass ich etwas bin, das stinkt, das vor die Tür gehört. Ich wusste nicht, was passiert ist, ich wusste nicht, wo du hin bist – urplötzlich. Ich lausche, wenn du nach Hause kommst und nach den Jungs siehst und dann ins Bett kriechst – ich schwöre, ich habe immer jede deiner Bewegungen gehört –, und bin wie ein kleiner Junge im Büro geblieben, weil ich nicht wusste, wie, *wie* ich dir wieder näherkommen soll. Ständig habe ich gedacht: Sie kommt drüber weg, das ist bloß so eine weibliche Anwandlung, die ich nicht verstehe. Ich dachte sogar, mein Gott, dass du vielleicht noch ein Kind bekommst und es mir noch nicht sagen willst.« Er senkte den Kopf auf den Tresen. »Und mein Gott, mein Gott – Eric! Du kommst hier rein und erzählst mir, dass du mit Eric schläfst.« Er drehte sich zu ihr um. »Wie lange schon?«

»Ein paar Wochen.«

»Warum?« Sie antwortete nicht. Er ging wieder zu ihr. »Sag's mir, Spatz. Warum?« Er beugte sich über sie, hielt sie im Sessel gefangen. »Um mir wehzutun?«

»Nein, ich wollte dir nie wehtun.«

»Warum dann?« Er beugte sich tiefer. »Ist dir langweilig geworden mit mir? Ist er besser im Bett als ich; kennt er Tricks, die ich nicht kenne? Ist es das?« Mit einer Hand griff er ihr ins Haar. »Ist es das? Sag's mir!«

»Richard, du weckst noch die Kinder auf …«

»Jetzt sorgt sie sich um die Kinder!« Er riss ihren Kopf nach vorn, stieß ihn zurück an die Lehne und schlug ihr zwei Mal mit aller Macht quer übers Gesicht. Das Zimmer tauchte einen Moment ab in die Dunkelheit und schlingerte dann wieder ins Licht; Tränen traten ihr in die Augen, ihre Nase fing an zu bluten. »Ist es das? Hat er dich in den Arsch gefickt, musstest du ihm den Schwanz lutschen? Sag's mir, du Schlampe, du Hure, du *Fotze!*«

Sie versuchte, würgend und keuchend, den Kopf zurückzuwerfen, spürte das dicke Blut auf den Lippen, bevor es ihr auf die Brust tropfte. »Nein, Richard, nein, nein. Richard, bitte.«

»O Gott. O Gott.« Er ließ von ihr ab, und wie in einem Traum sah sie seinen großen Körper zum Sofa taumeln; hinterm Sofa fiel er auf die Knie und weinte. Sie lauschte, lauschte auf einen Laut von ihren Kindern und sah zur Tür, in der sie stehen würden, wenn sie aufgewacht wären; aber sie waren nicht da, kein Laut war zu hören. Sie sah zu Richard hinüber und bedeckte einen Moment ihr Gesicht. Sie wollte sein

Weinen nicht hören, seine bebenden Schultern nicht sehen. Ihr Gesicht fühlte sich doppelt so groß an wie sonst; als sie die Hand wegnahm, war sie voller Blut. Sie stand auf und wankte ins Bad.

Sie ließ Wasser laufen, und langsam hörte die Blutung auf. Sie setzte sich auf den Fußboden. In ihrem Kopf sprangen die Gedanken wild hin und her wie die Nadel eines kaputten Messgeräts. Sie fragte sich, ob ihr Gesicht bis zum Morgen anschwellen würde und wie sie das Paul und Michael erklären sollte. Sie dachte an Ida und Vivaldo und Ellis und fragte sich, was Vivaldo machte, wenn er die Wahrheit herausfand; er tat ihr sehr leid, so sehr, dass die Tränen erneut kamen und ihr auf die verschränkten Hände tropften. Sie dachte an Eric und fragte sich, ob sie nun auch ihn betrogen hatte, indem sie Richard die Wahrheit erzählt hatte. Und was sollte sie jetzt Eric sagen und er ihr? Nie wieder wollte sie die erleuchtete weiße Zuflucht des Badezimmers verlassen. Ihr Kopf war angefüllt mit Richards hörbaren, sichtbaren Qualen. Sie fragte sich, ob es Hoffnung für sie gab, ob es noch etwas zwischen ihnen gab, das sie nutzen konnten. Die letzte Frage bewog sie schließlich, aufzustehen, während ihr trockener Magen noch immer krampfte, und ihr blutiges Kleid auszuziehen. Sie wollte es verbrennen, warf es aber in die Schmutzwäsche. Sie ging in die Küche und setzte Kaffee auf. Dann ging sie ins Bad zurück, zog einen Morgenmantel an und nahm die Zigaretten aus ihrer Handtasche. Sie steckte sich eine an und setzte sich an den Küchentisch. Es war drei Uhr morgens. Sie saß da und wartete darauf, dass Richard aufstand und zu ihr kam.

DRITTES BUCH

# NACH BETHLEHEM

*Wie käme Schönheit dann dagegen an,*
*Die einer zarten, schwachen Blume gleicht?*
William Shakespeare, *Sonett 65*

# 1

Vivaldo rannte, rannte, rannte im Traum durch ein Land, das er immer gekannt hatte, an das er sich aber nicht erinnerte, ein felsiges Land. Der prasselnde Regen nahm ihm die Sicht, die nassen Ranken griffen nach Beinen und Füßen, Dornen und Nesseln zerkratzten ihm Hände, Arme und das Gesicht. Er war auf der Flucht und zugleich auf der Suche, und die Zeit im Traum wurde knapp. Vor ihm stand eine hohe Mauer, eine hohe Mauer aus Stein. Glassplitter glitzerten oben auf der Kante, scharfe Spitzen, die hinaufragten wie Speere. Er musste an Musik denken, obwohl keine zu hören war: Die Musik wurde vom Anblick des Regens geschaffen, der in erbarmungslosen, langen glänzenden Säulen herabfiel, und vom hellen Glas, das sich erbittert dagegen aufbäumte. Und etwas bäumte sich in seinem Körper auf wie eine Antwort, ein flüchtiger, kraftvoller und dunkel beunruhigender Zug, wie er ihn gespürt haben könnte, hätten ihn die Bewegung und die Kraft eines Pferdes getragen. Und während er im Traum rannte oder getrieben wurde, fühlte er sich schwer und schwindlig durch die Gewissheit, dass er etwas vergessen hatte – aber was? –, irgendein Geheimnis, irgendeine Aufgabe, die ihn retten würde. Sein Atem war ein schweres Gewicht, eingeschlossen in seiner Brust. Er kam an die Mauer. Mit blutenden

Händen packte er den Stein, doch der Stein war rutschig, er fand keinen Halt, konnte sich nicht daran hochziehen. Er versuchte es mit den Füßen, seine Füße rutschten ab; der Regen prasselte.

Und jetzt wusste er, dass sein Feind dicht hinter ihm war. Salz brannte ihm in den Augen. Er wagte nicht, sich umzudrehen; in Panik drückte er sich gegen die raue, nasse Mauer, als könnte sie schmelzen oder ihn einlassen. Er hatte etwas vergessen – aber was? Wie man entkam oder wie man den Feind bezwang. Dann hörte er das Klagen von Posaunen und Klarinetten und das stete, wütende Schlagen von Trommeln. Sie spielten einen Blues, den er noch nie gehört hatte, sie erfüllten die Erde mit einem Klang, der so entsetzlich war, dass er ihn nicht würde ertragen können. Wo war Ida? Sie könnte ihm helfen. Doch raue Hände legten sich auf ihn, und er blickte hinab in Rufus' verzerrtes, rachsüchtiges Gesicht. *Geh rauf,* sagte Rufus. *Ich helf dir rauf. Geh schon!* Rufus' Hände schoben und schoben, und bald stand Vivaldo höher, als Rufus je gestanden hatte, auf der winterlichen Brücke, und blickte in den Tod. Er wusste, dass es dieser Tod war, den Rufus am meisten ersehnte. Er versuchte hinunterzusehen, Rufus um Gnade zu bitten, doch er konnte sich nicht rühren, ohne von der Mauer oder ins Glas zu fallen. Von Weitem, weit hinter dieser Flut, sah er Ida auf einer hügeligen grünen Wiese, einsam wandernd. Die Sonne schien wunderschön auf ihr blauschwarzes Haar und ihre Aztekenstirn und sammelte sich in einer dunkel glitzernden Lache in ihrer Kehlgrube. Sie sah nicht in seine Richtung, ging gemessenen Schritts und blickte vor sich auf den Boden; und doch spürte er, dass sie ihn sah und wusste, dass er auf dieser grausamen Mauer stand, und im Einvernehmen mit ihrem Bruder wartete sie auf seinen Tod. Dann kam Rufus aus der Luft herabgeschossen und pfählte sich selbst auf den Spitzen des Zauns, der die Wiese in der Ferne umgab. Ida sah nicht hin: Sie wartete. Vivaldo sah Rufus' Blut fließen, leuchtend rot über die schwarzen Spitzen auf die grüne Wiese. Er wollte rufen, aber es kamen keine Wörter heraus, er wollte Ida erreichen und fiel schwer mit Händen und Knien auf das hoch aufgebäumte Glas. Der Schmerz war unerträglich – und doch spürte er wieder dieses wahllose, sinnliche Ziehen. Er war vollkommen hilflos und so verängstigt wie noch nie. Doch steckte darin auch eine Lust. Er wand sich im Glas. *Bring mich nicht um, Rufus. Bitte. Bitte. Ich liebe dich.* Da legte sich Rufus zu seiner Freude und Verwirrung neben ihn und öffnete die Arme. Und in dem Moment, da er sich dieser überwältigenden Umarmung ergab, zersplitterte sein Traum wie Glas, er hörte den Regen am Fenster, kehrte mit einem Ruck in seinen Körper zurück und spürte seinen Geruch und Erics und merkte, dass es Eric war, an den er sich klammerte und der sich an ihn klammerte. Erics Lippen lagen an Vivaldos Nacken.

Vivaldo hoffte, dass er noch immer träumte. Eine tiefe Trauer ergriff ihn, weil er träumte und weil er wach war. Sofort hatte er das Gefühl, seinen Traum geschaffen zu haben, um diese Gelegenheit zu schaffen; er hatte etwas herbeigeführt, das er sich schon so lange wünschte. Er war erschrocken, dann war er wütend – auf Eric oder sich selbst? Er wusste es nicht – und fing an, sich zurückzuziehen. Aber er konnte sich nicht zurückziehen, er wollte nicht, es war zu spät. Er dachte daran, einfach die Augen zu schließen, um keine Verantwortung für das zu übernehmen, was jetzt geschehen würde. Und für diesen Gedanken schämte er sich. Er versuchte nachzuvollziehen, wie dieser ungeheuerliche

Vorgang begonnen hatte. Sie waren wohl eingeschlafen, eng beieinander, Eric dicht an seinem Rücken – ach, welche Erinnerung beschwor dies, beinahe, herauf? Er hatte seine Beine, sich selbst um Eric geschlungen, da Erics Körper nun mal da war; und Begehren hatte dieses mönchische Jungenbett eingenommen. Jetzt war es zu spät, Gott sei Dank war es zu spät; jetzt mussten sie sich von der quälenden Last ihrer Shorts und Hosen und der Laken befreien. Er schlug die Augen auf. Eric betrachtete ihn mit einem kleinen Halblächeln, einem besorgten Lächeln, und dieses Lächeln machte Vivaldo deutlich, dass Eric ihn liebte. Eric liebte ihn wirklich und wäre stolz, Vivaldo alles zu geben, was er brauchte. Mit einem Stöhnen und einem Seufzen, mit unbeschreiblicher Erleichterung, wachte Vivaldo ganz auf und zog Eric zu sich heran. Es war ein Traum gewesen und doch auch kein Traum, wie lange dauern solche Träume? Dieser konnte nicht lange dauern. Daher schienen beide auf der Stelle darauf bedacht, sich diesen Moment zu nehmen, der ihnen gehörte, wie weit auch immer er reichte. Sie strampelten ihre Hosen zu Boden, ohne etwas zu sagen – was gab es auch zu sagen? –, ohne einander loszulassen. Wie in einem Wachtraum, hilfos und vertrauensvoll, spürte er, wie Eric ihm das Hemd auszog und ihn mit geöffneten Lippen liebkoste. Eric beugte sich hinunter und küsste Vivaldo auf den Nabel, halb verborgen im dichten struppigen Haar. Dies zu Ehren Vivaldos, seines Körpers, seiner Bedürfnisse, und Vivaldo erzitterte, wie er noch nie gezittert hatte. Diese Liebkosung war nicht nur angenehm. Vivaldo war entsetzlich beklommen, wusste nicht, was von ihm erwartet wurde oder was er von Eric erwarten konnte. Er zog Eric hoch und küsste ihn auf den Mund, knetete Erics Pobacken und streichelte sein Geschlecht. Wie merkwürdig er sich anfühlte, dieser aggressive Muskel, der sich streckte und pulsierte, so ähnlich seinem eigenen, aber einem anderen gehörte! Und diese Brust, dieser Bauch, diese Beine waren wie seine, und das Beben von Erics Atem war wie ein Echo seines eigenen Erdbebens. Ach, was war es, woran er sich nicht erinnern konnte? Dies war seine erste sexuelle Erfahrung mit einem Mann seit vielen Jahren und seine erste sexuelle Erfahrung mit einem Freund. Er verband diesen Akt mit der Demütigung und Herabsetzung eines Mannes durch einen anderen, wobei der Unterlegene weniger wichtig war als ein zerknülltes, weggeworfenes Taschentuch; aber mit Eric fühlte es sich nicht so an, und daher wusste er nicht, was er fühlte. Diese quälende Unsicherheit ließ Vivaldo fürchten, dass ihr Moment vielleicht doch zu nichts führen könnte. Er wollte nicht, dass es so endete, dazu war sein Bedürfnis zu groß, und sie waren schon so weit gekommen, und Eric hatte zu viel riskiert. Er hatte Angst vor dem, was passieren mochte, wenn sie scheiterten. Und doch blieb seine Lust und wuchs, tobte in ihm und trommelte gegen das Labyrinth seiner Verwirrung; seine Lust war ungewohnt arrogant und grausam und unverantwortlich, und doch mischte sich eine tiefe und unerklärliche Zärtlichkeit hinein: Er wollte Eric keine Schmerzen bereiten. Der körperliche Schmerz, den er zuweilen den Frauen, den längst verschwundenen Phantomen, beigebracht hatte, war für sie notwendig gewesen, er hatte ihnen eine Tür zum Leben aufgestoßen; doch jetzt war er in ein anderes Rätsel verstrickt, schwärzer und zugleich reiner. Er versuchte mit aller Kraft, sich in seine Jugend zurückzuversetzen, während er Erics fremden Körper packte und dieses fremde Geschlecht streichelte. Gleichzeitig versuchte er, an eine Frau zu denken (nur an Ida wollte er nicht denken). In dieser antiken Haltung lagen sie beieinander, die Hand jeweils auf dem Geschlecht des anderen, die Beine verschlungen, Erics bebender Atem an Vivaldos Brust. Dieses kindliche und zutrauliche Beben gab Vivaldo ein Gefühl der eigenen Stärke zurück. Er hielt Eric ganz fest und bedeckte Erics Körper mit seinem eigenen, als würde er ihn gegen den fallenden Himmel abschirmen. Gleichzeitig schien ihm, als würde auch er abgeschirmt – von Erics Liebe. Es war eigenartig und nachdrücklich zweischneidig, wie Liebe inmitten von Spiegeln oder wie Tod durch Ertrinken. Aber es war auch wie Musik, höchste, lieblichste, einsamste Bläser, und es war wie der Regen. Er küsste Eric und küsste ihn immer wieder und fragte sich, wie sie am Ende zusammenkommen würden. Der männliche Körper war kein Rätsel, über ihn hatte er noch nie nachgedacht, doch jetzt war er das undurchdringlichste Rätsel überhaupt; und so dachte er nun auf nie gekannte Weise über seinen eigenen Körper nach, seine Möglichkeiten und seinen bevorstehenden vollständigen Verfall. Eric drückte sich an ihn, unter ihn, durstig wie Sand. Vivaldo fragte sich, was in Erics Körper sich regte, das ihn wie einen Vogel oder ein Blatt im Sturm gegen die Wand von Vivaldos Fleisch trieb; und er fragte sich, was sich in seinem eigenen Körper regte: Welche Kraft suchten sie, jetzt, zu teilen? Was machte er hier? Nichts könnte dem notwendigen Kampf, den man mit Frauen ausfocht, ferner sein. Inzwischen wäre er in sie eingedrungen, in die Frau, die nicht hier war, ihre Seufzer wären anders, und ihre Hingabe wäre nie vollkommen. Ihr Geschlecht, das ihm Einlass gewährte, würde ihm doch immer fremd bleiben, Ansporn, Qual und immerwährendes Rätsel. Und selbst jetzt, in diesem lichten, regsamen, bedenklichen Moment, mit dem Regen als einzigem Zeugen, wusste er, dass er zu Frauen verdammt war. Wie war es, ein Mann zu sein, der zu Männern verdammt war? Er konnte es sich nicht vorstellen und spürte einen flüchtigen Widerwillen, rasch verscheucht, um die Leichtigkeit nicht zu verlieren. Und zugleich wuchs seine Erregung: Er hatte das Gefühl, mit Eric machen zu können, was er wollte. Vivaldo, sonst selbst der Regsame, der Gebende der Gaben, gewohnt, seine Befriedigung aus der Befriedigung einer Frau zu ziehen, ergab jetzt sich dem Luxus, der flammenden Starre der Passivität, und flüsterte Eric gedämpft ein drängendes Flehen ins Ohr.

Es war ein Traum an der Schwelle zum Albtraum: Wie alt war dieser Ritus, dieser Akt der Liebe, wie tief? In unpersönlicher Zeit, in den Akteuren? Ihm war, als sei er von einem Steilhang in die Luft getreten, die ihn unerbittlich oben hielt wie die salzige See den Schwimmer: und er schien, grässlich weit hinab, auf den Grund seines Herzens zu blicken, dieses Herzens, das alle nur nennbaren Möglichkeiten enthielt und noch weitere, für die er keinen Namen hatte. Ihr Moment näherte sich dem Ende. Vivaldo stöhnte, und seine Schenkel lösten sich wie die einer Frau, er stieß hinauf, während Eric hinabstieß. Wie seltsam, wie seltsam! Schluchzte und flehte Eric jetzt still, wie er auf Ida still schluchzte und flehte? Aber Rufus hatte bestimmt gestrampelt und geschlagen, je höher er stieg, wie Vivaldo jetzt strampelte und schlug und aufstieg. *Rufus. Rufus.* War es so für ihn gewesen? Und er wollte Eric fragen: Wie war es für Rufus? Wie war es für ihn? Dann hatte er das Gefühl zu fallen, als hätte die müde See versagt und ihn umhüllt, er fühlte, dass er sank – sank und sich dabei verzweifelt aufwärts zu kämpfen versuchte. Von weither hörte er seinen rauen Atem, hörte den prasselnden Regen, und wurde eingeholt. Er dachte daran, wie Ida im unerträglichen Moment den Kopf zurückwarf und, sich windend, die Zähne entblößte. Und seinen Namen rief. Und Rufus? Hatte er, am Ende, mit fremder Stimme gemurmelt, wie er sich selbst jetzt murmeln hörte: »Ach, Eric. Eric.« Was war das für eine Raserei? »Eric.« Er zog ihn an sich durch die zerwühlten Laken und hielt ihn fest. »Danke«, flüsterte Vivaldo, »danke, Eric, danke.« Eric schmiegte sich an ihn ein wie ein Kind, und Salz tropfte von seiner Stirn auf Vivaldos Brust.

Dann lagen sie beieinander, eng, verborgen und beschützt vom Prasseln des Regens. Der Regen ging draußen nieder wie ein Segen, wie eine Mauer zwischen ihnen und der Welt. Vivaldo schien durch ein großes Zeitloch gefallen zu sein, zurück zu seiner Unschuld, er fühlte sich klar, gewaschen und leer, in Erwartung neuer Erfüllungen. Er strich Eric durchs drahtige Haar am Hinterkopf, beglückt und verblüfft über die Liebe, die er empfand. Erics Atem fuhr zitternd über die Haare auf seiner Brust, hin und wieder berührte er Vivaldo mit den Lippen. Vor lauter Genuss und Wärme wurde Vivaldo schwer und schläfrig; langsam dämmerte er wieder in den Schlaf hinüber, Lichtstrahlen spielten hinter seinen Augen wie die Sonne. Doch unter diesem Frieden und der Dankbarkeit lag die Frage, was Eric denken mochte. Er wollte die Augen öffnen, in Erics Augen blicken, aber der Aufwand war zu groß und drohte außerdem seinen Frieden zu zerbrechen. Bedächtig streichelte er Erics Nacken und Rücken und hoffte, seine Freude möge ihm durch die Fingerspitzen fließen. Gleichzeitig fragte er sich, und da musste er beinahe lachen, *nach dem ganzen Scheiß, den ich gestern Abend von mir gegeben habe,* was er in diesem Bett machte, in den Armen eines Mannes. Der für ihn der liebenswerteste Mann auf Erden war. Er fühlte sich sagenhaft geborgen, befreit in dem Wissen, dass es, egal wo, wenn die Klaue nach ihm griff, wenn er gehen musste, egal was bis zu seinem Tod noch passierte und selbst oder gerade wenn sie einander nie wieder in den Armen lagen, einen Mann auf der Welt gab, der ihn liebte. All seine Hoffnung, die so blass geworden war, strömte ins Leben zurück. Er liebte Eric: Das war eine große Offenbarung. Aber noch seltsamer war, und es bot beispiellosen Halt und Freiheit, dass Eric ihn liebte. »Eric …?«

Sie öffneten die Augen und sahen einander an. Erics dunkelblaue Augen waren klar und lauter, doch in der Tiefe wartete auch eine furchtbare Angst. »Für mich war es wunderbar, Eric.« Vivaldo sah ihm ins Gesicht. »Für dich auch?«

»Ja«, sagte Eric und wurde rot. Sie flüsterten nur. »Wahrscheinlich hab ich das mehr gebraucht, als mir klar war.«

»Es passiert vielleicht nie wieder.«

»Ich weiß.« Einen Augenblick herrschte Schweigen. »Möchtest du denn, dass es wieder passiert?«

Da verstummte Vivaldo und hatte zum ersten Mal Angst. »Ich kann das nicht beantworten«, sagte er. »Ja – ja und nein. Aber wie auch immer, Eric, ich liebe dich, werde dich immer lieben, ich hoffe, das weißt du.« Das Zittern in seiner Stimme überraschte ihn. »Liebst du mich? Sag mir, dass du mich liebst.«

»Das weißt du doch.« Eric blickte in Vivaldos ermattetes weißes Gesicht und strich über die Bartstoppeln, die gleich unter dem Wangenknochen begannen. »Ich liebe dich sehr, ich würde alles für dich tun. Das musst du doch gewusst haben? Irgendwo, seit Langem. Denn ich glaube, ich liebe dich schon sehr lange.«

»Wirklich? Ich wusste nicht, dass ich das wusste.«

»Ich auch nicht«, sagte Eric lächelnd. »Was für ein merkwürdiger Tag, der mit solchen Offenbarungen beginnt.«

»Sie öffnen sich«, sagte Vivaldo, »all die Bücher im Himmel.« Er schloss die Augen. Das Telefon klingelte. »Ach, du Scheiße.«

»Noch mehr Offenbarungen.« Eric grinste. Er griff über Vivaldo hinweg nach einer Zigarette und steckte sie an.

»Es ist zu früh, Baby. Können wir nicht einfach weiterschlafen?«

Das Telefon klingelte und klingelte.

»Es ist eins.« Skeptisch blickte Eric von Vivaldo zum klingelnden Telefon. »Wahrscheinlich Cass. Sie ruft noch mal an.«

»Oder vielleicht Ida. Sie ruft wahrscheinlich nicht noch mal an.«

Eric nahm ab. »Hallo?«

Vivaldo hörte undeutlich, von weither, Cass' Stimme durch die Leitung rasen. »Guten Morgen, mein Schatz, wie geht es dir?«, rief Eric. Dann fiel er in Schweigen. Etwas an diesem Schweigen machte Vivaldo hellwach; er setzte sich auf. Er betrachtete Erics Gesicht. Dann steckte auch er sich eine Zigarette an und wartete.

»Ach«, sagte Eric nach einem Augenblick. Dann: »Mein Gott, ach, meine arme Cass.« Die Stimme sprach immer weiter, Erics Miene wurde besorgter und trüber. »Ja, aber jetzt *ist* es passiert. Es ist da. Es hat uns erreicht.« Er sah kurz auf Vivaldo und dann auf seine Uhr. »Ja, natürlich, wo?« Er blickte zum Fenster. »Cass, es sieht nicht so aus, als würde er nachlassen.« Dann: »Bitte, Cass. Bitte nicht.« Seine Miene veränderte sich wieder, diesmal vor Schreck; er warf Vivaldo einen Blick zu und sagte schnell: »Vivaldo ist hier. Wir sind nirgendwohin gegangen, wir sind einfach hiergeblieben.« Ein trockenes, bitteres Lächeln umspielte seine Lippen. »So sagt man wohl, und ein Unglück kommt selten allein.« Er lachte: »Nein, niemand kommt ohne Klischees aus – was?« Er lauschte. Behutsam sagte er: »Aber meine Proben fangen bald an, Cass, und vielleicht gehe ich an die Westküste, außerdem –« Mit schwerem, hilflosem Stirnrunzeln sah er Vivaldo an. »Ja, das verstehe ich, Cass. Ja. Um vier. Ist gut. Halt durch, mein Schatz, halt durch bis dahin.«

Er legte auf. Einen Moment saß er nur da und blickte in den Regen, dann sah er mit einem kleinen Lächeln auf Vivaldo hinab, traurig und stolz zugleich. Er blickte wieder auf die Uhr, drückte die Zigarette aus, lehnte sich zurück und starrte an die Decke, Kopf auf den Armen. »Tja. Dreimal darfst du raten. Der Karren ist im Dreck. Cass ist gestern Abend spät nach Hause gekommen, und es gab Streit mit Richard – über uns. Richard weiß Bescheid.«

Mit großen Augen stieß Vivaldo einen Pfiff aus. »Ich hab ja gesagt, du sollst nicht abnehmen. Was für ein Schlamassel. Ist Richard jetzt auf dem Weg hierher, mit der Flinte im Anschlag? Wie ist er überhaupt dahintergekommen?«

Eric sah seltsam schuldbewusst aus. »Ach, Cass war total durcheinander, ich weiß es nicht. So oder so, wie er dahintergekommen ist, spielt jetzt keine Rolle mehr, denn er weiß Bescheid.« Er setzte sich auf. »Offenbar war er schon länger misstrauisch – aber deinetwegen …«

»Meinetwegen? Der muss übergeschnappt sein!«

»Na ja, Cass war ständig mit dir verabredet, jedenfalls hat sie ihm das erzählt …«

»Und was hat Ida seiner Meinung nach gemacht, während Cass und ich am Vögeln waren? Uns Gutenachtgeschichten vorgelesen?«

Wieder sah Eric befangen aus, aber er lachte. »Ich weiß nicht, was er gedacht hat. Jedenfalls sagt Cass, dass er dir furchtbar grollt, weil« – er zögerte einen Moment und schlug die Augen nieder –, »weil du von der Affäre wusstest und doch eigentlich sein Freund bist und ihm nichts gesagt hast.« Er sah Vivaldo an. »Findest du, du hättest es ihm sagen müssen?«

Vivaldo drückte seine Zigarette aus. »Was für ein abstruser Gedanke. Ich bin doch kein Pfadfinder. Außerdem seid du und Cass meine Freunde, nicht Richard.«

»Na, das wusste er ja nicht; ihn kennst du schon so viel länger als mich – mich mag Richard nicht besonders –, also erwartet er natürlich, dass du ihm gegenüber loyal bist.«

Vivaldo seufzte. »Es gibt verdammt viel, was Richard nicht weiß, und das ist Pech, aber nicht meine Schuld. Und er ist nicht ehrlich. Er weiß, dass wir schon lange keine richtigen Freunde mehr sind. Und ich lass mir keine Schuldgefühle einreden.« Dann grinste er. »Ich hab so schon genug Schuldgefühle.«

»Fühlst du dich denn schuldig?«

Einen Moment lang sahen sie sich an. Vivaldo lachte. »Daran hatte ich jetzt gar nicht gedacht. Aber nein, ich fühle mich nicht schuldig, und ich hoffe bei Gott, dass ich mich nie wieder schuldig fühlen werde. Das ist eine gigantische Zeitverschwendung.«

Eric senkte den Blick. »Ja, Cass sagt, dass Richard heute versuchen könnte, dich zu sehen.«

»Klingt ganz nach ihm. Tja, ich bin nicht zu Hause.« Auf einmal lachte er. »Wäre es nicht witzig, wenn Richard hierherkäme?«

»Und dich hier antreffen würde, meinst du?« Sie lachten und wälzten sich auf dem Bett wie Kinder. »Was er da wohl denken würde.«

»Armer Mann. Der wüsste gar nicht mehr, was er denken soll.«

Sie fingen wieder an zu lachen. »Von uns bekommt er ja nicht gerade viel Mitgefühl«, sagte Eric.

»Das stimmt.« Vivaldo setzte sich auf, steckte zwei Zigaretten an und gab Eric eine. »Das arme Schwein leidet bestimmt sehr; schließlich weiß er gar nicht, wie ihm geschieht.« Sie schwiegen. »Und Cass ist wahrscheinlich nicht zum Lachen zumute.«

»Nein. Nicht über Richard und auch sonst nicht. Sie klang halb wahnsinnig.«

»Von wo aus hat sie angerufen?«

»Von zu Hause. Richard war gerade rausgegangen.«

»Ich frage mich, ob er tatsächlich zu mir will. Vielleicht sollte ich anrufen und sehen, ob Ida zu Hause ist.« Aber er rührte sich nicht.

»Verfahrener könnte es kaum werden«, sagte Eric nach einer Weile. »Richard spricht von Scheidung, und dass er das Sorgerecht für die Kinder beantragen will.«

»Ja, und wahrscheinlich ist er gerade los, um ein Brandeisen mit dem Buchstaben *A* zu kaufen, und wenn er könnte, würde er dafür sorgen, dass Cass auf der Straße ihren Arsch verkauft und an Syphilis stirbt. Und zwar langsam. Der Typ ist verletzt, Mann, in seiner Selbstachtung.«

»Na ja«, sagte Eric bedächtig, »er wurde tatsächlich verletzt. Man muss nicht – bewundernswürdig sein, um Schmerz zu empfinden.«

»Nein. Aber vielleicht kann man anfangen, bewundernswürdig zu *werden,* wenn man, nachdem man verletzt wurde, nicht auf Rache sinnt.« Er legte Eric eine Hand in den Nacken. »Weißt du, was ich meine? Wenn man den Schmerz annehmen kann, der einen fast umbringt, kann man ihn vielleicht für sich nutzen.«

Eric betrachtete ihn mit einem eigenartigen Halblächeln, einem Ausdruck voller Liebe und Schmerz. »Das ist sehr schwer.«

»Trotzdem muss man es versuchen.«

»Ich weiß«, sagte er behutsam und behielt dabei Vivaldo im Blick. »Sonst hängt man bloß an dem fest, was einen fertiggemacht hat, und sorgt dafür, dass es immer und immer wieder passiert, und dann ist das Leben – vorbei, im Grunde, weil man nicht weiterkommt, sich nicht ändern kann, nicht mehr lieben kann.«

Vivaldo ließ seine Hand sinken. Er lehnte sich zurück. »Du versuchst mir irgendwas zu sagen. Was versuchst du mir zu sagen?«

»Ich sprach von mir.«

»Mag sein. Aber ich glaube dir nicht.«

»Ich hoffe bloß«, sagte Eric plötzlich, »dass Cass mich nicht hassen wird.«

»Warum sollte sie dich hassen?«

»Ich kann ihr nicht viel Gutes tun. Ich habe ihr nicht sehr gutgetan.«

»Das weißt du doch gar nicht. Cass wusste, worauf sie sich einlässt. Ich glaube, sie hatte viel klarere Vorstellungen davon als du, denn du, mein Lieber« – und er grinste –, »bist nicht sehr klar im Kopf.«

»Ich hatte wohl gehofft – vielleicht hatten wir beide gehofft –, dass Richard nicht dahinterkommt und dass Yves hier ist, bevor –«

»Ja. So manierlich ist das Leben nur nie.«

»Du bist ziemlich klar im Kopf.«

»Logisch.« Lächelnd zog er Eric zu sich heran. »Und genau das musst du auch für mich sein, Baby, wenn ich mal in der Tinte sitze. Klar im Kopf.«

»Ich werde mich bemühen«, sagte Eric ernst.

Vivaldo lachte. »Niemand könnte dich jemals hassen. Du bist viel zu lustig.« Er löste sich von Eric. »Wann triffst du dich mit Cass?«

»Um vier. Im Museum of Modern Art.«

»Mein Gott. Wie kommt sie weg? Oder kommt Richard mit?«

Eric zögerte. »Sie ist sich nicht sicher, ob Richard heute noch zurückkommt.«

»Verstehe. Vielleicht sollten wir besser mal Kaffee trinken …? Ich geh aufs Klo.« Er sprang aus dem Bett und schlug die Badezimmertür hinter sich zu.

Eric ging in die Küche, die kaum ordentlicher war, als er sich gerade fühlte, und setzte Kaffee auf. Einen Augenblick stand er da und sah der blauen Flamme im dämmrigen kleinen Raum zu. Er holte zwei Kaffeetassen raus, Milch und Zucker. Er ging ins Zimmer zurück und räumte Bücher und eilig hingekritzelte Notizen – von denen fast alle, noch während er sie auf kleine Zettelchen schrieb, zur Bedeutungslosigkeit erstarrt waren – vom Nachttisch und leerte den Aschenbecher. Er hob seine und Vivaldos Kleidung vom Boden auf und legte sie auf einen Stuhl, dann zog er die Laken auf dem Bett stramm. Er stellte Tassen, Milch und Zucker auf den Nachttisch, sah, dass nur noch fünf Zigaretten in der Schachtel waren, und suchte in seinen Taschen nach Nachschub, fand aber nichts. Er hatte Hunger, aber der Kühlschrank war leer. Er überlegte, ob er sich anziehen und zum Laden an der Ecke laufen sollte, um etwas zu besorgen – Vivaldo hatte bestimmt auch Hunger. Er ging ans Fenster und spähte durch die Jalousie. Der Regen strömte herunter wie eine Wand. Mit einem bösartigen Klatschen traf er auf die Gehwege und spritzte mit der Wucht von Pistolenkugeln in den überquellenden Rinnstein. Der Asphalt war breit und weiß und regenblank. Die grauen Gehwege tanzten und glänzten und kippten. Nichts regte sich – kein Auto, kein Mensch, keine Katze; und nur der Regen war zu hören. Eric vergaß den Laden und betrachtete den Regen, besänftigt von der Anonymität und der Gewalt – diese Gewalt war auch Frieden. Und so, wie der rasende Regen die vertrauten Umrisse von Mauern, Fenstern, Türen, geparkten Autos, Laternenpfählen, Hydranten und Bäumen verzerrte, verwischte und abstumpfte, wollte auch Eric, in seiner stummen Betrachtung, all die Rätsel, die auf ihn eindrangen, verwischen, abstumpfen und fliehen. *Wie schaffe ich es in diesem Regen bloß ins Museum?,* fragte er sich. Aber was er zu Cass sagen oder was sie zu ihm sagen würde, das wagte er sich nicht zu fragen. Er dachte an Yves, dachte an ihn mit einer Sorge, die an Panik grenzte, und kam sich doppelt untreu vor, mit dem Gefühl, dass der größte Halt in seinem Leben sich verschoben hatte – sich verschoben hatte und sich wieder verschieben würde, nachgeben könnte unter der schrecklichen, der wachsenden geheimen Last. Hinter der geschlossenen Tür hörte er Vivaldo leise pfeifen. Wie hatte er nicht wissen können, welcher Gefühle für Vivaldo er fähig war? Und die Antwort trommelte so unerbittlich auf ihn ein, wie der Regen fiel: Er hatte es nicht gewusst, weil er nicht gewagt hatte, es zu erkennen. Es gab so viele Dinge, die man nicht zu erkennen wagte. Und warteten sie alle geduldig wie Dämonen in der Dunkelheit, um eines regnerischen Sonntagmorgens aus ihrem Versteck zu springen und sich zu offenbaren?

Er ließ die Jalousie los und wandte sich ins Zimmer. Das Telefon klingelte. Mürrisch starrte er den Apparat an, dachte: *noch mehr Offenbarungen,* und nahm den Hörer ab.

Harman, sein Agent, brüllte ihm ins Ohr: »Ja, hallo – Eric? Tut mir leid, dass ich dich an einem Sonntagmorgen belästige, aber du bist ziemlich schwer zu erreichen. Ich wollte dir schon ein Telegramm schicken.«

»Ich bin schwer zu erreichen? Mir scheint, ich war die ganze Zeit zu Hause und hab's mir mit diesem reizenden Skript gemütlich gemacht.«

»Verarsch mich nicht, Schätzchen. Ich weiß ja, dass du geil bist auf das Stück, aber wir wollen's jetzt nicht übertreiben. Du bist nur einfach nicht ans Telefon gegangen. Hör zu –«

»Ja?«

»Wegen der Probeaufnahme – hast du einen Stift?«

»Sekunde.«

Er holte einen Stift vom Schreibtisch und einen Zettel und ging ans Telefon zurück.

»Schieß los, Harman.«

»Du fliegst nicht rüber. Es wurde vereinbart, dass du es hier machst. Weißt du, wo die Allied Studios sind?«

»Ja, klar.«

»Also, für Mittwochmorgen ist alles fest. Allied um zehn. Hör zu. Kannst du morgen mit mir Mittagessen gehen?«

»Ja, sehr gern.«

»Gut. Dann gehen wir die Einzelheiten durch. Ist Downey in Ordnung?«

»Gut. Wann?«

»Um eins. Jetzt – bist du noch dran?«

»Ganz Ohr, Baby.«

»Also, wir haben endlich diese Meschuggene von abgetakeltem Filmstar in der Stadt, und der Probentermin ist morgen in einer Woche.«

»Nächste Woche?«

*»Genau.«*

»Sehr schön. Mein Gott, freu ich mich, endlich wieder zu arbeiten.«

Vivaldo kam aus dem Bad, unaussprechlich groß in seiner blanken, weißen Nacktheit, und ging in die Küche. Skeptisch beäugte er die Kaffeekanne, kam zurück ins Zimmer und warf sich aufs Bett.

»Ab sofort arbeitest du, Eric. Du bist auf dem Weg, Schätzchen; du gehst durch die Decke, mein Lieber, ich freu mich wahnsinnig.«

»Danke, Harman. Ich hoffe sehr, dass du recht hast.«

»Ich bin schon länger im Geschäft, als du auf der Welt bist, Eric. Ich erkenne einen Volltreffer, wenn ich ihn sehe, und ich habe mich noch nie geirrt, nicht in dieser Hinsicht. Mach's gut, wir sehen uns morgen. Bis dann.«

»Bis dann.«

Er legte auf, von flüchtiger Aufregung ergriffen.

»Gute Nachrichten?«

»Das war mein Agent. Wir fangen nächste Woche an zu proben, und am Mittwoch sind meine Probeaufnahmen.« Dann flammte der Triumph in ihm auf: »Ist das nicht fantastisch?«

»Ich finde, darauf sollten wir einen trinken, Baby«, sagte Vivaldo, dann sah er, wie Eric die leere Flasche vom Boden aufhob. »Ah. Sehr bedauerlich.«

»Aber ich hab noch ein bisschen Bourbon.«

»Perfekt.«

Eric schenkte zwei Gläser ein und stellte die Flamme unter dem Kaffee aus. »Bourbon ist eigentlich auch viel passender«, sagte er glücklich, »den trinkt man im Süden, wo ich herkomme.«

Er setzte sich wieder aufs Bett und sie stießen an.

»Auf deinen ersten Oscar«, sagte Vivaldo.

Eric lachte. »Das ist rührend. Auf deinen Nobelpreis.«

»Das ist *sehr* rührend.« Eric zog das Laken bis zum Nabel hoch. Vivaldo beobachtete ihn dabei. »Du wirst sehr einsam sein«, sagte er plötzlich.

Eric zuckte mit den Schultern. »Du auch, so gesehen. *So* gesehen«, fügte er kurz darauf an, »bin ich auch jetzt einsam.«

Vivaldo schwieg einen Moment. Als er sprach, klang er sehr traurig und sanft: »Wirklich? Auch dann noch, wenn – dein Schatz hier ist?«

Da schwieg Eric. »Nein«, sagte er schließlich. Er zögerte. »Na – ja und nein.« Dann sah er Vivaldo an. »Bist du einsam mit Ida?«

Vivaldo ließ den Kopf sinken. »Darüber denke ich schon den ganzen Morgen nach – versuche ich jedenfalls.« Er blickte auf. »Ich hoffe, es macht dir nichts aus, wenn ich das sage – ach, mein Gott, du weißt es sowieso –, dass ich mich hier gerade in deinem Bett verstecke, vielleicht sogar in deinen Armen, dass ich mich gewissermaßen vor Ida verstecke. Ich versuche, mir über mein Leben mit Ida klar zu werden.« Er ließ den Kopf wieder sinken. »Ich denke die ganze Zeit, es ist an mir, das zu klären, so oder so. Aber anscheinend hab ich nicht den Mumm. Ich weiß nicht, wie. Ich habe Angst, etwas zu erzwingen, weil ich Angst habe, sie zu verlieren.« Erics tiefes Schweigen schien ihn ganz fahrig zu machen. »Weißt du, was ich meine? Kannst du mir irgendwie folgen?«

»Aber ja«, sagte Eric düster, »allerdings kann ich dir folgen.« Er lächelte Vivaldo an und wagte sich dann vor: »Wo wir uns hier beide so einkuscheln und uns vor den Dingen verstecken, die uns Angst machen – vielleicht ist es so, dass du mich in diesem Augenblick so liebst und ich dich so liebe, wie wir auf dieser Welt überhaupt nur lieben oder geliebt werden können.«

»Ich weiß nicht, ob ich das ›so‹ akzeptieren kann, noch nicht«, sagte Vivaldo. »Noch nicht. *So* – vielleicht. So bestimmt.« Er sah Eric an. »Aber das ist doch nicht – wirklich vollständig, oder? Hör zu. Dieser Tag ist fast vorbei. Wie lange wird es dauern, bis ein solcher Tag für uns noch mal wiederkommt? Wir sind ja keine Kinder, wir wissen, wie das Leben läuft und wie die Zeit verstreicht, verrinnt – ich kann dich nicht wirklich von Augenblick zu Augenblick, von Tag zu Tag, von Monat zu Monat weniger einsam machen. Oder du mich. Wir treiben nicht in dieselbe Richtung, und das kann ich nicht ändern und du auch nicht.« Er betrachtete Eric mit großen, gequälten Augen. Er lächelte. »Es wäre schön, wenn es so sein könnte; du bist wunderbar, Eric. Aber ich mag dich nicht auf dieselbe Art, wie du mich wahrscheinlich magst. Verstehst du? Und wenn wir versuchen würden, es hinzukriegen, es zu verlängern, zu kontrollieren, wenn wir versuchen würden, mehr rauszuholen, als uns – durch ein Wunder, ein Wunder, ganz bestimmt – zugefallen ist, würde ich zum Parasiten, und wir würden beide eingehen. Was also können wir füreinander tun, außer – einander zu lieben und einer des anderen Zeuge zu sein? Und haben wir nicht das Recht, auf – mehr zu hoffen? Sodass wir wirklich in den hineinwachsen können, der wir wirklich sind? Was meinst du?« Und bevor Eric antworten konnte, nahm er einen großen Schluck von seinem Whiskey und sagte in anderem Ton, mit leiserer Stimme: »Denn weißt du, als ich im Bad war, dachte ich, ja, ich fand es herrlich in deinen Armen, dich zu halten« – er wurde rot und sah Eric wieder ins Gesicht –, »warum auch nicht, es ist warm, ich mag Sex, ich mag dich, wie du mich liebst, aber« – er senkte erneut den Blick – »es ist nicht mein Ringen, es ist nicht mein Weg, und das weiß ich, und ich kann meinen Weg nicht aufgeben. Sonst sterbe ich, und wenn ich sterbe« – und jetzt bedachte er Eric mit einem reumütigen, jungenhaften Grinsen –, »liebst du mich nicht mehr. Und ich will, dass du mich mein ganzes Leben lang liebst.«

Eric legte eine Hand an Vivaldos Gesicht. Nach einem Moment ergriff Vivaldo die Hand. »Für dich den Mond, Baby«, sagte Eric. Zu seinem eigenen Erstaunen war seine Stimme nur noch ein heiseres Flüstern. Er räusperte sich. »Willst du jetzt einen Kaffee?«

Vivaldo schüttelte den Kopf. Er leerte sein Glas und stellte es auf den Tisch.

»Trink aus«, sagte er zu Eric.

Eric trank aus. Vivaldo nahm sein Glas und stellte es ab.

»Ich will jetzt keinen Kaffee.« Er breitete die Arme aus. »Ich will unseren kleinen Tag voll ausschöpfen.«

Um zehn vor vier war Eric irgendwie geduscht, rasiert und angezogen und stand da in Regenmantel und Regenhut. Der Kaffee war so heiß, dass er nur eine halbe Tasse trinken konnte. Vivaldo war noch nicht angezogen.

»Geh nur«, sagte er, »ich räum ein bisschen auf und zieh dann die Tür hinter mir zu.«

»Ist gut.« Doch Eric graute davor, wegzugehen, so wie Vivaldo davor graute, sich anzuziehen. »Ich lass dir die Zigaretten da und kauf mir neue.«

»Sehr edel. Nun geh schon. Liebe Grüße an Cass.«

»Und meine lieben Grüße«, sagte Eric, »an Ida.«

Beide grinsten. »Ich ruf sie an«, sagte Vivaldo, »sobald du deinen Arsch hier rausbewegt hast.«

»Okay, bin schon weg.« Doch an der Tür blieb er stehen und sah Vivaldo an, der mitten im Zimmer stand, mit der Kaffeetasse in der Hand. Er starrte zu Boden, herbe Verwirrung im Gesicht. Als er Erics Blick spürte, hob er den Kopf. Er stellte seine Tasse ab und ging zur Tür. Küsste Eric auf den Mund und sah ihm in die Augen.

»Bis bald.«

»Ja, bis bald.« Eric machte die Tür auf und verschwand.

Vivaldo lauschte seinen Schritten. Dann ging er ans Fenster, öffnete die Jalousie und sah ihm nach. Eric trat auf die Straße, als wäre er gerannt, als wäre er hinausgespült worden. Er sah erst in die eine, dann in die andere Richtung, dann ging er, mit den Händen in den Taschen, Kopf zwischen die Schultern geklemmt, die Straße hinunter, eng an den Hausmauern entlang. Vivaldo sah ihm nach, bis er um die Ecke bog.

Er wandte sich ins Zimmer, bleich vor Abwägung der Lage, während das schlechte Gewissen genüsslich am Strick zu knabbern begann, mit dem er es geknebelt hatte, und die Zähne für ihn wetzte. Gleichzeitig erfüllte ihn strahlende, beglückende Mattigkeit. Er schenkte sich noch etwas ein und setzte sich auf die Bettkante. Langsam wählte er seine Nummer.

Der Hörer wurde praktisch sofort abgenommen, und Idas Stimme traf ihn: mit der Wucht eines elektrischen Schocks. »Hallo?«

Im Hintergrund hörte er Billie Holiday *Billie's Blues* singen.

»Hallo, Schatz. Dein Kerl wollte mal hören, wie es seinem Weib geht.«

»Weißt du, wie spät es ist? Wo, zum Teufel, steckst du?«

»Bei Eric. Wir sind hier versumpft. Ich berappel mich gerade erst.«

In ihrer Stimme lag eigenartige Erleichterung. Sie fiel ihm auf, weil Ida sie zu verbergen versuchte. »Wart ihr die ganze Nacht dort? Seit ich weg bin?«

»Ja. Wir sind hergekommen, haben uns unterhalten und dabei Erics Whiskey ausgetrunken. Und er hatte ziemlich viel Whiskey – insofern …«

»Ja, ich weiß, für euch verstößt es gegen das Gesetz, mit dem Trinken aufzuhören, solange noch was in der Flasche ist. Hör zu. Hat Cass angerufen?«

»Ja.«

»Hast du mit ihr gesprochen?«

»Nein, nur Eric.«

»Ach? Was hat Eric dir erzählt?«

»Wie meinst du das, was hat Eric erzählt?«

»Ich meine, was hat Cass gesagt?«

»Sie hat gesagt, dass sie in der Klemme steckt. Richard weiß über die beiden Bescheid.«

»Ist das nicht entsetzlich? Was hat sie sonst noch gesagt?«

»Also – ich glaube, das hat sie vollkommen besetzt. Sonst scheint sie nichts gesagt zu haben. Hast du irgendwas davon gewusst?«

»Ja. Richard war hier. War er auch bei euch?«

»Nein.«

»Ach, Vivaldo, es war entsetzlich. Er hat mir so leidgetan. Ich dachte mir, dass du vielleicht bei Eric bist, aber ich habe ihm gesagt, du besuchst deine Familie in Brooklyn und ich habe weder eine Telefonnummer noch die Adresse. Es ist sehr traurig, Vivaldo, er ist so verbittert, er will dir wehtun. Er hat das Gefühl, du hättest ihn betrogen – «

»Ja, na ja, das macht es ihm wohl leichter. Wie lange war er denn da?«

»Nicht lange, nur zehn Minuten etwa, aber es hat sich länger angefühlt. Er hat schreckliche Dinge gesagt – «

»Kann ich mir denken. Will er immer noch zu mir?«

»Keine Ahnung.« Eine Pause entstand. »Kommst du jetzt nach Hause?«

»Ja, gleich. Bist du da?«

»Ich bin hier. Komm. Ach. Wo ist Eric?«

»Er ist weg – uptown – «

»Um sich mit Cass zu treffen?«

»Ja.«

Sie seufzte. »Mein Gott, was für ein Scherbenhaufen. Komm nach Hause, Sweetie; wenn Richard dich erschießt, dann doch lieber nicht, während du bei Eric zu Hause rumläufst. Das wäre echt zu viel.«

Er lachte. »Da hast du recht. Du wirkst gut gelaunt heute.«

»Eigentlich hab ich ganz schreckliche Laune. Aber ich bin tapfer und tu so, als wäre ich Greer Garson.«

Er lachte wieder. »Hilft das?«

»Na ja, nein, aber es macht alles ziemlich komisch.«

»Na gut. Ich bin gleich da.«

»Okay, Sweetie. Bis dann.«

»Bis dann.«

Beschwingt vor Erleichterung, dass zu Hause offenbar kein Ärger mit Ida auf ihn wartete, legte er auf. Er hatte das Gefühl, mit etwas davongekommen zu sein. Er stellte sich unter Erics Dusche, wusch sich und sang. Als er rauskam, merkte er, dass ihm ganz flau war vor Hunger. Während er sich anzog, klingelte es an der Tür.

Überzeugt, dass Richard nun doch gekommen war, schnallte er schnell seinen Gürtel zu und zog die Schuhe an, bevor er auf den Summer drückte. Kopflos fing er an, das Bett zu machen, bis ihm klar wurde, dass dazu gar keine Zeit blieb und es für Richard ohnehin keine Rolle spielte, ob das Bett nun gemacht war oder nicht. Er wartete, hörte, wie unten die Tür auf- und wieder zuging. Er öffnete Erics Wohnungstür, hörte aber keine Schritte. Eine Stimme rief: »Eric Jones!«

»Hier«, rief Vivaldo. Er atmete aus. Er trat in den Hausflur. Ein Bote der Western Union kam die Treppe hinauf.

»Sind Sie Eric Jones?«

»Er ist nicht da, aber ich kann das für ihn annehmen.«

Der Bote überreichte ihm ein Telegramm und ein Buch für die Unterschrift. Vivaldo gab dem Boten zwanzig Cent und ging in die Wohnung zurück. Das Telegramm war bestimmt von Erics Agenten oder Produzenten, dachte er sich, aber dann sah er genauer hin: Es war eine Kabeldepesche, aus Europa. Er lehnte sie an Erics Telefon und schrieb schnell eine Nachricht: *Ich habe deinen zweiten Regenmantel geborgt. Hier ist eine KABELDEPESCHE.* Er hielt inne. Dann schrieb er schnell noch hinzu: *Es war ein toller Tag.* Und: *In Liebe, Vivaldo.* Er legte den Zettel auf Erics Schreibtisch und beschwerte ihn mit einem Tintenfass.

Dann war er so weit und sah sich im Zimmer um. Das Bett war noch immer ungemacht, er beließ es dabei; die Flasche stand noch auf dem Fußboden, die Gläser auf dem Nachttisch. Alles war still, kein Laut bis auf den Regen. Er sah noch mal auf die Depesche, die, leicht ans Telefon gelehnt, verheißungsvoll wartete. Telegramme machten ihm etwas Angst. Er zog die Tür hinter sich zu, stellte sicher, dass sie verschlossen war, und ging hinaus in den unwirtlichen Regen.

Eric entdeckte sie sofort, an der Treppe gleich hinter dem Kartenabreißer. Cass ging in einem kleinen Kreis auf und ab, und als er reinkam, stand sie gerade mit dem Rücken zu ihm. Sie trug ihren lockeren braunen Regenmantel und auf dem Kopf eine entsprechende Haube, und sie spielte mit der Spitze, weißes Bein in Gestalt einer Klaue, ihres schmalen Regenschirms. Das Museum war voll, angefüllt mit dem sonntäglichen schalen Museumsgestank, jetzt besonders feucht und schwer. Eric trat durch die Tür, hinter einer Wolke durchgepusteter, regenfeuchter, ausladender Damen, die, während sie ihre Regenschirme und sich selbst schüttelten und einander jauchzend bestätigten, was für ein scheußliches Wetter es doch sei, vor ihm eine große, lärmende Mauer bildeten. Drei junge Männer und zwei junge Frauen, milchweiß sauber und strahlend beseelt von ihrer Leidenschaft für Verbesserung und ihrem selbstverständlichen Umgang mit Abstraktionen, händigten ihre Eintrittskarten aus und gingen durch die Absperrung. Andere waren auf der Treppe, gingen hinauf, kamen herunter, standen da und betrachteten einander wie halb blinde Vögel in einem grässlichen Geschwirr wie von fliegenden Federn und prahlerischen Flügeln. Cass, klein, bleich und altmodisch unter ihrer Haube, rastlos auf und ab schreitend, beobachtete das alles desillusioniert. Gleichgültig blickte sie zu den lärmenden Damen hinüber, sah ihn aber nicht; er versuchte immer noch, durch oder um die Mauer herum zu gelangen. Erneut blickte er zur Treppe und fragte sich, weshalb Cass ihn hier hatte treffen wollen, es war doch mehr als wahrscheinlich, dass diese sterilen heiligen Hallen, mitten in einem

Gang oder halb verborgen im Gewirr der Statuen, mit jemandem aufwarteten, den sie kannten. Frustriert steckte sich Cass in ihrem kleinen imaginären Käfig eine Zigarette an. Hinter ihm platzten jetzt Menschen durch den Eingang, und durch den Druck wurde er durch den Damenzirkel geschoben. Er tippte Cass auf die Schulter.

Bei der Berührung fuhr sie zusammen. Sofort klarte ihr Blick auf, und ihre blassen Lippen spannten sich. Auch ihr Lächeln war blass. »Ach, ich dachte, du kommst gar nicht mehr«, sagte sie.

Er hatte der verzweifelten Versuchung widerstanden, gar nicht zu kommen, und halb gehofft, sie hier zu verpassen. Sie war so blass und wirkte an diesem hektischen kalten Ort so hilflos, dass ihm das Herz stockte. Er war eine halbe Stunde zu spät. »Meine liebe Cass«, sagte er, »entschuldige, es ist schwer, in diesem Wetter irgendwohin zu kommen. Wie geht es dir?«

»Tot.« Sie regte sich nicht, starrte nur wie hypnotisiert auf ihre Zigarettenspitze. »Ich habe nicht geschlafen.« Ihre Stimme war sehr leicht und ruhig.

»Du hast einen seltsamen Treffpunkt gewählt.«

»Wirklich?« Blind schaute sie sich um, dann sah sie ihn an, schien ihn aus weiter Ferne zu entdecken, und die blanke Verzweiflung in ihrem Gesicht verwandelte sich in Kummer. »Mag sein. Ich dachte nur, na ja, hier kann keiner mithören, und ich – mir ist einfach kein besserer Ort eingefallen.«

Er wollte gerade vorschlagen zu gehen, aber ihr weißes Gesicht und der Regen hielten ihn davon ab. »Ist schon gut.« Er nahm ihren Arm, und sie gingen ziellos die Treppe hinauf. Jetzt erst merkte er, wie hungrig er war.

»Ich kann nicht sehr lange bei dir bleiben, die Kinder sind

allein. Aber ich habe Richard gesagt, dass ich herkomme – dass ich versuchen würde, dich heute zu sehen.«

Sie betraten den ersten einer labyrinthischen Reihe von Räumen, wankend und summend vor Menschentrauben, mit bunten Gemälden über ihnen und um sie herum und weit vor ihnen wie Grabsteine mit unleserlichen Inschriften. Die Menschen bewegten sich in Wellen, wie Touristen auf fremden Friedhöfen. Gelegentlich stand ein Trauernder für sich, versunken in Erinnerungen an eine Verflossene, bewundernd oder gedankenverloren vor einem riesigen Denkmal – doch im Allgemeinen bekundeten sie in rastlosem Hin und Her demokratischen Frohmut. Cass und Eric schoben sich in milder Panik durch diese Menge und suchten nach einem ruhigeren Ort; durch Felder französischer Impressionisten und Kubisten und kakophonischer Meister der Moderne in kleinere Räume, beherrscht von riesigen, vornehmlich in Rot gehaltenen Gemälden, vor denen Hand in Hand zwei Studenten standen, eine junge Frau und ein junger Mann.

»War es sehr schlimm, Cass? Letzte Nacht?«, fragte er sehr leise, als sie vor einem Gemälde in kühlem Gelb standen, darauf ein Mädchen mit langem Hals in einem gelben Kleid, mit gelbem Haar.

»Ja.« Die Haube verdeckte ihr Gesicht. Es war heiß im Museum; sie setzte die Haube ab. Das Haar fiel ihr wirr in die Stirn und klebte am Hals; sie wirkte müde und alt. »Zuerst war es furchtbar, weil mir nicht klar gewesen war, wie weh ich ihm getan habe. Er kann also doch leiden.« Sie warf Eric einen kurzen Blick zu. Sie entfernten sich vom gelben Gemälde und betrachteten das nächste, eine Straßenansicht mit Kanälen irgendwo in Europa. »Und – was auch immer seitdem passiert ist, ich habe ihn ja mal sehr geliebt, er war mein ganzes Leben, und er wird mir immer sehr wichtig sein.« Sie überlegte. »Er hat es wohl doch geschafft, mir gewaltige Schuldgefühle einzureden. Darauf war ich nicht gefasst, das hatte ich nicht für möglich gehalten, aber – so ist es.« Sie überlegte wieder, ihre Schultern hingen herab, müde und stolz in der Niederlage. Dann streifte sie seine Hand. »Ich erzähle dir das nicht gern, aber ich muss versuchen, dir alles zu erzählen. Er hat mich auch erschreckt, er hat mich erschreckt, weil ich auf einmal furchtbare Angst hatte, die Kinder zu verlieren, und ohne sie kann ich nicht leben.« Sie wischte sich über die Stirn und schob vergeblich die Haare nach oben. »Ich hätte es ihm nicht sagen müssen, eigentlich wusste er nichts, und dich hatte er natürlich überhaupt nicht in Verdacht, er dachte, es wäre Vivaldo. Ich habe es ihm erzählt, weil ich fand, dass er ein Recht darauf hat; wenn wir gemeinsam – weitermachen wollen, könnten wir auf einer neuen Grundlage, wo alles klar ist zwischen uns, noch mal anfangen. Aber ich habe mich geirrt. Manches ist nun mal einfach nicht klar.«

Das Studentenpaar kam auf ihre Seite. Cass und Eric wechselten zum roten Gemälde. »Oder vielleicht sind manche Dinge klar, nur man stellt sich ihnen nicht. Ich weiß es nicht … Jedenfalls – hätte ich nicht gedacht, dass er mir droht, ich hätte nicht gedacht, dass er versucht, mich einzuschüchtern. Wenn *er* mich verlassen würde, wenn er untreu geworden wäre – untreu, was für ein Wort! –, ich glaube nicht, dass ich versuchen würde, ihm so zu kommen. Ich glaube nicht, dass ich versuchen würde, ihn zu bestrafen. Immerhin – er gehört mir ja nicht, niemand gehört irgendjemandem.«

Sie zogen weiter, einen langen Gang hinunter in Richtung der Damen. »Er hat mich wüst beschimpft, er hat gesagt, er würde die Scheidung einreichen und mir Paul und Michael wegnehmen. Und ich hab ihm zugehört, es schien alles unwirklich. Ich hab nicht verstanden, wie er so was zu mir sagen kann, wenn er mich jemals geliebt hat. Und ich habe ihn beobachtet. Ich merkte, dass er das alles nur sagt, um mir wehzutun, um mir wehzutun, weil ich ihm wehgetan habe – wie ein Kind. Und da habe ich gemerkt, dass ich ihn auch genauso geliebt habe, wie ein Kind, und dass ich jetzt die Rechnung für diese ganze Träumerei bekomme. Wie kann man bloß so lange träumen? Und ich hab gedacht, es sei alles wirklich. Jetzt weiß ich nicht mehr, was wirklich ist. Und ich habe mich betrogen gefühlt, ich hatte das Gefühl, mich selbst betrogen zu haben, dich betrogen zu haben, alles – was kostbar ist, zumindest alles, was man erstrebt und werden will, man will doch nicht bloß so ein graues, gestaltloses Ungetüm sein.« Sie kamen an den munteren Damen vorbei, und Cass betrachtete sie mit Staunen und Hass. »Mein Gott, was ist das für eine erbärmliche Welt.«

Er sagte nichts, denn er wusste nicht, was er hätte sagen können, und sie setzten ihren schaurigen Spaziergang durch den eisigen, verwinkelten Dschungel fort. Die Farben an den Wänden kreischten sie an – wie gefrorene Musik; er hatte das Gefühl, diese Räume würden niemals aufhören, sich ineinanderschieben wie ein unendliches Labyrinth. Und ein Bedauern für Cass überkam ihn, das stärker war als jede Liebe, die er je für sie empfunden hatte. Er wünschte, er könnte sie retten, wünschte, es läge in seiner Macht, sie zu retten und ihr Leben weniger schwer zu machen. Doch nur Liebe konnte das Wunder bewirken, das Leben erträglich zu machen – nur Liebe, und die Liebe an sich versagte meist; und sie hatte er nie geliebt. Er hatte sie benutzt, um etwas über sich herauszufinden. Und selbst das stimmte nicht. Er hatte sie benutzt in der Hoffnung, einer Auseinandersetzung mit sich selbst zu entgehen, in die er dennoch, und mit Macht, gezwungen wurde. Er fühlte sich Cass in ihrer schweren Stunde so fern, wie er Yves körperlich fern war. Eine wütende Kluft tat sich zwischen ihnen auf wie eine Flut. Und während Yves jeden Moment näher kam und das viele Wasser bezwang und beim Herannahen immer unwirklicher wurde, trieb Cass weiter weg, war bereits jetzt in unüberwindlicher Ferne, wo sie von der Wirklichkeit eingewickelt würde, auf ewig unveränderlich wie eine Mumie in einem Schrein. Daher breitete sich sein Bedauern jetzt, da er nichts mehr machen konnte, genüsslich immer weiter aus. »Aus dir wird niemals ein Ungetüm«, sagte er, »niemals. Was gerade passiert, ist unaussprechlich, ich weiß, aber es kann dich nicht kleinkriegen. Du kannst nicht untergehen, dafür bist du zu weit gekommen.«

»Ich glaube, ich weiß, was nicht aus mir wird. Aber was aus mir wird – das sehe ich überhaupt nicht. Und ich habe Angst.«

Sie gingen an einem müden Wärter vorbei, der geblendet und benommen wirkte, als wäre er schon immer außerstande gewesen, dem Licht zu entkommen. Vor ihnen hing ein großes, rabiates Gemälde in Grün und Rot und Schwarz, in Blöcken und Kreisen, in dolchgleicher Deklamation; es flog gewissermaßen mit einem Satz von der Wand, geradewegs dem Betrachter in die Augäpfel, und schien zugleich endlos und hingebungsvoll in sich hineinzukriechen, zurück in ein unaussprechliches Chaos. Es war offensiv und hochgradig ungefällig und unzugänglich und hätte von einem einsamen, blutrünstigen Tyrannen stammen können, der um seine Opfer geprellt worden war. »Wie schrecklich«, murmelte Cass, aber sie ging nicht weiter, denn sie hatten diese Ecke, vom Wärter abgesehen, für sich.

»Du hast mal gesagt, du wolltest wachsen. Ist das nicht immer beängstigend? Tut das nicht immer weh?«

Diese Frage richtete Eric – natürlich – an sich selbst; Cass wandte sich mit einem dankbaren kleinen Lächeln an ihn und drehte sich dann wieder zum Bild um.

»Allmählich denke ich, wachsen heißt nur, immer mehr über Schmerz zu lernen. Das Gift wird zur Nahrung – man trinkt jeden Tag ein bisschen. Hat man das einmal gesehen, sieht man es dauernd, das ist das Problem. Und es kann, es kann einen« – sie wischte sich erneut kraftlos über die Stirn – »wahnsinnig machen.« Sie ging kurz weg und kehrte dann in ihre Ecke zurück. »Man sieht allmählich, dass man selbst, das unschuldige, aufrechte Wesen, zum Elend der Welt beigetragen hat und immer noch beiträgt. Zum Elend der Welt, das nie enden wird, weil wir sind, was wir sind.« Er betrachtete ihr Gesicht, aus dem jetzt, vor seinen Augen, die Jugend wich; das Mädchen fiel nun von ihr ab. Und doch wirkte ihr Gesicht nicht wirklich verblichen, nicht mal alt. Es sah gereinigt aus, etwas unbezwingbar Unpersönliches lag darin. »Ich habe Richard heute Morgen beobachtet, und da dachte ich wieder einmal, wie viel Verantwortung ich dafür tragen muss, wer er ist, was aus ihm geworden ist.« Sie legte kurz den Finger auf die Lippen und schloss die Augen. »Immerhin halte ich ihm vor, zweitklassig zu sein, keine echte Leidenschaft zu besitzen, keinen echten Wagemut, keine echten eigenen Gedanken. Aber das war schon immer so, er hat sich ja nicht geändert. Ich war nur zu bereit, ihm *meine* Ansichten mitzugeben; wenn ich mit ihm zusammen war, hatte ich den Wagemut und die Leidenschaft. Und er hat sie natürlich alle angenommen, wie sollte er erkennen, dass es nicht seine waren? Und ich war glücklich, weil es mir so hervorragend gelungen war, aus ihm den zu machen, den ich haben wollte. Und natürlich kann er nicht begreifen, dass ebendieser Triumph jetzt unerträglich ist. Ich habe mich selbst verwirklicht – weniger, als ich gekonnt hätte –, indem ich ihn zum Wasser führte, das er gar nicht trinken kann. Es ist nicht für ihn gedacht. Aber jetzt ist es zu spät.« Sie lächelte. »Er hat keine echte Aufgabe, das ist sein Problem, das ist das Problem mit dieser ganzen unaussprechlichen Zeit hier. Und ich sitze jetzt in der Falle. Es nützt nichts, die Menschen oder die Zeit dafür verantwortlich zu machen – man ist selber all diese Menschen. Wir sind die Zeit.«

»Und du meinst, für uns gibt es keine Hoffnung?«

»Hoffnung?« Das Wort schien von Wand zu Wand zu prallen. »Hoffnung? Nein, ich glaube nicht, dass es Hoffnung gibt. Wir sind zu leer hier« – sie ließ den Blick über die Sonntagsmenge schweifen –, »zu leer: hier.« Sie fasste sich ans Herz. »Das hier ist gar kein Land, es ist eine Ansammlung von Footballspielern und Eagle Scouts. Feiglingen. Wir bilden uns ein, wir seien glücklich. Sind wir aber nicht. Wir sind verdammt.« Sie sah auf die Uhr. »Ich muss zurück. Ich wollte dich nur eben sprechen.«

»Was hast du jetzt vor?«

»Weiß ich noch nicht. Ich sag Bescheid, wenn ich es weiß. Richard ist unterwegs, vielleicht kommt er die nächsten Tage nicht zurück. Er will nachdenken, sagt er.« Sie seufzte. »Ich weiß nicht.« Vorsichtig, mit Blick auf das Gemälde sagte sie: »Ich kann mir vorstellen, dass er den Kindern zuliebe beschließt, es gemeinsam durchzustehen und zusammenzubleiben. Ich weiß nicht, ob ich das will oder nicht, ich weiß nicht, ob ich das ertrage. Aber er wird wohl keine Scheidungsklage einreichen, er hat nicht den Mut, dich als Mitbeklagten zu nennen.« Zum beiderseitigen Erstaunen lachten sie. »Ich kann nicht zu dir«, sagte sie.

Es folgte Schweigen.

»Nein«, sagte er, »du kannst nicht zu mir.«

»Also ist es – auch wenn ich dich wiedersehe – ein Abschied.«

»Ja«, sagte er. Dann: »Es musste kommen.«

»Ich weiß. Ich wünschte, es wäre nicht so gekommen, wie es gekommen ist, aber« – sie lächelte – »du hast trotzdem etwas sehr Wertvolles für mich getan, Eric. Ich hoffe, du glaubst mir. Ich hoffe, du vergisst nie, was ich gesagt habe. Ich werde dich nie vergessen.«

»Nein«, sagte er, und plötzlich griff er nach ihrem Arm. Ihm war, als würde er fallen, aus der Welt fallen. Cass entließ ihn ins Chaos. Zum letzten Mal hielt er sich an ihr fest.

Sie sah ihm ins Gesicht: »Hab keine Angst, Eric. Es wird mir helfen, keine Angst zu haben, wenn du keine hast. Tu das für mich.« Sie berührte sein Gesicht, seine Lippen. »Sei ein Mann. Es lässt sich ertragen, alles lässt sich ertragen.«

»Ja.« Aber er starrte sie noch immer an. »Ach, Cass. Wenn ich nur mehr tun könnte.«

»Du kannst nicht mehr tun, als du getan hast«, sagte sie. »Du warst mein Geliebter und jetzt bist du mein Freund.« Sie nahm seine Hand und blickte auf sie hinunter. »Du warst es, den du mir für eine Weile gegeben hast. Das warst wirklich du.«

Sie wandten sich vom polternden Gemälde ab, zurück in die Menschenmengen, und gingen langsam die Treppe hinunter. Cass setzte ihre Haube auf; er hatte seine Kappe gar nicht abgenommen.

»Wann sehe ich dich wieder?«, fragte er. »Rufst du mich an?«

»Ich ruf dich an«, sagte sie, »morgen oder übermorgen.« Sie blieben am Ausgang stehen. Es regnete immer noch.

Sie betrachteten den Regen. Niemand kam rein, niemand ging raus. Dann hielt ein Taxi am Bordstein. Zwei Frauen mit Plastikhauben hantierten mit ihren Regenschirmen, Handtaschen und Geldbörsen und schickten sich an, aus dem Wagen zu steigen.

Wortlos liefen Eric und Cass auf die Straße. Die Frauen rannten ins Museum. Eric öffnete die Wagentür.

»Auf Wiedersehen, Eric.« Sie beugte sich zu ihm und küsste ihn. Er hielt sie fest. Ihr Gesicht war nass, ob vor Regen oder Tränen, konnte er nicht erkennen. Sie löste sich und stieg ein.

»Ich warte auf deinen Anruf«, sagte er.

»Ja. Ich ruf dich an. Alles Gute.«

»Pass auf dich auf, Cass. Mach's gut.«

»Mach's gut.«

Er schlug die Tür zu, und das Taxi fuhr die lange, blanke, glänzende Straße hinunter.

Die Dunkelheit brach an. Bald würden die Lichter der Stadt aufflammen; nicht mehr lange, und diese Lichter würden seinen Namen tragen. Ein verirrter Windstoß, ein kalter Wind kräuselte das Wasser im Rinnstein zu Erics Füßen. Dann war alles still und von einer beinahe tröstlichen Düsternis.

Ida hörte Vivaldos Schritte und eilte zur Tür, als er gerade nach dem Schlüssel kramte. Sie warf den Kopf zurück und lachte.

»Du siehst ja aus, als wärst du knapp einem Lynchmord entgangen, mein Freund. Und wo hast du diesen Mantel her?« Sie musterte ihn von Kopf bis Fuß und lachte wieder. »Komm rein, du armer begossener Pudel, bevor der Mob hier eintrifft.«

Sie machte die Tür hinter ihm zu, nahm ihm Erics Mantel ab, um ihn ins Bad zu hängen, und trocknete ihm die tropfnassen Haare. »Haben wir irgendwas zu essen im Haus?«

»Ja. Hast du Hunger?«

»Ich sterbe vor Hunger.« Er kam aus dem Bad. »Was hatte Richard zu melden?«

Sie hatte ihm in der Küche den Rücken zugekehrt und wühlte im Schrank unter der Spüle nach Töpfen und Pfannen. Sie kam mit einer Bratpfanne wieder hervor und sah ihn ganz kurz an; aus diesem Blick schloss er, dass Richard ihr irgendwie Angst gemacht hatte.

»Nichts besonders Angenehmes. Aber das ist jetzt egal.« Sie stellte die Pfanne auf den Herd und öffnete den Kühlschrank. »Ich glaube, du und Cass, ihr wart seine ganze Welt. Und jetzt habt ihr ihn beide so schlecht behandelt, dass er nicht weiß, wie ihm geschieht.« Sie nahm Tomaten und Salat und eine Packung Schweinekoteletts aus dem Kühlschrank und stellte sie auf den Tisch. »Er hat versucht, mich auf die Palme zu bringen, aber ich war nur furchtbar traurig. Er ist so verletzt.« Sie überlegte. »Männer sind so hilflos, wenn sie verletzt sind.«

Er trat von hinten an sie heran und küsste sie. »Ach ja?«

Sie küsste ihn zurück. »Ja«, sagte sie ernst. »Ihr glaubt nicht, dass es wirklich passiert. Ihr denkt, da muss ein Irrtum vorliegen.«

»Wie weise du bist!«

»Ich bin nicht weise. Ich bin bloß ein armes, unbedarftes schwarzes Mädchen, das sich durchschlägt.«

Er lachte. »Wenn du ein armes, unbedarftes schwarzes Mädchen bist, das sich durchschlägt, möchte ich mich um Himmels willen nicht mit einer anlegen, die es geschafft hat.«

»Aber das würdest du gar nicht merken. Ihr glaubt immer, dass Frauen euch die Wahrheit erzählen. Das tun sie nicht. Das können sie gar nicht.« Sie kümmerte sich um weitere Töpfe, Wasser und Herdflammen. Und warf ihm einen spöttischen Blick zu. »Dann würden die Männer sie nicht lieben.«

»Ach, du magst einfach keine Männer.«

»Ich kann nicht behaupten, dass ich sehr viele kenne. Jedenfalls keine, die ich als Männer bezeichnen würde.«

»Ich hoffe, ich gehöre zu den wenigen.«

»Na, für dich gibt es Hoffnung«, sagte sie neckisch, »du könntest es noch schaffen.«

»Das ist so ungefähr das Netteste, was du je zu mir gesagt hast.«

Sie lachte, aber es klang etwas traurig, einsam. Sie strahlte insgesamt etwas Trauriges, Einsames aus, das ihn dunkel beunruhigte. Und ohne es recht zu merken, behielt er sie nun aufmerksam im Blick.

»Armer Vivaldo«, sagte sie. »Ich hab's dir ganz schön schwer gemacht, oder?«

»Ich beklage mich nicht«, sagte er vorsichtig.

»Nein«, sagte sie halb zu sich selbst und fuhr nachdenklich mit den Fingern durch eine Schüssel mit trockenem Reis. »Das muss man dir lassen. Ich teile aus, aber du kannst höllisch gut einstecken.«

»Meinst du«, fragte er, »dass ich zu viel einstecke?«

Stirnrunzelnd schüttete sie den Reis ins kochende Wasser. »Vielleicht. Ach verdammt, ich glaube nicht, dass Frauen wissen, was sie wollen, Hergott noch mal, keine einzige. Sieh dir Cass an. Willst du was trinken«, fragte sie plötzlich, »vor dem Essen?«

»Gern.« Er holte die Flasche und Gläser und nahm Eis heraus. »Was meinst du damit – Frauen wissen nicht, was sie wollen? Weißt *du* nicht, was du willst?«

Sie hatte die große Salatschüssel heruntergeholt und schnitt Tomaten hinein; es wirkte, als könnte sie nicht stillhalten. »Doch. Dachte ich jedenfalls. Ich war mir mal sicher. Jetzt nicht mehr so.« Sie überlegte. »Das kam mir erst – gestern Abend.« Sie zuckte selbstironisch mit den Schultern und stach energisch in die nächste Tomate.

Er stellte sein Glas neben ihr ab. »Was hat dich denn gestern durcheinandergebracht?«

Sie lachte, und wieder hörte er diese Melancholie. »Das Leben mit dir! Ist das zu glauben? Ich bin auf diesen Schmus reingefallen.«

Er holte seinen Schreibtischhocker aus dem Zimmer, setzte sich halb drauf und sah aus leichter Höhe auf sie hinunter.

»Was für einen Schmus meinst du, Schatz?«

Sie nahm einen Schluck. »Dieses Liebesgesäusel, Schatz. Liebe, Liebe, Liebe!«

Sein Herz machte einen Satz. Sie sahen einander an; sie lächelte wehmütig. »Willst du mir damit zu verstehen geben – ohne dass ich dich fragen müsste oder irgendwas –, dass du mich liebst?«

»Keine Ahnung. Ja, wahrscheinlich.« Sie ließ das Messer fallen und saß völlig reglos, mit gesenktem Kopf, wobei die Finger einer Hand auf den Tisch trommelten. Dann rang sie die Hände, drehte ihren rubinäugigen Schlangenring und schob ihn auf und ab.

»Aber – das ist wunderbar.« Er nahm ihre Hand. Sie lag kalt und feucht und leblos in seiner. Ein kurzes Grauen wehte ihn an und ließ ihn erschauern. »Oder nicht? Das macht mich sehr glücklich – *du* machst mich sehr glücklich.«

Sie nahm seine Hand und legte sie an ihre Wange. »Wirklich, Vivaldo?« Sie stand auf und ging zur Spüle, um den Salat zu waschen.

Er folgte ihr, stellte sich neben sie und blickte in ihr verschlossenes, abgewandtes Gesicht. »Was ist los, Ida?« Er legte eine Hand an ihre Taille; sie zitterte, wie vor Widerwillen, und er ließ seine Hand sinken. »Sag's mir, bitte.«

»Es ist nichts.« Sie versuchte, unbeschwert zu klingen. »Ich hab doch gesagt, ich hab schlechte Laune. Wahrscheinlich krieg ich meine Tage.«

»Jetzt komm schon, Schatz, versuch nicht, dich so rauszureden.«

Sie zupfte den Salat, wusch ihn und wickelte ihn in ein Handtuch. Damit fuhr sie schweigend fort, bis sie das letzte Blatt abgerissen hatte. Sie wich seinem Blick aus; er hatte sie noch nie so durcheinander gesehen. Wieder bekam er Angst. »Was ist *los?*«

»Lass mich in Ruhe, Vivaldo, wir sprechen später drüber.«

»Wir sprechen nicht später drüber, wir sprechen jetzt darüber.«

Der Reis kochte über, und sie wandte sich hastig ab, um die Flamme runterzudrehen.

»Meine Ma hat mir immer gesagt, Honey, man kann nicht kochen und reden.«

»Dann hör auf zu *kochen!*«

Sie warf ihm diesen Blick zu, kokett, belustigt, mit großen Augen, den er so gut kannte. Doch jetzt lag etwas Verzweifeltes darin; hatte in diesem Blick schon immer etwas Verzweifeltes gelegen? »Aber du hast doch gesagt, du hast Hunger!«

»Hör auf damit, das ist nicht witzig, okay?« Er führte sie zum Tisch. »Ich will wissen, was los ist. Hat Richard irgendwas gesagt?«

»Das war nicht witzig gemeint, ich würde dir wirklich gern was zu essen machen.« Plötzlich war sie aufgebracht. »Mit Richard hat das nichts zu tun. Was könnte Richard denn auch sagen?«

Er hatte die verrückte Vorstellung, dass Richard eine Geschichte über Eric und ihn erfunden hatte, und war drauf und dran, alles abzustreiten. Er beruhigte sich und hoffte, dass ihr seine Panik entgangen war; aber seine Panik steigerte sich.

Ganz behutsam fragte er: »Was ist es denn dann, Ida?«

»Ach, zu viel auf einmal«, antwortete sie matt, »das reicht so weit zurück, das kannst du niemals verstehen, nie.«

»Lass es drauf ankommen. Du sagst, du liebst mich. Warum vertraust du mir nicht?«

Sie lachte. »Ach, du glaubst, das Leben ist so einfach.« Sie sah zu ihm auf und lachte wieder. Er hätte sie am liebsten geschlagen, nicht aus Wut, sondern nur, damit das Lachen aufhörte, aber er bezwang sich und hielt still. »Weil – ich weiß, dass du älter bist als ich – du mir immer so viel jünger vorkommst. Du kommst mir immer vor wie ein sehr netter Junge, der nicht weiß, was Sache ist, und es vielleicht nie rausfinden wird. Und ich will nicht diejenige sein, die es dir beibringt.«

Letzteres sagte sie in einem giftigen Unterton und blickte dabei auf ihre Hände.

»Schön. Weiter.«

»Weiter?« Sie sah ihn entgeistert an. »Du willst, dass ich weitermache?«

»Hör auf, mich zu quälen, Ida. Red bitte weiter.«

»Quäle ich dich denn?«

»Willst du es schriftlich?«

Sie stand auf und ging zum Herd. »So wirkt es bestimmt auf dich«, sagte sie – ganz fügsam. Sie lehnte sich an die Spüle. »Aber es war nicht meine Absicht, dich zu quälen – nie. Ich glaube nicht, dass ich das jemals vorhatte. Nein, ich weiß es, dafür hatte ich gar keine Zeit.« Sie betrachtete sein Gesicht. »Nur ist mir kürzlich klar geworden, dass ich den Mund zu voll genommen habe und jetzt gar nicht alles schlucken kann.« Er zuckte zusammen. Sie unterbrach sich. »Bist du sicher, dass du ein Mann bist, Vivaldo?«

»Muss ich.«

»Schön.« Sie stellte das Feuer unter der Pfanne an, ging zum Tisch und packte das Fleisch aus. Bestäubte es mit Salz, Pfeffer und Paprika und spickte es mit Koblauch, nah am Knochen. Er nahm einen Schluck von seinem Whiskey, der nach nichts schmeckte; er schenkte sich nach. »Als Rufus starb, ist etwas mit mir passiert.« Sie klang jetzt sehr leise und erschöpft, als erzählte sie eine fremde Geschichte; auch so, als hörte sie sie, mit leichtem Erstaunen, zum ersten Mal. Noch erstaunlicher allerdings war, dass er einer Geschichte zu lauschen begann, die er schon immer gekannt, aber nie zu glauben gewagt hatte. »Ich kann es nicht erklären. Rufus war alles für mich gewesen. Ich habe ihn geliebt.«

»Ich auch«, sagte er – zu schnell, unsinnig; und zum ersten Mal kam ihm der Gedanke, dass er vielleicht log: dass er Rufus gar nicht geliebt, sondern nur gefürchtet und beneidet hatte.

»Ich brauche dein Bekenntnis nicht, Vivaldo.«

Sie behielt die Pfanne im Auge, wartete, bis sie heiß genug war, und tat etwas Öl hinein. »Jetzt gerade geht es sowieso darum, dass *ich* ihn geliebt habe. Er war mein großer Bruder, aber sobald ich überhaupt irgendwas wusste, wusste ich, dass ich stärker bin als er. Er war nett, er war wirklich sehr nett, egal, was ihr alle später von ihm gehalten habt. Von euch wusste ohnehin keiner was über ihn, wie auch.«

»Das sagst du so oft«, wand er verdrossen ein. »Warum?«

»Wie hättet ihr es denn wissen können – wie *könnt* ihr es wissen? –, wenn ihr so träumt, wie ihr träumt? Ihr glaubt, ihr seid frei. Das heißt, ihr glaubt, dass ihr etwas habt, was andere haben wollen – oder brauchen. Scheiße.« Sie grinste schief. »Habt ihr ja auch, gewissermaßen. Aber nicht das, was ihr denkt. Und das kriegt ihr noch zu spüren, sobald ein paar andere das bekommen, was ihr jetzt habt.« Sie schüttelte den Kopf. »Die tun mir leid. Ihr tut mir leid. Ich tu mir sogar irgendwie selber leid, weil ich mir weiß Gott oft gewünscht habe, du hättest mich dort gelassen, wo ich war –«

»Unten im Dschungel?«, neckte er.

»Ja. Unten im Dschungel, schwarz und schäbig – und ich selbst.«

Sein Unmut war so schnell verflogen, wie er aufgekommen war. »Na ja«, sagte er leise, »manchmal sehne ich mich auch zurück, Ida.« Er betrachtete ihr dunkles, einsames Gesicht. Zum ersten Mal bekam er eine Ahnung, wie sie im Alter aussehen mochte. »Ich habe nie verstanden«, sagte er schließlich, »wieso du mir dauernd vorwirfst, ich würde so ein Thema um deine Hautfarbe machen, ich würde dich bestrafen. Du machst doch dasselbe. Du machst mich immer zum Weißen. Meinst du nicht, dass mir das wehtut? Du schließt mich aus. Und ich will doch nur, dass du ein Teil von mir bist, dass ich ein Teil von dir bin. Ich würde mich einen Dreck darum scheren, wenn du gestreift wärst wie ein Zebra.«

Sie lachte. »Ja, das würdest du wirklich. Aber du sagst die putzigsten Sachen.« Dann: »Wenn ich dich ausschließe, wie du sagst, dann vor allem, um dich zu schützen –«

»Mich zu schützen, wovor? Und ich will gar nicht beschützt werden. Außerdem –«

»Außerdem?«

»Glaub ich dir nicht. Ich glaube nicht, dass das der Grund ist. Du willst dich selber schützen. Du willst mich hassen, weil ich weiß bin, das macht es dir leichter.«

»Ich hasse dich nicht.«

»Warum schneidest du es dann immer wieder an? Warum?«

Sie rührte den Reis um, der fast fertig war, nahm ein Sieb und stellte es in die Spüle. Dann drehte sie sich zu ihm um.

»Das hat alles angefangen, als ich gesagt habe, dass ihr –«

»Schon wieder. *Ihr!*«

»– nichts über Rufus wisst –«

»Weil wir weiß sind.«

»Nein. Weil er schwarz war.«

»Ach, ich geb's auf. Und überhaupt, warum müssen wir andauernd über Rufus reden?«

»Ich hatte angefangen, dir etwas zu erzählen«, sagte sie leise; und sah ihn an.

Er trank noch etwas Whiskey und steckte sich eine Zigarette an. »Hast recht. Erzähl weiter, bitte.«

»*Weil* ich schwarz bin«, sagte sie nach einem Moment und setzte sich zu ihm an den Tisch, »weiß ich mehr darüber, was mit meinem Bruder passiert ist, als ihr je wissen werdet. Ich habe es mit angesehen – von Anfang an. Ich war da. Er hätte nicht so enden sollen. Genau das ist für mich so schwer zu akzeptieren. Er war ein sehr lieber Junge. Die meisten Menschen sind nicht lieb, das habe ich früh begriffen. Weil ich sie beobachtet habe, wusste ich es. Aber er nicht, er war so viel netter als ich.« Sie schwieg, und in die Stille hinein grollten die Pfanne und der stete Regen. »Zum Beispiel hat er unseren Vater geliebt. Er hat ihn wirklich geliebt. Ich nicht. Er war ein großmäuliger, kaputter Mann, der sich gern betrank und bei Barbieren rumhing – na ja, vielleicht nicht gern, aber was anderes ist ihm nicht eingefallen, außer umsonst zu arbeiten wie ein Tier und an den Wochenenden für seinen einzigen Sohn Gitarre zu spielen.« Sie lächelte. »Diese Wochenenden hatten aber was sehr Schönes. Ich sehe Daddy noch vor mir mit seinem Hängebauch, wie er auf der Gitarre schrammelte und Rufus irgend so ein Südstaatenlied beizubringen versuchte, wie Rufus sich ein kleines bisschen über ihn lustig machte, aber auf nette Art, und mitsang. Bestimmt war mein Vater in seinem ganzen Leben nie glücklicher, als wenn er für Rufus sang. Jetzt hat er keinen mehr zum Vorsingen. Er war so stolz auf ihn. Er hat Rufus sein erstes Schlagzeug gekauft.«

Jetzt schloss sie ihn nicht aus; er hatte eher das Gefühl, eingeschlossen zu werden. Er lauschte, sah oder versuchte zu sehen, was sie sah, und etwas von dem zu empfinden, was sie empfand. Trotzdem fragte er sich, wie viel ihr Gedächtnis ausgesiebt hatte. Und er fragte sich, wie Rufus damals ausgesehen hatte in all seinem noch ungetrübten Draufgängertum, mit seinen intakten Hoffnungen.

Sie schwieg einen Moment, beugte sich vor, senkte den Kopf, stützte die Ellbogen auf die Knie und befingerte rastlos ihren Ring.

»Als Rufus starb, ging zu Hause alles Licht aus, alles. Darum konnte ich nicht bleiben, ich wusste, ich konnte da nicht bleiben, ich würde alt werden wie sie, schlagartig, und würde wie all die anderen verlassenen Mädchen enden, die niemanden finden, der sie beschützt. Ich hab immer gewusst, dass ich so nicht enden kann, das hab ich immer gewusst. Ich hatte darauf gebaut, dass Rufus mich dort rausholt – ich wusste, er würde alles auf der Welt für mich tun, so wie ich für ihn. Mir war nicht in den Sinn gekommen, dass es vielleicht gar nicht passiert. Ich wusste einfach, dass es passiert.«

Sie stand auf, nahm den Reis vom Herd, schüttete ihn ins Sieb und ließ Wasser darüber laufen; füllte Wasser in den Topf, stellte ihn wieder aufs Feuer, setzte das Sieb darauf und bedeckte den Reis mit einem Handtuch. Sie wendete die Koteletts. Dann setzte sie sich wieder.

»Als wir Rufus' Leiche sahen – ich kann's nicht beschreiben. Mein Vater starrte ihn an, er starrte ihn an, er starrte ihn an. Er sah nicht aus wie Rufus, er war – schrecklich vom Wasser, und er muss auf dem Weg nach unten irgendwo angeschlagen sein oder im Wasser, weil er war so kaputt und klumpig – und hässlich. *Mein* Bruder. Und mein Vater starrte darauf – darauf – und er sagte: ›Sie lassen einem Mann nicht viel, oder?‹ Sein Vater war von einem Bahnwärter mit einem Hammer erschlagen worden, und so hatten sie ihn nach Hause gebracht. Meine Mutter bekam Angst, sie wollte, dass mein Vater betet, und er sagte, brüllte, so laut er konnte: ›Beten? Wer soll beten? Ich schwöre euch, sollte ich diesem weißen Teufel, den ihr Gott nennt, jemals auch nur nahe kommen, ich reiß ihm meinen Sohn und meinen Vater aus seiner weißen Haut! Wenn dir dein Leben lieb ist, Frau, sprich nie wieder das Wort Beten aus.‹ Dann fing er an zu weinen. Das werde ich nie vergessen. Mag sein, dass ich ihn vorher nicht geliebt habe, aber da liebte ich ihn. Es war das letzte Mal, dass er gebrüllt hat, seitdem hat er seine Stimme nicht mehr erhoben. Er sitzt einfach nur da, er trinkt nicht mal mehr. Manchmal geht er raus und hört diesen Leuten zu, die auf der 125th Street und Seventh Avenue Reden halten. Er sagt, er will einfach nur lange genug leben – lange genug –«

Vivaldo sagte, um die Stille zu durchbrechen, die schlagartig um sie herum dröhnte: »Für die Heimzahlung.«

»Ja«, sagte sie. »Und mir ging's genauso.«

Sie trat wieder an den Herd.

»Ich fühlte mich beraubt. Und ich war auch beraubt worden – meiner einzigen Hoffnung. Durch eine Gruppe von Menschen, die zu feige waren, auch nur zu wissen, was sie getan hatten. Und ich fand nicht, dass sie was Besseres verdient hatten als das, was ich von ihnen bekommen habe. Mir war egal, was mit ihnen passiert, nur leiden sollten sie. Mir war auch ziemlich egal, was mit mir passiert. Aber ich war entschlossen, nicht zuzulassen, dass das, was Rufus passiert war, was überall um mich rum passierte, auch mit mir geschah. Ich war entschlossen, durch diese Welt durchzukommen und dabei das rauszuholen, was ich von ihr brauche, egal wie.«

*Ah, jetzt kommt's,* dachte er und empfand eine eigenartige, bittere Erleichterung. Er trank aus, steckte sich noch eine an und betrachtete Ida.

Sie warf ihm einen Blick zu, als wollte sie sicherstellen, dass er noch zuhörte.

»Nichts von dem, was du bisher erzählt hast«, merkte er vorsichtig an, »hat besonders viel damit zu tun, dass ihr schwarz seid. Abgesehen von dem, was du daraus machst. Aber da kann dir keiner helfen.«

Sie seufzte scharf, mit schwelender Wut. »Das mag ja sein. Aber damit machst du es dir zu einfach.«

»Ida, so viel von dem, was du sagst, seit wir uns kennen, ist – zu einfach.« Er sah sie an. »Oder nicht?« Und dann: »Schatz, Leiden hat keine Farbe. Oder? Können wir nicht raus aus diesem Albtraum? Ich würde alles, alles darum geben.« Er ging zu ihr und nahm sie in den Arm. »Bitte, Ida, was auch immer nötig ist, uns davon zu befreien – tun wir's doch.«

Ihre Augen waren voller Tränen. Sie senkte den Blick. »Lass mich die Geschichte zu Ende erzählen.«

»Dadurch wird sich nichts ändern.«

»Das weißt du nicht. Hast du Angst?«

Er trat einen Schritt zurück. »Nein.« Dann: »Doch. Ja. Ich kann deine Rache nicht mehr ertragen.«

»Tja, ich auch nicht. Lass mich zu Ende erzählen.«

»Komm weg vom Herd. Ich will jetzt nicht essen.«

»Dann verdirbt alles.«

»Dann verdirbt es eben. Komm, setz dich.«

Er wünschte, er wäre besser gewappnet für diesen Moment, wäre nicht mit Eric zusammen gewesen, wünschte, sein Hunger würde verschwinden, seine Angst würde sich verziehen, wünschte, die Liebe würde ihm eine erhöhte Wahrnehmung und Konzentration verleihen. Stattdessen war er geschwächt und erschöpft, nicht betrunken, aber alles andere als nüchtern und mit seinen aufgewühlten Gedanken zum Teil weit weg, besetzt vom Rätsel seiner selbst.

Sie stellte die Flamme unter der Pfanne aus und setzte sich an den Tisch. Er schob ihr den Whiskey hin, aber sie rührte ihn nicht an.

»Ich wusste, dass es uptown keine Hoffnung gibt. Die Männer, viele von ihnen haben ihre kleinen Geschäfte und Zeug am Laufen, aber was Richtiges haben sie nicht, Mr Charlie sorgt schon dafür, dass sie nicht sehr weit kommen. Und die,

die was Richtiges haben, hätten keine Verwendung für mich; ich bin zu dunkel für sie, Mädchen wie mich finden sie jeden Tag auf der Seventh Avenue. Ich wusste, was sie mit mir machen würden.«

Und jetzt wusste er, dass er den Rest ihrer Geschichte nicht hören wollte. Er dachte an sich selbst auf der Seventh Avenue; vielleicht hatte er sie nie verlassen. Er dachte an den Tag, der hinter ihm lag, an Eric und Cass und Richard, und spürte, wie er in den Strudel einer mysteriösen Niederlage gesogen wurde.

»Für mich gab es nur eins, und zwar, wie Rufus immer sagte, rein in den A-Train. Also bin ich rein. Zuerst hatte ich überhaupt keinen Plan. Ich merkte, wie weiße Männer mich ansahen, wie Hunde. Und ich überlegte, was ich ihnen antun könnte. Wie ich sie hasste, ihre Art zu gucken, was sie sagten, wie schick sie waren in ihrer verfluchten weißen Haut, ihre perfekten Klamotten und die lahmen weißen Schwänzchen, die in ihren Unterhosen hüpften. Man kann alles mit denen machen, wenn man sie mitnimmt, denn sie wollen was Schmutziges machen, und sie wissen, dass wir wissen, wie es geht. Alle Schwarzen wissen das. Nur, die Höflichen sagen nicht ›schmutzig‹. Sie sagen ›echt‹. Ich habe mich immer gefragt, was um alles in der Welt sie im Bett anstellen, die Weißen, meine ich, miteinander, dass sie so krank werden. Denn krank sind sie, und ich sag dir mal was: Ich hatte ein paar Freundinnen, und wir sind hin und wieder mit einigen von diesen Arschlöchern ausgegangen. Aber die waren auch schlau, sie wussten, dass sie weiß sind, und sie konnten jederzeit nach Hause gehen, und wir konnten nicht das Geringste dagegen tun. Da dachte ich bei mir: Scheiße, diese Szene ist nichts für mich. Ich wollte nicht deren Kleingeld, ich wollte denen nicht ausgeliefert sein. Sie sollten mir ausgeliefert sein.«

Sie nahm einen Schluck.

»Um die Zeit herum hast du mich immer wieder angerufen, aber ich hab nicht viel an dich gedacht, jedenfalls nicht ernsthaft. Ich mochte dich, aber ich hatte ganz bestimmt nicht vor, mich in einen Weißen zu vergucken, der keine Kohle hat – genau genommen hatte ich nicht vor, mich überhaupt in jemanden zu vergucken. Aber ich mochte dich, und die paar Male, die wir uns getroffen haben, waren eine Art – Erleichterung nach all diesen anderen schrecklichen Leuten. Du warst wirklich nett zu mir. Du hattest nicht diesen Blick. Du hast dich einfach wie ein total netter junger Mann verhalten, und vielleicht brauchte ich das irgendwann, ohne es zu wissen. Manchmal haben wir uns nur ganz kurz gesehen, auf einen Kaffee oder so, und dann bin ich weg, aber ich fühlte mich besser, ich war irgendwie geschützt vor ihren Augen und ihren Händen. Die meiste Zeit war mir damals einfach nur schlecht. Ich wollte nicht, dass mein Vater wusste, was ich mache, und ich versuchte, nicht an Rufus zu denken. Zu der Zeit habe ich beschlossen, es mit dem Singen zu versuchen. Ich würde es für Rufus tun, und dann wäre alles andere egal. Dann wären wir quitt. Aber ich dachte, ich brauche jemanden, der mir hilft, und da, genau zu der Zeit hab ich –« Sie unterbrach sich und blickte auf ihre Hände. »Ich glaube, ich wollte mit dir ins Bett gehen, nicht eine Affäre haben, sondern einfach mit jemandem ins Bett gehen, den ich *mag.* Mit jemandem, der nicht alt ist, weil all diese Männer sind alt, egal, wie jung sie sind. Ich hatte bis dahin nur mit einem Mann geschlafen, den ich mochte, einem jungen Mann aus unserer Straße, aber der wurde religiös, also war Schluss, und er hat geheiratet. Und andere schwarze Männer gab es nicht, ich hatte Angst, weil guck dir doch an, was mit ihnen passiert, alle niedergemäht wie Gras! Und ich hab keinen Ausweg gesehen, außer – dann am Ende – mit dir. Und Ellis.«

Da schwieg sie. Sie lauschten dem Regen. Er hatte sein Glas ausgetrunken und nahm ihres. Sie hielt den Kopf gesenkt, er hatte das Gefühl, dass sie nicht aufsehen konnte, und hatte Angst, sie anzufassen. Das Schweigen zog sich; er wollte unbedingt, dass es aufhörte, und fürchtete sich davor: Es gab nichts, was er hätte sagen können.

Sie straffte die Schultern und griff nach einer Zigarette. Er gab ihr Feuer.

»Richard weiß Bescheid über Ellis und mich«, sagte sie in nüchternem Tonfall, »aber das ist nicht der Grund, wieso ich dir davon erzähle. Ich erzähle es dir, weil ich versuche, diese ganze elende Geschichte zu einem Ende zu bringen. Falls das möglich ist.«

Nach einer Pause sagte sie: »Gib mir bitte einen Schluck von deinem Whiskey.«

»Das ist deiner.« Er gab ihn ihr und schenkte sich selbst nach.

Sie blies eine Rauchwolke zur Decke. »Es ist schon komisch, wie so was läuft. Wärst du nicht gewesen, ich glaube nicht, dass Ellis sich jemals so in mich vernarrt hätte. Er hatte erkannt, eher als ich, dass ich dich richtig mag, was bedeutete, dass ich jemanden richtig mögen kann, und warum dann nicht ihn, wo er mir doch so viel mehr geben kann? Und auch ich fand, dass mir das Leben da einen bösen Streich spielt, dich mehr zu mögen als ihn. Immerhin standen die Chancen, dass es hält, in beiden Fällen ungefähr gleich, nur bei ihm hätte ich hinterher vielleicht was vorweisen können. Und er war schlau, er hat mich nicht bedrängt, er sagte, klar, dass er mich will, dass er mir aber unabhängig davon helfen würde und dass das eine mit dem anderen nichts zu tun hätte. Und das hat er auch gemacht – er war sehr nett zu mir, auf seine Art, er stand zu seinem Wort, so nett wie er war noch nie jemand zu mir gewesen. Er hat mich zum Essen eingeladen, wo ihn niemand kannte und wo es egal war. Oft sind wir nach Harlem, oder wenn er wusste, dass ich irgendwo singe, ist er vorbeigekommen. Er hat, glaube ich, wirklich nicht versucht, mich zu bescheißen, nicht mal, wenn er über seine Frau und seine Kinder sprach. Er klang tatsächlich einsam. Und immerhin hatte ich ihm viel zu verdanken – es war nett, so behandelt zu werden und zu wissen, dass der Typ genug Geld hat, einen sonst wohin mitzunehmen, und, ach!, dann hat es angefangen, wahrscheinlich wusste ich immer, dass es irgendwann anfängt, und als es so weit war, hatte ich das Gefühl, das ertrage ich nicht, aber ich wusste nicht, wie ich es beenden soll. Es ist das eine, wenn ein Mann das alles für einen tut, während man keine Affäre mit ihm hat, und was anderes, wenn er das alles für einen tut, nachdem man eine Affäre mit ihm *beendet* hat. Und ich musste weitermachen, ich musste nach oben, um vielleicht endlich Luft zu kriegen. Aber ich hab kapiert, warum er sich nicht an dir gestört hat. Er ist wirklich schlau. Er war froh, dass ich mit dir zusammen bin, das hat er mir selber gesagt; er sei froh, dass ich einen Freund habe, das mache es einfacher für ihn. Dann würde ich ihm keine Szenen machen, ich würde mir nicht einbilden, ich hätte mich in ihn verliebt. Das gab ihm noch mal eine andere Macht über mich, weil er wusste, ich hatte Angst, dass du dahinterkommst, und je mehr Angst ich hatte, desto schwerer war es, ihn abzuweisen. Verstehst du?«

»Ja«, sagte er langsam, »ich glaube schon.«

Sie sahen sich an. Sie senkte den Blick.

»Aber weißt du«, sagte sie langsam, »ich glaube ja, du hast es die ganze Zeit gewusst.«

Er sagte nichts.

»Oder?«, beharrte sie leise.

»Du hast mir gesagt, da ist nichts.«

»Aber hast du mir geglaubt?«

»Ich – ich musste dir glauben«, stammelte er.

»Warum?«

Wieder sagte er nichts.

»Weil du Angst hattest?«

»Ja«, sagte er schließlich. »Ich hatte Angst.«

»Lieber geschehen lassen als den Versuch wagen, es aufzuhalten?«

»Ja.«

»Warum?«

Ihre Augen wanderten über sein Gesicht. Nun war es an ihm, sich abzuwenden.

»Manchmal habe ich dich dafür gehasst«, sagte sie, »dafür, dass du so getan hast, als würdest du mir glauben, weil du nicht wissen wolltest, was mit mir ist.«

»Ich habe versucht, das zu tun, was du von mir erwartest! Ich hatte Angst, dass du mich verlässt – du hast mir *gesagt,* du würdest mich verlassen!« Er stand auf und stakste durch die Küche, Hände in den Hosentaschen, Tränen in den Augen. »Ich hab gegrübelt, ich hab's überlegt – aber dann hab ich's mir aus dem Kopf geschlagen. Du hast zur Bedingung gemacht, dass ich dir vertraue – weißt du das nicht mehr?«

Er sah sie hasserfüllt an, von oben; doch sie schien für seine Wut nicht erreichbar.

»Doch, das weiß ich noch. Aber du hast nicht angefangen, mir zu vertrauen, du hast bloß nachgegeben und so getan, als würdest du mir vertrauen.«

»Was hättest du denn gemacht, wenn ich dich zur Rede gestellt hätte?«

»Weiß ich nicht. Aber hättest du dich der Frage gestellt, hätte ich mich ihr stellen müssen – solange du dich verweigert hast, musste ich mich verweigern. Ich werfe dir das nicht vor, ich sage dir nur, wie es ist.« Sie blickte zu ihm hinauf. »Ich habe gemerkt, dass es noch lange so hätte weitergehen können.« Ihr Mund verzog sich. »Ich hatte dich in etwa da, wo ich dich haben wollte. Ich hatte meine Rache. Nur war ich gar nicht hinter dir her. Nicht dich wollte ich schlagen.«

»Sondern Ellis?«

Seufzend verbarg sie das Gesicht mit einer Hand. »Ach. Ich weiß nicht, ich weiß wirklich nicht, was ich mir dabei gedacht habe. Manchmal kam ich von Ellis, und dann warst du hier zu Hause – wie mein Hund oder meine Katze, dachte ich manchmal, geduldig wartend. Ich hatte Angst, dass du hier bist, und ich hatte Angst, dass du weg bist, Angst, dass du fragst, ernsthaft fragst, wo ich war, und Angst, dass du nicht fragst. Manchmal hast du es versucht, aber ich konnte dich immer davon abbringen, ich hab's in deinen Augen gesehen, wenn du Angst hattest. Ich habe den Blick gehasst, und ich habe mich gehasst, und ich habe dich gehasst. Ich konnte sehen, wo weiße Männer den Blick herhaben, mit dem sie mich so oft ansehen; irgendwer hat sie windelweich geprügelt, hat sie zu Tode erschreckt, vor langer Zeit. Und jetzt tat ich dir das an. Und das hat es mir schwer gemacht, wenn du mich angefasst hast, vor allem –« Sie unterbrach sich, nahm ihren Whiskey, kostete ihn, stellte ihn ab. »Ich konnte Ellis nicht ausstehen. Du weißt nicht, wie das ist, einen Männerkörper auf dir zu haben, wenn du diesen Körper nicht ausstehen kannst. Und jetzt war es noch schlimmer, seit ich mit dir zusammen war, schlimmer als je zuvor. Vorher hatte ich zugesehen, wie sie sich wanden, zugehört, wie sie grunzten, und mein Gott, sie waren so andächtig bei der Sache, schwitzende gelbe Schweinchen und so eitel, als würde dieses traurige Stückchen Fleisch Wunder bewirken, was es für sie wohl auch tat – und mich hat es überhaupt nicht berührt, ich wünschte mir nur, dass sie noch tiefer sinken. Ja, ich habe alles über Weiße gelernt, so sind sie, wenn sie allein sind, wo nur ein schwarzes Mädchen sie sehen kann, und das schwarze Mädchen könnte ihretwegen genauso gut blind sein. Weil sie wissen, dass sie weiß sind, Baby, und die Welt beherrschen. Aber jetzt war es anders; wenn Ellis mich anfasste, konnte ich mich manchmal nur knapp beherrschen, nicht zu schreien, nicht zu kotzen. Es berührte mich doch, es berührte *mich,* und ich hatte das Gefühl, vollgepumpt zu werden mit – keine Ahnung, nicht wirklich Gift, aber mit Schmutz, Müll, Dreck, und dass ich es nie schaffen würde, das wieder aus mir rauszukriegen, diesen Gestank wieder loszuwerden. Und manchmal, manchmal, manchmal – « Sie hielt sich den Mund, Tränen rannen ihr über die Hand, über den roten Ring. Er konnte sich nicht rühren. »Ach, Herrgott, ich habe schreckliche Sachen gemacht. Ach, Gott. Manchmal. Und dann kam ich zu dir nach Hause. Wenn ich bei ihm wegging, hatte er immer so ein putziges kleines Lächeln im Gesicht, dieses typische Lächeln, ich hab's jetzt so oft gesehen, wenn er jemanden überlistet hat, der davon noch nichts weiß. Er kann nicht anders, so ist er, es ist, als würde er sagen: ›Jetzt, wo ich mit dir durch bin, viel Spaß mit Vivaldo. Und schöne Grüße.‹ Und, komisch, komisch, ich konnte ihn nicht hassen. Ich hab mich gefragt, wie es sich anfühlt, so zu sein, überhaupt keine echten Gefühle zu haben, nur dauernd zu sagen: ›Ach, jetzt machen wir dies, und jetzt machen wir das, und jetzt essen wir, und jetzt ficken wir, und jetzt gehen wir.‹ Und das ein Leben lang. Ich bin dann nach Hause gekommen und habe dich angesehen. Aber ich hab ihn mitgebracht. Als wenn ich schmutzig wäre und du mich waschen müsstest, jedes Mal. Und ich wusste, dass du das nicht konntest, egal, wie sehr wir uns bemühten, und dafür hab ich nicht ihn gehasst, sondern dich. Und mich.«

»Warum hast du nicht aufgehört, Ida? Du hättest aufhören können, du musstest damit nicht weitermachen.«

»Aufhören und dann wohin? Aufhören und dann was? Nein, ich hab gedacht, ›also, jetzt bist du drin, Mädchen, Augen zu, Zähne zusammenbeißen und durch. Am Ende lohnt es sich.‹ Und darum hab ich so hart gearbeitet. Um wegzukommen.«

»Und ich? Und wir?«

Mit einem bitteren Lächeln sah sie zu ihm hinauf. »Und wir? Erst mal wollte ich durchkommen, und dann würden wir weitersehen. Aber gestern Abend ist was passiert, ich hab's nicht mehr ertragen. Wir waren bei Small's Paradise – «

»Gestern Abend? Ellis und du?«

»Ja. Und Cass.«

»Cass?«

»Ich hab sie gebeten, mitzukommen auf einen Drink.«

»Seid ihr zusammen weggegangen?«

»Nein.«

»Deswegen ist sie also gestern Nacht so spät nach Hause gekommen.« Er sah sie an. »Wie gut, dass ich nicht zu Hause war, hm?«

»Was hättest du denn dann gemacht?«, rief sie. »Du hättest erst mal ein bisschen an der Schreibmaschine gesessen, dann hättest du ein bisschen Musik gehört, dann wärst du rausgegangen und hättest dich betrunken. Und wenn ich nach Hause gekommen wäre, egal wann, hättest du mir jede Lüge abgenommen, die ich dir auftischte, weil du Angst gehabt hättest, es nicht zu tun.«

»Was bist du bloß für ein Miststück«, sagte er.

»Ja«, sagte sie mit schrecklicher Nüchternheit, »ich weiß.« Sie steckte sich eine Zigarette an. Die Hand, die das Streichholz hielt, zitterte. »Aber ich versuche, nicht so zu sein. Ich weiß nicht, ob es Hoffnung für mich gibt oder nicht.« Sie ließ das Streichholz auf den Tisch fallen. »Er hat mich genötigt, mit der Band zu singen. Eigentlich wollten sie gar nicht, und ich wollte auch nicht, aber ihm wollten sie das nicht abschlagen. Also hab ich gesungen. Und natürlich kannte ich einige von den Musikern, und einige von ihnen hatten Rufus gekannt. Baby, wenn Musiker nicht mit dir arbeiten wollen, können sie dich das ganz schön spüren lassen. Ich habe *Sweet Georgia Brown* gesungen und noch irgendwas. Ich wollte einfach so dringend von dieser Bühne runter. Als die Leute am Ende klatschten, flüsterte mir der Bassist zu: ›Du schwarze Weißenhure, dass ich dich ja nie auf der Seventh Avenue erwische, hörst du? Weil dann reiß ich dir nämlich deine kleine schwarze Muschi auf.‹ Die übrigen Musiker hörten alles und grinsten. ›Und zwar doppelt, ein Mal für jeden schwarzen Mann, den du kastrierst, wenn du dich anbietest, und ein Mal für deinen armen Bruder, weil ich hab diesen Kerl echt gern gehabt. Und er wird es mir danken, da kannst du Gift drauf nehmen, schwarzes Mädchen.‹ Und dann hat er mir auf den Arsch geklatscht, so heftig, dass jeder es sehen konnte, und, weißt du, diese Leute da oben sind ja nicht doof, bevor ich wegkonnte, hat er meine Hand hochgerissen und gerufen: ›Sie ist der *Champ,* oder, Leute? Dieses Mädchen hat noch jede Menge zu bieten!‹ Und dann ließ er meine Hand so abrupt los, als wenn sie heiß wäre oder dreckig, und ich bin fast von der Bühne gefallen. Und alle lachten und grölten, sie wussten, was er damit meinte, und ich auch. Ich bin zum Tisch zurück. Ellis grinste, als wäre das alles ein großer Witz. War es ja auch. Auf meine Kosten.«

Sie stand auf und schenkte sich nach.

»Dann hat er mich mitgenommen in eine Wohnung, die er hat, drüben beim East River. Die ganze Zeit hab ich mich gefragt, was ich machen soll. Ich wusste nicht, was ich machen soll. Im Taxi hab ich sein Gesicht betrachtet. Er hat eine Hand auf mein Knie gelegt, und er hat versucht, meine Hand zu nehmen. Aber ich konnte mich nicht bewegen. Ich dachte die ganze Zeit an das, was der Schwarze zu mir gesagt hatte, und an seinen Gesichtsausdruck, als er es sagte, und ich dachte an Rufus, und ich dachte an dich. Es war wie ein Karussell, all diese Gesichter kreisten in meinem Kopf. Und ein Song ging mir durch den Kopf: *Oh, Lord, is it I?* Und da saß er, neben mir, und paffte seine Zigarre. Das Komische ist, ich wusste, wenn ich anfangen würde zu weinen oder zu flehen, würde er mich nach Hause fahren. Er hasst Szenen. Aber selbst das konnte ich nicht. Und ich wollte weiß Gott nach Hause, ich hatte die Hoffnung, dass du nicht da bist, damit ich einfach unter die Decke kriechen und sterben kann. Damit ich dir, wenn du nach Hause kommst, alles erzählen kann, bevor du ins Bett kommst, und – vielleicht – aber, nein, wir fuhren in seine Wohnung, und ich hatte das Gefühl, ich hab's nicht besser verdient. Ich hatte das Gefühl, viel tiefer kann ich nicht sinken, jetzt kann ich es ebenso gut durchziehen und hinter mich bringen. Und dann würden wir sehen, ob hinterher noch was von mir übrig ist, mal sehen.« Sie kippte zwei Fingerbreit Whiskey runter und schenkte sich gleich nach. »Man kann immer noch tiefer sinken, immer, immer.« Sie entfernte sich vom Tisch, mit dem Glas in der Hand, und lehnte sich an die Kühlschranktür. »Und ich hab alles gemacht, was er wollte, ich hab ihn gewähren lassen. Das war nicht ich. Das war nicht ich.« Sie gestikulierte mit ihrem Glas, versuchte, daraus zu trinken, ließ es fallen, fiel plötzlich auf die Knie, neben dem Tisch, Hände auf dem Bauch, und weinte.

Stumpf hob er das Glas auf, damit sie sich nicht daran schnitt. Sie kniete im verschütteten Whiskey, der ihren Rocksaum befleckt hatte. Er legte das zerbrochene Glas in die braune Papiertüte, die sie für Abfälle benutzten. Er hatte Angst, sich ihr zu nähern, Angst, sie anzufassen, beinahe so, als hätte sie ihm mitgeteilt, sie habe die Pest. Vor Widerwillen zitterten seine Arme, und jede Körperregung erschien ihm unvorstellbar abstoßend. Und doch – als er dort stumpf und hilflos in der Küche stand, die mit einem Schlag unsterblich geworden war oder zumindest so lange, wie er leben und ihm überallhin folgen würde, schlug in seinem Herzen auf einmal ein neuer, härterer Schmerz, der die Distanz namens Mitleid zertrümmerte und ihn fast in ihren Körper versetzte, dort neben dem Tisch, auf dem schmutzigen Boden. Das einsame gelbe Licht brannte erbarmungslos auf beide nieder. Er ging zu ihr, ergeben, zärtlich und hilflos; ihr Schluchzen tat ihm im Bauch weh. Und doch konnte er sie jetzt immer noch nicht anfassen, er wusste nicht, wie. Widerwillig dachte er an all die Huren, die schwarzen Huren, mit denen er sich gepaart hatte, was er sich von ihnen erhofft hatte, und wurde von Übelkeit erfasst. Was würden sie sehen, wenn sie einander wieder ins Gesicht blickten? »Komm, Ida«, flüsterte er, »komm, Ida. Steh auf«, und endlich nahm er ihre Schultern und versuchte sie hochzuziehen. Sie kämpfte gegen ihr Schluchzen an und legte beide Hände auf den Tisch.

»Geht schon«, sagte sie, »gib mir ein Taschentuch.«

Er kniete sich neben sie und drückte ihr sein Taschentuch, warm und wattig, aber relativ sauber, in die Hand. Sie putzte sich die Nase. Sein Arm umfasste ihre Schultern. »Steh auf«, sagte er. »Wasch dein Gesicht. Möchtest du einen Kaffee?«

Sie nickte und stand langsam auf. Er erhob sich mit ihr. Mit gesenktem Kopf ging sie rasch, taumelnd, an ihm vorbei ins Bad. Und schloss die Tür ab. Er hatte das schwindelerregende Gefühl, das alles schon einmal erlebt zu haben. Er machte Feuer unter der Kaffeekanne und nahm sich vor, die Badezimmertür einzutreten, sollte Ida zu lange keinen Laut von sich geben, zu lange dort drin bleiben. Aber er hörte Wasser laufen und darunter den Regen. Gierig verschlang er ein Kotelett mit einer Scheibe Brot und trank ein Glas Milch dazu; denn er zitterte, das musste der Hunger sein. Ansonsten empfand er eine Weile gar nichts. Der Kaffee fing an zu blubbern, er war wirklich, genau wie die blaue Flamme darunter und die Koteletts in der Pfanne und die Milch, die in seinem Magen sauer zu werden schien. Die Kaffeetassen, die er aufmerksam spülte, waren wirklich, und das Wasser, das in sie hineinlief, über seine schweren, langen Hände lief. Zucker und Milch waren wirklich, er stellte sie auf den Tisch, noch so eine Wirklichkeit, und Zigaretten waren wirklich, er steckte sich eine an. Rauch strömte aus seinen Nasenlöchern, und ein Detail, das er für seinen Roman brauchte, nach dem er seit Monaten suchte, klickte satt und präzise in seinem Kopf wie ein

Schnapper im Schloss. Es schien undenkbar, dass er darauf nicht schon früher gekommen war: Es beleuchtete, begründete, erklärte alles. Später am Abend würde er daran arbeiten, aber vielleicht sollte er sich jetzt eine kurze Notiz machen; er ging zum Schreibtisch. Das Telefon klingelte. Er nahm sofort ab, verstohlen, als wäre jemand in der Wohnung krank und würde schlafen, und flüsterte: »Hallo?«

»Hallo, Vivaldo. Hier ist Eric.«

»Eric!« Er war hocherfreut. Schnell blickte er zur Badezimmertür. »Wie ist es gelaufen?«

»Na ja. Cass ist wunderbar, wie du weißt. Aber das Leben ist bitter.«

»Wie ich auch weiß. Ist schon irgendwas entschieden?«

»Eigentlich nicht, nein. Sie hat mich gerade eben angerufen, vor ein paar Minuten – ich bin noch nicht lange zu Hause. Ach, danke für deine Nachricht. Sie überlegt, für eine Weile nach Neuengland zu fahren, mit den Kindern. Richard ist noch nicht zurück.«

»Wo ist er?«

»Wahrscheinlich betrinkt er sich irgendwo.«

»Mit wem?«

»Na ja, Ellis vielleicht …«

Bei dem Namen stockten beide. Die Leitung summte. Vivaldo blickte wieder auf die Badezimmertür.

»Du wusstest davon, Eric, oder, heute Morgen.«

»Wovon?«

Er senkte die Stimme und brachte mit Mühe heraus: »Ida. Du wusstest von Ida und Ellis. Cass hat es dir erzählt.«

Einen Augenblick herrschte Schweigen. »Ja.« Dann: »Und wer hat es dir erzählt?«

»Ida.«

»Ach. Armer Vivaldo.« Nach einem Moment: »Aber es ist besser so, oder? Ich dachte, es ist nicht an mir, es dir zu erzählen – insbesondere, na ja, insbesondere nicht heute Morgen.«

Vivaldo schwieg.

»Vivaldo …?«

»Ja?«

»Siehst du das nicht auch so? Bist du sauer auf mich?«

»Sei nicht albern. Niemals. Es ist – viel besser so.« Er räusperte sich langsam, bedachtsam, denn auf einmal wollte er weinen.

»Vivaldo, das passt jetzt gerade überhaupt nicht, ich weiß – aber hältst du es eventuell für möglich, dass du … und Ida …, dass ihr Lust haben könntet, morgen Abend zu mir zu kommen oder den Abend drauf?«

»Was liegt denn an?«

»Yves kommt morgen früh. Er würde bestimmt gern meine Freunde kennenlernen.«

»Das war das Telegramm, oder?«

»Genau.«

»Freust du dich, Eric?«

»Ich glaub schon. Momentan hab ich bloß Angst. Ich weiß nicht, ob ich versuchen soll zu schlafen – es ist noch so früh, aber es fühlt sich an wie Mitternacht – oder ins Kino gehen oder was sonst.«

»Ich würde zu gern mit dir ins Kino gehen, aber – das geht wohl nicht.«

»Nein. Wann sagst du mir Bescheid wegen morgen Abend?«

»Ich ruf dich später an. Oder morgen früh.«

»Ist gut. Wenn du mich morgen früh nicht erreichst, versuch es später noch mal. Ich muss raus nach Idlewild.«

»Wann kommt er denn an?«

»Ach, praktisch im Morgengrauen. Natürlich. Um sieben oder irgend so was Angenehmes.«

Vivaldo lachte. »Armer Eric.«

»Ja. Das Leben holt uns ein. Gute Nacht, Vivaldo.«

»Gute Nacht, Eric.«

Nachdenklich lächelnd legte er auf, knipste die Schreibtischlampe an und machte sich seine Notiz. Dann ging er in die Küche, stellte das Gas aus und schenkte Kaffee ein. Er klopfte an die Badezimmertür.

»Ida? Dein Kaffee wird kalt.«

»Danke. Ich komme gleich.«

Er setzte sich auf seinen Arbeitshocker, und da kam sie auch schon, sauber und ruhig; sie sah aus wie ein Kind. Mit einiger Überwindung sah er ihr in die Augen. Er wusste nicht, was er dort finden würde, er wusste nicht, was er empfand.

»Vivaldo«, sagte sie hastig, noch im Stehen, »du sollst wissen, dass ich nicht so lange mit dir zusammen gewesen wäre und es dir nicht so schwer gemacht hätte, wenn ich« – sie hielt sich mit beiden Händen an der Stuhllehne fest – »dich nicht lieben würde. Darum hab ich dir all das erzählt, was ich dir erzählt habe. Ich meine – ich weiß, was ich dir da zumute.« Sie setzte sich, nahm ihren Kaffee. »Ich musste das loswerden, solange ich konnte.«

Sie hatte ihm etwas voraus, denn er wusste nicht, was er sagen sollte. Mit Scham und Angst wurde ihm das bewusst. Er wollte ›Ich liebe dich‹ sagen, aber die Worte kamen nicht. Er fragte sich, wie ihre Lippen jetzt wohl schmecken, wie ihr Körper sich jetzt für ihn anfühlen würde: Er betrachtete ihr stilles Gesicht. Sie wirkte vollkommen passiv, und doch wartete sie, mit einer Verzweiflung, die stetig kälter und härter wurde, auf ein Wort, eine Berührung von ihm. Und er fand sich nicht, konnte sich nicht weit genug sammeln oder konzentrieren, um irgendein Zeichen von sich zu geben. Er starrte in seine Tasse und bemerkte, dass schwarzer Kaffee nicht wirklich schwarz war, sondern dunkelbraun. Nicht vieles auf der Welt war wirklich schwarz, nicht mal die Nacht, nicht mal die Minen. Und Licht war auch nicht weiß, selbst das fahlste Licht barg noch einen Hauch seines Ursprungs im Feuer. Er dachte bei sich, dass er endlich bekommen hatte, was er wollte, die Wahrheit von Ida oder die wahre Ida; und wusste nicht, wie er damit leben sollte.

»Danke, dass du mir das erzählt hast«, sagte er, »alles, was du mir erzählt hast. Ich weiß, das war nicht einfach.« Sie sagte nichts. Sie gab beim Trinken ihres Kaffees ein leises Schlürfen von sich, und dieses Geräusch ging ihm unerklärlich, unaussprechlich auf die Nerven. »Und verzeih mir, wenn ich jetzt nicht so richtig weiß, was ich sagen soll, ich bin vielleicht ein bisschen – benommen.« In ihm tobten Wut, Mitgefühl, Liebe, Verachtung und Lust wild durcheinander. Auch sie war eine Hure; wie schmerzlich war er betrogen worden! »Ich will nichts von dem, was du erzählt hast, in Abrede stellen, aber trotzdem gibt es da vieles, was ich nicht verstanden habe – nicht verstehe, nicht so richtig. Hab bitte etwas Geduld, gib mir ein bisschen Zeit –«

»Vivaldo«, sagte sie gedämpft, »nur eine Sache: Ich will nicht, dass du mich *verstehst*. Ich will nicht, dass du freundlich bist, okay?« Sie sah ihn direkt an, und eine unbenennbare Hitze und Spannung flammte zwischen ihnen auf, so nah am Hass wie an der Liebe. Dann wurde sie weicher und berührte seine Hand. »Versprich's mir.«

»Ich versprech's dir«, sagte er. Aufgebracht fügte er hinzu: »Du scheinst zu vergessen, dass ich dich liebe.«

Sie starrten einander an. Und auf einmal zog er sie an sich, zitternd, mit brennenden, blendenden Tränen, und bedeckte ihr Gesicht mit Küssen, die augenblicklich zu gefrieren schienen. Sie klammerte sich an ihn; mit einem Seufzen vergrub sie das Gesicht an seiner Brust. Das hatte nichts Erotisches, sie waren wie zwei erschöpfte Kinder. Und sie war es, die ihn tröstete. Ihre langen Finger strichen über seinen Rücken, und er begann, langsam, mit einem schrecklichen Würgen, zu weinen, denn sie strich die Unschuld aus ihm heraus.

Nach und nach beruhigte er sich. Er stand auf, ging ins Bad und wusch sein Gesicht, dann setzte er sich an den Schreibtisch. Sie legte eine Platte von Mahalia Jackson auf, *In the Upper Room,* setzte sich ans Fenster, die Hände im Schoß, und blickte auf die funkelnde Straße. Viel, viel später, als er noch immer arbeitete und sie schlief, drehte sie sich im Schlaf um und rief seinen Namen. Er merkte auf, wartete und sah sie an, aber sie regte sich nicht mehr, redete nicht mehr. Er stand auf und ging ans Fenster. Der Regen hatte aufgehört, am schwarzblauen Himmel standen ein paar Sterne, und der Wind schubste die Wolken weiter.

# 2

Die Sonne traf auf Stahl, auf Bronze, auf Stein, auf Glas, auf das graue Wasser weit unter ihnen, auf die Turmspitzen und die blitzenden Windschutzscheiben kriechender Autos, auf die unglaublichen Highways, die sich zogen und wanden und bogen, Meile um Meile um Meile, auf die Häuser, eckig und hoch, flach und giebelig, und auf ihre wüsten Antennen, auf die kargen, schwachen Bäume und die Türme, weit hinten, von New York City. Das Flugzeug neigte sich, sank und stieg, und die ganze Welt kippte, eben noch an die Fenster des Flugzeugs gelehnt, dann verschwunden. Der Himmel war von einem heißen, blanken Blau, und das statische Licht verlieh allem eine eigene Reglosigkeit. Nur Dinge waren von hier aus sichtbar, Werke von Menschenhand, aber die Menschen existierten nicht. Das Flugzeug stieg, stieg, als wollte es nicht aus seiner ruhigen Höhe herab, neigte sich, und Yves sah hinunter in der Hoffnung, die Freiheitsstatue zu erblicken, obwohl man ihm schon gesagt hatte, von dort aus sei sie nicht zu sehen; dann begann das Flugzeug, wie ein Stein, zu sinken, das Wasser rauschte zu ihnen hinauf, die Motoren ächzten, die Flügel zitterten, stemmten sich gegen den furchtbaren Sog nach unten. Als das Wasser zu ihren Füßen lag, blitzte unter ihnen die weiße Landebahn auf. Die Räder trafen mit einem kurzen, schweren Prall auf den Boden, Leitungen, Lichter und Kontrolltürme zogen kreischend an ihnen vorbei. Die Stimme der Stewardess ertönte aus dem Lautsprecher, beglückwünschte sie zu ihrer Reise und hoffte, sie bald wiederzusehen. Die Stewardess war sehr hübsch, er hatte die Nacht hindurch immer wieder mit ihr geflirtet und entzückt festgestellt, wie einfach das war. Er war betrunken und zutiefst erschöpft und von einer Aufregung erfüllt, die an Panik grenzte; genau genommen hatte er sich durch Trunkenheit und Erschöpfung in eine kristallharte Nüchternheit gebrannt. Mit der Stimme der Stewardess kamen die Menschen dieses Planeten aus dem Boden gesprungen, schoben Gepäckwagen, wedelten mit den Armen, überquerten Fahrbahnen, wurden von Gebäuden verschluckt oder ausgespuckt. Die Stimme der Stewardess bat die Passagiere, sitzen zu bleiben, bis die Maschine vollständig zum Stehen gekommen war. Yves tastete nach dem Päckchen mit dem Brandy und den Zigaretten, die er in Shannon gekauft hatte, und faltete die Ausgaben von *France-Soir, Le Monde* und *Paris-Match* zusammen, da er wusste, dass Eric sie gern würde sehen wollen. Oben auf einem bunt beleuchteten Gebäude drängten sich Menschen gen Himmel; er suchte Erics flammendes Haar und spürte, wie nun noch eine andere Aufregung in ihm aufwallte, eine Aufregung, die an Schmerz grenzte. Aber die Menschen waren zu weit weg, noch gesichtslos. Er beobachtete ihre Bewegungen, aber keine erinnerte ihn an Eric. Dennoch wusste er, dass Eric da war, irgendwo in dieser gesichtslosen Menge, und auf ihn wartete, und auf einmal wurde er ganz von Frieden und Glück erfüllt.

Langsam kam die Maschine zum Stehen. Als sie hielt, schienen die Menschen in der Kabine einmütig aufzuseufzen und festzustellen, dass sie die Macht der Bewegung wiedererlangt hatten. Die Sicherheitsgurte gingen auf, die Gepäckstücke kamen runter, ebenso Papiere und Mäntel. Die Gesichter, die sie mitten in der Luft getragen hatten, unergründlichen Mysterien ausgeliefert, wurden nun abgelegt und durch jene Gesichter ersetzt, die der Erde vorbehalten waren. Die Hausfrau, die allein reiste und während des Flugs ein ziemlich kokettes Mädchen gewesen war, war jetzt wieder eine Hausfrau: Ihr Gesicht drängelte sich so devot durch wie ihr Hut. Der Geschäftsmann, der sich mit Yves über das Wasser des Lake Michigan unterhalten hatte und über die Zeit, als er dort wandern und fischen war, ließ all das entschlossen hinter sich und zog rigoros den Knoten seiner Krawatte fest. Yves trug keine Krawatte, er trug ein hellblaues Hemd mit kurzen Ärmeln und hatte einen leichten Blouson dabei; und jetzt dachte er mit Schrecken, dass das womöglich unklug war, immerhin war er noch nicht wirklich in Amerika und wurde vielleicht gar nicht hineingelassen. Aber jetzt war nichts zu machen. Er richtete den Kragen, zog die Jacke an und fuhr sich mit den Fingern durchs Haar – das wahrscheinlich zu lang war. Er verfluchte sich und wünschte, er könnte sich bei einem seiner Mitpassagiere rückversichern. Doch sein Sitznachbar, ein junger Mann, der in Montana Orgel spielte, streckte jetzt stirnrunzelnd und schwer atmend so viel von sich, wie in schicklichem Rahmen möglich war. Während der Reise war er sehr freundlich gewesen und hatte Yves sogar aufgefordert, ihn zu besuchen, wenn er mal in Montana sei; jetzt allerdings ging Yves auf, dass er nicht mal eine Adresse bekommen hatte und nur den Vornamen des Mannes kannte, nämlich Peter. Und dass er jetzt keine Informationen mehr einholen konnte, war sehr deutlich. Fast alle im Flugzeug wussten – denn er war übermütig und redselig gewesen –, dass er Franzose war und zum ersten Mal in die Staaten reiste; und manche wussten, dass er einen Freund in New York hatte, der Schauspieler war. In der Luft war das anscheinend vollkommen in Ordnung gewesen. Doch jetzt, auf dem Boden, im Licht, dem harten amerikanischen, auf den zweiten, nüchternen Blick, erschien das alles einigermaßen suspekt. Yves fühlte sich hoffnungslos französisch: Und er hatte sich noch nie französisch gefühlt. Sie wichen ihm aus, diskret, aber deutlich, mit nervösem und gleichsam rückwärtigem Lächeln; sie ließen durchblicken, dass er sich nicht an sie wenden konnte, da sie nicht wussten, wer er war. Ihm wurde schlagartig bewusst, dass er ja eine Prüfung vor sich hatte. Noch war er nicht im Land, vielleicht würde er diese Prüfung gar nicht bestehen. Er sah zu, wie sie den Gang füllten, und zog sich in seine vertraute Einsamkeit und Verachtung zurück. »Viel Glück«, sagte sein Sitznachbar schnell und reihte sich in die Schlange ein; wahrscheinlich würde er dasselbe genauso schnell und im selben Ton zu einem Freund sagen, der gerade ins Gefängnis abtransportiert wird. Yves blieb seufzend sitzen und wartete darauf, dass der Andrang nachließ. Düster dachte er: *›Le plus dur reste à faire.‹*

Dann schloss er sich der Schlange an und rückte langsam zur Tür vor. Dort standen die Stewardessen und verabschiedeten sich lächelnd. Die Sonne lag hell auf ihren Gesichtern und denen der aussteigenden Passagiere; als die sich hinauswandten und verschwanden, schienen sie in ein neues, heilendes Licht zu treten. Eric trug seine Zeitungen unterm Arm, wechselte das Päckchen von einer Hand in die andere und zog zitternd den Gürtel fest. Die Stewardess, mit der er geflirtet hatte, stand der Tür am nächsten. *»Au revoir«,* sagte sie mit dem großzügigen mokanten Strahlen, das so viele

Frauen in seinem Land beherrschten. Ihm wurde auf einmal klar, dass er sie nie wiedersehen würde. Ihm war bis zu diesem Moment nicht in den Sinn gekommen, dass er möglicherweise etwas hinter sich ließ, nach dem er sich eines Tages von ganzem Herzen sehnen könnte. *»Bon courage«,* sagte sie. Lächelnd sagte er: *»Merci, mademoiselle. Au revoir!«* Und er wollte noch sagen: *›Vous êtes très jolie‹,* aber da war es schon zu spät, er war ins Licht getreten, die Sonne blendete ihn, und alles flimmerte in der Hitze. Er stieg die gewaltigen Stufen hinunter. Als er unten angelangt war, sagte eine Stimme über ihm: *»Bonjour, mon gars. Soyez le bienvenu.«* Er sah auf. In offenem weißem Hemd und Khakihose lehnte Eric grinsend am Geländer der Besucherterrasse. Er sah sehr entspannt aus, sehr bei sich, schmaler als vorher, mit kurzem Haar, das ihm flammend um den Kopf wirbelte. Yves winkte freudig nach oben, außerstande, etwas zu sagen. *Eric.* Und all seine Angst verließ ihn, jetzt war er überzeugt, dass alles gut würde. Er pfiff vor sich hin, als er der Schlange, die ihn von den Amerikanern trennte, zur Passkontrolle folgte. Problemlos und in sehr kurzer Zeit war alles erledigt, sein Pass wurde gestempelt und wieder ausgehändigt, mit einem Grinsen und einem kleinen Scherz, dessen Bedeutung ihm entging, dessen Wohlwollen jedoch ankam. Dann trat er in eine größere Halle und wartete auf sein Gepäck, während Eric oben an der Glasscheibe zu ihm hinunterlächelte. Schließlich gehörte ihm sogar sein Koffer wieder, und unbeschwerter, als er in seiner Kindheit je gewesen war, schritt er durch die Schranken in die Stadt, in der die Menschen des Himmels ihr Zuhause sahen.

*Istanbul, 10. Dez. 1961*

# ANHANG

# NACHBEMERKUNG DER ÜBERSETZERIN

Miriam Mandelkow

## Einige Gedanken zur Übersetzung rassistischer Begriffe in *Ein anderes Land*

»›Rufus‹, hatte Leona gesagt, immer wieder, ›da ist doch nichts bei, ein Farbiger zu sein.‹« Dieser Satz der weißen Südstaatlerin Leona reizt den Schwarzen Jazzschlagzeuger Rufus so sehr, dass er seine Freundin schlägt, immer wieder. James Baldwin schildert die Gewalt, und er erzählt, wie Rufus an der rassistischen Gesellschaft zerbricht – und er macht die Gewalt spürbar, die in Leonas scheinbar unschuldigen Worten steckt.

Wie Variationen auf ein Thema werden in *Ein anderes Land* Beziehungskonstellationen durchgespielt, die in einem komplexen Geflecht aus Scham und Schuld, Liebe und Wut um Rufus' Selbstmord kreisen und deutlich machen, dass der Rassismus ausnahmslos in alle Lebensbereiche hineinwirkt. Nicht zuletzt in die Sprache.

Leona verknüpft ihren naiv wohlmeinenden und gerade dadurch herablassenden Zuspruch mit dem Begriff »colored«, der aus ihrem Mund den Rassismus der Südstaaten transportiert. »Colored« war zwar ebenso wie »Negro« in den Fünfziger- und frühen Sechzigerjahren noch eine Selbstbezeichnung Schwarzer Menschen in den USA und wird auch in diesem Roman noch vielfach so benutzt, doch zeichnete sich bereits ein begrifflicher Wandel ab: Beide Wörter wurden im Lauf der Sechzigerjahre von »black« abgelöst,[1] und Baldwin legt sie seinen Figuren in entscheidenden Momenten bewusst in den Mund; so nennt Leona Rufus nicht »black«, sondern »colored« – was Rufus später mit dem Hinweis, Leona liebe »die Farbigen ach so sehr«, entsprechend bissig kommentiert. Aber nicht nur die Südstaatlerin wird durch die Verwendung dieses Begriffs charakterisiert, in ähnlicher Weise bezeichnet der New Yorker Fernsehproduzent Ellis Rufus' Schwester Ida, die er von der ersten Begegnung an als Beute betrachtet, Dritten gegenüber als »colored girl« – eine doppelte Herablassung, die den Blick des weißen Mannes auf die Schwarze Frau markiert. Dort, wo »colored« in der Figurenrede eine rassistische Haltung kenntlich macht, steht nun im Deutschen das Wort »farbig«.

An unmarkierten Stellen hingegen wäre dies gerade keine »wörtliche« Übersetzung. »Farbig« war im deutschen Sprachraum schon immer eine kolonialrassistische Zuschreibung[2]; als Selbstbezeichnungen haben weder »colored« noch »Ne-

1 Andere Selbstbezeichnungen wie »Afro-American«, »African American« und »people of color« sind erst später auf- bzw. vorübergehend außer Gebrauch gekommen.

2 Vgl. auch meine Nachbemerkung zum N-Wort und seiner Übersetzung in James Baldwin (1963): *Nach der Flut das Feuer. The Fire Next Time*, dtv: München 2019, S. 115–118.

gro« im Deutschen eine Entsprechung, weshalb beide Begriffe hier meist mit »schwarz« übersetzt werden[3] – es sei denn, der Kontext verlangt nach einer diskriminierenden Zuschreibung, deren Gebrauch die Sprecherin oder den Sprecher charakterisiert. Eine schematische Eins-zu-eins-Übertragung von Begrifflichkeiten bietet sich nicht an, wohl aber unter Umständen der Verzicht auf eine Übertragung: Die Schimpfwörter »darkie«, »spook« und »spade«, durchweg von Schwarzen als polemisches Zitat benutzt, um den Weißen ihren Rassismus zu spiegeln, bekämen durch notwendige Neuschöpfungen im Deutschen eine komische Note, die in diesem Roman fehl am Platz wäre. Hier schien ein Ausweichen auf Umschreibungen und ein Kompensieren durch Ton und Syntax angemessener.

Auch das englische N-Wort taucht in Baldwins Roman fast ausnahmslos als polemisches Zitat in der Figurenrede auf, als Ausdruck tiefster Wut und Verzweiflung. Damit diese Passagen nichts an emotionaler Wucht und Aussagekraft einbüßen, sollte das Wort genau so auch im Deutschen stehen – so der erste Gedanke. Und der zweite: Welche Wirkung hat die Reproduktion des englischen Wortes im deutschen Text? Ein »Stehenlassen« von Wörtern ist ja auch immer eine Übersetzung. Diese Frage muss von Fall zu Fall, für jede Textstelle neu beantwortet bzw. gestellt, verhandelt und entschieden werden. Ich danke Temye Tesfu für den gemeinsamen Blick auf den Text, den Austausch und weitere Fragen.

3 Allerdings nicht in der heute gängigen Großschreibung, die darauf hinweist, dass es sich dabei um eine politische Selbstbezeichnung handelt und nicht um eine biologische Tatsache. Für einen Roman aus den frühen Sechzigerjahren, in denen der Diskurs noch ein anderer war, erscheint das anachronistisch.

# NACHWORT

René Aguigah

## Weiterleben trotz allem. Über James Baldwins *Ein anderes Land*

Mitten in diesem Buch von 1962, mitten in dieser Romanwelt aus widersprüchlichen Figuren, mehrdeutigen Begegnungen und prekären Kräfteverhältnissen, taucht auf einmal ein Satz auf, der schneidend klingt wie eine Parteinahme im politischen Kampf: »Denn alle Polizisten waren schlau genug zu wissen, für wen sie arbeiteten, und nirgendwo auf der Welt arbeiteten sie für die Machtlosen.«[1]

Der Satz ähnelt unzähligen anderen Stellen im Werk dieses Autors. Polizeigewalt hat James Baldwin selbst erlebt, schon als er als zehnjähriger Jimmy durch die Straßen von Harlem zog. Polizeikritik – teils beiläufig, teils ausladend, oft bitter – findet sich in vielen seiner Texte, Fiction wie Nonfiction, von

1 James Baldwin (1962), *Ein anderes Land.* dtv: München 2021, S. 367.

der frühen Kurzgeschichte ›Previous Condition‹ (1948) bis zum Buchessay über eine Mordserie in Atlanta, Georgia, der 1985 unter dem Titel *The Evidence Of Things Not Seen* erscheint. Nur ein Beispiel: Für die Zeitschrift *The Nation* analysiert er die Unruhen, die sich 1964 in Harlem zugetragen haben, er berichtet von Polizisten, die aus fadenscheinigem Anlass mit Schlagstöcken auf schwarze Kinder losgehen, von Vätern, die, nachdem sie mit Fragen dazwischengegangen sind, selbst verprügelt werden, von verweigerter Erster Hilfe. Es sind Zustände wie im »besetzten Gebiet«, so bringt Baldwin die Verhältnisse auf den Punkt, überall dort, wo ein größerer Bevölkerungsanteil von Schwarzen lebt. »Und die Polizei ist einfach der angestellte Feind dieser Bevölkerung. Sie ist anwesend, um den Negro an seinem Platz zu halten und die Interessen der weißen Geschäftsleute zu schützen, und sie hat keine andere Funktion.«[2]

Es sind Anklagen wie diese, die mühelos die historische Distanz von einem halben Jahrhundert überbrücken. Jedenfalls ist die Gegenwart in den Vereinigten Staaten noch immer von staatlicher Gewalt gegen Schwarze geprägt.[3] Von all den Toden, die die Polizeigewalt fordert, ist einer emblematisch geworden – George Floyd, *»I can't breathe«* –, und seit jenem Ereignis im Frühjahr 2020 hat die Protestbewegung *Black*

2 James Baldwin (1966), ›A Report From Occupied Territory‹, in: *The Nation*, July 11, 1966: https://www.thenation.com/article/archive/report-occupied-territory/. Übers. v. R. A.

3 Nach einer Statistik der *Washington Post* sind von Januar 2015 bis September 2020 in den USA 1322 Schwarze durch Polizeigewalt ums Leben gekommen, 2543 Weiße im selben Zeitraum. Bezieht man diese absoluten Zahlen auf den jeweiligen Bevölkerungsanteil, stehen 32 getötete Schwarze je einer Million dieser Bevölkerungsgruppe 13 getöteten Weißen gegenüber: https://de.statista.com/infografik/5487/toedliche-polizeigewalt-in-den-usa/.

*Lives Matter* neuen Auftrieb gewonnen, auch außerhalb der USA. Dabei ist es kein Zufall, dass eine literarische Anthologie aus dem Umkreis der Bewegung den Titel von Baldwins Klassiker *The Fire Next Time* aufgreift: *The Fire This Time*.[4] Und es ist kein Zufall, dass bei jedem weiteren spektakulären Fall von Gewalt gegen Schwarze auf allen Kanälen Videoclips mit Ausschnitten aus James Baldwins zahlreichen öffentlichen Auftritten kursieren. Auch im Fernsehen konnte Baldwin, gestorben 1987, Sätze so formulieren, als wären sie auf die Epoche von Social Media zugeschnitten – wie in einem Gespräch mit der Autorin Nikki Giovanni: »Ein Polizist ist ein Polizist. Und wissen Sie, er mag ein sehr netter Mann sein, aber ich habe keine Zeit, das herauszufinden. Alles, was ich weiß, ist, dass er eine Uniform und eine Waffe hat. Und ich verhalte mich ihm gegenüber entsprechend, wissen Sie, das ist die einzige Möglichkeit, mich gegenüber ihm überhaupt zu verhalten – weil einer von uns vielleicht sterben muss.«[5]

Zweifellos also teilt James Baldwin die Ansicht des Erzählers in *Ein anderes Land*, Polizisten stünden nirgends auf der Welt auf der Seite der Machtlosen. Doch zugleich leistet dieser Satz im Roman mehr, als nur ein weiteres Mal die politische Meinung seines Autors auszudrücken. Er steht mitten in einer Unterhaltung zwischen den Figuren Eric und Cass. Eric weiß, dass die schwulen »Straßenjungs«[6] im fernen Paris Polizisten deshalb hassen, weil sie regelmäßig von diesen verprügelt werden. Cass kann das nicht nachvollziehen, für sie

4 James Baldwin (1963): *Nach der Flut das Feuer. The Fire Next Time*, dtv: München 2019. Jesmyn Ward (2016): *The Fire This Time. A New Generation Speaks About Race*, Scribner: New York City 2016.

5 Das Gespräch wurde 1971 aufgezeichnet: https://www.youtube.com/watch?v=UmKJqzKqd6g. Letzte Prüfung 5. 1. 2021. Übers. v. R. A.

6 *Ein anderes Land*, S. 366.

ist die Polizei neutraler Akteur, »weder Freund noch Feind«,[7] im Zweifelsfall könne man einen Ordnungshüter doch über seinen Vorgesetzten zur Vernunft bringen – was sie umso fester glaubt, da sie selbst nie mit der Polizei in Berührung gekommen ist. Nicht verwunderlich, dass Cass aus privilegiertem Hause stammt, sie ist verheiratet, Mutter zweier Söhne, eine weiße Liberale. Eric wiederum – Schauspieler, ebenfalls weiß – schaut aus der Perspektive eines Bisexuellen, dessen junger Pariser Liebhaber das Straßenleben kennt. Ihre unterschiedlichen Einstellungen zur Staatsgewalt bleiben in der Unterhaltung unvermittelt nebeneinander stehen. Kurze Zeit später geht das Licht aus, sie schlafen miteinander. Für den Moment genießen sie ihre Affäre.

Die wichtigsten Figuren des Romans lassen sich, zumindest mit schnellem Strich, über ihr jeweiliges Verhältnis zu den Ordnungskräften charakterisieren. Der erste Blick überhaupt, der erwähnt wird, ist der eines Polizisten. Er fällt auf Rufus, den Jazzmusiker aus Harlem – schwarz, bisexuell, Ende zwanzig –, von dessen letzten Lebensmonaten vor seinem Suizid das erste Kapitel erzählt. Es dauert nicht lange, bis wir ahnen, dass Rufus den Blick eines Gesetzeshüters ebenso bedrohlich wie normal finden muss. Es war ein Polizist, der ihn einst zu hassen lehrte, und es sind die Polizisten, die er für die eigentlichen finanziellen Profiteure an der Arbeit der schwarzen Prostituierten auf der 7th Avenue hält. Rufus' jüngere Schwester Ida, eingeführt als »sehr politisch«[8] (»very race-conscious«), überwindet die feindselige Distanz zu den Behörden in einer Ausnahmesituation: in einem Moment, da ihr

7 *Ein anderes Land*, S. 366.
8 *Ein anderes Land*, S. 45.

Bruder wochenlang untergetaucht ist, verzweifelt durch die Stadt streunt und die Nächte in der U-Bahn verbringt. Eine Suchanzeige? Rufus erschrickt, als er davon erfährt – während Vivaldo, sein bester Freund, ein Weißer, Idas Hilferuf bei der Polizei einfach für vernünftig hält: »Menschen verschwinden nun mal nicht einfach so.«[9] Vivaldo erweist sich hier als empfänglich für die Erfahrungen seiner schwarzen Freunde. Einmal ist er mit Rufus' weißer Freundin Leona in den Straßen von Greenwich Village unterwegs, und jetzt sind es die Weißen, denen ein Polizist einen Blick zuwirft. Erst durchfährt Ida ein Schauer, dann Vivaldo, und das, obwohl er nie zuvor Angst vor einem Beamten gehabt hat: »Doch jetzt spürte er das Unpersönliche der Uniform, die Leere der Straßen. Er spürte, was der Polizist sagen oder tun würde, wenn er Rufus wäre, der hier mit dem Arm um Leona entlangging.«[10]

Ein Blick, ein Schauer und noch ein Schauer: Es sind oft kleine Szenen wie diese, in denen sich das Entscheidende abspielt. Baldwin baut Szenen, in denen jemand etwas nachfühlt oder nachvollzieht – oder eben nicht. Er findet literarische Arrangements dafür, wie eine Beziehung kaum merklich zur einen oder anderen Seite kippt, wie eine festgezurrte Asymmetrie in Bewegung gerät, wie das soziale Gefüge an einem Punkt zu vibrieren beginnt. Ja, *Ein anderes Land* ist ein Porträt der rassistisch gespaltenen US-amerikanischen Gesellschaft der Fünfzigerjahre. Aber es handelt sich keineswegs um einen Thesenroman; das Buch enthält nicht die eine Idee, der alles andere – Personal, Ereignisse, Konstellationen – unterworfen wäre. Eher präsentiert der Roman eine Welt, wie sie da und

9 *Ein anderes Land*, S. 69.
10 *Ein anderes Land*, S. 83.

dort ins Rutschen gerät. Drei Ebenen, auf denen das geschieht: in der Gegenüberstellung von Schwarzen und Weißen; in der Dynamik zwischenmenschlicher Beziehungen; im Leben als Leben nach dem gewaltsamen Tod eines geliebten Menschen.

* * *

Die Welt in *Ein anderes Land* ist eine Welt der Schallplattenspieler und der Wählscheibentelefone, auch eine, in der die gelegentliche Tracht Prügel zum bürgerlichen Umgang mit den eigenen Kindern gehört. Die Kluft zwischen Schwarzen und Weißen durchzieht jeden Lebensbereich im Großen wie im Kleinen. Es handelt sich um eine Trennung, und doch sind beide Seiten paradoxerweise miteinander verstrickt. Mit Rufus' Augen, die Menge der U-Bahn-Passagiere an der 59. Straße in Manhattan betrachtend, sieht es so aus: »Viele Weiße und viele Schwarze, aneinandergekettet in Raum und in Zeit und durch die Geschichte, alle in Eile. In Eile, voneinander wegzukommen, dachte er, aber nie und nimmer schaffen wir das.«[11] Die Verstrickung-in-der-Trennung lässt sich noch an den beiläufigsten Kleinigkeiten ablesen: In den weißen Haushalten von Vivaldo und Cass wird regelmäßig der schwarze Blues von Bessie Smith oder Mahalia Jackson aufgelegt. Umgekehrt stellt Cass erst als Frau von Mitte dreißig fest, dass auch Schwarze erröten können. Und als ihre Söhne von schwarzen Kindern verprügelt nach Hause kommen, verliert ihr Mann, der Schriftsteller Richard, seine zur Schau gestellte bürgerliche Beherrschung: »Die kleinen schwarzen Scheißer«.[12]

11 *Ein anderes Land*, S. 116.
12 *Ein anderes Land*, S. 309.

Rassismus existiert in *Ein anderes Land,* ohne dass erklärte Rassisten auch nur einen Auftritt hätten. *White Supremacists* kommen nicht vor, weiße Liberale sehr wohl. Am intensivsten untersucht Baldwin das Verhältnis zwischen Schwarzen und Weißen in der Geschichte des Paares Ida und Vivaldo. Schon bevor die beiden zusammenkommen, unter dem frischen Eindruck von Rufus' Suizid, gesteht Vivaldo, was er sich für Ida wünscht: »[Ich] würde ich ihr gern zeigen, dass die Welt nicht so schwarz ist, wie sie glaubt.« Worauf Cass erwidert: »Oder (…) so weiß.«[13] In all seiner Knappheit ein so sprachspielerischer wie programmatischer Dialog. Natürlich möchte Vivaldo der geliebten Ida zeigen, dass das Leben nicht so trostlos – und zugleich nicht so sehr von weißer Vorherrschaft geprägt ist, wie es ihr scheint. Gegen beides wird sich Ida in ihrer Beziehung mit aller Kraft wehren.

Nach der ersten gemeinsamen Nacht kleidet Vivaldo seine Gefühle für Ida in ein Schwärmen: »Ich liebe deine Farben. Du hast so viele verschiedene, verrückte Farben. (…) Ein Teil von dir ist honiggelb, ein Teil von dir ist kupferbraun, ein Teil von dir ist golden – (…) Ein Teil von dir ist auch schwarz, wie der Eingang zu einem Tunnel«. Ida geht trocken dazwischen: »Ich hab überall dieselbe olle Farbe.«[14] Frisch verliebt, im noch rosa lächelnden Bettgespräch, ist damit berührt, was die beiden begleiten wird: der Konflikt über *colour* und *race*. Zu den Weisheiten des zur Zeit der Romanveröffentlichung 38-jährigen Autors Baldwin gehört, dass er den Streitigkeiten des Paares zwar verschiedene Gelegenheiten und Einzelverläufe gibt, sie aber stets um das gleiche Thema kreisen

13 *Ein anderes Land,* S. 163.
14 *Ein anderes Land,* S. 225.

lässt. Schon kurz bevor sie zusammenkommen, reagiert Vivaldo eifersüchtig auf Idas Bekanntschaft mit dem Produzenten Steve Ellis – was Ida so quittiert: »Du denkst doch, ich bin bloß eine Hure. (…) Ihr weißen Arschlöcher seid doch alle gleich.«[15] Die Wucht dieses wiederkehrenden Vorwurfs ist kaum zu überschätzen. Ida unterstellt, Vivaldo reduziere sie zum austauschbaren schwarzen Sexobjekt, und wirft ihm zugleich das Unterstellte vor. Dabei legt sein momentanes Eifersuchtsgefühl eine so drastische Einschätzung nicht unbedingt nahe – erst recht nicht die Verallgemeinerung, diesen Weißen unterscheide nichts von allen anderen, die Vivaldo implizit abspricht, sie individuell zu lieben. Die Herabsetzung zur Hure, eher als dass sie ihr widerfährt, vollzieht Ida selbst. Genau diese Selbst-Herabsetzung erinnert an ihren Bruder Rufus, der einmal meint, seine weiße Freundin Leona begehre nichts an ihm als sein Geschlechtsteil. Zum vollständigen Bild gehört allerdings auch: Ida hat als Kellnerin Erfahrung im Umgang mit weißen Männern, die herabwürdigend mit jungen schwarzen Frauen umspringen; ihr Kurzschluss kommt nicht aus dem Nichts. Und vor allem: Ida trifft mit ihrer Unterstellung, auch wenn sie es konkret nicht hat wissen können, etwas Wahres. Wenn Vivaldo nämlich früher mit schwarzen Frauen geschlafen hat, sind es tatsächlich Prostituierte gewesen, wie er Ida später erzählt. Noch als er ihr im letzten Gespräch in die Augen sieht, denkt Vivaldo an »die schwarzen Huren, mit denen er sich gepaart hatte (…) und wurde von Übelkeit erfasst«.[16]

Vivaldo auf der anderen Seite der Kluft wiederholt zwei

15 *Ein anderes Land,* S. 218.
16 *Ein anderes Land,* S. 536f.

Gedanken in Serie. Der eine lautet: Er sei doch anders als die anderen, »ich bin nicht *die Weißen!*«[17] Und der zweite: *colour* und *race* spielten keine entscheidende Rolle – am kompaktesten wieder in der Aussprache des Paares gegen Ende des Romans. »Du machst mich immer zum Weißen. Meinst du nicht, dass mir das wehtut? Du schließt mich aus. Und ich will doch nur, dass du ein Teil von mir bist, dass ich ein Teil von dir bin. Ich würde mich einen Dreck darum scheren, wenn du gestreift wärst wie ein Zebra.«[18] Vivaldos eigene Verletztheit steckt in diesen Sätzen ebenso wie der Vorwurf, den er daraus gewinnt. Dass Vivaldo auch auf diesem Höhepunkt des Romans die Differenz der schwarzen Erfahrung eben nicht anerkennt, während Ida emphatisch auf der Eigenheit der Schwarzen besteht, spricht aus folgendem Satz, auch wenn er sicher versöhnlich gemeint ist: »Schatz, Leiden hat keine Farbe«. Erleichterung verschafft erst eine dieser winzigen Fragen, die darauf folgt; erst sie könnte der Anfang vom Ende einer hartnäckigen Distanz sein: »Oder?«[19]

Vivaldo trägt, mit anderen Worten, zwei Züge, die heute als »weiße Fragilität« und als »Farbenblindheit« bezeichnet werden. Die Weigerung, die Differenz in den jeweiligen Erfahrungen von Schwarzen und Weißen anzuerkennen, der mangelnde Wille, das eigene Weißsein zu reflektieren, die Neigung, auf Informationen über strukturellen, nicht an bewusste individuelle Absichten gebundenen Rassismus mit Abwehr und Aggression zu reagieren – Mechanismen wie diese sind inzwischen breitenwirksam von Autorinnen wie Reni Eddo-Lodge

17 *Ein anderes Land*, S. 331.
18 *Ein anderes Land*, S. 520.
19 *Ein anderes Land*, S. 525.

oder Robin DiAngelo beschrieben worden.[20] Es gehört zur Sache selbst, dass Analysen wie diese wiederum auf Abwehr stoßen. Vivaldos Stakkato »Es ist nicht meine Schuld, dass ich weiß bin. Es ist nicht meine Schuld, dass du schwarz bist.«[21] findet sein Echo in jenen Debattenbeiträgen unserer Tage, die die typologische Rede vom »alten weißen Mann« persönlich nehmen – um damit deren gesamten Gehalt abzuwehren: »Ich bin weiß und männlich und kann nichts dafür!«[22]

Um kein Missverständnis aufkommen zu lassen: James Baldwins Blick auf das Verhältnis von Schwarzen und Weißen beschränkt sich nicht darauf, weiße Fragilität auszustellen. Dafür ist der Roman zu vielschichtig. Baldwin führt mit Rufus einen Protagonisten ein, der offenbar vom Rassismus zermürbt ist – und der gegenüber seiner weißen Partnerin selbst gewalttätig wird. Und Baldwin macht Idas Frust nachvollziehbar – wobei er zugleich zeigt, dass ihre pauschale Wut (»Ihr seid ein ganz erbärmliches Gesocks.«[23]) zumindest nicht auf direktem Weg ins Glück führt.

Die Welt von *Ein anderes Land* wäre unzureichend skizziert, wenn man behauptete, sie wäre von nichts als Rassis-

20 Zu »Farbenblindheit« vgl. Reni Eddo-Lodge: *Warum ich nicht länger mit Weißen über Hautfarbe spreche*, Tropen: Stuttgart 2019. Zu »weißer Fragilität« vgl. Robin DiAngelo: *Wir müssen über Rassismus sprechen. Was es bedeutet, in unserer Gesellschaft weiß zu sein*, Hoffmann und Campe: Hamburg 2020. Zu den Verhältnissen in Deutschland vgl. etwa Alice Hasters: *Was weiße Menschen nicht über Rassismus hören wollen, aber wissen sollten*, hanserblau: Berlin 2019.

21 *Ein anderes Land*, S. 409.

22 Ein Beispiel von vielen möglichen: Christian Schüle (2020): ›Ich bin weiß und männlich und kann nichts dafür!‹, *Deutschlandfunk Kultur*, 18. 8. 2020, https://www.deutschlandfunkkultur.de/diskriminierung-und-gefuehlte-benachteiligung-ich-bin-weiss.1005.de.html?dram:article_id=482494

23 *Ein anderes Land*, S. 355.

mus geprägt. Eher lässt sich umgekehrt sagen: In dieser Welt gibt es keinen Raum, der frei von Rassismus wäre; aber dieser lässt sich kaum als solcher isolieren. Er ist verwoben mit anderen Aspekten sozialen Verhaltens. Auch dies lässt sich an Vivaldo illustrieren. Ausgerechnet er, der Eric einmal ermahnt, »klar im Kopf«[24] zu bleiben, ist besonders begabt darin, sich der Realität zu verweigern. Er sieht Gold und Kupfer in Idas Hautfarbe – aber nicht, dass ihr Schwarzsein einen anderen Zugang zur Welt mit bedingt. Er genießt ein beglückendes Liebeserlebnis mit Eric – und behauptet doch, seine Zeit mit Männern wäre längst vorbei. Er spürt die Möglichkeit, dass Ida ihn mit Ellis betrügen könnte – aber er will nicht wahrhaben, dass die beiden tatsächlich eine ausgewachsene Affäre miteinander haben. Kurzum: Vivaldos Rassismus mit ermöglichende Farbenblindheit ist von seinen anderen Blindheiten kaum zu trennen.

Wie sehr Rassismus mit anderen Ebenen menschlichen Miteinanders verwoben ist, wird stets auch dann spürbar, wenn *racial issues* in Dialogen aufscheinen, die als allgemeines Beziehungsgespräch begonnen haben, etwa während Idas und Cass' gemeinsamer Taxifahrt. Und schließlich, bei allen Eigenheiten verschiedener Bevölkerungsgruppen: Natürlich können auch nicht rassifizierte Menschen Rassismus als Problem erkennen – eine Einsicht, die schon der eingangs zitierte Satz birgt, dem zufolge die Polizei nie auf der Seite der Machtlosen steht. Denn zwar sind es die Schwarzen, denen die Schmerzen rassistischer Erfahrung in den Knochen stecken, doch hier ist es mit Eric ein queerer Weißer, aus dessen Perspektive die Feindseligkeit der Polizei formuliert wird.

24 *Ein anderes Land*, S. 493.

Man mag darüber spekulieren, ob Eric als Angehöriger einer sexuellen Minderheit die struktuelle Bedrohung durch die Polizei sensibler als andere Weiße wahrnimmt. Fest steht: So eindringlich Baldwin von der Differenz der schwarzen Erfahrung erzählt, so wenig vertritt er die Auffassung, dass Leiden unter Rassismus allein von Schwarzen nachvollzogen werden könnte.

Die Kluft zwischen *races* bei gleichzeitiger Verwicklung miteinander, der Selbsthass der einen, die Realitätsverweigerung der anderen, all die Verwobenheiten von Rassismus, wie sie dieser Roman entfaltet – sie fügen sich zu jener Botschaft, die der Kulturwissenschaftler Henry Louis Gates Jr. einmal in Baldwins Werk insgesamt markiert hat: »Wenn Baldwin ein zentrales politisches Argument hatte, war es, dass die Schicksale von schwarzem Amerika und weißem tiefgreifend und unumkehrbar miteinander verflochten waren. Jedes erschuf das jeweils andere, jedes definierte sich selbst in Beziehung zum anderen, jedes konnte das andere zerstören.«[25]

* * *

Es ist ein brüchiger Reigen in diesem Roman: Rufus ist mit Leona zusammen, Vivaldo liebt Ida, Ida wohl auch Vivaldo, obwohl sie eine Affäre mit Ellis hat, dem Produzenten von Richard. Der wiederum ist eifersüchtig auf Vivaldo, obwohl seine Frau Cass nicht mit ihm, sondern mit Eric schläft, der einst eine kurze Beziehung mit Rufus gehabt und jetzt ein Liebes-

25 Henry Louis Gates Jr. (1992): ›The Fire Last Time. What James Baldwin can and can't teach America‹, in: *The New Republic,* June 1, 1992, https://newrepublic.com/article/114 134/fire-last-time. Übers. v. R. A.

erlebnis mit Vivaldo hat und dessen eigentlicher Partner der junge Franzose Yves ist. Es ist die Epoche vor 1968, die freie Liebe hat noch keinen Namen; und eine Epoche vor Aids, die Angst vor Ansteckung hält sich in Grenzen.

In Greenwich Village kreuzen sich die Wege von Menschen unterschiedlichster Provenienz. Man darf sich das Viertel allerdings nicht als Schmelztiegel vorstellen, erst recht nicht als Multikulti-Paradies, eher als einen nach ungeschriebenen Regeln organisierten Ort der Heterogenität – als Baldwins Verdichtung von New York City oder den USA insgesamt: »Hier waren die schwarz-weißen Paare, trotzig weiß, kämpferisch schwarz, und die Italiener beobachteten sie, hassten sie, hassten im Grunde alle Village-Bewohner, die ihre Straßen in Verruf brachten. Schließlich wollten die Italiener doch als zünftige Amerikaner anerkannt werden, vielleicht konnte man ihnen nicht verdenken, dass ihnen dies leichter erschien, wenn sie nicht mit so vielen Juden und Junkies und Säufern und Schwulen und Schwarzen geschlagen wären.«[26]

Von den Liebesbeziehungen im Roman ist die Ehe von Cass und Richard die konventionellste; die einzige, zu der Baldwin keine jener Sexszenen geschrieben hat, die, zumal Anfang der 60er, mit beitragen zur Attraktivität von *Ein anderes Land*. Mit Anfang zwanzig waren die beiden füreinander die ersten Partner, mittlerweile sind sie seit zwölf Jahren verheiratet. Der Schriftsteller Richard feiert im Lauf der Handlung seinen ersten Bucherfolg. Nicht der kommerzielle Erfolg an sich bringt Cass dazu, sich von Richard abzuwenden. Vielmehr hat sie den Eindruck, dass ihr Mann selbst nicht an die Qualität seines eigenen Buches glaubt: »Es war geschrieben

26 *Ein anderes Land*, S. 375.

worden, weil er Angst hatte, Angst vor dem Dunklen, Fremden, Gefährlichen, Schwierigen und Tiefen.«[27]

Die hoffnungsvollste der Lieben in diesem Buch ist wohl die von Eric und Yves. Nicht nur beschließt das Wiedersehen der beiden am Flughafen den gesamten Roman mit einer hellen Note; insgesamt atmet ihre Verbindung etwas von einem bewussten Neuanfang. Für Yves ist es nach vielem Flüchtigen die erste ernst zu nehmende Beziehung. Über Eric, der nach dem Scheitern seines Verhältnisses mit Rufus Abstand in Paris gefunden hat, heißt es: »Wenn er sich selbst nicht liebte, würde auch Yves ihn nie lieben können«[28] – eine Haltung, die, verglichen mit den dramatischen Selbstwertproblemen von Vivaldo, Ida und Rufus, von Reife zeugt. Es ist auch Eric, dessen intime Erlebnisse mit Cass und Vivaldo so etwas wie Glück mit sich bringen, so kurzlebig es auch sein mag. In beiden Begegnungen wird offen ausgesprochen, dass Eric bereits gebunden ist, in beiden Begegnungen scheint kindliche Unbekümmertheit auf, und nach beiden Liebesspielen scheint sicher, dass die jeweiligen Freundschaften danach fortgesetzt werden können.

Was alle Figuren des Romans miteinander teilen, ist ein freundschaftliches Band – dennoch wohnen wir keiner Feier der Freundschaft bei. Es wird ohne Unterlass geliebt und gestritten – aber auch die Liebe wird nicht zur Lösung für die Widrigkeiten des Lebens verklärt. Eher bildet der Roman den Resonanzraum für jenen gern zitierten Satz aus *The Fire Next Time*, dem Essayband, der kurz nach *Ein anderes Land* erscheint: »Die Liebe nimmt uns Masken ab, von denen wir

27 *Ein anderes Land*, S. 148.
28 *Ein anderes Land*, S. 273.

fürchten, dass wir ohne sie nicht leben können, und von denen wir wissen, dass wir hinter ihnen nicht leben können.«[29]

Vivaldo und Ida setzen in vielerlei Hinsicht die Schwierigkeiten von Rufus und Leona fort. Beide Paare überschreiten die de facto so streng gezogenen Grenzen der *race*, und beide leiden genau daran. Doch während Rufus bereits dem Untergang geweiht ist, wenn wir ihn kennenlernen, arbeiten sich Vivaldo und Ida beharrlich aneinander ab. Die sexuelle Energie zwischen ihnen ist stark, vielleicht die treibende Kraft ihrer Beziehung. Dass der Erzähler ihr erstes Mal im Bett ausspart, betont diese Heftigkeit geradezu; ihr zweites Mal gleicht einem leidenschaftlich-kämpferischen Ineinander. Der Streit zwischen ihnen löst sich nie auf, indem der eine der anderen etwas zugestehen würde, allenfalls durch den befreienden Ausweg eines Lachens. Idas Kontakt zu Vivaldo während Rufus' Beerdigung lässt sich als die vorsichtige Aufnahme des weißen Freundes in den familiären Kreis der schwarzen Trauergemeinde lesen.[30] Andererseits weiß Ida, dass sie Vivaldo nie heiraten wird. Das ständige Pendeln dieser Beziehung zwischen Anziehung und Abstoßung findet seine Form in lakonischen Dialogen: »›Verlass mich nie.‹ – ›Lass mich hoch.‹«[31] Oder: »›Unser Zusammensein verändert nicht die Welt, Vivaldo.‹ – ›Für mich schon.‹«[32] Was tatsächlich etwas ändert, ist erst die finale Aussprache. Ida beichtet ihre Affäre mit Ellis, und Vivaldo muss sich seine Realitätsflucht eingestehen.

29 *Nach der Flut das Feuer*, S. 103f.

30 Vgl. Jenny M. James (2012): ›Making Love, Making Friends: Affiliation and Repair in James Baldwin's *Another Country*‹, in: *Studies in American Fiction 39.1* (2012), S. 43–60, hier: 48.

31 *Ein anderes Land*, S. 229f.

32 *Ein anderes Land*, S. 409.

»Sie starrten einander an. Und auf einmal zog er sie an sich, zitternd, mit brennenden, blendenden Tränen, und bedeckte ihr Gesicht mit Küssen, die augenblicklich zu gefrieren schienen. Sie klammerte sich an ihn; mit einem Seufzen vergrub sie das Gesicht an seiner Brust. Das hatte nichts Erotisches, sie waren wie zwei erschöpfte Kinder. Und sie war es, die ihn tröstete. Ihre langen Finger strichen über seinen Rücken, und er begann, langsam, mit einem schrecklichen Würgen, zu weinen, denn sie strich die Unschuld aus ihm heraus.«[33]

Wir stehen hier vor den eigentümlichen Resten einer Liebesbeziehung. Die sexuelle Kraft sowie jegliche Kampfeslust sind bis auf Weiteres entwichen. Es ist friedlich. Erschöpfte Kinder? Zwei Wesen, die einander an ihren ältesten Wunden berührt haben. Vivaldos patriarchaler Zugriff auf Ida hat sich gelöst. Nach den Tränen ist Raum für Trost. Obwohl sie es ist, die Untreue zu gestehen hatte, ist auch seine vermeintliche Unschuld Vergangenheit. Freundschaft und Liebesbeziehung, wie sie sie kannten, sind von dieser Szene gleich weit entfernt. Was hier naheliegt, ist die Erfindung von etwas Drittem. Die gewonnene Augenhöhe zwischen beiden, die Anerkennung von Verschiedenheit, ohne alles zu verstehen – vielleicht sind das Elemente, aus denen soziale Nahbeziehungen neu geformt werden können. Ida und Vivaldo, auch Eric und Cass haben die Dinge an einen Punkt getrieben, den man als Suche nach alternativen Formen von Zugehörigkeit bezeichnen könnte:[34] intensiver als Freundschaft, jenseits von Geschwisterlichkeit oder Heirat.

Jedenfalls findet sich in den Nähen und Distanzen, in all den

33 *Ein anderes Land*, S. 542.
34 Vgl. James (2012), S. 45.

Kräfteverhältnissen zwischen den Figuren mehr als nur Menschelndes, Allzumenschelndes. »Ich bin ein amerikanischer Schriftsteller. Dieses Land ist mein Thema«, sagt James Baldwin in einem Interview Ende 1961 über sich selbst – und über den Roman, dessen Erscheinen bevorsteht: »Er handelt von diesem Land.«[35] Wie also ist jenes andere Land beschaffen, das der Titel anzeigt? »Liebe war ein Land, über das er nichts wusste«, heißt es einmal über Vivaldo.[36] Was die Alternative wäre oder wie die richtige Liebe aussähe, malt James Baldwin nicht aus: *Ein anderes Land* ist keine Utopie. Fest steht nur, dass Vorstellungen wie die von der Familie als Keimzelle der Nation an ihre Grenzen geraten sind; dass die Überschreitung der überlieferten Grenzen von *sex*, *gender* oder *race* die Suche nach anderen Lebensformen als nur den überlieferten unausweichlich macht. Vor allem diese Suche mit offenem Ergebnis ist es, die diesen Roman heute zu uns sprechen lässt. Denn wer wollte behaupten, dass die idealen Formen des Lebens schon gefunden seien – für eine Gegenwart, die in Geschlechterfragen ebenso wie in *racial issues* an Komplexität noch zunimmt?

* * *

Das Lieben und Kämpfen von Ida, Vivaldo, Cass und Eric ist ein Leben nach Rufus' Tod. Rufus ist zerrissen, schon als wir ihn kennenlernen. Seine Verletzungen, gesellschaftlich bedingt, ragen in Tiefen seiner Seele, die für ihn selbst nicht

35 James Baldwin (1961): ›An Interview with James Baldwin. Interview by Studs Terkel‹, December 29, 1961, in: *James Baldwin: The Last Interview and Other Conversations,* Melville House: Brooklyn/London 2014, S. 1–34, hier: 20, 34. Übers. v. R. A.

36 *Ein anderes Land*, S. 374.

mehr erreichbar sind. Es genügt eine »kalte, vertraute Übelkeit«[37], damit er sich an Leona erinnert; und mit dieser Erinnerung bedrängen ihn die Wut seines Vaters oder der Polizist seiner Kindheit. Es genügt ihm, Leonas Südstaatendialekt zu hören, und schon schmerzt ihn der Stiefel eines weißen Offiziers im Gesicht, wie während seiner Militärausbildung im Süden. Eine Entschuldigung für seine eigene Gewalttätigkeit gegen Leona ist das nicht: Alle Figuren des Romans, er selbst eingeschlossen, sind entsetzt über seine zerstörerische Energie. Man mag Rufus' Untergang als das zwingende Scheitern von schwarzem Leben in rassistischen Verhältnissen lesen; in diesem Sinne wäre das erste Kapitel des Romans ein langer, dumpfer Verzweiflungsschrei. Doch alles, was folgt, ist Leben trotz allem. Jene Kraft im Roman, die stärker ist als die Liebe, ist das Weiterleben.

Es ist nicht nur die schiere Bekanntschaft mit Rufus, die Ida, Vivaldo, Cass, Richard, Eric miteinander teilen. Es sind auch Schuldgefühle, nicht genug getan zu haben, um seinen Suizid zu verhindern, stumme Vorwürfe, dass die jeweils anderen nicht aufmerksam genug gehandelt haben. Das verbindet. Und diese Verbindung, selbst wenn sie auf Schmerz gründet, ermöglicht den Freunden, sich füreinander zu öffnen, ja, persönlich zu wachsen. Ida will Rache für den Tod ihres Bruders, bis sie mit ihrer Wut an die Grenzen ihrer Kraft stößt. Eric kann Yves gereift lieben, gerade weil er eine schmerzhafte Erfahrung mit Rufus durchlebt hat. Jeder von ihnen trägt den Verstorbenen im Herzen – und wagt doch nächste Schritte im eigenen Leben. In den Worten, die der Pfarrer bei Rufus' Trauerfeier an die Weiterlebenden richtet, scheint

37 *Ein anderes Land*, S. 18.

ein Plädoyer für intensives Leben zu stecken: »Ich kenne viele Menschen, die sich das Leben genommen haben, und die ziehen heute durch die Straßen, manche predigen das Evangelium, und manche sitzen auf den Stühlen der Mächtigen. Vergesst das nie. Wenn auf dieser Welt nicht so viele Tote rumlaufen würden, hätten jene unter uns, die zu leben versuchen, vielleicht nicht so schrecklich zu leiden.«[38]

Intensive Erfahrungen gemacht zu haben, kann man Ida und Vivaldo, Eric und Yves nicht absprechen. Gemessen an den Katastrophen, von denen dieser Roman erzählt, stehen die Prognosen für sie und ihre Beziehungen, wenn auch nicht unbedingt als monogame Paare, so schlecht nicht. Über den vieren steht als unsichtbares Motto eine Wendung, die der Kulturwissenschaftler Eddie S. Glaude Jr. zum Titel seiner Baldwin-Studie gemacht hat: »Begin again«.[39]

38 *Ein anderes Land*, S. 159.
39 Eddie S. Glaude Jr. (2020): *Begin Again. James Baldwin's America and its urgent lessons for our own*, Crown: New York 2020.

# INHALT

*Ein anderes Land* 5

*Anhang* 549
Nachbemerkung der Übersetzerin 551
Nachwort 555

Die Übersetzerin dankt dem Deutschen Übersetzerfonds
für die Förderung ihrer Arbeit am vorliegenden Text.

Die Originalausgabe erschien 1962 unter dem Titel
*Another Country* bei Dial Press in New York.

Das Zitat aus Shakespeares *Sonett 65* auf S. 477 ist der Übersetzung von Christa Schuenke entnommen (William Shakespeare, *Die Sonette.* Zweisprachige Ausgabe. dtv: München [9]2018, S. 73).
Das Zitat aus *Antonius und Kleopatra* auf S. 461 ist der Übersetzung von Frank Günther entnommen (William Shakespeare, *Antonius und Kleopatra*. Zweisprachige Ausgabe. dtv: München 2003, S. 261).



**Ausführliche Informationen über
unsere Autorinnen und Autoren und ihre Bücher
finden Sie unter www.dtv.de**

MIX
Papier aus verantwortungsvollen Quellen
FSC® C083411

Neuübersetzung 2021
dtv Verlagsgesellschaft mbH & Co. KG, München

Gesetzt aus der Life Lt Std
Satz: Greiner & Reichel, Köln
Druck und Bindung: CPI books GmbH, Leck
Gedruckt auf säurefreiem, chlorfrei gebleichtem Papier
Printed in Germany · ISBN 978-3-423-28268-0